DANÇA
DO
MAR
ARDENTE

TRILOGIA MOUSAI
VOL. 2

DANÇA DO MAR ARDENTE

E.J. MELLOW

tradução: Fernanda Castro

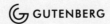

Copyright © 2021 E. J. Mellow
Copyright desta edição © 2025 Editora Gutenberg

Título original: *Dance of a Burning Sea*

Todos os direitos reservados pela Editora Gutenberg. Nenhuma parte desta publicação poderá ser reproduzida, seja por meios mecânicos, eletrônicos, seja via cópia xerográfica, sem a autorização prévia da Editora.

EDITORA RESPONSÁVEL
Flavia Lago

EDITORAS ASSISTENTES
Natália Chagas Máximo
Samira Vilela

PREPARAÇÃO DE TEXTO
Natália Chagas Máximo

REVISÃO
Bruna Brezolini Lordello

ADAPTAÇÃO DE CAPA
Alberto Bittencourt

ILUSTRAÇÃO E PROJETO DE CAPA
Micaela Alcaino

DIAGRAMAÇÃO
Waldênia Alvarenga

Dados Internacionais de Catalogação na Publicação (CIP)
Câmara Brasileira do Livro, SP, Brasil

Mellow, E. J.
 Dança do mar ardente / E. J. Mellow ; tradução Fernanda Castro. --
1.ed. -- São Paulo : Gutenberg, 2025. -- (Trilogia Mousai ; v. 2)

 Título original: Dance of a Burning Sea

 ISBN 978-85-8235-804-7

 1. Ficção de fantasia 2. Ficção norte-americana I. Título. II. Série.

25-266127
CDD-813.5

Índices para catálogo sistemático:
1. Ficção de fantasia : Literatura norte-americana 813.5

Cibele Maria Dias - Bibliotecária - CRB-8/9427

A **GUTENBERG** É UMA EDITORA DO **GRUPO AUTÊNTICA** @

São Paulo
Av. Paulista, 2.073 . Conjunto Nacional
Horsa I . Salas 404-406 . Bela Vista
01311-940 . São Paulo . SP
Tel.: (55 11) 3034 4468

www.editoragutenberg.com.br
SAC: atendimentoleitor@grupoautentica.com.br

Belo Horizonte
Rua Carlos Turner, 420
Silveira . 31140-520
Belo Horizonte . MG
Tel.: (55 31) 3465 4500

*Para Phoenix,
minha irmã nascida do fogo,
cujas chamas dançam
em seu próprio ritmo.*

Nascida em segundo, erguida do fogo,
Dotada de passos, giros e muitos gracejos,
Mas cuidado, querido, ao chegar perto demais,
Pois será amaldiçoado com mais do que um desejo

Se dançar com a filha da chama
Se dançar com a filha da chama

Ela pode cintilar como o mel e o sol,
Pode ser tão leve quanto o dia,
Mas tome cuidado, querido, pois há uma ponta afiada
Escondida em seu bailar de alegria

Se dançar com a filha da chama
Se dançar com a filha da chama

Então, melhore essa cara, meu amor, meu bichinho inocente,
Caso seja pego em um de seus rodopios, girando;
Seu toque começa suave, sedoso e calmante,
Mas sempre vai terminar queimando

Quando dançar com a filha da chama
Quando dançar com a filha da chama

Versos da *Canção das Mousai*, dos Achak

PRÓLOGO

Um pirata assistia a um homem morrer.
Não era uma ocorrência incomum, dada sua profissão, mas, daquela vez, ele não tinha nada a ver com o assunto.

Alguém podia se perguntar que tipo de corte macabra convidava pessoas para testemunhar alguém sendo torturado. A resposta era bem simples: o Reino do Ladrão. A multidão que rodeava o pirata se espremia, os disfarces ornamentados roçando no seu gasto casaco de couro, faminta por um vislumbre melhor da loucura que acontecia no centro do salão. O cheiro de corpos perfumados em excesso, suor e desespero infiltrando-se sob sua máscara, invadindo as narinas. E, não pela primeira vez naquela noite, ele se lembrou de onde estava: no reino mais implacável e degradante de Aadilor, cujas leis lenientes atraíam grandes fortunas e tolos ainda maiores, trocando segredos e moedas por noites de insensatez e pecado.

O pirata havia comparecido naquela noite não só por curiosidade, mas também pela própria ambição. Tinha dado duro para construir uma vida nova após abandonar a antiga. Embora sua identidade atual refletisse pouco do que precisara deixar para trás, o objetivo tinha sido justamente esse. Agora suas decisões pertenciam apenas a ele, não mais sobrecarregadas pela história ou por expectativas.

Ao menos era o que dizia a si mesmo.

Ainda que não tivesse planejado se tornar um pirata, com certeza não via razão em lutar contra a imagem de delinquente que as pessoas em seu passado enxergavam nele.

Afinal, não nascera para ser um homem que agia pela metade.

E assim comandara um navio e recrutara uma tripulação para servi-lo. E agora isto, pensou: *a chance de ser o primeiro lorde-pirata na corte do Rei Ladrão.*

Aquela ambição faminta e constante arranhava seu peito como uma fera gananciosa, pois ele sabia que faria tudo o que estivesse ao seu alcance para garantir um assento na corte. Mesmo que uma pequena parte de si parecesse arrependida de entrar no palácio preto e opulento.

Sua atenção se desviou das figuras encapuzadas e mascaradas ao redor, retornando ao espetáculo.

O pirata já vira muita gente morrer, mas nunca de um jeito tão bonito quanto aquele.

No centro do salão de ônix, três mulheres se apresentavam: uma cantora, uma dançarina e uma violinista.

Uma canção fluida e quente, e um ritmo inebriante se expandiam a partir delas em um arco-íris de cores, seus fios de poder batendo sem cessar contra um prisioneiro acorrentado no meio delas, um chicote de notas punindo a pele, mas, em vez de gritos de dor, o homem gemia de prazer.

Ali estavam deusas encarnadas, trazidas do Ocaso a fim de atrair os vivos para os mortos, pois seus poderes falavam sobre a magia antiga. Sobre uma época em que os deuses não tinham sido perdidos, quando Aadilor possuía uma abundância de suas dádivas.

Os trajes das mulheres eram luxuosos, tecidos em cores ricas, contas presas a sedas enfeitadas com plumas e rendas bordadas. Máscaras artísticas com chifres cobriam a identidade do trio. E embora a performance não fosse direcionada para ele, o pirata ainda se sentia mergulhado em um orvalho frio de desespero, sentindo a atração forte da magia.

Agarrando.

Provocando.

Tentando.

Devorando.

Um emaranhado de poderes, destinado a encantar a mente e aprisionar o corpo. Era um feitiço de loucura, isso sim, e o prisioneiro no centro era a marionete.

O homem uivou em um êxtase agonizante, uma mão tentando alcançar a dançarina enquanto ela deslizava para perto de forma provocante. As correntes tilintaram contra os grilhões, mantendo-o afastado, e ele desabou no piso de mármore preto em um rompante de angústia, se contorcendo e arranhando o próprio rosto. As unhas percorreram as trilhas de sangue que pingavam de seu nariz e das orelhas, misturando-se à poça de urina abaixo dele.

E o pirata continuou assistindo.

Jamais testemunhara uma beleza tão perversa, mas estava aprendendo rápido que, naquele mundo, as coisas mais deslumbrantes eram fatais.

E aquelas três realmente se destacavam.

Qualquer um com Vidência podia enxergar seu poder avassalador, pois apenas aqueles com magia eram capazes de detectá-la nos outros.

Se o pirata usasse seus dons, seus olhos brilhariam esverdeados.

As carrascas nadavam em uma mistura inebriante de cores, um fluxo que sempre se expandia do centro do salão onde elas se apresentavam.

– As Mousai – tinha sussurrado uma mulher quando ele pisara pela primeira vez naquela corte.

As musas letais do Rei.

Letais, de fato, pensou o pirata.

Por trás da máscara prateada, sua pele estava coberta de suor, a mente girando sob a melodia que ecoava no espaço. A dançarina balançava os quadris no ritmo, lançando pelo ar rajadas de magia tingida de fogo, batendo palmas para comandar um sonho. O corpo dele estremeceu de desejo.

A voz da cantora se dividiu em três, quatro, cinco – um soprano crescente de fios dourados saindo de seus lábios e seguindo os acordes violeta que deslizavam do violino.

O pirata nunca quisera tanto uma coisa. Mas o que era essa coisa, ele não sabia dizer. Apenas sentia que precisava dela. Com desejo. Com desespero. E com uma tristeza profunda camuflada. Um vazio dolorido, pois nunca poderia obter aquilo pelo qual sua alma ansiava.

O poder daquelas mulheres.

Nooooosso, arrulhou sua magia, estendendo as mãos. *Queremos que seja nosso.*

Comporte-se, ordenou o pirata em silêncio, forçando a magia a retroceder. *Sou seu mestre, não elas.*

Cerrando as mãos em punho, ele tentou manter o juízo no lugar. Podia ouvir os gemidos dos membros da corte desprovidos de dons ao lado dele, contidos por correntes como se também fossem prisioneiros. Com o sangue sendo tão facilmente manipulado, eles com certeza sabiam o que estava por vir? Mas, supôs o pirata, aquele era o fascínio da corte do Reino do Ladrão. Estar perto de tamanho poder, testemunhar aquela euforia fatal e sobreviver à experiência. Era uma história da qual poderia se gabar mais tarde. *Olha como fui esperto ao sair inteiro dessa.*

Ele olhou ao redor da multidão, observando cada rosto mascarado, imaginando quem mais poderia ser um potencial candidato à corte. Quem ali ganharia acesso ao palácio, quem seria convidado para a mais decadente devassidão e para conhecer todos os segredos e conexões que vinham no pacote? O pirata sabia que ter sido convidado para aquela noite, dentre todas as outras, para testemunhar o que sem dúvida era um mero fragmento do poder do rei, não passava de um teste. Tudo naquele mundo era um teste.

E já havia perdido uma vez.

Agora, sairia vencedor.

Uma labareda quente percorreu o corpo dele, atraindo sua atenção para a dançarina conforme ela passava se balançando, o aroma provocante de madressilva flutuando em seu rastro.

Não havia sequer um centímetro exposto de pele ou cabelo. O rosto estava oculto por trás de bordados e sedas, e até mesmo as pernas estavam cobertas até os dedos dos pés, mas a dançarina se movia como se estivesse nua, como se olhar para suas curvas voluptuosas fosse uma experiência obscena. Ainda assim, a identidade da mulher permanecia um mistério.

Assim como a de suas companheiras.

Muito cuidado para permanecer nas sombras, mesmo estando à vista.

É o que todos praticam aqui, pensou o pirata. Bem, com exceção do prisioneiro.

A máscara dele fora arrancada quando o arrastaram para o centro da sala. A degradação final de sua sentença. Ele havia gritado na hora, cobrindo as rugas com as mãos, tentando ocultar seus cabelos grisalhos. Mesmo com a sentença de morte iminente, parecia que ninguém desejava ter seus pecados no Reino do Ladrão seguindo seu rastro, nem mesmo rumo ao Ocaso.

O ritmo acelerou, a violinista passando o arco pelas cordas a uma velocidade vertiginosa. A voz da cantora subiu cada vez mais aguda, sacudindo os candelabros enquanto a dançarina se contorcia de novo e de novo e de novo ao redor do prisioneiro.

Seus poderes rodopiaram, enviando rajadas de vento pelo salão.

Ajoelhado, o prisioneiro jogou a cabeça para trás, forçando as correntes na direção do teto. A magia delas fervilhou ainda mais. Ele soltou um último grito, um apelo às Mousai, conforme o feitiço das mulheres, tecido em roxo, dourado e carmesim, bombeava por seu corpo, fluindo sem parar até que, enfim, esfarrapado, cedeu por inteiro. Ele brilhou como uma estrela enquanto o crec, crec, crec dos ossos se quebrando ecoava pelo salão.

A luz pulsante sob sua pele se extinguiu junto com o último estalo de sua coluna.

O prisioneiro caiu no chão.

Sem vida.

Sua alma enviada ao Ocaso.

Um momento aterrorizante de silêncio se instalou no lugar, a perda ecoante da magia das Mousai, agora desfeita.

Um choramingo de um dos desprovidos de dons.

E então...

A câmara explodiu em aplausos.

As Mousai fizeram uma reverência com uma graciosidade régia, como se não tivessem acabado de derreter um homem de dentro para fora. Na verdade, o pirata sentia um brilho residual tingido de luxúria na energia do salão. Mesmo ele estava sem fôlego.

Ao perceber aquilo, sua determinação se aguçou, a névoa que confundia sua mente se dissipando.

Ele não era um homem propenso a selvagerias. Ter quase perdido o bom senso fez com que sentisse uma onda de inquietação.

As portas no outro extremo do recinto se abriram, e as pessoas avançaram rumo à festa pós-espetáculo. Mas o pirata permaneceu imóvel, encarando o corpo esquecido do prisioneiro. Estudou as feições, que continham indícios de alguém que nascera em berço nobre, antes que os guardas viessem levar o cadáver embora.

Sabia-se que o prisioneiro tinha sido um membro da corte. Sua posição, no final, pouco fez para salvá-lo. Ao que parecia, o Rei Ladrão só gostava daqueles que roubassem para ele, e não dele.

Era uma boa coisa, no fim das contas, pois significava que haveria um assento vago naquela noite.

Mas seria aquele um mundo do qual o pirata realmente queria fazer parte?

Sim, ronronou sua magia.

Sim, concordou ele.

A questão era como conseguir o poder necessário para andar livremente por aquele lugar.

O pirata vagou entre as várias máscaras que o cercavam, admirando as superfícies pintadas e os véus adornados. O fardo de manter a identidade sempre escondida era também uma brecha na armadura das pessoas. Havia muitos segredos bem trancados naquele palácio e naquele reino, vícios inadequados para ouvidos sensíveis e para uma sociedade respeitável. Mas, junto com os segredos, vinham as oportunidades de obter vantagem. E isso era algo que o pirata estava determinado a conseguir, pois o caminho para um tesouro inestimável se apresentava de muitas formas.

Um reflexo capturou seu olhar, o balanço dos quadris da dançarina cintilando sob as contas de ônix enquanto serpenteava entre os convidados.

Ele observou a silhueta ampla da mulher, sua névoa ardente de magia irradiando a cada movimento. Como uma cobra armando o bote, um plano começou a tomar forma.

Talvez sentindo a presença de um predador, a dançarina se virou, os chifres da máscara se destacando acima da multidão. E, embora suas feições estivessem cobertas, o pirata soube o exato momento em que os olhos dela encontraram os dele, pois um fluxo quente o atingiu.

Mas depois a dançarina começou a se afastar, desaparecendo entre as sombras da corte.

Ele a seguiu, e, enquanto avançava, seus nervos zumbiam em antecipação ao que precisaria fazer em seguida.

Simmm, arrulhou a magia, alegre diante de pensamentos tão ousados, *não somos covardes como os outros.*

Não, concordou ele. *Não somos.*

Com uma mão firme, o pirata removeu sua máscara.

O calor da sala envolveu sua pele já aquecida. Ele respirou fundo, o aroma de liberdade correndo doce por suas papilas gustativas. As pessoas por quem ele passava o olhavam sob sussurros chocados enquanto examinavam suas feições, o primeiro candidato daquela espécie a se revelar.

Ele as ignorou com presteza.

Sua identidade não seria sua fraqueza ali. Não como todos os outros, apegados a disfarces e falsas garantias.

Deixe que me conheçam, pensou.

Deixe que meus pecados me sigam.

Ele já havia sido chamado de monstro. Por que não viver de acordo com a alcunha?

Afinal de contas, monstros eram necessários para criar heróis.

E Alōs Ezra se tornaria o tipo de monstro capaz de criar grandes heróis.

Um bom tempo depois
– anos, na verdade,
quando as feridas se tornaram velhas cicatrizes.

CAPÍTULO UM

Para atirar facas em uma taverna lotada no Reino do Ladrão, é preciso ter uma dessas coisas: uma mira excelente e muito a ganhar ou uma mira péssima e nada a perder.

Em ambos os casos, você com certeza seria imprudente.

E Niya Bassette admirava uma boa imprudência.

De modo que não foi nenhuma surpresa quando ela disparou uma lâmina direto sobre a multidão de clientes desavisados no exato segundo em que suas duas irmãs fizeram o mesmo. As facas passaram zunindo, atravessando de ponta a ponta – uma delas a uma distância de um fio de cabelo de arrancar uma orelha, outra deslizando por entre os dedos de uma mão em movimento, a terceira cortando a ponta acesa de um cigarro – até se fincarem com um baque úmido na maçã que o taverneiro estava comendo no lado oposto do salão.

Estivera comendo, é claro, eram essas as palavras corretas, já que sua refeição agora se encontrava presa a uma coluna ao lado dele.

– Minha lâmina acertou primeiro! – exclamou Niya, o coração batendo forte e empolgado conforme girava para encarar as duas irmãs. – Paguem.

– Temo que sua visão esteja prejudicada, meu bem – respondeu Larkyra, ajustando seu disfarce perolado. – É a minha faca que está no meio.

– Sim – concordou Arabessa –, mas está óbvio que minha adaga foi a que entrou mais fundo, o que significa...

– Absolutamente nada – terminou Niya, sentindo a irritação borbulhar. – Não significa absolutamente nada.

– Já que estão me devendo mais duas moedas de prata – disse Arabessa –, entendo a relutância de vocês em concordar, porém...

– QUEM OUSA ATIRAR FACAS EM MIM? – esbravejou o taverneiro atrás do bar, interrompendo o que Niya havia esperado ser um impasse prolixo.

O ambiente mergulhou em um silêncio espesso; cada rosto mascarado se virou para olhar a comoção.

– Foram essas aí! – exclamou um homem com uma máscara de nariz comprido do outro lado da taverna, apontando um dedo acusador para Niya e as irmãs. – Elas atiraram facas em mim mais cedo e abriram um rombo no meu chapéu.

– Melhor no seu chapéu do que na sua cabeça – resmungou Niya, estreitando os olhos para a doninha dedo-duro.

Devagar, o taverneiro se virou para elas, e a multidão se dividiu como um rasgo em uma meia.

– Ô, droga – murmurou Niya.

– *Vocês* – rosnou o homem.

Para alguém tão grande, ele pulou por cima do bar com uma agilidade surpreendente. Os olhos de Niya foram subindo conforme o taverneiro aprumava a coluna até atingir sua altura máxima. Parecia uma salsicha estufada demais. Os músculos dos braços o haviam forçado a cortar as mangas da túnica para que pudesse se mover livremente. E a máscara de couro que usava parecia formar uma peça única com sua pele dura e enrugada.

Larkyra suspirou.

– Eu esperava que a gente não precisasse abrir caminho lutando até a saída hoje, ainda mais estando do outro lado do bar.

– Portas são só uma das maneiras de ir embora de um estabelecimento – comentou Arabessa, erguendo o rosto para as vigas lá em cima.

Niya seguiu o olhar da irmã, notando uma claraboia com vista para o brilho da noite estrelada de vaga-lumes no teto escavado do Reino do Ladrão.

– De fato – concordou, abrindo um sorriso.

– Qual das três quer ser mandada primeiro para o Ocaso? – rosnou o taverneiro, se aproximando, os passos pesados fazendo tremer as tábuas do assoalho.

– Só para não deixar dúvidas – disse Arabessa enquanto as irmãs recuavam em sincronia –, não estávamos mirando em *você*, e sim na sua maçã.

– Até porque se fosse o alvo, já estaria no Ocaso muito antes de nós – acrescentou Niya.

– Você não está ajudando… – murmurou Larkyra, no instante em que o homem avançou com um rugido.

– Hora de pegar aquela saída – falou Arabessa.

Ela correu e saltou para uma mesa próxima, a roupa azul-marinho brilhando como sangue fresco à luz das velas. As pessoas sentadas cambalearam para trás enquanto ela se pendurava em uma das colunas para subir até as vigas.

– Mas as nossas facas... – protestou Niya, olhando para além do homem em disparada, encarando o brilho de sua lâmina ainda fincada no bar. – Eu acabei de roubar aquela.

– E ainda vai roubar muitas outras – disse Larkyra, levantando as saias e, com toda a graça de seu atual título de duquesa, copiando a fuga de Arabessa.

A multidão gritou em aprovação, vendo um lampejo de sua roupa de baixo branca.

– Cuidado! – gritou Arabessa lá de cima.

Niya não precisava ver o punho para senti-lo vindo em sua direção. E não era um tipo comum de pressentimento, como o toque de uma sombra por cima do ombro. Não, era uma habilidade que vinha com a magia de Niya em particular. Pois, embora as Mousai estivessem de folga naquela noite, sua magia e a das irmãs nunca estavam. Enquanto Arabessa era a violinista e Larkyra era a cantora, Niya... Ela era a dançarina. E com seu dom vinha a habilidade de fazer uma série de coisas lindas e terríveis. Naquele momento em particular, seu dom permitia que se conectasse à energia que fluía de um braço logo antes do golpe, o calor da pele se aproximando. O movimento era seu campo de estudo, sua obsessão, e também o que a fez deslizar para baixo, evitando o impacto que com certeza teria lhe partido a mandíbula enquanto deslizava para baixo de uma mesa. Pés usando botas estavam por toda parte ao redor, assim como o cheiro de madeira encharcada de cerveja e serragem úmida. Ela rastejou em meio à multidão, agradecendo pelas calças largas que lhe permitiam se mover melhor.

Reemergindo algumas mesas depois, Niya se viu ao lado do homem com a máscara de nariz comprido de antes.

Ela abriu um sorriso viperino.

– Bem, olá.

O rato se levantou, pronto para fugir, mas Niya, sempre mais rápida, o agarrou pelo colarinho. Enquanto mantinha um olho no taverneiro, ocupado em procurá-la no recinto lotado, ela empurrou o homem contra uma parede, determinada a lhe ensinar algo sobre boas maneiras.

– Vou deixar você viver... por hoje – sussurrou ela. Um cheiro forte de terra e feno preencheu suas narinas. Ele era um fazendeiro.

– Mas seria bom que se lembrasse do antigo ditado do reino. Sabe de qual estou falando?

O homem negou depressa com a cabeça, arregalando os olhos para algo além dela, para a grande forma que Niya agora podia sentir se movendo em sua direção. Ela havia sido localizada.

Mas ainda tinha tempo para aquilo.

Niya entoou:

– Aqueles que apontam e deduram também vão no Ocaso perecer, mas não antes de a língua perder. – O homem choramingou, e ela alargou o sorriso. – Então fique calado e reze aos deuses perdidos para que nossos caminhos nunca mais se cruzem.

Niya empurrou o homenzinho para longe e abaixou menos de um segundo antes que o punho do taverneiro pudesse colidir contra sua cabeça. Ele atingiu a parede forrada de painéis de madeira, arrancando lascas com um estalo alto.

– Senhor, estou certa de que podemos resolver isso sem recorrer à violência – falou Niya, girando para o centro da taverna, os fregueses se movendo a fim de abrir espaço.

– Foram *vocês* que atiraram facas *em mim*!

– De novo, só para deixar claro, estávamos mirando na sua maçã.

O taverneiro emitiu um rosnado enquanto quebrava a perna de uma cadeira próxima que estava caída, a ponta afiada sem dúvida formando uma estaca para acabar com Niya. A multidão exclamava animada, já que entretenimento gratuito era sempre uma perspectiva bem-vinda, e, pelo canto do olho, Niya viu o dinheiro trocando de mãos, as apostas sendo feitas sobre quem ficaria de pé. Seus dedos coçavam para saber como estavam os palpites.

Mas, antes que pudesse verificar, Niya sentiu uma nova forma se aproximando depressa na direção deles.

– Ninguém pode esfaquear meu irmão além de mim! – gritou uma mulher grande e mascarada, a voz ecoando em um estrondo profundo conforme corria até Niya.

Dando um passo para o lado, Niya empurrou o rosto da mulher ao mesmo tempo em que o taverneiro, escolhendo justo aquele momento para atacar, trombou com a própria irmã. O estabelecimento estremeceu quando os dois colidiram.

– É bom ver irmãos assim tão próximos – provocou Niya.

Os gigantes tentavam se desvencilhar, xingando, cada um lutando para chegar até ela primeiro, e o incentivo da multidão pedindo uma luta ficava cada vez mais alto.

As vibrações do recinto percorriam a pele de Niya como uma carícia, sua magia ronronando alegre a cada descarga de energia. *Sim*, cantarolava ela, *mais*. Niya poderia ter absorvido aquilo tudo, ter movido o corpo de uma forma que paralisaria a todos apenas por observá-la. Mas, com os dentes cerrados, ela conteve a vontade de libertar seus poderes, lembrando-se, mais uma vez, de que as Mousai estavam de folga naquela noite.

Naquela noite, não seriam as Musas Maníacas do Rei Ladrão, como alguns as chamavam ali. Enviando para as masmorras, em transe, aqueles que ousassem desobedecer a seu mestre; ou pior, guiando-os para esperar por seu destino aos pés do seu trono. Não, naquela noite, elas não deviam ser ninguém, ou, mais precisamente, deviam ser qualquer pessoa. Indistintamente distintas em sua coleção aleatória de trajes finos. E, embora o Reino do Ladrão não fosse desconhecido para a magia, seria imprudente revelar suas cartas de maneira tão escancarada. Os dons de um indivíduo eram como um cartão de visita, uma característica rastreável, especialmente para alguém tão poderosa quanto ela. Se qualquer um ali testemunhasse uma apresentação da dançarina das Mousai, teria chances de identificar semelhanças com os dons de Niya.

Portanto, em vez disso, ela conteve a magia, que sempre ardia implorando para ser libertada.

– Está na hora de acabar com a diversão – gritou Arabessa a partir de seu poleiro na viga do teto, onde ela e Larkyra esperavam junto à claraboia.

– Blasfêmia – exclamou Niya, se movimentando através da multidão compacta. Ela saltou sobre o balcão do bar e aterrissou lá dentro. – A diversão nunca acaba.

Com cuidado, arrancou o cabo banhado a ouro de sua faca de arremesso da coluna de madeira – que estava com um pequeno pedaço de maçã preso à ponta.

– Por favor, não diga que nos fez esperar só por causa *disso* – resmungou Larkyra, pulando para uma viga mais próxima.

– Eu venci! – Niya exibiu a lâmina. – E as duas sabem disso! Não devo nada a vocês.

– Pelos deuses perdidos – gritou Larkyra, por cima dos aplausos estridentes que irrompiam conforme os gigantes gêmeos se desvencilhavam o suficiente para ir atrás de Niya. – Eu mesma lhe dou quatro moedas de prata, desde que mova essa bunda até aqui.

– Meu bem. – Arabessa se equilibrou ao lado de Larkyra. – Nunca recompense um rato por ter feito uma bagunça na sua cozinha.

– Ratos são criaturas engenhosas e resistentes! – bradou Niya. – Além disso, eu dificilmente chamaria isso de bagunç...

O bar explodiu, garrafas e copos voando para todos os lados conforme os gigantes atravessavam pelo meio do balcão. Niya rodopiou por entre os estilhaços de madeira que voavam e se curvou para longe do toque dos dedos enquanto voltava a rolar na direção das mesas e cadeiras. Suas costas atingiram uma quina, mas ela afastou a dor, forçando-se a continuar em movimento. Seguiu rolando até se proteger atrás de um banco tombado. Curvando-se em posição fetal, Niya sentiu os respingos quentes de líquido encharcando sua camisa de seda enquanto cacos de vidro perfuravam a placa de madeira atrás da qual ela se escondia, produzindo estalos.

Uma onda de silêncio percorreu o salão. Gotas de bebidas derramadas caíam no chão antes que…

Pura loucura.

Como se a destruição fosse o convite pelo qual a clientela desprezível estava esperando, uma briga irrompeu. À direita de Niya, uma mulher atarracada usando uma máscara de papagaio arremessou sua cadeira por cima de um grupo com quem estivera sentada. As cartas de baralho saíram voando como fogos de artifício.

Uma criatura magra, oculta por uma cota de malha, se atirou contra a multidão de pessoas se batendo.

Niya suspirou. Ela era oficialmente a coisa menos interessante do recinto.

Que tédio, pensou.

Embora pudesse ser uma tola por querer mudar aquilo, ela não era idiota. Uma Bassette sabia a hora de se retirar.

Encontrando o olhar de Larkyra e depois o de Arabessa, assentindo para ambas, ela observou as irmãs saltando pelas vigas na direção da claraboia, ágeis como as ladras que eram, e se balançando para fora através da abertura estreita.

– Não! – berrou o taverneiro ao perceber a fuga.

Ele e a irmã socaram uma coluna próxima, como se estivessem felizes em derrubar o teto inteiro desde que isso significasse colocar as mãos em uma integrante do trio.

Niya aproveitou o momento de distração para se esgueirar até a frente da taverna e escapar pela saída com cortinas.

A noite fresca e cavernosa abraçava sua pele quando deu de cara com uma pequena aglomeração reunida na extensão da rua iluminada por lamparinas. Olhares curiosos se escondiam por trás de disfarces, e as pessoas trocavam cochichos e se inclinavam de um lado para o outro a fim de espiar melhor, se perguntando que tipo de prazer ou armadilha haveria no interior da taverna Língua de Garfo, especialmente o que estava fazendo a placa do lado de fora balançar com tanto entusiasmo. Obtiveram a resposta quando um corpo foi arremessado para a rua através de uma janela.

Deixando escapar uma risada, Niya se apressou até um beco próximo, completando sua fuga. Inspirou o ar fresco do Reino do Ladrão, espiando através da máscara o teto coberto de vaga-lumes bem acima. As criaturas iluminadas brilhavam em uma miríade de verdes e azuis. Estalactites e estalagmites gigantescas se erguiam ao longo da cidade, exibindo os salpicos de luz das construções escavadas em suas encostas. A beleza sombria da cidade nunca deixava de surpreendê-la, e Niya soltou um suspiro de satisfação, mantendo-se na escuridão antes de virar na Alameda da Sorte. Era uma tarefa fácil, considerando que o Distrito das Apostas contava com extensas áreas de breu. A escuridão servia para esconder as modalidades de jogo inadequadas para os salões de apostas, aquelas que geravam bagunça demais para limpar. As rinhas de galo, as brigas com soqueira, os desafios deploráveis – tudo por um punhado de prata.

Pequenas fogueiras tremeluziam pelos becos, iluminando silhuetas curvadas junto às chamas enquanto o aroma de ferro e suor preenchia o ar. Conforme caminhava, ela avistou uma multidão assistindo a duas criaturas tentando comer pratos cheios de pedras. Baba e ranho pingavam de suas máscaras levemente opacas, mas os competidores continuavam forçando mais pedras para dentro. Os espectadores gritavam, animados, enquanto um mestre de cerimônia ágil marcava linhas em um placar atrás deles, contando as pedras. Niya se espremeu pelo grupo, passando na frente do Macabris, um dos clubes mais caros e exclusivos. A fachada imaculada de mármore preto se destacava entre os estabelecimentos humildes ao redor. Um lustre de cristal brilhante pendia no alto da entrada, iluminando quatro seguranças enormes disfarçados que estavam posicionados junto à porta.

– Vocês adoram uma mentira! – Uma dama usando uma máscara de gato riu para seus companheiros, que estavam esperando na fila do lado de fora do clube. – Ninguém vê o *Rainha Chorosa* faz meses.

Niya parou ao lado deles, as orelhas formigando ao ouvir a menção ao notório navio pirata.

– Juro pelos deuses perdidos – respondeu uma silhueta inteiramente envolta em veludo. – Sou amigo da capitã do porto em Jabari, e ela me disse que alguns membros da tripulação atracaram lá na última semana.

– Então o *Rainha Chorosa* está no porto de Jabari?

– Eu não disse isso. Apenas alguns membros da tripulação.

– Sem o navio, como alguém sabe que esses piratas pertencem a ele?

A pergunta foi recebida com silêncio, mas Niya permaneceu onde estava, o coração acelerado enquanto se abaixava como se fosse amarrar o cadarço das botas.

– Exatamente – continuou a mulher. – Não tem como saber. São todos iguais. Com a pele mais ressecada e bronzeada que o couro de um cinto.

– Além disso – acrescentou outro dos companheiros –, Alōs Ezra pode ter culhões de ferro, mas não é burro a ponto de mandar a tripulação andar por aí depois de tanto tempo se escondendo. Se a informação chegou até *você*, então o Rei Ladrão com certeza já teria descoberto muitos dias antes. E a única notícia que ouviríamos hoje à noite seria sobre a evisceração pública do pirata na corte.

– Bem – bufou a figura de veludo –, seja qual for a verdade, uma coisa é certa: Lorde Ezra não pode se esconder para sempre.

– Não – concordou uma quarta pessoa. – E vamos torcer para que ele não queira isso. Aquele rostinho merece ser visto.

– Principalmente debaixo das minhas saias – acrescentou a mulher.

As risadinhas foram abafadas conforme o grupo entrava no clube, a luz quente e os corpos aglomerados lá dentro sumindo com o fechar das portas.

Niya continuou agachada na beira da calçada cheia de gente, mal sentindo os joelhos e braços em movimento que batiam em seus ombros. Era como se seu corpo inteiro estivesse submerso em água fria. A menção ao lorde-pirata, mesmo depois de tanto tempo, ainda mexia com ela.

Como um fósforo sendo riscado, chamas de irritação irromperam pelas veias de Niya, e ela se levantou.

Não, pensou a dançarina, voltando a se mover pelo mar espesso de pessoas. Ela só estava tendo aquela reação porque ele e seus marujos andavam foragidos nos últimos meses. Escondendo-se como covardes com uma sentença de morte nas costas. Se não eram capazes de encarar a possível punição, então não deveriam ter roubado *phorria* do Reino do Ladrão. A potente droga mágica era muito perigosa e volátil, motivo pelo qual só era permitida ali, naquela cidade escondida mergulhada no caos. O Rei Ladrão mantinha um olhar bastante atento sobre o uso e o comércio da substância dentro das espeluncas de seu reino.

O que, é claro, tornava ainda mais impressionante o fato de Alōs ter escapado impune com o contrabando por tanto tempo. Desde o instante em que o lorde ganhara seu assento na corte, Niya observara sua rápida ascensão ao alto escalão. Era um homem implacavelmente ambicioso, mais escorregadio que uma enguia, e, mesmo assim, ela se perguntava por que ele teria quebrado uma lei tão perigosa. Como o grupo havia mencionado, Alōs Ezra não era burro. Não teria arriscado tudo pelo qual se esforçara tanto caso não tivesse um bom motivo. E Niya se odiava por querer saber que motivo era esse.

Para começar, se odiava até mesmo por pensar nele.

Ela odiava... bem, *ele*.

E é por isso que devo tirá-lo da minha mente, pensou a dançarina, obstinada. Afinal, os piratas do *Rainha Chorosa* não poderiam estar em Jabari.

— Seria impossível — murmurou para si mesma, dobrando uma esquina.

O Rei Ladrão tinha olhos em cada porto de Aadilor, especialmente em Jabari — a cidade exterior àquele reino, onde Niya e as irmãs moravam.

— É só um boato — continuou ela, atravessando um arco amplo para entrar em um pátio silencioso. Prédios altos de tijolos o cercavam, com persianas pretas ocultando cada janela. — E os deuses perdidos sabem que ouvimos muitos boatos nos últimos meses.

— Boatos de quê? — perguntou Larkyra, descendo por um telhado vizinho e aterrissando agachada.

— Boatos de que você está perdendo o jeito — respondeu Niya, sem querer mencionar nada sobre Alōs para as irmãs, especialmente a partir de rumores infundados.

Sempre que o nome do pirata vinha à tona em seu círculo, Niya acabava rememorando o verão de quatro anos antes, que a levou a uma noite muito estúpida, desagradável e terrível. Uma noite sobre a qual Larkyra e Arabessa nada sabiam. E, no que dependesse de Niya, nunca descobririam. Escondera da família todos os vestígios de mágoa e remorso, revirando os sentimentos de novo e de novo até que se transformassem em um desejo de vingança.

— Temo que seja você a estar perdendo o jeito — corrigiu Larkyra, espanando a poeira das saias. — Saindo da taverna sem arrancar sequer uma gota de sangue de alguém.

— A noite está só começando. Que tal eu consertar isso com você?

Larkyra exibiu um sorriso afiado, a máscara de pérolas brilhando sob a luz das lamparinas.

— Temo que, quando você falhar, isso fortalecerá ainda mais meu argumento.

A irritação de Niya aumentou, e ela levou a mão até a lâmina em seu quadril, até que...

— Senhoras, por favor — interrompeu Arabessa, se equilibrando nas reentrâncias de uma sacada no segundo andar. — Não gostaríamos de estragar uma noite tão maravilhosa como esta me fazendo carregar o cadáver das duas pra casa, não é mesmo?

Ela pousou com delicadeza no corrimão fino do primeiro andar antes de saltar para o chão com a graça de um felino.

– Sim, claro, uma noite maravilhosa – declarou Larkyra. – Estava nas mãos de vocês, queridas irmãs, me proporcionar uma noite incrível antes que eu partisse para a lua de mel.

– Claro – disse Niya. – Um tratamento especial assim não é oferecido a qualquer pessoa.

– Especialmente não por você – refletiu Larkyra com tristeza.

– Gostaria que tivesse dado ouvidos às minhas sugestões quanto aos eventos desta noite – falou Arabessa para Niya.

– É, mas, da última vez em que fiz isso – explicou Niya –, eu me lembro bem de ver duas carruagens explodindo.

– Mas nós também estávamos sendo atacadas?

Larkyra assentiu.

– Estávamos.

– Ah, bem, devo ter esquecido essa parte.

– É o mal da velhice – comentou Niya.

Larkyra abafou um bocejo.

– Assim como o cansaço que estou sentindo.

– Você é mais nova do que nós.

– O que não muda o fato de que virarei um monstro caso não durma um pouco antes de partir com Darius amanhã.

Enquanto a maioria das pessoas vivia a lua de mel logo após o casamento, Larkyra e seu agora marido, Darius Mekenna, recém-nomeado Duque de Lachlan, andaram ocupados demais, reconstruindo e revitalizando sua pátria antes amaldiçoada, para celebrar. Agora, com o povo e o território começando a prosperar outra vez, ele e Larkyra estavam prontos para tirar férias em uma de suas propriedades mais ao sul.

Era natural que levassem Lark para uma despedida de solteira antes que a caçula partisse. Niya só não pensara que as coisas fossem terminar *tão cedo*.

– Vamos todas embora – declarou Arabessa.

– Não – protestou Niya. – Vamos tomar outra bebida. O Macabris fica logo ali na esquina.

– Eu bem que queria, mas...

– Mas nada. Nem ficou bêbada, passarinha! Vamos ter falhado miseravelmente caso não volte cambaleando pra casa hoje à noite.

– Meu bem, *não posso* estar com dor de cabeça e náusea amanhã. A viagem de carruagem com Darius será longa, e ficará ainda mais se eu precisar parar a cada poucas curvas para esvaziar o estômago.

– Quando foi que você ficou tão chata? – reclamou Niya.

– Você quer dizer responsável?

– É a mesma coisa.

– Sabe – comentou Arabessa –, você e eu também vamos precisar acordar cedo. Papai convidou a família Lox para o desjejum.

– Pelo mar de Obasi! – resmungou Niya. – Falando em coisas chatas… O que aconteceu com os almoços? O desjejum é cedo demais para receber visitas. O que os vizinhos vão pensar?

– Estou certa de que papai prefere que fofoquem sobre nossos horários estranhos de socializar do que sobre nossas… outras esquisitices.

– Como, por exemplo, a aparência estranha da primogênita dele? – provocou Niya.

– É mais como o fato de a filha do meio não conseguir ficar parada em público por mais de um segundo.

– Não é minha culpa que os convidados do papai sejam sempre tão chatos. Preciso me movimentar ou posso cair no sono de tanto tédio.

– Embora ouvir suas queixas seja fascinante – disse Larkyra, tirando uma chave de portal do bolso da saia –, sugiro que guarde um pouco para as conversas de amanhã.

Com a ponta da lâmina, Larkyra perfurou o próprio dedo, deixando que uma gota carmesim atingisse o centro da moeda de ouro. Aproximando o objeto dos lábios, ela sussurrou um segredo – um que Niya, por mais que se esforçasse, nunca conseguia ouvir. A chave cintilou quando Lark a arremessou para o alto. Antes de atingir os paralelepípedos, porém, uma porta brilhante se formou a partir do centro da moeda, revelando o beco escuro de outra cidade que se estendia do outro lado.

Havia várias maneiras de ir e vir do Reino do Ladrão, mas com certeza a mais simples era usar uma chave de portal. O problema estava em adquirir a chave certa, pois eram itens escassos que apenas as pessoas mais poderosas conseguiam criar. Felizmente, as Mousai tinham conexão direta com uma criatura capaz de produzir as moedas com um estalar de dedos. Claro, como Niya bem sabia, convencer a criatura a estalar os dedos era a parte difícil.

Sem dizer nada, Larkyra ergueu as saias e deslizou pela abertura do portal, seguida depressa por Arabessa.

Niya hesitou junto à entrada brilhante, um nó se formando em seu peito. Noites como aquela, com todas reunidas e livres para se divertir, estavam ficando escassas agora que Lark havia se casado com Darius. Se Niya soubesse que a noite terminaria tão cedo, ela teria... bem, não sabia o que teria feito diferente. Exceto, talvez, provocar a caçula ainda mais.

– Você vem? – perguntou Lark, parada perto de Arabessa do outro lado do portal.

Afastando a nostalgia, Niya atravessou, sendo engolida de imediato pelo calor seco da nova cidade. Enquanto o Reino do Ladrão cheirava a terra molhada, fogo e incenso, ali o perfume de jasmim fresco flutuava pelo ar. E, para além do beco estreito, o dia estava nascendo.

Niya contemplou a cidade onde nascera: Jabari. A joia de Aadilor, era como a chamavam, pois abrigava o comércio mais diverso das terras do sul. Seus edifícios ricamente construídos no pico norte se aglomeravam como um diamante brilhante em direção ao sol.

Atrás de Niya, a passagem de volta ao Reino do Ladrão se fechou quando Larkyra devolveu a chave de portal ao bolso.

Sem a presença da abertura, o beco de alguma forma parecia... menor.

– Estão prontas? – perguntou Arabessa, incitando as irmãs a remover as máscaras.

Niya correu a mão sobre o rosto, uma névoa de sua magia laranja vazando pela palma. *Solte*, ela instruiu em silêncio. Houve um formigamento quando a máscara se desgrudou e caiu em seus dedos.

A dançarina esfregou os olhos. As máscaras sempre pareciam mais naturais em seu rosto do que fora dele.

Ainda assim, ali, em Jabari, o disfarce que usavam tinha outra natureza.

Em Jabari, elas eram as filhas de Dolion Bassette, o Conde de Raveet, da segunda casa de Jabari. Uma família estimada que, para qualquer observador casual, não possuía dons ou conexões com uma cidade deplorável escondida nas profundezas de uma montanha. E por uma boa razão. Embora Jabari tivesse muitos esplendores, a magia não era um deles. Ali, os cidadãos encaravam tais poderes com desconfiança, ostracizando da comunidade aqueles dotados de magia. Niya não podia culpá-los. A história de Aadilor era repleta de sujeitos que tinham dons tirando vantagem de quem não tinha. Era melhor que cada grupo ficasse nas próprias terras.

Mas segredos precisavam de lugares para se esconder, e, para criaturas tão poderosas quanto Niya e suas irmãs, era melhor se camuflar à vista de todos.

Guardando a máscara na bolsinha presa à sua cintura, Niya seguiu Arabessa e Larkyra para fora do beco.

As ruas amplas do anel superior de Jabari estavam silenciosas – os aristocratas não tinham necessidade de acordar antes do nascer do sol. As irmãs viraram em uma rua ladeada por mansões de mármore, seus portões de ferro forjado protegendo gramados verdes e imaculados onde lírios e rosas se preparavam para florir.

Apesar do horário tranquilo, Niya não conseguiu afastar uma sensação gelada que correu por sua nuca ao dobrar a esquina. Uma sensação detectável graças a seus dons. Olhou por cima do ombro, mas viu apenas a rua vazia.

Esperou para ver se a sensação se repetia, um sinal de que alguém poderia estar seguindo seus passos, mas nada aconteceu.

Deve ter sido um rato, pensou, se apressando para alcançar as irmãs, esquecendo-se depressa do ocorrido.

No entanto, o que Niya não levou em consideração ao entrar pelo portão da própria casa é que, às vezes, o formigamento mágico de estar sendo seguida, na verdade, é um instinto básico que o ser humano tem ao ser observado.

CAPÍTULO DOIS

Chá quente respingou na mão de Niya enquanto ela enchia sua xícara até transbordar, despertando-a do devaneio de que ela havia acabado de atravessar para o Ocaso por puro tédio.

— Sério, minha chama, os Lox não eram tão sem graça assim — comentou o pai, Dolion Bassette, de seu lugar habitual na varanda, onde se recostava como um leão sob o sol suave da manhã, as bochechas brancas ficando coradas.

— Você tem razão, eles eram muito piores — resmungou Niya.

Se não fosse pelo desjejum mais leve que haviam preparado, ela tinha certeza de que a visita dos Lox se arrastaria até o almoço.

— A filha caçula, srta. Priscilla, não é tão ruim — comentou Zimri, se inclinando para trás no assento.

— É claro que você teria essa opinião — respondeu Arabessa. — Ela só faltou te dar comida na boca, a pobre criança apaixonada.

— Não posso evitar que meus encantos afetem aqueles ao meu redor.

— É assim que você chama? Encantos? Sempre pensei que fosse mais fácil chamar de aborrecimentos.

Zimri lançou um olhar azedo para Arabessa, mas evitou dar qualquer resposta atravessada.

Jogada inteligente, pensou Niya, pois Arabessa podia ser uma víbora com as palavras, especialmente quando a irmã e Zimri discutiam. Niya tinha suas próprias teorias em relação ao possível motivo, mas não que desejasse compartilhá-las em voz alta. Afinal de contas, valorizava a própria vida.

Zimri deu as costas para Arabessa e bebeu um gole de chá, contemplando os telhados vermelhos da cidade que se estendia além da sacada. Seu cabelo espesso brilhava sob os raios suaves, a casaca roxa matinal se destacando contra a pele negra e contra as flores brancas que decoravam a varanda. Niya parou um momento para estudar seus ombros largos e o físico forte. Parecia que fora ontem que seu pai o trouxera para casa, um garoto magricela e quieto, de olhos marejados. Dolion tinha sido um bom amigo dos pais dele. Depois que estes morreram tragicamente no mar, como Zimri não tinha outros parentes próximos, Dolion tomou o rapazinho sob sua proteção e o criou como se fosse seu filho. As meninas Bassette sabiam o que era perder um dos pais, e logo incluíram Zimri. Era natural que ele começasse a seguir os passos do pai delas em seus deveres, crescendo para assumir o papel de braço direito do conde com total seriedade. *Às vezes, de um jeito irritante*, pensou Niya, contrariada. Ela já tinha uma irmã mais velha. Com certeza não precisava de um *irmão mais velho*.

Se ao menos pudessem ter permanecido como as crianças despreocupadas de antes, correndo soltas por Jabari e sob o palácio do Reino do Ladrão. Pois Zimri era um dos poucos que conhecia o segredo que as Bassette guardavam por trás de muros encantados e cidades escondidas.

Niya sorriu para si mesma, relembrando em silêncio aqueles primeiros dias, o quanto fora fácil convencê-lo a fugir com elas, apesar da reprimenda que receberiam caso fossem descobertos. Isso foi um tempo antes de ela e as irmãs serem forçadas a encarar outras responsabilidades em relação a seus dons, e Zimri, seu dever como ajudante de Dolion. E agora... mais mudanças. Niya olhou para a cadeira vazia à sua frente, onde Larkyra costumava se sentar.

– Como as manhãs estão calmas agora que Lark se foi – refletiu Dolion.

Uma pontada aguda atravessou o peito de Niya ao ouvir aquelas palavras, tão próximas de seus próprios pensamentos.

– Ela não *se foi*, papai. O quarto de Larkyra ainda está igual, só esperando ela voltar.

– Você quer dizer nos *visitar* – corrigiu Arabessa. – Ela não mora mais aqui.

Niya franziu a testa.

– Sei disso. Mas não é como se estivesse no Ocaso com nossa mãe. Ela ainda está viva.

O silêncio preencheu a varanda, e, com uma onda de culpa, Niya percebeu o que havia dito.

– Me desculpe, papai, eu não queria...

– Está tudo bem, minha chama. – Ele acenou-lhe com a mão. – Sei o que quis dizer. É claro que Lark ainda está conosco. É apenas falta de costume, não ver minhas três meninas juntas como sempre.

– Sabe, Darius e Lark podiam ter se mudado para cá – comentou Niya.

Contra a xícara, Arabessa deixou uma risada escapar pelo nariz.

– Ficou maluca? Ah, claro, tenho certeza de que todo duque com um grande reino e múltiplos castelos preferiria *muito mais* abandonar sua terra natal e seus arrendatários pra morar na casa do sogro com a esposa recém-casada.

– Bom – disse Niya, erguendo o queixo –, quando fala desse jeito...

– Você percebe o quanto soa idiota?

A magia de Niya se agitou, quente, acompanhando o mau humor.

– Eu só estava dizendo que...

– Já chega, vocês duas – falou Dolion, pacificador. – E pensar que eu havia acabado de admitir que a casa estava calma demais.

– Mesmo com apenas uma delas – comentou Zimri –, a casa *nunca* estaria calma.

Dolion riu.

– É verdade.

Niya e a irmã compartilharam uma careta parecida para os dois homens.

– Pelo menos agora que as três não estão mais sob o mesmo teto – continuou o pai –, devo ter esperanças de que haja menos maquinações em andamento nos nossos salões?

– Você nos criou como ladras e mercenárias – explicou Niya. – As maquinações estão sempre em andamento.

As sobrancelhas ruivas de Dolion se arquearam, o cabelo comprido como uma juba se unindo à barba espessa.

– Eu não reduziria o papel que esta família desempenha para o povo de Aadilor a títulos tão comuns como esses.

– Certo, certo – apaziguou Niya. – Somos ladras nobres, então. Carrascas com a mais alta moral.

– Isso mesmo. Quando alguém nasce com tamanhos dons como você e suas irmãs...

– É preciso fazer o possível por aqueles que não os têm – completou Niya, citando a retórica constante do pai.

– Exato – ele assentiu, satisfeito.

Niya suspirou. Às vezes, se cansava da atitude rigorosa que o pai tinha em relação às suas responsabilidades morais. Embora entendesse por que ele se apegava com tanta firmeza a fazer o bem para o mundo. Ou por que tinha enviado Niya e as irmãs em missões para roubar de uma minoria rica e perversa a fim de devolver aos inúmeros necessitados inocentes. Ele estava compensando os pecados que nadavam em uma sala do trono mais sombria, compensando as ordens e expectativas postas sobre as filhas quando estas se disfarçavam como as Mousai. Pois, apesar de Dolion ser um conde e pai amoroso, era também a criatura que inspirava contos de advertência. Ele era o Rei Ladrão. E, por causa disso, parecia estar sempre expiando seus pecados. Mas Niya compreendia que o Reino do Ladrão existia para conter o que, de outra maneira, se desenvolveria de forma caótica por Aadilor. O pai desempenhava seus papéis porque precisava, e havia criado as filhas para que entendessem os delas.

Niya observou o pai coçar lentamente a barba grisalha, espiando a cidade.

Quais devem ser os fardos mais pesados que ele carrega?, se perguntou Niya, sentindo uma vontade repentina de abraçá-lo.

E estava prestes a fazer isso quando foi tomada por um espirro.

E depois outro.

– Ah, não. – Niya se levantou, esquadrinhando a varanda.

– O que foi? – quis saber o pai.

– Onde ele está? – rosnou Niya, levando a mão ao nariz.

– Onde está quem, minha querida?

– O maldito gato do cozinheiro. – Niya olhou por baixo da cadeira do pai. – Ahá! Atchim! – A fera laranja estava enrolada aos pés de Dolion. – Suma daqui – exigiu Niya. – Ah, não, não comece. Não ouse esfregar esse seu pelo nas minhas saias novas, seu… ai!

Um rosnado preencheu o ar antes que um borrão laranja corresse de debaixo da mesa para o interior da casa.

– Aquele verme me arranhou! – bradou Niya. – Sabe que sou alérgica a gatos, papai. Por que deixou o cozinheiro ficar com essa coisa?

– Ele estava machucado e precisava de um lar.

– E agora eu estou machucada e preciso que ele vá embora.

– Ele foi embora – falou Arabessa.

– Você entendeu o que eu quis dizer! Ou ele vai embora, ou vou eu.

– Só há uma escolha possível – comentou Zimri.

– Exatamente.

– Você precisa se acalmar – disse Arabessa. – Está fazendo uma tempestade em copo d'água.

Me acalmar!

Niya cruzou os braços, a magia estalando sob a pele em um formigamento irritado.

– Se você fosse tão alérgica quanto eu, não acharia que é tempestade em copo d'água – declarou. – Então não, não vou me acalmar.

– O que não é nenhuma surpresa... – murmurou Arabessa.

– Como é?

– Nada.

– Não pareceu ser nada.

– Então pode acrescentar "problema de audição" às suas enfermidades.

Niya arrancou seu xale do encosto da cadeira.

– Vocês são péssimos.

– Minha chama – falou o pai –, sua irmã está obviamente tentando irritá-la.

– E funcionou.

– Como sempre acontece. – Arabessa tomou um gole de chá.

– E o que *isso* significa? – retrucou Niya.

– Como posso explicar com delicadeza? – refletiu a irmã. – Você tem dificuldade em controlar a raiva.

– Não tenho!

Nem o pai, Zimri ou Arabessa se manifestaram; apenas permitiram que o eco da voz de Niya retumbasse pela varanda.

– Certo – resmungou. – Talvez eu tenha, mas e daí?

– Sabe – começou o pai –, sua mãe também era conhecida por ter o pavio curto de vez em quando.

Niya pestanejou, o desagrado crescente dentro dela desmoronando por um momento ante a menção ao nome da mãe. Dolion não falava muito sobre Johanna, mesmo mais de uma década após perder a esposa no nascimento de Larkyra.

– É mesmo? – perguntou Niya.

O pai assentiu.

– Na verdade, era por isso que ela costumava usar este broche.

Com os dedos grandes, ele acariciou de forma distraída o acessório que adornava sua casaca. Tinha o contorno simples de uma bússola, com o ouro já gasto como se esfregado várias vezes durante muitos anos. Niya já vira o pai usando aquele broche antes, mas nunca havia dado atenção ao assunto.

Ele tinha pertencido à sua mãe? Uma pontada ávida de saudade atingiu o peito de Niya, como sempre acontecia quando encontrava outra peça do quebra-cabeça que era Johanna.

– Ela dizia que tocar a peça a acalmava – continuou o pai. – Ajudava a dar uma pausa quando se perdia em emoções ou pensamentos. Dizia que a ajudava a encontrar seu caminho. – Dolion sorriu suavemente. – Também era um sinal para quando ficava brava comigo. Eu sabia que era hora de recuar se os dedos dela agarrassem o broche.

– Talvez Niya pudesse achar um talismã semelhante – sugeriu Arabessa. – Mas teria que ser maior do que um broche. Talvez um bracelete bem grande? Ou três? – Ela riu. – Mamãe podia ter pavio curto, mas duvido que chegasse perto do vulcão que você carrega aí dentro.

Niya lançou um olhar atravessado para a irmã, seus poderes mais uma vez se contorcendo nas veias.

– Bem – falou Zimri para Dolion –, lá se foi o momento bonito.

O pai deu de ombros.

– Ninguém pode dizer que eu não tentei.

– Sabe – começou Niya –, Larkyra nunca reclamou do meu temperamento.

– Não na sua frente – rebateu Arabessa.

As mãos de Niya esquentaram, a magia subindo até as palmas. *Queime*, ela sussurrava.

Arabessa deve ter percebido o tremor súbito da irmã, pois arqueou uma sobrancelha bem-cuidada como se dissesse *"Está vendo? Um vulcão"*.

Niya engoliu um rosnado.

– Tudo bem – disse, forçando leveza em seu tom. – Como parece que estamos distribuindo observações uns sobre os outros, então, minha querida Ara, aqui vai um conselho de irmã: se você gosta de alguém... – Niya alternou o olhar de forma intencional entre ela e Zimri – ...tente não ficar insultando a pessoa.

Arabessa arregalou os olhos, as bochechas corando conforme Niya dava as costas para o grupo.

Ela caminhou depressa pelos corredores de teto alto, até chegar aos andares mais baixos da casa, com seus pensamentos fervilhando.

Como Arabessa teve coragem de dizer isso, pensou. *Posso ter certas... peculiaridades, mas ela também tem!* Além do mais, não tinham sido criadas para admirar a perfeição. Cicatrizes, dificuldades e falhas tornavam as pessoas interessantes. Niya sempre fora daquele jeito, e *agora* aquilo era um problema?

– Não – resmungou. – Não vou mudar, não vou mudar por ninguém.

De qualquer maneira, havia muito daquilo acontecendo ultimamente.

E, como o pai apontara, sua mãe também tivera aquela mesma paixão. No mínimo, Niya deveria ter orgulho de compartilhar uma característica com uma mulher tão respeitada quanto Johanna Bassette.

Se ela conseguia viver com tanto fogo, eu também consigo.

Respirando fundo, Niya relaxou um pouco os músculos enquanto seguia o caminho até a cozinha, onde avistou uma silhueta familiar junto à porta dos fundos.

– Charlotte – chamou Niya, correndo até a mulher que fora sua babá na infância e que agora segurava uma capa. – Se você for sair, eu gostaria de acompanhá-la. Preciso de ar fresco.

A mulher robusta a encarou com um ar preocupado.

– Não vou dar um passeio, estou indo ao mercado.

– Perfeito. Adoro o mercado.

– Então a senhorita concorda em carregar uma cesta?

– Claro.

– Que ficará mais pesada com o passar do dia?

– Eu sou forte.

– Que você precisará carregar de volta do Distrito Comercial. *Ladeira acima*.

– Pelos deuses perdidos! – exclamou Niya. – As pessoas me acham cabeça quente *e* preguiçosa?

Charlotte permaneceu muda, o que acabou servindo como resposta.

– Esta casa inteira me cansa! – Niya arrancou uma capa fina que estava pendurada na porta antes de pegar uma cesta extra. – E daí que perco a paciência de vez em quando? Isso dificilmente me torna um monstro.

– Hum… é claro que não, senhorita.

Charlotte apertou o passo para acompanhar Niya enquanto elas deixavam a entrada sombreada da criadagem rumo ao portão dos fundos.

– Já não demonstrei que também tenho partes boas pra redimir meu caráter? – perguntou Niya. – Posso ser calorosa, apaziguadora, gentil, charmosa e…

– Humilde – acrescentou Charlotte.

– Sim, exato! – concordou Niya. – Se uma de nós deveria ser criticada pelo próprio comportamento, com certeza seria Ara. Quer dizer, olha o jeito como organiza as coisas em sua penteadeira. Ela usa uma régua, Charlotte, *uma régua!*

– Eu sei – disse Charlotte. – Quem você acha que arrumou a régua pra ela?

– *Pfff*, é sobre isso. Prefiro ter uma cabeça quente do que ser toda azeda.

– Minha menina. – Charlotte pôs uma mão gentil sobre o braço de Niya, fazendo-a desacelerar. – Não sei o que a deixou tão fora de si…

– Não estou fora de mim – bufou Niya.

As sobrancelhas grisalhas de Charlotte se arquearam.

– Certo, estou fora de mim, mas você também estaria caso sua personalidade tivesse sido tão atacada por Arabessa quanto a minha foi esta manhã.

A criada a observou com atenção enquanto caminhavam. Havia educado as três meninas Bassette desde a infância, sendo mais como uma avó do que como uma aia. E, como todos os funcionários da casa, ela sabia dos segredos que as meninas guardavam, pois, em troca, os Bassette guardavam os segredos dos criados, tornando a casa um santuário para todo tipo de pessoa com dons em Jabari.

— Você costuma se divertir discutindo com suas irmãs – disse Charlotte.

— Eu sempre me divirto.

— Você não parece estar se divertindo agora.

Niya refletiu sobre aquilo.

— Não, acho que não estou.

— E por quê?

— Eu... não sei. Acho que, ultimamente... não é a mesma coisa...

— Sem Lady Larkyra?

— Estou sendo boba – respondeu Niya, apertando a cesta com mais força. Desde quando tinha se tornado tão sentimental?

— Vocês, meninas, são muitas coisas – explicou Charlotte. – E, sim, bobas com certeza está na lista, mas demonstrar sua lealdade e seu amor umas pelas outras não deveria estar incluso no pacote. Não há problema em sentir saudades da sua irmã.

Niya sentiu uma pontada de desconforto por ser interpretada com tanta facilidade. Mas Charlotte tinha razão, é claro. Ela *sentia* falta de Larkyra. Não que fosse contar aquilo para a irmã algum dia. Pelo mar de Obasi, nunca deixariam Niya em paz!

Ainda assim... Lark era a caçula, acabara de completar 19 anos. Como já estava casada e morando fora?

— Se quer saber minha opinião – prosseguiu Charlotte –, vocês todas cresceram muito rápido. Mas acho que era de se esperar. As três não são como a maioria.

— E graças aos deuses perdidos por isso – respondeu Niya. – Ser igual a todo mundo é uma chatice.

Charlotte riu conforme entravam no Distrito Comercial, onde as mansões de mármore do anel superior de Jabari eram substituídas pelos edifícios de tijolos dos comerciantes, a rua ficando lotada com cidadãos apressados em adquirir mercadorias. Os gritos dos vendedores ambulantes ecoavam acima de suas cabeças, e os aromas de peixe defumado e nozes torradas se misturavam no ar.

— Nossa passarinha pode ter voado do ninho – falou Charlotte, parando em uma barraca a fim de escolher cogumelos. – Mas todas farão o mesmo com o tempo. Afinal, você *tem* 21, e Arabessa tem 23 anos.

– Charlotte. – Niya arqueou as sobrancelhas em um horror fingido. – Você não sabe que é falta de educação falar a idade das pessoas?

– Você comenta sobre a minha idade diariamente.

– Bobagem. Ninguém sabe de verdade quantos milênios você tem.

– O que estou tentando dizer – continuou a criada, seus olhos faiscando enquanto pagava o vendedor e as duas seguiam caminho – é que já vi vocês, meninas Bassette, se adaptarem a muitas coisas, tornando-se ainda mais fortes. Embora a casa possa parecer diferente agora, suas obrigações não mudaram. Sempre terão responsabilidades pra mantê-las unidas. Além disso, você tem a mim e ao resto dos funcionários. A maioria de nós é velha demais pra ir muito longe.

Niya sorriu para a mulher enrugada, um pouco da melancolia se dissipando.

– Você está certa.

– Sempre estou – resmungou Charlotte.

Deixando escapar uma risada, Niya continuou seguindo Charlotte pelo mercado, a dor em seu peito diminuindo conforme repetia mentalmente as palavras da idosa. Ela e as irmãs *sempre* teriam seus deveres para mantê-las unidas. Em Jabari, mas especialmente no Reino do Ladrão.

As Mousai, afinal de contas, eram inseparáveis.

Conforme a manhã foi se transformando em tarde, Niya e Charlotte se separaram para providenciar os últimos itens da lista. E, após deixar a costureira, a jovem decidiu se presentear com um bolinho de arroz, se sentando para comer no Pátio do Artesão. Era seu lugar predileto no Distrito Comercial – ela se jogou em um banco sombreado de frente para um grande chafariz refrescante que brilhava sob o calor.

Os sabores doces e salgados fluíram por sua língua enquanto ela mordiscava o lanche, um sorriso se espalhando nos lábios ao observar as crianças escapando de suas mães e babás a fim de mergulhar na água fria. *Hoje as coisas estão enfim melhorando*, pensou, contente, dando outra mordida.

O som de gritos ainda mais animados chamou a atenção de Niya para uma viela sinuosa à esquerda. A passagem parecia deserta, mas os brados ecoaram de novo em sua direção, e ela não precisava ver para saber o que provocava tal mistura de frenesi e decepção. Uma aposta.

Com o humor melhorando ainda mais, Niya se levantou. *Quão delicioso seria ganhar de volta o que gastei nesse bolinho de arroz*, pensou com alegria enquanto terminava a refeição com mais duas mordidas. A magia se movia fervorosamente em suas veias, pois qualquer promessa de jogatina significava uma promessa de movimento, de energia para seus dons petiscarem assim como ela petiscara seu lanche.

Seguindo o barulho pela viela, ela acabou encontrando um grupo de crianças debruçadas sobre um tabuleiro junto à parede. Duas das crianças mais velhas rolavam um par de dados de oito lados, provocando mais gritos.

Era uma modalidade popular que Niya jogava com frequência quando era mais nova. Ela sorriu ao ver as crianças lançando os dados de novo, ouvindo mais brados de encorajamento logo em seguida.

Ninguém havia notado sua presença atrás deles, até que ela disse:

– Aposto duas pratas que não conseguem rolar o mesmo número em duas tentativas.

Seis pares de olhos piscaram para ela.

– Não, não fujam – falou Niya depressa, vendo que as crianças corriam para escapar. – Juro que estou sendo honesta na aposta. – Ela tirou duas pratas do bolso da saia. As crianças pararam, arregalando os olhos. Aqueles ratinhos de rua provavelmente nunca tinham visto aquele tipo de moeda tão de perto. – Pode ser de vocês caso estejam dispostos a jogar.

– Não temos nada equivalente pra apostar, senhora – retrucou uma menina mais velha.

– Hum, entendo. Bom, aceito o que tiverem no bolso e estejam dispostos a perder.

– Quem disse que vamos perder?

– Quem disse, não é mesmo? – Niya arqueou uma sobrancelha, se divertindo. – Temos uma aposta, então?

As duas crianças mais velhas trocaram olhares.

– Vai, Alba. – Outra criança cutucou a menina. – Você e seu irmão comeriam até explodir se colocassem as mãos nessas lindas luas cheias.

O irmão de Alba tirou uma pequena sacolinha do bolso, revelando uma única plantadeira.

– Eu só tenho isso aqui, madame.

Niya sorriu para o pequeno orbe amarelo cheio de entalhes ancestrais. Ela não via uma daquelas fazia um bom tempo. Quando beijadas pelo fogo, plantadeiras se enterravam em qualquer superfície. Ela e as irmãs brincavam com aquilo quando crianças, para o horror da governanta, já que mais tarde a mulher teria de tapar todos os buracos feitos ao redor da mansão em Jabari.

– Acho que é uma troca justa – declarou Niya. – Você pode ser nosso juiz? – Ela se virou para o menorzinho do grupo.

O menino assentiu com entusiasmo, sem dúvida nunca tendo assumido tal papel antes.

– Ótimo. Agora estamos confiando nossas apostas a você.

Ela passou as moedas para o garoto, e o irmão de Alba entregou a bolsinha com a plantadeira.

Enquanto cada um dos irmãos pegava um dado, o restante das crianças maltrapilhas se inclinava mais para perto, lambendo os beiços de antecipação, os olhos arregalados de adrenalina.

Niya estava bem familiarizada com as emoções que assaltavam aquele grupo. Para ela, uma aposta significava sucesso desde o início. O acelerar do coração, o cheiro doce da alegria conforme as pessoas assistiam ao virar de uma carta, ao rolar dos dados e a energia final do movimento antes que vidas pudessem mudar para sempre no cair de um mero grão de areia. Ela e sua magia suspiravam ante a perspectiva daquilo tudo.

O primeiro lançamento resultou em um bufar de decepção das crianças, pois os dados totalizavam treze em vez dos dezesseis apostados.

O garoto juntou os dados e entregou um deles para a irmã.

– Vamos conseguir na próxima, Alba, tenho certeza.

Mas, antes que pudessem jogar de novo, uma corrente de movimento fluiu na direção de Niya no lado oposto da viela, que era cortado por outra rua.

Ela segurou a mão das crianças, esquadrinhando o cruzamento estreito e vazio.

– Ei! O que a senhora está...?

– *Shhh.* – Niya silenciou a menina, inclinando a cabeça conforme a vibração grave da energia corria por sua nuca outra vez. – Estão esperando companhia?

– Quê?

– Existem mais amigos vindo se juntar a vocês?

Ela se moveu de modo a ficar na frente das crianças.

– Não – respondeu Alba, espiando por trás da capa de Niya.

Seu olhar se estreitou, concentrando-se nas sensações de passos e membros se balançando que agora sentia inundar seus arredores. A espessura dos corpos caminhando em sua direção, a energia que um grupo emitia ao respirar junto, o movimento dos pés. Eram mais pesados que os da juventude. Mais robustos. Adultos. E então tudo ficou quieto.

A pulsação de Niya acelerou.

– Já podem aparecer – gritou, a voz ecoando pelo beco.

Tudo continuou deserto e em silêncio.

Ela tentou de novo:

– Apenas covardes e ladrões têm motivos para se esconder.

A única movimentação veio das crianças, chegando mais perto.

– Madame, acho que não tem ninguém...

As palavras do garotinho foram interrompidas quando três silhuetas surgiram na rua. Todos usavam panos pretos cobrindo o nariz e a boca, ocultando suas identidades, e as roupas eram estranhas para um verão em Jabari, grossas e cheias de camadas, feitas para durar mais do que para serem exibidas. Mas o que chamou mesmo a atenção de Niya foram as lâminas que eles seguravam ou portavam em torno da cintura.

– São ladrões, então – declarou Niya, a postura mudando junto com a magia ante a promessa de uma luta. – Crianças, acho que é hora de vocês saírem correndo.

– Mas e a nossa aposta? – perguntou Alba.

– Parece que venceram graças à minha desistência.

Niya não tirou os olhos dos recém-chegados conforme estes se aproximavam lentamente. *Isso vai ser divertido*, pensou ela.

– Mas não é justo pra senhora...

– Como tenho certeza de que vocês já sabem, a vida não é justa. Agora, por favor, se apressem e sumam daqui.

Um puxão em sua capa.

– Vem com a gente.

– Primeiro, eu prefiro garantir que esse trio não nos siga. Agora vão. – Ela empurrou a criança mais próxima. – E tratem de gastar essas luas cheias sem a menor prudência. A infância foi feita pra ser mimada.

Ela sentiu a hesitação das crianças, mas então estas se viraram e saíram correndo. Alba foi a última a ir, depositando algo na palma da mão de Niya.

– Acho que é uma troca justa – falou a garotinha, ecoando as palavras anteriores da dançarina.

Niya encarou o olhar experiente de Alba. Uma expressão muito madura para uma alma tão jovem.

– Vamos chamar ajuda.

E, com isso, Alba correu pela viela, deixando-a com a bolsa contendo a plantadeira. Apesar da situação, Niya sorriu.

– Agora... – Ela se virou para seus convidados, guardando a plantadeira no bolso. – Em que posso ajudar?

Claro, eles podiam *parecer* brutamontes capazes de socar com força, mas Niya era capaz de lidar com três ladrões. Três era um número bem...

Mais quatro figuras, igualmente mascaradas, apareceram por trás do grupo, vindos da rua adjacente.

Certo, pensou Niya, *com sete a coisa já fica interessante.*

Sua magia se agitou, impaciente, mas a dançarina a ignorou. Aquele não era o momento para exibir seus dons. Deslizando uma mão por dentro da capa, ela enrolou os dedos ao redor de uma das duas adagas ocultas na parte de trás das saias. Podia estar vestida como uma dama, mas fora criada para sempre estar pronta para uma luta. O problema era saber exatamente o que os ladrões queriam.

– A coisa mais valiosa que tenho é um brinquedo de criança – falou Niya. – Então pensem se vale a pena sair sangrando por isso.

O grupo fez uma pausa, mas não respondeu.

– Vejo que cabe a mim puxar assunto, então. Que tal apresentá-los a uma amiga minha?

Ela apertou o cabo da faca com mais firmeza. Ao mesmo tempo em que um dos ladrões lançou um saco no ar, outro lançou uma flecha ligeira. Niya girou para trás quando os dois objetos colidiram acima da sua cabeça.

– Seus idiotas – zombou. – Vocês erraram…

Mas, em seguida, ela sentiu o cheiro.

O perfume doce de casca de *gaffaw* – um vapor entorpecente –, e em grande quantidade, preencheu seus pulmões.

Não importava o quanto uma pessoa fosse poderosa, o quão bem versada em magia ou boa de luta: a casca de *gaffaw*, uma vez inalada, levava a melhor em tudo. Por isso a substância era ilegal na maior parte de Aadilor.

– Ô, droga… – xingou Niya, bem quando seus joelhos cederam e ela caiu no chão.

Sua bochecha atingiu a pedra quente. A cesta, cheia de itens necessários em casa, agora jazia esquecida a seu lado. Enquanto a fumaça verde se dissipava e sua visão ficava turva, botas se postaram diante dela. Todas estavam sujas. Cobertas de arranhões e manchas, o couro descascando perto das solas. *E aquilo ali é um dedo do pé aparecendo?* Niya sentiu um toque de irritação ao pensar que um grupo tão descuidado com os próprios sapatos pudesse tê-la vencido, ainda mais tão depressa. Mas depois o aborrecimento desapareceu conforme seus olhos se reviraram e ela mergulhou na escuridão.

CAPÍTULO TRÊS

Niya acordou com um balanço suave. Com o grito das gaivotas voando lá em cima e com os respingos rítmicos de remos cortando as ondas. Sua cabeça latejava enquanto os efeitos residuais de *gaffaw* persistiam, e ela engoliu em seco para tentar umedecer a garganta.

Deitada de lado, Niya descobriu que suas mãos estavam amarradas pelos pulsos atrás das costas. E encontrava-se no que supunha se tratar do fundo de um barco a remo. Sua visão estava obscurecida por um saco mofado fedendo a peixe, mas ela captou pequenos pontos de luz solar brilhando através das costuras. Seus ombros doíam devido à posição pouco natural, e suas pernas pareciam grudentas e pesadas sob as saias, como se o tecido ainda estivesse secando após ser imerso em água. Uma brisa morna soprou por seu pescoço, agitando as mangas secas do vestido. A capa que estivera usando parecia não estar mais ali.

Pelo menos ainda estou vestida, pensou.

Sua magia despertou devagar em seu ventre conforme recuperava a consciência.

Queime, sibilava, grogue, e depois *Maaaaaate*, demandava, quente e impaciente enquanto acordava por completo.

Sim, sim, pensou Niya, apaziguadora. *No devido tempo*. Primeiro, precisava descobrir, pelos deuses perdidos, *onde* ela estava – e por que e graças a quem. E então poderia queimar, matar e rir na cara de qualquer um que fosse tão idiota a ponto de sequestrar uma criatura como ela.

Niya não havia reconhecido os ladrões. Suas roupas não eram identificáveis como parte de nenhuma gangue de Jabari que conhecesse. No entanto, aquela ação certamente fora organizada por alguém. Sua captura tinha sido rápida, precisa, usando uma substância que deixava pouca margem para erro. Mas quem iria querer sequestrá-la? Se a intenção fosse o roubo, eles teriam meramente levado seus pertences e cortado sua garganta ou a deixado para acordar muito depois de terem ido embora. Era possível que a tivessem reconhecido como a filha do Conde de Raveet? Seria um sequestro em troca de resgate?

Que tédio, pensou Niya.

Voltando a se concentrar nos arredores, ela concluiu que estava mesmo cercada por água – água salgada, se os pássaros e o cheiro servissem como indicação. O que significava que devia estar flutuando no mar de Obasi. Dado que era o único mar em toda Aadilor.

Mas a dúvida continuava: quão longe da costa estariam? E quão longe de Jabari? Ou de qualquer outro lugar que conhecesse?

Certo, então havia mais algumas respostas de que Niya precisava.

A primeira, ela decidiu, era saber quantos ocupantes existiam no barco. Os sete ladrões que haviam iniciado aquilo tudo?

Fechando os olhos, Niya se forçou a relaxar, primeiro os músculos e depois a mente. Ela deixou o balanço do barco penetrar na pele, deixou que a água batendo contra as laterais da embarcação acariciasse sua magia, que respondeu ao movimento. Seus poderes fluíram, quentes e satisfeitos por enfim serem utilizados, formigando por todo o corpo enquanto expandia ainda mais os sentidos, percebendo a energia que uma mão emitia ao enxugar o suor de uma testa, a força de cada remada. Ela registrou as inspirações e expirações. Quatro almas estavam ao seu redor. Duas perto da cabeça, duas a seus pés.

Quatro... Consigo dar conta de quatro.

Puxando discretamente os pulsos amarrados, ela testou a força das cordas. Estavam apertadas, mas seus dedos permaneciam livres o bastante para causar danos.

Sem fazer barulho agora, instruiu Niya para sua magia conforme agitava as mãos. Houve um fluxo de calor líquido em suas veias quando uma pequena chama apareceu na ponta do dedo. Niya forçou a respiração a permanecer estável, os sentidos prestando atenção às pessoas ao seu redor. Precisava fazer aquilo depressa, antes que notassem o cheiro da corda queimando ou vissem que estava de fato portando fogo. Afinal de contas, a surpresa era a melhor das vantagens.

O barco colidiu contra outro objeto, fazendo Niya rolar até ficar de barriga para cima. A chama se extinguiu, as cordas permanecendo firmes demais para serem partidas.

Ô, droga, xingou baixinho.

Niya sentiu seus companheiros se agitando. Passos pesados de botas contra o fundo de madeira do barco, o som de corda sendo amarrada e o murmúrio de vozes.

Sua pulsação seguiu martelando nos ouvidos enquanto mãos brutas a levantavam.

– Ai, ela é pesada – grunhiu um homem junto à sua cabeça.

– Pensou que ficaria mais leve no caminho até aqui? – respondeu uma voz feminina, segurando-a pelos tornozelos.

A irritação de Niya atingiu seu ápice.

– Então deixe que eu alivie a carga – resmungou ela, chutando a cara da mulher com o salto da sapatilha.

Ela ouviu o satisfatório estalo de um nariz se quebrando. A mulher praguejou, cambaleando e soltando as pernas de Niya.

Todo aquele sequestro diligente e os idiotas não tinham se dado ao trabalho de amarrar seus pés.

Com os sentidos zumbindo, Niya deu uma cabeçada para trás no homem que ainda a segurava pelos ombros, o crânio ardendo após o contato.

Ouviu o som de água, devia ser o homem caindo, e Niya aterrissou de barriga no barco. Rolando para se colocar em pé, ela respirou fundo enquanto recuperava o equilíbrio, concentrando-se no restante das ondas de movimento que a cercavam. Aquele saco sujo em sua cabeça era insuportável!

A marola de energia de uma mão estendida fez Niya girar antes de atingir o ombro do culpado por aquilo. Um grito de surpresa, e então mais alguém caindo na água. Niya recuou, tropeçando em objetos a seus pés, antes de se firmar mais uma vez no barco balançando. Seus braços gemiam por permanecerem presos atrás dela, o sol entrando vertiginosamente pelas frestas da cobertura em sua cabeça. Sentindo outra presença se aproximando pela frente, Niya chutou.

Daquela vez, porém, mãos firmes agarraram seu tornozelo, bloqueando o golpe.

– Você vai pagar por isso, garota – sibilou a mulher cujo nariz ela esmagara.

A mulher torceu a perna de Niya, obrigando-a a girar.

Niya ficou suspensa no ar pelo que pareceu uma eternidade antes que o impacto na água fria a envolvesse.

Sua mente gritou, desorientada, enquanto o ardor da água salgada enchia suas narinas e garganta. Ela se debateu em pânico, tentando manter os olhos abertos, mas o saco ainda estava sobre sua cabeça, sem permitir que enxergasse para que lado ficava a superfície.

Encolhendo as pernas ao máximo, ela conseguiu deslizar os braços para a frente, as articulações do ombro queimando.

Pelo mar de Obasi, deixem que eu sobreviva a isso.

Foi quando sentiu um puxão forte no corpete do vestido, parte do material se rasgando conforme era içada para trás. Quatro pares de mãos a arrastaram por cima da lateral do barco, a borda dura esmagando e arranhando seu quadril.

Niya tossiu e ofegou contra o tecido do saco encharcado e colado ao rosto.

– Tirem essa coisa maldita de mim!

Ela se contorceu, lutando contra o aperto implacável de seus captores.

– Essa é das esquentadinhas – resmungou um homem enquanto a seguravam.

O poder de Niya pareceu se desgastar, uma bagunça úmida perdendo a força diante da comoção. Com desespero, ela tentou controlá-lo, juntar os fragmentos que lutavam por alguma clareza. Pelo menos o suficiente para lançar algum feitiço. *Qualquer coisa* que mandasse aqueles bastardos para bem longe. Mas havia braços e mãos fazendo peso e mantendo-a presa por todos os ângulos.

– Vou matar vocês! – gritou ela, antes que uma mão áspera tapasse sua boca.

Niya mordeu *com força* através do saco, e seus dentes perfuraram a pele.

Um uivo de dor antes que outra mão empurrasse o crânio da dançarina contra o fundo do barco.

Sua visão ficou borrada.

Os grunhidos dos agressores que a seguravam preencheram seus ouvidos enquanto Niya buscava desesperada por ar.

Não conseguia respirar. Não conseguia se mover.

O saco molhado em sua cabeça grudava nos lábios a cada inspiração cheia de pânico.

Não deixem que me sufoquem!, gritou de forma imperiosa para seus dons. A magia respondeu com uma erupção, pois, embora Niya não pudesse se mexer, aqueles ao redor dela podiam, e seus poderes drenaram com avidez a energia emitida, sugando cada gota para então explodir em suas palmas.

– Mas que p...?

– Ela está pegando fogo!

Os ladrões pularam para trás, soltando-a.

– Depressa! – gritou outro. – Derrubem essa desgraçada!

As amarras de Niya estalaram quando as chamas devoraram a corda, libertando seus braços.

– Vocês estão todos mortos! – rugiu a dançarina, erguendo a mão para alcançar o saco que cobria seu rosto.

Ela se sentia fraca, exausta pelo uso extremo da magia, mas a fúria a mantinha em ação.

Niya mal conseguiu vislumbrar um pedaço do céu com o sol poente antes que um grande cobertor fosse arremessado por cima dela. Mãos pesadas pressionaram o tecido grudento e úmido contra seu corpo, e houve um chiado de vapor quando seu fogo se extinguiu. Niya respirou fundo, pronta para gritar toda a sua frustração, mas então algo doce queimou suas narinas de súbito.

Pelos deuses perdidos, de novo não!

O perfume enjoativo de casca de *gaffaw* estava por toda parte.

E logo depois não estava em lugar algum, pois Niya deslizou outra vez para o breu.

***

Com um sobressalto, Niya se sentou e então gemeu. Sua cabeça parecia ter sido partida ao meio. Estava livre das amarras e da venda, mas seu corpo doía como se fosse um hematoma ambulante, e, embora as roupas estivessem secas, o tecido parecia grudado em sua pele. Ela havia sido colocada deitada sobre uma manta de pele de animal macia e marrom, e uma lamparina tremeluzia em cima de um caixote de madeira à frente, lançando sombras cálidas através do pequeno cômodo.

Movendo-se com cautela, Niya observou as paredes de ripas de madeira, uma única porta à sua direita – sem dúvida, trancada – e a falta de qualquer janela à vista. O ar parecia abafado, mas tinha um aroma bem agradável, como uma estufa perfumada em Jabari.

Pelas estrelas e mares, por favor, permitam que eu ainda esteja perto de Jabari.

Aquele dia, se é que ainda era o mesmo, havia voltado a ser horrível.

Niya precisava se levantar e investigar os arredores, achar uma saída, mas ela se sentia exausta. Estava com sede e, ainda assim, por ironia do destino, precisando fazer xixi. Sua fuga podia esperar alguns minutos.

Esfregando os pulsos, a pele irritada e em carne viva nos pontos em que a corda roçou, ela analisou o próprio estado. Seu fino vestido verde diurno estava manchado e rasgado, e ela levantou o pé direito, balançando os dedos expostos. *Ah, que ótimo.* Havia perdido uma das sapatilhas. E aquele era seu par favorito. Niya afastou uma mecha do cabelo ruivo, que estava solto e emaranhado às suas costas. Ela estava um desastre total. E isso, mais do que ser atacada, drogada ou arrastada até onde apenas os deuses perdidos sabiam, era o que a deixava possessa de verdade.

Ela nunca estava bagunçada.

– Temo que minha tripulação tenha sido um tanto bruta ao trazê-la até aqui. – Uma voz profunda ecoou por trás dela. – Mas o que você esperava depois de espernear tanto?

A pele de Niya ficou tão quente quanto a chama da lamparina diante dela, o coração acelerando em um ritmo insano.

Não, pensou ela. *Por favor, nãonãonãonãonãonão.*

Espiando por cima do ombro, seu corpo inteiro rígido de tensão, Niya deu de cara com um par de olhos turquesa e brilhantes que se sobressaíam de uma silhueta envolta em preto. Na luz fraca, o rosto dele era talhado em ângulos: a pele marrom, os lábios carnudos, o cabelo preto preso na nuca. Era um rosto que poderia fazer muitos caírem em tentação, mesmo que se arrependessem depois, um rosto que nunca estava coberto ao entrar no Reino do Ladrão. Nem todos tinham coragem para tal bravata declarada. Mesmo as Mousai, que faziam parte das criaturas mais temidas de todo o reino, faziam questão de estar mascaradas para que a cor real de seus cabelos não fosse revelada e para que o tom de sua pele permanecesse oculto. Apenas pessoas próximas tinham permissão para saber da vida mais respeitável que levavam em Jabari. E mesmo aqueles poucos contatos confiáveis eram mantidos em silêncio por meio de um feitiço, correndo o risco de perder a língua como consequência.

Aquele homem, no entanto, queria que seu rosto fosse conhecido, desejava ser lembrado por seus pecados. Ele mesmo tinha dito aquilo para ela, anos atrás, o que deveria ter funcionado como um primeiro sinal de alerta.

Mas Niya nunca fora boa com alertas.

Alōs Ezra, o infame lorde-pirata, estava sentado em um canto, os ombros tão largos que escondiam o espaldar da cadeira. Niya forçou sua atenção para longe da abertura em V de sua túnica, que revelava um peitoral forte e macio. Sua mente era uma fera cruel, pois trazia à tona muitas memórias de seus dedos roçando aquela mesma pele. Depressa, ela piscou a fim de afastar as visões, contraindo a mandíbula.

Em contraste com sua rigidez, o pirata era a pura imagem da calmaria, as mãos entrelaçadas de modo casual sobre o estômago, um anel cravejado de joias no dedo mindinho brilhando à luz da lamparina. Os olhos de Niya desceram por sua figura até chegarem aos tornozelos cruzados, cobertos por botas envelhecidas de água salgada, onde sua atenção permaneceu: na sola de suas botas.

Porque se ele tivesse algum tipo de coração, com certeza estaria nos pés.

Alōs não era seu amigo, nem de ninguém.

Sua magia lutou para ser libertada, para fazer o que sempre desejava quando aquele homem estava por perto. *Queeeeeeeime*, gritava a magia. *Maaaaaate.*

A história que pairava entre ambos era o único segredo que Niya guardara da família. Era seu fardo, um que vinha carregando ao longo dos últimos quatro anos.

– Há uma bela recompensa pelo seu paradeiro – provocou Niya, ignorando as exigências da magia e o gemido de protesto de suas pernas doloridas ao se levantar, garantindo que suas costas não estivessem mais voltadas para ele. A postura relaxada do pirata não a enganava. As serpentes mais letais costumavam se fingir de mortas.

– Espero mesmo que tenha. – Alōs se inclinou para a frente, apoiando os cotovelos nos joelhos. – Sou uma mercadoria inestimável.

– Uma mercadoria doida pra morrer, ao que parece. Ouvi rumores sobre a sua tripulação atracando em Jabari. Mas não pude acreditar que o *Rainha Chorosa* seria tão descuidado após se esconder como um covarde por tantos meses.

– Covardes fogem – esclareceu Alōs. – Outros se escondem, assim podem planejar.

Niya riu, um som frio e sem emoção.

– Não há planejamento que possa salvar seu pescoço, pirata. O que o Rei Ladrão deseja, o Rei Ladrão consegue, e ele quer fazer um troféu com a sua cabeça.

– Temo que ela não ficaria tão bonita separada do corpo.

– Mais uma razão para cortá-la. Tenho certeza de que não sou a única que apreciaria ver sua boa imagem murchar e se deteriorar.

– Está dizendo que me acha bonito?

– Estou dizendo que é um imbecil. Eu sabia que era presunçoso, mas não ingênuo. Não existe *ninguém* acima da lei no Reino do Ladrão. O que estava pensando quando resolveu roubar *phorria* dele?

– Se eu não a conhecesse, diria que estou percebendo certa preocupação na sua voz.

Niya rangeu os dentes quando a energia fria como gelo do pirata a envolveu, a magia de Alōs sempre forte e tingida de verde, irradiando do corpo dele a partir de um sorriso.

– O que foi? – Alōs arqueou uma sobrancelha. – Nenhuma resposta sarcástica? Assim você me decepciona.

– Imagino que não seja a primeira vez.

– Nem a última, posso apostar.

– O que estou fazendo aqui?

– Eu a sequestrei.

Niya bufou.

– É mesmo?

– Gostaria que eu a amarrasse de novo pra parecer mais autêntico?

Os olhos dele brilharam, predatórios.

– Adoraria vê-lo tentar.

– Assim como adoro vê-la resistindo.

Niya estreitou os olhos, deslizando uma mão para as costas, buscando as facas, mas seus dedos agarraram o ar.

– Nenhum sequestrador de respeito deixaria você ficar com elas – explicou Alōs.

– Você seria inteligente em me devolvê-las.

– Eu diria que isso faria de mim alguém estúpido.

– Mais estúpido *ainda* – comentou Niya.

Alōs sorriu.

– Senti falta do seu fogo.

– Você não sabe nada sobre o meu fogo.

– Ah, mas nós dois somos testemunhas de que eu sei. Assim como soube instruir minha tripulação pra procurar por uma ruiva curvilínea em Jabari. Devo dizer que a propriedade dos Bassette é uma graça.

Niya enxergou tudo vermelho conforme seu sangue fervia. A culpa e a indignação se misturavam com força à sua magia. Uma coisa era ameaçá-la, mas outra completamente diferente era ameaçar sua família.

Embora Niya não estivesse com as facas, ela tinha outras ferramentas capazes de causar mais danos.

Sim, cantarolou a magia, satisfeita. *Nos liberte*.

Quando ela agitou as mãos ao lado do corpo, chamas irromperam na ponta de cada dedo. Não havia motivo para esconder seus dons daquele homem.

– Ah, ah, ah. – Ele balançou o dedo em negativa. – Estamos num navio. Com pólvora de canhão. Se abrir fogo aqui dentro, o lugar inteiro vai pelos ares.

– E daí?

– E daí que eu sei que você é forte, lindinha, mas por quanto tempo acha que consegue ficar na água no meio do mar agitado? Isso se sobreviver à explosão… e aos tubarões.

– Vou me certificar de deixar madeira o bastante para fazer uma jangada.

Niya atiçou as chamas para que ficassem mais fortes.

Alōs se recostou na cadeira, nem um pouco preocupado com aquela ameaça.

– Vou perguntar uma última vez, Alōs. Por que estou aqui?

– Nós dois sabemos o porquê.

– Então me relembre, por favor.

Um momento de silêncio se passou enquanto o pirata a encarava. As chamas nos dedos de Niya tremularam de antecipação. *Queime*, sussurravam os poderes, *queime*, e o cômodo parecia ficar cada vez mais sufocante sob a atenção inabalável de Alōs. A energia dele sempre soava agitada, pulsando, se esticando, uma erva daninha em busca de mais terreno.

– Tudo bem – começou ele. – Mascarada ou não, sabemos que sempre a reconhecerei, Niya Bassette. – Seus olhos percorreram o corpo dela parcialmente exposto. – Irmã de Larkyra e Arabessa Bassette, filha de Johanna e Dolion Bassette, Conde de Raveet, da segunda casa de Jabari… – O coração de Niya gelou, ficando cada vez mais frio conforme Alōs lançava os fios verde-gelo de sua magia, marcando cada nome enquanto sufocava suas chamas com um silvo, até parar no mais importante. – Dançarina das Mousai.

Niya observou um sorriso se contorcer nos lábios de Alōs. Aquele era o pesadelo que temia desde aquela noite amaldiçoada, tanto tempo atrás, quando não era nada além de uma jovem tola enganada para acreditar em algo estúpido – que havia encontrado o amor. E ali estava sentada a única pessoa em toda Aadilor que conhecia cada uma de suas identidades e não estava enfeitiçada para mantê-las em segredo.

– E como prometi naquela noite – continuou Alōs, a voz tornando a atmosfera do cômodo glacial –, estou aqui para cobrar.

CAPÍTULO QUATRO

Alōs sempre tivera prazer em ver uma criatura assustadora ser encurralada, especialmente se fosse ele a fazê-la recuar.

Ele havia trabalhado duro para obter aquela carta na manga, esperando com paciência a hora de jogá-la. Vantagem era a moeda mais valiosa em seu mundo, e ele soubera, assim que vira a dançarina do fogo se apresentando pela primeira vez, que adquirir a identidade das criaturas mais temidas do Reino do Ladrão não era algo para ser negociado sem um retorno inestimável sobre o investimento.

Fora uma empreitada arriscada, sacrificando uma parte de si mesmo que ele sabia não ser possível recuperar. Mas que tipo de coisa valiosa era facilmente capturada? Foram quatro anos guardando aquela informação, observando Niya se contorcer de raiva, sabendo que tinha o destino dela nas mãos. E o momento havia chegado. Ele precisava de algo, desesperadamente. E, para a sorte daquela mulher, ela tinha a chave que o libertaria para obter tal coisa. Remover a recompensa por sua cabeça seria apenas o primeiro passo necessário.

— Seu desgraçado — cuspiu Niya, lançando o calor escaldante que fluía de suas palmas.

Alōs empurrou a própria magia, que se assentava como gotas de orvalho sobre a pele, forçando um escudo. Suas veias vibraram como se houvesse gelo correndo lá dentro. Os poderes dos dois se chocaram, o dele frio e o dela quente. Os dons chiaram, água e fogo criando vapor, anulando-se mutuamente.

Um silêncio pesado pairou sobre o cômodo, a umidade ainda persistindo no ar, e Alōs puxou o máximo de líquido que conseguiu de volta para as veias.

Ele viu quando Niya começou a balançar discretamente os quadris.

Ah, não, nada disso, pensou.

Alōs conhecia aquela mulher, estudara seu tipo de magia e tinha compreendido que, embora ela fosse forte, era apenas o movimento que detinha o poder. Assim como a proximidade com a água detinha o dele.

Ele se levantou com rapidez, chutando um saco de areia que estava em cima de um caixote a seu lado. O objeto caiu no chão com um baque, e o tapete de pele que estava abaixo de Niya se dobrou para cima, capturando-a como um peixe em uma rede e interrompendo seu feitiço. Ele teria sido mesmo estúpido caso não tivesse ordenado que a cabine fosse preparada antes de colocá-la lá dentro. A armadilha agora pendia na trave de uma das vigas, a arapuca perfeita para Niya e todos os seus graciosos movimentos.

Ela se debateu e gritou, o saco fechado com firmeza balançando.

– Você não vai aprontar mais nada – provocou Alōs, dando a volta ao redor dela.

– Eu vou matar você – veio o rosnado abafado de Niya em resposta.

– Tem todo o direito de tentar. – Ele cutucou o saco. – Mas eu não faria isso se fosse você.

Ela soltou outro uivo, a armadilha ainda se contorcendo.

Alōs abriu um sorriso.

– Seja lá o que esteja tramando, não vai funcionar – resmungou Niya.

– E por quê?

– Porque mesmo que eu não tenha uma chance de matá-lo, minhas irmãs farão isso.

– É bem engraçado ouvir ameaças quando você está aí tão bem amarrada.

O cheiro de algo queimando atingiu o nariz de Alōs, e ele olhou para cima: a corda que prendia o tapete estava pegando fogo. *Garota esperta*, pensou.

O nó arrebentou e o tapete caiu, derrubando Niya com um estrondo. Ela rolou para fora da armadilha e se levantou de um salto, com uma pequena chama tremeluzindo no dedo indicador.

– Só preciso de um pouquinho pra fazer um bocado. – Ela sorriu e se lançou para a frente.

Alōs se esquivou girando, mas o cômodo era tão pequeno que apenas o deixava na distância perfeita para um ataque do outro lado. Em um borrão de movimento, ela o chutou no estômago, e o pirata cambaleou com um grunhido. Niya continuou a se mover de forma vertiginosa enquanto a cabine apertada começava a esquentar sob sua magia crescente.

Uma explosão alaranjada disparou da dançarina. Alōs ergueu as mãos, forçando a saída dos seus dons pelas palmas, uma corrente verde e gelada que desviou o golpe.

Niya virou para a esquerda, desviando do feitiço ricocheteante. A magia colidiu com a parede ao fundo, chamuscando a superfície.

Alōs sentiu o aborrecimento crescer no peito ao ver sua embarcação danificada. Ele estreitou os olhos.

Embora Niya fosse mais rápida, a vantagem do pirata estava na combinação entre seu tamanho e o espaço confinado. Era apenas uma questão de encurralar a presa.

Ela se debateu contra os caixotes empilhados enquanto se abaixava e desviava das tentativas dele em agarrá-la, mas, apesar dos esforços, Alōs continuou avançando, detendo feitiço após feitiço, forçando-a a recuar para um canto. Em um piscar de olhos, ele a imobilizou contra a parede, segurando os braços dela ao lado do corpo, as pernas presas com firmeza entre suas coxas.

– Você não vai lançar nenhum feitiço em mim esta noite – rosnou ele no ouvido de Niya, respirando o cheiro familiar de madressilva depois da chuva através de seu suor salgado.

– Nós dois sabemos que sou capaz de fazer muitas coisas pra me livrar das suas garras.

Os olhos azuis dela cintilaram ao encontrar os dele.

– Sim, mas, como valorizo meu navio, prefiro não chegar a esse ponto.

– Você deveria ter pensado nisso antes de *me sequestrar* e me trazer a bordo.

– Ótimo argumento, mas ainda assim… Podemos parar com essa bobagem? Sério, dançarina do fogo, por quanto tempo vai ficar tentando me matar?

– Para sempre – cuspiu Niya, lutando outra vez contra seu aperto.

Ele a segurou com mais força, prendendo-a com toda a firmeza que podia contra a parede até que a dançarina ofegasse por ar.

– Seria uma missão inútil – explicou ele. – Porque, se eu for encontrado morto neste navio pelas suas mãos, existem aqueles nas cercanias de Aadilor que vão receber instruções sobre onde encontrar os segredos que trago na mente.

Niya ficou imóvel.

– Está começando a entender?

– Me solte.

– Vai se comportar?

– Por enquanto.

Era o máximo que ele podia esperar obter dela.

Alōs a soltou, e Niya correu depressa para o outro lado do cômodo.

Em seguida, o pirata pisou na pequena chama que ainda corroía a corda presa ao tapete.

– Qual é seu plano, então? – indagou ela.

Ele ajustou a casaca.

– Estou mantendo a identidade das Mousai como uma refém em troca do perdão do Rei Ladrão.

Quando Niya não respondeu, Alōs olhou para ela, vendo-a encarar a parede sem nenhum foco, franzindo os lábios. Ele sabia que aquele era o pesadelo da dançarina se concretizando: que o pirata usasse a informação para benefício próprio, permitindo que as irmãs descobrissem que ela havia cedido a um monstro como ele.

Se Alōs fosse qualquer outra pessoa, poderia ter se sentido mal pela dançarina do fogo. Mas já parara de sentir fazia muitos anos. Havia sacrificado coisas demais para se importar. Ainda estava sacrificando. Não tinha mais decência a oferecer.

E estava feliz por isso.

Tais emoções enfraqueciam um sujeito, e ele se certificara de se livrar do máximo de fragilidade que podia.

– Mas por que precisa de mim pra essa barganha? – perguntou Niya após um momento, os olhos retomando o ar desafiador. – Certamente poderia ter feito a troca sem todo o trabalho extra de me trazer até aqui.

– É pra deixar clara minha posição – explicou ele. – Nós dois sabemos que o Rei Ladrão não responde bem a ameaças...

– Ele arranca as entranhas de qualquer um que as faça.

– Principalmente daqueles que ele já colocou uma recompensa nas costas – prosseguiu Alōs. – Eu sabia que precisaria capturar um de seus preciosos bichinhos de estimação para que ele aceitasse se sentar e me ouvir. Além do mais, com você a bordo, isso o impede de explodir meu navio pra se ver livre de mim.

– Você não vai conseguir o que quer – declarou Niya.

– Teremos que esperar pra ver, não é? Vamos ver se as suas irmãs queridas tentarão mesmo resgatá-la. Afinal de contas, as Mousai devem salvar umas às outras.

– Elas vão me encontrar.

Niya empinou o queixo, e Alōs a estudou sob a luz precária da lamparina. Seu cabelo ruivo estava mais rebelde do que antes, cobrindo metade do rosto enquanto o decote verde do vestido caía sobre um dos ombros. O tecido ameaçava expor partes do corpo dela que muitos sujeitos pagariam caro para olhar, especialmente sua tripulação. As saias estavam rasgadas e desfiadas, e o único pé descalço estava sujo. No entanto, mesmo tão desgrenhada, ela permanecia imponente, o olhar sem revelar nada além de um desprezo confiante.

– Talvez – respondeu Alōs.

– Elas *vão*.

– Se tem tanta certeza, por que não apostamos?

Os olhos de Niya cintilaram, e o pirata conteve um sorriso. *Isso mesmo*, pensou ele, *uma bela aposta só pra você*. A identidade da dançarina não era o único segredo do qual ele sabia. Também a observara, mais de uma vez, no Reino do Ladrão enquanto ela sucumbia ao vício de brincar com o destino.

– Uma aposta? – repetiu ela.

Alōs assentiu.

– Sobre minhas irmãs vindo me resgatar?

– Que tal sobre o tempo que levaria para *qualquer um* resgatá-la?

– Qualquer um?

– Qualquer um.

Niya mordeu o lábio inferior enquanto pensava.

– Você tem algum número em mente? – quis saber Alōs. – Sinta-se à vontade pra chutar alto, porque sabe-se lá quanto tempo levaria para alguém sentir sua falta, que dirá encontrá-la.

– Três dias.

Bobinha, pensou ele.

– Três? Tem certeza? Você não sabe o quão longe podemos estar de Jabari ou do Reino do Ladrão. E não se esqueça de que o *Rainha Chorosa* escapou de ser detectado até agora. Sabemos o quanto suas decisões impulsivas podem colocá-la em todo tipo de encrenca.

Os lábios de Niya se estreitaram.

– Três.

– Muito bem. – Alōs tirou um pequeno alfinete da lapela da casaca. Furando a palma da mão, ele permitiu que um pouco de sangue se acumulasse no centro. Depois reuniu as vibrações de seus dons, deixando que fluíssem pelas veias como um sussurro gelado. Ao firmar suas intenções, ele empurrou um fiapo de magia pelo corte. – E qual será sua recompensa?

Niya encarou o brilho verde do feitiço circulando na mão dele, a apreensão ficando evidente em suas feições.

– Precisa mesmo ser uma aposta vinculativa?

– Contra uma criatura escorregadia como você? Sempre.

Dessa forma, também posso ficar de olho nos seus movimentos, pensou Alōs, sombrio. Apostas vinculativas garantiam que os pagamentos fossem cumpridos, pois permitiam que o vencedor localizasse o devedor. E nenhum dos dois podia matar um ao outro enquanto estivessem vinculados, sob o risco de enviar a própria alma junto para o Ocaso. Qualquer garantia que pudesse ter contra a ira daquela criatura letal seria bem-vinda para Alōs.

Niya permaneceu imóvel, sem dúvida, refletindo sobre os mesmos detalhes, imaginando se a colocavam em vantagem ou desvantagem.

— Mas se estiver com dúvidas sobre as suas irmãs… — Alōs começou a recolher a palma da mão que oferecia.

Niya deu um passo à frente.

— Não.

O pulso de Alōs acelerou enquanto ele reprimia um sorriso. *Isso mesmo*, arrulhou em silêncio para ela. *Você já assumiu tantos riscos imprudentes antes, por que parar agora?*

Niya fez menção de pegar o alfinete, mas Alōs negou com a cabeça.

— Como apontou antes, você só precisa de um pouquinho para fazer um bocado.

A dançarina fez uma careta, mas estendeu a mão mesmo assim. Ele perfurou depressa, fazendo um corte pequeno. Niya não se encolheu quando o carmesim começou a fluir. Ela movimentou os dedos, a magia alaranjada rodopiando para fora até se igualar à dele.

— Se *qualquer um* — começou ela, olhando-o bem nos olhos — vier atrás de mim em até três dias ou antes disso, você nos permitirá sair em paz, jurará seu silêncio sobre a real identidade das Mousai e destruirá qualquer informação que esteja escondida em Aadilor.

Alōs arqueou uma sobrancelha.

— Essa é uma recompensa bem alta.

— É pra ser minuciosa. Não sou a única criatura escorregadia deste cômodo.

Alōs analisou suas opções por um momento.

— Tudo bem — concordou. — Permitirei que saiam em paz, jurarei meu silêncio e destruirei qualquer informação sobre a identidade de vocês que esteja escondida em Aadilor. *Mas*, se ninguém vier até a primeira luz do quarto dia, você vai servir durante um ano como membro da tripulação do *Rainha Chorosa*.

— Quê? — Niya afastou a mão. — Isso é loucura.

— Conhecer a identidade das Mousai é quase inestimável e é o jeito mais rápido de cancelar a recompensa sobre minha cabeça — falou Alōs. — Eu seria um tolo em apostar por menos.

– Mas você não gosta de mim. Por que me quer aqui?

– Não gosto da maior parte da minha tripulação, mas isso não me impede de gostar de dar ordens pra eles. Na verdade, torna ainda mais divertido.

– Eu não sei velejar.

– Não estou precisando de um marinheiro.

As sobrancelhas de Niya se franziram.

– Não vou servir de *entretenimento*.

Contra o próprio bom senso, uma risada profunda retumbou pela garganta de Alōs.

– Por que tanto medo, dançarina do fogo? Se está tão certa da vitória, pense em tudo que vai ganhar com isso. Minha recompensa não deve ser nenhuma ameaça.

– Um ano… – repetiu ela, como se estivesse falando sozinha.

– O tempo está passando. – Alōs indicou as mãos dos dois. – Faça a aposta ou não, sabemos que seus segredos não estão seguros comigo.

Niya respirou fundo e encarou o par de mãos cobertas de sangue, onde a magia pulsava na pele em tons de vermelho e verde de antecipação, refletida nos olhos de Niya, que pareciam conter mil pensamentos.

E então…

– *Vexturi* – falou Niya, apertando a mão dele. *Meu juramento*.

O coração sombrio de Alōs bateu animado.

– *Vexturi* – repetiu ele, vinculando o feitiço.

Os poderes mágicos dos dois queimaram com intensidade antes de se entrelaçar, rodopiando nos lugares em que se tocavam. A palma de Alōs pareceu escorregadia contra a dela, mas se manteve firme conforme o calor lambia a mão deles e o círculo encolhia, voltando a ser absorvido pela pele com um estalo.

Niya tirou a mão primeiro quando o desenho de uma fina faixa preta apareceu em seu pulso. Uma marca idêntica havia surgido em Alōs – uma aposta vinculativa ainda a ser determinada.

Está feito, pensou ele.

E Alōs ficou extremamente satisfeito.

CAPÍTULO CINCO

Niya queria gritar.
Ou chorar.
Ou as duas coisas.
Pelos deuses perdidos, o que foi que eu fiz?
Alōs foi embora assim que a aposta vinculativa ficou assegurada, deixando uma Niya entorpecida para trás, os pensamentos voando.

Havia cometido um erro terrível? Seria mesmo capaz de vencer e, após tanto tempo, enfim garantir a segurança de sua identidade e das suas irmãs? *Por que fui dizer apenas três dias?*

— Estou aqui pra limpar você e lhe mostrar o navio.

Uma voz feminina trouxe Niya de volta à cabine apertada, onde uma silhueta estava parada junto à porta aberta. A mulher tinha a cabeça raspada, exceto por uma linha bem no centro, e a pele negra brilhava de forma cálida na penumbra.

Ela olhava para Niya com indiferença.

— Não me importo em conhecer o navio — retrucou Niya, dando as costas para a mulher.

— E em ficar limpa? O capitão não gosta que ninguém a bordo de seu barco pareça que foi arrastado direto do fundo do mar.

Niya arqueou a sobrancelha enquanto voltava a fixar um olhar inflexível em sua nova companhia indesejada.

— Mas foi exatamente isso que fizeram comigo.

— Não significa que precise continuar assim.

— Vá embora — disse Niya, seu humor piorando ainda mais.

Quando nenhuma resposta veio, a dançarina descobriu que a mulher fizera exatamente aquilo.

Mas, sobre um caixote perto da porta aberta, uma pilha de roupas tinha sido deixada.

Niya ajustou a gola de sua nova túnica. A blusa branca estava justa, mas muito mais limpa que seu vestido encardido. As calças marrons lhe caíam assustadoramente bem, e, ainda que as botas estivessem folgadas, considerando que não estava usando meias, ela supôs que aquilo fosse melhor do que continuar descalça.

Espiou a bolsinha em sua mão, correndo o polegar sobre a protuberância da plantadeira lá dentro. Era surpreendente que o objeto tivesse sobrevivido à jornada até ali, oculto no bolso de suas saias arruinadas. Mais surpreendente ainda era como aquele dia em Jabari parecia ter ocorrido uma vida atrás. Mesmo assim, aquela pequena bugiganga havia sobrevivido, uma estranha âncora para fazer brotar uma esperança reconfortante no peito de Niya.

Guardando o item no interior das calças novas, Niya estudou os trapos descartados a seus pés. O vestido outrora lindo, feito à mão pela melhor costureira de Jabari, reduzido a farrapos. Ela suspirou, dominada pelo cansaço. Na verdade, após tanta fúria, Niya se sentia exausta e, apesar de estar com roupas limpas, desesperada por um banho.

E depois, ela queria vestir um de seus robes de seda macia. E Charlotte iria cantarolar algo feliz enquanto escovava seus cabelos até formar ondas suaves. E gostaria de comer. Pelos deuses perdidos, queria *montes* de comida. Niya queria bombas de chocolate feitas por Milezi, o melhor confeiteiro de Jabari, e bifes marinados por dois dias do Palmex de V, empilhados em pãezinhos de mel recém-assados.

Mas ela não teria nada daquilo.

Pelo menos, não tão cedo.

O cansaço tomou conta dela mais uma vez enquanto esfregava a marca da aposta vinculativa. A luz fraca da lamparina tremeluzia sobre os contornos pretos envolvendo seu pulso pálido.

Conforme os dias progredissem, as linhas seriam preenchidas, contando os dias restantes para que suas irmãs aparecessem. E se elas não viessem... bem, Niya não queria pensar naquilo.

Elas vão me achar. Vão mesmo. E aí toda essa confusão acabará.

Desesperada por ar fresco, Niya empurrou a porta. Estava apenas um pouco surpresa por não estar trancada – não que uma fechadura pudesse detê-la, mas imaginou que Alōs não vira necessidade em tentar prendê-la quando a aposta vinculativa entre eles já era um grilhão suficiente. Para sua vitória contar, precisava permanecer a bordo do navio.

Quando pisou fora da cabine, Niya foi recebida pela mulher que, ela presumiu, estivera aguardando do outro lado por todo aquele tempo.

– Se insiste em ficar esperando na minha porta – começou Niya –, acho que podemos fazer esse grande *tour* de que tanto fala.

A mulher lhe deu um sorriso seco, exibindo alguns dentes de ouro antes de liderar o caminho pelo corredor estreito. Enquanto caminhavam, Niya analisou sua guia com mais atenção. Era alta, com músculos saltados ao longo dos braços expostos, onde um anel de cinco vergões de queimadura ornava cada bíceps. Uma adaga longa estava presa à sua coxa, e, junto à cabeça raspada, mais de uma dúzia de argolas de ouro perfuravam a borda da orelha direita. Ela tinha a aparência das pessoas que vinham de Shanjaree, no extremo oeste de Aadilor.

Embora Shanjaree fosse conhecida por ter bolsões de magia, Niya não conseguiu sentir nenhum dom se agitando na mulher. Não havia notas metálicas no ar ou rastro de fumaça colorida que ela pudesse captar com sua Vidência.

Subindo as escadas, elas saíram para a luz do início da manhã.

Niya estreitou os olhos para não ficar ofuscada, embora respirasse com avidez o ar salgado que soprava refrescante em sua pele, chicoteando seu cabelo já desgrenhado ao redor dos ombros.

– Bem-vinda ao *Rainha Chorosa* – falou a guia.

Conforme seus olhos se ajustavam à claridade do dia, Niya pôde contemplar o enorme navio brilhante que se estendia diante delas. Corrimãos, gradis e mastros pretos e dourados com bordas enfeitadas, acima dos quais as velas brancas se inflavam como nuvens gigantes.

Homens e mulheres corriam feito roedores de um lado para o outro, escalando a fim de alcançar o cesto da gávea, amarrar cordames ou ajustar velas.

Niya já estivera a bordo do *Rainha Chorosa* antes, mas nunca tinha lhe dado muita atenção. Na época, sua mente estivera focada em uma tarefa diferente, uma missão ao lado das irmãs.

Ao pensar em Larkyra e Arabessa, uma pontada de dor e saudade cresceu em seu peito.

O que elas estariam fazendo? Será que haviam notado sua ausência? Temeriam que estivesse morta?

Niya esfregou o próprio esterno, como se o gesto pudesse livrá-la daquele terrível sentimento de culpa.

– Este é o convés dianteiro – explicou a mulher enquanto caminhavam. – O convés de bateria fica um andar abaixo de nós. A popa está logo atrás, e o convés do castelo e a proa ficam na frente.

Niya mal escutava, estudando a tripulação em vez disso, que parecia se esgueirar a partir de qualquer fresta a fim de espiá-la. Havia gente de todas as idades, lambendo lábios cheios de bolhas enquanto ela passava, quarenta pares de olhos famintos brilhando, sem dúvida enxergando a dançarina pelo que lhes havia sido apresentado: como um bilhete dourado para escapar do Rei Ladrão. Saquear e confiscar embarcações não eram as únicas formas pelas quais os piratas ganhavam seu dinheiro. A extorsão era um passatempo familiar para ratos como aqueles. E embora Niya estivesse acostumada a ser cobiçada e costumasse gostar disso, naquele dia ela preferia ser invisível e ficar esquecida e solitária com os próprios pensamentos e emoções.

Mas não podia deixar que os piratas soubessem disso. Ali, ela não tinha margem para ser vulnerável. De modo que lançou um sorriso afiado para cada um que passava, as chamas irrompendo na ponta dos dedos conforme acenava de leve para algumas pessoas.

O olhar dos piratas se fixava na exibição de seus poderes, alguns recuando, outros retribuindo a bravata com sorrisos cruéis, a própria magia vazando do corpo em espirais coloridas.

Interessante, pensou Niya.

– Por que vocês, vira-latas, estão aí parados? – berrou a guia para o grupo reunido. – Não é como se nunca tivéssemos tido um prisioneiro a bordo. De volta ao trabalho!

Ao ouvir como a mulher falava cada sílaba com propósito e clareza, Niya voltou sua atenção para ela, reavaliando o que sabia. *Mais coisas curiosas*, pensou. Embora a guia pudesse ter uma aparência de pirata, Niya podia apostar que não nascera na miséria.

– Mas ela está mostrando os dons – falou uma garotinha, o fascínio claro em sua voz.

– E daí? Ela é igual ao nosso capitão, Saffi, Mika e metade de Aadilor. Não tem nada de especial nela, Bree. Agora trate de voltar para os cordames.

Em um piscar de olhos, a garotinha subiu apressada pelo mastro, sem precisar de escada ou corda, até se tornar apenas um pontinho no cesto da gávea.

– É melhor não sair exibindo seus poderes tão abertamente – falou a mulher para Niya. – Ainda existem uns poucos aqui querendo se vingar das queimaduras que você causou neles mais cedo.

– Que coincidência, também quero me vingar daqueles que me arrastaram até aqui.

A guia inclinou a cabeça para trás e riu, o que atraiu o olhar de Niya para seu nariz machucado e para a descoloração correspondente sob seus olhos.

– Foi obra do seu pé – explicou a mulher ao perceber que estava sendo observada. – Então não precisa se vingar de mim.

Niya endireitou a postura.

– Não acho que seu ferimento seja equivalente ao que sofri sendo trazida pra cá.

– Todos nós temos histórias tristes, e posso garantir que os que estão a bordo têm histórias piores que a sua, então não perca seu tempo esperando condolências por aqui.

A irritação de Niya se agitou junto com a magia.

– Você não sabe nada sobre mim ou minha vida.

– Não sei – concordou a mulher. – Mas não preciso. Se o que o capitão diz for verdade e você valer tanto a ponto de nos ajudar com a recompensa do Rei Ladrão, então é mais do que valiosa: é bem conectada. Ou pelo menos a sua família é – acrescentou ela, reflexiva. – E a maioria dos nossos prisioneiros, assim como você, levava uma vida de conforto.

– Posso garantir – disparou Niya, a voz gelada – que *nenhum* dos seus prisioneiros era como eu.

– Suponho que nenhum tenha dado tanto trabalho pra embarcar, mas todos terminam amarrados e capturados no final.

O temperamento de Niya se incendiou, a magia rodando em suas entranhas, querendo mostrar para aquela mulher o quão *problemática* a dançarina podia ser. Mas ela cerrou os dentes e conteve o desejo. Ao que parecia, as suspeitas sobre suas conexões já estavam transbordando pelo navio. Não adiantava nada atiçar as chamas.

– Obrigada pelo *tour* adorável – falou Niya entre dentes. – Mas não estou mais no clima pra ter companhia.

A mulher abriu um sorriso divertido.

– Então é melhor mudar de clima rápido, garota, porque você está num navio pirata agora, e sempre há companhia indesejada por perto.

Não abra um sorrisinho insuportável, Niya disse para si mesma. *Não mostre a ela o que acontece com companhias indesejadas quando estas insistem em ficar por perto. Não faça isso. Não, não faça isso.*

Niya se afastou da mulher, parando na proa, onde se apoiou na amurada.

O navio cortava as ondas lá embaixo, agitando a espuma do mar que respingava em sua pele, esfriando seu temperamento.

– Pelo mar de Obasi – rosnou Niya ao sentir a mulher se aproximando. – Você não sabe mesmo ler nas entrelinhas!

– Antes que eu vá embora – falou a guia, ignorando o rompante –, o capitão queria que eu lhe dissesse que, caso esteja com fome, sempre tem alguém da tripulação comendo na cozinha.

– Então que bom que não estou com fome – mentiu Niya.

A pirata a encarou por um longo momento.

– Eu me chamo Kintra, a propósito.

A mulher estendeu a mão.

Niya não a cumprimentou.

Kintra exibiu seu sorriso cheio de ouro outra vez.

– Ele tem razão. Você é teimosa.

– *Ele* não sabe nada sobre mim.

– Ele sabe o suficiente pra lhe dar isso. – Kintra tirou um biscoito grumoso do bolso e um cantil que estava ao redor de seu pescoço. Ela depositou os objetos na pequena saliência do corrimão abaixo de Niya. – Ele não quer que você passe fome – explicou Kintra. – Falou que gente morta não vale nada.

Niya estreitou os olhos.

– Que atencioso.

– Ele é mesmo um príncipe do cavalheirismo. – Kintra piscou para ela. – Aproveite.

Niya resistiu ao impulso de jogar o biscoito ao mar enquanto Kintra se afastava.

Gente morta não vale nada.

Niya bufou. *Bom, isso mostra o quão pouco ele sabe sobre o Ocaso.* Havia muitos tesouros a encontrar na terra dos mortos, um conhecimento inestimável a ser coletado. Bastaria que a pessoa estivesse disposta a abrir mão de um ano de vida para fazer uma visita. Assim como ela aparentemente estava disposta a fazer para manter seu segredo em segurança.

Niya esfregou o rosto, seus ombros caindo.

Havia um nó irritante em sua garganta outra vez, ameaçando lágrimas, mas, assim como antes, ela forçou o choro a ir embora. A última coisa de que precisava era ser vista aos prantos.

Enquanto encarava o horizonte distante, vazio de terras, embarcações ou qualquer alma viva, os pensamentos de Niya afundaram.

Vinha tentando durante anos escapar em silêncio da confusão emaranhada na qual prendera a si e à família. Não lhe passou despercebida a ironia de que era o próprio homem que a colocara naquela situação que agora lhe oferecia uma saída.

Correndo o polegar sobre o bracelete em seu pulso, ela repassou as possíveis consequências de suas ações, algo que a assombrava diariamente.

Se a identidade das Bassette fosse ligada às Mousai, tudo que seu pai havia construído em Jabari estaria arruinado. A posição de poder dos Bassette na cidade seria perdida. E pior – seriam exiladas e caçadas, e não apenas pelos cidadãos de Jabari para quem haviam mentido sobre possuir magia, mas por qualquer pessoa que já tivessem ameaçado, mutilado ou ferido no Reino do Ladrão sob o papel das Mousai.

Aquilo deixava uma lista longa de ameaças em potencial.

Elas podiam se refugiar no Reino do Ladrão, é claro, abandonando a vida em Jabari e assumindo permanentemente a posição de servas mortíferas do Rei. Mas o que aquilo significaria para Lark e seu marido, Darius? Recém-casados, com as terras recém-devolvidas para ele. O duque seria forçado a abandonar seu povo ou a própria Larkyra. E Arabessa... os problemas dela eram de uma natureza totalmente diferente.

Não! Niya cravou as unhas na amurada. *Nunca chegaremos a esse ponto.*

Matar Alōs era a única solução em que Niya podia pensar, mas ele era um pirata astuto e poderoso, acostumado a sobreviver a todo tipo de dança com a morte. Ao longo dos anos, Niya pagara três assassinos, e suas cabeças haviam sido entregues para ela em caixas de presente deixadas em seu camarim no interior do palácio.

– Desgraçado – resmungou Niya.

A vida de Alōs se provara mais difícil de arrancar do que as outras, o que Niya concluiu ser uma coisa boa no fim, se o aviso dele sobre ter escondido seu segredo em outras partes de Aadilor fosse verdade. Além do mais, agora ele tinha a aposta vinculativa para protegê-lo de um golpe letal.

O único alívio residia no fato de que o pirata não sabia nada sobre a real conexão de seu pai com o Rei Ladrão. *Pelas estrelas e mares, que ele nunca descubra isso!* Alōs teria toda uma nova gama de cartas para usar.

Niya estremeceu, fixando o olhar outra vez no mar aberto.

Eles pareciam estar completamente sozinhos, perdidos e esquecidos por onde quer que navegassem. O tempo corria de maneira estranha ali, percebeu Niya, no meio de tanta água, onde apenas o sol lá no alto era capaz de dizer o quão longe haviam ido.

Como seria passar um ano aqui?, perguntou a si mesma. Um ano servindo Alōs Ezra. Tendo que obedecer a cada um de seus comandos.

A magia sibilou em seus pensamentos. *Nuuuuunca..*

Nunca, concordou Niya.

Aquela podia ter sido a aposta mais alta que já tinha feito, mas, por sua família, arriscaria qualquer coisa. E as irmãs *iriam* encontrá-la, e tudo aquilo terminaria em breve. O único risco seria obter uma recompensa no final.

Conforme o sol deslizava mais alto no céu e o calor castigava sua pele, o estômago de Niya emitiu um ronco suplicante. Ela olhou para o biscoito desfigurado a seu lado. Realmente *não queria* tocar naquela coisa, não queria aceitar mais nada que o navio oferecesse. Nada mais que *ele* oferecesse.

São truques, pensou Niya.

Tudo naquele mundo, no mundo *dele*, era um truque.

Mas, depois de mais um tempo sob o sol forte, com a garganta ficando cada vez mais seca, ela pegou o cantil de couro com um xingamento e bebeu com vontade.

A água estava morna ao ser engolida, mas ainda era água, e Niya pelo menos estava grata por isso. Sabia que cerveja e uísque eram as principais bebidas em um navio. Água fresca era difícil de encontrar naquele ramo de trabalho, e ainda mais difícil de manter limpa.

Em seguida, pegou o biscoito, e, embora detestasse cada pequena mordida, sua fome diminuiu, e ela comeu até a última migalha.

Não ajudará em nada estar faminta quando minhas irmãs chegarem, raciocinou.

É hoje, pensou Niya, voltando os olhos para a linha fina onde o céu beijava o mar. *Elas vão chegar hoje. Hoje. Hoje. Hoje.*

Mas os deuses perdidos pareciam ter outros planos. Pois a única coisa que apareceu quando o sol trocou de lugar com a lua foi o medo crescente de Niya de que, mais uma vez, ela talvez tivesse cometido um erro terrível.

CAPÍTULO SEIS

Alōs nunca chegaria ao ponto de dizer que estava feliz, mas, pela primeira vez em muitos meses, se sentia tranquilo. De pé diante dos janelões de vidro com treliças na cabine do capitão, ele brincava distraído com o anel em seu mindinho. Embora a pedra vermelha incrustada no centro fosse pequena, o pirata conseguia sentir o pulso de magia oculta que o objeto continha. Assim como podia sentir seus poderes formigando de contentamento ao longo da pele por estarem cercados de águas abertas. Alōs pensava melhor no mar, ouvindo as ondas, sentindo o gosto da maresia a cada inspiração. A água era um presente. A água era seu lar.

— Você tem história com essa garota – falou Kintra às suas costas, onde ele sabia que a mulher estava sentada, com o tornozelo apoiado no joelho e um copo de uísque pela metade na mão.

— Eu tenho história com muita gente em Aadilor – respondeu Alōs, deixando o brilho alaranjado criado pelo sol poente a fim de encher o próprio copo.

— É, mas isso parece... pessoal.

Alōs arqueou uma sobrancelha na direção de Kintra.

— Acredito que qualquer sequestro por resgate seja pessoal. Seria bem esquisito capturar uma criatura da qual eu não saiba nada.

— Você está fugindo do assunto por uma razão.

— Se eu for fugir de alguma coisa, que seja da sentença de morte sobre a minha cabeça.

Alōs deslizou para sua cadeira por trás da escrivaninha grande de madeira.

— Sobre as *nossas* cabeças – corrigiu Kintra, que permaneceu largada no assento à frente dele.

Alōs a dispensou com um gesto despreocupado, bebendo o uísque, o líquido produzindo uma queimação confortável na garganta.

– Sou eu quem o rei vai querer espetado numa estaca caso isso não saia como planejado.

– E se não sair como planejado?

Alōs encarou os olhos castanhos e atentos de Kintra, um sorriso leve se curvando em seus lábios.

– Isso vai sair melhor do que o planejado.

Aquilo era algo de que Alōs tinha certeza, pois só se movimentava depois de calcular o risco de cada resultado, e apostar contra seu precioso segredo sobre as Mousai era mais do que calculado – era uma vitória certa.

Não era magia que mantinha seu navio escondido, pois Alōs sabia que magia era como uma impressão digital para qualquer rastreador habilidoso, especialmente um com tanto poder quanto o Rei Ladrão. Não, aquilo era algo mais grandioso, criado a partir do próprio esplendor de Aadilor.

Estavam navegando pelo Estreito de Obasi. Um trecho de mar onde as correntes leste e oeste colidiam, criando um ponto cego para qualquer feitiço de localização, portal ou outro tipo de magia que tentasse alcançá-los. Era difícil de navegar, mas, uma vez lá dentro, a viagem se tornava fácil, quase luxuosa, pois nem mesmo as tempestades visitavam aquele amontoado de ar e água. Ninguém sabia a causa exata do fenômeno, mas qualquer pirata de respeito conhecia o estreito. Era o único santuário real para gente deplorável como ele e sua tripulação. Caso se deparasse com outra embarcação, deveria deixá-la em paz, mesmo que abrigasse seu maior adversário. A honra não era uma lei apenas dos honoráveis. Embora fossem poucas, existiam regras que nem mesmo os piratas mais letais ousariam quebrar. O santuário do Estreito de Obasi era uma delas.

Fora com essa garantia em mente que Alōs atraíra Niya para a aposta vinculativa, já que nem mesmo aqueles que detinham todo o conhecimento de Aadilor seriam capazes de encontrá-los ali em três dias. Seria como procurar um grão de areia específico em uma ampulheta.

– É bom que eu esteja do seu lado. – Kintra balançou a cabeça com um sorriso divertido. – Porque se fosse qualquer outra pessoa, eu acharia essa sua arrogância coisa de gente pau no cu.

– O que seria surpreendente, já que nunca permite paus do seu lado, quanto mais na sua bunda.

Kintra lhe lançou um gesto grosseiro, que Alōs retribuiu erguendo o copo antes de tomar outro gole.

Alōs não costumava permitir que sua tripulação tomasse tantas liberdades com ele, mas compartilhava com Kintra um tipo diferente de relacionamento, uma história mais longa do que as outras a bordo. Ainda mais longa do que a dele com Niya. E claro que ela era esperta o bastante para não agir abertamente daquela maneira na frente dos outros piratas. Mas, a portas fechadas, Kintra era a coisa mais próxima que Alōs tinha de uma amiga. Isso é, se fosse o tipo de alma que precisasse de tais companhias. O que ele não era.

— Ainda não entendo por que deseja que a moça se torne membro da tripulação — disse Kintra. — Posso não ter os dons dos deuses perdidos, mas até eu sei que ela é poderosa. De um jeito perigoso.

— Exato. Pense no quão mais rápido podemos obter o que precisamos com alguém como ela à disposição.

— Alōs. — Kintra lhe dirigiu um olhar sério. — Perder uma aposta vinculativa não vai torná-la uma ovelhinha obediente.

— Não, mas vai obrigá-la a servir este navio.

Kintra parecia pouco convencida.

— Não confio nela.

— E ninguém a bordo deveria confiar.

— Ela não se comporta como os outros reféns que já sequestramos.

— E como ela se comporta?

— Com mais calma.

— E isso é algo ruim? — desafiou Alōs.

— Me deixa… ressabiada.

Alōs riu.

— Ora, ora, a formidável Kintra admite estar nervosa com uma mulher que tem metade do seu tamanho.

— Ela fica na proa o dia inteiro — continuou Kintra, ignorando a provocação. — Só fica lá parada, olhando o horizonte.

Alōs sabia disso. Ele a vira fazendo aquilo naquela mesma manhã.

O cabelo ruivo de Niya chicoteava sobre os ombros conforme ela se inclinava contra a amurada, espiando o alvorecer do segundo dia.

Alōs tinha imaginado quais emoções estariam cruzando a mente dela naquele momento: raiva, decepção, confusão e desespero. Aquele orgulho precioso escorregando junto com a esperança de se ver livre, e ela só podia culpar a si mesma.

Ele não se sentia mal por colocá-la naquela situação. Todo mundo fazia escolhas e se tornava responsável pelas consequências. Alōs sabia disso melhor do que a maioria das pessoas.

Seu olhar pousou na ampulheta de prata ornamentada em sua mesa. Era lindamente trabalhada, com folhas delicadas esculpidas ao redor de cada coluna, mas Alōs não sentia prazer em admirá-la. Ele detestara o objeto no mesmo dia em que lhe fora dado. Os grãos de areia sempre pareciam cair rápido demais.

Mas a ampulheta refletia suas escolhas. Escolhas que superaria a qualquer custo.

Ninguém sobrevivia naquele mundo permanecendo puro de coração. Havia uma razão para que os piores entre os piores se sentassem em tronos, controlassem cidades e homens – era porque estavam dispostos a fazer coisas para as quais os outros não tinham estômago. A própria Niya não era nenhuma inocente. Ele sabia que a dançarina do fogo fazia o necessário para manter sua posição dentro do Reino do Ladrão. Alōs assistira a Niya e as irmãs, as temíveis Mousai, cometerem sua cota justa de pecados, tudo em nome de seu rei.

Por isso, embora Niya pudesse guardar rancor pelo que Alōs fizera com ela quatro anos atrás, e por estar obrigando-a a pagar o preço agora, aquela era uma lição dura que a dançarina teria de aprender algum dia. Se não tivesse sido ele a traí-la, com certeza teria sido outro. E depois mais um.

Naquele mundo, era preciso ser a coisa *mais* mortífera entre as coisas mortíferas de um recinto.

Então, assim como naquela época, quando Alōs enxergou uma oportunidade de tirar vantagem de Niya, ele foi lá e o fez. Por que abrir mão de uma criatura rara se havia acabado de adquiri-la? Uma pessoa tão poderosa quanto Niya era um recurso útil. Especialmente quando não estava nem perto de encontrar tudo de que precisava.

Alōs tateou a pedra vermelha do anel em seu mindinho, um hábito crescente nos últimos dias. *Sim*, refletiu em silêncio, *ter os talentos dela em meu arsenal com certeza aceleraria as coisas. Teria de acelerar.*

Ele estreitou os olhos para a ampulheta outra vez.

O tempo não era mais um luxo.

– Não sei como a tripulação vai reagir caso ela se torne uma de nós. É costume haver uma votação.

As palavras de Kintra trouxeram a mente de Alōs de volta para seus aposentos, onde os dois estavam sentados, com o sol poente atrás dele pintando o cômodo em tons alaranjados.

– Assim que as *nossas* recompensas forem entregues – começou Alōs, olhando para Kintra de esguelha –, e a tripulação for outra vez bem-vinda no Reino do Ladrão pra continuar com toda a devassidão e alegria, ninguém irá se importar com quem navega a bordo do nosso navio por um ano.

– É justo – admitiu Kintra.

– Não sou nada além de um homem justo.

– Tenho certeza de que aqueles que você enviou para o Ocaso iriam discordar.

– Sim, também acho, já que a maioria costuma discordar em seus momentos finais.

– Covardes – zombou Kintra antes de terminar sua bebida em um só gole. Depositando o copo vazio na escrivaninha, ela se levantou. – Já que tudo vai sair como planejado, como você garantiu, então amanhã à noite ainda navegaremos para fora do estreito?

– Navegaremos pra fora do estreito – confirmou Alōs. – E quando o sol do quarto dia nascer, certifique-se de trazer nossa convidada pra baixo do convés. Tenho um pressentimento de que ela vai querer tentar a sorte no mar.

– Tem certeza de que ela vale todo esse esforço?

– Ela é a única maneira de o Rei Ladrão nos perdoar.

Kintra o observou por um momento.

– Quem *é* essa garota, Alōs?

– Alguém que vale o esforço – respondeu ele. – Agora vá. Tenho muitas coisas importantes pra ponderar.

Ela lhe deu uma saudação zombeteira.

– Sim, capitão.

Conforme Kintra deixava seus aposentos, Alōs se virou para assistir ao pôr do sol deslizar abaixo da linha da água, ignorando o chiado ensurdecedor dos grãos caindo atrás dele enquanto girava e girava o anel em seu dedo. A magia dentro da pedra se agitou, despertando os poderes dele. *Caaaasa*, ronronou seu dom.

Alōs também ignorou aquilo.

O navio era sua casa. E mais nenhum outro lugar.

Unindo a ponta dos dedos, Alōs repassou a última pergunta de Kintra. *Tem certeza de que ela vale todo esse esforço?*

Sim, pensou Alōs. Niya estava se provando mais valiosa do que havia imaginado no início. Chegava a cogitar o que mais poderia obter mantendo-a tão perto.

Logo a iluminação de sua cabine diminuiu com a noite, e um formigamento circundou seu pulso, mas Alōs não precisou baixar os olhos para saber que sua marca vinculativa permaneceria como um bracelete completo – um débito a ser coletado.

Alōs sorriu, pressentindo o futuro em seu coração sombrio.

A vitória estava no horizonte.

CAPÍTULO SETE

O sorriso dele é deliciosamente pecaminoso, *pensou Niya enquanto o homem se aproximava. Mas talvez fosse porque nenhuma máscara cobria seu belo rosto. Ali, um ato de ousadia e imprudência. Características que Niya apreciava em uma dimensão perigosa.*

Em seguida, o poder dele a tocou, uma esverdeada carícia fria se expandindo a partir do corpo. E, assim como o físico, os dons daquele homem eram fortes, nascidos de uma linhagem longa, algo de que Niya tinha certeza, pois sua própria magia era assim.

Arabessa e Larkyra estavam sentadas uma de cada lado dela, em seu esplendor fantasiado, descansando em meio à devassidão que acontecia após uma de suas performances no palácio. Membros disfarçados da corte lotavam o aposento na penumbra. Corpos se pressionavam uns contra os outros conforme a bebida descia pela boca, pingando em vislumbres de pele exposta que eram lambidos até ficarem limpos. Mãos vagavam por dentro das roupas enquanto o ritmo constante da música feita por um quarteto escondido em um canto se contorcia na atmosfera impregnada de suor e incenso. A noite começara como todas as outras, e Niya havia presumido que terminaria de maneira semelhante – um grande tédio.

Mas a presença daquele homem com seus brilhantes olhos turquesa, que permaneciam sobre ela e não em suas irmãs esbeltas, e as feições expostas, recortadas de beleza e um fascínio sombrio... aquilo despertou uma sensação de turbilhão em seu ventre. Uma antecipação. Uma ânsia muito necessária.

— Boa noite — falou o homem, sua voz um estrondo profundo ao parar diante delas.

Niya não falou nada, apenas observou-o com curiosidade por trás da máscara, como sabia que as irmãs estariam fazendo. As Mousai deviam ser vistas como instrumentos assustadores no Reino do Ladrão, criaturas bonitas com um toque letal. *Para manter o mistério, precisavam se manter daquele jeito: enigmáticas.*

— *Meu nome é Alōs Ezra* — declarou ele, a casaca preta rodopiando conforme fazia uma mesura. — *Lorde e capitão do* Rainha Chorosa.

Ah, *pensou Niya, um pirata. Ouvira rumores sobre o* Rainha Chorosa *e sobre a crueldade de sua tripulação crescente, mas não conhecia nenhum capitão a reivindicar o título.*

A magia de Niya despertou, quente e borbulhante, sentindo seu interesse aumentar.

— *Devo elogiá-la por sua performance* — continuou Lorde Ezra. — *Foi bastante extraordinária. Ainda que meio dramática.*

Ao ouvir aquilo, Niya sorriu por trás do disfarce. Normalmente, as pessoas que se aproximavam delas apenas bajulavam ou tentavam se exibir.

— *Pode-se dizer que, por definição, a maioria das performances são feitas para atingir o teatral* — argumentou Niya, incapaz de se conter.

— *Boa resposta* — elogiou Lorde Ezra, os olhos parecendo cintilar um pouco mais. — *Se um dia jogarmos xadrez, lembre-me de trapacear, pois temo ser a única maneira de ganhar de você.*

— *Quem disse que eu não estaria trapaceando também?*

— *Quem disse, não é mesmo?*

O pirata sorriu, um lampejo de branco contra a pele marrom.

Niya queria falar mais, brincar mais um pouco com aquele homem tentador, mas um golpe do poder de Arabessa a impediu.

Tome cuidado, *parecia dizer a magia da irmã.*

Niya se empertigou. Obediente, porém, permaneceu muda.

Lorde Ezra pareceu ler a mudança na atmosfera, pois se curvou de novo — mas não antes de encará-la nos olhos uma última vez.

— *Aguardo ansioso por nossos jogos* — falou ele. — *Especialmente os de trapacear.*

Foi só quando o pirata se afastou, sumindo entre a multidão encapuzada, que Niya percebeu que ele só havia se dirigido a ela o tempo inteiro, ignorando suas irmãs.

Um novo sorriso se curvou em seus lábios. Jogos, *pensou. Niya gostava muito de jogar.*

O salão do palácio se movia e mudava conforme cenas diferentes se alternavam diante dela. As pessoas iam e vinham como se Niya estivesse olhando para a superfície revolta de um mar escuro, o luar refletindo lá embaixo, fragmentado.

Tempos depois, ela se esgueirava até um canto sombreado e invisível para as irmãs em meio à multidão emaranhada de criaturas no palácio, sabendo que ele estaria esperando por ela, a energia do homem chamando pela dela. Os olhos turquesa brilhavam à medida que ele surgia da escuridão. O coração de Niya bateu acelerado quando o pirata roçou um dedo com gentileza em suas formas disfarçadas. O cheiro de mar grudado nas roupas dele invadia sua máscara, assim como o perfume de orquídeas-da-madrugada na curva de seu pescoço, atraindo-a para mais perto. O poder sempre presente de Alōs, como um formigamento refrescante envolvendo o calor de Niya, servia como escudo para mantê-los à parte de todos aqueles festins no reino. O arrulho profundo de seus elogios e respostas inteligentes, noite após noite, o desespero que Alōs sentia por ela enquanto seu olhar ardente penetrava em seu disfarce.

– Eu a amo, dançarina do fogo – murmurou ele, correndo um dedo ao longo de seu pescoço coberto, descendo cada vez mais, chegando com ousadia nas proximidades dos seios.

A magia de Niya irrompeu em seu peito ao ouvir aquelas palavras, seu corpo pela primeira vez sem saber o que fazer ou como reagir. Sua respiração ficou pesada, a pele ardendo de um jeito que nunca experimentara.

– Alōs – sussurrou ela.

– Sim – ronronou ele. – Esse é o meu nome, mas qual o seu? Deixe-me conhecer você, dançarina do fogo. Ou é só assim que devo chamá-la pra sempre?

Ele só precisava de um primeiro nome, de um pequeno vislumbre de pele para combinar com as curvas tentadoras, só precisava saber a cor de seu cabelo para guardar com carinho no coração. Afinal, havia se mostrado tão livremente para ela, com seu sorriso pecaminoso e sua atenção inabalável. Era tudo para ela, e só para ela. Não deveria fazer o mesmo?

– Alōs – conseguiu responder ela, em agonia. – Alōs.

– Alōs! – Niya se levantou depressa, coberta de suor frio conforme o nome dele desaparecia em seus lábios.

Ela piscou na escuridão completa.

Com o coração disparado, estalou os dedos, dando vida a uma pequena chama que brilhou em sua palma.

A cabine sem janelas se estendia diante dela. Ainda estava a bordo do *Rainha Chorosa*.

A lamparina deve ter se apagado enquanto dormia. Quando atirou a chama para dentro do compartimento de vidro, o pavio acendeu com um chiado, trazendo mais luz para o cômodo. Niya afundou de volta na rede, fechando as mãos em punhos.

Seu corpo parecia quente e frio ao mesmo tempo. Sua magia nadava nas veias, tão confusa quanto seus pensamentos. Estava chateada? Com raiva? Satisfeita? Feliz? Estava sentindo dor ou prazer?

Pelos deuses perdidos. Niya não ousava fechar os olhos de novo.

Parecia que, mesmo dormindo, seria assombrada. Memórias que acreditava ter varrido desesperadamente para longe do cérebro voltavam à vida, rugindo como alguma fera ressuscitada.

É a magia de Alōs, pensou Niya, mal-humorada. *Ficar perto dela por tanto tempo incitou as visões.*

Visões sobre o dia em que poderia ter sido mais esperta, mas acabara sendo ingênua. Ainda que uma parte dela, é claro, soubesse do perigo de Alōs, caíra em cada uma de suas palavras, a tentação soando doce por um motivo: para mascarar a amargura do veneno que existia por baixo. Camuflando a destruição que espreitava sob a superfície, esperando para tomar conta quando o outro lado cedesse. E, após meses de flerte, Niya enfim cedera. Um momento de êxtase em troca de uma vida inteira de arrependimento. A fantasia de uma jovem: ser a única exceção no coração desprovido de amor de um monstro.

No fim das contas, a vida não era uma história de amor, mas um conto de fadas com uma moral clara.

Prestem atenção, crianças; aqui vai uma lição sobre o que não fazer.

Niya grunhiu, afastando os fantasmas autodepreciativos enquanto se levantava.

– Hoje vou deixar tudo isso pra trás – falou Niya para o cômodo vazio, aprumando os ombros.

Aquele era o terceiro dia. O último. *Mas está tudo bem*, pensou, afastando aquele medo crescente. *Hoje minhas irmãs virão, e nunca mais precisarei pensar nesse homem ou naquela noite idiota. Hoje, eu me tornarei livre.*

Niya se sentia encurralada. Pois, naquela manhã, mais do que nas outras, a energia fria do lorde-pirata era uma agulhada persistente em suas costas.

Ela podia estar no ponto mais distante possível, agarrada à amurada da proa do navio enquanto Alōs permanecia na outra ponta, junto ao leme do *Rainha Chorosa*, e ainda assim sabia ser o alvo do olhar dele.

Niya sempre sabia.

A vibração de sua magia de dançarina parecia ganhar velocidade, o calor respondendo ao toque gelado do pirata.

Na verdade, o sentia em todos os lugares por onde andava. A presença de Alōs estava espalhada por cada tábua daquele navio, uma névoa verde-gelo que sussurrava: *Meu. Tudo isso é meu. Inclusive você.*

Niya odiava aquilo. Assim como agora odiava o mar.

O espaço aberto? Ventava demais.

As águas calmas? Muito monótonas.

O sol constante contra a pele? Uma receita certa para suor, rugas e queimaduras.

Sua magia zumbia com impaciência nas veias enquanto seguia encarando o horizonte sempre vazio. Ela quase acreditava ser capaz de conjurar um portal a partir do nada, um que revelaria um navio com duas figuras usando preto e máscaras douradas, singrando em sua direção.

Mas a esperança parecia passageira, um peixe acreditando ser o caçador diante de uma minhoca pendurada. Não a caça. Não a presa.

– Preciso saber de uma coisa – veio uma voz grave às costas dela. – Julga que ficar o dia todo no sol escaldante vai fazer com que a encontrem mais rápido?

Niya sentira Alōs se aproximando, mas havia torcido para que ele tivesse vindo apenas falar com um dos piratas que estavam por perto.

Ela respirou fundo para se acalmar antes de encarar os olhos turquesa que se detiveram a seu lado. O cabelo escuro dele estava solto em torno dos ombros, as feições angulares suavizadas pela luz matinal.

– Ora, Alōs, que gentil da sua parte se preocupar comigo.

Um sorriso divertido.

– É meu dever cuidar da minha tripulação.

– *Não sou* um membro da sua tripulação.

– Ainda não.

Niya cerrou os dentes, a raiva queimando enquanto se virava para o mar infinito diante deles. *Apenas o ignore*, pensou. *Se eu ignorar Alōs, ele vai embora.*

– Falando em se tornar tripulante, sabe que não vai poder mais dormir naquela cabine privada depois de hoje, certo? – continuou Alōs, permanecendo de forma irritante junto dela. – Você vai se acomodar com os outros piratas abaixo do convés.

– Depois de hoje, voltarei pra casa com minhas irmãs.

Alōs estalou a língua.

– Todos esses anos e ainda não aprendeu que o otimismo é o guia dos tolos. Ele sempre fará você tropeçar e cair em uma vala.

– Bom, fico feliz que pelo menos concordamos que este navio é uma vala.

– Este navio – retrucou Alōs, uma irritação incomum invadindo sua voz – é a embarcação mais rápida e mais procurada de toda Aadilor.

Niya pestanejou para ele, sentindo um arrepio de satisfação por ter achado uma fraqueza naquela montanha de rocha.

– É mesmo? Ouvi dizer que o *Viúva Bravia* era o navio mais rápido de Aadilor. Com certeza é maior.

– Exatamente isso que o torna *mais lento* – rebateu Alōs. – O *Viúva Bravia* nunca conseguiria acompanhar o *Rainha*.

– Quer apostar?

Alōs encontrou os olhos dela antes de baixar as vistas para o sorriso enviesado de Niya.

– Com prazer – respondeu ele. – Mas isso não vai livrá-la da amarra em que você outra vez acabou presa.

O sorriso de Niya se desfez.

– Vejo que voltou a enxergar a realidade da sua situação – continuou Alōs. – Ótimo. Agora, pare de se torturar, dançarina do fogo, ficando aqui fora pra se queimar. Eu a convido a tirar uma folga. Podemos nos sentar em meus aposentos bem sombreados e discutir qual será seu papel no navio. Pretendo até lhe servir um pouco de uísque como oferta de paz.

Niya estava surpresa por ainda não ter tentado atirá-lo no mar.

– Enquanto eu estiver neste navio – rebateu ela, odiando o modo como a própria voz tremia de raiva –, não haverá *nada* de pacífico entre nós, pirata.

Alōs a estudou por um instante demorado. Suas feições suaves permaneciam plácidas como a superfície de um lago.

– Muito bem – falou ele, por fim. – Mas saiba que foi você a dar o tom do seu começo por aqui, e não eu. Pois esteja avisada: não importa o quanto pense que consegue ser difícil, eu juro que não faz ideia do quanto pode ser mais difícil ainda me ter como capitão.

Com isso, Alōs marchou para longe, seu andar igual ao de um rei gracioso retornando para o trono junto ao leme.

Niya rosnou de frustração enquanto se virava para agarrar a amurada.

Mate-o, disse a magia em resposta à sua fúria. *Queime-o até só restar o osso.*

Bem que eu queria, pensou ela, baixando os olhos para a marca da aposta vinculativa. Uma vez que aquela coisa maldita estivesse fora de seu pulso, pelas estrelas e mares, ela com certeza tentaria.

Como Alōs ousava agir como se o resultado da aposta entre os dois já estivesse decidido?

Que idiota pomposo!

Ele só está tentando me tirar do sério, raciocinou, procurando se acalmar.

Mas, caramba, onde estavam suas irmãs?

Ficar parada era por si só uma forma de tortura. Esperando.

Niya não estava acostumada a esperar.

Ela resolvia tudo com as próprias mãos, mas o que podia fazer agora?

Niya se retesou quando uma ideia a atingiu. Girando as mãos, ela enviou uma explosão de sua magia no ar. E depois outra. Formando nuvens alaranjadas de fumaça que flutuavam cada vez mais alto.

Sinais.

Qualquer um com Vidência *teria* de vê-los, mesmo a uma grande distância.

Por que não pensara naquilo antes?

Pelo resto do dia, a dançarina permaneceu exatamente onde estava, enviando sua magia colorida para o céu azul. Ela continuou, desesperada, forçando o corpo para além da dor mesmo enquanto seus poderes se esgotavam, exaustos.

Descanse, choramingavam os dons. *Descanse*.

Mas ela não podia. Seu tempo estava quase se esgotando.

No fim, porém, a magia decidiu por ela, quando Niya foi capaz de produzir apenas um fiapo de vapor entre os dedos.

Ela desabou contra o corrimão, com a respiração pesada, querendo se deitar e dormir. Por algum milagre, não fez nada disso. Continuou encarando o horizonte vazio. Esperando, torcendo para que alguém tivesse visto sua magia. Esperando e torcendo mesmo quando Kintra veio lhe oferecer pão e água – a comida permaneceu intocada, estragando sob o calor e a maresia. Niya continuou tão imóvel quanto o horizonte diante dela conforme o sol começava a se pôr, lançando um manto escuro de estrelas.

Ela olhou e esperou, tentando sufocar o pânico crescente. Ficou paralisada, insensível. Quase podia acreditar estar virando uma estátua, uma criatura que vivia nos mitos.

A jovem ficou tanto tempo sem piscar que não percebeu quando a madeira do navio se esticou por cima e ao redor dela, reivindicando sua alma. Se olhar com atenção, minha criança, para cada barco que passa, talvez veja uma mulher esculpida na proa, desolada em seu grito congelado. Pois ela é, de fato, a Rainha Chorosa.

Como se os deuses perdidos tivessem escutado seus medos, uma nesga de luz enfim cortou a água escura, uma lâmina subindo lentamente e se arrastando em seu coração conforme o sol nascia.

Nãonãonãonãonãonãonãonão.

A súplica final da dançarina ecoava de forma descontrolada na sua mente, arranhando a pele. Ela permaneceu no convés, capturada pela descrença, suas unhas fincadas no corrimão, a respiração esgotada.

Seu pulso esquerdo começou a formigar, mas ela não olhou para baixo, não quis ver o bracelete preto da aposta vinculativa pintando a última linha, preenchido por completo. Sua dívida, suas correntes. *Um ano*, a coisa sussurrava. *Um ano.*

Niya encarou o sol de frente, como se pudesse forçá-lo de volta para baixo da superfície.

Ele não cedeu.

O sol subiu, orgulhoso e desafiador, acima do mar de Obasi. O livre arbítrio de Niya foi engolido pela luz conforme seus olhos ardiam e lacrimejavam.

Um pranto de dor.

A primeira luz do quarto dia nasceu brilhante, nova e tranquila – como um completo pesadelo.

CAPÍTULO OITO

Niya lembrava-se de pouca coisa sobre como havia sido vendada, amarrada e depois atada mais um pouco em uma cela que ficava bem no fundo da barriga do *Rainha Chorosa*.

Houve muitos gritos.

Ela se lembrou disso.

Assim como um pouco de sangue, nenhum saindo dela, é claro, sujando mais uma vez seu rosto e suas roupas.

No instante em que o quarto dia amanhecera por completo, Niya perdera toda a razão.

Precisava escapar do maldito barco!

Que se dane a aposta vinculativa.

Enquanto encarava o mar agitado cortando a proa, ela mal pestanejou diante da perspectiva de ir parar no Ocaso se não sobrevivesse ao mergulho rumo à fuga. Alōs poderia ir encontrá-la na terra dos mortos para cobrar sua sentença. A sanidade era coisa do passado agora.

Infelizmente, seus planos foram frustrados bem depressa. Antes que pudesse passar um pé pela borda, Niya os sentiu se aproximando – dez dos mais fortes piratas da tripulação.

— Vieram apreciar a vista comigo? – indagou ao grupo, chegando mais perto da amurada.

— Temos ordens de levá-la pra baixo – falou um homem corpulento, com os olhos semicerrados sob o cabelo ralo e colado na testa, enquanto analisava a postura da dançarina.

— Obrigada – disse Niya, segurando a amurada. – Mas prefiro ficar aqui em cima.

— Não é um pedido – explicou uma mulher, as tranças grisalhas pendendo até a cintura. Niya sentiu que era um dos membros da tripulação que também possuía dons.

A própria magia de Niya se avivou naquele momento, pronta para lutar.

– São as ordens do capitão – acrescentou outro pirata.

A carranca de Niya ficou mais profunda.

Ela não gostava nada de que Alōs tivesse previsto seu próximo movimento.

No entanto, não esperou muito para agir.

Niya se virou e pulou pela borda, chutando os braços estendidos que ela sentia tentarem alcançá-la, mas havia gente demais em comparação com seus dois pés. Puxando-a pelas calças, a tripulação a içou de volta ao convés, segurando com firmeza cada centímetro de seu corpo.

– Se valorizam suas vidas, é melhor me soltarem – rosnou Niya, se contorcendo e se debatendo o máximo que podia. Sua pele começou a esquentar com a magia, desejando apenas *queimar, queimar, queimar.*

– É exatamente por isso que não vamos soltar – resmungou a mulher de cabelos grisalhos, as mãos calejadas apertando ainda mais forte enquanto uma superfície dura se expandia a partir de suas palmas, protegendo-a do calor crescente de Niya. Uma névoa azul se estendeu.

Magia, raciocinou Niya.

– A mordida do capitão é muito pior que a sua – falou o homem ensebado de antes, curvando-se para perto do seu ouvido.

– Posso garantir que não é – respondeu Niya, cerrando os dentes.

Com uma cabeçada na têmpora do homem e uma mordida no ombro da mulher, Niya se agachou antes de voltar a se aprumar para rechaçar o restante dos piratas. Girando, ela tomou as lâminas que estavam no quadril de dois deles, pouco se importando em machucar e cortar, a respiração saindo em rajadas ante o desespero da fuga.

Niya se contorceu e girou, se curvou e deu um jeito de evitar os braços que se lançavam em sua direção. Estava quase conseguindo voltar para a amurada do navio quando o número de piratas dobrou. Deslizavam pelas cordas e mastros, esvaziando o convés inferior. *Pelos deuses perdidos,* pensou ela, *sobrou alguém para manobrar o navio?*

Niya começou a reunir outra vez sua magia, mais do que pronta para incinerar todos até só restarem cinzas, mas a última coisa que sua memória registrou em meio ao ódio incandescente foi uma âncora pesada derrubando-a no convés. Corpos, dezenas deles, empilhados por cima da dançarina enquanto ela se retorcia e gritava. Os membros da tripulação também berravam, chamando mais ajuda enquanto ela absorvia a energia de cada movimento, sentindo vertigem enquanto transferia tudo para seu dom e o usava para chamuscá-los. As roupas de Niya cederam à magia, irrompendo em chamas antes que baldes de água salgada e areia fossem jogados em cima dela. O vapor chiou. Niya tossiu e arquejou, e uma presença gelada surgiu de repente acima da jovem.

O olhar azul de Alōs seria capaz de congelar ossos, ainda que permanecesse impassível enquanto a observava rosnar e xingar como a selvagem que era ao ser amarrada no convés.

– Certifiquem-se de que ela não consiga mover um dedo – retumbara sua voz profunda.

Ele havia atirado mais cordas para um dos piratas. O rosto de Alōs fora a última coisa que Niya vira antes que uma venda cobrisse seus olhos e ela fosse arrastada para longe.

Niya rosnou, deitada no chão úmido de sua cela.

Se sentia como um animal, e não de um jeito bom.

Estava sem enxergar por causa da venda, e cada ponto de seu corpo fora imobilizado com cordas e correntes. Braços e pernas dobrados para trás de forma dolorosa, unidos pelas amarras. Mesmo seus dedos haviam sido meticulosamente presos.

Ela sentia a consciência exaurida, a graça de seus movimentos, roubada.

– Vou matar todos vocês! – gritou, a voz rouca e a garganta doendo.

Ouviu apenas os rangidos e o balançar do barco.

Com um gemido, ela conseguiu rolar de lado.

Como aquilo havia acontecido? Como fora parar ali?

Você tem dificuldade em controlar a raiva. Eram as palavras de Arabessa, que agora pareciam tão distantes no passado, retornando zombeteiras pela memória de Niya.

Pelos deuses perdidos, como odiava quando Arabessa tinha razão.

Talvez, se não tivesse reagido com tanta impulsividade no convés, estivesse outra vez em sua cabine apertada, capaz de pensar com maior clareza a fim de achar uma saída.

Em vez disso, se enfiara em um buraco ainda mais profundo, e agora estava ficando cada vez mais resignada com a possibilidade de nunca sair dele.

Suas irmãs não tinham vindo.

Elas não tinham vindo, e Alōs ainda detinha a identidade do trio na palma da mão, assim como sua servidão por um ano.

Niya havia arruinado tudo.

Era uma péssima irmã.

Uma filha traidora.

Merecia cada pedacinho de dor que agora sentia.

As lágrimas enfim correram quentes por suas bochechas.

Niya detestava chorar – considerava aquilo um gasto inútil de energia –, mas não estava mais no controle de si mesma.

Com os braços formigando, o primeiro sinal de que ficariam dormentes, ela se sentiu ceder ao destino, a vontade de lutar se esvaindo.

Não, sibilou sua magia, se retorcendo de forma desconfortável no ventre ao perceber aquela resignação. *Somos as mais poderosas. As mais mortíferas. Vamos conseguir nossa vingança. Vamos sim!*

– Como? – sussurrou Niya, quase choramingando.

Na hora ceeeeeeerta, arrulhou seu poder. *Quando menos esperarem.*

– Isso – murmurou Niya, fermentando o encorajamento. – Isso.

Sua magia tinha razão. Ela era uma Mousai.

Já fiz carne derreter dos ossos, pensou. *Já arranquei o sorriso do rosto dos sujeitos mais implacáveis.*

– Vocês vão conhecer minha ira! – bradou em sua cela, em um último esforço de energia, antes de começar a rir.

Era um som perturbador até mesmo para seus ouvidos, mas Niya não conseguia parar.

Com a bochecha pressionada contra o chão sujo, os membros torcidos e dormentes, ela riu, riu e riu mais um pouco.

Porque, embora as irmãs não tivessem vindo *ainda*, elas viriam.

A despeito de seu estado atual, seria preciso mais do que aquilo para derrotá-la e, ainda mais importante, para destruir a fé que depositava nas irmãs.

Elas *viriam*.

E, uma vez reunidas, as três mandariam mais do que um punhado de novas almas para o Ocaso.

CAPÍTULO NOVE

Niya acordou com o som de botas se arrastando em sua cela. Mãos ásperas a levantaram pelos braços e a carregaram por dois lances de escada. O ar foi ficando mais fresco a cada passo, até que foi colocada com um resmungo no chão duro.

— Pode soltar as pernas dela, mas mantenha os braços e as mãos acorrentados —comandou Alōs.

— Certeza, capitão? — perguntou uma voz rude. — Ela é maluquinha, é sim. Esse tipo de bicho é melhor empalhar ou comer do que pegar pra criar.

Niya cuspiu nas botas que sentiu estarem à sua frente.

— Ei!

O rosto de Niya foi empurrado pela força do golpe, a lateral da boca queimando enquanto o gosto de sangue florescia na extensão da língua. Alōs esbravejou um comando para que o homem se afastasse.

— O cuspe dela é a coisa mais limpa que há em você, Burlz. Agora me obedeça.

Com um resmungo baixo, os pulsos de Niya foram forçados e presos, primeiro atrás das costas e depois a uma âncora no chão. Em seguida, suas pernas foram soltas. Niya sufocou um choramingo quando o sangue voltou a circular de forma dolorosa pelos membros. Depois, foi obrigada a ajoelhar. Ainda vendada, tudo em que conseguia se concentrar era na agonia que percorria seu corpo, os músculos tendo ficado retorcidos de maneira desajeitada por muito tempo.

Alguém despejou água de modo descuidado em sua boca, e ela sorveu e engoliu com avidez, o líquido morno escorrendo pela frente da camisa.

Com um puxão, a venda foi removida, e Niya estreitou os olhos para examinar seus novos arredores.

Estava nos aposentos do capitão. O luar entrava por uma grande janela de vidro atrás dela. Candelabros de chão iluminavam o espaço escuro, enviando lampejos de calor pelas estantes de livros. Kintra e o homem que presumiu ser o tal de Burlz, o mesmo idiota oleoso com quem havia lutado no convés, estavam em pé junto a uma das duas portas fechadas do cômodo.

Niya estava ajoelhada ao lado de uma grande escrivaninha de mogno, enquanto Alōs a espiava a partir de sua poltrona como se fosse um gato selvagem sombrio.

– Dois dos meus homens estão cobertos de pontos – começou ele. – E outros três ainda estão na enfermaria tratando queimaduras graves depois da sua birra de ontem.

– Foi só isso? – Niya fez o possível para soar entediada.

O olhar de Alōs era firme.

– Você vai pagar por seus atos. E temo que a sentença será decidida pela minha tripulação.

Niya encarou Burlz, percebendo seu sorriso e o modo como seus olhos escuros traziam promessas de dor.

Quero ver você tentar, desejou responder. O tapa que levara não ficaria impune.

– Voto pra que me joguem ao mar – sugeriu Niya. – Qualquer coisa pra me tirar deste maldito barco.

– É uma pena que se sinta assim – disse Alōs, a voz fria. – Isso vai tornar seu próximo ano por aqui bastante desconfortável.

– Vou retribuir dez vezes mais qualquer desconforto – resmungou Niya, forçando as amarras, as correntes estalando em seus pulsos.

– Você precisa mesmo trabalhar essa sua mania de transformar tudo numa batalha – falou Alōs, se inclinando na cadeira. – Sua vida seria muito mais feliz se fizesse isso. Veja a minha, por exemplo. Consigo praticamente tudo que quero sem mover um dedo.

– Assim não sentirá falta deles quando eu os cortar da sua mão.

Alōs arqueou uma sobrancelha escura.

– Apesar das aparências, elas ficarão felizes em ver que você não mudou nada.

– Elas quem?

– As Mousai, é claro. – Alōs sorriu. – Elas chegaram.

Niya pestanejou, confusa por um instante.

E então…

BUM!

Uma explosão sacudiu o cômodo, fazendo os livros caírem das prateleiras e os candelabros balançarem. Niya se firmou nos joelhos quando uma nota aguda ecoou pelas tábuas de madeira lá em cima – e mais objetos pesados atingiram o convés.

Pelo mar de Obasi. A magia da dançarina irrompeu pelo corpo em uma onda de adrenalina. *Minhas irmãs estão aqui!*

Niya abriu um sorriso amplo e cortante.

– Ninguém da sua tripulação vai sobreviver à ira das Mousai.

– Kintra – Alōs orientou a intendente. – Avise às nossas convidadas que estamos em posse do que elas procuram antes que não sobre um navio pra vasculharem.

Kintra saiu apressada pela porta onde estava montando guarda.

– Burlz – comandou Alōs. – Sei que gostaria de fazer as honras.

O homem grande tinha a vingança estampada nos olhos ao tirar um retalho de pano do bolso da calça, caminhando na direção de Niya.

– Sinto muito por precisar fazer isso – explicou Alōs, as feições sem demonstrar a menor empatia –, mas não posso deixá-la se meter nas nossas negociações.

Niya tentou se desvencilhar de Burlz, mas, acorrentada ao chão, não foi muito longe. O pirata enrolou o pano com firmeza até formar uma mordaça e o enfiou entre seus lábios, fazendo-a se encolher.

– É só uma prévia do que vou fazer com você mais tarde, querida – sussurrou Burlz, o hálito de cebola fazendo os olhos da dançarina lacrimejarem.

Diante da ameaça, a magia de Niya se encrespou ao longo da pele, e ela avançou com um rosnado abafado.

Burlz sorriu e recuou contra a parede.

Você será o primeiro que vou mandar pro Ocaso, pensou Niya.

Houve mais gritaria lá em cima, um estrondo de barris sendo quebrados, e então tudo ficou em silêncio.

Restava apenas o chiado dos grãos de areia descendo por uma ampulheta de prata na mesa de Alōs.

O olhar de Niya se voltou para a porta fechada.

Seu coração batia como um animal em disparada, e ela procurou se acalmar, tentando abrandar o caos dos últimos dias que mantinha sua magia correndo desregulada pelas veias. Precisava retomar o foco. Precisava dele para encontrar os movimentos que pertenciam a *elas*. Suas irmãs estavam ali. Tinham *enfim* chegado. E Niya se concentrou naquele pensamento, naquela segurança.

Fechando os olhos, a dançarina respirou fundo, apaziguando o zumbido que vibrava em seu corpo. Ela podia sentir melhor através das paredes daquela forma, percebendo o que estava além. Mesmo fraca, conseguiu fazer uma busca leve, sugando a energia da movimentação no convés a fim de alimentar sua magia. O poder rastejou para fora da pele como névoa, rolando pelo chão e escorregando por debaixo da porta, batendo em todos os objetos que se moviam e balançavam – uma rede prendendo caixotes, o arrastar pesado dos pés – até que...

Ali. O gosto familiar da energia, o movimento delicado dos membros, as vestes balançando. Uma energia que ela *conhecia*.

– Fascinante – falou Alōs ao lado dela, mas Niya o ignorou.

Ignorou também que ele era capaz de enxergar os rastros alaranjados e vermelhos de sua magia fluindo, vasculhando o navio. Ignorou qualquer tipo de vantagem que pudesse dar a Alōs ao compreender melhor suas habilidades.

Niya se importava apenas com os passos se aproximando, e então...

Ela abriu os olhos ao mesmo tempo em que a porta foi escancarada. Kintra entrou, seguida por três figuras usando vestes pretas com capuz e máscaras douradas inexpressivas. Duas pessoas altas e uma baixa. Entraram na sala como fumaça, ocupando todo o espaço. A magia delas era carregada, pulsante, antiga e catastrófica, a um passo de ser libertada. Zumbindo de raiva.

Mostrem como saudamos nossos inimigos.

Niya nunca tinha visto as Mousai daquele ponto de vista, já que costumavam estar no lugar do impostor mais baixo, mas, mesmo assim, se deliciou com o quão aterrorizantes pareciam. Niya cruzou olhares com as duas Mousai mais altas – Larkyra e Arabessa, suas irmãs.

Seu peito doeu. Como era bom vê-las. Como Niya ficaria devastada quando elas descobrissem o que havia feito.

As irmãs a percorreram com os olhos enquanto ela encarava, notando seu estado desgrenhado, e uma intensidade mais sombria de magia se expandiu ao redor delas como nuvens de tempestade se desenrolando.

A porta da cabine bateu, trancando com um clique. A luz dos candelabros diminuiu, as sombras se estendendo de um jeito pouco natural.

Ah, sim, pensou Niya. Suas irmãs estavam *furiosas*.

Ótimo, sibilou sua magia.

Sim, concordou Niya. *Eis aqui minha vingança.*

Alōs permaneceu sentado, com as mãos cruzadas e relaxadas por cima do peito, enquanto as Mousai voltavam a atenção para ele.

– Já existia uma recompensa por sua cabeça, Lorde Ezra – falou a Mousai do meio, que Niya reconheceu pela voz como sendo Arabessa. – Mas sequestrar um membro favorito da corte do Rei Ladrão não é um bom presságio pra qualquer misericórdia que ele possa ter lhe concedido.

– Misericórdia? – Alōs arqueou as sobrancelhas. – O rei está ficando mole com a idade?

A outra Mousai – Lark – emitiu um guincho. Com uma única nota, lançou um candelabro através da vidraça que havia atrás do pirata.

Alōs afastou uma mecha do cabelo escuro que fora soprada em seu rosto.

– Se não gostou da decoração, eu poderia ter mudado de um jeito mais fácil.

– Nossas ordens são claras, pirata – declarou Arabessa. – Recuperar a dama e levá-lo até o Rei Ladrão. Se não quiser vir conosco, vamos matá-lo aqui mesmo. Essas são suas opções.

– Isso está evidente. – Alōs uniu a ponta dos dedos enquanto voltava a se reclinar para trás. – Mas, antes de qualquer uma dessas coisas, podem me responder uma pergunta? Foi fácil assim achar uma substituta? – Ele olhou diretamente para a Mousai mais baixa.

Era uma questão que não fazia sentido para qualquer pessoa, exceto para aquelas que soubessem a verdade, o que a tornava perfeita. Ali estava Alōs Ezra, o réptil que não precisava de mãos, pois conseguia o que queria sem mover um dedo. Uma cobra.

As Mousai permaneceram em silêncio, mas Niya pôde sentir a mudança na energia, a nova tensão nos ombros das irmãs. Aquele era o momento em que sua tolice amaldiçoaria a própria família. *Me desculpem!*, queria gritar ela. *Eu sinto muito!* Mas tudo o que conseguiu produzir foi um gemido através da mordaça.

O olhar de Larkyra se voltou para Niya por um instante, cheio de dúvidas.

– Vejo que posso ter me concedido uma terceira opção? – quis saber Alōs. – Podemos conversar em particular?

A porta atrás das Mousai se destrancou e abriu – uma resposta.

Com os olhos, Alōs lançou um comando silencioso para Kintra e Burlz: *saiam*.

Obedientes, os dois se viraram e deixaram a cabine, trancando a porta ao sair.

Bebericando de uma taça em sua escrivaninha, Alōs gesticulou com a mão, enviando um véu verde e gelado de magia que se depositou ao longo das paredes, cobrindo o buraco recém-feito em sua janela.

– Agora podemos falar em sigilo.

– E quais segredos deseja compartilhar que nos farão poupar sua vida? – perguntou Lark por trás da máscara.

– Meus segredos são na verdade os *seus* segredos. Mas uma troca pode fazer com que eu os esqueça.

– Fale de uma vez, Lorde Ezra.

– Sem mais delongas, acho fascinante que haja três de vocês diante de mim quando na verdade uma das Mousai está ajoelhada aos meus pés. – Ele apontou para Niya ao lado da mesa.

Seu mundo inteiro desabou. Incapaz de olhar para as irmãs, a dançarina se concentrou em um ponto no chão. *Covarde*, pensou, odiando o que talvez viesse a seguir. *O que elas iam fazer? O que diriam daquilo?*

O silêncio se adensou conforme o coração de Niya seguia sendo partido, de novo e de novo, aguardando.

– Isso mesmo – continuou Alōs, por fim. – Sua amada Niya expôs a identidade das Mousai, e, devo dizer, é um grande prazer pra mim enfim ser apresentado oficialmente às Bassette.

Traição, traição, traição. A palavra soava dura nos ouvidos de Niya enquanto ela suportava o olhar afiado das irmãs.

Ela se encolheu, ajoelhada, ainda incapaz de olhar para cima, apesar do modo como a magia de Larkyra e Arabessa colidiam contra ela feito um chicote.

Como? Por quê?

Ambas as perguntas com as quais Niya vinha se torturando fazia anos. Como podia ter se deixado atrair e seduzir, seus próprios poderes usados contra ela? Para quê? Para se sentir desejada, para experimentar aquela centelha extra de excitação inconsequente?

Patético.

Houve uma onda de movimento quando a menor das Mousai tirou o manto e removeu a máscara. Sua silhueta cresceu até ficar mais alta do que qualquer um no recinto. Um homem estava diante deles, envolto em calças de seda roxa e uma gargantilha intrincada, cravejada de pérolas, que se abria sobre o peito nu. A pele negra brilhava como uma noite sem lua contra a barba espessa, os olhos violeta cintilando.

Os Achak – dois dos seres mais antigos daquele lado do Ocaso – estavam ali. Eram criaturas cuja história se entrelaçava à do Reino do Ladrão. E, assim como Alōs, eles nunca se disfarçavam ao frequentar o lugar.

Quando todos o temiam, não havia nada a temer.

– Você se mostrou muito inteligente, Alōs – disseram os Achak, a voz começando profunda antes de se tornar mais aguda.

Na respiração seguinte, a silhueta ondulou, os membros diminuindo até se tornarem femininos. Pois os Achak eram de fato irmão e irmã, duas almas lutando e se revezando em busca de espaço no mesmo corpo. Mudavam de forma sempre que um deles desejava falar, muitas vezes deixando o interlocutor tonto. Ninguém sabia a origem exata deles, mas, felizmente, os irmãos haviam sido amigos e professores das Mousai desde que estas começaram a manifestar seus dons. O que era uma sorte, pois ser inimigo dos Achak significava que a pessoa raramente sobrevivia o bastante para se tornar um amigo. Os Achak eram poderosos, erráticos e, acima de tudo, guardiões das portas do Ocaso.

– Inteligente – ecoou a irmã, ajustando um bracelete de prata que envolvia seu antebraço. – Mas ainda bastante previsível.

– Bem – começou Alōs –, ninguém consegue ser tão imprevisível quanto vocês, meus caros Achak. Fico feliz em ver que o Rei Ladrão os deixou sair da sua gaiola flutuante.

Os Achak sorriram, os dentes brancos brilhando, antes de assumirem a forma masculina.

– Menino, não sabe que provocações só funcionam com mentes fracas? Diga logo suas exigências para que possamos seguir nosso caminho. Este lugar cheira a merda.

Alōs apontou para Niya.

– Provavelmente está vindo dela.

Niya enviou um olhar mortal para o pirata, a fúria aquecendo seu coração.

– Isso é ridículo – falou Larkyra, tirando a máscara e abaixando o capuz a fim de revelar as feições delicadas. – As únicas exigências a considerar é se vamos levar nossa irmã antes ou depois de tirar sua vida. Você escolhe.

O alívio tomou conta de Niya. Lark a tinha chamado de *irmã*, e não de *irmã-que-morreu-para-mim*, *criatura deplorável* ou *toupeira covarde*.

Será que poderiam perdoá-la por aquela traição?

– É bom enfim ver seu lindo rosto, Larkyra. E devo também dar os parabéns pelas suas núpcias recentes. – Alōs brincou distraído com o anel em seu mindinho, ainda exalando controle. – Quanto a me matar, Niya tinha planos semelhantes, mas, como os Achak provavelmente já sabem e vocês, moças, deviam aprender... tenho planos de contingência pra tudo.

– Muito bem. – Arabessa foi a última a remover o disfarce. Seu cabelo preto como tinta estava preso em um coque alto, a beleza angular formando outra máscara severa ao encarar o pirata. – Diga por que ainda deveríamos continuar a ouvi-lo?

– Se me matar, o segredo que sei sobre a conexão das Bassette com as Mousai, e que está escondido por Aadilor, será revelado. Mas posso destruir qualquer menção a isso se fizermos um acordo.

Arabessa lhe deu um olhar enviesado.

– Você está blefando.

– Posso estar. A questão é: você pode se dar ao luxo de descobrir?

Riscos, apostas e barganhas. Todos os vícios de Niya se desenrolando diante de seus olhos, e seria sua família a pagar o preço.

Se conseguirmos sair daqui, pensou ela, *juro pelos deuses perdidos que nunca mais aposto em nada.*

– Qual é sua oferta, então? – quis saber Arabessa.

– Jurarei meu silêncio, garantindo a destruição das pedras de memória que guardam o que sei sobre as Mousai, e libertarei sua irmã sem violência... se o Rei Ladrão remover as acusações que pesam sobre mim e minha tripulação.

– Não! – gemeu Niya contra a mordaça, lutando com as correntes que prendiam seus braços para trás. – É um truque!

Alōs podia destruir as pedras e remover suas amarras, mas ela ainda seria obrigada a servi-lo por um ano. Tal acordo não anularia a aposta vinculativa. As irmãs precisavam entender aquilo! Tinham que pensar em outra maneira de deixá-la livre de verdade.

– Esse é um preço alto – falou Arabessa, ignorando os esforços de Niya. – Um favor do Rei Ladrão em nosso nome e ainda um perdão pra você.

– Tenho fé de que ele verá a importância de um para permitir o outro.

– Sua fé pode estar equivocada. O rei não recebe ameaças de forma pacífica, nem se curva à vontade de ninguém. No fim, você pode fazer com que nós quatro nos tornemos exilados, ou, ainda mais provável, que viremos moradores do Ocaso.

– Talvez, mas estou disposto a rolar esse dado.

– Realmente valoriza sua vida tão pouco assim? – desafiou Arabessa.

– Pelo contrário. Apenas tenho mais a ganhar do que a perder no momento.

– Tem certeza de que isso é verdade, *Lorde* Ezra? – perguntaram os Achak, parecendo subentender muito mais do que fora falado.

Niya percebeu como o olhar de Alōs se estreitou.

– Temos um acordo ou não? – insistiu ele.

A atmosfera do cômodo permaneceu suspensa, uma queda livre a partir de um penhasco alto, enquanto as irmãs se viravam, encarando Niya. O peso de seus olhares cravou uma nova adaga no coração da dançarina. Lark franzia a testa, a dor margeando seus olhos, obviamente desejando fazer um milhão de coisas. Arabessa, por outro lado, continuava equilibrada como sempre; nada em suas feições indicava como realmente se sentia ao ver a irmã amarrada e ajoelhada no chão. Niya não saberia dizer qual expressão era pior.

– Achak – falou Arabessa, ainda concentrada em Niya. – Vocês têm um Selador de Segredos?

Os Achak tiraram do bolso da calça um pequeno cilindro de prata ricamente esculpido.

– Sempre viajamos com um.

– Mas e quanto ao perdão? – quis saber Larkyra.

– Por acaso, o rei nos deu um desse antes de partirmos.

Uma sala de olhares surpresos se virou para os Achak; até as sobrancelhas escuras de Alōs se arquearam.

– Crianças, precisamos lembrá-las de que ele é o Rei Ladrão, do *Reino do Ladrão?* – explicaram os Achak. – Se ele não conseguir prever como funciona a mente de vigaristas e bandidos, então quem conseguirá?

Com um estalar de dedos, os irmãos materializaram um pequeno cubo de âmbar brilhante que flutuou sobre a palma de sua mão – um perdão do rei.

Niya observou o olhar cobiçoso de Alōs devorar o objeto. Algo tão pequeno, mas que significava tanto.

– Então temos um acordo? – perguntou Larkyra.

– Parece que sim – respondeu Alōs, sorrindo.

Esperem! Não! Niya se debateu ainda mais. Ela puxou, puxou e puxou as correntes, o chão de tábuas rangendo sob seus esforços. As irmãs só precisavam enxergar a marca em seu pulso e então saberiam, mas havia uma razão para Alōs ter amarrado seus braços com tanta firmeza por trás das costas. *O maldito!*

– Pelos deuses perdidos – Lark se aproximou da dançarina enquanto esta se debatia. – Isso é inadmissível.

Alōs saiu depressa de trás da escrivaninha, bloqueando o caminho.

– Ela será toda sua assim que oficializarmos as coisas.

Larkyra estreitou os olhos, avaliando o pirata impetuoso.

Pelos deuses perdidos, se ao menos Niya tivesse mais energia para reunir poder suficiente e derreter o metal que a acorrentava. Naquele momento, não conseguia fazer mais do que aquecer o ferro. Estava tão exausta. Precisava dormir, comer e tomar uma dúzia de banhos.

– Tudo bem – falou Larkyra, impaciente. – Vamos oficializar, então. Niya será entregue pra nós, junto com seu silêncio sobre nossas identidades, e você destruirá todas as informações escondidas. Em troca, você e sua tripulação serão perdoados no Reino do Ladrão.

– E não haverá matança esta noite – acrescentou Alōs.

– Nenhuma matança de nenhum dos lados esta noite – concordou Arabessa por trás deles.

Alōs sorriu, estendendo a mão.

– *Vexturi.*

– *Vexturi* – respondeu Larkyra, apertando a mão dele.

– *Vexturi* – repetiu Arabessa, avançando para fazer o mesmo.

NÃO! Niya soltou um último grito abafado. *Nããããão!*

Ela se largou, derrotada, enquanto assistia às irmãs apertando a mão do pirata.

O resto do acordo se desenrolou depressa. Os Achak tiraram uma gota de sangue do dedo de Alōs com o Selador de Segredos, obrigando-o a nunca revelar a identidade delas sob o risco de perder a língua, e entregou o perdão na mão dele. O cubo dourado e brilhante lançou seu calor na pele marrom do pirata enquanto este o segurava, os olhos cintilando em triunfo. Niya se sentiu enjoada. Em seguida, Alōs forneceu às irmãs uma lista de onde suas pedras de memória estavam escondidas, assinando o pergaminho com um juramento sobre a verdade.

Estava feito.

Simples assim.

Quando o pirata se aproximou para tirar a mordaça e as amarras, ele e Niya se encararam.

A profundeza turquesa nos olhos dele não continha nenhum indício de sentimento, apenas apatia nadando em um coração sombrio.

Nos de Niya, havia apenas ódio.

– Vou ter minha vingança – sibilou ela quando a mordaça foi removida.

– Não por um tempo – respondeu ele com a voz calma.

A magia da dançarina correu pelas veias – *nós odiamos, nós odiamos, nós odiamos* –, mas então as irmãs a puxaram para um abraço e a mente de Niya enveredou por uma direção totalmente oposta.

– Eu sinto muito – ela se ouviu dizer, com a voz rouca e embargada, o coração e o corpo em um poço de dor. Se arrependeria eternamente por forçá-las a fazer aquele acordo, por ter revelado seus segredos, pelo quanto estava fedendo, por tudo. – Eu sinto muito – repetiu, de novo e de novo.

Larkyra a acalmou, abraçando-a com força.

– Vai ficar tudo bem. *Está* tudo bem.

– Não, vocês não entend...

– Podemos discutir essa confusão depois que sairmos do navio – garantiu Larkyra, usando um de seus robes para cobrir com suavidade os ombros da irmã.

Aquele pequeno gesto de gentileza destruiu Niya por completo, especialmente quando Alōs comentou por trás dela:

– Temo que sua irmã vá ficar por mais tempo.

Lark se virou, as sobrancelhas arqueadas.

– Como é?

– Niya pode não ser mais minha prisioneira, mas ela não vai embora.

Arabessa se aproximou da irmã.

– O que está tramando, Lorde Ezra?

O olhar gelado de Alōs encontrou o de Niya mais uma vez.

– Você quer contar ou eu mesmo conto?

Ela queria contar mil coisas *para ele*, todas afiadas, sangrentas e dolorosas, mas sua garganta estava travada de pânico ante a perspectiva de decepcionar ainda mais as irmãs. *Como pude estragar tudo desse jeito?*

– Contar o quê? – quis saber Arabessa. – O que está havendo?

Alōs puxou a manga da casaca, revelando o pulso e o contorno preto do bracelete que jazia contra a pele marrom, não preenchido: uma dívida esperando para ser coletada.

As irmãs encararam a marca com expressões confusas, e depois...

– Não. – Arabessa se virou para Niya, a voz apenas um fiapo. – Não.

Niya fechou os olhos, tentando segurar as lágrimas quentes e prontas para cair.

– Diga que isso não é...

Arabessa se calou quando Niya ergueu o braço direito, exibindo o pulso vermelho e esfolado e a marca preta de sua aposta vinculativa, totalmente preenchida: uma dívida esperando para ser paga.

– *Niya* – sussurrou Arabessa. – O que foi que você fez?

CAPÍTULO DEZ

— Como assim vão embora sem mim? — Niya olhava horrorizada enquanto Arabessa vestia o capuz preto, instruindo Lark a fazer o mesmo. — Não ouviram o que eu disse?

Niya havia acabado de explicar o motivo de sua aposta vinculativa, dando o seu melhor para ignorar o olhar penetrante do lorde-pirata, que continuava assistindo a tudo de sua mesa. Ela se recusava a ver a expressão presunçosa de Alōs. Ele já não tinha feito o bastante? Não tinha vencido o suficiente? Niya desejou poder arrancar a espada no quadril dele e enfiá-la no peito do homem. Se não fosse morrer também no processo, é claro.

Argh! Isso é loucura!

— Nós ouvimos o que você disse — explicou Arabessa. — E é por isso que estamos indo embora.

— *Comigo junto* — esclareceu Niya, segurando a mão da irmã para impedi-la de colocar a máscara. — Escute, Ara, sei que está brava... ou melhor, furiosa — corrigiu depressa, vendo o olhar indignado da irmã mais velha endurecer. — Digo, pelas almas do Ocaso, *eu mesma* estou furiosa comigo. Mas, por favor, será que não enxerga? Eu estava tentando colocar um fim nesse assunto. Estava tentando consertar as coisas.

— Sim, e você parece andar sobre areia movediça — respondeu a irmã em um tom seco. — Sempre se emaranhando mais na confusão da qual tenta escapar. Uma aposta vinculativa? Como pôde, Niya?

— Se tivessem me encontrado *antes*... — A voz de Niya tremeu com sua raiva repentina, com seu desespero. — ...Eu não estaria emaranhada nessa confusão!

As sobrancelhas de Arabessa subiram até a linha do cabelo.

— Não consigo ver como *qualquer parte* do que está acontecendo possa ser nossa culpa. Não acabamos de proteger nossas identidades depois de *você* as ter revelado?

– Você está certa, me desculpe. – As bochechas de Niya queimaram. – Eu não quis dizer isso. Sou grata a vocês. *É claro* que sou. É só que... não sabia o que fazer. Você precisa entender que, desde aquela noite... As coisas que eu fiz pra tentar consertar isso sozinha... Eu nunca quis... digo... não era pra acontecer desse jeito.

– Niya – falou Larkyra, a voz gentil. – Como *foi* que isso aconteceu? Como ele descobriu quem nós somos? Se a torturou pra obter essa informação, vamos nos ving...

– Eu não encostei um dedo nela – A voz fria de Alōs se intrometeu na conversa. – Não de um jeito doloroso, pelo menos. Ela se revelou pra mim de forma voluntária, não foi, minha dançarina do fogo?

– Eu não sou *nada* sua – cuspiu Niya.

– Talvez devêssemos todos nos sentar e respirar um pouco – sugeriram os Achak, gesticulando para conjurar cadeiras.

Arabessa os ignorou, virando-se para Niya com uma carranca.

– Do que ele está falando?

– É – concordou Larkyra. – O que aconteceu, Niya?

Sozinha.

Ela estava sozinha.

– Eu era jovem – começou Niya.

– Isso com certeza vai demorar – murmuraram os Achak, se acomodando em uma das cadeiras.

Ninguém mais se moveu.

– E burra – continuou Niya, desejando mais que tudo *não* tocar naquele assunto com Alōs presente. – Mas o erro não foi e não será cometido outra vez. Os detalhes não importam.

– *Jovem?* – Arabessa se virou para o pirata. – Há quanto tempo conhece nosso segredo, Lorde Ezra?

– Não acabei de dizer que os detalhes não importam? – interrompeu Niya.

– Só que importam muito – rebateu a irmã. – Você colocou a vida de todas nós em risco.

– Por favor – implorou Niya, seus poderes espiralando de forma caótica devido ao desespero. – Vamos pra casa. Posso explicar tudo depois de tomar um banho, ou doze, e aí podem decidir qual será meu castigo.

– Minha querida – falou Lark com gentileza. – Sabemos que é o rei quem vai decidir isso.

– Exato. – Ara fixou o olhar em Niya. – Ele vai decidir. Enquanto isso, parece que nossa irmã tropeçou na própria punição. Ela deverá ficar aqui e pagar sua dívida com Lorde Ezra.

– Não vou!

– Você não tem escolha. Será que não entende como uma aposta vinculativa funciona? Cada movimento seu é rastreável. Isso acontece pra garantir que não fique devendo o pagamento. O vencedor da aposta pode localizar o perdedor quando e onde quiser.

– Sim, sei disso, é claro, mas...

– E nenhuma magia é capaz de quebrar isso – prosseguiu Arabessa. – Nem mesmo criaturas tão poderosas quanto os Achak. É por isso que se chama aposta *vinculativa*.

Niya hesitou, um pânico renovado tomando conta de seu corpo.

– Isso não pode ser verdade.

– Temo que sim, minha criança – falaram os Achak, agora na forma do irmão, reclinando na cadeira com olhos solidários. – Por mais difícil que seja ouvir, sua irmã fala a verdade. Tanto sobre a aposta quanto sobre continuar aqui. O Rei Ladrão nunca permitirá que volte ao reino como integrante das Mousai portando tal corrente. Por onde quer que ande em Aadilor, Alōs poderá saber. Qualquer segredo que guarde em Jabari poderá ser rastreado. Você é uma ameaça ambulante até que sua dívida seja paga.

Niya cerrou o maxilar.

– Mas... eu *não posso* ficar aqui por um ano! – disse ela, implorando para as irmãs, para os Achak, *para qualquer um*.

– Você está com algum osso quebrado? – perguntou Ara.

– Hum, não.

– Contraiu alguma doença ou está sentindo algum mal-estar que necessite de um curandeiro?

– Acho que não.

– Teme por sua vida a bordo deste navio?

Niya pensou por um momento.

– Não exatamente, mas eu...

– Então não vejo motivo pra você precisar ir embora mais cedo.

– Que tal *um banho*? – retrucou Niya.

– É. – Larkyra franziu o nariz. – Ela está precisando de um desses.

– Desnecessário – interrompeu Alōs, acompanhando a conversa de sua posição junto à mesa, o tédio estampado em suas feições. – Podemos ser canalhas, mas sabemos, no mínimo, parecer respeitáveis. Agora que faz parte da minha tripulação, com certeza vai se lavar. Lamento dizer que essas roupas que já fornecemos eram o único conjunto. Mas o atual estado de imundície delas é culpa sua, é claro.

– *Argh!* – Niya avançou para o pirata, a magia borbulhando rumo à superfície junto com a raiva, mas Arabessa a segurou pelo braço, forçando-a a recuar.

– Pare com isso – ordenou a irmã. – Não aprendeu nada com essas suas explosões de temperamento? Você não pode agir sempre de acordo com cada capricho e emoção. Quem sabe assim pare de se enfiar nesse tipo de problema.

– Um conselho sensato que eu mesmo tentei explicar pra ela – falou Alôs, examinando as próprias unhas.

Niya engoliu uma resposta mordaz, o corpo tremendo de fúria. *Ele vai pagar. Ele vaaaaaaai*, prometeram seus dons. Mas então Niya encontrou os olhos da irmã mais velha e percebeu a decepção que pairava ali. Sua raiva a abandonou em um sopro.

Apesar de seus melhores esforços, o lábio de Niya começou a tremer, os olhos se enchendo de lágrimas.

Arabessa suavizou o aperto em seu braço e puxou tanto Niya quanto Larkyra para o outro lado da cabine. Para longe do pirata.

– Escute. – A voz de Ara era calma, ainda que severa, como uma mãe se dirigindo aos filhos delinquentes. – Não sabemos como o Rei Ladrão vai responder ao ser forçado a barganhar em nosso favor. Você será punida, sem dúvida. Ele pode acrescentar uma sentença ainda mais longa, ou coisa pior...

– Nada pode ser pior do que isso. – Niya enxugou os olhos depressa.

– Também *não sabemos* que castigo papai escolherá pra você – continuou Arabessa. – O que você revelou, Niya...

– Eu sei. – A dançarina cerrou os punhos. – Pelos deuses perdidos, *eu sei*.

A comiseração enfim apareceu nos olhos de Arabessa.

– Sim, parece que sabe. Então entenda isso também: garantiremos que o débito atual que deve ao pirata faça parte da sua punição. Vamos fazer nosso melhor para implorar por qualquer leniência que ele possa oferecer, dadas as circunstâncias.

Pela primeira vez desde que fora arrastada a bordo, Niya sentiu um pequeno resquício de esperança. Arabessa *ainda* a amava. Apesar da raiva aparente, ainda se importava, Lark se importava, e aquilo por si só acalmou o coração e a mente da dançarina. Mesmo assim, Niya não sabia como corresponder a tamanha bondade. Depois do que havia feito, uma parte dela se sentia para sempre indigna de qualquer empatia que as irmãs pudessem sentir. Sua voz embargou de emoção quando disse:

– Obrigada.

– Agora nos conte. – Arabessa pôs a mão em seu ombro. – Há quanto tempo aconteceu a noite que deu início a tudo isso?

– Quatro anos atrás.

– Quatro...!

Arabessa levantou uma mão, interrompendo Larkyra.

– Está tudo bem – falou a mais velha, parecendo pesar aquela nova informação. – Mas nossas máscaras são enfeitiçadas para permanecer no rosto a menos que desejemos o contrário, então como foi que ele...?

As bochechas coradas de Niya em conjunto com seu silêncio pareceram ser resposta suficiente.

– Entendi – disse Arabessa. – Sua antipatia pelo homem faz sentido agora.

– Eu o *odeio*.

– Compreensível, embora não mude as circunstâncias. Quatro anos mantendo esse segredo, Niya. – Ela balançou a cabeça. – Gostaria que tivesse nos contado.

– Eu queria contar, mas estava com medo, envergonhada e...

– De coração partido? – murmurou Larkyra.

– *Não* – respondeu a dançarina, quase enfática demais. – Eu não seria capaz de suportar a decepção de vocês. Ou a ira de papai ou do rei. Fui uma idiota.

– Foi.

Niya se encolheu, a afirmativa da irmã entrando como uma faca em seu coração. Mas ela não rebateu. Como poderia?

– Há uma última coisa que precisamos saber – falou Arabessa. – E, por favor, entenda que nenhuma raiva ou decepção virá de nós. Naquela noite... ele fez algo desagradável com você?

– Como assim?

– Ele forçou alguma coisa? Porque se esse pirata a tiver tocado de um jeito errado, que se dane a aposta, nós vamos deixar este navio em pedacinhos.

– Ele não fez nada – assegurou Niya.

Arabessa assentiu, a tensão se dissipando ao longo da mandíbula.

Os ombros da própria Niya ficaram caídos, a realidade do que estava prestes a acontecer a atingindo com força. Ela deveria ficar ali durante um ano. *Um ano.* Um zumbido preencheu seus ouvidos enquanto assimilava a ideia, bem como os argumentos de sua família. Ela não tinha escolha além de ficar.

Niya queria vomitar.

– Como vou sobreviver a isso? – perguntou, o desespero escapando em seu tom.

– Do mesmo jeito que sobrevivemos a todas as coisas – respondeu Arabessa. – Um nascer do sol por vez.

– Se já terminamos por aqui – interrompeu Alōs, erguendo-se em toda a sua envergadura e dando a volta na mesa. – Após essa visita adorável, tenho um navio pra endireitar e uma nova integrante da tripulação precisando de treinamento. Essas conversas melosas podem ficar pra quando a irmã de vocês voltar.

Niya olhou feio para o pirata. Ele respondeu com uma carranca igualmente arrepiante. O sorriso astuto e o charme descontraído de um anfitrião entretendo seus convidados haviam sumido. O mestre daquele navio tinha retornado, um homem que conseguia tudo o que queria. Alōs não tinha mais tempo para brincar.

– Garantiremos que receba nossas cartas – falou Lark, apertando a mão de Niya. – E, quando estiver em algum porto, por favor, nos avise. Acharemos um jeito de nos vermos.

Niya mal escutou o que a irmã disse, a pele ficando gelada.

– Um ano – sussurrou, incrédula.

Arabessa apertou o ombro dela com mais força.

– Conhecendo você, comandará esse bando de malfeitores em pouco tempo.

Niya assentiu, sem saber como dizer adeus. Sem querer se despedir.

– Digam ao papai… falem pra ele que…

– Nós diremos – garantiu Arabessa. – Ele vai saber. E, por favor. – Ela chegou mais perto, baixando a voz. – Mantenha a guarda alta por aqui. Essa gente pode até se misturar com facilidade no Reino do Ladrão, mas piratas seguem regras muito diferentes quando estão no mar. E esse capitão…

– O que tem ele?

– Sinto que ele precisa de algo importante, algo que só poderia conseguir caso navegasse mais livremente após receber um perdão.

As palavras de Arabessa despertaram uma pequena pulsação de esperança no peito de Niya.

Sinto que ele precisa de algo importante.

A mente de Niya foi preenchida de repente com novos planos.

– Sim. – Ela assentiu. – Sim, você tem razão.

Podia estar presa ao navio, mas também podia manter o olhar atento no lorde-pirata enquanto estivesse ali. Ninguém era livre de segredos, e Alōs estaria fadado a deixar um deles escapar caso Niya prestasse a devida atenção. Assim como a dançarina estava naquele momento arcando com as consequências, descobrir o segredo *certo* de outra pessoa era algo que possibilitava muitas vantagens naquele mundo. Talvez descobrir o segredo certo sobre Alōs pudesse ajudá-la a conseguir sua liberdade antes de o ano terminar.

– Só tome cuidado – aconselhou Lark. – Não vamos saber com rapidez caso precise ser salva enquanto estiver navegando no meio do mar de Obasi.

Niya encarou os olhos preocupados da irmã caçula, sendo atingida mais uma vez pelo peso do que Larkyra e Arabessa estavam fazendo por ela.

– Eu sinto muito – falou. – De verdade. E… obrigada. Obrigada por terem vindo… e…

– Ah, tudo bem – interrompeu Ara. – Haverá muitos momentos no futuro em que você poderá nos compensar.

– Muitos, *muitos* momentos – acrescentou Larkyra, esboçando um sorriso.

Arabessa puxou Niya para um abraço.

– Seja corajosa.

– Mas não corajosa demais – concluiu Larkyra ao se juntar a elas.

O abraço foi breve, mas Niya ficou grata por cada segundo.

Afinal, quando fariam aquilo de novo?

– Vamos, minhas queridas? – perguntaram os Achak, a cadeira desaparecendo quando se levantaram.

As irmãs de Niya se afastaram, deixando um vazio dolorido em seu peito.

Erguendo o capuz preto, Arabessa se virou para falar com Alōs, as feições retornando para uma máscara fria.

– Vou lhe dar um aviso honesto, pirata. Se *qualquer coisa* acontecer com nossa irmã enquanto ela estiver sob sua responsabilidade, então você terá de responder a nós. E, dou minha palavra, não importa quais truques use pra se esconder, nós *vamos* achá-lo, e sua morte não será rápida nem indolor.

– Então vou morrer do mesmo jeito que vivi.

Arabessa sustentou o olhar firme de Alōs, parecendo avaliar as palavras dele.

Niya também ficou intrigada, mas, em seguida, Ara e Lark já estavam pondo as máscaras e o momento final havia chegado.

– Tenho certeza de que a veremos mais cedo do que tarde – falaram os Achak, se aproximando de Niya. – Estávamos precisando de férias havia um bom tempo.

Niya apenas assentiu, os batimentos parecendo soar fora do corpo enquanto observava o grupo ir embora do mesmo jeito que entrara.

Apenas Larkyra parou junto à porta, encarando Niya por baixo da máscara dourada em um último olhar encorajador antes de deixar a cabine do capitão e sair para as sombras.

Havia mesmo acontecido.

O segredo de sua família estava seguro.

E a sentença de Niya começara.

Como isso pode ser possível?

Niya não sabia o que sentir. O que pensar. O que fazer em seguida.

Ela permaneceu parada, encarando o batente vazio da porta onde, segundos antes, seu mundo inteiro a havia deixado para trás.

Uma corrente gelada de energia ao longo de seu pescoço a trouxe de volta à realidade, fazendo-a se lembrar de quem mais ainda continuava ali.

Alōs estava outra vez sentado à mesa. Não olhava para ela enquanto anotava coisas em um livro-razão. Parecia um homem grande demais para ser capaz de produzir uma caligrafia tão delicada, as mãos fortes demais para a pena fina e o corpo sem alma demais para ser formado de carne e osso.

Ela odiava cada centímetro dele.

– Kintra lhe mostrará suas responsabilidades – falou ele, sem erguer as vistas. – Já pode ir.

Niya pestanejou, o gelo se enrolando em sua coluna.

– É isso? É só o que tem pra dizer depois de... tudo? Depois de conseguir tudo o que desejava?

Alōs parou de escrever, o olhar lentamente encontrando o dela.

– Bem-vinda a bordo do *Rainha Chorosa*, pirata.

CAPÍTULO ONZE

Niya decidiu que não havia limites para a maldade de Alōs. Sob o sol quente de um novo dia, com o mar infinito servindo de pano de fundo ao seu redor, a dançarina se viu diante da mulher de cabelos grisalhos com quem tinha lutado antes – uma das poucas que, até o momento, ela descobrira possuir alguns dons dos deuses perdidos. Burlz também estava presente, o imbecil oleoso que batera nela e a amordaçara nos aposentos do capitão.

Burlz se deliciou ao vê-la, a promessa de dor ainda brilhando em seus olhos enquanto lambia os lábios rachados.

– Niya, esta é Saffi, nossa mestra de artilharia – explicou Kintra, indicando a mulher musculosa que a avaliava com os olhos castanhos semicerrados. A dançarina podia sentir o pulso de sua magia metálica. – E esta é a equipe dela. – Seis piratas, incluindo Burlz, estavam reunidos perto de Saffi. – Você será a oitava integrante da equipe de artilharia.

Ninguém falou nada enquanto Niya estudava o grupo, e eles a estudaram de volta. A desconfiança pairava no ar salgado.

– Muito bem, então – continuou Kintra. – Vou deixar vocês sozinhos.

– Espere – falou Niya, impedindo Kintra de ir embora. – E sobre aquele banho que Alōs...

– *Capitão* Ezra – corrigiu Kintra, a voz severa. – Ele é o capitão ou Capitão Ezra pra você, menina.

Niya se irritou com a repreensão, mas mesmo assim respondeu:

– Certo, é claro. E quanto ao banho que o *capitão* disse que eu poderia tomar? Quando estará pronto?

As risadas preencheram o convés ao lado dela.

– Sim, por favor, nos avise quando nossos banhos estiverem prontos – zombou um homem magro, com a pele pálida manchada de queimaduras e apenas quatro dentes visíveis no sorriso enorme.

– Eu gosto do meu com pétalas de rosa – acrescentou uma mulher rechonchuda, batendo com a mão nas costas de Burlz enquanto dava risada.

Niya uniu as sobrancelhas, a irritação crescendo.

– Pelo visto falei algo que divertiu vocês. Mas levo minha higiene a sério, o que é mais do que explícito que não fazem.

O comentário sumiu com o sorriso de alguns deles.

Ótimo, pensou Niya.

Kintra apenas balançou a cabeça.

– Você vai encontrar seu *banho* num dos barris que podem ser baixados no mar ao longo do convés principal – explicou ela. – Ou pode esperar até a próxima vez que estivermos atracados pra ir se lavar na cidade.

– Ou pode tirar a roupa aqui mesmo, e eu te lavo direitinho – provocou Burlz, espiando seus seios.

A magia de Niya ferveu junto com sua irritação crescente.

– Que gentil da sua parte, Burlz – falou, com uma falsa voz melosa –, mas, já que você cheira pior que o traseiro de uma vaca no cio, temo que só faria qualquer pessoa que chegasse perto acabar fedendo igual a você.

O sorriso do homenzarrão diminuiu quando os dois piratas de cada lado dele deram um passo para longe.

– Tudo bem, seus ratos – falou Saffi, as tranças grisalhas balançando conforme se virava para a equipe. – Chega de confraternização. Eu assumo a partir daqui, Kintra. Obrigada pela ajuda extra. Só espero que ela não termine sendo um peso a mais.

– Também espero – murmurou Kintra, lançando um último olhar avaliador para a jovem antes de ir embora.

Niya cerrou a mandíbula para se impedir de soltar outro comentário mordaz. *Estou aqui por um ano*, lembrou a si mesma, mantendo a calma. *Não preciso de amigos entre os piratas, mas seria mais fácil se pudessem ser meus aliados.* Como havia descoberto da maneira mais difícil, um navio lotado com quarenta ou mais inimigos era coisa demais para ela lidar sozinha.

– Certo, Niya – falou Saffi. – Você formará dupla com Therza hoje. Ela é a mais paciente entre nós, então pode mostrar como o trabalho é feito para uma filhotinha verde feito você. Mas é bom ficar sabendo: comando uma equipe unida, especialmente na forma como protegemos este navio e desarmamos os outros. O *Rainha Chorosa* tem uma reputação a manter, e não vou tolerar que ninguém mude isso.

– Sim, senhora – respondeu Niya, o que lhe rendeu um aceno satisfeito de Saffi antes que ela se virasse para despachar seus homens e mulheres de volta às tarefas.

Niya foi deixada com uma mulher arredondada, que devia ser Thèrza, sorrindo para ela. A própria Niya não era alta, mas Therza parecia ter quase o mesmo formato e tamanho das balas de canhão empilhadas ali perto. Sua pele negra brilhava de suor sob o sol quente, mas ela mantinha um sorriso torto como se o calor não a incomodasse nem um pouco, assim como um olhar perdido que talvez indicasse dias demais respirando pólvora de canhão.

Ao contrário de Saffi, aquela mulher não tinha dons. Na verdade, Niya era a única na equipe de artilharia que possuía poderes.

– Muito bem, Vermelhinha – disse Therza –, vou mostrar como se tornar uma de nós.

– Vermelhinha? – questionou Niya, seguindo a mulher até um canhão próximo.

– Nunca vi um cabelo tão bonito e brilhoso quanto o seu – explicou Therza. – É como sangue fresco… – refletiu, quase nostálgica.

Naquele instante, Niya decidiu que Therza seria a melhor aliada.

Com eficiência, a mulher explicou como o *Rainha Chorosa* era equipado com oito canhões, sendo quatro de cada lado. Qualquer canhão extra apenas os atrasaria.

– Além disso, usamos esses nenéns apenas como último recurso. – A mulher deu um tapinha no pesado metal preto. – Navios que afundam no mar de Obasi são inúteis pra pilhagem. É melhor navegar pertinho bem rápido e conseguir subir a bordo para um ataque. Mas isso não significa que não cuidamos das nossas crianças, certo? – acrescentou, antes de explicar como era necessário esfregar e polir os canhões todas as manhãs e noites, para que não enferrujassem com a maresia.

Embora Niya não soubesse a diferença entre uma bujarrona e uma vela balão, ela entendia uma coisa ou duas sobre lutar e se defender, e foi com um olhar fascinado que se viu aprendendo o resto de suas obrigações, que incluía carregar e ajustar a mira dos canhões.

Tudo aconteceu bem depressa depois disso. Therza a levou para conhecer mais membros da tripulação do que Niya era capaz de decorar os nomes, lhe passou instruções rápidas sobre o resto do navio e dividiu as tarefas.

Ninguém perguntou sobre o passado de Niya ou quis saber o motivo de terem uma nova integrante entre eles. Pareciam entender que era melhor não questionar as ordens do capitão, e, acreditava Niya, muitos deviam ter as próprias histórias que preferiam não revisitar tão cedo.

E, apesar da aparência mal-humorada e dos olhares duros da tripulação, Burlz e seu companheiro magrelo – que Niya descobriu se chamar Prik –

eram os únicos a realmente ficar no seu pé conforme os dias passavam. Mais de uma vez, os flagrou sujando com gordura e areia os eixos de ferro que ela acabara de limpar. Mas Niya se manteve firme, mesmo com as tentativas diárias da dupla de tirá-la do sério.

Enquanto Niya esfregava outra vez os canhões que lhe tinham sido designados, com o suor escorrendo pela nuca sob o brilho diário e infinito do sol, as palavras de Arabessa voltavam com força para ela. *Você não pode agir sempre de acordo com cada capricho e emoção. Quem sabe assim pare de se enfiar nesse tipo de problema.* Mesmo o comentário do pai sobre a mãe dela ajudava a manter a dançarina estável. *Sabe, sua mãe também era conhecida por ter o pavio curto de vez em quando.* Se Johanna encontrara maneiras de acalmar as emoções, então Niya também o faria. Daquela vez, decidiu escutar de verdade os conselhos de sua família. Afinal, o jogo da vingança a longo prazo era algo que Niya conhecia bem, e, para o que desejava fazer com Burlz e seu fantoche Prik, ela precisaria obter um motivo melhor do que aquelas poucas palhaçadas delinquentes.

Conforme o sol e a lua praticavam sua perseguição sem fim entre manhã e noite, as águas abertas permanecendo vazias de terras ou navios, os músculos de Niya passaram a doer em locais que não julgara possíveis. Até o couro cabeludo incomodava, mas era uma dor que significava que seu corpo estava se movendo, que sua magia bombeava forte pelas veias. Preferia aquilo todo santo dia do que ser forçada a permanecer imóvel. Até as brincadeiras que a equipe de artilharia fazia com ela, passando óleo nas balas de canhão para que escorregassem entre seus dedos, significavam que os piratas estavam começando a simpatizar com ela.

– Sempre acontecem alguns trotes quando temos novatos a bordo – contou Therza, dando um tapinha bem-humorado nas costas de Niya depois que esta recuperou a bala que havia caído.

Niya cerrou os dentes e sorriu para as gargalhadas, continuando com suas tarefas. Embora ainda fosse alvo das piadas, pelo menos agora era parte deles. A dançarina sabia, por ter crescido em meio a canalhas e ladrões, que aquele tipo agia como lobos em uma alcateia. Ser ignorada pela equipe seria um destino muito pior.

Antes que percebesse, uma semana havia se passado.

Enquanto Niya esticava o corpo após limpar as balas de canhão, alongando a coluna, uma percepção muito séria a atingiu: não pensava em sua família ou na maldição da aposta vinculativa fazia algum tempo.

Franzindo a testa, Niya encarou o mar aberto a bombordo. A água brilhava em um azul profundo, com o sol refletindo como diamantes brancos nas marolas e a brisa constante do dia formando o mais doce cataplasma para sua pele suada.

Parecia que andar ocupada havia impedido sua mente de cair na melancolia em relação a seu destino, ao local exato em que estava, no navio de Alōs, fazendo parte de sua tripulação... durante um ano.

– Bom trabalho, Vermelhinha – disse Saffi ao passar, avaliando a pilha brilhante de balas de canhão aos pés de Niya.

O apelido que Therza lhe dera parecia estar se espalhando, e Niya odiava que também estivesse se apegando a ele. Aquilo a fazia se sentir... parte de algo.

Mas eu já sou parte de algo, argumentou em silêncio consigo mesma, pegando seu retalho de pano e voltando a polir as balas já polidas. *Faço parte da minha família, as Mousai. Não preciso de mais ninguém, especialmente das pessoas neste navio.*

Pois desfrutar de qualquer pedaço da rotina no *Rainha Chorosa* ou junto com os piratas parecia uma traição a seu próprio orgulho, a tudo pelo qual lutara e sofrera em suas tentativas de escapar das garras de Alōs.

Com um suspiro cansado, Niya voltou seus pensamentos outra vez para casa. Ficou se perguntando o que as irmãs estariam fazendo naquele instante. Estariam juntas em Jabari ou se divertindo no Reino do Ladrão?

E lá estava outra vez, com um aperto repentino e sufocante, a onda de tristeza por seu destino atual, seguida por um doloroso ataque de ciúmes.

Droga, praguejou em silêncio. *É exatamente por isso que preciso me manter ocupada.*

Ficar triste era inútil.

Já havia o suficiente a bordo para preencher sua mente, e mais do que o suficiente para reclamar.

Por exemplo, a comida ali era desastrosa. Sem um lugar no navio para manter os ingredientes frescos ou congelados, tudo era seco, salgado, defumado ou em conserva. Cada refeição era uma ninharia encarquilhada. A dançarina sabia que existiam galinhas a bordo, pois conseguia ouvi-las e sentir o cheiro dos animais na cozinha, mas parecia que seus ovos eram exclusivos para o precioso capitão. O cozinheiro, Mika, apenas deu risada quando Niya sugeriu abater algumas das aves para a tripulação.

– Estamos no mar faz quase quinze dias, Vermelhinha – falou Mika, gesticulando com a faca. – Então, a menos que a gente consiga pilhar um navio carregado desses ratos com asas, as galinhas que estão a bordo não encheriam a barriga de meio pirata por aqui.

Mais tarde, Niya descobriria que aquele homem desdentado e com o corpo em forma de pera era também o cirurgião do *Rainha Chorosa*.

Ela rogou aos deuses perdidos para que nunca precisasse a sério da ajuda dele.

Outra grande reclamação de Niya tinha a ver com seu novo arranjo para dormir. Não estando mais em sua cabine privada, fora apresentada aos alojamentos da tripulação dois andares abaixo do convés. Naquele dia, ela passara a questionar se ser uma prisioneira talvez lhe rendesse mais regalias. As redes ficavam empilhadas em três alturas e várias fileiras de profundidade. Niya era forçada a se espremer entre homens e mulheres, sujeita a roncos, flatulências e outros sons e cheiros desagradáveis. E ela não gostava nem de pensar demais nos banheiros. Eram basicamente buracos cortados no nível da água na proa do navio, permitindo que as ondas que quebravam lá dentro fossem a única forma de limpar os respiradouros. O fedor por si só era sufocante.

Ao menos seus dois companheiros de beliche pareciam decentes. Acima dela dormia Bree, a menininha de olhos arregalados e cabelo curto e loiro que conhecera nos primeiros dias a bordo do *Rainha Chorosa*.

Bree seguia tão curiosa e animada quanto antes, e tão pequena que, quando estava deitada na rede, mal amassava os lençóis. A garota explicara que seu tamanho era uma vantagem, já que era uma aparadora de velas.

— É meu trabalho ajudar a acelerar o navio depois da cambada por davante e manter a vela balão aberta durante o jibe.

Em sua rede, Niya apenas assentira para a garota, sem fazer a mínima ideia do que Bree havia dito.

— Isso significa que ela tem que ser como uma macaquinha e escalar depressa por todo o lugar — explicara Ervilha, o companheiro na rede abaixo da de Niya, pondo a cabeça para fora.

Embora não se parecesse em nada com o vegetal, Niya descobrira que Ervilha ganhara aquele nome por ter sido o integrante mais recente da tripulação antes de a dançarina embarcar.

— Era tão verde quanto uma ervilha e com o cérebro tão pequeno quanto — explicara Therza.

Ele fazia parte da equipe de fosso, e tinha contado sobre várias de suas tarefas para Niya na primeira noite em que ela dormira acima dele, mas a dançarina parara de escutar assim que o pirata mencionara "baixar o balão".

Agora, enquanto ela estava deitada em sua rede que balançava no convés inferior, com o corpo exausto após o trabalho daquele dia, os roncos baixinhos e resmungados de Ervilha flutuavam por baixo dela.

– Ele cai no sono assim que se deita – comentou Bree, espiando Niya pela borda de sua rede.

– Enquanto você se vira pra tagarelar perguntas assim que eu me deito – rebateu Niya, fechando os olhos.

Se eu ficar de olhos fechados, quem sabe dessa vez ela entenda o recado e vá dormir.

– Sei que consegue brincar com o fogo – falou Bree. – Mas é só isso que a sua magia pode fazer?

Niya abriu um olho a fim de encarar a menina.

– Se eu contasse tudo o que posso fazer, você teria pesadelos pelo resto dos seus dias. Agora vá dormir antes que fique tarde demais.

– *Sério?* – arquejou Bree. – Você consegue fazer tudo que o capitão consegue?

Aquilo fez Niya abrir os dois olhos.

– Acho que primeiro teria de me contar o que o capitão sabe fazer, e aí posso concordar ou não.

– Ah, ele pode fazer praticamente *qualquer coisa.*

Duvido, pensou Niya, sarcástica.

– Me dê um exemplo – insistiu a dançarina.

Ela sabia que a magia de Alōs era forte, mas descobrir algo novo sobre o lorde-pirata era uma oportunidade boa demais para deixar passar. *Segredos. Todo mundo tem segredos.*

Talvez aquela fosse a vantagem de que Niya precisava, um trunfo para enfim ser capaz de derrotar o bastardo sem coração.

Niya observou Bree espiando ao redor do alojamento antes de a menina se inclinar para perto e sussurrar:

– Ele consegue andar sobre as águas.

Niya arqueou as sobrancelhas, incapaz de disfarçar seu choque genuíno.

– Andar sobre as águas?

Bree assentiu.

– Não acredito – falou Niya, voltando a se acomodar na rede.

– Bom, eu não acreditava que alguém conseguisse segurar fogo na mão sem se queimar até ver você fazendo – argumentou Bree.

Niya franziu a testa. Não estava gostando que a menina tivesse razão. Mas ainda assim… *andar sobre as águas?*

– Como? – perguntou Niya.

Bree deu de ombros.

– A água parece alimentar os dons do capitão, então por que ele não seria capaz de controlá-la o bastante para caminhar sobre ela?

O entendimento atingiu Niya com força. A *água parece alimentar os dons do capitão.*

Pelo mar de Obasi, *é claro!*

Como Niya não pensara naquilo antes? A magia de Alōs sempre fora tão gelada, tão úmida, especialmente quando saía para bloquear seu calor sempre que a dançarina tentava atingi-lo com um feitiço.

Alōs também dizia ter vindo de Esrom, o oculto reino subaquático. Faria sentido que seus dons estivessem conectados à substância que rodeava a terra de seu povo. *Interessante*, pensou Niya. Será que todos aqueles em Esrom que tinham dons energizavam a magia do mesmo jeito? O que aconteceria se fossem deixados em um lugar árido? Ficariam fracos, assim como ela ficava quando não podia se mexer?

A mente de Niya rodava com as possíveis implicações daquilo.

Vantagem, arrulhou sua magia.

Sim, concordou ela, um sorriso genuíno se espalhando pelos lábios.

Niya ficou tão feliz com aquela nova informação que caiu em um sono tranquilo pela primeira vez desde que pisara no *Rainha Chorosa*, esquecendo-se por um momento de que estava rodeada de piratas mortais. Especialmente daqueles dois que a observavam, espreitando no escuro.

CAPÍTULO DOZE

Acorde!, sibilou a magia nas profundezas de sua mente, assim como o ranger das tábuas do assoalho interrompeu os sonhos de Niya sobre um reino sombrio oculto no interior de uma caverna, trajes esplendorosos e risos familiares.

Niya abriu os olhos assim que uma sombra grande passou por cima dela, a brisa sutil de um braço sendo erguido.

Ela segurou o braço enquanto este baixava. E fez força para impedir uma adaga denteada que pairava a poucos centímetros de seu peito. Burlz grunhiu e arrancou a faca da mão da dançarina antes de a brandir outra vez.

Niya girou para fora da sua rede, passando pela de Ervilha antes de aterrissar agachada no chão.

Enquanto se levantava, chutou as pernas de um segundo adversário parado ali perto.

Ele caiu com um gemido, e Niya reconheceu no mesmo instante a silhueta esguia – era Prik.

Os dois piratas haviam se aproximado um de cada lado da rede enquanto a dançarina dormia.

O verme magricela estava se levantando, e Burlz se esgueirava pelo vão entre as redes a fim de chegar mais perto.

Niya se contorceu para longe, a magia espiralando em seu ventre, pronta para agir, mas reprimiu seus poderes. *Ainda não*, pensou, recuando pelo corredor de fileiras e mais fileiras de piratas dormindo em beliches. Ela queria sentir a satisfação de punir Burlz e Prik com suas próprias mãos.

– Eu avisei que daria o troco por me desrespeitar – provocou Burlz enquanto se aproximava, o olhar vítreo de bebedeira, mas não menos repleto de ódio. – Melhor não me fazer correr atrás de você, querida. Só vai me deixar mais animado.

– Então somos dois – respondeu Niya, abaixando-se para passar por uma nova fileira. – Brincar com a comida sempre me faz achá-la mais saborosa.

Os piratas mais próximos começaram a se mexer e despertar. A cabeça pequena de Bree espreitou por cima da rede atrás do ombro de Burlz, com os olhos arregalados. E, logo depois, a menina pulou para fora dos lençóis e correu pelas escadas que levavam ao convés.

Isso que é lealdade entre companheiros de rede, pensou Niya, vendo que nenhum dos outros tripulantes se coçava para intervir. Na verdade, a maioria deles falou para a dançarina e seus agressores calarem a boca e os deixarem dormir.

Burlz se enfiou na mesma fileira em que ela estava.

– Você parece o tipo de lixo de sarjeta que precisa de um lembrete noturno sobre o próprio lugar.

– E você parece o tipo de porco cujo pau é tão pequeno que precisa machucar outras pessoas para se sentir maior – rebateu Niya. – Ou talvez nem pau tenha, e é por isso que precisa fazer esse aqui acreditar que você tem.

Sentindo o companheiro de Burlz se aproximar por trás, Niya deu uma cotovelada.

– *Aaai* – resmungou Prik enquanto se dobrava, deixando cair o fio de arame que tentara enrolar na garganta de Niya.

A dançarina o socou no rosto, o sangue espirrando pela boca enquanto um de seus quatro dentes era arremessado para fora.

– Sua vaca! – cuspiu ele, caindo de joelhos para procurar pelo dente como se pudesse encaixá-lo de volta no lugar.

Niya ignorou o homem no chão e correu direto para Burlz, que armava um ataque. Usando uma viga como alavanca, ela o chutou, fazendo a adaga sair voando da mão dele. Em seguida, se balançou contra uma rede – com um membro da tripulação rosnando em protesto por ter sido arrancado do sono – antes de se atirar por cima dos ombros de Burlz, passando as pernas pelo pescoço dele e prendendo um tornozelo no outro.

Ela apertou com força.

Burlz rosnou e arranhou suas pernas, tentando se soltar.

A dançarina não cedeu.

Sim, ronronou sua magia, *mais forte*. O poder vibrava em suas veias. O dom aqueceu suas mãos, e Niya as pressionou contra o rosto do pirata.

O homem uivou, o fedor de carne queimada enchendo as narinas de Niya, fazendo-a sorrir.

Burlz tentou esmagá-la se atirando contra outra viga, de novo e de novo, mas Niya apenas grunhiu de dor. As lamparinas próximas se avivaram junto com sua magia, e a dançarina usou a energia delas para alimentar seus músculos e fortificar as pernas, mais e mais, até que...

Crec.

Niya se desempoleirou ao mesmo tempo em que Burlz caía morto no chão. Com o pescoço quebrado.

Os alojamentos da tripulação estavam inundados em silêncio enquanto ela arquejava, a magia crepitando ao redor dela, faminta por mais movimento, querendo vê-la dançar. Aqueles com Vidência teriam sido capazes de enxergar a névoa vermelha pulsando em sua pele. Niya alternou a vista do cadáver de Burlz para Prik, ainda encurvado na outra ponta da fileira.

Ela catou a adaga que havia derrubado no chão.

– Muito bem, lindinho – cantarolou, passando por cima de Burlz em direção a Prik. – Você é o próximo.

– Fique parada aí mesmo, garota – ordenou a voz de Kintra na escada às costas dela.

Se virando, Niya encarou a intendente, que tinha uma pequena Bree a seu lado. Kintra analisou a cena, examinando desde o corpo de Burlz e um Prik choroso até os piratas que assistiam a tudo das redes, antes que seus olhos voltassem para Niya.

– Você vem comigo – disse ela. – O capitão quer falar com você.

CAPÍTULO TREZE

Niya seria a primeira a admitir que o assassinato era, com frequência, um negócio tedioso.

E a despeito da reputação que o cercava, o Rei Ladrão era um mestre leniente, levando em consideração os pecadores que permitia que compusessem a maior parte de seu reino. Cair em desgraça com ele significava que a pessoa havia feito algo muito terrível de verdade.

Niya sempre se lembraria da primeira vida que ela e as irmãs haviam sido ordenadas a mandar para o Ocaso. Ela tinha 14 anos. Era jovem, mas velha o suficiente para respeitar o poder que lhe fora concedido ao nascer.

Embora fosse inverno na maior parte de Aadilor, Niya estava aquecida nas profundezas do Reino do Ladrão, enfiada em sua cama sob o palácio. Seus lençóis tinham um toque sedoso contra a pele enquanto ela se espreguiçava, soltando um bocejo. Sua noite havia terminado apenas alguns momentos antes, mas fora uma noite igual a muitas outras ali. Ela e as irmãs haviam entretido os membros da corte ao longo do último ano, em uma performance que consistia em transformar um salão cheio de convidados em um monte de animais babando. Ainda assim, sempre podia sentir o potencial de chegar mais longe enquanto dançava, os sussurros de tentação dentro de sua magia. Causar mais desespero na multidão, distorcer mais a dor em forma de desejo. O potencial de transformar os desprovidos de dons em marionetes e hipnotizar os menos poderosos. Aquela coisa clamava por Niya, logo além da superfície da pele, enterrada no centro de suas chamas – quente, esbanjadora e gananciosa. Pegue, a coisa cantarolava para ela. Consuma.

Niya se virou, os olhos pousados na chama dançante da vela ao lado da cama. Havia sentido todas aquelas emoções mais cedo durante a noite. Mas Arabessa estivera sempre ali, com suas notas de orientação e os instrumentos perfeitamente executados, impedindo que avançasse para a escuridão ou que

Larkyra distorcesse sua voz aguda. Ara, a maestrina, que mantinha as irmãs Bassette contidas.

Uma batida na porta trouxe seus pensamentos de volta ao quarto.

Quem poderia ser?

Já era absurdamente tarde. Ou melhor, absurdamente cedo, um horário em que nem mesmo ladrões e apostadores estariam de pé. Mas a batida soou de novo antes que um criado entrasse, um que havia nascido sem a visão.

– O rei ordena uma audiência com a dançarina do fogo – explicou o criado.

– Agora? – resmungou Niya, se sentando.

– Imediatamente. Suas companheiras devem encontrá-la no salão após o cair de um quarto de ampulheta.

Ela sabia que o criado estava se referindo às suas irmãs, embora ninguém ali soubesse que eram parentes, apenas que se apresentavam juntas.

Apressada, vestiu o capuz e a máscara dourada, entrando na sala do trono ao mesmo tempo que Lark e Arabessa.

Nenhuma delas sabia por que o rei as convocara, mas, mesmo se soubessem, Niya ainda estaria tomada por um ataque de nervos.

Seu mestre estava sentado dentro do próprio redemoinho de fumaça preta no outro extremo da sala do trono, e apenas seu poder suprimido podia ser visto ou sentido.

Diante dele estava uma mulher ajoelhada, os cabelos longos e grisalhos cobrindo a cabeça baixa. Uma máscara quebrada jazia em pedaços ao lado dela. A mulher tinha os braços amarrados atrás das costas.

– Temos uma traidora entre nós. – A voz profunda do Rei Ladrão preenchia a câmara cavernosa, e a fumaça que o cobria vibrava a cada uma de suas palavras.

A pele de Niya gelou em antecipação, sentindo a raiva do rei na atmosfera, fluindo na lava que revestia aquela passarela estreita. Em momentos como aquele, ele não era o pai delas. Não, Dolion Bassette era apenas uma sombra na presença das filhas, possuído por fosse lá qual poder antigo que mantinha o Rei Ladrão governando, repleto de memórias, conhecimentos e segredos de uma época em que os deuses perdidos não estavam perdidos, mas sim vagando por Aadilor em toda a sua glória.

Niya ficou em silêncio ao lado das irmãs, esperando aos pés do trono.

– Ao que parece, esta criatura deseja que nosso reino seja aberto, que todos em Aadilor saibam como entrar. Não é mesmo, Valexa?

A cabeça da mulher foi jogada para trás. A pele pálida estava empapada e cheia de rugas, lacunas de dentes faltando em seu esgar. Ainda assim, os olhos exibiam juventude e clareza em suas profundezas brilhantes e amareladas.

Ela é uma sensividente, pensou Niya, notando a magia espessa que se agitava na mulher. Alguém com dons que não alcançavam o exterior, voltados apenas para dentro, escutando as mentes ao redor, lendo pensamentos.

No mesmo instante, Niya fechou a mente assim como os Achak haviam ensinado para ela e as irmãs.

A mulher, no entanto, devia ter percebido seus esforços, pois seu olhar recaiu sobre Niya, depois em Larkyra e por último em Arabessa, observando as capas pretas e as máscaras douradas. Um sorriso torto surgiu em seu rosto.

– Essas três – murmurou ela. – Essas três são especiais para v... – Ela arquejou fundo quando o poder do rei a apertou, uma coleira prateada fluindo da forma esfumaçada do rei a fim de envolver a dela. A mulher tossiu quando ele a soltou, um chiado misturado com uma risada.

– Não pode se esconder atrás da fumaça para sempre – conseguiu dizer. – Os pecados deste reino serão revelados. Os seus pecados, e os seus pecadores. Um lugar como este precisa ser descoberto. Destruído!

Uma purista. Que tédio.

– Não. – Valexa voltou sua atenção para Niya, ouvindo seus pensamentos, e a dançarina se repreendeu em silêncio por ter baixado a guarda. – Já fui como você, uma cretina faminta por glórias e vícios. Isso vai lhe servir durante um tempo, criança, mas saiba: vai arruiná-la no final. Máscaras, é o que são. Nada além de véus finos. Este lugar é um disfarce para o mal vagar livre, para deixar a danação sair sem culpa e seguir as almas perdidas até em casa.

– E sem um lugar assim, para onde você acha que esses tais "pecadores", como os chama, iriam? – rosnou o Rei Ladrão. – Como conteriam o vício? Aliviariam a carnalidade? O Reino do Ladrão existe pra poupar Aadilor do que de outra forma assolaria suas terras. Para aceitar o que é considerado inaceitável. Abraçamos o caos a fim de possibilitar a calma.

Niya já ouvira aquelas palavras antes, nas lições de seu pai. Para o mundo continuar pacífico, era necessário um lugar que pudesse esconder com segurança os desejos condenados pela sociedade. O mundo precisava de um santuário para o prazer, a loucura e o pecado. Por isso o Reino do Ladrão não aparecia nos mapas de Aadilor: para manter uma aparência de controle sobre quem entrava e saía, para permitir que o rei coletasse os segredos de cada alma que pisasse em seus domínios, para manter a devastação contida.

– Mas você já sabe disso – refletiu o rei. – Precisou deste reino uma vez, Valexa. E muito.

– E venho pagando por essa necessidade desde então – cuspiu a mulher.

– Um preço com o qual concordou. Não jogue a culpa nos outros pelas decisões que você mesma tomou. Viveu por tempo suficiente pra saber que tais maneiras são cansativas.

– Tempo demais – murmurou ela.

– Um fardo que você não carregará mais depois desta noite.

Niya olhou para seu rei, assim como Valexa, mas a nuvem preta e prateada ao redor dele permanecia impenetrável.

– Me silenciar não vai impedir os outros. Falei sobre o mal que há aqui e sobre o tirano que governa de dentro da cidade das cavernas. Outras pessoas se sentem do mesmo jeito, e, quando encontrarem este lugar, Aadilor vai...

As palavras de Valexa foram interrompidas. A magia do rei a sufocou de novo, a pele ficando roxa devido ao bloqueio do fluxo de ar.

– Minhas súditas devotadas – ecoou a voz do rei, se dirigindo a Niya e suas irmãs. – Chamei vocês até aqui pra lhes estender um convite à minha corte. Vocês se apresentam para meus súditos, mas, agora, peço que se apresentem pra mim. Ajudarão a manter este reino seguro contra aqueles que desejam o contrário?

O coração de Niya acelerou, a magia ficando alegre diante das promessas sombrias que pairavam no ar. Estivera esperando por aquele momento.

Niya e as irmãs responderam em uníssono:

– Ajudaremos, meu rei.

– E obedecerão a meus comandos com lealdade e sem questionar?

– Obedeceremos, meu rei.

– As tarefas que temos pela frente não serão fáceis. A maior parte das pessoas temerá vocês, e algumas irão odiá-las, mas todas irão respeitá-las. Estão dispostas a se tornar tais criaturas?

Niya podia sentir o zumbir da energia das irmãs, de cada um de seus dons, em uma rápida hesitação antes que dissessem:

– Estamos, meu rei.

– Nesse caso, eu as nomeio Mousai, integrantes dos guardiões do Reino do Ladrão – declarou ele. – E, pra provar a fé que depositam em mim e em nosso povo, vocês irão enviar a culpada diante de nós para o Ocaso.

– Vocês são... todos... monstros – arquejou Valexa através do aperto do rei, os olhos queimando com um fogo determinado que parecia disposto a durar até o fim.

– Talvez – respondeu o rei. – Mas até o sol projeta sombras.

Uma ampulheta mais tarde, Niya e as irmãs estavam no salão escuro da corte, vestidas com um de seus muitos disfarces opulentos, cobertas da cabeça *aos pés e até a pontinha dos dedos com as fantasias. Apesar da hora, o salão estava lotado de membros da corte. A notícia sobre as Mousai e sua apresentação parecia ter se espalhado depressa. Um burburinho de excitação preenchia o cômodo de teto alto em ônix preto. O desejo de assistir ao castigo e à dor.*

Os Achak estavam no meio do salão. Valexa jazia ajoelhada aos pés deles.

— Nosso rei encontrou um traidor entre nós — falou o irmão, calando a multidão. — Parece que existem aqueles que não toleram a conduta deste reino. Que existem aqueles que desejam que este lugar caia à mercê dos ignorantes e temerosos.

Vaias e gritos de descontentamento ecoaram contra as paredes frias e escuras.

— Ajoelhada aqui está uma dessas pessoas. Ela foi conectada às muitas explosões que tiraram vidas e destruíram partes insubstituíveis do nosso reino.

Os gritos ficaram mais altos. A magia de Niya girava impaciente nas veias ao ver toda aquela massa de movimento e energia com a qual se alimentar. A dançarina ainda não sabia como se sentir quanto a mandar Valexa para o Ocaso, mas absorveu a raiva da sala, solidificando sua determinação de que a mulher curvada e destruída diante deles merecia seu fim.

— Nossas queridas artistas mágicas, as Mousai do rei, concordaram em demonstrar o que fazemos com aqueles que ousam desafiar nosso mestre, que ousam lançar julgamento sobre pessoas que não lhes fizeram mal. Que são diferentes. — Os Achak ergueram ainda mais a voz. — Nossas queridas Mousai vão nos presentear com uma performance inédita. Elas nos darão uma performance que enviará esta alma para o Ocaso.

Os brados seguintes foram ensurdecedores, as estalactites e estalagmites do salão reverberando de alegria animalesca. Niya se sentiu embriagada com a excitação deles. Sim, ronronou seu poder. Sssssim.

No entanto, Niya ainda experimentava um toque de incerteza. Como deve ser dançar sem nenhuma restrição?

— Sigam meu comando — sussurrou Ara ao lado de Niya, o corpo imóvel enquanto segurava o braço do violoncelo com firmeza. Lark estava do outro lado dela. Ninguém além das três perceberia que Arabessa estava falando. — Não duvidem sobre a retidão deste malfeito, irmãs. Nosso rei nos guia para a verdade.

Os lustres flutuantes diminuíram, exceto por aquele bem acima das Mousai, onde Valexa se ajoelhava. Os Achak se esgueiraram para as sombras e foram se juntar aos outros.

Niya encarou cada uma das irmãs através da máscara, vendo a determinação nos olhos de Arabessa e a trepidação nos de Larkyra. Ela entendia por que a caçula estava nervosa.

Embora aquele fosse o primeiro assassinato de Ara e Niya, Lark havia sofrido inúmeras dificuldades para domar sua voz talentosa desde o nascimento. Um lamento perturbado da caçula já prejudicara muitos sem querer. Niya e Arabessa com certeza tinham as próprias cicatrizes, assim como um gato en- terrado para provar. Mas a mais nova havia apenas recentemente aprendido a *domesticar o imenso poder destrutivo de sua voz, o que fazia Niya questionar o motivo de, tão cedo, alguém ordenar que se soltasse de novo. No entanto, embora Niya pudesse duvidar das razões do pai, não ousava duvidar de seu rei. O raciocínio dele sobre as coisas era mais profundo do que a vida que levavam em Jabari ou até mesmo do que aquele reino cavernoso.*

Por um momento, Niya e as irmãs não se mexeram, apenas sustentando o olhar umas das outras. *Somos uma coisa só,* parecia dizer a energia ao redor das três. *Estaremos para sempre ligadas pelo que acontecer a seguir.*

Com uma inspiração profunda em uníssono, elas deram início à apresentação.

Uma nota melódica do violoncelo de Arabessa fez Niya se contorcer de leve em resposta ao som. A irmã mais velha se sentou à direita, o braço e os dedos se movendo com fluidez para trazer à tona uma música que rodopiava na direção dos ossos de Niya. Era uma canção assombrada, profunda e entorpecente. Começou simples, mas Arabessa logo usou seus poderes para dobrar e depois triplicar as notas, sobrepondo-as umas às outras.

Os quadris de Niya balançaram antes que entregasse o corpo por completo ao ritmo rodopiante. Ela sentiu a pele esquentar, como se brilhasse através do fogo em seu sangue, e talvez estivesse brilhando mesmo, mas os pensamentos da filha do meio se voltaram para dentro, para o sussurrar dos próprios poderes.

Enfeitice-os, enlace a todos, atraia pra mais perto. As almas fracas são feitas para você dominar.

Niya fechou os olhos sob a fantasia, permitindo que seus membros se mexessem conforme desejassem. A voz de Larkyra se uniu a elas, fazendo as vibrações no salão beirarem a insanidade.

Embora já o tivesse escutado muitas vezes, o canto de Lark ainda deixava Niya devastada. As notas que fluíam de sua boca eram tão lindas e desumanas que deixavam qualquer um instantaneamente desesperado e faminto. Como se o ouvinte soubesse que tal melodia havia se perdido com os deuses, como se soubesse que aquele momento seria passageiro.

A música de Ara ganhou velocidade, assim como a de Larkyra. O suor escorria pela testa de Niya enquanto entrelaçava a magia das irmãs, curvando-se e girando através dos fios roxos e dourados, acrescentando seu próprio

vermelho a fim de encantar o ar. Ela rodopiou em círculos ao redor da pri-
sioneira, sentindo o desejo e a agonia da sensividente conforme esta lutava
contra as algemas que a mantinham presa ao chão. Valexa tentava resistir
ao feitiço, mas era velha, e a captura a havia enfraquecido. Como se tivesse
enfiado uma lâmina afiada na pele, Niya sentiu seus poderes tomando posse
da sensividente. Mas, em vez de gritar, a idosa gemeu, rendendo-se àquela
tortura doce, se balançando no ritmo que as Mousai estabeleciam.

Lark concentrou seus esforços em moldar a voz para formar palavras.

Bem-vindos à convocação final,
Ao desejo de nosso tão justo senhor;
Ninguém entra sem ser convidado
E para cá só trazemos terror

É hora de curvar e quebrar traidores,
Uma promessa para os sonhos obscurecer;
Eis a sua última ruína,
Ouvir seus gritos é o nosso prazer

Niya era agora uma mera reação ao canto da caçula e aos sons da irmã
mais velha. À distância, ela podia ouvir um grito, como o vapor de uma cha-
leira, mas estava perdida demais em sua euforia sombria. A magia se tornara
perigosa, afiada e quente, o corte de uma adaga amolada. A sensação assustava
porque era deliciosa.

Mas a preocupação dela era fugaz, pois a fé na irmã mais velha era mais
forte. Arabessa garantiria que cumprissem o objetivo da performance.

E Ara fez exatamente isso.

Ela as conduziu, empurrando e puxando o arco contra as cordas.

Está na hora, dizia a melodia. É agora.

Niya dançou com seu fio de magia até que este se enrolasse no centro do
salão junto com os das irmãs. O ar vibrou com a mistura de feitiços. Uma
estrela brilhando, mortalmente forte.

Queime, arrulhou sua magia. Se alimente da carne e dos ossos. Tome
o bater do coração dela pra si.

Isso, pensou a dançarina. Isso.

A mente de Niya foi preenchida pelo crescendo, a melodia e as notas
voando alto, bem alto, cada vez mais alto, até que tudo desabou sobre Valexa
em uma onda cintilante e fatal. A cabeça da mulher se inclinou para trás em

um grito. O feitiço entrou por sua boca aberta, a estrela sendo engolida com um estalar da mandíbula.

Um baque.

O corpo caiu.

O cômodo mergulhado em um silêncio profundo.

Um único lustre iluminando o que restava.

Valexa estava imóvel no chão de mármore preto. As algemas partidas, os olhos e a boca congelados, abertos em um último lamento suplicante enquanto o sangue escorria do nariz e dos olhos.

Niya respirou com força na quietude que se instalou em seu cérebro, sem escutar os rugidos de prazer hedonista que se elevavam da corte ao redor. Tudo o que conseguia fazer era encarar o cadáver a seus pés.

Morta.

Ela havia matado uma pessoa.

Elas haviam matado uma pessoa.

Niya estava aterrorizada.

Estava triunfante.

Estava... estava...

Um formigamento ao longo do pescoço a fez perceber a presença dele. A dançarina virou a cabeça na direção de uma sacada vazia coberta de sombras. Embora não pudesse vê-lo, sabia que ele estava ali, camuflado nas bordas irregulares de seu palácio, observando.

Seu rei.

Ele não emitiu uma palavra, mas ela sentiu o que o pai não dizia – orgulho.

Aquela foi a noite em que suas preciosas Mousai nasceram.

CAPÍTULO CATORZE

Niya tentou, mas falhou em ignorar o olhar gélido de Alōs enquanto este permanecia sentado atrás da escrivaninha. Uma lua cheia o enquadrava, e sua energia de lascas de gelo preenchia a cabine, criando um crepitar de geada que se estendia ao longo das janelas às suas costas.

Quando ela soltou o ar, a respiração saiu em uma baforada de condensação.

Niya vira Alōs muitas vezes nos últimos dias, mas sempre no convés, ao ar livre. Quase tinha se esquecido de como era sufocante ficar perto dele em um espaço confinado.

O cadáver de Burlz jazia no chão entre ambos, um enorme rinoceronte abatido.

Apesar da raiva óbvia de Alōs, a dançarina não sentia nem um pingo de culpa ao olhar o homem morto.

Era melhor que todos no navio soubessem o que acontecia quando alguém tentava machucá-la.

Eu machuco de volta.

Kintra entrou na cabine, segurando Prik pelo colarinho antes de soltá-lo do lado de Niya. O homem fungou, baixando a cabeça e aninhando o dente recém-arrancado. Alōs não dispensou sequer um olhar para Prik enquanto a mulher depositava um fio de arame enrolado na escrivaninha do capitão e ia se postar de sentinela ao lado dele, os braços cruzados sobre o peito.

A voz suave de Alōs enfim quebrou o silêncio.

— Apenas algumas semanas a bordo do meu navio, dançarina do fogo, e você já está fazendo inimigos.

Niya arqueou uma sobrancelha.

— Eu já tinha um inimigo a bordo deste navio muito antes de pisar no convés.

– É verdade – refletiu ele, recostando-se na cadeira. – No entanto, parece que você deseja fazer mais alguns.

Ela estreitou os olhos, frustrada com a facilidade com que o pirata conseguia incitá-la.

– Não fiz nada além do que me pediram desde que me tornei parte da sua tripulação. Se isso causa rixas por aqui, sugiro que repense o modo como administra as coisas.

Alōs estalou a língua, olhando para Kintra.

– Matar um membro da tripulação e agora também insultar o capitão? Como devemos puni-la?

– Passar um tempo no buraco pode ser o suficiente – sugeriu Kintra, os olhos permanecendo fixos em Niya.

– Hum, isso parece tentador.

Niya cerrou os punhos.

– Pelo que *eu* me lembro, eu estava dormindo na minha rede quando esses dois tentaram cravar uma adaga em mim. Se houve alguma matança esta noite, não fui eu quem planejou.

– O que me diz, Prik? – Alōs enfim voltou sua atenção para o varapau ao lado de Niya.

– Tudo mentira, capitão – falou ele, arregalando os olhos ao apontar para a dançarina. – Ela é uma criatura ardilosa, é sim.

– Interessante – respondeu Alōs. – No entanto, há testemunhas para a versão de Niya. Dizem que você e Burlz foram vistos se aproximando da rede enquanto a moça dormia. Então, ou elas estão mentindo pra mim... ou você está.

– Não, capitão, nunca faria uma coisa dessa – suplicou o pirata, balançando a cabeça. – Claro, Burlz podia querer confusão, mas eu estava só passando. Saindo pra dar uma voltinha.

– Entendo. – Alōs estudou o homem enquanto brincava com o anel em seu dedo mindinho. Niya começara a notar que ele gostava de fazer aquilo. Também achava estranho que estivesse usando joias quando nunca o fizera no passado, ao menos não que ela tivesse percebido. – E quanto ao estrangulador? – O capitão apontou para o fio de arame em sua mesa.

A energia de Prik tremulou nervosa ao lado de Niya.

– Todos nós precisamos nos proteger, capitão – explicou ele. – E foi uma coisa boa. Porque ela veio pra cima de mim com uma faca!

– Depois que você tentou enrolar o estrangulador no meu pescoço – acusou Niya. – Não que tenha conseguido. Como vai o dente, Prik?

. 125 .

O pirata magricela enrubesceu.

– Sua vaca!

– Já chega – ordenou Alōs. – Ouvi tudo o que precisava sobre os eventos desta noite. O que gostaria mesmo de discutir, Prik, era de que maneira você adquiriu esse dispositivo.

Alōs correu um dedo ao longo do fio liso e prateado.

– Sim, bem, isso... – Prik apertou o dente na palma da mão com mais força. – Eu posso explicar.

– Então, por favor, explique, porque me lembro do estrangulador ser parte da recompensa pela pilhagem na Ilha Cax. O que é estranho, já que essa recompensa ainda não foi dividida.

A cabine ficou em completo silêncio enquanto os olhos azuis de Alōs perfuravam os de Prik.

– Esse é seu jeito de dizer que é mais importante e deve escolher seu prêmio primeiro? – questionou Alōs.

– Não, capitão. Nunca! Eu só...

– Você decidiu que agora todos têm permissão de entrar no tesouro e embolsar o que quiser, quando quiser?

– Não, não! Eu...

Sem se levantar da cadeira, Alōs arremessou o estrangulador tão rápido que Niya mal captou a energia que ele emitira ao agarrar o objeto.

Ela ficou olhando enquanto o arame circundava o pescoço de Prik, afiado como uma navalha, antes que o lorde-pirata o puxasse com força, fazendo jorrar jatos de sangue da garganta do homem magro enquanto este era decapitado. Algo quente respingou na bochecha de Niya. A cabeça de Prik atingiu o chão de madeira com um baque nojento e saiu rolando, com os olhos esbugalhados, antes que a cena fosse coberta pelo corpo do pirata caindo em cima.

No instante seguinte, Kintra baixou um grande cobertor que estava dobrado a seus pés, o sangue acumulado no pescoço decepado de Prik tornando o pano mais escuro conforme o tecido encharcava. De forma obediente e rápida, a intendente juntou todas as partes do pirata no pano e, com um grunhido, içou o saco por cima do ombro.

– O capitão odeia sujeira – explicou ela para Niya, e então passou arrastando os pés pela porta, mas não antes de dizer: – Vou cuidar de Burlz em seguida, capitão.

Com os ouvidos zumbindo, Niya voltou sua atenção para Alōs, que permanecia aquele tempo todo sentado atrás da escrivaninha.

Ela não precisava baixar os olhos para saber que o cadáver de Burlz, que continuava no centro da sala, estaria coberto com o sangue do próprio amigo.

Niya havia experimentado a crueldade de Alōs em primeira mão, mas não sua letalidade – não até aquele momento. Os rumores eram abundantes, é claro, mas mexericos quase nunca eram fontes confiáveis. E, não fossem os anos de experiência que a dançarina tinha no Reino do Ladrão, o ocorrido que acabara de testemunhar deveria tê-la reduzido a uma choradeira caótica.

Como não era o caso, ela se manteve ainda mais firme diante da ameaça.

– Posso até empregar ladrões – comentou Alōs, a voz uniforme enquanto limpava o estrangulador com um lenço –, mas não tolero roubo a bordo do *Rainha Chorosa*.

– Anotado – falou Niya.

Alōs ergueu os olhos de sua tarefa, a atenção penetrante encontrando a dela.

– Você entende o motivo? – perguntou ele, baixando o arame.

Niya negou com a cabeça, observando cada movimento e cada respiração do pirata. O jeito como as feições angulares dele brilhavam predatórias sob a luz de velas.

Ele é tão selvagem quanto eu, pensou. *Imprevisível*.

– Não que a pessoa estivesse me roubando – explicou Alōs. – Mas estaria roubando da tripulação. Dos homens e mulheres que, igualmente, trabalham duro neste navio. Se eu permitir que os roubos aconteçam, não haverá ordem, nada de objetivo em comum. Apenas o caos. E um navio não consegue navegar por muito tempo em meio ao caos.

Que estranho que aquelas palavras ecoassem as de seu pai. Embora o Reino do Ladrão existisse para abrigar o caos.

– Mas vocês são piratas – insistiu Niya. – Não foram feitos pra criar o caos e prosperar nele?

Alōs cruzou os braços sobre o peito largo enquanto se recostava na cadeira, estudando a dançarina.

– Talvez com o tempo você descubra que somos mais do que isso.

Ela lhe lançou um olhar sarcástico.

– Falou o homem que acabou de decapitar uma pessoa na minha frente.

– Para a mulher que acabou de matar um sujeito abaixo do convés.

Niya cruzou os braços.

– Ele começou.

– Alguém sempre começa.

Ambos sustentaram o olhar um do outro, uma fera e um monstro.

E pela primeira vez em muitos anos, Niya se recordou do quão seme-lhantes os dois eram.

O que deixou um gosto amargo em sua boca.

– Você assumirá as funções de Burlz até que o cargo dele seja preenchido.

As palavras de Alōs a sobressaltaram.

– O quê? Isso não é justo. Foi Burlz quem...

– Isso não está em discussão – interrompeu ele. – Essa é a lei a bordo do *Rainha Chorosa* e, como um de seus piratas, você deve cumpri-la.

Niya contraiu os lábios, as narinas dilatando. Não estava acostumada a receber ordens de ninguém além de seu rei, seu pai e, talvez, às vezes, com muita má vontade, de Arabessa. Precisou de toda sua força para não usar o estrangulador ela mesma.

Alōs parecia compreender aquele esforço, pois um sorriso sombrio despontou nos lábios carnudos.

– Você está com um pouquinho de sangue aqui. – Ele apontou para a própria bochecha. – E aqui.

– Não é a primeira vez – rebateu ela, sem fazer menção de limpar.

O olhar de Alōs faiscou, divertido.

– Não, imagino que não. – Curvando-se por trás da escrivaninha, ele puxou algo de uma das gavetas. – Já que é capaz de matar mesmo sem elas, não vejo razão pra que não sejam devolvidas.

Niya agarrou o par de adagas no ar depois que Alōs as atirou em sua direção.

Ela correu os dedos pelas bainhas de couro gasto e ao longo dos cabos esculpidos em detalhes antes de voltar a olhar para o pirata, seu pulso ace-lerando.

Mais truques?

– Você sempre soube que não preciso de lâminas pra ser letal – comentou.

– Prefere que eu continue com a posse das armas, então?

Niya apertou as adagas com mais força.

– Não.

– Então acredito que um agradecimento costuma ser a resposta adequada ao receber um presente.

– Não é um presente se elas já eram minhas antes.

Niya estreitou os olhos, a desconfiança ainda arranhando em seu peito. *O que ele planeja ao devolver as facas pra mim?*

– Você e eu sabemos que, no mundo do roubo, a posse é um conceito passageiro.

Niya segurou a língua, não querendo dar a Alōs mais munição para testar aquela teoria. As adagas estavam outra vez sob sua propriedade, e aquilo era tudo que importava. Enquanto as prendia em torno dos quadris, o peso familiar fez com que Niya se acalmasse. *Olá, velhas amigas.*

– Descanse o que puder – falou Alōs, o luar atrás dele delineando sua silhueta enorme contra a cadeira. – Além de assumir as tarefas de Burlz, vou precisar de você amanhã, quando atracarmos no próximo porto.

Ela não gostou de como aquilo soava.

– Vai precisar de mim pra quê?

– Será explicado amanhã.

– E nós vamos atracar onde mesmo?

– Em um lugar onde todos vão poder se divertir um pouco – respondeu Alōs, dispensando-a com um aceno de mão desdenhoso. – Agora vá. As palhaçadas desta noite me atrasaram no trabalho.

Embora tivesse sido enxotada como uma criança incômoda, Niya não discutiu. Estava muito feliz em deixar os confins sufocantes do lorde-pirata. No dia seguinte, ela descobriria para onde estavam indo. Naquela noite, já havia feito o suficiente e descoberto o suficiente. Precisava desesperadamente voltar pra sua rede e dormir.

Ainda que existisse uma parada que desejava fazer primeiro.

Depois de percorrer o corredor escuro e apertado que serpenteava da cabine do capitão para as escadas rumo ao convés, Niya respirou aliviada ao sair para o ar frio da noite.

As estrelas eram pontinhos brilhantes de luz espalhados pelo céu preto e infinito, o som das ondas batendo no casco do navio formando um contraste com o convés silencioso.

O mar calmo deve ter exigido um contingente pequeno de piratas naquela noite. Ela ficou grata pela energia pacífica que flutuava a seu redor – aquilo permitia que seus dons se acomodassem após a briga com Burlz e Prik.

E, falando neles, Niya começou a examinar o navio, torcendo para que não fosse tarde demais. Quando encontrou a silhueta familiar de Kintra na amurada distante a estibordo, o alívio tomou conta dela. A intendente estava conversando com Boman, o condutor principal do *Rainha Chorosa*, que era um velho corpulento e de barba grisalha que preferia sempre responder com grunhidos no lugar de palavras.

Aos pés deles, estava um saco volumoso.

Prik, pensou Niya, abrindo um sorriso. Ela foi na direção deles. Apesar do quanto se sentia enojada com aquele pirata seboso, Niya não pudera deixar de notar o colete de couro maravilhoso que ele usava. Um colete que a dançarina acreditava que combinaria muito melhor com suas roupas do que com as dele. Agora que Prik estava morto, teria pouca serventia para a peça. E, conforme Niya aprendera cedo e praticava com frequência, manchas de sangue podiam ser removidas.

CAPÍTULO QUINZE

Alōs observou a grande confusão que era a Baía do Escambo. Que, na verdade, não era uma baía, mas o que resultaria se por acaso todos os veleiros do mar de Obasi tivessem se chocado a fim de formar uma cidade flutuante. Enormes aglomerados de navios, amarrados e emaranhados juntos, alguns empilhados com cinco andares de altura, erguiam-se orgulhosos da água. Passarelas suspensas que se cruzavam decoravam o céu, ajudando os civis a andarem de um destino para o outro. Botes içados por guinchos até as laterais dos estabelecimentos. Havia barcos a remo com toldos, criando estações de venda que se alinhavam nas avenidas aquáticas. Bugigangas de toda Aadilor pendiam de linhas de pesca, enquanto os donos das lojas gritavam seus preços competitivos para as embarcações que obstruíam os canais serpenteantes, transportando turistas. Outros se viravam para chamar as pessoas que percorriam as ruas de tábua logo acima.

Era um formigueiro fervilhante, e, embora milhares de âncoras a prendessem ao leito do mar, a Baía do Escambo tendia a sair andando, tornando sua localização uma caça ao tesouro a cada visita. Mas Alōs conhecia aquelas águas melhor do que ninguém, sabendo prever as correntes bem o bastante para encontrar a cidade em apenas uma tentativa.

Enquanto se espremiam por outras embarcações atravessando o canal estreito, gaivotas famintas gritavam lá em cima, misturando-se ao som suave do bater das ondas contra o barco a remo. Alōs estava sentado no banco de trás, com Kintra ao lado, assim como Saffi e Boman – seu timoneiro –, estes últimos remando. Niya havia se sentado na proa, a luz da tarde pintando seu cabelo ruivo em um tom mais quente de âmbar conforme ela observava os arredores. Pelo jeito como estudava os navios empilhados, espiava cada barraquinha de vendedor e fazia a Boman e Saffi mais de uma dúzia de perguntas, Alōs percebeu se tratar da primeira visita dela à Baía.

– Vai acabar atraindo um batedor de carteira se continuar olhando tudo tão maravilhada – resmungou Boman em resposta a mais uma pergunta de Niya, o cabelo grisalho ficando emaranhado com a brisa do mar. – Nunca viu uma cidade antes?

– É claro – comentou a dançarina, encarando uma mulher que se inclinava para fora de uma escotilha com os seios quase pulando do decote baixo, convidando os clientes a entrar. – Mas isso não impede meu deslumbramento ao visitar uma cidade nova ou velha.

– Bom, pelo menos faça uma cara feia junto com esse seu deslumbra-sei-lá-o-quê – reclamou Boman. – Pelo mar de Obasi, somos os piratas do *Rainha Chorosa*. Não podemos ser vistos parecendo um bando de iniciantes.

– Acho que Niya consegue se virar bem sozinha – falou Saffi. – Ou você não ficou sabendo sobre Burlz?

Alōs tinha contado para a mestre de artilharia que ela havia perdido dois membros da equipe na noite passada. Sem nenhuma surpresa, Saffi levara a notícia na esportiva. Já tinha visto e vivido coisas piores, afinal. Por certo sobreviveria àquilo. Também ajudava saber que Niya estaria trabalhando o dobro até que pudessem achar substitutos. Embora a execução de Prik não fosse questionada pela tripulação, já que ele havia roubado de todos, não cabia a Niya assumir a de Burlz. Claro, ele a havia atacado primeiro, mas o castigo apropriado para tal ação ficava reservado à votação do capitão e seus homens.

Niya teria de aprender os costumes e aceitá-los caso desejasse que a noite anterior não fosse repetida com outros.

– Eu teria dado conta daquele bacalhau – retrucou Boman. – Ele era só cabeça quente e conversa fiada, isso sim.

Alōs reprimiu um sorriso ao ouvir o velho. Boman havia aperfeiçoado a arte de resmungar. Uma qualidade que Alōs considerava bastante charmosa. Era quase um bônus ao fato de que Boman era também o melhor timoneiro dos mares do sul. Fora o primeiro e único em quem Alōs confiara para conduzir seu amado *Rainha*.

Saffi riu.

– Eu pagaria pra ver isso.

– Então pode me mostrar o dinheiro, menina, porque se aquele cadáver ainda estiver a bordo, vou ficar feliz em dançar com a sombra dele.

– Guarde a energia para as tarefas desta noite, meu velho – falou Alōs para Boman quando atracaram em seu destino. – Depois podemos conversar sobre você querer dançar com os mortos.

– Sim, capitão – respondeu o timoneiro, amarrando o barco antes que desembarcassem na passarela de madeira.

O sol havia mergulhado por trás dos edifícios irregulares empilhados, lançando um tom rosado na pequena faixa de céu visível na cidade apertada. As lamparinas estavam sendo acesas, brilhando douradas feito mel ao longo das escotilhas, guiando-os pelo caminho de tábuas.

– Saffi e Boman. – Alōs se virou para os subordinados. – Vão até o Cair do Destino e garantam o que for necessário. Vamos encontrá-los por lá mais tarde esta noite.

– Sim, capitão.

Os piratas dobraram em uma rua lateral, desaparecendo no labirinto da Baía do Escambo.

Alōs liderou o caminho por outra rua movimentada, com Niya e Kintra seguindo em silêncio conforme entravam em um beco estreito. O piso de tábuas balançava para cima e para baixo a cada um de seus passos, pois se mantinha acima das correntes marítimas. Após subir uma escada em espiral até o fim, o capitão pisou no segundo nível da rua. Aquela área estava ainda mais lotada, a maresia misturada com o forte odor da multidão. Estavam no Distrito das Bugigangas e Barganhas, um lugar onde cidadãos de todo o mundo vinham para penhorar itens, fechar acordos legais e ilegais e negociar mercadorias e informações. A Baía do Escambo era uma cidade onde as coisas eram trazidas para que pudessem ser deixadas, eliminando a conexão com seus donos originais, tudo pela promessa de navegar com os bolsos mais cheios e a consciência mais tranquila.

Alōs já fora um daqueles clientes, e por isso tinha de ser esperto quanto à forma com que conseguiria aquilo de que precisava naquela noite. O item que estava caçando viera de uma troca muitos, muitos anos antes, uma que esperara que jamais fosse rastreada até ele. O lorde-pirata torcia para que a informação que havia obtido fosse verdadeira e que a comerciante ainda estivesse morando na cidade. Ainda mais importante, torcia para que os vícios noturnos da mulher não tivessem mudado.

– Para onde estamos indo?

Niya apareceu ao lado dele, acompanhando o ritmo enquanto olhava para um grupo de peregrinos, homens e mulheres vestindo túnicas vermelhas, reunidos junto a um muro. Eles entoavam os ensinamentos dos deuses perdidos, ou o que acreditavam ser os ensinamentos dos deuses perdidos, enquanto sopravam as cinzas de profecias queimadas na palma da mão. Uma nuvem grande de cinzas atingiu uma mulher que passava, e, sem nem pestanejar, ela se virou e socou o rosto do peregrino mais próximo.

. 133 .

Os gritos que irromperam da confusão foram sumindo conforme Alōs seguia andando.

– *E então?* – insistiu Niya.

Alōs olhou para ela. O cabelo da dançarina estava preso pela metade naquela noite, o resto formando uma onda vermelha que ia até a cintura. Uma cintura que, ele percebeu com uma diversão sombria, estava agora firmemente apertada pelo colete velho de Prik, a camisa branca e limpa saindo por baixo. Ela parecia até ter polido o punho das adagas que estavam em seus quadris.

A dançarina devia ter ficado animada para enfim desembarcar, pensou ele, para estar com outras pessoas, assim como a maior parte da tripulação se sentia depois de uma viagem tão longa.

– Vamos a uma loja – respondeu Alōs.

– Que tipo de loja?

– Do tipo que vende coisas.

– Pare com isso Alō... digo, capitão – corrigiu-se ela com amargura. – Se deseja minha ajuda, *precisa* me contar o motivo.

Dobrando uma esquina, eles se espremeram em uma das passarelas que balançava acima das águas abertas.

– Como acabou de apontar, sou de fato seu capitão. Não preciso falar nada a você além de dar ordens.

– Essas suas respostas previsíveis estão ficando cansativas – comentou ela, sendo forçada a se aproximar enquanto um grupo de pessoas andando na direção oposta passava.

Alōs pôde sentir o cheiro da fragrância de madressilva da dançarina, e não ficou nem um pouco satisfeito com aquilo.

Assim que cruzaram para o outro lado, o pirata se afastou.

– Então sugiro que pare de tentar conversar comigo – rebateu.

Niya franziu a testa antes de fixar a atenção em alguns dos transeuntes que os encaravam ao passar.

– Você deve vir muito até aqui.

– Por que diz isso?

– As pessoas parecem saber que devem sair do seu caminho. Como ele. – Niya apontou para um sujeito rechonchudo usando um terno roxo e ostentoso que se escondia atrás do guarda-costas, os olhos esbugalhados espiando por trás do colega maior. – E eles. – Ela indicou um grupo de homens e mulheres que se encolheu assim que a atenção de Alōs caiu sobre eles.

– As pessoas apenas sabem quem devem evitar – explicou o pirata, entrando no distrito de moda, onde velas pintadas pendiam de mastros que se erguiam bem acima dos navios empilhados.

– Hum – foi a única resposta de Niya.

– Chegamos.

Alōs parou na frente de uma loja cuja fachada fora construída a partir de uma proa. Uma luz amarela fluía pelas escotilhas. Ele gesticulou para que Kintra e Niya entrassem e depois as seguiu.

O ar estava mais quente lá dentro, espesso com fumaça lilás de incenso. Cada centímetro da pequena loja estava coberto por tecidos, sedas finas, corpetes exóticos e quase nenhuma peça íntima.

– Concordo que você precisa de uma troca de guarda-roupa – comentou Niya, tocando em um chapéu de peles na vitrine. – Mas nada aqui passa uma energia de *lorde-pirata lunático*.

– É porque esse departamento fica nos fundos da loja.

Uma mulher usando um vestido azul de plumas saiu de trás de um cabideiro. Ela tinha um monóculo com pedrarias sobre um dos olhos, destacando o azul e verde descombinado de cada íris. Seu cabelo loiro estava preso com uma variedade de grampos que cintilavam sob a luz das lamparinas, e um xale trançado em laranja pendia de seus ombros. Ela dava a impressão de alguém que gostava de brincar de escolher as próprias roupas no escuro.

– Regina. – Alōs beijou a bochecha arredondada da mulher. – Linda como sempre.

– Se soubesse que devia esperar uma visita sua, meu perverso príncipe do mar, eu teria colocado meu melhor vestido.

– Todos os seus vestidos são os melhores.

– Que galanteador incorrigível é você. – A mulher lhe deu um tapinha de brincadeira. – Mas sim, a loja não se chama Regalias da Regina, as Melhores Mercadorias do Setor Sul à toa. Agora, o que posso fazer por você, meu lorde?

– Estamos aqui por causa dela.

Alōs apontou para Niya, que estava observando a troca entre ele e Regina com curiosidade.

– Eu?

– Vai precisar de uma roupa pra hoje à noite – explicou ele. – Trouxe Kintra pra ajudar a resolver tudo enquanto eu paro em alguns outros lugares.

– Uma roupa para o quê?

– Você vai dançar.

– Ah, acho que não vou, não. – Ela apoiou uma mão no quadril.

– Preciso que seja algo… persuasivo – disse Alōs para Regina. – Ela vai se apresentar no Cair do Destino.

A dona da loja abriu um sorriso misterioso.

– É a minha especialidade. Não se preocupe, meu lorde. – Ela examinou o corpo de Niya. – Tenho exatamente o que precisa.

A mão de Niya escorregou para as adagas.

– E eu tenho exatamente o que é preciso para cortá-la ao meio.

– Kintra vai garantir que ela se comporte – assegurou Alōs. – E vai resolver a questão do pagamento.

Antes que Niya pudesse voltar a protestar, Alōs deu as costas e saiu da loja, juntando-se à multidão na rua. Podia ter ficado e discutido com ela, mas preferia que Kintra e Regina assumissem a tarefa. Já tinha coisa demais para se preocupar naquela noite – não precisava acrescentar no fardo a dor de cabeça de apagar o fogo de uma dançarina. E, se fosse bastante honesto, nem achava que estaria à altura do desafio. Não outra vez.

O mindinho de Alōs parecia vazio de um jeito desconfortável enquanto observava o pequeno homem à sua frente examinar o anel sob uma lupa. A sala dos fundos da joalheria estava silenciosa, pois o pirata havia requisitado um atendimento privativo assim que entrara. Duas grandes lâmpadas a óleo queimavam em ambos os lados da mesa do homem, lançando um brilho alaranjado sobre suas mãos delicadas enquanto ele girava o anel para um lado e para o outro. A gema vermelha incrustada no centro cintilava feito sangue fresco.

– Que extraordinário – disse o joalheiro. – Só vi uma pedra como esta… – Olhos redondos, que pareciam ainda mais esbugalhados por causa dos óculos, encararam Alōs. – Nós já nos encontramos antes, não é? – indagou ele.

– É melhor que você continue sem saber – respondeu Alōs.

A garganta do joalheiro subiu e desceu. Mas ele assentiu, compreendendo.

– Quanto tempo vai levar pra remover a pedra do anel? – quis saber o pirata.

– Você pode voltar em…

– Ficarei aqui esperando até terminar.

– Sim, é claro – corrigiu-se o homem. – Mas talvez seja uma espera longa.

Alōs depositou uma bolsa de moedas na mesa entre ambos, a abertura desamarrada a fim de exibir o brilho da prata.

O joalheiro lambeu os beiços.

– Estará pronto em meia ampulheta.

– Perfeito. – Levantando-se, Alōs recolheu a bolsa. – Pago quando terminar – explicou. – E devo enfatizar o quanto nem mesmo um grão de areia pode ser arrancado desta pedra. Ela deve permanecer tal como era quando foi colocada no anel.

– Sim – assentiu o homem. – Eu me lembro de quando nós a separamos da outra…

– Obrigado – disse Alōs, interrompendo-o. – Aprecio sua atenção com este assunto.

– É claro. A exatidão é necessária quando se trata de peças preciosas como esta.

Pois é, pensou Alōs, *principalmente quando valem mais que a sua vida. Ou a minha.*

Andando até o canto da sala, o pirata se encostou contra a parede, observando o joalheiro trabalhar. Não dava a mínima se sua presença deixava o homem nervoso – o velho teria de lidar com aquilo e se adaptar. Alōs não sairia de perto daquele anel, ou, mais especificamente, daquela pedra. Havia lhe custado muito recuperá-la, uma troca em *phorria* que o transformara em um procurado pelo Rei Ladrão.

Só esperava que obter a outra peça não fosse lhe render consequências semelhantes.

E era por isso que estava feliz em contar com os talentos de Niya naquela noite.

Fazia muitos anos desde que vira a mulher para quem havia vendido as peças. Aparecer agora perguntando por elas apenas levantaria mais suspeitas. A mulher, sem dúvida, ia querer saber o motivo do pirata desejar ter as peças de volta depois de ter pedido tão depressa para que ela o livrasse delas.

Alōs precisava que seus próximos movimentos fossem discretos, indetectáveis e inquestionáveis.

Melhor que fosse outra pessoa a obter a informação. Alguém com o poder de transformar mentes em gosma. Uma mulher que já o fisgara com sua dança.

Naquela noite, o lorde-pirata a faria fisgar mais alguém.

CAPÍTULO DEZESSEIS

Alōs estava jogando uma partida de Degola em um dos salões opulentos do Cair do Destino. Sua atenção pairou sobre as outras mesas, cheias de clientes usando suas melhores roupas, com animais de estimação caros empoleirados no colo. O entretenimento eclético e exótico daquele estabelecimento atraiu visitantes para a Baía do Escambo tanto quanto os negócios. O lugar fedia a dinheiro e desespero e ocupava dois navios fundidos pelo casco no extremo norte da cidade.

Exceto pelo Macabris, no Reino do Ladrão, o Cair do Destino podia ser o segundo melhor lugar para fazer apostas de alto risco, aproveitar jantares ilegais ou realizar fantasias.

Alōs avistou Saffi e Boman escondidos em um canto distante, se revezando em partidas de Pouca Chance, um jogo de dados onde as probabilidades estavam sempre contra o jogador, mas os prêmios eram enormes. Saffi uivou de animação, as tranças grisalhas balançando enquanto dava um tapa nas costas de Boman.

Eles haviam providenciado tudo o que precisavam para aquela noite – a sala privativa, colocar Niya entre as dançarinas –, e, até o momento, as informações se mantinham consistentes. Se a noite continuasse indo bem, Alōs deixaria que o restante da tripulação saísse para se divertir um pouco antes que zarpassem outra vez.

Piratas precisavam da esbórnia tanto quanto precisavam de sangue.

Virando o rosto, o capitão se deparou com a silhueta alta de Kintra abrindo caminho através das mesas em sua direção.

– Ela está pronta – falou a mulher ao se postar ao lado dele.

A intendente estava vestida com uma túnica preta mais elegante naquela noite, as argolas de ouro em suas orelhas brilhando sob a iluminação fraca.

Alōs voltou a encarar as cartas em sua mão.

– E então? – perguntou para seu oponente, um homem magro usando um manto listrado que estava sentado diante dele. – Degola ou dobra?

O homem andara protelando sua resposta por quase um quarto de ampulheta, e a paciência de Alōs estava mais do que esgotada.

– É preciso decidir agora, senhor – encorajou o crupiê.

O oponente engoliu em seco.

– D-degola – respondeu ele, mostrando as cartas: três espadas e três seixos. Alōs baixou suas duas víboras e as quatro adagas.

O homem empalideceu.

– O senhor conhece as regras. – O crupiê limpou as cartas da mesa. – Esvazie tudo o que há em seus bolsos e carteira.

– Mas é tudo o que eu tenho!

O crupiê suspirou, entediado.

– O jogo se chama Degola, senhor. É esse o objetivo. Agora, vou precisar chamar a gerência?

– Não. – O homem afundou na cadeira. – É só que… como vou pagar meu retorno para o barco?

– Talvez você saiba nadar – sugeriu Alōs, se levantando. – Vou coletar meus ganhos na saída.

O crupiê fez uma mesura.

– Pois não, Lorde Ezra.

Alōs se inclinou sobre o oponente, que ainda estava sentado.

– E esteja avisado, senhor. Se esconder *uma prata sequer* de mim, vou ficar sabendo, e estarei mais do que satisfeito em lhe mostrar o real motivo pelo qual o jogo se chama Degola.

O homem arregalou os olhos, e Alōs lhe lançou um sorriso antes de dar as costas para sair.

– Como foram as coisas? – perguntou para a intendente enquanto desciam as escadas rústicas para o andar inferior.

– Não foram nada fáceis – admitiu Kintra. – Ela resistiu bastante depois que você foi embora, assim que entendeu o que precisava fazer de verdade. Aquela ali tem um temperamento forte. Mas conseguimos sair inteiras, e paguei um pouco a mais pra Regina nos manter em suas boas graças.

– Obrigado.

Os dois passaram por um segundo salão que se estendia por toda a largura do navio, os lustres luxuosos iluminando sofás vermelhos e mesas animadas cheias de clientes. Alōs acenou para alguns conhecidos e piscou para outros que conhecia melhor, embora não tivesse tempo de parar e conversar. Talvez mais tarde, depois que conseguisse o que viera buscar ali. A despeito da aura despreocupada que transmitia com frequência, o pirata não descansava fazia muito tempo.

Não desde que recebera a ampulheta que estava sobre a mesa em seus aposentos, o chiado gotejante dos grãos de areia caindo que serviam como um lembrete para a potencial perda da única coisa com a qual realmente se importara na vida. Alōs sacrificara tudo por ele, por eles, apenas para que suas ações acabassem voltando para assombrá-lo.

Será que nunca poderia ter paz?

Havia muito em jogo no momento, coisas demais a consertar, e a mente de Alōs permanecia em um estado constante de fervura, pensando em ações rápidas para obter resultados mais rápidos. Que era sempre como os erros acabavam sendo cometidos, assim como acontecera com o incidente envolvendo a *phorria* no Reino do Ladrão. Mas não tivera outra escolha. O que parecia ser sua maldição eterna: para realizar qualquer coisa boa, ele só poderia agir fazendo um grande mal.

Para que tentar ser virtuoso, então?

Aquele era um questionamento que o lorde-pirata havia parado de se fazer muito tempo atrás.

Se os deuses perdidos estavam tão determinados a fazer dele um vilão, então era o que Alōs seria.

Quando chegaram a um corredor finamente decorado, alinhado com suítes privadas para entretenimento, o capitão se virou para Kintra.

– Ela está vestida à altura da tarefa?

Alōs sabia que não precisava perguntar tal coisa, mas a questão escapou de seus lábios do mesmo jeito.

– Veja por si mesmo. – Kintra apontou para onde ficavam os camarins das dançarinas no final do corredor. – Ela é a de verde.

Após os devidos cumprimentos, Alōs passou pelo guarda que ficava na porta, afastando uma cortina e entrando em uma sala excessivamente perfumada e barulhenta. Espelhos se inclinavam sobre uma extensão de mesas onde homens e mulheres pintavam o rosto com extravagante imaginação. Alguns se maquiavam como feras selvagens ou gatinhos chorando, outros como belezas voluptuosas ou bruxas enrugadas. Seus corpos eram adornados com uma variedade de fantasias tentadoras, desde corpetes preenchidos por lantejoulas e vestidos transparentes até a nudez completa. O olhar de Alōs ignorou aquilo tudo enquanto percorria as fileiras, desprezando os assobios e gracinhas ao passar.

– Me diga o número da cabine em que vai estar hoje à noite, meu bem – falou um homem usando pouco mais do que meias de seda, sorrindo e se apoiando em um colega. – Faço questão de lhe oferecer o especial da casa.

– Quem sabe uma outra hora – respondeu Alōs, que continuou andando.

Chegando bem no fundo do camarim, o pirata estava prestes a fazer a curva em outra fileira quando a viu – pois como poderia não a ver?

Niya estava cercada por uma horda de outras dançarinas, todas se exibindo. Algumas tocavam seu robe de seda verde ou elogiavam a juba de cabelos vermelhos, com algumas mechas penteadas para cima a fim de criar uma intrincada coroa de tranças. Outras dançarinas gargalhavam, jogando a cabeça para trás, rindo de algo que Niya havia dito. Ela ocupava o centro do palco, como se estivesse outra vez nos camarins das Mousai sob o palácio do Rei Ladrão depois de se apresentar. Se fosse o caso, estaria mascarada, com o cabelo escondido e o rosto oculto, mas sua energia era quase a mesma. Alōs costumara observá-la com frequência naquela época, apenas um dentre os muitos convidados para o pós-festa nos aposentos conectados das Mousai, onde as melhores bebidas e devassidões eram sempre servidas. E Niya estava brilhando naquele momento assim como brilhara antes, resplandecente, embora carregasse um toque de perigo. Uma mistura inebriante que queimava qualquer um que chegasse perto demais.

Exceto ele.

Porque, para Alōs, a ameaça da dançarina do fogo era mais profunda do que atração ou poder. Niya representava a tentação de ser imprudente, de agir sem pensar, de seguir os instintos e os desejos mais básicos. E aqueles eram luxos que Alōs nunca poderia pagar. Mesmo que suas ações parecessem negligentes, eram na verdade o resultado de decisões cuidadosamente calculadas. Tinham sido anos reconstruindo uma vida que pudesse controlar após sofrer com uma antiga vida que mantinha o controle sobre ele.

Por isso Alōs se certificara de nunca ser chamuscado pelo fogo tentador da dançarina. Ele fizera isso extinguindo-o.

Quando Niya notou a aproximação do pirata pelo espelho, seu sorriso vacilou, a névoa vermelha de sua energia se retraindo. Com a mudança evidente em seu humor, suas admiradoras se viraram para Alōs. Niya falou algo baixinho, e as mulheres se dispersaram, embora algumas ainda olhassem com curiosidade para ele.

– Regina e Kintra se saíram bem – falou ele, parando atrás de Niya e a encarando através do espelho.

Ela estreitou os olhos.

– Sei muito mais sobre criar figurinos de dança do que aquelas duas. Eu poderia ter montado uma fantasia de olhos fechados.

– Foi você quem montou a roupa?

– Praticamente.

– Então você se saiu bem.

Ela parecia vacilante quanto ao que fazer com o elogio.

– Também me lembro de dizer que não serviria de entretenimento. Mas aqui estou eu. – Niya gesticulou para seu figurino. – Agora se explique.

– Estou pedindo apenas truques com os quais já está acostumada. Pense nesta noite como outra qualquer a serviço do seu rei.

– Exceto pelo fato de que você não é meu rei.

Alōs abriu um sorriso afiado.

– Pelo próximo ano, eu sou.

Niya deu risada daquilo, o som enviando uma nuvem de magia fluindo de seu corpo. Alōs ficou completamente imóvel enquanto o calor o envolvia.

– Claro – respondeu ela, a diversão ainda brilhando em seus olhos conforme a dançarina alcançava um pote de pó e começava a aplicar a maquiagem no nariz. – Seja lá o que vocês homens precisem dizer a si mesmos pra conseguir dormir à noite. Agora, quem é essa tal Cebba Dagrün? Kintra disse que é pra ela que devo me apresentar.

Alōs deslizou para um banquinho ao lado dela.

– Cebba é a comerciante mais famosa da Baía do Escambo – começou ele, baixando a voz. – É capaz de vender qualquer item, ocultar qualquer rastro, e paga os melhores preços. Quando encontra algo que deseja, ela vai obter aquela coisa mesmo que não esteja à venda.

– Ela parece adorável.

– Ela é implacável.

– Melhor ainda.

– Sim. – Alōs observou o perfil de Niya, a pele suave bronzeada após dias trabalhando sob o sol. – Cebba é uma companhia divertida se você não estiver devendo pra ela.

Niya arqueou as sobrancelhas.

– E você está?

– Não exatamente. Mas preciso de algo que ela possui.

– Então por que não vai lá e pede você mesmo?

– Porque não quero que ela saiba que estou procurando. E antes que me encha a paciência com mais perguntas... – Alōs ergueu uma palma, impedindo que as próximas palavras saíssem de Niya. – ...não é seu papel duvidar das ordens de seu capitão. Apenas obedecer.

– Você está se divertindo demais com essa aposta vinculativa – respondeu Niya, seca, inclinando-se para a frente a fim de aplicar mais pó.

O movimento fez com que o robe revelasse um vislumbre dos seios cobertos por um espartilho esmeralda. Agindo contra o próprio bom senso, Alōs baixou as vistas e espiou.

Foi um erro.

Alōs já testemunhara muitas beldades em sua vida. Tinha levado a maioria para a cama. Mas ali jazia o conceito do que era uma tentação.

Imagens de seu corpo pressionando o de Niya fluíram em sua mente, o calor de pele contra pele. Um emaranhado de cabelos vermelhos entre seus dedos.

Memórias do passado que partilhavam.

Alōs agarrou o punho da espada, perturbado por aquelas visões que não o assaltavam fazia muitos anos. Sacudindo-as para longe, ele voltou a se concentrar no lugar em que estava sentado e nas últimas palavras de Niya.

– É pecado aproveitar o pouco entretenimento que essa vida miserável nos oferece? – perguntou ele.

– Quando é às minhas custas, sim – respondeu Niya. – É um pecado passível de pena de morte, na verdade.

– Então vou esperar ansioso pelo meu julgamento assim que sua dívida for paga. Mas, por enquanto, só escute e obedeça.

Algo cruzou os olhos verdes de Niya, desaparecendo antes que o pirata pudesse identificar.

– Claro, claro, capitão. – Ela bateu continência de forma zombeteira. – Agora, o que exatamente você quer que eu faça?

– Cebba é uma cliente rotineira por aqui. Ela sempre aparece para o entretenimento privativo no último dia de cada semana. Você vai enfeitiçá-la com sua dança. Ela precisa ficar maleável o suficiente para dar informações.

– Ela possui o dom dos deuses perdidos?

Alōs negou com a cabeça.

– A ferocidade dela reside em outras áreas. Vai conseguir enfeitiçá-la com facilidade.

– Não sei se devo ficar lisonjeada com sua confiança ou horrorizada com sua disposição pra me colocar em perigo.

– E eu aqui pensando que era sempre *você* o perigo no caminho de alguém.

– Como está bajulador hoje. – Niya assumiu um semblante calculista. – Deve estar mesmo querendo achar essa coisa que procura.

Você não faz ideia, pensou Alōs, tirando um pedaço de papel do bolso.

– Estas são as palavras que você vai dizer pra ela, a pergunta que Cebba deve responder.

– "Para onde foi a pedra vermelha maior?" – Niya leu o bilhete e ergueu os olhos para Alōs. – Um pirata caçando tesouros? Que clichê.

– É, nós somos um tédio mesmo.

Ela voltou a examinar o bilhete.

– É bem vago, sabe? Tem certeza de que isso vai levar à resposta certa?

– Tenho. – Alōs arrancou o papel dos dedos da dançarina e o deixou queimar sobre a vela mais próxima da penteadeira. A chama saltou mais alto, devorando o bilhete com avidez até só restarem as cinzas. – Vou deixar que decida como abordar o assunto. Pode levar o tempo que quiser, mas tenho a impressão de que sua dança vai acabar bem rápido.

– Por quê?

– Porque, minha dançarina do fogo… – Alōs lhe lançou um sorriso preguiçoso ao se levantar. – …Cebba Dagrün tem um fraco terrível por mulheres ruivas.

Deixando que Niya terminasse de se arrumar, o pirata seguiu caminho até uma das muitas alcovas escondidas nos fundos das salas de entretenimento privativo. A gerência usava aqueles espaços para ficar de olho nos funcionários, ou, por um bom preço, para deixar que um *voyeur* os ocupasse durante algumas ampulhetas. Naquela noite, Alōs seria o *voyeur*.

Espiando por um pequeno buraco na parede, Alōs observou a sala circular e escura mais adiante. Pequenas lanternas de vidro penduradas no teto conferiam um brilho quente e opulento ao papel de parede vermelho estampado.

A porta se abriu, e um garçom deu passagem para uma mulher alta, seu cabelo trançado e escuro preso de lado. Ela usava calças pretas justas, uma espada brilhante em cada quadril e uma casaca de viagem roxa e finamente costurada por cima de uma túnica branca enfiada para dentro do cinto. A magia de Alōs se agitou nas veias junto com a antecipação enquanto estudava as duas cicatrizes paralelas que corriam do couro cabeludo da mulher até os dois lados do queixo. Estavam vermelhas e irritadas contra a pele pálida, recém-feitas. Ele não ficou surpreso. A linha de trabalho de Cebba, a linha de trabalho *deles*, colocava todo tipo de oponente indesejado pelo caminho.

Cebba pescou uma garrafa de bebida do balde gelado que o garçom trouxera e serviu duas taças. Depois se acomodou no sofá central, apoiando o pé calçado na bota sobre o outro joelho, antes de inclinar a cabeça para

. 144 .

trás e esvaziar uma das taças. A música do bar no andar de cima invadia a sala pelas aberturas do teto, criando um ritmo inebriante e abafado.

Alōs ficou esperando.

Cebba e ele não era amigos, mas também não eram inimigos. Tinham um entendimento. Cada um atuava no ramo de adquirir e oferecer objetos valiosos e favores. Ainda assim, o que o capitão dissera para Niya era verdade: Cebba não devia descobrir o que ele estava procurando. Naquela linha de trabalho, era perigoso saber o que alguém desejava – frequentemente fazia com que mais pessoas desejassem também. Os preços iam lá em cima graças ao desejo, no lugar da necessidade, e a chance de reobter aquele item não era um jogo que Alōs arriscaria jogar. A única integrante da tripulação que sabia com exatidão o que estavam procurando era Kintra, e a lealdade dela a Alōs era profunda.

A porta abriu outra vez, e Niya entrou. Um véu preto estava preso ao cabelo ruivo, obscurecendo a metade inferior do rosto, e o robe comprido de seda verde estava bem amarrado na cintura, cobrindo o que se escondia por baixo. Seus pés delicados estavam descalços.

Alōs respirou fundo enquanto observava os olhos avaliadores de Cebba percorrendo Niya, uma sensação inquietante agitando suas entranhas. A comerciante bebeu o conteúdo da segunda taça.

Niya deslizou até a garrafa de bebida em um movimento fluido e colocou outra taça cheia nas mãos de Cebba.

A comerciante sorriu, uma leoa satisfeita.

Palavras foram trocadas, baixas demais para que Alōs pudesse ouvir, mas, no instante seguinte, Niya foi para o meio da sala e começou a se balançar. Seus quadris deslocaram o material transparente do figurino, expondo uma pele lisa e pálida. Ela correu os braços pelas próprias curvas, com sensualidade, agarrando partes do tecido enquanto explorava colinas e vales. Embora Alōs não estivesse na sala, podia sentir a magia fluindo do corpo dela conforme a névoa vermelha começava a preencher o espaço. Ele já presenciara Niya dançando vezes o bastante para conhecer os efeitos, para sentir o calor líquido do poder dela acariciando sua pele, trabalhando para deixá-lo flexível à sua vontade. Se a magia do pirata não estivesse formando uma armadura gelada de gotas de orvalho ao redor de seu corpo, ele seria como argila nas mãos dela, assim como todos os outros que não possuíam dons dos deuses perdidos. Como Cebba. A pobre coitada.

Os olhos da comerciante já estavam começando a ficar vidrados.

Niya passou a se mover mais rápido, o ritmo da música ecoando pelas paredes. No instante seguinte, o robe caiu formando uma poça a seus pés.

Um sibilar preencheu os ouvidos de Alōs, e, um tanto desconfortável, percebeu que havia sido a própria respiração.

Niya exibia um corpo cheio de suavidades e curvas, explorando áreas de pele e colinas voluptuosas. Tudo artisticamente fabricado para provocar. O verde-esmeralda do espartilho comprimia os seios fartos a ponto de quase estourar, e as meias rendadas formavam um contraste delicioso com os braços, as coxas e os ombros expostos. Mechas da cabeleira escarlate se torciam e cintilavam a cada giro e balançar, uma chama tremeluzindo na brisa.

Embora Alōs já tivesse visto Niya dançando muitas vezes, ela nunca estivera revelando tanta... pele. E ainda que tivessem dormido juntos, que a tivesse tocado completamente nua, correndo as mãos sobre suas suaves curvas e vales, vê-la daquele jeito o afetava. Sempre que dançava, aquilo o afetava. Mesmo com a barreira mágica, os movimentos da dançarina despertavam redemoinhos quentes em seu peito.

De repente, Alōs sentiu muito calor por dentro das roupas; a alcova onde estava era apertada demais. Sua respiração estava saindo rápida e irregular. Ali estava o perigo de Niya, sua tentação para que todos perdessem o controle e cedessem ao desejo. Mas o truque, ele sabia, estava no depois. E ele *nunca* deixara, nunca permitira que *ela* o afetasse no depois.

Pegando o robe de seda do chão, Niya o girou no ar, a magia se entranhando no material e se dividindo em dois, três, quatro fios, o cômodo inteiro se tornando emaranhado de tecido, movimento e desejo.

O coração de Alōs bateu com mais força quando Niya se aproximou de Cebba, que estava sentada atordoada no sofá, um pouco de baba escorrendo pelos lábios. Niya era uma víbora encantando seu mestre, enrolando sua cauda de novo e de novo até esmagar os ossos, até morder.

Ela esfregou o torso coberto pelo espartilho ao longo de Cebba, curvando os quadris para a frente e para trás enquanto o robe descia sobre as duas em uma onda. Niya chegou mais perto da orelha de Cebba, afastou o véu que cobria sua boca e lambeu.

Cebba desabou em uma gelatina molenga por baixo dela.

Niya se afastou. Um brilho satisfeito dançou em seu rosto enquanto se virava e encarava o ponto exato onde Alōs estava espiando.

Seus olhares se encontraram, e ela deu uma piscadela.

Alōs se afastou da abertura, uma sensação indesejada flutuando no peito. Baixando os olhos, percebeu que havia fechado as mãos em punho. Forçou-as a relaxar.

Nada disso, ordenou em silêncio.

Com pressa, ele afogou fosse lá o que se retorcia por liberdade em seu peito, sufocando-o até não sentir mais movimento. Encheu a mente com visões de dor e sofrimento, pensando em todas as pessoas que havia mandado para o Ocaso, algumas por merecimento, a maioria nem tanto. Pensou naqueles que havia ferido e quebrado e naqueles a quem decepcionara, incluindo a mulher na sala ao lado. Pensou em cada coisa horrível e desprezível que fizera a fim de refrigerar suas veias derretidas. Congelou tudo de novo. Transformou o corpo outra vez em tundra, pois nada era capaz de sobreviver no gelo. Nem mesmo arrependimentos.

Quando voltou a se sentir como ele mesmo, no controle, Alōs aprumou os ombros e deixou a alcova. As pessoas que cruzavam por ele no corredor estreito saíam do caminho conforme o pirata se afastava das suítes de entretenimento. Alōs voltou para o salão no andar de baixo e foi direto até uma cabine vazia mais nos fundos, onde havia apenas uma iluminação fraca.

Kintra deslizou para o assento oposto ao dele, passando-lhe um copo de uísque.

Ele bebeu tudo em um só gole.

Kintra arqueou as sobrancelhas.

– Deu algo errado?

– Está tudo indo às mil maravilhas.

Alōs sinalizou para que um garçom que passava lhe desse outra dose.

– Então por que está com essa cara de quem quer cortar a garganta de alguém?

– Porque eu sempre quero fazer isso.

A intendente o observou com ceticismo, mas permaneceu quieta. Era inteligente o bastante para saber quando era melhor pressionar e quando era melhor ficar em silêncio. Alōs se sentiu grato por isso. Não estava com humor para explicações.

Especialmente quando não havia nada o que explicar.

Seu mau humor se devia ao tempo que estavam no mar. A energia de Alōs estava tensa demais. E os deuses perdidos sabiam que ele não tivera nenhum tipo de liberação havia muito, *muito* tempo. Apesar de tudo o que ainda tinha para planejar e garantir, Alōs decidiu que precisava visitar uma casa de prazer naquela noite. Fazia tempo desde que encontrara Eldana e Alcin. Não tinha visto nenhuma delas desde a última vez em que atracara na Baía do Escambo. Resolveria isso. Elas sempre sabiam como deixá-lo relaxado, e Alōs gostava de dar prazer àquelas duas até que se sentissem mais clientes do que ele mesmo.

Sim, pensou ele, *isso vai colocar minha cabeça no lugar.*

Alōs havia acabado de terminar o segundo uísque quando Niya se deixou cair sentada ao lado dele, vestida outra vez com suas roupas normais, as adagas presas na lateral dos quadris. Os únicos vestígios de que estivera se apresentando eram as bochechas coradas e o sorriso travesso que abriu quando encontrou os olhos dele.

O lorde-pirata franziu a testa, desejando que a dançarina tivesse se sentado ao lado de Kintra. O calor da magia dela deslizava sobre ele, que ficou tenso antes de forçar os próprios dons para a superfície da pele, formando uma armadura gelada.

– E então? – perguntou Alōs.

Niya arqueou uma sobrancelha delicada ao ouvir o tom seco dele.

– Estou bem, obrigada. Ninguém me matou ou tentou tirar vantagem. – Ela se serviu com uma dose da garrafa que estava sobre a mesa. – Mas acho que você teria visto isso, não é? – Ela sorriu ainda mais antes de tomar um gole do copo.

Alōs ficou esperando, sem achar graça.

Niya revirou os olhos antes de apontar com um gesto inquisitivo para Kintra do outro lado da mesa.

– Ela não deveria ir embora primeiro?

– Ela pode ouvir – explicou Alōs.

– Interessante – refletiu a dançarina, reavaliando a intendente.

– O que você descobriu, Niya? – insistiu Alōs outra vez, a paciência mais do que esgotada aquela noite.

– O que você procura está no Vale dos Gigantes.

– Pelo Ocaso – sibilou Alōs, unindo as sobrancelhas. – Tem certeza disso?

O vale ficava a pelo menos um mês no mar de distância. E esse era apenas o primeiro incômodo de ir até lá.

– Tenho, considerando que essa foi a única coisa que Cebba conseguia murmurar sem parar quando terminei com ela.

Kintra cruzou os braços sobre o peito.

– Bom… que merda.

– Isso não é bom? – perguntou Niya.

– Está tudo bem – falou Alōs, a mente girando ao compreender o que aquela informação significava. Sobretudo que sua visita a Eldana e Alcin precisaria ser adiada. *Malditos sejam os deuses perdidos.* Ele agora tinha muita coisa para resolver antes que zarpassem no dia seguinte.

– Tudo bem? – zombou Kintra, lançando um olhar significativo para Alōs.

– O quê? – Niya alternou o olhar entre os dois. – O que foi?

Kintra chamou um garçom e pediu outra garrafa.

– Digamos apenas que a tripulação não vai ficar nada feliz.

CAPÍTULO DEZESSETE

Niya não devia ter tomado aquele último gole. Mas quem era ela para negar quando um de seus companheiros de tripulação se oferecia para pagar uma dose ou três? Apoiando o queixo na mão, a dançarina se escorou na mesa diante dela, o corpo quente e a cabeça zumbindo enquanto o bar ao redor parecia balançar.

Claro, deve ser porque a taverna mal iluminada para onde ela tinha seguido com os piratas do *Rainha Chorosa* flutuava nas margens da Baía do Escambo.

— E aí ela pulou no ombro dele e quebrou o pescoço de Burlz com as pernas — narrou Ervilha ao lado de Niya, dando um tapa nas costas dela, fazendo o queixo da dançarina escorregar do apoio. Ela se endireitou antes que metesse a cara na mesa. — Com as pernas! — repetiu ele.

Os piratas ao redor dela gargalharam, derramando um pouco de bebida no processo.

Niya sorriu junto com eles. *Esses piratas são divertidos*, refletiu, grogue. Parecia que Burlz não era o sujeito mais popular entre a tripulação.

E, embora Niya ainda não se arrependesse de nada do que tinha feito naquela noite, estaria mentindo se dissesse que não estava aliviada pela maior parte dos piratas parecerem quase gratos pela dançarina ter feito o que a maioria deles gostaria de fazer havia muito tempo.

— Conte de novo aquela parte em que ela acusou Burlz de não ter um pau — pediu Boman do outro lado da mesa. — É minha parte favorita.

— Tudo bem, seus canalhas — disse Saffi, se encostando em uma coluna de madeira próxima. — Acho que já pisamos o suficiente na sepultura aquática de Burlz. Vamos mudar pra outro tipo de diversão, que tal?

— Eu trouxe os dados — respondeu Felix, um garoto esguio que Niya provavelmente só ouvira falando umas três vezes desde que embarcara no *Rainha*.

– Ah, então vamos jogar Dado, Murro e Cuspe! – sugeriu Bree, tomando os dados da mão de Felix.

Embora Niya adorasse um bom jogo de dados, precisava de um pouco de ar. Se afastando da mesa, ela se esgueirou para longe do grupo e saiu para a varanda que circulava o bar.

Ela respirou fundo enquanto segurava o corrimão gelado. O ar fresco a deixou um pouco sóbria, e a magia não parecia mais tão lenta em suas veias. Uma coleção de navios visitantes se estendia diante dela nas águas escuras; as lanternas amarelas brilhando ao longo de cada convés distante ancorado para passar a noite, um cobertor de estrelas salpicando o céu lá em cima.

Ela gostava da Baía do Escambo.

Fazia com que se lembrasse muito do Reino do Ladrão. A miscelânea de pessoas, a variedade de vícios e comércios. Mesmo enquanto dançava naquela noite, ainda que não tivesse gostado do fato de estar seguindo uma ordem de Alōs, Niya havia se deleitado em voltar a se apresentar. Sua magia tinha suspirado, contente, enquanto ela se movia e flexionava os poderes, que honestamente haviam parecido aprisionados dentro dela ao longo da semana anterior.

No fim, Cebba fora um alvo demasiado fácil, pois Niya mal tinha começado e a comerciante já estava quase imersa demais em seu feitiço para extrair informações.

Para onde foi a pedra vermelha maior?

O pulso de Niya acelerou conforme ela repetia a pergunta, assim como quando a lera pela primeira vez no pedaço de papel que Alōs lhe entregara. Ali estava um dos segredos do pirata, um que a dançarina estava determinada a descobrir.

Sinto que ele precisa de algo importante, algo que só poderia conseguir caso navegasse mais livremente após receber um perdão.

As últimas palavras de Arabessa flutuaram para ela.

Sim, pensou Niya, a expectativa aumentando. Estava ficando óbvio que o que Alōs buscava era algo realmente muito importante. Mas importante para o quê? Ou talvez a melhor pergunta fosse: para quem?

A dançarina havia notado que ele não usava mais o anel no dedo mindinho quando se encontraram no Cair do Destino.

Aquilo tinha conexão com o caso? Ou era apenas coincidência?

Niya estava desesperada para descobrir.

Vantagem, ronronava a magia dentro dela.

Sim, vantagem era do que Niya precisava. Vantagem ajudava a todos, e ela aceitaria de bom grado qualquer ajuda caso esta pudesse livrá-la da aposta mais depressa. Como, exatamente, ela não era capaz de dizer, mas, quando chegasse a hora, Niya estava certa de que saberia.

– Cansou da nossa companhia por hoje? – perguntou Saffi, enquanto se aproximava de Niya na varanda coberta.

A pele morena da mestra de artilharia parecia cálida sob a luz das lanternas balançando acima delas, as tranças grisalhas caindo para a frente enquanto ela se inclinava sobre o corrimão.

– Eu precisava de um pouco de ar – explicou Niya.

Saffi assentiu.

– É, aquele pessoal ali sabe mesmo empestear um salão.

Niya sorriu antes que um pensamento a fizesse ficar séria.

– Me desculpe por ter feito você perder uma parte da sua equipe – falou.

Niya acreditava que Burlz havia merecido morrer, é claro, mas não tinha certeza sobre como aquilo poderia afetar a capacidade de Saffi de proteger o navio. A mestre de artilharia era uma chefe exigente, mas também justa, e Niya se flagrou admirando a mulher.

– É um transtorno, mas até que demorou muito, eu acho.

– Como assim?

Ela olhou para Niya.

– Prik e Burlz eram tanto um risco quanto um recurso. Esse tipo de pirata nunca dura muito em navio nenhum.

A resposta de Saffi fez a pele de Niya se arrepiar de um modo descon-fortável. Talvez porque a dançarina acreditasse que o mesmo podia ser dito dela. Niya não tinha sido a pessoa mais... cooperativa em todos os seus deveres nas últimas semanas.

Ela culpava Alōs por isso, é claro. Quando se tratava daquele homem, a dançarina não conseguia deixar de revidar. Era um reflexo muito arraigado em seus músculos para mudar de comportamento. Alōs significava perigo; significava que não podia confiar em ninguém.

– Eles eram horríveis – concordou Niya.

– Eles eram uns porcos – falou Saffi, tomando um gole de sua caneca. – E, na minha opinião, do jeito que vi Burlz tratando as mulheres, ele merecia mais do que ter o pescoço quebrado. Então não a culpo por ter se livrado dele. E não me faça começar a falar de Prik. *Imbecil* – cuspiu ela. – Achando que podia colocar as mãos na recompensa da Ilha Cax antes do resto de nós. Eu mesma teria cortado a cabeça dele se o capitão não tivesse feito isso.

Niya arqueou as sobrancelhas. Ela sabia que a tripulação era implacá-vel, mas nunca ouvira a mestre de artilharia falando tão sem piedade sobre alguém a bordo. A maneira como agira perto de Burlz e Prik com certeza não tinha denunciado sua aversão por eles.

Saffi percebeu a expressão surpresa de Niya.

– Choquei você, não foi? – Ela sorriu. – Nem sempre nos damos tão bem quanto parece, Vermelhinha – explicou a mulher. – Mas não é minha função causar problemas a bordo do navio. Estou ali pra fazer o meu trabalho, assim como todos os outros.

– Mas se vários de vocês tinham problemas com Burlz e Prik, podiam ter dito algo para o capitão.

Saffi deu de ombros.

– O capitão já tinha o suficiente com que se preocupar.

Niya apurou os ouvidos ao escutar aquilo.

– Como assim?

– Você sabe, com a recompensa pelas nossas cabeças no Reino do Ladrão.

Ah, sim, isso, pensou ela, um pouco desapontada por Saffi não ter revelado outra coisa. Algo que Niya não soubesse ainda sobre Alōs.

Segredos.

Vantagem.

– Vocês sabiam o que estavam fazendo quando roubaram *phorria*? O que significaria caso fossem pegos?

Saffi lançou um olhar calculista para ela.

– Você está perguntando se sabíamos o risco que estávamos todos correndo?

Niya assentiu.

– Sabíamos – respondeu Saffi.

– E ainda assim seguiram as ordens de Alōs pra roubar a droga do Reino do Ladrão, mesmo que todos pudessem ter sido mortos pelo rei?

– O *capitão* – disse Saffi, corrigindo o deslize de Niya – sempre coloca essas grandes decisões em votação.

– Em votação?

– Isso. Ele pode ser nosso capitão, mas precisa de nós tanto quanto precisamos dele. Barcos não navegam bem com uma tripulação que não esteja disposta a navegá-lo.

Niya deixou aquela informação se assentar. Estava surpresa de que existisse tal relação simbiótica entre Alōs e seus piratas. Ela sempre o vira como um capitão inflexível, ou ao menos alguém que adorava mandar em todos ao redor. Será que ele podia se importar de verdade com o que seus piratas queriam?

A dançarina encarou a água ondulante, detestando o formigamento de inveja que surgiu com a ideia de Alōs permitir que a tripulação participasse de decisões tão importantes. Pois não conseguia deixar de pensar em seu pai, o Rei Ladrão, e em como as ordens dele eram apenas isso, ordens, nunca questionadas. Ou em Arabessa, reclamando sempre que Niya tinha uma explosão de temperamento, apesar de muitas vezes ser a única responsável por incitá-la. Em contraste, os piratas mal piscavam quando Niya acordava de mau humor ou respondia atravessado para quem a irritava. Na verdade, a tripulação apenas dava o troco, a personalidade da dançarina se misturando perfeitamente com a deles. Uma pontada de desconforto se contorceu no estômago dela ao pensar naquilo. Embora estivesse acorrentada ao *Rainha Chorosa*, será que desfrutava de mais liberdade ali do que em casa?

A culpa a atingiu de imediato.

Traidora, sibilou a magia. *Desleal.*

Não, pensou. *Não. Eu não quis dizer isso! Minha família é tudo pra mim.* Eles haviam feito tudo por ela, e fariam qualquer coisa. Assim como Niya faria por eles.

Afastando aquelas emoções repentinas e sem sentido, ela olhou outra vez para Saffi.

– E o que foi que vocês ganharam ao arriscar um ato de traição tão grande contra o Rei Ladrão?

– "Ato de traição"? – repetiu Saffi antes de cair na risada. – Pelos deuses perdidos, você realmente deve ter conexões com o alto escalão do reino pra falar com tanta lealdade.

Niya não respondeu, apenas se remexeu de forma desconfortável enquanto os sinais de alerta disparavam em sua cabeça. Precisava ter mais cuidado com suas palavras. Caso contrário, acabaria aludindo ao quão conectada e *leal* ela era.

– Mas o que ganhamos – continuou Saffi, os olhos vidrados ao encarar as águas escuras, uma lembrança querida emergindo – foi mais dinheiro do que qualquer um de nós já tinha visto depois de trabalhar tão pouco. Nem precisamos matar ninguém.

Niya bufou.

– Vocês arriscaram a vida por um pouco de prata?

– Não foi só "um pouco" de prata, Vermelhinha. – O olhar afiado de Saffi se voltou para ela. – Foi dinheiro o suficiente pra ficarmos bem pelo resto do ano. O que estamos agora. Certo, tudo bem, fomos pegos no final, mas nosso capitão nos tirou dessa bagunça. Ele sempre tira. É por isso que confiamos nas decisões dele, não importa o quanto forem perigosas. Navegaríamos por qualquer curso que o capitão estabelecesse, porque ele nunca nos desviou da rota.

É, e ele só saiu dessa bagunça graças a mim, pensou Niya, amarga.

Apesar das palavras de Saffi, ela não acreditava nem um pouco que Alōs arriscaria tudo o que conquistara no Reino do Ladrão só por causa de dinheiro. Não importava a quantia.

Niya esfregou a marca da aposta vinculativa em seu pulso, a faixa preta pesando na pele.

Riquezas podiam fazer parte da história que Alōs pintara para a tripulação, mas a dançarina conhecia o capitão bem o bastante para entender que os objetivos dele iam muito além do ganho material. Sempre fora assim. Poder, status e informação que pudesse servir para chantagear. Eram essas as coisas que ele caçava.

Mas se manteve em silêncio quantos às suspeitas sobre o lorde-pirata.

Estava claro que suas dúvidas não seriam compartilhadas com a presente companhia. Além do mais, era melhor não deixar transparecer que, tirando Burlz e Prik, poderia existir outro membro traidor da tripulação no meio deles, por mais que a dançarina pudesse ficar tentada em desfrutar da liberdade a bordo do navio.

Niya estava focada em descobrir quais segredos Alōs mantinha ocultos, qual tesouro realmente caçava e por quê. E, quando o fizesse, não hesitaria em usar cada grama daquela vantagem contra o pirata até que ela estivesse livre de verdade.

CAPÍTULO DEZOITO

Alōs se inclinou sobre a escrivaninha em seus aposentos, estudando os mapas das terras no extremo oeste de Aadilor. Depois de voltar ao *Rainha Chorosa*, ancorado nas cercanias da Baía do Escambo, ele havia dado folga à tripulação pelo resto da noite. Seu navio agora estava silencioso nas primeiras horas do amanhecer, com um rosa-claro se estendendo pelas janelas. Ele sabia que a maioria não voltaria até o fim da tarde, incluindo Niya. A dançarina estava mais do que satisfeita em explorar por aí com Saffi e o restante dos piratas.

Alōs ainda não havia contado para a tripulação qual seria seu próximo destino.

Piratas recebiam melhor as más notícias depois de uma noite de bebedeira. Mas, só para garantir, ele também repartira a recompensa da Ilha Cax para quando os outros voltassem. Podia ser um líder implacável, mas também era justo. Sabia quando era hora de colocar panos quentes sobre seus piratas. As pessoas seguiam líderes com mais facilidade quanto acreditavam estar sendo tratadas com igualdade entre os seus. Ser o capitão do *Rainha Chorosa*. Um ato de equilíbrio constante entre apaziguar egos alheios e exercer sua vontade a fim de manter os piratas mais teimosos na linha. Alōs era bom naquilo, em ser um líder. Talvez fosse algo que simplesmente estava em seu sangue.

Posicionando a bússola por cima de linhas previamente marcadas, ele delineou algumas novas rotas pelas quais poderiam navegar até o Vale dos Gigantes. Precisaria conferir cada uma delas com seu timoneiro, Boman, mas sabia que apenas uma poderia levá-los até lá mais rápido.

Conforme estudava o litoral irregular das terras a oeste, Alōs olhou para o rio Pelt, que conduzia até seu destino. Era largo o bastante para que pudessem navegar por uma boa distância, mas chegar até ali seria a parte complicada. O ar era mais seco no oeste, com o sol mais quente, prometendo tempestades traiçoeiras sempre que as correntes geladas se misturavam ao calor. O choque do frio com o quente era algo que sempre causava tensão.

E depois havia também a Bruma Zombeteira.

Aquilo, mais do que a distância que precisariam navegar no mar agitado, era o que deixaria a tripulação infeliz. Poucos sabiam lidar com o que a bruma tinha a dizer caso não tomassem as precauções necessárias.

A mente de Alōs retornou para a noite anterior, quando Niya repetira todas as informações que haviam fluído pela língua solta de Cebba.

Ela tinha deixado escapar que alguém no Vale dos Gigantes viera até a comerciante buscando uma pedra digna de uma filha da realeza – a próxima na fila para se tornar rainha. A pessoa tinha ido embora com a joia mais valiosa que Cebba possuía, a vermelho-sangue, o que deixara seus bolsos fartos durante anos.

Alōs podia imaginar: fora aquela transação original com Cebba que lhe proporcionara comprar o navio e os primeiros membros da tripulação.

Embora não fosse nada muito concreto, era tudo o que o capitão precisava para estabelecer o próximo passo.

A despeito de a recente apresentação de Niya ter provocado memórias quentes e indesejadas, Alōs estivera certo: a dançarina era um recurso valioso.

E seria dele por um ano.

Uma batida na porta o trouxe de volta à cabine. A brisa fresca do mar fluía através de uma vidraça aberta às suas costas.

– Entre.

Kintra apareceu com o rosto sério.

– Você tem visita.

Uma figura pairou por trás dela, a magia canalizando um pulso metálico para o interior da cabine. Uma sensação fria, mas reconfortante. Familiar. A figura usava um manto azul com capuz que escondia seus traços, exibindo apenas um intrincado padrão bordado em prata junto às pontas.

Alōs endireitou a postura, aguçando o foco.

– Pode nos deixar a sós.

A cabine afundou em silêncio quando Kintra saiu, a porta se fechando com um clique audível.

– Achei que tínhamos concordado sobre você nunca pisar aqui.

– E concordamos – disse um homem, removendo o capuz. – Mas quando vi o navio vazio, não pude resistir.

O cabelo do visitante era branco como o luar, a pele marrom igual à de Alōs. Os olhos em um turquesa brilhante também eram parecidos. Ele tinha uma tatuagem prateada que começava na ponta do nariz e se expandia, passando por cima das sobrancelhas. Era a marca da Alta Cúria de Esrom, o reino subaquático oculto. A terra natal de Alōs.

Ele observou o olhar do recém-chegado recair sobre a ampulheta de prata em sua mesa.

O peito de Alōs se contraiu, desconfortável.

– O que veio fazer aqui, Ixõ? – perguntou.

– São seus pais.

– Eu não tenho pais.

– Talvez em breve não tenha mesmo.

Alōs ficou imóvel, tentando afastar uma pontada aguda de pânico. Ele era como gelo. Como pedra. Não sentia nada.

– Conte o que aconteceu.

– Sua mãe ficou doente depois da última lua. Ela faleceu ontem à noite.

Alōs permaneceu em silêncio. Entorpecido.

Ixõ continuou explicando:

– Como sabe, é comum entre os nossos que estão conectados por um amor desse tipo que um não consiga sobreviver muito sem o outro, e…

– Eu me lembro dos ensinamentos que vocês da Alta Cúria pregam. Não preciso de outra aula.

– Sim, bom. – Ixõ ergueu o queixo. – Tememos que seu pai não vá demorar em seguir a esposa.

– E daí?

Ixõ pareceu chocado por um momento.

– Seu pai mandou que eu o encontrasse. Ele deseja, *precisa*, que você volte pra casa para vê-lo.

Meu pai. Casa. A armadura ao redor do coração de Alōs ficou mais grossa, a magia espiralando nas veias a fim de protegê-lo.

– Não é mais minha casa – respondeu ele. – Já faz tempo que não é. Você e eu garantimos isso.

– Esrom sempre será seu lar. Está pra sempre em seu sangue, apesar do banimento.

– Foi o meu banimento que causou isso. Meu lugar agora é neste navio e onde quer que o mar me leve.

– Por favor, Alōs. – Ixõ se aproximou. – Se não por seus pais, então faça isso pelo seu irmão. Volte por Ariōn.

Ariōn. O núcleo do coração de Alōs, a parte que trancava com mais força, estremeceu. Ele se inclinou para a frente, cravando os nós dos dedos na mesa.

– Tudo o que eu fiz foi por ele. Estou aqui agora por causa dele.

– E seu irmão sabe disso – garantiu Ixõ. – Seus pais… *também* sabiam. Por que acha que nenhum guarda o perturba sempre que ancora em Esrom? Por mais fugaz que seja sua estadia ou por mais que tente se esconder, eles sempre ficaram sabendo quando o *Rainha* esteve por perto.

Descobrir aquilo não ajudou a aliviar a frustração crescente que Alõs sentia.

– Isso é porque nunca piso na costa de Esrom e nunca deixo que os cidadãos descubram que estou por lá. Mantenho meu navio nas águas do santuário assim como decreta a lei pra visitantes não aprovados. Está me dizendo que, caso eu retorne, terei autorização pra pisar nas ilhas?

Ixõ baixou os olhos.

– Não.

Alõs riu, mesmo sem achar graça.

– Então meu irmão e meu pai moribundo vão subir a bordo do navio? Cheio de piratas? Acho que não.

– Posso organizar uma passagem segura até eles. Sabe que há maneiras de entrar sem ser visto. As praias privadas a oeste não são usadas desde que você partiu. Por favor, Alõs, não deseja ver seus pais uma última vez?

A magia se encrespou junto com a raiva.

– Já fiz as pazes com relação à última vez em que vi Tallõs e Cordelia. Por que eu deveria estragar isso com a lembrança de um morto e do outro doente?

– Para confortar Ariõn – implorou Ixõ. – Você sabe que ele fica mais fraco quando está angustiado.

Alõs fechou os olhos, parando de resistir, assim como sempre acontecia quando se tratava de seu irmão.

Por fim, o pirata encarou Ixõ. Não precisou dar uma resposta para que o curião soubesse que ele iria.

O *Rainha Chorosa* ressoava com os gritos e escaramuças da tripulação se preparando para zarpar. Navegar para Esrom não era como viajar até a maioria dos lugares. Eles não deslizariam ao longo das ondas do oceano, mas sim por baixo delas. Em um túnel formado por um bolsão de ar onde nenhuma vela seria necessária para a jornada.

Alōs estava no timão ao lado de Boman, observando a cooperação fluida entre a cabine de comando e o convés dianteiro, a intendente gritando ordens. Aquela era a parte em que ele sempre se deleitava, a comoção antes de partir para um novo destino. Pois até mesmo canalhas podiam ser coreografados.

Saffi andava de um lado para o outro no convés principal abaixo dele, berrando instruções para sua equipe, que trabalhava entre grunhidos e gemidos para prender os canhões. O olhar de Alōs se fixou em Niya conforme a dançarina puxava os cordames com mais força, o calor brilhando em seu cabelo, pintando-o em um tom cintilante de laranja.

Mesmo ali, o corpo de Niya fluía em um ritmo suave ao cumprir as ordens, sem nenhum tropeço ou gesto desnecessário. Ela se provara rápida em aprender suas funções. Mas aquilo não o surpreendeu – o lorde-pirata logo percebeu que ela era uma criatura inteligente e adaptável. Assim como ele.

– A âncora está levantada, capitão – falou Emanté, seu contramestre, vendo Alōs se aproximar.

Sua pele branca estava sempre bronzeada, embora o jovem nunca reclamasse. Parecia gostar de qualquer oportunidade de ficar sob os raios solares, algo que seu peito nu atestava naquele momento.

– Então prepare todos para a partida – instruiu Alōs.

– Estou segurando bem, capitão. – Boman indicou seu aperto firme no timão.

Seus piratas sabiam o que fazer ao serem avisados de que estavam indo para Esrom.

Kintra subiu pelas escadas do convés principal e veio se postar ao lado de Alōs. Segurando uma tigela, ela estendeu para o capitão uma faca limpa. Ele a pegou e arregaçou a manga da camisa, exibindo as cicatrizes de alguns cortes antigos no antebraço. Depois, abriu um corte novo.

Kintra segurou a tigela sob o braço dele e recolheu cada uma das gotas carmesins antes de entregar gaze e um curativo.

Enfaixando o antebraço, Alōs percebeu o olhar curioso de Niya, que estava no convés logo abaixo. A atenção dela se voltou para o curativo.

Uma centelha de desgosto tomou conta de Alōs. O que ele estava prestes a revelar para a dançarina era algo que poucos tinham visto. Mas não havia como evitar.

Ficando de costas para Niya, ele voltou a baixar a manga enquanto Kintra carregava a tigela para cada canto do navio, usando um pano para marcar partes da amurada com o sangue.

Apenas os originados em Esrom conseguiam localizar o reino oculto e abrir a passagem que levava à cidade subaquática. O sangue de Alōs agia como uma maré capaz de sempre conduzi-lo de volta ao local de seu nascimento. Diziam se tratar de um presente dos deuses perdidos para Aerélōs e Danōt, os primeiros de seu povo, antes que a cidade afundasse no mar. Uma maneira de seus filhos sempre encontrarem o caminho de casa. A mãe dele costumava recontar aquela história para ele e o irmão enquanto os colocava na cama à noite.

Sua mãe.

Sua mãe estava morta.

Caminhando até a popa, Alōs agarrou a amurada e encarou o mar calmo. A Baía do Escambo havia encolhido até se tornar uma mera mancha no horizonte atrás deles.

Ixō partira logo após a visita, pulando nas águas, a antiga magia de curião criando uma bolsa de ar ao seu redor enquanto descia para as profundezas, encontrando seu caminho.

Alōs poderia fazer o mesmo, mas levar junto o navio e a tripulação em segurança até lá era uma questão totalmente diferente. E não podia deixá-los na superfície. Não sabia quanto tempo aquela viagem duraria. Além do mais, existiam vantagens ao navegar para Esrom, e uma delas era que, ao partir, era possível alcançar partes distantes de Aadilor mais depressa do que navegando por cima.

Ele aceitaria qualquer coisa que os levasse para mais perto do Vale dos Gigantes.

Respirando fundo, Alōs começou a transferir sua magia para a madeira. Seus músculos se retesaram enquanto forçava os dons, a magia rastejando pelas veias e para fora da pele. Formando centelhas e crepitações, seus dons nadaram pela densidade da amurada, esticando-se por todo o comprimento. *Meu*, sibilava a magia, *tudo isso é meu*, até atingir as marcas de seu sangue em cada canto do navio, conectando-se como o clique de uma fechadura. Qualquer um com Vidência teria testemunhado a embarcação zumbindo e pulsando de poder, brilhando mais forte conforme Alōs forçava ao máximo os dons dos deuses perdidos, até que o ar ficasse frio, congelante. Sua respiração saía em baforadas gélidas.

Ele segurou o amor de sua vida, o *Rainha Chorosa*, em um abraço.

E então, quando sentiu que estava tudo no lugar, falou as palavras que os levariam até Esrom.

— *Dōs estudé. Minha casa.*

As ondas abaixo do barco rugiram ao se afastar, um rasgo dividindo o oceano, fazendo o *Rainha* balançar. Peixes caíram da superfície, flocos de espuma saíram voando e a água salgada espirrou no rosto de Alõs. Seu corpo parecia dividido em dois enquanto ele lutava pelo controle, a magia querendo parti-lo ao meio ao se esticar pela pele, repuxando os ossos, mas o pirata se manteve firme.

Foi só quando se sentiu prestes a cair no mar, quando sentiu as terminações nervosas chiando de exaustão, que um grande abismo se abriu abaixo deles e o *Rainha Chorosa* afundou.

CAPÍTULO DEZENOVE

Uma névoa fria salpicou a pele do lorde-pirata, o vento chicoteando seu cabelo para trás enquanto viajavam através do canal. Era chamada de Riacho, uma passagem sob as ondas que podia ser criada para navegar até Esrom.

A vida marinha não penetrava no interior do túnel de ar, mas podia ser vista nadando do lado de fora da corrente. O Riacho os levava para baixo, cada vez mais fundo nas águas, e, conforme a luz solar diminuía, águas-vivas cintilantes e outras criaturas marinhas com luz própria se alinhavam pelas paredes líquidas, incitando-os a avançar. O *Rainha Chorosa* deslizou ao longo do leito do Riacho, flutuando a uma velocidade vertiginosa.

Não importava onde estivesse em Aadilor, a jornada até Esrom através da passagem sempre durava exatamente uma ampulheta completa. O que tornava o caminho um dos mais fáceis de viajar, ainda que subaquático e dependente de magia e sangue.

Mas Alōs não tinha medo de sangue.

A jornada deles mal havia começado quando o capitão enxergou o brilho azul no final, ouvindo o rugido da cachoeira que era a última entrada para a cidade escondida. A queda d'água catalogava todos que entravam ou saíam, e, conforme o *Rainha Chorosa* passava, o navio foi inundado por poeira cintilante, uma camada de magia, até deixarem o Riacho e emergirem em águas novas.

O verdadeiro esplendor de Esrom tomou as vistas de Alōs.

Um reino cintilante se estendia sob a noite, com o céu estrelado camuflando qualquer indício de que estavam, na verdade, bem no fundo do mar de Obasi. O ar quente e perfumado encheu os pulmões de Alōs quando ele inspirou fundo. *Casa*, ronronou sua magia.

Os nervos de Alōs dançavam com uma mistura de alívio e pavor.

Em meio às águas calmas, três grandes ilhas se erguiam orgulhosas ao longe, com ilhas menores flutuando logo acima em nuvens espessas. Pontes entrelaçadas conectavam o arquipélago como teias de aranha de seda, e cachoeiras brilhantes pendiam das margens, despencando no mar abaixo. Pequenos barcos de pesca deslizavam, preguiçosos, as lanternas formando pontinhos de calor na escuridão. Mas o que atraía o olhar de qualquer visitante era o palácio que se estendia com graciosidade na ilha central, elevando-se acima da densa vegetação que cobria o terreno. A arquitetura era um espetáculo de luz estelar cintilante que parecia feita de diamantes, com finas torres prateadas brotando de cada telhado e permitindo que a hera azul florida subisse e serpenteasse por toda sua extensão. Era um castelo que inspirava histórias de ninar e promessas de tempos melhores. Ali flutuavam as ilhas de Esrom, um santuário para todos em Aadilor.

Banido ou não, o pirata não conseguia evitar a pontada de orgulho que sentia sempre que olhava o palácio.

Depois de ancorar o *Rainha Chorosa* em uma enseada escondida no lado sul da ilha principal, Alōs reafirmou sua decisão ao instruir sua tripulação para que permanecessem a bordo.

Ninguém ousara desobedecer a essa ordem desde Tomas, cujo crânio era agora um peso de papel nos aposentos de Alōs.

Caminhando pelo convés principal, ele passou por Niya, ignorando o olhar penetrante que a dançarina lhe lançava. Ela sem dúvida estava se perguntando o motivo para estarem ali. Mas, como logo precisaria aprender, assim como o restante dos piratas, ninguém questionava o capitão quando se tratava de Esrom.

Alōs parou perto de Kintra. Ela o estava esperando junto à amurada que ficava virada para o porto.

– Não sei quanto tempo isso vai levar – admitiu, o desconforto comprimindo seu peito diante do que estava prestes a fazer. Diante do que a culpa o forçara a fazer. – Mas volto assim que puder.

– Estaremos aqui, capitão – falou Kintra, as feições demonstrando que ela compreendia. – Leve o tempo que precisar.

Ele havia confidenciado para a intendente sobre a visita de Ixõ, mas, ainda assim, não gostava de receber nem mesmo um grão de pena. Ele era o capitão Alōs Ezra, o pirata mais implacável de toda Aadilor. A piedade não era para pessoas como ele e seu coração gelado.

– Garanta que ela se comporte – alertou ele, sem precisar explicar a qual "ela" se referia. – Amarre-a se for preciso.

– Eu posso ouvir vocês, sabia? – comentou Niya às costas deles.

Os dois a ignoraram.

– Pode deixar, capitão. – Kintra assentiu.

Alōs encarou a praia distante na ilha principal, onde as ondas suaves atingiam a costa em um estrondo rítmico. Ele respirou fundo, sentindo a atmosfera doce. Seus dons haviam se renovado depressa ao entrar na terra natal – os músculos pareciam mais fortes e sua mente parecia mais afiada. O mar estava em toda parte, e seu corpo vibrava com aquela sensação.

Com um último arroubo de força de vontade e o formigamento da armadura gelada correndo sobre a pele, Alōs agarrou a amurada e saltou pela borda, caindo. Ele parou bem acima da linha da água, sua magia fluindo como uma cachoeira, empurrando as ondas amenas sob seus pés. Alōs pairava em pleno ar.

Para a frente, pensou, e apenas isso foi o bastante para que flutuasse para longe do navio, na direção do antigo lar.

Ele se aproximou de uma pequena praia isolada. As botas esmagaram a areia quando pisou em terra firme.

Alōs fez uma pausa, examinando a selva escura que se estendia ao longo do perímetro. Ele não visitava aquelas praias fazia muito tempo.

Mas já tinha enfrentado coisas mais assustadoras do que aquilo, de modo que, com firmeza, ele seguiu adiante.

O aroma fresco da noite e do musgo o saudaram quando adentrou a floresta. O ar esfriou, o zumbido dos besouros-espinhentos e grilos-de-luz preenchendo o silêncio noturno. As flores-crepúsculo brilhavam em tons de roxo e azul, pintando os troncos das árvores em uma variedade de cores, iluminando seu caminho. Não que precisasse de luz. Ele conhecia aquelas florestas em seu íntimo, e não importava quanto tempo ficasse longe, jamais esqueceria as trilhas que percorrera tantas vezes quando menino.

Alōs logo emergiu do emaranhado selvagem das árvores para uma estrada de terra. Um grande muro coberto por trepadeiras o separava da capital do outro lado. Alōs olhou para a parede de pedra. Quando criança, havia escalado aquelas vinhas antes de cair e ralar os joelhos. Mas não havia chorado. Alōs só aprenderia mais tarde a quantidade de dor necessária para que derramasse uma lágrima.

Virando à esquerda, ele permaneceu nas sombras, na orla da estrada, ignorando os pontos de luz lançados pelas lamparinas ao longo do muro à direita. E notou como as chamas, normalmente alaranjadas, tinham sido substituídas por outras que brilhavam em prata.

Esrom estava de luto.

E ainda assim, embora soubesse o motivo, manteve as emoções controladas. Já tivera tempo para prantear os mortos muitos anos antes.

Ninguém cruzou com ele ao longo do caminho e, no fim, Alōs parou diante de uma porta de madeira que sabia estar escondida por trás dos ramos de hera. Afastando as plantas, ele bateu duas vezes, depois três.

A porta se abriu com um ranger enferrujado, revelando Ixõ do outro lado. O curião segurava uma tocha que lançava uma luz bruxuleante sobre a tatuagem metálica em sua fronte. Sob o capuz, os olhos azuis e brilhantes dele estavam cheios de dor.

– Eles se foram – falou Ixõ, à guisa de cumprimento. – Tallõs nos deixou assim que voltei. Seus pais estão agora reunidos de novo no Ocaso.

As palavras se acomodaram sobre a pele de Alōs como as cinzas quentes de uma pira.

Eles se foram.

Ele não ousou falar nada.

Ixõ aguardou, sem dúvida esperando que Alōs demonstrasse tristeza ou alguma lasca de emoção.

O que ele não fez.

Com uma carranca, Ixõ deu as costas e o conduziu para um túnel frio que no fim mudou para paredes de calcário e depois de mármore.

O pânico tomou conta de Alōs quando a fragrância de jasmim o alcançou e o gotejar suave e familiar das piscinas de meditação ecoou pela passagem como um aviso. Estavam prestes a entrar no palácio.

Ixõ afastou as trepadeiras penduradas, revelando um pátio.

Lagoas cintilantes preenchiam com luz o espaço circular. Lírios-da-lua floresciam com seus botões roxos na superfície da água enquanto insetos-de-fogo pairavam pelo terreno como grãos de pólen.

O pátio estava vazio e silencioso. Ixõ o atravessou em um caminhar apressado.

Alōs absorveu as colunas espirais que ladeavam o trajeto, seguindo até os tetos abobadados de vitral, mostrando uma cena majestosa do céu azul. Havia prata adornando cada borda, cada curva dos candelabros e cada rachadura no intrincado piso de ladrilhos.

Familiar. Era tudo familiar demais.

Alōs não devia estar ali. Nunca devia ter vindo.

Especialmente quando sentiu seus dons zumbindo de contentamento na pele, cantando e suspirando ao reconhecer a magia que se misturava em peso naqueles corredores, o poder que fluía do curião que liderava o caminho.

. 165 .

Parem com isso, ordenou em silêncio para seus dons, ignorando o protesto da magia quando a endureceu como gelo nas veias. Não podia se dar ao luxo de sentir nostalgia.

Ixõ parou em uma esquina, certificando-se de que ainda estavam sozinhos. Depois, virou em um corredor menor e menos opulento, destinado ao uso da criadagem. O caminho serpenteava, fazendo com que subissem através de escadas antes de serem bloqueados por uma parede. Ou o que parecia ser uma parede. Ixõ depositou a tocha em um suporte que aguardava ali perto e, com um clique silencioso, abriu uma porta oculta.

– Está preparado? – Ixõ hesitou sob a soleira.

Alõs encarou a iluminação baixa dos candelabros que vinha do cômodo além, sentindo como se seus pés estivessem acorrentados.

Preparado?

Não, pensou ele, logo antes de passar pelo curião.

Alõs foi atingido por uma dose inebriante de incenso e pelo calor de um quarto cheio de velas acesas. No centro da câmara, havia uma cama esculpida de forma magnífica, cujo dossel retratava um cintilante céu noturno. Enquanto dava a volta na cama, ele não olhou para os corpos entre os lençóis. Em vez disso, sua atenção permaneceu fixa no jovem que estava ao pé da cama.

Ele estava vestido de forma imaculada em roupas verdes, no tom da espuma do mar. O tecido, detalhado com bordados em branco, envolvia seu corpo magro em um intrincado envoltório de calças largas e túnica comprida. A pele marrom e lisa tinha o viço da juventude, mas o que o tornava diferente era a adição de áreas de pele prateada correndo sobre suas mãos e subindo pelos pulsos feito luvas desfiadas. A mesma descoloração metálica escorria da linha dos cabelos escuros e descia pela testa, como se tivesse sido virado de cabeça para baixo ao nascer e mergulhado em uma piscina de prata líquida. Era a marca de uma doença interrompida, de uma morte congelada.

A luz das velas se refletiu na coroa afiada de alabastro do jovem enquanto este virava a cabeça. Olhos leitosos encararam Alõs, os vestígios de azul outrora presentes eram agora apenas um sonho desbotado por trás de um véu espesso. Embora o rapaz fosse cego, Alõs sabia que contava com outros sentidos para ajudá-lo a enxergar.

– Irmão – sussurrou Ariõn.

A palavra ressoou nos ouvidos de Alõs, o som formando uma mistura de exaustão e alívio.

Irmão.

Alōs não escutava aquela palavra sendo pronunciada pelos lábios do jovem fazia muito tempo.

Sem pensar, avançou, puxando o irmão caçula para um abraço.

– Ariōn.

Passaram-se três anos desde a última vez em que tinham estado juntos, e muitos outros desde que Alōs pisara naquele quarto, naquele palácio. Mas, enquanto abraçava o caçula, sentindo seu cheiro familiar de menta e brisa marinha, era como se tempo algum tivesse passado.

– Eles se foram – falou Ariōn, a voz ainda soando muito jovem. – Somos só você e eu agora.

Ele deu um passo para trás, mas não se desvencilhou de Alōs.

E foi nesse momento que o mais velho se deu conta do passar das ampulhetas. Seu irmão tinha crescido desde a última vez em que o vira, agora quase igualando Alōs em altura. Os ombros também estavam mais largos, embora as mãos fossem macias como as de um menino, o queixo sem nenhuma barba por fazer.

– Eles chamaram por você – continuou Ariōn. – Cada um deles, antes de seguir para o Ocaso. Mamãe e papai, eles chamaram por seus filhos.

Seus filhos.

As palavras fizeram lascas de gelo despencarem de seu coração congelado. Alōs conteve um estremecimento de dor. *Isso é perigoso.* Era sempre perigoso vir até Esrom, e não apenas porque não tinha permissão para tal. Alōs não podia bancar o irmão mais velho atencioso *e* continuar sendo um pirata implacável. Um sempre venceria o outro, e não podia deixar que as emoções entrassem, não depois de todo o tempo que levara para forçá-las a sair. Se não sentisse nada, não podia ser machucado. Se não houvesse nada a perder, não precisaria se lamentar. E, para abrir mão daquela terra, daquela paz e beleza, de sua família – e sobreviver depois disso –, Alōs precisara renegar tudo o que vinha no pacote. Inclusive a si mesmo. Ele não era mais um irmão. Não era mais o "filho deles". Ele não era Alōs Karēk, primogênito da coroa, e sim Alōs Ezra, o infame lorde-pirata.

– O filho deles estava presente – falou Alōs. – *Você* estava aqui.

Ele se afastou do abraço de Ariōn, que franziu a testa.

– Mas *nós dois* deveríamos ter estado presentes.

– Não diminua seus momentos finais com eles por minha causa. Aconteceu da forma como era pra ser, ou não aprendeu nada com os sermões da Alta Cúria?

Ariōn olhou para Ixō, que permanecia quieto nas sombras.

Eles compartilharam uma expressão preocupada.

Mas a atenção de Alōs se desviou deles quando o pirata enfim cedeu à tentação que o havia fisgado desde que entrara naquele quarto. Ele olhou para os dois corpos que jaziam imóveis em cima da cama.

As mãos estavam entrelaçadas por cima dos lençóis. Olhos fechados. A pele escura e envelhecida tinha um tom mais pálido, mais cinza e rígido. Os cabelos brancos estavam penteados com cuidado sob as coroas de coral banhadas em prata.

Aqueles corpos sem vida já tinham sido uma fonte de felicidade eterna para Alōs. Agora, eram a fonte de sua culpa mais profunda.

O rei e a rainha de Esrom.

Alōs olhou para Tallōs e Cordelia Karēk e ficou esperando.

Mas a amarga ironia de cultivar um coração frio, de protegê-lo com tanta força contra as emoções, era que aquilo funcionava. Pois, quando encarou seus pais mortos, ele não sentiu nada.

CAPÍTULO VINTE

Niya sabia que seguiria Alōs assim que o pirata deixasse o navio. Ele podia ser seu capitão, mas *não* era seu rei, não importava o que aquele homem pensasse.

Encostada na amurada, ela olhou para a costa distante da ilha principal, observando o palácio de prata que irrompia da vegetação verde e espessa como pedras preciosas na terra.

Alōs consegue andar sobre a água, pensou, nervosa. Bree tinha razão. Do que mais ele seria capaz?

Apesar de terem dividido as intimidades no passado, estava ficando óbvio que os dois não passavam de estranhos um para o outro naquela época.

Niya se sentiu desconfortável com o pensamento. Parecia que o lorde-pirata tinha muitos truques na manga que ela ainda não descobrira.

Mas certamente descobriria.

Enquanto a tripulação permanecia totalmente desinteressada no motivo para o capitão ter ido à praia sozinho, Niya transbordava de curiosidade.

O que Alōs precisava em Esrom que o teria desviado de sua jornada para o Vale dos Gigantes? Tinha a ver com a pedra vermelha que procurava? E, ainda mais importante, por que ele precisava andar escondido em sua própria terra natal?

Ele havia atracado o navio nas profundezas daquela enseada sombria. Fora de vista.

A curiosidade de Niya não estava apenas transbordando. Ameaçava afogá-la.

Alōs tem medo de alguma coisa em Esrom, pensou a dançarina. *Por que mais se daria a tanto trabalho para continuar como um fantasma em seu próprio lar?*

Seja lá qual fosse a explicação, ela precisava descobrir naquele exato minuto.

Vantagem, arrulhou a magia.

Vantagem, concordou Niya, batendo o pé com impaciência.

Se jogasse corretamente, aquilo poderia ser a chave para antecipar o fim da sua aposta vinculativa.

O desespero tomou conta de Niya. Ela precisava sair daquele barco.

Virando-se, olhou para o convés.

Saffi estava apoiada em um canhão a estibordo, conversando com Therza. Ervilha e Bree estavam sentados nos cordames do mastro principal, os pés balançando no ar frio da noite. Emanté se recostara em um nicho junto às escadas que levavam ao tombadilho, a cabeça para trás e os olhos fechados. Kintra e Boman provavelmente estavam no convés inferior ou na cozinha com Mika, enquanto os demais piratas relaxavam de forma semelhante, repousando preguiçosos, aproveitando a ausência do capitão. Pois só os deuses perdidos sabiam por quanto tempo ele permaneceria fora.

Niya demorou menos de um segundo para concluir o que precisaria fazer em seguida: enfeitiçar um navio inteiro de piratas para que todos adormecessem.

Ela já havia aprendido que a força bruta era uma adversária familiar demais para aquela tripulação. Estratégia com a qual ainda não tinha conseguido derrotar os piratas. A furtividade seria necessária ali, uma magia tão sutil quanto a brisa da noite.

Depois de uma noite de bebedeira na Baía do Escambo, seguida por ordens de zarpar imediatamente, era natural que todos aproveitassem a ausência do capitão para tirar um cochilo. Um cochilo *bem longo*.

Niya se esgueirou até Saffi. Ela precisaria dar conta daqueles que possuíam dons primeiro. Assim que alguém com Vidência percebesse sua névoa de poderes, entenderia que algo estava acontecendo.

Pegando um retalho de pano largado em um canhão próximo, ela se acomodou por trás da mestra de artilharia. A cada gesto e torcer de seu corpo, ela deixava a magia escapar, mantendo-a discreta e rente ao chão.

Durma, sussurrou o poder, rastejando para escalar as pernas de Saffi. Niya sentiu um puxão de resistência, a espessa camada de dons da mestra de artilharia notando a presença de um intruso. Saffi se mexeu e olhou para ela, com a testa franzida, mas Niya era mais talentosa, e, como uma leoa dando o bote, comandou sua magia a avançar, atingindo Saffi bem na cabeça com uma nuvem de vermelho. A mestre de artilharia pestanejou, atordoada, antes que um bocejo alto a alcançasse e ela caísse nos braços de Therza.

. 170 .

– Pelas estrelas...!

Olhos confusos e arregalados se voltaram para Niya enquanto a mulher baixinha tentava dar conta de segurar o peso muito maior de Saffi. Mas então a dançarina girou o pulso, e Therza também ficou coberta pela bruma nebulosa da magia da jovem.

Ambas as mulheres desabaram no convés, adormecidas.

Niya sorriu, continuando a derramar seu feitiço sonífero enquanto andava pelo convés.

Feche os olhos, transmitiu em seus movimentos, uma canção de ninar. *Descanse até que eu volte.* Ela rodopiou em torno de Felix e mais alguns de seus companheiros de cabine. Cada um deles afundou no chão, roncando. Sentindo-se encorajada, Niya deixou o feitiço crescer mais forte conforme os piratas iam cochilando um por um. Até que o *Rainha Chorosa* inteiro estivesse coberto por sua magia, qualquer alma dentro do alcance ficando sonolenta antes de se deitar para uma longa soneca. Bree e Ervilha se balançavam lá em cima, a cabeça pendendo dos cordames, desacordados.

Fazendo uma pausa, Niya se postou no tombadilho ao lado do leme, examinando seu trabalho. Do outro lado do navio, homens e mulheres estavam apoiados uns nos outros com a cabeça baixa e os olhos fechados. Outros se esparramavam no convés, agarrados a rolos de corda ou curvados sobre a borda do cesto da gávea, dormindo. O balanço suave do navio era como o ninar de uma mãe, o movimento servindo para alimentar ainda mais os dons de Niya.

– Se ao menos estivesse aqui para ver isso, Ara – falou Niya, pondo as mãos nos quadris enquanto o orgulho a invadia. – Não poderia mais me chamar de esquentada, porque planejei tudo com cuidado dessa vez.

Sim, respondeu a voz imaginária da irmã. *E veja o que isso lhe rendeu: exatamente o que queria.*

– Droga – praguejou Niya com amargor. O conselho de Arabessa estava certo. De novo. – Ela sempre tem razão.

Niya seguiu resmungando enquanto descia para o convés, forçando o feitiço a encontrar qualquer pirata que estivesse pelo caminho enquanto buscava Kintra.

A intendente estava nos aposentos do capitão junto com Boman, estudando os mapas dispostos na mesa de Alōs. Kintra ouviu o ranger de uma tábua do assoalho e franziu a testa, flagrando Niya na porta.

– O que você...?

Niya ergueu a mão, interrompendo a pergunta de Kintra e enviando a magia potente que havia reunido no convés para atingir a intendente bem no rosto. Ela e Boman caíram um por cima do outro sobre a escrivaninha. Pequenos roncos preencheram a cabine.

Com um sorriso convencido, Niya voltou dançando para o andar superior, cantarolando a canção de ninar favorita de Larkyra:

Entre com calma no labirinto do sonhar
Deixe seus olhos ficarem pesados
O sono lhe espera para então viajar
Ninguém rende nada se estiver cansado

Durma profundamente durma sempre, durma bem
Até acordar no novo dia que vem

Feche a mente, que vou fechar a minha
É hora de esquecer qualquer preocupação
É nossa chance, meu amor, vida minha,
Para inventar qualquer outra canção

Durma profundamente, durma sempre, durma bem
Até acordar no novo dia que vem

Uma vez no convés, Niya deu as costas para o navio adormecido, pretendendo descobrir para onde Alōs tinha ido.

Foi um esforço desajeitado soltar um dos botes amarrados na lateral da embarcação e remar sozinha até a costa, mas ela deu um jeito. Assim como fazia com a maioria das coisas. Niya ficara mais forte naquele tempo a bordo do *Rainha Chorosa*, o corpo moldando músculos diferentes daqueles usados em quaisquer de seus treinamentos anteriores, a pele das mãos e dos pés se tornando calejada devido a um trabalho mais duro do que dar golpes e atirar facas.

Conforme se aproximava da costa, as ondas foram empurrando Niya pelo resto do trajeto até a praia. Ela saltou e arrastou o bote mais para cima ao longo da faixa de areia, amarrando-o a um grande destroço de madeira. Enxugou o suor da testa com as costas da mão, examinando o perímetro da selva escura. O ar era mais denso ali do que no navio. Uma brisa agradavelmente quente soprava por sua camisa branca. Também estava tudo quieto e pacífico sob o bater das ondas atrás dela. Não havia gritos ou sons de pessoas, nem mesmo indícios de que pudesse haver uma cidade, muito menos um palácio, para além da floresta que se estendia diante da dançarina. O que era uma coisa boa. Niya não precisava do fardo extra de ser abordada antes mesmo de começar a andar.

O pedaço de selva por onde vira Alōs entrar estava deserto, mas aquilo não seria um problema.

A magia de Niya lhe permitia mais um truque. Embora pudesse sentir movimentos, também conseguia captar os rastros de movimentações antigas, em especial caso pertencessem a pessoas portadoras de dons, desde que tivessem sido feitos recentemente. E já fazia tempo que memorizara a energia de Alōs. De um jeito assustador, ela era semelhante à de suas irmãs.

Reunindo seus poderes, Niya enviou uma névoa suave de magia para detectar poderes alheios. Como poeira sendo soprada em cima de um líquido, o rastro de Alōs apareceu. Era tênue, mas presente, pairando no ar. Uma energia verde-clara que conduzia à selva fechada.

Com o coração acelerando, Niya seguiu a trilha.

O barulho das ondas na costa desapareceu por trás dela, sendo substituído pelos sons da vida selvagem conforme a dançarina serpenteava entre árvores cobertas de musgo e se esgueirava por baixo de flores iridescentes cintilando. Insetos faiscantes enchiam o ar noturno, e Niya observou uma aranha com pernas prateadas e brilhantes escalar uma folha. Absorveu tudo aquilo, aquele reino novo e selvagem, o lugar onde Alōs tinha nascido. Parte dela queria continuar na floresta, admirando cada coisa nova, mas, balançando a cabeça, ela retomou seu objetivo.

O rastro de Alōs estava começando a esfriar, e a dançarina não desperdiçaria aquela oportunidade.

Chegando ao fim da floresta, Niya entrou em uma estrada de terra que parecia alinhada a um grande muro, com vestígios de uma cidade aparecendo pelo outro lado. Ela estreitou os olhos para a noite, esperando para ver se alguém passava.

Ninguém passou.

De fato, ela não conseguia sentir nenhum movimento.

Era como se todos estivessem trancados em casa naquela noite. Uma iluminação quente emanava pelo outro lado, mas, embora estivesse desesperada para escalar e espiar como as pessoas de Esrom viviam, não tinha sido para lá que Alōs seguira.

Dobrando à esquerda, Niya seguiu a linha tênue da magia dele, que ainda flutuava na periferia da estrada.

Após quase um quarto de ampulheta, Niya parou, a trilha esfriando.

– Ô, droga – murmurou, girando em círculos.

Era como se ele tivesse simplesmente desaparecido.

Confusa, ela passou a mão pelas videiras que estavam logo à frente e, com um sobressalto animado, sentiu um sulco estranho na pedra. Ela afastou as plantas e encontrou uma porta.

– Seu pirata ardiloso. – Ela sorriu.

A porta estava bem trancada, mas portas trancadas quase nunca constituíam um empecilho para uma Bassette. Com um movimento dos dedos, a maçaneta girou, revelando um túnel longo e escuro.

Ao atravessar, Niya foi tocando a pedra fria e úmida que havia de cada lado dela, tateando seu caminho rumo ao abismo preto. Seus passos leves ecoavam de forma abafada no chão de terra, misturando-se ao som da respiração. Ela seguiu andando daquele jeito até que um brilho esfumaçado surgisse no final do túnel.

Sua magia formigava na pele conforme se apressava adiante, o coração acelerando quando ela entrou em um pátio encantado repleto de piscinas brilhantes. Uma fragrância floral e convidativa flutuou ao redor dela, e Niya parou, maravilhada.

Que lugar lindo é esse?

Niya ergueu a cabeça, admirando as torres cintilantes estendendo-se acima dela.

Pelas estrelas e mares, ela estava no palácio.

A dançarina franziu a testa.

Por que Alōs viria ao palácio?

Antes que pudesse continuar se questionando, Niya sentiu a energia de um grupo de pessoas se aproximando e correu para se esconder atrás de um arbusto espesso.

Uma fila de criados vestidos de branco passou pelo pátio. Eles carregavam cestas com lençóis e bandejas cheias de velas. Ninguém falou nada ao entrar no pátio ou ao sair por uma passarela coberta na outra extremidade do espaço.

A passos silenciosos, Niya se esgueirou pela direção oposta, seguindo os pequenos fragmentos do rastro de Alōs que ainda podia detectar.

Ela se viu caminhando por um salão opulento, onde um intrincado mosaico de azulejos decorava cada centímetro do piso e uma bela representação do céu ensolarado compunha o teto de vitral. O brilho da prata estava por toda parte, e o coração de Niya vibrava de prazer ao contemplar tanta beleza.

Mas, à medida que andava, começou a reparar em duas coisas:

Primeiro, que o rastro de magia de Alōs parecia se misturar ao de outras pessoas. E segundo, que o palácio estava extremamente vazio. Com exceção dos criados de antes, ela ainda não havia se deparado com um único guarda ou membro da corte.

A mente de Niya girava, tentando descobrir o que tudo aquilo poderia significar. Onde estavam todos? E com quem Alōs viera se encontrar no palácio? E por quê?

A energia no ar também parecia esquisita. Era pesada e sóbria demais para o quão lindamente aquele reino brilhava. Tinha acontecido alguma coisa?

Os passos de Niya aceleraram conforme sua curiosidade queimava mais forte.

Virando uma esquina, ela espiou o corredor escuro e estreito por onde Alōs parecia ter seguido. Mas estava ficando na dúvida, pois a magia daquele lugar turvava sua Vidência. Tudo parecia brilhar e resplandecer com os dons dos deuses perdidos. A arte, o tecido que pendia das paredes, até mesmo os insetos que passavam voando.

Niya olhou para trás, para o salão silencioso do palácio, imaginando se deveria dar meia-volta. *Não*, pensou ela, *já cheguei até aqui. No mínimo consigo recuperar o rastro dele no fim do corredor.* Virando-se, a dançarina encarou sua nova trilha. Nenhuma vela iluminava o caminho, mas Niya havia crescido em seu próprio palácio e sabia identificar quando se deparava com um corredor destinado à criadagem. Deslizando pelas sombras, ela tateou o caminho à frente, seguindo pelo que pareceu uma eternidade até chegar a um beco sem saída.

Uma única tocha aguardava na arandela, iluminando a parede de mármore e revelando uma pequena rachadura na superfície.

Niya pressionou a parede e sorriu quando esta cedeu com facilidade.

Ela atravessou com cuidado, indo parar atrás de uma grossa cortina de tecido. Depois hesitou quando sentiu a presença de um grupo na câmara mais adiante.

Uma voz preencheu o espaço.

A voz de Alōs.

Niya parou de respirar.

– Não posso ficar por muito tempo – dizia ele.

– Estou feliz por você ter vindo, irmão – respondeu outro homem.

Irmão?

O coração de Niya batia de forma errática enquanto arriscava espiar por entre as frestas da cortina.

Ela se encontrava em um quarto. Um quarto enorme e lindo.

Uma cama grande ocupava a maior parte do cômodo, e um dossel imitando o céu noturno flutuava acima do colchão. Centenas de velas iluminavam o recinto, lançando uma luz quente por cima dos tapetes opulentos e da mobília. Havia três figuras ao pé da cama.

Alōs se destacava em sua casaca de couro preto, a pele marrom exposta na base do pescoço antes de dar lugar à túnica branca e ao colete preto. O cabo da espada aparecia em seu quadril. Niya absorveu sua presença forte, que dominava a de seus outros dois companheiros.

Um homem com um manto azul estava em pé na frente dele. E, apesar do longo cabelo branco trançado, parecia jovem, talvez da mesma idade que Niya. Uma tatuagem ornamentada em prata brilhava em sua testa lisa. Era uma marca que Niya nunca tinha visto.

O terceiro homem parecia o mais delicado, quase frágil em comparação com Alōs. Era de longe o mais novo. Seu cabelo era tão escuro quanto a noite, o que ficava ainda mais destacado devido à coroa branca no topo de sua cabeça.

Realeza.

E aquilo era...?

Niya estreitou os olhos.

O jovem parecia ter tinta prateada congelada na testa e nas mãos.

– Preciso perguntar sobre sua busca – falou ele, descansando os dedos metálicos no braço de Alōs. – Embora eu tenha medo da resposta.

– Então sugiro que não pergunte. Você já sofreu o bastante esta noite, Ariōn.

– Nós dois sofremos – corrigiu Ariōn, parecendo frustrado. – Eles eram seus pais também.

A mente de Niya girou com o que estava vendo e ouvindo.

Eles eram seus pais também.

O rapaz com a coroa... era o irmão de Alōs?

O tempo pareceu parar enquanto seu coração estacava, em pânico, um zumbido preenchendo seus ouvidos.

Mas aquilo significaria...

Não, gritou sua mente. *Isso não pode ser possível.*

Alōs era... da realeza?

– Você parece diferente a cada visita – continuou Ariōn, depois que Alōs não respondeu. – Sua magia... está ficando cada vez mais fria. Você continua fazendo coisas que gostaria de não fazer.

– Pare – advertiu Alōs, desvencilhando o braço. – O passado já foi escrito, e eu faria tudo de novo.

Ariōn franziu a testa.

– Nunca vai parar de sofrer por minha causa?

– Eu teria sofrido muito mais sem você.

– Você vive sem mim agora.

– Não é a mesma coisa.

– Ah, não? De que serve uma família se não pode estar com ela?

– Não discuta comigo sobre uma época em que era jovem demais, *doente* demais, pra entender as consequências. – O olhar de Alōs ficou aborrecido. – Tomei uma decisão porque nossos pais não conseguiram. Apesar do preço, eu garanti que os dois filhos de Tallōs e Cordelia sobrevivessem.

– É, sobrevivessem – zombou Ariōn. – E o jeito como vivo aqui? Sozinho? Incapaz de deixar os terrenos do palácio, de atravessar os muros e caminhar entre nosso povo? Eu mal podia sair pra nadar sem que nossos pais mandassem uma horda de médicos e curandeiros pra vigiar cada movimento. Pelos deuses perdidos, tenho comido a mesma refeição por quase uma década! Se isso é sobreviver, Alōs, eu preferia ter morrido.

Um silêncio tenso preencheu o quarto.

– Acha que foi *você* a ser amaldiçoado com a solidão? – O tom de Alōs continha uma pontada sombria de ameaça. – Você que teve a sorte de ser criado no santuário da nossa terra natal, de ser amado até a idade adulta por nossos pais. Você que tem um salão de seguidores devotados esperando nos seus aposentos neste exato momento, que tem um amigo bem do seu lado agora. – Alōs gesticulou para o homem de manto azul. – O que sabe sobre ser sozinho? O que sabe sobre ser forçado a recomeçar do zero, sem coisa alguma e sem poder olhar pra trás?

Ariōn esfregou a bochecha, como se estivesse limpando uma lágrima, e Niya viu quando os ombros de Alōs afundaram de leve, um pouco da fúria se dissipando. Seu corpo se inclinou para a frente, como se estivesse prestes a abraçar o irmão. Mas, no fim, ele permaneceu parado.

– Eu nunca pedi para que você se sacrificasse tanto – acabou dizendo Ariōn.

– Não precisava. Nós dois sabemos que teria feito o mesmo se nossos papéis fossem invertidos.

– Tem razão – respondeu Ariōn, baixinho. – Me desculpe. Eu só... sinto a sua falta, principalmente hoje. E é por isso que preciso saber. Você a encontrou?

– Uma parte.

Alōs tirou uma bolsinha de veludo de dentro da casaca e depositou na palma da mão de Ariōn. O jovem tirou de lá uma pequena joia vermelha, correndo a ponta dos dedos pela pedra.

Niya reconheceu de imediato o objeto como sendo a mesma gema que costumava ficar no anel do lorde-pirata. Ele a havia removido, mas por quê?

– É tão pequena – falou Ariōn.

– É mesmo – concordou Alōs. – E me custou muito recuperá-la.

– Quanto?

– Não se preocupe com isso.

– Quanto? – exigiu Ariōn.

– Digamos que estou ficando acostumado a ser banido dos reinos.

Niya deu um passo para trás como se tivesse levado um soco, os pontos se conectando. Banimento... a joia daquele anel tinha sido a razão pela qual Alōs cometera a imprudência de roubar *phorria* do Reino do Ladrão? Mas por que motivo? O que era tão especial a ponto de arriscar a vida e a liberdade em troca de uma pedra tão pequena?

Para onde foi a pedra vermelha maior? A pergunta que havia feito para Cebba. As duas joias estariam conectadas? E por que Ariōn precisaria delas?

– Estamos próximos de encontrar o resto – continuou Alōs. – Acreditamos que esteja no Vale dos Gigantes, incrustada na coroa da princesa.

– Callista? – Ariōn arqueou as sobrancelhas. – Uma garota de 16 anos está com nossa Pedra Prisma?

– Você é apenas um ano mais velho que ela e vai governar Esrom.

– Sim, mas sou muito maduro pra minha idade – Ariōn empertigou o queixo, arrancando um sorriso do irmão.

– Bastante.

– Não zombe de mim.

– Não estou zombando.

Ariōn não parecia convencido.

– Podemos não nos encontrar há anos, mas ainda sei quando você está rindo de mim. Um irmão caçula *sempre* sabe.

– Então vou tomar mais cuidado com meu tom da próxima vez.

Ariōn bufou de forma nada principesca em resposta.

Niya assistiu àquela interação com absoluto fascínio e, para ser sincera, totalmente confusa. Era tudo tão... normal. Um comportamento semelhante ao que tinha com as irmãs.

Testemunhar Alōs – um homem que decepava cabeças, comandava ladrões e seduzia inocentes – agindo como um irmão mais velho, demonstrando *afeição genuína*... aquilo tirava o mundo inteiro de Niya dos eixos.

Como você chama um monstro que é capaz de amar?

Pelo mesmo nome que chamariam você, sussurrou uma voz no fundo de sua mente.

Um calafrio percorreu o corpo dela.

Não, pensou. *Não sou igual a ele!* Ainda assim, a convicção parecia fraca. Pois ela também já fora chamada de fera e se deleitara com isso, mesmo sabendo que também era capaz de amar.

– Mas quanto à sua preocupação com a pedra – continuou Alōs, trazendo a atenção da dançarina de volta para o quarto –, ninguém além de nós sabe o que ela realmente é. E, partida do jeito que está agora, a Pedra Prisma não possui nenhum poder de verdade.

A mente de Niya se concentrou outra vez, registrando o que era dito.

Para onde foi a pedra vermelha maior?

Então aquilo *era* parte do tesouro que Alōs caçava? Uma Pedra Prisma? Niya nunca ouvira falar em tal coisa, mas se o resto brilhasse tão intensamente quanto aquela pequena gema no anel...

– Eu estava me perguntando por que não sentia nenhum poder vindo dela. – Ariōn tocou a pedra de novo.

– Mantenha essa parte em segurança. – Alōs fechou os dedos do irmão ao redor da joia. – Vou procurar o resto. Mas, antes de ir, preciso de algo digno pra presentear a princesa e algo com medidas semelhantes pra substituir o resto da pedra que planejamos roubar.

Ariōn assentiu.

– Ixõ garantirá que você parta com o que precisa.

A figura de manto, que Niya supôs se tratar de Ixõ, veio até o jovem príncipe e pegou a joia de sua mão estendida.

– Obedecerei a qualquer comando.

Ixõ beijou a palma de Ariōn.

O príncipe abriu um pequeno sorriso.

– Eu sei.

Niya observou enquanto Alōs estudava aquela interação, os olhos examinando o modo como os lábios de Ixõ permaneceram por mais tempo que o necessário e como o caçula pareceu não se importar.

– Você vai conseguir, irmão. – Ariōn voltou a se virar para o pirata. – Vai reunir a Pedra Prisma outra vez, e tudo ficará inteiro de novo.

– Algumas coisas, talvez, mas não todas.

– Sou o rei agora. Vou garantir que receba um perdão.

– Não tenho certeza se o povo de Esrom aprovará essa decisão – falou Alōs, sarcástico.

– Pelo menos uma vez na vida, você diz a verdade.

Uma voz aguda chamou a atenção do grupo para a entrada do quarto. Uma mulher alta usando vestes azuis semelhantes às de Ixõ estava parada sob a porta aberta. Ela tinha a mesma tatuagem na fronte, e o longo cabelo preto estava adornado por contas, que balançaram conforme se aproximava.

– Você será pra sempre um traidor e um desertor para os cidadãos de Esrom.

– Isso não é verdade – rebateu Ixõ, lançando um olhar severo. – Há muitos na corte que entendem por que Príncipe Alōs agiu de tal forma. Assim que a pedra for devolvida, sei que vão apoiar seu perdão.

– Você quer dizer *se* a pedra for devolvida. – A mulher baixou os olhos para encarar Ixõ de cima. – Resta pouco tempo para que o *Pirata* Alōs encontre o que roubou – disse ela, corrigindo o título com um sorriso de escárnio. – A magia de Esrom fica mais fraca a cada dia. Não vai demorar muito para a cidade subir à superfície, para que o mundo inteiro possa nos pilhar e assediar. Eu não só devia mandar prendê-lo, mas decapitá-lo agora mesmo por voltar aqui, especialmente em um dia tão triste como...

– Silêncio. – A voz de Ariōn ecoou, soando muito mais forte do que antes. – Você não deve falar sobre a presença do meu irmão pra ninguém. E, se não for capaz de obedecer, Curiã Dhruva, então ficará sem sua língua.

Ariōn poderia muito bem ter dado um tapa na mulher, tamanho o choque que ela demonstrou.

– Mas, meu príncipe...

– É *Rei* Ariōn agora – corrigiu ele.

Curiã Dhruva hesitou, os olhos brilhando de astúcia antes de responder:

– É claro, meu rei. Eu estava apenas tentando aplicar as leis às quais mesmo seus pais haviam aderido.

– Penso que, dadas as circunstâncias, essas leis podem ser ignoradas por uma noite.

Um silêncio pesado pairou sobre o quarto. Dhruva ergueu a cabeça para encarar o olhar avaliador de Alōs antes de fazer uma reverência.

– Como quiser, meu rei.

– Você não mudou nada, Dhruva – falou Alōs, exibindo um sorriso afiado.

– E você está muito diferente. Mas não de um jeito bom.

– Você nunca foi capaz de encontrar elogios pra mim.

– Como eu poderia elogiar um rapaz que cometeu tamanho pecado?

– Você sabe muito bem por que foi que eu...

– Já chega – interrompeu Ariōn, esfregando as têmporas. – Chega. Não tenho muito tempo com meu irmão, então peço que nos deixe em paz por mais algumas ampulhetas. Depois pode voltar a cumprir com todas as leis que os deuses perdidos nos impuseram.

– Eu sentiria que estou falhando com meu dever de protegê-lo caso o deixasse sozinho na companhia de um fora da lei.

– Aprecio sua lealdade, Curiã Dhruva, mas estaria falhando com seu dever caso desobedecesse a uma ordem.

Dhruva enrijeceu.

– Muito bem, meu rei. – Ela se curvou ainda mais, e Niya percebeu a zombaria que havia naquele gesto. – Curião Ixõ, você me acompanha?

Ixõ olhou de forma interrogativa para Ariōn.

– Pode ir. Voltarei a chamá-lo em breve.

Ixõ pareceu aflito por deixar o jovem rei, mas se curvou com gentileza e seguiu a Curiã Dhruva para fora.

Um novo silêncio preencheu o cômodo quando Alōs e Ariōn foram deixados sozinhos.

– Me conte a verdade – falou Alōs depois de um instante. – Quanto tempo mais a Alta Cúria acha que Esrom tem?

– O Salão dos Poços está quase seco. – Ariōn se virou para encarar a cama, sua atenção recaindo para fosse lá o que estivesse sobre o colchão. – A Alta Cúria acredita que temos no máximo um ano.

As sobrancelhas de Alōs se juntaram.

– Por que não mandou me avisarem?

– Sua ampulheta não lhe diz quanto tempo resta? – desafiou Ariōn. – Além do mais, sei que está procurando pelos fragmentos da Pedra Prisma o mais rápido que pode. Que está fazendo tudo que for necessário pra encontrá-los. Teria conseguido navegar mais depressa se soubesse do prazo?

– Eu poderia dar um jeito.

– Nem mesmo você, irmão, seria capaz de diminuir a velocidade com que a areia cai.

– Você *não faz ideia* das coisas de que sou capaz.

– Não faço? – Ariōn esfregou a pele descolorida em suas mãos, onde o marrom encontrava a prata.

O maxilar de Alōs ficou tenso. Ele parecia estar segurando coisas demais para conseguir responder.

– Não vamos mais brigar – disse Ariōn, o cansaço transparecendo em suas palavras. – Você *vai* encontrar o que buscamos dentro do prazo. Tenho fé. E aí poderei perdoar os seus pecados.

Alōs balançou a cabeça.

– Depois de tudo, você ainda permanece otimista.

– Alguém precisa conter essa sua amargura. – O irmão lhe deu um pequeno sorriso. – Após a coroação, a lei será minha para ser mudada, e, como conversamos antes, eu...

– Ei! O que você está fazendo aí?

Uma voz áspera soou às costas de Niya, e ela se virou. Dois guardas estavam na porta oculta atrás dela. *Ô, droga!* Ela estava tão imersa no que acontecia no quarto adiante que não prestara atenção na energia que fluía pelo corredor.

Burra. Burra. Burra.

Os guardas a cutucaram com cajados pontiagudos, forçando a dançarina a atravessar as cortinas e entrar no quarto.

Conforme se aproximava, Niya pôde ver o que antes não conseguia. Ariōn era cego, os olhos cobertos por uma película esbranquiçada. E não era tinta cobrindo a parte de cima de seu rosto ou as mãos, e sim pele, só que de cor metálica. Veias de aparência doentia saltavam pela extensão prateada, parando no ponto onde a pele marrom começava. Já ouvira os Achak falando sobre tal coisa, mas nunca tinha visto por si mesma. A marca de uma morte parada no meio do caminho.

– Sinto muito, Vossa Graça – falou um dos soldados que estava atrás dela. – Um criado relatou ter visto uma pessoa desconhecida se esgueirando pela entrada privativa dos seus aposentos. Nós a encontramos escondida por trás das cortinas.

– Quem é você? – O jovem príncipe franziu a testa. – Não reconheço sua energia.

A voz sombria de Alōs se impôs:

– Parece ser uma espiã.

O olhar de Niya se voltou para o dele, cada parte dela vibrando com o desejo de fugir, correr e escapar. Em vez disso, a dançarina fez força para não se encolher diante do fogo gelado que agora ardia no olhar turquesa do pirata. Alōs a encarava como se quisesse puxar a lâmina que tinha no quadril e cortá-la ao meio. Niya se perguntou o que o estaria impedindo.

– Uma espiã? – Ariōn parecia genuinamente atordoado.

Os guardas a seguraram pelos braços, impedindo que alcançasse as próprias adagas junto aos quadris.

– Não, Majestade – falou Niya, embora mantivesse o foco em Alōs. – Não sou uma espiã. Eu vim até aqui com seu irmão.

Um músculo se contraiu na mandíbula de Alōs, e a dançarina exibiu para ele a sugestão de um sorriso, um sorriso que dizia: *Sim, eu escutei tudo.*

Agora, o que faria com aquela informação?

Vantagem. A palavra soava triunfante em sua mente, apesar das atuais condições desfavoráveis.

– Você conhece esta criatura? – Ariōn se virou para o irmão.

– Nunca a vi na vida – respondeu Alōs, sem emoção.

– Mentiroso! – cuspiu Niya. – Eu faço parte da tripulação dele, Vossa Majestade.

Ariōn arqueou uma sobrancelha para ela.

– É mesmo? Que curioso. Pensei que Alōs proibia qualquer um de seus piratas de pisar em nossas terras sagradas.

– E proíbo. – A voz de Alōs era um trovão de mau agouro.

– Como pensei. – Ariōn assentiu. – Leve-a daqui imediatamente, Borōm – instruiu ele para um dos guardas. – E confio que nenhum de vocês irá comentar sobre nada ou ninguém que possam ter visto neste cômodo, certo?

A ordem implícita estava ali. *Vocês não viram meu irmão esta noite.*

– É claro, Vossa Graça – responderam os guardas.

– Muito bem. Não quero que as pessoas pensem que Esrom está passando por mais turbulências do que as que já sofremos nos últimos dias.

Os guardas empurraram Niya, e houve um momento fugaz em que ela ponderou sobre a decisão de se deixar levar pacificamente ou lutar e fugir.

Mas então a voz de comando de Alōs a trouxe de volta ao eixo.

– Espiã, eu não tentaria nenhum truque – falou ele, o tom frio e gelado de advertência. Ele se aproximou devagar, uma tempestade tomando conta do quarto. – Sei que deseja tentar várias artimanhas – continuou. – A sua laia sempre faz isso. Mas devo lembrá-la de que Esrom não é uma terra grande e que repousa no fundo do mar. Onde quer que tente se esconder, não vai permanecer muito tempo sem ser descoberta.

Embora o gesto tenha sido sutil, Niya percebeu quando Alōs esfregou a marca no próprio pulso. A aposta vinculativa criava uma conexão eterna entre eles.

Ela cerrou os dentes, a magia formando uma espiral de energia fervente, implorando para ser libertada.

Nos liberte.

Mas Alōs tinha razão.

Embora Niya pudesse ter feito muitas coisas naquele momento, nenhuma delas apagaria a memória de ter sido descoberta. Nenhuma cortaria seu vínculo com aquele homem, capaz de rastrear seus movimentos sempre que desejasse. E nenhuma a salvaria da ira do pirata quando voltassem para o navio.

Resignada, Niya relaxou a postura – um sinal de que havia entendido e se comportaria.

Por enquanto.

Ainda assim, a fúria de Alōs não diminuiu. Em vez disso, ele se inclinou para mais perto, a voz grave roçando morna em sua orelha.

– Ao vir até aqui, você superestimou minha necessidade de mantê-la por perto, dançarina do fogo. E haverá consequências.

Ela sustentou o olhar de Alōs enquanto este dava um passo para trás, o desgosto estampado nas feições. Mas Niya não se acovardou. Ela empinou o queixo ao ser arrastada para longe, e sorriu.

Pois, embora pudesse ter sido pega no pulo, Alōs também fora.

E ela deixou que o pirata entendesse aquilo ao olhar para as duas figuras na cama, entre ele e o irmão.

Um casal. Duas coroas.

Os pais de Alōs.

Mortos.

Alōs não era apenas um príncipe.

Estava destinado a ser um rei.

Ali estava a vantagem que Niya procurava.

E ela estava na forma de uma Pedra Prisma.

CAPÍTULO VINTE E UM

Niya estava se habituando ao interior de celas de prisão. Ou, pelo menos, presumia que estivesse na prisão, a julgar pelas grades. De resto, era tudo bastante... confortável.

Em pé no centro do cômodo, ela olhou para a cama grande com uma colcha grossa, para a pia com uma jarra de água e para a cadeira encostada em um canto. Havia até um tapete chique sob seus sapatos.

Era infinitamente melhor do que sua rede esprimida entre dois piratas no interior do porão fedido a bordo do *Rainha Chorosa*. Andando até a jarra, serviu-se de um copo, bebendo o líquido fresco com avidez, imaginando que poderia muito bem fixar residência por ali.

Enxugando a boca com as costas da mão, Niya baixou os olhos para ler a capa do livro que estava posto ao lado da pia.

Arrepender para Reabastecer: as orações finais de um pecador.

Ou talvez não.

Apenas por hábito, ela levou as mãos aos quadris, agarrando o ar. Suas adagas foram apreendidas pelos guardas, o que era mais irritante do que surpreendente, considerando que acabara de recuperá-las. Mas não tinham tirado suas botas nem trocado suas roupas por um uniforme de prisioneira.

A mente dela girava, pensando no que deveria fazer em seguida, relembrando tudo que acabara de descobrir.

Então Alōs é da realeza e nasceu para governar Esrom.

Niya correu a mão pelo rosto, incapaz de conter uma risada.

Se tivesse apostado na veracidade de tal história, teria perdido.

Apesar de ela e as irmãs fazerem parte de muitas narrativas distorcidas, aquela... parecia completamente insana.

Alōs podia até exalar uma confiança principesca, mas era um canalha, imoral, insensível... e tudo bem, afinal, a maior parte da realeza também compartilhava aquelas mesmas características.

Niya balançou a cabeça. Ao menos aquilo explicava por que os poderes dele soavam tão profundos e antigos. Porque, de fato, eram.

Em comparação, os dons do irmão mais novo, Ariōn, pareciam mais uma brasa do que fogo. Niya presumia que tivesse algo a ver com fosse lá qual doença lhe rendera as cicatrizes prateadas. Alōs e Ariōn faziam parte da mais antiga linhagem real de Esrom: os Karēk.

Embora poucos em Aadilor tivessem visto Esrom, todos sabiam quem governava a cidade oculta. Contava-se que a família Karēk ocupava o trono desde a época em que os deuses perdidos ainda caminhavam entre os mortais. Na verdade, Niya sequer conseguia se lembrar de algum outro sobrenome associado à coroa. Ainda que nunca tivesse aprendido a identidade de quem governava ou soubesse que essa pessoa tinha filhos. O pai dela parecia considerar tais detalhes triviais em se tratando de uma cidade oculta durante séculos debaixo d'água e que não negociava com ninguém. O sobrenome Karēk era a única coisa importante.

Eu garanti que os dois filhos de Tallōs e Cordelia sobrevivessem.

Então Tallōs e Cordelia eram os pais de Alōs…

Mas o que acontecera para fazer com que o lorde-pirata tivesse de garantir a sobrevivência dos filhos deles?

A magia de Esrom fica mais fraca a cada dia. Não vai demorar muito para a cidade subir à superfície, para que o mundo inteiro possa nos pilhar e assediar.

O Salão dos Poços está quase seco. A Alta Cúria acredita que temos no máximo um ano.

As palavras da Curiã Dhruva e de Ariōn ecoavam na mente dela, seu pé batendo com impaciência enquanto pensava em como usar aquilo a seu favor. Também tentava ignorar a pontada de tristeza que sentia por Esrom e pela ameaça que pairava sobre o reino. Pois a Curiã Dhruva estava certa. Se um tesouro como aquele reino emergisse, depois de séculos se escondendo do resto de Aadilor, então certamente seria atacado, e aqueles que buscavam um santuário ali seriam destruídos. Uma beleza rara atraía mais guerra do que paz, pois os homens eram criaturas gananciosas buscando dominar qualquer terra que sentissem merecer, mesmo quando estas já tinham dono.

Mas toda aquela solidariedade não ajudaria Niya em sua missão. Ela tinha os próprios problemas com que se preocupar. Como, por exemplo, encerrar a aposta vinculativa e enfim se ver livre do fardo insuportável de ser comandada por Alōs.

Pedra Prisma, sussurrou a magia em suas veias.

Isso, pensou Niya. Seja lá o que fosse o objeto, parecia importante, e tinha sido a causa para Alōs ser banido. Mas por que ele roubaria do próprio povo, ainda mais em se tratando de um objeto do qual o reino inteiro de Esrom parecia depender? E como aquilo teria salvado a vida do irmão dele?

Embora ainda houvesse muito a descobrir, Niya escutara o suficiente para entender uma coisa: o pirata precisava daquela pedra mais do que ela havia imaginado a princípio, e *aquela* seria sua vantagem.

Com um novo plano se formando, ela caminhou até as grades da cela, agarrando as barras metálicas.

Ela chiou de dor.

As barras estavam frias, deixando suas palmas vermelhas, quase congeladas.

– Adorável – murmurou ela.

– É melhor do que a minha – disse uma voz em uma cela mais adiante. Na escuridão, Niya mal conseguiu distinguir um velho com barba grisalha e olhos verdes e brilhantes sentado em uma cama, com um livro aberto no colo. – Choque elétrico – explicou ele, apontando para as grades. – Pelo menos a sensação é essa quando eu as toco.

– Existe algum jeito de passar?

O homem riu.

– Acha que eu estaria aqui sentado se soubesse?

Niya franziu a testa, reavaliando o metal. Agora que estava mais perto, podia distinguir ondas de magia vibrando nas barras. Um feitiço.

– Faz um tempo que não tenho companhia – disse o prisioneiro, fechando o livro. – Você deve ter feito algo horrível pra acabar aqui.

– Por quê? – Ela foi pegar seu próprio livro.

– Acontecem poucos crimes em Esrom – explicou o homem. – E não trazem bêbados e batedores de carteira pra cá. Esse tipo fica numa cela compartilhada no andar de baixo. Já você e eu... O que fizemos recebe tratamento especial.

Niya atirou o livro contra as barras. Para sua surpresa, o livro grudou, o gelo crescendo depressa sobre a capa antes que o volume rachasse e se estilhaçasse no chão.

Ela colocou as mãos nos quadris.

– Interessante.

– Você vai se arrepender disso – falou o homem, se aproximando. – Já li meu livro de orações cinquenta e duas vezes.

Niya o ignorou e convocou os poderes que corriam quentes em suas veias. Girando em uma dança rápida, ela esticou os braços. Chamas dispararam de suas mãos e explodiram contra as barras.

O metal sibilou, a cela se encheu de vapor. Ela continuou atacando até que seus braços começassem a doer. Baixando as mãos, Niya respirou com dificuldade conforme a fumaça se dispersava.

As barras ainda estavam perfeitamente intactas.

– Mas que droga – murmurou ela.

– É um belo poder esse que você tem aí – comentou o velho. – Você é uma assassina?

Niya o encarou.

– Como é?

– É uma assassina? – repetiu ele.

– Hum. Eu já matei pessoas, sim.

– Muitas?

– O suficiente.

O homem abriu um sorriso.

– Eu também.

– Mas eu não *me diverti* fazendo isso. – Ela franziu a testa, dando as costas para o homem a fim de vasculhar a cela em busca de mais alguma coisa que pudesse usar.

– Eu me diverti.

Niya deu uma risada desprovida de humor.

– Então dá pra entender por que você está aqui.

– Acho que você se divertiu também. – Os olhos verdes e brilhantes do velho seguiram os movimentos de Niya pela cela. – Com todo esse fogo que tem. Sim, eu diria que teve muita gente que você gostou de mandar pro Ocaso.

Niya fez uma pausa enquanto levantava o colchão, pensando no assunto por um momento.

– É, talvez tenha sido assim com algumas pessoas.

O velho soltou uma gargalhada de deleite. Foi quando a dançarina percebeu que ele usava o mesmo manto azul de Ixõ e da Curiã Dhruva, mas não tinha a marca prateada na testa, apenas uma cicatriz vermelha irritada. Niya não sabia com exatidão o que era a Alta Cúria, mas presumia, pela aparência deles, se tratar de algum tipo de ordem sagrada. Toda cidade de Aadilor tinha seu segmento religioso, pessoas que ainda se dedicavam aos ensinamentos dos deuses perdidos, apesar de terem sido abandonadas.

– Você é um curião? – perguntou Niya.

Ele continuou sorrindo.

– Já fui.

– Onde está a sua tatuagem prateada?

Aquele questionamento o fez ficar sério.

– Eles removeram meu rosário – falou ele, antes de cuspir no chão.

– É assim que se chama? Rosário?

– De onde você veio? – O velho a encarou. – Imagino que não seja daqui.

– Não, não sou daqui.

– Você é forte.

Aquilo não era uma pergunta.

– Isso importa?

– Não. – O homem inspirou fundo antes de atirar um jato d'água pela boca. As barras de sua cela brilharam com relâmpagos azuis quando o feitiço líquido as atingiu. O prisioneiro voltou a olhar para Niya. – Força não é importante por aqui.

Niya mordeu o lábio inferior, reavaliando o velho.

– Todo curião tem poderes? – perguntou.

– Em níveis variados.

Niya havia sentido a magia em Ixõ e Dhruva, mas era bom saber com o que mais podia estar lidando. Ela também identificou uma oportunidade em seu novo colega.

– O que você pode me contar sobre essa tal Pedra Prisma? – questionou.

As sobrancelhas do homem se arquearam.

– Ora, como alguém que não é daqui pode conhecer algo assim?

– Por que Príncipe Alõs a roubou? – A dançarina ignorou a pergunta, insistindo para que ele respondesse a dela.

O ex-curião abriu um sorriso torto.

– Agora entendi por que está aqui comigo esperando a forca.

Niya não respondeu, apenas esperou.

– Você está querendo saber de algo que aconteceu faz muito tempo, menina.

– E você parece alguém que já estava vivo naquela época.

A risada dele ecoou contra as paredes de pedra.

– Ah, eu testemunhei isso e muito mais. É por isso que sei que não devemos mencionar o príncipe banido nem o coração de Esrom que ele roubou.

– Coração de Esrom?

– É – falou o homem, assentindo com a cabeça, chegando mais perto das grades. – A Pedra Prisma foi o último presente que os deuses deram ao nosso povo antes de partirem. Ela contém o sangue deles.

Niya lhe lançou um olhar pouco convencido.

– É verdade – insistiu o velho. – E sabe o que significa o sangue puro dos deuses?

– Que é pegajoso? – sugeriu Niya.

– Magia sem fim – respondeu o homem. – E havia um pouco dela dentro da Pedra Prisma, que nossos ancestrais colocaram no Salão dos Poços. Toda a água de Esrom eventualmente flui pelo Salão dos Poços, lavando a pedra, acumulando poder e se misturando com a magia da câmara, antes de circular de volta pro reino mais uma vez. De que outro jeito acha que ficamos seguros sob as ondas? Que temos ilhas que sobem e descem junto com as marés? Não se deve permitir que um feitiço dessa magnitude se desgaste.

Niya escutava como uma criancinha faminta sendo alimentada com a primeira refeição, absorvendo cada palavra com avidez.

– Mas agora o feitiço está desgastado – pontuou ela.

O ex-curião estreitou os olhos.

– Posso ver as ideias girando nessa sua cabeça, menina, e sugiro que as abandone. Seja lá o que esteja procurando, nada de bom sairá disso.

Niya ignorou a advertência, a mente revirando tanto a história que acabara de ouvir quanto o fato de Alōs ter roubado uma pedra tão sagrada de sua terra natal.

Por quê?

Era a pergunta que a rondava sem parar, a pergunta para a qual Niya não tinha uma boa resposta, era somente mais uma prova do coração sombrio de Alōs.

Mas ele está tentando trazer a pedra de volta, raciocinou.

Por quê? Por quê? Por quê?

Uma visão de Ariōn e Alōs no quarto dos pais, o olhar preocupado do pirata ao encarar o irmão mais novo.

Eu teria sofrido muito mais sem você.

Seria possível que uma alma tão obscura como ele pudesse se importar com outra pessoa? Sacrificar o próprio sustento por alguém?

O peito de Niya queimou diante daquela ideia, uma velha cicatriz que pensara ter desaparecido se transformando de novo em uma crosta para arrancar. Se Alōs era capaz de tais sentimentos, o que isso significava para a forma com que ele a havia tratado?

A magia de Niya sibilou, o desejo de vingança queimando em suas veias. A antiga resolução de odiar o lorde-pirata se assentou feito uma brasa reconfortante em seu coração.

Nada disso importa, pensou. A *única coisa importante é a vantagem que agora tenho contra ele.*

Mas o que fazer em seguida?

Enfiando as mãos nos bolsos, Niya franziu as sobrancelhas, frustrada quanto a seus próximos movimentos. Ela poderia, é claro, ficar esperando ali pela ira inevitável de Alōs, assim como pela punição por ter invadido Esrom, mas não era muito boa em esperar. Podia ter concordado em deixar Alōs e o irmão pacificamente, mas não significava que iria ficar parada e permitir que o pirata, príncipe, ou seja lá o que ele achasse que fosse, pisasse nela.

Pelo amor dos deuses perdidos, ela era Niya Bassette, dançarina das Mousai. Se estava indo para a batalha, enfrentaria seus inimigos em pé de igualdade. E isso significava escapar da prisão e mostrar para Alōs todos os talentos que ela era capaz de fornecer para seu arsenal.

Ao vir até aqui, você superestimou minha necessidade de mantê-la por perto.

Bom, Niya ia mudar aquilo.

Alōs precisava de mais ajuda do que deixava transparecer, e a dançarina faria aquele trunfo valer a pena.

Os pensamentos dela congelaram quando passou o dedo por cima de um calombo em seu bolso.

Ah! Ela puxou uma bolsinha da roupa, seu coração acelerando, e derramou uma pequena bola de ouro sobre a palma da mão. Niya havia se esquecido de que enfiara aquilo no bolso – já fazia muito tempo desde que trocara o vestido sujo que usava em Jabari pelo traje atual de pirata.

Um sorriso curvou sua boca conforme observava a plantadeira. *Graças aos deuses perdidos!*

Voltando para a porta da cela, ela se agachou diante da fechadura.

– Não adianta, estou dizendo – falou seu colega de prisão, aproximando-se das grades, mas sem tocá-las. – É melhor voltarmos a nos sentar e compartilhar nossas histórias de vida pra passar o tempo. Eles gostam de deixar a pessoa esperando antes de anunciar a sentença.

Niya o ignorou. Ela só tinha uma chance.

Com delicadeza, posicionou a plantadeira contra a fechadura da porta, prendendo a respiração conforme o gelo crescia em torno da bolinha. Pouco antes do gelo se fechar por completo, ela conjurou uma chama no dedo e acendeu a plantadeira.

Pegando fogo, o objeto soltou uma pequena baforada de fumaça antes de crescer de tamanho, vazando uma gosma preta e lutando contra a geada que tentava cobri-lo. A plantadeira venceu, devorando por completo a fechadura congelada. No lugar onde a trava costumava ficar, havia agora um enorme buraco pingando. A plantadeira caiu no chão com um estrépito e começou a se enterrar no piso de pedra.

Nada podia parar uma plantadeira depois de ativada. Nem mesmo magia.

A dançarina deu um empurrãozinho com a bota a fim de testar a porta da cela.

As dobradiças rangeram ao abrir.

Niya sorriu.

– Talvez possamos compartilhar nossas histórias uma outra hora – falou para o velho enquanto atravessava a abertura com cuidado. – Aquela coisinha vai despencar no andar de baixo em breve, e sabe-se lá o que, ou quem, possa estar em seu caminho.

– Espere! – gritou o homem ao vê-la passar. – Me ajude. Faça o mesmo truque pra mim!

Mesmo que Niya quisesse, não poderia, pois só tinha aquela plantadeira. Os gritos do homem foram se transformando em ecos de angústia conforme ela se apressava pelo corredor, com um zumbido distante e relâmpagos faiscando atrás dela antes que tudo ficasse em silêncio.

Niya saiu do andar mais alto, onde sua cela parecia ficar, para o andar imediatamente abaixo.

Ali, ela passou por mais celas, alcovas mais simples do que a dela, com apenas bancos lisos revestindo as paredes. Todas estavam abarrotadas de prisioneiros. Eles formavam um grupo peculiar, vestindo roupas variadas e de aparência cara. Casacas, capas, túnicas e vestidos impecáveis. A única coisa fora de lugar era o cheiro forte de álcool.

Bêbados de alta estirpe, pensou Niya. *Que interessante.*

Os principais delitos cometidos em Esrom pareciam recair apenas no excesso de indulgência.

E embora Niya percebesse os olhares sobre ela e alguns prisioneiros tentassem chamá-la, seus sentidos estavam focados em identificar qualquer guarda que se aproximasse.

Mas, estranhamente para uma prisão, até o momento ela não encontrara nenhum guarda ou olhos vigilantes.

Niya desceu mais um andar sem problemas. Ali, no entanto, foi atingida pela sensação de alguém se movendo na base das escadas.

Enquanto se esgueirava pelos degraus, vislumbrou a ponta do uniforme de um guarda, a mão segurando um cajado afiado, batucando com os dedos na arma em um tédio aparente.

Vou lhe dar algo com que se distrair, pensou, girando os pulsos, reunindo a magia. Com um movimento, ela atirou seus dons como se fossem uma linha de pesca laranja, perfurando o fino véu dos poderes do guarda.

O fio de magia se enrolou em torno da cabeça dele, prendendo-se aos olhos e à mente.

Meu. Os dons da dançarina puxaram.

Niya sentiu o guarda ceder, e, enquanto descia os últimos degraus, ficando cara a cara com o homem, ela encarou seus olhos vidrados.

– Venha comigo – sussurrou, e o guarda a seguiu.

Niya levantaria menos suspeitas se houvesse um soldado a escoltando.

– Me mostre onde fica a saída – comandou baixinho.

O homem obedeceu, guiando-a de um lado para o outro pela prisão.

O coração de Niya acelerou quando janelas abertas enfim apareceram ao longo de um novo corredor. O amanhecer se infiltrava, pintando os tijolos brancos ao redor dela de um amarelo suave.

Ela espiou pelo vidro, vislumbrando um pátio de pedra vazio, fortificado por um muro alto. Não havia esplendor ali como havia no palácio, apenas um palco bem no centro. Uma plataforma de execução.

Niya não se demorou olhando a cena. Em vez disso, dobrou em mais uma curva, apenas para parar quando uma corrente fria a atingiu como um chute no peito.

Sua magia zumbiu pelas veias, os sinais de alerta disparando.

Ela conhecia aquela energia muito bem.

Alōs estava por perto.

Niya comprimiu os lábios, sustentando o feitiço que prendia o guarda a seu lado.

Sabia que precisaria enfrentar Alōs em algum momento, e parecia que estava na hora.

Endireitando os ombros, a dançarina seguiu o rastro de energia esverdeada, que terminava em uma espécie de depósito.

Esperou sob a soleira, examinando as caixas empilhadas lá dentro. O espaço estava cheio de sombras, exceto por uma nesga de luz solar que entrava por uma janela alta.

Embora não pudesse vê-lo, Alōs certamente estava ali. Em algum lugar.

Venha brincar, parecia sussurrar a energia dele. *Se tiver coragem.*

Com o guarda a tiracolo, Niya entrou.

Alōs surgiu em um canto escuro no outro extremo do depósito como se fosse feito de fumaça preta. A casaca balançava junto aos pés, o cabelo cor de ébano preso de maneira frouxa para trás a fim de abrir caminho para os ângulos severos de seu rosto. Os olhos azuis e brilhantes se estreitaram até formar duas fendas conforme a examinava. Alōs não parecia surpreso ao vê-la fora da cela, mas sim vibrando com a mesma raiva de antes. Ele parou no limite em que o raio de sol atingia o chão, as botas despontando sob a luz.

Com apenas um gesto, a porta atrás de Niya se fechou, a magia criando uma rajada gelada que soprou seus cabelos para trás.

– Novo bichinho de estimação? – Alōs indicou o guarda enfeitiçado de Niya.

– Se ele se comportar...

A resposta de Alōs foi talvez mais ameaçadora do que seu olhar. Ele sorriu.

– Fiquei me perguntando por quanto tempo aquela cela iria contê-la – falou, a atmosfera entre ambos ficando tensa conforme o pirata começava a circundá-la no espaço apertado. Parecia uma cobra enrolada, esperando o momento certo para atacar.

– Como sabia que eu passaria por aqui? – questionou Niya, imóvel, o guarda parado junto às suas costas.

– É a única saída – explicou ele. – Além do mais – acrescentou Alōs, se inclinando para sussurrar em sua orelha –, nós dois sabemos que sempre posso seguir seus passos, dançarina do fogo.

A pele de Niya se arrepiou ao sentir a respiração quente dele em seu pescoço.

– Então como não sabia que eu estava seguindo você desde o navio? – desafiou ela.

– Não achei que fosse burra o suficiente pra tentar, então não verifiquei. Você recebeu ordens para continuar a bordo.

– E você está acostumado a ter suas ordens obedecidas?

Niya acompanhava cada passo de Alōs, até que ele parou diante dela.

– Sabe, eu guardei o crânio do último membro da tripulação que me desobedeceu em Esrom – falou Alōs, inclinando a cabeça. – Eu me pergunto: o que vou fazer com o seu?

– Pelo que escutei, não é apenas sua tripulação que precisa seguir regras enquanto estiver em Esrom.

Um lampejo de algo afiado cruzou o olhar dele.

– Cuidado, dançarina do fogo. Não vai querer me aborrecer ainda mais, ou não serei responsável por meus próximos atos.

Niya cruzou os braços sobre o peito, fingindo desinteresse, enquanto seu coração disparava, prevendo uma briga.

– Você deve tecer histórias de ninar divertidas pra si mesmo se acha que suas ameaças causam algum efeito sobre mim.

– Nenhuma história será tão divertida quanto a que contarei sobre a sua morte. Vão pedir para ouvi-la várias vezes, tenho certeza. Os piratas do *Rainha Chorosa* não gostam de ser enfeitiçados por um dos seus.

– Como sabe que os enfeiticei?

– É a única razão pela qual permitiriam que você me desobedecesse.

Niya arqueou uma sobrancelha.

– E como lidam com capitães que mentem pra eles? Quantos sabem sobre o príncipe que posa como pirata? Ou ex-príncipe, melhor dizendo. Foi traição, não foi?

Alōs chegou um passo mais perto, a energia cravando-se feito garras de gelo na pele de Niya, a presença dele a consumindo.

– Você não sabe nada do meu passado.

– Sei o suficiente.

– O suficiente pra acabar morta.

– Não é que eu não ache suas ameaças contínuas divertidas, *príncipe*. – Niya empurrou seu poder contra o dele, uma onda vermelha de calor atingindo uma parede verde e fria. – Mas nenhum de nós vai morrer hoje.

– Está certa disso? Porque parece que você deseja *muito* entrar no Ocaso.

– Nós dois sabemos que não pode me matar enquanto eu tiver esta marca.

– O que não significa que eu não possa achar outra pessoa pra...

– Quê? Onde estou?

A voz do guarda soou atrás de Niya, que se virou para descobrir que o feitiço havia se desfeito quando ela momentaneamente redirecionara a magia para Alōs. O jovem piscava, confuso, espiando ao redor. Quando focou as vistas em Alōs, seus olhos se arregalaram.

– *Você... você é...* pelos deuses perdid...

Ele foi interrompido, pois Niya o atingiu com um soco de seus poderes bem na cabeça. O guarda caiu no chão, inconsciente.

Niya voltou a se virar para Alōs, o rosto cheio de presunção.

– É bom se lembrar de que tenho mais utilidade do que a maioria dos seus piratas, ou já se esqueceu de como o ajudei a localizar o outro pedaço da sua preciosa Pedra Prisma?

Alōs a observou por um longo instante, sem dúvida imaginando o quanto ela poderia saber sobre o assunto.

– Sim, você é útil nas raras ocasiões em que segue ordens – começou ele, devagar. – Que são raras e esporádicas. Mantê-la sob controle se tornou cansativo, e criaturas cansativas não duram muito tempo vivas no meu navio.

As palavras dele ecoaram as de Saffi.

– Você precisa da minha ajuda, Alōs.

Ele arqueou as sobrancelhas ao ouvir aquilo.

– Sua *ajuda* já estava sob meu comando ao longo do último mês.

– É, mas, como acabou de apontar, você pode até me ordenar a concluir uma tarefa, mas o resultado será *muito* diferente se eu fizer isso de boa vontade.

Ele abriu um sorriso zombeteiro.

– Ah, sei tudo sobre o que faz de boa vontade, dançarina do fogo.

Niya cerrou os punhos, a magia sibilando para que ela se movesse, mutilasse e queimasse o homem que era capaz de acender sua raiva tão depressa e com tanta facilidade. Mas aquela teria sido a antiga Niya, a reacionária, e não aquela que agora esperava, planejava e refletia. Foi preciso todo o seu autocontrole para continuar parada.

– Faço parte das Mousai – falou Niya, conduzindo a conversa de volta para onde precisava que estivesse –, faço parte das carrascas favoritas do Rei Ladrão. Existem vantagens das quais desfruto em Aadilor que nem mesmo um pirata nefasto, ou um príncipe caído em desgraça, podem ter. Contar com minha ajuda voluntária é explorar *todos* os meus recursos e poderes. Incluindo os das minhas irmãs.

Alōs permaneceu em silêncio, o que Niya considerou encorajador.

– Você tem razão ao dizer que não sei muito do seu passado ou da sua história com essa Pedra Prisma, mas sei que precisa dela. *Esrom* precisa dela. E posso ajudar a recuperá-la mais rápido do que qualquer outra alma a bordo do seu navio. Porém, mesmo que possa me ordenar a fazer alguma coisa, nem mesmo a aposta vinculativa pode me forçar a lhe contar tudo o que sei ou usar toda a magia que existe à minha disposição. Isso pode ser mudado, no entanto. Eu lhe darei minha total e voluntária cooperação para encontrar o que procura, desde que minha dívida esteja paga após o retorno da pedra em segurança.

O plano de Niya pareceu cair por terra na mesma hora. Podia ser decente, mas ela sabia que não era a mão mais forte do baralho. Só esperava que o desespero de Alōs para ajudar o irmão e salvar sua terra natal superasse aquele fato – e também o desejo atual que ele tinha de matá-la.

Niya precisava lembrar ao pirata de que ela valia muito mais viva do que na forma de uma caveira em sua mesa.

Alōs a estudou por um longo tempo, as maquinações se tornando aparentes em seus olhos brilhantes.

– Pode demorar mais de um ano – acabou dizendo ele. – O que tornaria sua sentença mais longa.

O coração de Niya saltou de alívio. Aquilo poderia dar certo.

– Nós dois sabemos que você não tem mais do que um ano.

O Salão dos Poços está quase seco. A Alta Cúria acredita que temos no máximo um ano.

As palavras de Ariōn pareciam preencher o silêncio.

– E se falhar em me ajudar a tempo? – perguntou Alōs, unindo as sobrancelhas.

– Pelo que me lembro de ouvir, Esrom ficará exposta pra quem quiser explorar. Você vai mesmo se importar com alguma coisa depois disso?

– Sim.

Niya pesou suas opções.

– Então, se eu falhar, vou servir mais um ano.

– Você quer fazer outra aposta vinculativa? – perguntou ele, incrédulo. – Depois de tudo?

– Minhas apostas são tudo o que eu tenho neste momento.

Ele a observou com atenção, mas não respondeu.

– Nós temos um acordo? – Niya insistiu.

– Isso depende – falou Alōs, devagar. – Embora a tripulação saiba da minha antiga ligação com este lugar...

– Eles sabem que você é um príncipe?

– Eles não sabem o que estou procurando – continuou ele, falando por cima dela. – Os deuses perdidos são testemunhas de que estou enfrentando obstáculos o suficiente para caçar a outra parte dessa pedra. Não preciso que aqueles a bordo do *Rainha Chorosa* comecem a ter ideias sobre tentar roubá-la.

– Ainda que sejam piratas, não acho que ninguém da sua tripulação seria idiota a ponto de roubar de você. Todos viram o que aconteceu com Prik.

– Alguns tesouros inspiram traição.

Verdade, pensou Niya.

– Mas e Kintra? – perguntou ela.

– O que tem Kintra?

– Mesmo sua intendente não é confiável?

Alōs desviou os olhos.

– Kintra é a exceção.

A resposta chocou Niya, que levou um instante para assimilar o que fora dito. *Kintra é a exceção.* Por que ouvir aquilo doía?

Porque você não é, falou uma voz rastejante em seu ouvido.

Niya franziu a testa, afastando a estranha emoção que arranhava seu peito.

– Não tinha percebido que você e ela eram...

Alōs arqueou uma sobrancelha, achando graça.

– Que nós éramos o quê?

– Nada, não importa. Não vou contar pra tripulação sobre o que buscamos.

– Me dê sua palavra – ordenou ele.

Niya fez uma careta, mas respondeu:

– Eu lhe dou minha palavra como dançarina das Mousai, súdita leal do Rei Ladrão, de não contar a nenhum pirata do *Rainha Chorosa* sobre a busca pela Pedra Prisma. – Ela estendeu a mão. – E agora, nós temos um acordo?

Alōs comprimiu os lábios, pensando.

– Está bem – concordou, embora não parecesse satisfeito com aquilo. – Vai me oferecer *toda a ajuda* que puder pra recuperar a Pedra Prisma, e, em troca, eu a libertarei da aposta vinculativa assim que a pedra retornar em segurança para Esrom. Caso contrário, você servirá mais um ano a bordo do *Rainha*.

O pulso de Niya acelerou em um triunfo silencioso enquanto cada um invocava a própria magia, enrolando-a na mão. Alōs desembainhou a adaga e furou a palma dos dois. O estômago de Niya deu cambalhotas de antecipação. Ela havia achado uma saída. Estava muito mais perto de se tornar livre. Livre daquele homem. Livre de pagar por seus pecados pregressos. Livre para enfim seguir em frente com a vida.

Ela apertou a mão de Alōs, o toque frio dele contra seu calor, o sangue se misturando conforme os poderes se emaranhavam em uma luta por domínio.

– *Vexturi* – disseram em uníssono, e Niya observou a magia girar cada vez mais rápido antes de se esvair em suas peles.

Ela soltou a mão, estudando a tatuagem preta em seu pulso, que mudava junto com a nova aposta vinculativa. Metade da marca começara a desaparecer – as linhas de seu futuro ainda não eram permanentes.

Niya podia ter feito uma aposta ainda maior, mas, pela primeira vez desde que conhecera Alōs todos aqueles anos atrás, sentia que tinha a vantagem. Não conseguiu evitar que um sorriso vitorioso surgisse em seus lábios.

– Vamos ver por quanto tempo esse sorriso dura depois que voltarmos ao navio – falou Alōs, abrindo a porta do depósito. – Ainda deve responder por ter me desobedecido, dançarina do fogo, e por ter enfeitiçado minha tripulação. Mas não se preocupe. Prometo que o castigo será rápido.

O olhar dele era afiado ao sair, deixando-a para trás no cômodo escuro.

A sensação de triunfo de Niya teve uma vida curta.

CAPÍTULO VINTE E DOIS

O som reverberou no crânio de Niya antes da dor. O chicote estalava na pele, produzindo chamas quentes contra suas costas. Estava sendo dilacerada em duas. Mas ela não gritou, não deu aos piratas que observavam, preenchendo o ar com seus brados de alegria, a satisfação de ouvir sua agonia. Especialmente não para o homem que segurava o açoite.

Alōs estava atrás dela, com uma determinação fria nos olhos a fim de cumprir a sentença que sua tripulação demandara. *Façam a Vermelhinha ficar vermelha de chicotadas*, haviam decidido. Enquanto Alōs puxava a tira de couro de volta, se preparando para golpear outra vez, Niya se virou para a frente. Ela fechou os olhos com força e cravou os dedos nas tiras que a amarravam ao mastro principal. A energia correu ao seu encontro, seguida por uma brisa fria, um grão de areia antes que o corte afiado de retribuição fatiasse sua coluna de novo. Ela contraiu a mandíbula com tanta força que temeu que os dentes pudessem rachar e se espatifar no chão.

A magia se agitava como fogo em seu ventre. Gritava para ser libertada, para contra-atacar. *Podemos partir ele ao meio*, cantava em seu sangue. *Não sobrará nada além de cinzas. Não vamos poupar nem os ossos.* Por algum milagre, Niya conseguiu manter os dons sob controle. Porque mesmo em seu terror silencioso, mesmo em seu desespero para incinerar cada pessoa que estava por perto, ela sabia que havia atraído aquilo para si mesma. Podia ser tola, mas não era burra. Mesmo acreditando que tinha uma chance de voltar para o navio sem que ninguém percebesse, ela havia se esgueirado até Esrom sabendo das possíveis consequências.

Agora estava ali ajoelhada, diante dos piratas sanguinários.

Fora Saffi a posicioná-la contra o mastro, e as feições da mestra de artilharia não continham nada além de mágoa e raiva. Qualquer tipo de confiança que tivesse começado a estabelecer com Niya fora logo cortada após o feitiço.

Niya havia feito cada um deles parecer fraco, indefeso. E, para um grupo como aquele, aquilo era pior que a morte.

Mesmo assim, a dançarina do fogo não teria feito nada diferente.

Ela olhou para a aposta vinculativa, que a espiava por baixo das cordas atando seus pulsos. Metade estava apagada, e a outra metade sumiria depois que ela encontrasse o segundo pedaço da Pedra Prisma. Sua sentença naquele navio terminaria. Fim.

Paf.

Niya soltou um arquejo sussurrado quando outra brasa cortou suas costas, limpando sua mente de qualquer pensamento. Lágrimas descontroladas escorriam por seu rosto, o nariz pingando ranho.

Ela começou a tremer.

– Mais forte! – provocaram alguns membros da tripulação ao lado dela.

– Onde estão seus poderes agora, Vermelhinha? – gritou outro marujo.

Ela não receberia misericórdia por ali.

Niya não apenas os fizera parecer idiotas, mas também tinha desobedecido o capitão. Qualquer pirata que agisse assim seria punido, ou *já tinha* sido punido, às vezes até morrer. Um vislumbre de Prik sendo decapitado surgiu em sua mente. Aquelas eram as regras no *Rainha Chorosa*. E ela fazia parte do *Rainha*, gostasse disso ou não.

Além do mais, a lei era igual no Reino do Ladrão. Niya sabia disso porque ela e as irmãs eram as carrascas do rei. Tortura e punição eram atos sinônimos das Mousai. Podiam ser criaturas que exalavam beleza, mas aquilo era só uma miragem escondendo um toque fatal. Quantas almas já havia mandado para o Ocaso por suas transgressões? Niya afastou o questionamento da mente, pois não importava. Aquele era o mundo em que todos viviam.

Seu pai criara as filhas para serem corajosas, garantindo que aprendessem a não desmoronar sob a dor ou o sofrimento, pois, como ele diria, a vida estava repleta das duas coisas. Niya estava determinada a deixar o pai orgulhoso naquele momento, assim como as irmãs.

Aceitaria aquela punição como qualquer um a bordo do navio, como sua família também o faria.

Aquele era o preço da vantagem pela qual procurara.

Niya flagrou Bree e Ervilha parados em silêncio ao lado, e, embora não participassem da zombaria, seus olhos continham uma mistura de emoções – raiva, frustração, decepção e tristeza.

Uma onda de culpa deslizou no peito de Niya um segundo antes de outra chicotada cair sobre ela feito um raio. Frio e quente, quebrando ossos.

Dooooooor, exigiu sua magia, quase a sufocando enquanto lutava para se libertar. Mas Niya segurou ainda mais forte, absorvendo a erupção de vingança tentando escapar por cada poro de seu corpo. Ela ofegava, suportando a dor voraz que atordoava sua mente e fazia riachos vermelhos correrem por sua pele.

Ela provaria para aquele navio de canalhas que, embora pudesse ser muitas coisas, não era covarde. E, se não obtivesse nada além disso, ao menos manteria uma semente de respeito naqueles corações detestáveis.

Corações com os quais estivera prestes a se conectar.

Paf.

Niya se curvou para a frente, a bochecha batendo contra a madeira do mastro. Ela podia sentir o cheiro do sangue e do suor empapando sua camisa, ferro e sal invadindo as narinas.

Mantenham o controle!, gritou ela em silêncio para seus dons.

Pois não era apenas o orgulho que impedia Niya de atacar. Era também lembrar da expressão no rosto de Alōs quando a viu no quarto dos pais. O capitão ficara furioso, com certeza, mas também revelara outra emoção à qual Niya se agarrava: terror. Naquela noite, a dançarina havia descoberto mais de uma fraqueza no verniz frio e duro do pirata: a família dele, Ariōn. Ela não se refestelara com a perda dos pais dele, é claro. Niya não era tão insensível assim. Mas, além da Pedra Prima, o fato de ela ter descoberto outro segredo precioso de Alōs, assim como ele conhecia o dela, trouxe um sorriso perverso a seus lábios.

Paf.

Niya mordeu a língua. O sangue se acumulou na boca enquanto forçava a atenção outra vez na faixa meio desbotada em seu pulso. Ela havia encontrado uma saída.

Seria livre.

Livre daquele navio.

Paf.

Livre de qualquer outra dor que o homem atrás dela pudesse causar.

Paf.

Uma dor que, ela se perguntava, talvez ele gostasse de infligir para esconder a própria.

CAPÍTULO VINTE E TRÊS

O *Rainha Chorosa* navegou para a superfície, deixando Esrom e adentrando em águas muito mais próximas do Vale dos Gigantes. Apesar dos dias de viagem economizados com a manobra, Alōs continuava sentado em seus aposentos, nervoso.

Ele não se sentia daquele jeito fazia muito tempo.

E odiava aquilo.

O lorde-pirata sempre era capaz de controlar as emoções. Permitia que muito pouco o irritasse.

Mas agora era como se vermes se contorcessem por toda parte.

Seu olhar pairou sobre a ampulheta prateada sob a mesa, os grãos se acumulando mais no fundo do que no topo. Ele cerrou o punho, segurando a vontade de tirar o maldito objeto da sua vista, de ouvir o estrondo satisfatório do vidro rachando contra o chão, a areia se espalhando, sem mais contar seus fracassos.

Girando na cadeira, Alōs olhou para a luz matinal que banhava o mar azul para além da vidraça. Sentia-se sobrecarregado. Havia coisas demais para comandar, encontrar, consertar, esquecer e manter o controle. Qual papel deveria desempenhar naquele dia?

Frio: o frio era o único consolo que ele tinha, para onde podia escapar e ficar imóvel. O frio permitia que pensasse com mais clareza. Que continuasse sólido. Forte.

Embora até mesmo Alōs soubesse que o problema do gelo era a facilidade com que se quebrava sob a ferramenta certa.

Niya parecia ser o martelo pontudo e forjado no calor que descia e descia, várias vezes.

E ele a tinha trazido a bordo.

Alōs esfregou o ponto que pulsava em sua têmpora.

Encontrar Niya no quarto de seus pais, tão perto de seus corpos sem vida, com seu irmão frágil logo ao lado, havia irrompido em Alōs uma raiva que nunca sentira antes. Tudo naqueles aposentos eram os últimos vestígios de um passado que preservava a luz em seu coração sombrio. E Niya fora testemunha daquilo.

Ele se sentira nu e exposto ali, com os olhos azuis dela fixos nos seus, o sorriso triunfante nos lábios de Niya. Era intolerável, algo que ele precisara remediar depressa.

E, no entanto, apesar de tudo e ao contrário do que suspeitava, ele não gostara de executar a sentença da dançarina do fogo. Talvez fosse porque o seguira de bom grado de volta ao navio, ambos em silêncio com os próprios pensamentos. Ela também não resistira, conforme a tripulação votava pelo castigo, antes de ser conduzida para receber suas chicotadas. Uma criatura tão poderosa resignada ao seu destino. Parecia... errado. Mesmo que ela tivesse causado aquilo a si mesma.

Mas Alōs *precisava* seguir em frente. Tinha de satisfazer seus piratas. Tinha que seguir as regras que estabelecera no próprio navio. Aqueles que desobedeciam eram punidos. Alōs matara o último homem que fora tolo a ponto de segui-lo em Esrom.

E embora tivesse ameaçado acabar com a vida de Niya, ele realmente precisava da ajuda dela.

Alōs soltou um suspiro, tentando se acalmar enquanto a magia se agitava, aborrecida.

Niya tinha razão. Ela possuía poderes maiores do que qualquer outro pirata de sua tripulação, e conexões no Reino do Ladrão que podiam ser vantajosas quando Alōs necessitasse. Então, ali estava ele, na infeliz posição de ter que aproveitar qualquer vantagem que pudesse a fim de recuperar a outra parte da Pedra Prisma.

Precisava da boa vontade de Niya para ajudá-lo, não só da obediência dela. E, com sua sentença possivelmente encurtada, a dançarina tinha um incentivo para fazer isso.

Mas se Alōs não estava disposto a tirar a vida dela após Niya quebrar suas leis, então precisava fazer algo de igual medida para que a tripulação não se revoltasse. Era também o único jeito de ela voltar às boas graças dos piratas e Alōs manter sua posição no poder. Seus homens teriam se encarregado de castigá-la por conta própria caso ele não o fizesse, trazendo caos para o navio na forma de vingança. O capitão não podia permitir. Era melhor ser ele no controle do que outra pessoa que não pararia até mandá-la para o Ocaso.

Novos membros da tripulação eram sempre vistos com ceticismo, mas alguém que os havia feito de tolos tão depressa seria uma pessoa morta.

Seus piratas queriam sangue, então fora o que deu a eles.

Alōs se restringiu a oito chicotadas, no entanto, nenhuma forte demais a ponto de causar danos severos. Seu autocontrole no meio da raiva deixou até mesmo ele surpreso. Porém, assim como precisava da ajuda dela, também precisava de Niya saudável e inteira quando chegassem ao Vale dos Gigantes. Esperava que a dançarina entendesse o quão branda fora sua pena.

As mãos de Alōs ainda vibravam com a lembrança do chicote atingindo o alvo. Couro na carne.

Ele sacudiu os dedos.

Estava mudando. De novo. E Alōs não tinha certeza se era da forma que desejava.

Voltando a se encostar na cadeira, escutou o lento gotejar da ampulheta prateada às suas costas.

Estava ficando cansado. Cansado da perseguição, das intrigas e da corrida para sempre compensar o passado. Mas, acima de tudo, estava ficando cansado da crueldade.

E aquele era um problema perigoso.

Ele não sobreviveria à vida que tinha construído se não fosse implacável.

Mesmo ao nascer, Alōs fora obrigado a ser duro, a ser mais sério do que brincalhão, porque tinha sido feito para ser um rei. Precisaria ser capaz de tomar decisões que muitos não conseguiriam. E aquilo produzira uma certa quantidade de apatia em seu sangue desde cedo. *Para governar com respeito,* dissera sua mãe, *é preciso colocar o reino acima de si mesmo e colocar o destino de muitos acima da sentença de um.*

Mas agora seus pais estavam mortos. Seu irmão caçula seria o novo rei de uma terra natal à beira da exposição e do colapso. Ariōn nunca sobreviveria.

O problema de uma civilização escondida por milênios sob a proteção dos deuses perdidos era que isso a enfraquecia. Por que construir fortificações ou aprender a lutar se não era necessário? Esrom amolecera em sua bolha confortável no fundo do mar.

O som contínuo dos grãos de areia caindo ecoou alto em seus ouvidos, apesar de seus esforços para ignorar a ampulheta lindamente esculpida em sua mesa. Tempo perdido. Esperança perdida.

O pior de tudo era que o culpado por aquela corrida contra o tempo era ele. Mesmo que não tivesse percebido a consequência exata de suas ações naquela época. Fora só um garoto buscando desesperado por uma solução, um remédio para um desfecho que ele não conseguia suportar – a morte do irmão mais novo.

Era primavera em Esrom quando Ariōn nasceu. Uma época cheia de festivais, banquetes e música nas ruas. O palácio transbordava de alegria com as notícias sobre o jovem príncipe, ainda que, nas profundezas dos aposentos reais, um clima sombrio estivesse oculto. Ariōn nascera cedo demais, frágil demais, e não aceitava o seio da mãe.

Alōs estava ao lado do pai, ambos vigiando a rainha na cama com o novo príncipe em seus braços. Ela entoava uma canção de ninar baixinha para o bebê. Por duas noites, a rainha não parou de cantar, mesmo quando a melodia se tornou mais assombrada, como areia deslizando para longe. Alōs observou a pele marrom do irmão caçula se tornar pálida. Mas parecia que Ariōn havia puxado o coração forte da mãe, pois, no terceiro dia, enfim se virou e começou a mamar.

Aquela foi a primeira e única vez que Alōs viu a mãe chorando.

No entanto, apesar do começo frágil de Ariōn, o garoto perseverou. Ele cresceu de bebê para criança e para jovem, ignorando sua respiração ofegante ao menor sinal de esforço. Nada tão trivial quanto fadiga impediria Ariōn de convencer Alōs a participar de todo tipo de travessura. O caçula conseguia rir, brincar e irradiar uma luz mais forte do que seu futuro era capaz de conter. E Alōs estava profundamente apaixonado pelo irmão.

Foi no décimo primeiro aniversário de Ariōn que Alōs notou a mudança. O sorriso do caçula não alcançava os olhos quando se sentaram juntos para abrir os presentes. E Ariōn também não tocou no bolo, que era seu favorito: recheio de flor de cerejeira com cobertura de limão.

Mais tarde naquela noite, Alōs deixou seus aposentos e foi para o quarto do irmão, apenas para dar de cara com seus pais ali primeiro. Um calafrio tomou conta de Alōs ao ver a mãe e o pai encolhidos junto à cama de Ariōn, com um curandeiro bem ao lado. Ele ficou no batente, ouvindo a respiração chiada do irmão enquanto o curandeiro proferia as palavras que lançariam o primeiro prego da crueldade da vida em seu coração.

– Sinto muito, Vossas Graças, mas não há o que fazer.

– Não pode ser verdade – insistiu Tallōs. – Estamos em Esrom. Temos ilhas cheias de plantas raras pra resolver todas as doenças.

O médico parecia desgostoso em continuar, mas falou:

– Sim, mas não este tipo de enfermidade.

– Você disse que se chama Pulxa? – perguntou a mãe de Alōs, apoiando a mão no ombro trêmulo do marido.

– Isso, minha rainha, uma rara doença do sangue.

– E como só estamos descobrindo isso agora? – Tallōs começou a andar de um lado para o outro pelo quarto.

– Ela pode passar despercebida por muito tempo – explicou o curandeiro. – Especialmente se aqueles acometidos pelas dores não relatarem nenhum desconforto.

O olhar de Tallōs incinerou o homem.

– Não culpe meu filho pela incompetência sua e da sua equipe em descobrir isso mais cedo!

O médico corou.

– Peço desculpas, Vossa Graça, não foi isso que eu quis dizer.

– Nós entendemos – falou a rainha, observando o filho. – Ariōn é uma alma orgulhosa. Não gosta de ser um fardo para os outros. Mas concordo com meu marido. Somos um reino de milagres. Deve existir algo. E, se não aqui, com certeza uma solução pode ser encontrada em Aadilor.

O curandeiro estreitou os lábios, parecendo cada vez mais desconfortável.

– A Pulxa pode ser desacelerada, é claro, mas inevitavelmente...

– Continue – incentivou a mãe de Alōs.

– Veja, a doença começa nos membros, Majestades, antes de seguir para o coração, destruindo tudo conforme avança. E temo que o jovem príncipe já esteja com a enfermidade muito próxima do coração.

Alōs deu as costas para a cena, um zumbido enchendo seus ouvidos, seu próprio batimento em disparada enquanto procurava as únicas pessoas que sabia serem capazes de conjurar milagres. Alōs foi atrás da Alta Cúria.

Estavam sentados de forma imponente em suas cadeiras de espaldar alto, com seus mantos finos, dentro do salão sagrado em que recebiam as pessoas. Cada um olhava de cima para Alōs, parado diante deles, implorando em desespero.

– Não podemos impedir a vontade dos deuses perdidos – falou o alto-curião Fōl.

– Nem podemos negar aquilo que o Ocaso deseja. – A alta-curiã Zana balançou a cabeça. – Esse tipo de magia é proibido.

– Seria uma tragédia perder seu irmão – acrescentou a alta-curiã Dhruva, seu rosto jovem e brilhante. – Mas a linhagem Karēk ainda estará em segurança com você.

– É só com isso que se importa? – gritou Alōs, cerrando os punhos ao lado do corpo. – Que pelos menos nossa linhagem possa continuar?

– Você é jovem demais pra entender agora. – Dhruva olhou para ele com pena. – Mas, com o tempo, vai compreender por que isso é importante. Aqueles *dignos da coroa de Esrom são poucos. Os Karēk são a única família real em Aadilor que esteve presente na época em que os deuses perdidos ainda estavam entre nós. É necessário preservar essa história. Essa magia.*

— E se eu também estivesse condenado? O que fariam com toda essa história e esse futuro precioso?

A Alta Cúria trocou olhares antes de Dhruva voltar a falar:

— Mas você não está indo a lugar algum, Príncipe Alōs. Está destinado a ser nosso rei. Entendemos a dor que você...

— Vocês não sabem nada da minha dor! Tudo o que entendem é sobre manter leis que não têm mais significado aqui. O mundo está mudando. Nosso povo sai pra explorar Aadilor todos os dias, trazendo histórias daqueles que vivem acima de nós. Mas tudo o que abordam em suas lições é um passado inútil. Ao menos se lembram de como manejar seus dons? Ou ficaram tão preguiçosos quanto seus traseiros que se moldaram à cadeira?!

Arquejos ofendidos ecoaram pelo salão, mas Alōs pouco se importava, saindo furioso.

Quando a porta da câmara se fechou atrás dele, com um clique reverberante de finalidade, ele gritou, disparando raios de magia e quebrando as antigas estátuas de cerâmica que revestiam o hall de entrada. Eram representações dos deuses perdidos. Hōlarax: o deus da fortuna. Phesera: a deusa do amor. Yuza: a deusa da força. Toda aquela preciosa história facilmente destruída.

De que adiantava acreditar em deuses que os tinham abandonado? Eles não podiam ter misericórdia agora, não podiam ajudar um povo que diziam ser seus filhos favoritos. Alōs tremia, desesperado para destruir outros itens mais preciosos, já que os deuses perdidos pareciam estar fazendo o mesmo com seu irmão.

— Vossa Graça.

Uma voz baixa fez Alōs dar as costas para sua destruição, a respiração saindo pesada. O curião Ixō estava em um canto no fim do corredor. Alōs não o conhecia muito bem, só sabia que tinha a mesma idade que ele, 18 anos, e que ainda não era um alto-curião.

— Acho que posso ajudar – falou Ixō.

Alōs o seguiu até uma sala escondida, onde o curião explicou sem demora que poderia existir um jeito de salvar o jovem príncipe, mas que haveria um custo.

— Eu faço qualquer coisa – respondeu Alōs. – Qualquer coisa.

Ixō então contou o verdadeiro motivo pelo qual a Alta Cúria seguia desesperada para manter um Karēk no trono: o sangue da família estava ligado de modo tão íntimo com a magia do reino que temiam o que aconteceria com os feitiços que protegiam Esrom caso a família perecesse.

– Não entendo. – *Alōs franziu a testa.* – O que isso tem a ver com salvar meu irmão?

– O caminho pra salvá-lo é se livrar de você.

– De mim? Então... devo morrer?

– Não exatamente. – *Ixõ negou com a cabeça, a expressão séria.* – Mas você teria de cometer um pecado tão terrível que seria excomungado e apagado da linhagem familiar, tornando seu irmão o único herdeiro do trono. Com seus pais velhos demais pra gerar outra criança, a Alta Cúria seria obrigada a mantê-lo vivo por qualquer meio necessário, usando até mesmo a magia proibida que os curiões temem.

Uma vida por uma vida, *pensou Alōs.*

Talvez fosse um chamado do destino, o começo do ladrão que ele acabaria se tornando, pois o primogênito mal precisou pensar no assunto antes de se ver concordando.

Mais tarde naquela noite, ele saiu para roubar o objeto mais valioso do reino.

Pestanejando, o pirata voltou a se situar em sua cabine de capitão a bordo do *Rainha Chorosa*, os ombros tensos devido às memórias que o dominavam.

Na época, ele havia acreditado que seu banimento, e nunca mais ver a família outra vez, seria a pior sentença que enfrentaria. Descobriria mais tarde, porém, que o preço por perturbar o equilíbrio do Ocaso era muito, muito mais alto. E a contagem regressiva para Esrom emergir e ser exposto era só uma parte disso.

Ao longo dos anos, trocara seu coração por um órgão que pulsava oco. Se ele fosse marcado como vilão em Esrom, podia muito bem desempenhar aquele papel em Aadilor.

No fim, a vida de seu irmão fora salva, e aquilo era tudo o que importava de verdade. Ele teria roubado a Pedra Prisma várias vezes para garantir isso.

Mas Alōs sentia saudades dos primeiros dias de navegação ociosa do *Rainha Chorosa*, onde apenas a próxima pilhagem ocupava sua mente. De beber com a tripulação e explorar todos os recantos prazerosos de Aadilor. Sua vida nunca fora destinada a ser fácil depois de abandonar Esrom, mas pelo menos tinha sido divertida.

Porém, desde que Ixõ lhe dera a notícia, um ano atrás, de que a magia de Esrom estavam minguando, ele não se divertia com mais nada.

Uma batida soou contra a porta, tirando a atenção de Alōs das janelas.

– Entre.

– Queria me ver, capitão? – Kintra entrou.

– Como vão os piratas? – perguntou Alōs, virando-se na cadeira para observar a intendente enquanto esta parava diante da mesa. – Estão melhores?

– A maioria dos homens parece apaziguada depois das chicotadas, embora alguns tivessem preferido mais sangue.

– Eles sempre preferem – refletiu Alōs.

– Talvez passar serviço extra pra ela acalme o restante? – sugeriu Kintra.

– O que achar necessário.

– Certo, capitão.

Kintra esperou em silêncio enquanto ele se levantava, indo até a garrafa de uísque em sua estante. O capitão serviu um copo para cada um.

– Como ela está? – perguntou Alōs enfim, entregando a bebida.

Ele não precisava encarar os olhos da intendente para saber que ela o estaria avaliando.

– Mika cuidou dela. Está descansando sob o convés.

– E o dano?

– Duas das suas chicotadas foram bem fundas. Está tudo inchado e vai surgir uma quantidade considerável de hematomas, mas nenhum machucado permanente. Mika acha que a garota ficará bem quando chegarmos às tempestades.

Alōs assentiu, girando o líquido âmbar em seu copo. Ele odiava que aquela notícia o aliviasse e irritasse ao mesmo tempo. *Garota tola*, pensou. Por que não podia seguir ordens como todo o resto?

Porque ela não é como todo o resto, respondeu uma voz indesejada em sua cabeça.

Não, ela não é, concordou Alōs, ainda que aquilo não o fizesse se sentir melhor.

– E você? – perguntou para Kintra. – O que está achando do comportamento dela?

A intendente fez uma pausa antes de responder:

– Eu avisei que ela seria problema.

– É, avisou.

– Mas você garantiu que ela valia a pena. Então preciso perguntar…

Alōs esperou.

– Ela ainda vale?

Alōs respirou fundo, deixando a pergunta se assentar, um formigamento desconfortável percorrendo sua pele.

– Ela agora sabe sobre minha história em Esrom, sobre quem eu era lá.

– Todos nós sabemos que era um príncipe, Alōs. E, como sempre, ninguém se importa. Todo mundo tem um passado.

Ele balançou a cabeça.

– Ela também sabe sobre a Pedra Prisma.

Kintra arregalou os olhos.

– E ainda assim você não a matou?

– Nós alteramos a aposta vinculativa. Ela deve fazer tudo o que estiver ao seu alcance pra me ajudar a encontrar a outra parte. E, depois que a pedra for devolvida em segurança para Esrom, a sentença dela conosco estará cumprida.

Kintra bufou em descrença.

– Com certeza a garota não pode ser tão valiosa assim.

Alōs franziu as sobrancelhas, nada satisfeito por ter suas decisões questionadas.

– Ela tem conexões valiosas, ou não se lembra de quem apareceu para salvá-la? Além do mais, foi por causa de Niya que conseguimos descobrir o paradeiro da outra parte da pedra.

– Poderíamos ter descoberto sem ela, e você sabe disso.

– Talvez – disse Alōs. – Mas não tão rápido e não sem fazer de Cebba uma inimiga perigosa.

– Temos muitos inimigos perigosos. O que é mais um?

Alōs virou sua bebida, deixando o calor do uísque acalmar sua irritação crescente.

– É mais um problema com o qual prefiro não lidar.

Ele odiou sentir o olhar inquisitivo da intendente sobre si quando contornou a mesa. Com um suspiro frustrado, Alōs se sentou.

– Como você está, capitão?

A pergunta o assustou momentaneamente. Ninguém nunca perguntava como ele estava. Mas aquela era Kintra, o pirata se lembrou.

– Eu estou... cansado – respondeu com honestidade, apoiando a cabeça no encosto da cadeira.

Os dois se encararam, o olhar castanho dela cheio de compreensão, antes que a mulher fosse pegar a garrafa. Kintra voltou a encher o copo dele.

– Não tive chance de falar antes, mas sinto muito pela sua perda.

Alōs engoliu o desconforto que subia pela garganta enquanto tentava afastar o sentimento. Havia se tornado órfão muito antes de seus pais morrerem.

– Não é nada mais do que a maioria de nós já perdeu.

– Ainda assim, eu sinto muito.

– Imagino que não seja nem metade do que vai sentir pelo que temos em nosso caminho.

– Eu sabia que navegar com você significaria muitas aventuras.

A mulher abriu um sorriso, exibindo alguns dos dentes de ouro.

Alōs riu, um som estranho até para ele. No passado, costumava dar muitas risadas.

– Peço que se lembre desse senso de aventura quando chegarmos à névoa.

– Espero que esteja por perto pra me lembrar.

Alōs estudou sua companheira, grato pelo jeito firme de Kintra. Ela havia raspado novas linhas no couro cabeludo, e mais algumas argolas de ouro enfeitavam suas orelhas.

– Fale com honestidade – começou ele. – Está tranquila com a nossa próxima parada? Não voltamos às terras do oeste desde...

– O que eu sinto não muda o fato de que precisamos ir. Parece que estamos todos revisitando a antiga vida ultimamente.

– Sim, os deuses perdidos nos testam.

– Então vamos vencer.

– Estou trabalhando nisso.

– Eu sei – disse Kintra.

Alōs ignorou o toque de compaixão na voz dela.

– Preciso perguntar – continuou a intendente. – Embora acredite quando diz que Niya tem valor, tem certeza de que vai ser confiável até o fim? Não há como negar que ela é um pouco imprevisível. Talvez acabe se metendo no nosso caminho.

– Com o término antecipado da aposta vinculativa agora em jogo – disse Alōs –, é melhor que ela se comporte.

Kintra não respondeu, apenas tomou um gole da bebida.

– Que tal assim – sugeriu o capitão. – Se Niya não se comportar, deixo que você lide com ela. Os deuses perdidos sabem que estou cansado de ser o tutor dessa mulher.

Kintra lhe deu um sorriso afiado.

– Seria um prazer.

Alōs bufou diante da alegria no tom dela. Se ao menos a intendente compreendesse de verdade o quanto Niya era uma lutadora...

– Mal posso esperar pra que essa merda toda acabe – falou ele antes de terminar o segundo copo, a queimação na garganta produzindo um estranho conforto para sua resolução congelada.

– Vai acabar logo, capitão – garantiu Kintra. – E vamos rir ao lembrar disso assim como fizemos com todas as nossas aventuras anteriores.

– É por isso que a mantenho por perto. – Ele se inclinou para encher os copos, desesperado para se sentir entorpecido, para acalmar todas as responsabilidades que giravam em sua mente. O uísque era o caminho mais fácil para chegar lá. – Um de nós precisa ser o tolo otimista. Agora, venha – disse ele, erguendo o copo –, vamos fazer um brinde às risadas diante de tarefas impossíveis.

– E ao quão bem um navio de madeira é capaz de conter o fogo – finalizou Kintra com um sorriso irônico.

Alōs hesitou, lembrando-se de Niya de joelhos diante dele, forte e determinada, sem gritar sequer uma vez quando o chicote atingiu o alvo. Ele não tinha visto nenhum vestígio de magia alaranjada vazando dela, ainda que soubesse o quanto os poderes deviam ter desejado emergir e revidar. Ela havia mantido o controle.

Tinha contido o próprio fogo.

Mas por quanto tempo?

Ainda era isso que Alōs queria de uma criatura tão poderosa como Niya? Mantê-la numa jaula?

Ele afastou aqueles pensamentos confusos com um gole da bebida.

Esperou para sentir o calor reconfortante descendo pela garganta.

Mas, daquela vez, a queimação não lhe trouxe conforto.

CAPÍTULO VINTE E QUATRO

Niya cheirava a penico enquanto se ajoelhava, esfregando o convés superior.

A tripulação caminhava ao redor dela, ocupada com suas tarefas conforme navegavam pelos mares ocidentais mais frios, mas ninguém havia dirigido sequer uma palavra para a dançarina até então.

Embora já tivesse se passado uma semana desde Esrom, desde as chibatadas, parecia que os piratas ainda mantinham viva na memória a mágoa por terem sido enfeitiçados. Mesmo que Niya estivesse sobrecarregada de serviço extra, e tudo isso enquanto suas costas permaneciam doloridas e precisando se curar.

O único membro da tripulação que tinha lhe mostrado algum tipo de piedade fora Mika, pois a dançarina ia até ele todas as noites na cozinha. Lá, o cozinheiro lhe dava curativos limpos e ajudava a lavar o sangue de sua camisa, que inevitavelmente ficava manchada de novo a cada dia até que as chicotadas formassem casquinhas.

— Somos uma espécie orgulhosa — falara ele certa noite, enquanto ela estava com as costas expostas, permitindo que ele limpasse com delicadeza cada ferida. — E não esquecemos fácil. Mas nos dê tempo, Vermelhinha. Vai ver que em breve mais de nós vão se aproximar.

Niya ainda estava esperando por aquele "em breve".

Que crianças mais sensíveis, resmungou em silêncio ao se sentar sobre os calcanhares, enfiando a escova de esfregar no balde com água a seu lado. Os dedos de Niya doíam do esforço, e ela enxugou o suor da testa, inspirando fundo o ar frio e salgado.

Embora ainda não tivesse se arrependido da escolha de seguir Alōs ou de enfeitiçar a tripulação, ela também não gostava muito de ser uma pária a bordo. Odiava admitir, mas estava com saudades do falatório incessante de Bree quando estavam deitadas nas redes, ou da risada descontrolada de Therza sempre que esta fazia alguma piada perturbadora enquanto limpavam os canhões juntas.

Agora, só havia silêncio quando Niya se aproximava, sussurros ou costas se virando para continuar com as conversas sem ela.

Era tudo muito... solitário.

Niya se levantou com um suspiro, esticando os músculos doloridos antes de se encolher quando o movimento fez repuxar suas feridas. Ela ainda não conseguia dormir de barriga para cima, o que dificultava bastante a tarefa de encontrar uma posição confortável na rede.

Mesmo assim, embora sua pele parecesse esticada, a jovem felizmente estava se recuperando, a carne voltando ao lugar a fim de permitir que a camisa fosse vestida com mais facilidade e que o serviço não fosse tão doloroso de suportar.

Niya já tinha sofrido sua cota de cortes e machucados ao lutar com as irmãs, e mesmo uma surra ocasional quando o pai se juntava a elas no ringue, mas nunca tinha levado chicotadas tão sérias.

Podia ter sido pior, pensou, contemplando as ondas agitadas para além da lateral do navio. Ela podia ter sido açoitada *e* não ter conseguido encurtar sua aposta vinculativa. Pelo menos agora tinha uma chance de lutar e voltar para casa mais cedo. Tinha feito um acordo que enfim sentia ser capaz de vencer.

O humor de Niya melhorou um pouco enquanto coçava com cuidado a nova crosta que se formava em seu ombro.

– Tenho um pouco de óleo de alga marinha que pode ajudar com isso aí.

Niya protegeu os olhos do sol ao erguer o rosto e ver Saffi se aproximando. A mulher atarracada estava usando as tranças grisalhas enroladas no topo da cabeça naquele dia, com um casaco marrom e grosso por cima dos ombros. Embora o céu estivesse limpo, as águas ocidentais sopravam uma eterna brisa fria.

– E o que devo fazer em troca? – perguntou Niya. Como aquela era a primeira vez que alguém da tripulação falava com ela, a dançarina estava mais do que cética. – Costurar todos os buracos nas suas calças? Limpar as manchas das suas calcinhas?

– Em primeiro lugar, os buracos nas minhas calças estão lá *de propósito* – explicou Saffi. – E segundo, estou apenas tentando ser legal. Mas parece que só quer fazer inimigos e mantê-los assim.

Ela se virou para ir embora.

– Espere – chamou Niya. – Me desculpe. Ninguém tinha vindo falar comigo de um jeito amigável desde Esrom. Não consigo mais discernir quando uma pessoa está sendo gentil.

Saffi apoiou o quadril na amurada ao lado delas.

– Então lhe dou as boas-vindas à vida de pirata.

Niya abriu um pequeno sorriso.

– Como lida com isso?

– Com ser pirata? Ou com não fazer inimigos a bordo?

– As duas coisas, acho.

– Eu tento aproveitar a vida e não quebrar nenhuma regra.

– Parece fácil.

– E ainda assim parece bem difícil pra você... ao menos quando se trata do capitão.

O peito de Niya se aqueceu em um desprezo silencioso ao ouvir o nome de Alōs, e ela olhou para o tombadilho, onde a presença grandiosa do capitão pairava na outra extremidade do navio, com Boman fazendo companhia no leme. Ela não falava com Alōs desde as chicotadas. Ambos pareciam felizes em manter distância. Podiam estar do mesmo lado por um tempo, enquanto procuravam a Pedra Prisma, mas ele ainda era seu inimigo. A raiva enraizada de Niya por aquele homem permanecia forte.

– Como assim? – perguntou ela.

– Quando eu digo pra você fazer alguma coisa pela nossa equipe, sempre obedece, e até de boa vontade. Mas parece doloroso pra você seguir as ordens do capitão.

Niya se remexeu, desconfortável, olhando para o mar na esperança de evitar os olhos de Saffi. Não queria ter de explicar seu histórico de animosidade quando se tratava de Alōs.

– Ele foi brando com você, sabia?

Niya franziu a testa, voltando a se virar para Saffi.

– Como é?

– Nas opções de castigo por se esgueirar até Esrom e usar seus dons conosco – explicou a mulher.

– Eu fui *chicoteada*, Saffi. E depois recebi todo esse serviço, mal tenho tempo de me recuperar.

Embora Niya tivesse aceitado a sentença, seu orgulho ainda doía com a lembrança de se ajoelhar diante de Alōs e de toda a tripulação para levar uma surra.

– Ainda assim, o crânio do último pirata a desobedecer ao capitão em Esrom está servindo como decoração nos aposentos dele – apontou Saffi.

Sim, bem, aquele pirata obviamente não tinha o trunfo que eu tenho, pensou Niya. Além do mais, gostaria de ver Alōs tentar arrancar sua cabeça. Ela tinha certeza de que, no fim, sem as restrições da aposta vinculativa, seria o crânio decepado dele a estar em suas mãos.

Mas ela não falou nada daquilo para Saffi. Em vez disso, apenas deu de ombros.

– Vai ver ele está amolecendo com a idade.

Saffi riu.

– Dificilmente. Parece mais que toma liberdades diferentes com você. Estou começando a me perguntar o motivo.

Niya não gostou do olhar de escrutínio da mestra de artilharia. Enquanto afastava os fios de cabelo que haviam escapado da trança sob o vento, a dançarina controlou a crescente irritação ao perceber que alguns membros da tripulação pareciam observar as interações dela e de Alōs mais de perto do que ela gostaria.

– Acho que está vendo coisa onde não tem. Fui punida como qualquer outro teria sido. Além do mais, vocês *votaram* pra que eu fosse açoitada.

– É, mas foi porque, de todos os castigos que o capitão sugeriu, esse era o mais severo. A morte nunca foi uma opção.

Niya bufou diante do tom cavalheiresco com que Saffi conseguia falar sobre todos quererem ver a dançarina morta.

– Que decepcionante pra vocês.

– É curioso, só isso – disse ela, os olhos ainda avaliativos.

– Sim, bom, talvez depois de Prik e Burlz, ele não possa mais se dar ao luxo de perder outros piratas.

– Talvez – refletiu Saffi, cruzando os braços. – Mas a tripulação anda falando.

Que maravilha. Niya revirou os olhos.

– Ah, sim, tenho certeza de que estão.

– Alguns acham que os dois têm um passado. Especialmente depois que as Mousai apareceram quando você foi trazida a bordo.

Pelas estrelas e mares, pensou Niya. *A última coisa de que preciso é a tripulação bisbilhotando minha vida ou acreditando que tenho algum poder sobre o capitão que me faria receber tratamento especial.* Aquilo só deixaria os piratas mais ressentidos.

Alōs não lhe concedera favores, nenhuma caridade. Apenas acordos e apostas. Era a única linguagem com a qual pareciam concordar. Mas ela não podia contar a Saffi sobre isso.

– Eu tinha uma dívida grande a pagar – disse Niya à guisa de explicação.

– É disso que trata a aposta vinculativa?

A dançarina se conteve para não esconder a marca preta que aparecia sob a manga da camisa.

– Nenhum de vocês têm algo que os prenda a este navio? – acusou ela, a magia vibrando nas entranhas junto com a irritação. Niya estava ficando cansada daquele interrogatório. – Ou todos entraram aqui como homens e mulheres livres, prontos pra se subordinar e receber ordens?

Saffi estudou Niya por um momento, deixando a resposta atravessada dela flutuar com a brisa.

– Sabia que este não é o primeiro navio pirata em que trabalhei?

Niya pestanejou, confusa com a reviravolta repentina da conversa.

– Ah...

– Eu costumava navegar com o *Aranha Negra*. Lucia Pallar era a capitã.

– Acho que já escutei esse nome – comentou Niya. – Mas... não foi esse o navio que o *Rainha Chorosa* afundou anos atrás?

– Com estes mesmos canhões que limpamos todo dia.

– Achei que piratas matassem a tripulação dos outros navios que conquistam.

– Normalmente, sim – disse Saffi, brincando com o forro de pele macia da manga do casaco. – Mas o Capitão Ezra trabalha um pouco diferente dos outros, como tenho certeza de que já sabe. Ele é um pirata sujo. Implacável, com certeza. Matou Lucia bem depressa. Nem deu a ela o direito às últimas palavras. Mas, para nós que sobrevivemos à batalha, ele deu a opção de irmos embora. Ofereceu um barco a remo e uma chance de buscar uma nova vida em Aadilor, talvez até voltar pra vida antiga. Ou poderíamos servi-lo no *Rainha*. Mas ele disse que, uma vez que decidíssemos ficar e jurássemos lealdade, o único jeito de sair seria através do Ocaso.

– E você escolheu ficar? – perguntou Niya, franzindo as sobrancelhas. – Depois que ele matou sua capitã e pilhou seu navio antes de afundar?

– É. – Saffi assentiu. – Mas ele me deu algo que Pallar nunca ofereceu.

– Uma dor de cabeça constante?

Saffi sorriu diante da resposta azeda de Niya, mas negou com a cabeça.

– Uma escolha.

Niya absorveu a palavra. *Escolha*.

Ela sempre acreditara que a escolha era uma ilusão. Um jogo de probabilidades. Apenas uma pequena parte da vida de uma pessoa podia ser decidida por vontade própria – o resto era um produto do comando de reis e rainhas ou do caos, uma linha do tempo de resultados incontroláveis. *Escolha.* Aquilo fazia Niya se lembrar da emoção que sentia apostando – ao se entregar à aventura da vida.

– Todos temos um passado aqui, Vermelhinha – continuou Saffi. – Pessoas que éramos ou que planejávamos ser. Nunca sonhei em ser pirata, mas, quando Pallar chegou na minha vila de pescadores, a opção era servi-la ou me juntar a minha família no Ocaso.

O peito de Niya ficou apertado.

– Ela matou sua família?

– Pallar nunca perdia tempo com adultos. Dizia que já estavam muito presos aos hábitos. Já as crianças, ela podia moldar. Nosso amigo Felix ali é da minha aldeia também, não que ele fale o suficiente pra indicar que se lembra.

Niya observou o garoto magricela parado ao lado de sua companheira de dormitório, Bree. A menina estava enrolando uma corda, falando animada enquanto Felix permanecia em silêncio, os olhos distantes, tocando sua rabeca. Niya notava que ele sempre escolhia uma melodia um tanto sombria, mas talvez aquela fosse a melhor forma de o garoto expressar o que não era capaz de dizer.

Aquilo a fez se lembrar de Arabessa. A irmã recorria com frequência aos instrumentos a fim de lidar com o que estava na mente, preferindo o arco na corda ou os dedos nas teclas a falar sobre o que se passava em seu coração.

Ver aquele comportamento familiar em Felix produziu uma dor pesada em seu peito. Uma súbita saudade de casa.

Ela respirou fundo, virando-se para Saffi.

– Mas se foi levada da sua aldeia, por que escolheu ficar quando poderia ir embora?

Saffi encarou a água azul e infinita que as cercava.

– Naquela época, o único lar que eu tinha era o mar. O que eu teria encontrado se voltasse?

– Você poderia ter começado de novo.

– Eu comecei – Saffi encarou Niya mais uma vez. – Comecei aqui. Pelo menos no *Rainha* não precisei reaprender uma habilidade. Eu já era útil.

– Onde você quer chegar com isso?

– Quero dizer que o nosso capitão não trabalha só preto no branco, como a maioria dos que estão na posição dele. Ele age pela razão.

– É, pelas próprias razões – falou Niya, cruzando os braços.

– Talvez, mas ainda fico me perguntando...

– Se perguntando o quê?

– Quais as razões dele com você.

Niya observou a centelha de curiosidade crescer nos olhos de Saffi e franziu ainda mais a testa. Conhecia aquela expressão – ela e as irmãs a exibiam muitas vezes, uma expressão que só diminuía quando descobriam o que procuravam. Mas o motivo para Alōs manter Niya por perto não envolvia nada além de suas habilidades e magia – e, talvez, que gostasse de vê-la sofrer.

– Bom, quando descobrir que razão é essa – respondeu ela, seca –, por favor, me avise.

Covinhas surgiram nas bochechas de Saffi quando a mulher sorriu.

– Aviso, sim.

– Posso *eu* te fazer uma pergunta agora? – O olhar de Niya se voltou para a silhueta distante de Alōs, onde ele agora conversava com Kintra. – Você acha que ele é um bom capitão?

– Ele é o melhor que existe.

Niya balançou a cabeça.

– Respondeu rápido demais pra eu acreditar.

Saffi riu, um som rouco e caloroso que também pareceu chamar a atenção de Alōs, pois ele ergueu a cabeça. Quando seus penetrantes olhos azuis encontraram os da dançarina no outro lado do convés, o coração de Niya acelerou, e ela deu as costas, agarrando a amurada.

– Vermelhinha, você está navegando conosco faz mais de um mês – disse Saffi. – Não consegue ver como nos sentimos em relação ao capitão?

– As pessoas são capazes de fingir todo tipo de comportamento.

– Verdade… – Os braços de Saffi se flexionaram sob o casaco quando ela os cruzou. – Mas estou sendo honesta aqui. Ele é o melhor que existe.

Niya se sentia quente, apesar do ar frio. Não gostava de pensar em Alōs como sendo bom em qualquer coisa. Capitão, filho ou irmão. Ela precisava que Alōs continuasse cruel, um inimigo. Que fosse para sempre um homem que só prometia dor. Caso contrário, se tornaria uma pessoa, alguém com sentimentos, com *razões*, como havia dito Saffi, e aquilo confundia tudo.

Fico me perguntando quais as razões dele com você.

Niya afastou o desconforto. Não queria mais pensar em Alōs. Tudo o que estava pronta para admitir era que os dois compartilhavam um objetivo em comum, que era recuperar a outra metade da Pedra Prisma. E depois Niya estaria livre, poderia abandonar aquela situação para sempre e escapar do controle de Alōs. Finalmente. Voltaria para casa, voltaria para a família e para seus deveres – que eram muito mais importantes do que as coisas que ela fazia ali. Niya voltaria para aquilo que sempre fora destinada a se tornar, como parte das Mousai.

O único pensamento que precisava manter sobre Alōs era de que os dois eram inimigos sob uma trégua momentânea no papel de aliados. Cada um estava usando o outro para ganho próprio, e era assim que sempre seria entre eles.

– Deixe que eu lhe dê o tal óleo de alga marinha – sugeriu Saffi de novo, trazendo a atenção de Niya de volta para a amurada do navio, o sol do meio-dia iluminando as ondas ao redor delas em brilhos dançantes.

– Eu realmente ia gostar de um banho. – Niya encarou as próprias mãos cobertas de sujeira.

– Vai precisar esperar até chegarmos ao vale pra isso – respondeu Saffi. – Nesse meio-tempo, vou buscar o óleo e já volto.

Enquanto a mestre de artilharia se afastava, uma mudança de energia no ar fez Niya estreitar os olhos para o céu distante. Tudo estava tão calmo quanto os deuses perdidos em seu cochilo, sequer uma nuvem enfeitava a extensão azul.

E ainda assim...

Ali estava: o zumbido de forças se agitando, se reunindo. Niya já sentira aquela movimentação muitas vezes, pouco antes de uma tempestade. E, pelo que estava sentindo, seria uma tempestade bem ruim.

A magia despertou quando a dançarina se virou para avisar Saffi, mas a mulher já estava fora de vista.

Niya foi na direção de Bree e Felix.

– Acho que vai cair uma...

Suas palavras foram interrompidas quando Bree a ignorou com um beicinho, puxando Felix para longe.

– Quanta maturidade! – gritou Niya para as silhuetas que se retiravam. – Acho que vou deixar vocês ficarem encharcados e caírem no mar – murmurou, baixinho. *Se ainda vão guardar rancor, por que eu deveria avisar sobre a tempestade?*

Porque eu posso cair no mar também, argumentou Niya em silêncio consigo mesma. *Se o navio não estiver preparado.*

Embora estivesse a bordo do *Rainha Chorosa* havia semanas, Niya ainda não tinha navegado por águas turbulentas.

Sendo sincera, a ideia a deixava um pouco nervosa, sem saber o que esperar. Como seus poderes responderiam?

Niya espiou o horizonte outra vez, absorvendo a energia em colisão que abraçava o ar, ficando cada vez mais forte.

– Ô, droga – murmurou ela.

Se a tripulação não queria escutar, ela encontraria alguém disposto.

Com a mandíbula cerrada, Niya ignorou a coceira das cicatrizes em suas costas, afastando a lembrança de como os machucados haviam ido parar ali, e saiu para falar com o capitão.

CAPÍTULO VINTE E CINCO

A porta dos aposentos de Alōs estava aberta, e Niya hesitou na soleira. A dançarina não o havia encontrado no convés, mas, assim que descera para o piso inferior, sentira a energia fria do capitão vindo dali. Mesmo assim, quando espiou o escritório da cabine, o lugar continuava vazio.

No entanto, a magia dele era familiar demais para ela agora, sedutora demais enquanto acariciava a sua para que confundisse quando o pirata estava presente. Com os sentidos zumbindo, a dançarina foi entrando, seguindo o cintilar residual dos movimentos dele. Seu olhar percorreu as estantes abarrotadas de livros que revestiam as paredes, os mapas espalhados na escrivaninha, a ampulheta escorrendo e as várias caixas fechadas adornando o cômodo. Seus dedos coçavam para bisbilhotar tudo aquilo, seu hábito de ladra um sussurro tentador e constante.

O som de água espirrando chamou sua atenção para outra porta entreaberta no canto da cabine. Aquela porta sempre permanecera fechada nas vezes em que estivera ali, mas Niya presumia que era onde Alōs dormia.

Uma nova tensão preencheu o ventre da dançarina.

– Capitão? – chamou, se aproximando. – Não quero perturbar, mas...

Suas palavras secaram na língua quando olhou para dentro, se deparando com um homem sem camisa curvado sobre uma pia no canto do quarto. Os músculos ondulavam enquanto passava um pano úmido sobre o abdômen, a pele morena brilhando conforme o sol entrava por uma janela grande atrás de uma cama próxima.

Alōs se virou, o olhar penetrante encontrando o dela.

Por um instante, cada um permaneceu imóvel, encarando o outro.

O cabelo de Alōs estava molhado, como se tivesse acabado de lavar, solto e despontando em volta dos ombros.

Ombros que, de alguma forma, pareciam muito maiores sem as roupas, destacados pela cintura afilada.

Niya forçou os olhos a não continuarem descendo para onde as calças de couro pendiam frouxas nos quadris.

Uma pontada de calor a dominou, e imagens do passado irromperam na mente dela: suas mãos correndo pelo peitoral forte do pirata, o sorriso preguiçoso de Alōs ao se esparramar sobre a cama.

Traidores, sibilou ela em silêncio para os próprios pensamentos, pestanejando a fim de recobrar o juízo.

– E mais uma vez – murmurou Alōs, pendurando a toalha na pia –, a dançarina do fogo vai aonde bem quer, mesmo sem receber convite.

Niya voltou a se empertigar, a irritação logo provocada.

– Sua porta estava aberta – argumentou. – Quem se lava com a porta aberta?

– Alguém que emprega uma tripulação *capaz de bater*. Devo acreditar que meus piratas são mais bem-educados do que uma dama de alta linhagem?

Niya franziu os lábios.

– Não tenho prazer nenhum em encontrá-lo nesse estado.

– Ah, então veio aqui pra falar sobre como encontra prazer? – Ele arqueou uma das sobrancelhas escuras.

A dançarina abriu a boca, mas depois fechou ao sentir um rubor vergonhoso se espalhar pelas bochechas. *Pelo Ocaso, ele é impossível!*

– Como posso ajudá-la, Niya? – Alōs se aproximou, trazendo mais daquele poder gelado que apenas ficava mais intenso sobre o peito bem-definido. – Deve ser algo muito importante para tê-la trazido correndo até aqui.

– Você não vai vestir uma camisa? – questionou ela, observando com cautela enquanto ele se aproximava.

– Não terminei de me lavar – disse Alōs. – Por que vestir uma camisa se vou precisar tirar logo depois? A menos que não se incomode de ficar assistindo enquanto termino? – O sorriso dele era provocante.

Niya deu um passo para trás quando Alōs ocupou o batente da porta, e a magia dela girou nas veias, desconfortável.

Mas desconfortável com o quê? *Esse é Alōs*, lembrou-se a si mesma. Não era como se já não o tivesse visto sem camisa – assim como vários outros durante as festas no Reino do Ladrão, aliás.

Ela precisava terminar depressa o que viera fazer ali e ir embora.

– Vim avisar que sinto uma tempestade chegando.

Alōs inclinou a cabeça.

– Você *sente?*

– É. – Ela assentiu. – E acho que vai ser das grandes.

O pirata espiou por cima do ombro de Niya, olhando as janelas por trás da escrivaninha, observando as águas calmas e o céu azul.

– Que interessante – refletiu ele. – Consegue sentir algo assim mesmo quando a tempestade ainda está a uma boa ampulheta de distância?

– O ar... Acontece uma movimentação característica no vento quando as tempestades se formam – explicou Niya, antes de franzir as sobrancelhas. – Espere, você sabia que íamos passar por uma tempestade?

– Sabia. – Ele se encostou contra o batente da porta, os braços cruzados. – Sempre há tempestade ao entrar nas águas ocidentais em direção ao Vale dos Gigantes.

Niya piscou.

– Mas...

– Pois não?

– Bom, então por que todos no convés parecem tão despreocupados? Eles não deveriam estar, sei lá, correndo contra o tempo?

Alōs sorriu.

– Não é a primeira tempestade que essa tripulação enfrenta. Nem será a última. Embora as tempestades ocidentais sejam notórias por afundar muitos navios, meus piratas ainda sabem o que fazer quando enxergam uma no horizonte.

– Ah.

Niya franziu a testa, mas as palavras de Alōs não haviam feito muito para aliviar sua preocupação.

– O que foi? – indagou ele.

– Nada. – Ela se virou para sair. – Desculpe ter desperdiçado o seu tempo.

– Niya – chamou ele, detendo-a.

A dançarina encarou seus olhos azuis.

– Pois não?

Alōs comprimiu os lábios, avaliando-a por um momento enquanto as sobrancelhas se franziam, contemplativas.

– Espere aí – disse ele. Depois de voltar para o quarto, o capitão reapareceu com um pequeno frasco marrom. – Tome. – Ele estendeu o objeto para ela.

– O que é? – Niya virou a garrafinha entre os dedos, fazendo o líquido lá dentro respingar.

– Óleo de alga marinha.

Os olhos de Niya voaram para encontrar os dele, um toque de confusão correndo em suas veias.

– Serve pra ajudar com...

– Ferimentos – completou ela, falando baixinho.

Alōs manteve a atenção sobre a dançarina, o puxão dos poderes dele envolvendo ambos, entrelaçando-se ao dela.

– Isso.

Niya queria perguntar a razão. Por que ele daria o remédio a ela? Estava arrependido por chicoteá-la? Por infligir os mesmos ferimentos que aquilo deveria curar? Mas tal coisa seria ridícula.

Ela desobedecera às ordens de propósito, traíra a tripulação e obtivera o conhecimento de que Alōs precisava salvar a terra natal antes de salvar a própria cabeça.

Não havia como evitar sua sentença ou a ira do capitão.

Ela própria teria punido qualquer um do mesmo jeito. Provavelmente faria pior.

Uma confusão inquieta percorreu sua coluna.

Você acha que ele é um bom capitão?

Ele é o melhor que existe.

Mas esse é Alōs Ezra, argumentou ela. O pirata frio e implacável que partira seu coração, mantivera a identidade dela e das irmãs como refém e chantageara seu rei.

Niya baixou os olhos para o frasco.

– Saffi falou que ia me dar um pouco do óleo dela.

– Entendi – falou Alōs, devagar. – Então acho que não precisa...

– Dada a extensão das minhas cicatrizes... – Ela enfiou a garrafinha no bolso da calça, bem longe da mão estendida do pirata. – Vou precisar de todo óleo que eu puder conseguir.

Quando ela voltou a olhar para cima, viu um lampejo de algo nos olhos dele, que desapareceu rápido demais para que pudesse identificar.

– Sim, bem... caso precise de mais...

– Eu peço por aí.

As feições de Alōs endureceram ao assentir. Ele deu um passo para trás.

– Se quiser ajudar antes da tempestade, procure Kintra. As coisas ficam bem ruins, e sempre há muitos caixotes para amarrar.

A tensão que se acumulara no cômodo diminuiu com as palavras de Alōs.

Eles estavam de volta aos papéis de maruja e capitão.

Qualquer estranheza que estivesse se formando foi embora.

– Agora, se me der licença – falou Alōs, virando-se para seus aposentos privados –, tenho certeza de que consegue achar a saída, já que entrou com tanta facilidade.

– É sempre fácil quando a porta está aberta! – gritou ela aborrecida assim que a porta do quarto de Alōs se fechou, escondendo a imagem de seu corpo metade exposto.

Com os punhos cerrados, Niya marchou para fora da cabine, arrependida de ter entrado ali para começo de conversa. Porque, como o frasco em seu bolso podia atestar, talvez Saffi estivesse certa – talvez Alōs *fosse mesmo* um bom capitão. E a ideia não lhe descia bem.

A ideia de que fosse o *melhor* capitão, contudo, era algo que Niya continuaria negando até a morte.

E, se aquelas tempestades fossem tão ruins quanto Alōs dissera, ela talvez nem precisasse esperar muito por esse dia.

CAPÍTULO VINTE E SEIS

O *Rainha Chorosa* surgiu sobre uma onda, os pingos da chuva forte atingindo Niya feito navalhas enquanto ela se agarrava com firmeza em um cordame amarrado ao mastro principal. As velas chicoteavam lá no alto como trovões contra o vento. Apesar da preparação vigorosa da tripulação ao avistar as nuvens ameaçadoras no horizonte, todos estavam gritando, correndo, caindo, se levantando e correndo ainda mais. As cordas se soltavam e saíam voando, e eram amarradas outra vez. O navio balançava para a frente e para trás, para a frente e para trás, enquanto ondas tão altas quanto a vela principal batiam contra o casco.

Agora Niya sabia o motivo pelo qual o comércio era fraco no oeste de Aadilor. Estava encharcada até os ossos. Riachos de água corriam por seu rosto, espirravam em seus olhos, o gosto de água salgada enchendo sua boca. Um raio iluminou o céu acima do navio, as velas brancas brilhando sob a tempestade.

Ela se segurou com força, sentindo-se embriagada com tanto balanço. Seu corpo coletava o máximo de poder possível da movimentação. Houve momentos em que até precisou lutar para não cair desmaiada no pandemônio de energia. Apesar do toque de gelo da chuva, seu corpo queimava de poder, a pele chiando e a magia querendo ser libertada.

Um grito soou acima dela, e Niya levantou a cabeça para ver Bree batendo contra o cesto da gávea e despencando pela borda. A dançarina ergueu a mão, lançando ondas alaranjadas e brilhantes de poder a fim de aparar a queda da menina. O peso de Bree atingiu seus dons conforme estes a envolviam como uma corda, trazendo-a em segurança para o convés junto dela.

– Niya – arquejou Bree, os olhos arregalados, a pele pálida de frio e medo. A chuva espalhava seu cabelo curto por cima da testa. – Você salvou minha vida!

– Segure isso! – gritou Niya, agarrando uma corda que se soltara e agora balançava contra o mastro diante delas.

Ela entregou a corda para Bree. E então uma sensação avassaladora a atingiu pelo flanco. Niya se virou e enxergou uma onda enorme se formando pelo lado estibordo do navio.

Girando, a dançarina juntou mais energia antes de empurrá-la para fora, ondas quentes de poder se estendendo por seus braços para bater contra a parede de água.

As duas forças colidiram, um escudo vermelho e brilhante bloqueando a ameaça agitada antes que esta caísse de volta pela amurada em direção ao mar. No instante seguinte, caixotes se soltaram das redes, rolando na direção delas. Niya virou a mão, tirando os caixotes do caminho com uma explosão de magia. Seus músculos gritavam tanto pelo esforço quanto pela euforia conforme cada vez mais poder se juntava para atacar os destroços caindo e as ondas invasoras.

Niya estava lutando contra o deus perdido Helvar, senhor do oceano, e aquilo era incrível.

– Aqui! Amarrem-se! – gritou ela para os piratas que começavam a se aglomerar no ponto onde ela e Bree se agarravam ao mastro principal.

A tripulação parecia achar que a dançarina era a coisa mais segura no convés. Niya quase riu da ironia – poucas ampulhetas atrás, aqueles homens e mulheres a evitavam como uma praga.

Agarrando a corda extra de Niya, os marujos começaram a passá-la pela cintura.

Pelo canto do olho, Niya viu Saffi a bombordo tentando empurrar as ondas que se aproximavam assim como a dançarina havia feito, seus poderes saindo grossos e prateados da ponta dos dedos. Embora a mestre de artilharia fosse talentosa, sua magia causou pouco estrago quando as ondas gigantes desceram.

A água atingiu o convés com um rugido furioso, insurgindo e derrubando a maioria dos piratas.

– Saffi! – gritou Niya ao ver a mulher tropeçando no convés antes de passar o braço em torno da roda de um dos canhões amarrados.

Um suspiro de alívio escapou dela ao ver a mestre de artilharia em segurança, pelo menos o suficiente para que a dançarina pudesse voltar sua atenção para o restante do navio.

Therza estava agarrada à rede perto da proa, com a cabeça inclinada para trás enquanto gargalhadas exultantes ecoavam dela, como se a tempestade fosse uma velha amiga contando uma piada. Um novo relâmpago brilhou no alto, destacando os riscos de chuva que escorriam pelas bochechas redonda da mulher, mas Therza apenas riu mais forte.

– Essa aí é louca – murmurou Niya, afastando o cabelo dos olhos.

Centelhas verdes a fizeram se virar para ver Alōs ao lado de Boman no timão. Uma bolha gigante de seus dons crescia ao redor deles, iluminando-se a cada soco da tempestade, mas nem a chuva, o vento ou as ondas conseguiam entrar.

Como se sentisse que ela estava observando, Alōs fixou seus olhos turquesa nos da dançarina. Um farol brilhante na tempestade escura.

– Não lute contra as ondas! – gritou ele para Niya por cima do barulho.

– Quê? – Ela pestanejou sob a chuva, que caía feito granizo em suas costas. Seus ferimentos chiavam em agonia, mas Niya os ignorou.

– É mais energia para lutar! – Alōs disparou um raio de magia da palma da mão, através do escudo, capturando a cabeça de uma onda ameaçadora que se aproximava.

Ele alongou a crista, esticando a curvatura da onda para que esta quebrasse do outro lado do navio, de volta para o mar.

Menos danos.

Niya se virou para a proa, observando a frente do *Rainha Chorosa* subir e subir ao longo de uma montanha de mar furioso. O movimento a fez cambalear para trás, e o navio quase ficou na vertical.

Com certeza a embarcação partiria ao meio ao descer.

Não lute contra as ondas, dissera Alōs.

Pegando impulso a partir da corda amarrada ao mastro principal, Niya deslizou pelo convés e pulou para a proa.

Aterrissou com força enquanto o *Rainha* se inclinava de forma precária e começou a mover o corpo ao som da tempestade. Ela girou os quadris para a água quebrando, sentiu o movimento do mar logo abaixo, as ondas surgindo. Niya estendeu os braços, mais e mais e mais. *Flua mais. Flua adiante. Se estiiiiiique*, disse ela ao mar de Obasi. A pele dela chiava com as intenções da magia, o vapor saindo das roupas conforme a dançarina tecia seus poderes em uma ponte levemente inclinada a partir do topo da onda. A água deu mais espaço, emaranhando-se fácil no líquido laranja da corrente criada por Niya. Ela não estava mais lutando contra a tempestade, e sim trabalhando com a energia que já estava em movimento, moldando-a para torná-la suave. O navio chegou à crista da onda e seguiu pela magia, deslizando, com certa gentileza, de volta para o oceano.

Eles venceram a onda seguinte, muito menor, e, de repente, a tempestade estava às costas deles – o *Rainha Chorosa* havia atravessado.

Niya respirou fundo, os ouvidos zumbindo com os ecos dos trovões que se distanciavam, e olhou para a água cinza e tranquila e para o céu nublado que os saudava. Se não fosse capaz de virar as costas e testemunhar a existência da tempestade diminuindo atrás deles, teria acreditado que tudo não passara de um sonho.

Embora a magia ainda vibrasse em suas veias, a cabeça zonza com a adrenalina de toda aquela movimentação recente, os ombros de Niya relaxaram quando uma onda de alívio inundou seu peito.

Ela deixou a proa e foi caminhar ao longo do convés principal. O navio estava encharcado, com partes da amurada estilhaçadas pela tempestade, caixotes quebrados, sacos de areia vazando e uma vela rasgada. Mas ainda estava navegando, ainda flutuando. O *Rainha* era forte.

– Bem, isso foi divertido – falou Niya, andando até Kintra, que estava ajoelhada a bombordo entregando bandagens para Mika enquanto este enfaixava os poucos piratas que haviam se cortado e estavam sangrando.

Kintra olhou para ela, franzindo as sobrancelhas.

– Como é que você está seca?

Niya baixou as vistas. Suas roupas não estavam mais grudadas na pele por causa da tempestade. Na verdade, pareciam lavadas e passadas. Seu cabelo também não estava um emaranhado encharcado, e sim seco e volumoso na trança. Suas costas até pareciam renovadas. *Uau!*, pensou ela com uma alegria surpresa, voltando a olhar para Kintra.

– Magia? – sugeriu a dançarina com um sorriso.

Kintra bufou enquanto se levantava, as botas molhadas chapinhando ao andar.

– Você se incomoda de compartilhar essa dádiva?

– Tudo bem.

Niya esfregou as mãos, reunindo a magia em uma bola vermelha e cintilante. Ela estendeu a mão e soltou a massa de calor sobre Kintra. A coisa desceu pelo corpo da intendente como uma nuvem, dissipando-se a seus pés e deixando a túnica marrom e as calças completamente secas, a pele da mulher brilhando como se tivesse acabado de tomar um banho a vapor.

– Pelos deuses perdidos. – Kintra inclinou o corpo, olhando para si mesma com admiração.

Niya sorriu antes que a sensação de formigamento de estar sendo observada a fizesse se virar e encontrar Alōs parado acima delas no tombadilho.

Ele estava imponente na casaca preta, as mãos segurando o corrimão diante dele enquanto sua energia gelada se misturava ao ar já bastante frio. O olhar dele oscilou de Niya para Kintra, que estava ao lado da dançarina, e depois para o grupo reunido de piratas encharcados que cutucavam a roupa seca da intendente como se testemunhassem um milagre.

Quando Alõs voltou a encarar Niya, algo em seus olhos se suavizou de leve, e ele lhe deu um aceno com a cabeça.

Um gesto que poderia quase ser interpretado como um agradecimento.

Contra a própria vontade, Niya sentiu o peito esquentar com um calor estranho e desconfortável, mas não teve muito tempo para analisar o sentimento: marinheiros molhados estavam começando a formar uma fila diante dela.

Ao que parecia, havia acabado de ser escalada para o serviço de secagem.

Contendo um sorriso, a dançarina acenou para que o primeiro pirata chegasse mais perto.

Havia acabado de secar o último homem quando uma corneta soou no cesto da gávea.

– Preparem-se – gritou Bree lá de cima. – A Bruma Zombeteira está chegando!

Niya foi até a amurada a estibordo, espiando lá fora.

Ela tinha ouvido os rumores da tripulação sobre a tal névoa, mas, dado que ainda a estavam ignorando na época, Niya não tinha entendido ainda o que exatamente fazia com que aqueles piratas formidáveis gaguejassem de medo.

A dançarina observou a bruma se erguer aos poucos da água cinzenta, como se as mãos do Ocaso estivessem se estendendo para capturar algum marinheiro azarado para suas profundezas. O vapor encheu o ar, obstruindo a visão do caminho e apagando lentamente o navio enquanto este perfurava a bruma. O *Rainha Chorosa* não navegava mais pelo mar, flutuando em vez disso em um mundo de nada. Niya estreitou os olhos para o branco, mal conseguindo enxergar dois palmos na frente do nariz. As tábuas de madeira sob seus pés sumiram, como se os deuses perdidos tivessem começado a apagar aquela parte do mundo.

Ervilha e Felix, que estavam mais perto de Niya, foram recuando, enfiando as mãos nos bolsos de forma frenética para encontrar itens que pudessem enfiar nos ouvidos. Outros taparam as orelhas com a mão e se encolheram em posição fetal no convés antes que a névoa os cobrisse. Piratas que haviam acabado de correr para a boca de uma tempestade, e que agora tremiam e se acovardavam ao serem engolidos pela massa envolvente.

Kintra se aproximou de Niya, oferecendo duas pequenas bolas de cera.

– É melhor tapar os ouvidos agora.

Niya aceitou os itens.

– Essa é a Bruma Zombeteira?

– Aham. – Kintra assentiu. – E funciona como o nome sugere, só que pior. Agora vá em frente, coloque isso no ouvido. Se ainda está me escutando é porque vai conseguir escutar a bruma, e ninguém deixa a bruma do mesmo jeito caso a escute.

Niya espiou por cima do ombro, distinguindo apenas Alōs ao lado de Boman no leme. O lorde-pirata era como uma mancha de tinta preta contra o abismo branco, seus olhos brilhantes formando um farol azul e nebuloso contra o ar turvo enquanto ele olhava para a frente.

Niya percebeu Boman colocando suas bolas de cera.

– Mas e o capitão? – quis saber Niya. – Eu não o vi...

– Alguns homens precisam do lembrete da bruma – respondeu Kintra, antes de tapar os ouvidos.

Niya pesou as bolinhas em sua palma.

As irmãs zombavam dela o tempo todo. Quase de forma incessante. Ela também fazia parte das Mousai, tinha testemunhado muita coisa aterrorizante, e havia tido audiências com o Rei Ladrão em todos os seus variados humores. O quão ruim aquela névoa podia ser em comparação?

Fechando a mão em torno da cera, Niya decidiu esperar para ver.

Os sussurros começaram discretos.

Não vinham de uma direção, mas de todos os lados, como se o próprio ar contivesse milhares de vozes.

Olá, Niya, cantarolou a bruma. *Olhe só pra você aqui, no meio dessas pessoas. O quanto envelheceu, enrugou e queimou a bordo deste navio. Quanta beleza foi perdida. Que pena, que vergonha.*

O tilintar agudo de uma risada preencheu sua cabeça.

Suas mãos estão tão grossas, e os pés estão com bolhas. Cicatrizes nas costas. Repugnante. Repugnante. Repugnante. E o que sua família vai fazer quando esses dois anos se passarem? Porque é o tempo que vai ficar acorrentada aqui. Sua garota estúpida e boba. Sempre apostando no que não pode vencer. É uma decepção pra sua família. Uma decepção. Suas irmãs não terão utilidade pra você agora. Nenhuma utilidade. Nenhuma. Elas já seguiram com a vida. Esqueceram de você. Faz muito tempo. E seu pai, sim, sim, o pobre Dolion, irá substituí-la, encontrar outra pessoa para compor suas preciosas Mousai. Você deve ter perdido tanta coisa. Tantas aventuras que suas irmãs viveram sem você. E quem é Niya? Ninguém lembra.

Risadas agudas soaram ao redor. A respiração de Niya ficou acelerada conforme seus medos mais profundos ecoavam pelo ar.

Você está completamente sozinha agora. Completamente sozinha, continuou a bruma. *Mas está ficando acostumada com isso, não é, dançarina do fogo?* A voz assumiu o timbre profundo de Alōs, correndo fria por seu pescoço. Niya se virou, mas não havia ninguém ali, apenas neblina, apenas a bruma. *Mesmo quando aqueci sua cama, você estava sozinha. Tão ingênua, tão ansiosa em me agradar. Me escolheu no lugar da sua família. Me deu seu coração, algo que eu nunca quis. Diga-me, você chorou depois que fui embora naquela noite? Ainda chora?* As palavras nadaram ao redor dela, dilacerando tudo, antes de a voz retornar para a forma aguda da névoa.

Você é uma fantasia, disse a bruma. *Eles só a desejam porque enfeitiça a mente deles com um rodopio. Um giro. Você teme isso, Niya. Sabemos que sim. Sabeeeemos. Conhecemos suas dúvidas. Você não é esperta como Arabessa. Não é gentil como Larkyra. Ninguém a valoriza pelo seu cérebro. Mais risadas. Não não não. Não você. É só o seu corpo. A sua magia. É só o que desejam ter. O que anseiam por tocar. Quem é você sem essas coisas? O que pode oferecer pra sua família? O que pode oferecer para o pirata? Inútil. Inútil e sozinha. Você é o elo mais fraco do trio. Pois veja quantas vezes você as desaponta. Se sua mãe estivesse viva, estaria envergonhaaaaada. Envergon...*

Niya enfiou a cera nos ouvidos, interrompendo os murmúrios cruéis. Ela estava tremendo. Um poço de vergonha fora aberto em seu peito.

No entanto, mesmo com a audição bloqueada, a dançarina ainda podia ouvir as palavras malignas ecoando em sua alma. *Elas já seguiram com a vida. Esqueceram você. Ninguém a valoriza pelo seu cérebro. É só o seu corpo. A sua magia. Quem é você sem essas coisas? É o elo mais fraco do trio.*

Niya abraçou o próprio corpo a fim de conter outro arrepio. Sua magia havia até recuado para as profundezas, pequena e encolhida como uma criança perdida no escuro.

Você chorou depois que fui embora naquela noite? Ainda chora?

As bochechas de Niya queimaram.

Que lugar horrível era aquele.

Ela nunca mais cometeria o erro de escutar a bruma outra vez.

Após mais um quarto de ampulheta, a bruma começou a se dissipar devagar, trazendo o navio de volta ao foco. Redes, caixotes, mastros e um trecho do convés.

Niya viu Therza ajudando Bree e Ervilha no lugar onde os dois estavam sentados juntos, encolhidos, enquanto outros tiravam a cera das orelhas.

Alguns piratas, como Felix, permaneciam se balançando para a frente e para trás em um canto, um choro baixinho emanando da cabeça abaixada.

Ninguém dava atenção para eles enquanto passavam, apenas deixando que os marujos lidassem com qualquer mal que ainda ecoasse em silêncio em seus corações.

Niya procurou por Alōs, tentando imaginar que tipo de lembretes horríveis o lorde-pirata precisaria ouvir, mas, quando olhou para seu posto habitual ao lado do leme, Alōs não estava mais lá.

CAPÍTULO VINTE E SETE

O sol brilhava faminto sobre o Vale dos Gigantes, ávido por cobrir tudo, e Niya teve dificuldade para encontrar uma faixa de sombra desocupada no convés. Encolhendo-se junto a uma pilha de caixotes a bombordo, protegeu os olhos da claridade enquanto estudava a terra que se erguia ao redor. Estavam navegando por um cânion, as laterais pintadas de carmesim, o calor implacável do sol queimando as imponentes rochas de arenito – que, Niya aprendera, tinham rendido ao lugar o nome de Vale dos Gigantes: monólitos de pedra ascendente.

A partir do mar de Obasi, eles tinham levado dois dias para alcançar o rio largo pelo qual agora navegavam. A água ali era de um verde lamacento em comparação com o céu límpido azul-celeste. E embora o ar estivesse seco, continha um doce, como se os sedimentos produzissem uma fragrância. As velas do navio estavam recolhidas, pois nenhum vento era necessário a fim de impulsioná-los para a frente. De alguma forma, a correnteza fluía depressa para o interior do terreno, como se o lugar soubesse o destino que qualquer visitante procurava.

Saffi se encostou nos caixotes ao lado de Niya, limpando as unhas com uma lasca de madeira enquanto Therza e Bree descansavam na última faixa de sombra a seus pés.

A tripulação estava cansada, é claro que estava. Haviam acabado de passar por uma tempestade, apenas para dar de cara com a Bruma Zombeteira. Todo mundo ali estava precisando de uma bebida.

– O capitão vai fazer um anúncio. – Saffi acotovelou Niya.

Alōs caminhou até o centro do tombadilho enquanto os piratas se reuniam ao redor. Kintra assumiu sua posição habitual à direita dele.

Apesar do calor crescente, o lorde-pirata permanecia todo de preto. Sua postura era relaxada, mas autoritária, esperando que a tripulação se juntasse no convés abaixo. Niya estava tão acostumada a vê-lo durante a noite que havia se esquecido de como o sol complementava seu tom de pele marrom, suavizando as feições severas. A brisa se infiltrava pelo cabelo cor de ébano enquanto o olhar penetrante os observava.

– Meus irmãos e irmãs – começou Alōs, a voz profunda ecoando pelo cânion. – Primeiro, quero elogiá-los pelo trabalho corajoso ao adentrar as terras do oeste. Poucos sobrevivem pra ver esta parte do mundo, mas nunca duvidei do nosso sucesso. Vocês podem ser um bando de canalhas e ladrões, mas são os canalhas e ladrões mais talentosos que existem.

Alguns gritos animados vieram dos piratas. Niya cruzou os braços sobre o peito, achando graça em como aquele grupo podia ser seduzido com facilidade por seu capitão.

– Em breve, seremos recebidos pelas pessoas do vale, e, devo lembrar, esta *não é* uma missão de pilhagem. Viemos até aqui pra descansar, para consertar o que foi quebrado na tempestade e pra reabastecer itens em troca de parte dos nossos lucros. Não podemos começar uma guerra aqui ou fazer inimigos. Este rio... – Alōs gesticulou para a água ao redor deles – ...é nossa única saída.

Os cochichos preencheram o ar.

– O que foi? – perguntou Niya, se inclinando para Saffi.

– É uma armadilha – murmurou a mestre de artilharia, apontando para as bordas do cânion de cada lado. Niya conseguia ver pilhas de rocha amontoadas ao longo do topo. – Se estivermos sob ataque, não temos como sair daqui. As pessoas do vale garantiram isso. Empurre aquelas pedras e *puf*.

– Por quanto tempo vamos ficar, capitão? – perguntou Bree ao lado de Niya.

– E quando vamos voltar a encher nossos cofres? – questionou Emanté, que estava pendurado em uma rede próxima.

Ou ele era um homem que não possuía uma camisa ou achava que o item era um acessório inútil, pois Niya nunca o vira usando uma.

Murmúrios de curiosidade compartilhada irromperam no grupo, e Niya ficou esperando pela resposta de Alōs com igual ansiedade. Ela se perguntava como ele iria explicar o propósito de terem navegado até ali.

– Se formos recebidos pela Rainha Runisha e pelo Rei Anup, ficaremos aqui por alguns dias – respondeu Alōs. – Esta parada é pra descansar, mas também para obter informações sobre onde podemos encontrar mais alguns itens bonitos pra acrescentar aos da última incursão na Ilha Cax. Enquanto estávamos na Baía do Escambo, ouvimos rumores sobre uma possível recompensa a ser conquistada mais a oeste. Então já sabem como se portar nessa visita, minha bela escória. Mantenham os ouvidos abertos, conversem com as pessoas. Sempre existem pistas de quais cidades próximas podem estar sendo abençoadas *em excesso* pelos deuses perdidos. Gente poderosa precisa de algumas ratazanas para manter a humildade.

Gritos e risadas encheram o ar.

Niya revirou os olhos.

— E quem sabe — continuou Alōs. — Podemos precisar fazer uma parada no Banco do Tesouro da próxima vez que estivermos no Reino do Ladrão.

A tripulação riu, e Alōs os dispensou para que se preparassem para atracar.

— Eu com certeza vou ter que fazer uma parada lá — falou Bree, virando-se para Niya e Saffi. — Principalmente depois da pilhagem em Cax.

— Espere... — Niya franziu a testa. — Vocês têm mesmo uma conta no Banco do Tesouro?

Aquele era o banco mais exclusivo do Reino do Ladrão. Apenas os mais ricos entre os ricos guardavam seus objetos de valor por lá. Objetos que geralmente advinham de trocas ou do comércio ilegal, é claro, mas nem por isso menos valiosos.

— Claro — respondeu Bree. — Todos nós temos. Onde acha que guardamos tudo o que pilhamos? Este navio é enorme, mas não consegue carregar um cofre grande o suficiente para todas as coisas que acumulamos ao longo dos anos. Somos os piratas do *Rainha Chorosa*. A embarcação mais veloz das águas de Obasi. A tripulação mais temida de todos os...

— Sim, sim. — Niya abanou a mão. — Já conheço todas as incríveis conquistas deste navio.

— Então não deve ser nenhuma surpresa descobrir que muitos de nós também possuem terras — explicou Saffi. — Possuímos lojas, propriedades e sustentamos amantes. — Ela deu uma piscadela. — Precisamos de um lugar pra guardar nossos investimentos.

— Investimentos? — Niya arqueou as sobrancelhas. — Quem diria que piratas podem ser tão financeiramente responsáveis?

— Ao que parece, qualquer um menos você — disse Saffi.

— Niya — chamou Kintra, parada junto às escadas que levavam ao convés inferior. — O capitão deseja vê-la.

— Já está com problemas de novo, Vermelhinha? — perguntou Saffi, abrindo um sorriso divertido.

— E seria um bom dia se eu não estivesse?

Niya deixou a mestre artilheira e a companheira de beliche rindo e seguiu Kintra até os aposentos de Alōs.

Seus nervos zumbiam a cada passo que dava na direção da porta aberta, a escuridão do corredor se fechando sobre Niya enquanto ela andava rumo à luz. Imagens da última vez em que estivera ali cruzaram sua mente: o peitoral exposto e reluzente de Alōs, seu sorriso provocante e a oferta de óleo de alga marinha para ajudar na cicatrização das feridas. Fora um momento estranho de generosidade por parte do lorde-pirata, algo que ela tentou se esquecer ao adentrar a cabine.

Como sempre, o espaço estava inundado com sua presença fria, um tom verde-claro de magia que cobria tudo com possessividade.

O poder de Niya rodopiou nas entranhas quando olhou para a silhueta grande de Alōs, todo de preto, curvado sobre a escrivaninha, examinando uma caixa delicadamente esculpida. Um brilho vermelho escapava da caixa, pintando suas feições e marcando as maçãs do rosto angulares.

– Queria me ver? – indagou Niya, conforme Kintra vinha se postar a seu lado.

Os olhos brilhantes de Alōs se ergueram, percorrendo-a de cima a baixo enquanto fechava a tampa da caixa com um estalo.

A luz rubi se apagou quando ele se recostou na cadeira.

– Sim, queria discutir o que precisará ser feito quando estivermos visitando as pessoas do vale.

Niya esperou enquanto Alōs corria um dedo pela borda da caixa em sua mesa.

– Como sabe, descobrimos através de Cebba que alguém representando a família real comprou a outra parte da Pedra Prisma a fim de transformá-la num presente para a jovem Princesa Callista. O que não sabemos, no entanto, é que tipo de presente. Poderia ser um colar? Um bracelete? Um cetro?

– Um anel? – sugeriu Niya, exibindo um olhar significativo.

– Sim, até mesmo um anel – disse Alōs, estreitando os olhos. – Embora fosse ser um acessório bem pesado, já que a última parte da pedra é bem grande.

– Como sabe? – perguntou ela.

– Quem você acha que dividiu a joia pra começo de conversa? – rebateu Alōs. – Mas, apesar desses detalhes desconhecidos, é bom presumir que, não importa em que forma esteja a Pedra Prisma, ela estará no cofre de tesouros da princesa.

– Supondo que ela tenha um.

– Todo mundo da realeza tem um cofre pessoal – falou Kintra ao lado dela, cruzando os braços. As queimaduras elevadas em seu bíceps ficaram mais salientes.

– E você é amiga de muita gente da realeza, é? – perguntou Niya, olhando de lado para a intendente.

– Sou pirata e ladra. E das boas. Sou amiga de qualquer lugar onde itens caros estejam armazenados.

– Sim, e para chegarmos nessa sala – continuou Alōs, capturando a atenção de Niya de volta para onde ele se sentava por trás da escrivaninha, como se fosse da realeza, com o grande rio por onde navegavam compondo a paisagem através das janelas –, vamos precisar entrar no palácio. O que não vai ser difícil, dado que, quando qualquer turista como nós visita um lugar como aquele, os governantes sempre exigem uma audiência para garantir que nenhuma ameaça ao povo seja feita. Vamos presentear a família real com uma oferta calorosa de paz em troca da nossa estadia. Por costume, nos convidarão pra jantar.

– Inteligente – comentou Niya.

– Somos o *Rainha Chorosa* – explicou Alōs. – Inteligência é apenas um dos nossos muitos atributos.

– E a humildade não é um deles – acrescentou Niya. – Vocês nunca se cansam de elogiar a si mesmos?

– Não – responderam Alōs e Kintra ao mesmo tempo.

A dupla compartilhou um sorriso, o que fez algo quente e desagradável se contorcer no peito de Niya.

Kintra é a exceção.

Niya afastou o desconforto.

– E depois que estivermos lá dentro?

– Depois que entrarmos, precisamos estar preparados pra todo tipo de coisa. Mas, no fim, encontraremos a Pedra Prisma e a substituiremos por uma falsa.

– Uma falsa?

Alōs girou a caixa em sua mesa e a abriu.

Uma grande pedra vermelha brilhava em uma cama de cetim branco. Não tinha corte, permanecendo bruta, mas não era uma joia menos gloriosa por isso. Tinha o tamanho do seu punho.

– Essa é falsa? – perguntou Niya, chegando perto. – Ela é tão…

– Linda? – completou Alōs, fechando a tampa. Niya piscou com a repentina perda do deslumbramento que preenchera a cabine. – Sim, e deveria ser, já que veio do próprio cofre real de Esrom – continuou ele. – Pode não fazer parte da Pedra Prisma, mas com certeza tem seu valor.

– E onde me encaixo nesse plano?

– Depois que Kintra e eu tivermos avaliado a situação no palácio, você vai garantir que os próximos passos transcorram sem problemas. Que possamos recuperar a outra metade da pedra não importa o que aconteça. Não importa de que forma a ajuda seja necessária, você vai ajudar. Enfeitiçando guardas, distraindo convidados e *dançando* – completou ele, com um sorriso afiado. – Precisa estar preparada pra fazer tudo isso. Assim como prometeu.

Niya sustentou o olhar penetrante do pirata, seu coração começando a bater mais rápido. Fosse pela antecipação do roubo ou pelo homem diante dela, ou quem sabe as duas coisas, Niya não pôde deixar de sentir um calafrio percorrer sua coluna. Estava se aproximando da própria liberdade.

– Sim. – Ela assentiu. – Vou fazer o que prometi.

– Ótimo.

Alōs se recostou na cadeira e uniu a ponta dos dedos sobre o peitoral largo, examinando-a.

E embora Niya odiasse aquele olhar avaliador, ela ficou parada, com o queixo erguido. *Duas pessoas podem jogar esse jogo*, pensou. O silêncio se estendeu entre os dois antes que, mantendo os olhos fixos nos dela, Alōs abrisse uma gaveta à direita.

– Fiquei debatendo se deveria devolver isso a você – falou ele, revelando as adagas da dançarina junto com as bainhas.

Ele depositou os itens na mesa, as mãos permanecendo possessivas por cima dos punhos esculpidos.

O coração de Niya deu um salto ao vê-las. Achava que estariam perdidas para sempre depois de terem sido confiscadas em Esrom. Os dedos de Niya se contraíram ao lado do corpo, querendo pegar as armas. *São nossas*, arrulhou a magia.

– E você já se decidiu? – Ela arqueou uma sobrancelha, fingindo indiferença.

Alōs sorriu, sem se deixar enganar.

– Já. Mas vou logo avisando, se caírem nas minhas mãos de novo, não serei tão generoso em devolvê-las.

– Kintra não é a única ladra habilidosa nesta sala – falou Niya, estreitando os olhos. – Se elas caírem nas suas mãos de novo, não vai notar a hora em que sumirem.

– Nem você – disse Kintra para Niya. – Parece ser descuidada com os seus pertences, Vermelhinha. Eu seria uma dona muito melhor para estas lâminas.

– Gostaria de tornar a ameaça mais real? – Niya se virou para a intendente, a magia rodopiando em seu estômago.

. 241 .

A mão de Kintra deslizou até a faca longa embainhada em sua coxa.
– Com prazer.
– Tudo bem, vocês duas – falou Alōs, erguendo a mão. – Embora a ideia de vê-las aos socos e pontapés seja divertida, tenho muita coisa mais valiosa que vocês nessa cabine e que pode quebrar. Se querem começar uma briga, façam isso mais tarde, e lá fora. Agora pegue essas coisas. – Ele empurrou as adagas para Niya. – Antes que eu mude de ideia.

A dançarina lançou um último olhar belicoso para Kintra antes de pegar as facas, prendendo as bainhas ao lado dos quadris.

Ela segurou um suspiro de contentamento ao experimentar a sensação familiar de ter as armas ali.

– Uma última coisa antes de você ir – falou Alōs.
– Pois não?
Ele hesitou por um instante.
– Eu gostaria de agradecer.
Niya pestanejou, surpresa por um momento.
– Agradecer... pelo quê?
– Por ter ajudado com a tempestade. Eu vi você guiar a proa.

Niya não sabia o que responder ou como se sentir, tão desacostumada estava a receber elogios genuínos daquele homem.

– Bom, é... foi como eu prometi. Toda a ajuda que pudesse oferecer.
– Sim – disse Alōs, sustentando o olhar dela. – Como prometido.

Niya se remexeu, desconfortável. Percebeu que não gostava dele daquele jeito.

Agradável.

Ela precisava que Alōs continuasse mau, frio e repugnante.

Assim era muito mais fácil manter seu muro de ódio e vingança fortificado e bem alto.

Ele me usou, lembrou a si mesma, de novo e de novo. *E chantageou minha família. Está me usando agora mesmo.*

Assim como você o usou, ecoou uma pequena voz em sua mente.

– Isso é tudo, capitão? – perguntou Niya.

Ao ouvi-la utilizando o título respeitoso para se dirigir a ele, sem zombaria ou sarcasmo, algo brilhou nos olhos de Alōs. Outro lembrete da trégua momentânea que os dois tinham em vigor.

– Sim, pirata – respondeu Alōs. – Isso é tudo. Por enquanto.

As pessoas do Vale dos Gigantes se revelaram como flores desabrochando. Havia pouca gente no começo, surgindo por trás das pedras na borda do cânion, montando guarda nas reentrâncias, até se reunirem ao longo da praia perto do fim do rio onde o *Rainha Chorosa* ancorou.

Usavam túnicas com capuz tingidas em tom de laranja-queimado, de modo a camuflá-los no ambiente de arenito. Arcos e flechas tensionados e na mira, lâminas e pontas de lança refletindo os raios solares.

Kintra ordenou que os piratas carregassem baús retirados das entranhas do navio nos botes antes que os quarenta e poucos membros da tripulação remassem para a costa.

Os dois grupos se posicionaram ao longo da margem, todos se olhando com desconfiança, adicionando tensão ao ar espesso e quente.

Alōs deu um passo adiante, jogando sua espada na areia, seguida pela adaga que trazia escondida dentro da bota.

Niya ficou olhando para os piratas ao redor enquanto estes faziam o mesmo.

Ela suspirou. *Claro, bem na hora que em peguei minhas facas de volta.*

– É pra passar uma mensagem – sussurrou Saffi ao lado dela, notando sua hesitação. – Vamos pegar tudo de volta num virar de ampulheta, você vai ver.

Niya voltou a se virar e notou uma mulher alta se destacando do grupo do vale. Ela tinha a pele negra e a cabeça raspada, exceto por uma única faixa de cabelo. As orelhas estavam alinhadas com argolas de ouro.

A dançarina olhou no mesmo momento para Kintra, que estava um pouco atrás de Alōs, usando um estilo bem semelhante. A intendente parecia estar com os ombros rígidos, e Niya conseguia sentir a energia tensa que emanava. Sabia que Kintra era de Shanjaree, outra cidade da parte oeste, mas talvez o lugar fosse mais perto do Vale dos Gigantes do que pensara de início.

Alōs cumprimentou a mulher.

– *Paxala* – disse ele. *Paz neste dia.* – Minha tripulação e eu navegamos durante muitos dias. Viemos pra descansar e ver as maravilhas do Vale dos Gigantes com nossos próprios olhos. E nada mais.

A mulher inclinou a cabeça de lado, estreitando os olhos em um segundo tenso de silêncio, antes de abrir um sorriso largo.

– Alōs Ezra – disse, apertando as mãos do capitão como se os dois fossem velhos amigos. – Sua comitiva cresceu, e você também.

Ele sorriu com gentileza, acenando para os soldados atrás dela.

– O mesmo poderia ser dito sobre você, Alessia.

– Vocês não são os únicos canalhas a ousar passar pelas tempestades ocidentais nos últimos anos. Nosso exército dobrou de tamanho.

– Sério? – perguntou Alōs, arqueando as sobrancelhas. – Vejo que temos muito o que colocar em dia.

– E vamos fazer isso – disse Alessia. – Mas, primeiro, venha comigo. Tenho que levá-los até nossa rainha.

A praia ganhou vida com o movimento. Saffi se abaixou para recuperar suas lâminas e aproveitou para atirar as adagas de Niya de volta para ela. Kintra gritou ordens para que os piratas formassem pares e arrastassem os baús enquanto marchavam em fila, seguindo as pessoas do vale rumo à vegetação espessa e ressecada.

Pelo caminho, Niya aprendeu depressa duas coisas sobre aquela terra. A primeira: o calor era intolerável, e os insetos eram anormalmente grandes. A segunda: o lugar era selvagem. Em vez de ter sido pavimentada, a trilha que percorriam tinha sido aberta por anos de pés percorrendo o mesmo trajeto.

Foi uma caminhada extenuante entre arbustos e pedras, com pés doloridos e respiração ofegante. Nenhuma das pessoas do vale falava com os piratas, e vice-versa. Apesar do capitão e da comandante parecerem se conhecer, aquele continuava sendo um jogo de avaliação, de olhos atentos e sobrancelhas céticas.

Quando o grupo chegou à cidade esculpida, situada na extensão de um longo planalto, Niya estava suada. Encostada em uma pedra, ela secou o suor da testa e apreciou o esplendor da cidade ao redor.

Uma multidão de colunas de arenito subia rumo ao céu. Conjuntos de rocha haviam sido esculpidos para formar casas, com escadas e pontes de corda conectando tudo. Enquanto a procissão continuava, andando de forma sinuosa pelas ruas, os cidadãos vinham até a soleira das portas, parando suas compras entre as barraquinhas dos vendedores, todos assistindo à comitiva passar. As pessoas usavam vestidos, calças e túnicas ricamente bordadas e com contas. As roupas eram tingidas em uma variedade de vermelhos, laranjas, azuis e verdes. A pele deles exibia uma variedade de tons, do negro ao branco mais pálido, tudo acentuado por redemoinhos de tinta dourada e brincos, como se a população celebrasse o tom cintilante da terra onde haviam nascido.

Uma garotinha de pele clara se escondeu por trás das pernas da mãe, olhando para Niya enquanto esta passava pela dupla, que parecia ter parado a fim de coletar água de uma torneira. A menina não devia ter mais que 6 anos, mas metade da orelha direita já estava coberta por brincos. Niya sorriu para a menina, e ela se escondeu mais um pouco.

A cidade era tão extensa quanto alta, uma mistura emaranhada de moradias construídas nas laterais ou acima das lojas. No fim, adentraram em uma ampla via principal que conduzia até um monólito de pedra. Na base, havia escadas que subiam e subiam, sem parar. Niya inclinou a cabeça para trás até ver um enorme palácio no topo, esculpido na face da rocha.

Colunas retorcidas sustentavam um teto intrincadamente esculpido em médio-relevo, onde o sol brilhava sobre o arenito, fazendo parecer que milhares de diamantes estavam incrustados na superfície.

– Nós vamos subir *ali*? – Niya quase choramingou. – Devem ser uns dois mil degraus.

– Prefiro navegar pela Bruma Zombeteira sem minha cera de ouvido – resmungou Boman ao lado dela, enxugando o suor da nuca. Foi um gesto inútil, já que sua camisa inteira estava empapada.

– Andem, seus covardes. – Saffi cutucou os dois. – Ou querem que eu diga a Kintra que se ofereceram pra carregar os baús pelo resto do caminho?

Os olhos de Niya se arregalaram.

– Você não faria isso.

Saffi apenas sorriu, aproximando-se de Kintra, na dianteira da procissão ao lado de Alōs, que conversava com Alessia. Os dois estavam envolvidos em alguma história divertida, enquanto Kintra seguia impassível, observando os arredores com os ombros tensos.

– Vamos, Vermelhinha. – Boman pegou o braço de Niya. – É melhor não a testar. Em minha experiência, essa aí faz qualquer coisa por uma risada.

No que pareceu um milagre, Niya subiu os degraus inclinados e entrou em um salão fresco e sombreado cheirando a jasmim-do-deserto e agave, uma doçura picante.

Grandes piras de fogo se alinhavam no caminho à frente, salpicadas entre enormes colunas de pedra que sustentavam o lindo teto de mosaico.

Os padrões eram geométricos e elaborados, fazendo Niya se lembrar de alguns dos vitrais encontrados nos edifícios do Conselho em Jabari.

Ao pensar em casa, uma pontada de dor tomou seu coração.

Como sentia saudades da cidade natal. Dos becos estreitos que guardavam memórias dela e das irmãs correndo pelas esquinas após anoitecer. Lark e Ara com certeza apreciariam o esplendor do lugar por onde Niya caminhava naquele momento. Ao pensar nisso, a dançarina foi tomada pelo desejo desesperado de revê-las. Nem que fosse por um instante, só para que pudesse contar tudo o que tinha acontecido desde que haviam se separado.

Niya seguiu a tripulação enquanto esta era guiada até outro salão, onde portas altas se abriram a fim de conduzi-los à sala do trono. Assim como em muitas cortes que já visitara, aquela estava alinhada de cortesãos de ambos os lados, seus olhares curiosos envoltos em roupas finas e leques de penas esvoaçantes.

Bem ao fundo, três figuras estavam sentadas em cima de um estrado, em poltronas de espaldar alto feitas de uma mistura de madeira e pedra. Foi diante deles que o grupo parou, baixando os baús, enquanto Alessia se aproximava da família real, sussurrando algo.

A Rainha Runisha, que estava sentada no meio, olhou para eles. Seu traje tinha um tom empoeirado, apertado na cintura, o que acentuava sua postura rígida. O cabelo preto estava penteado e preso de maneira firme em vários coques retorcidos, com uma coroa semelhante à do marido – uma espécie de galho retorcido entre safiras e citrinos alaranjados – descansando no topo da cabeça. O casal também tinha os mesmos olhos verdes. Porém, enquanto o Rei Anup olhava para eles de forma entediada, os olhos da rainha estavam iluminados de curiosidade e inteligência.

Ela acenou com uma mão, como se dissesse: *podem vir.*

Alōs avançou, curvando-se sobre um joelho. A tripulação o imitou em uma onda desajeitada de piratas tentando demonstrar deferência. Observando a cena, Niya sorriu, achando graça, mas também se ajoelhou.

– Majestades – começou Alōs, erguendo o rosto para as três figuras. – Agradecemos por nos receberem em sua bela cidade. Viemos de longe pra testemunhar o que o resto de Aadilor chama de ouro dos deuses perdidos. Embora sejamos apenas humildes ratos do mar, nossa visita é de paz e descanso.

Ouvindo Alōs, Niya foi lembrada depressa do quanto ele podia ser eloquente.

– Trouxemos presentes em troca da hospitalidade – continuou o capitão, gesticulando para os membros mais próximos da tripulação.

Os homens trouxeram os baús para perto e os abriram. Pilhas de riquezas brilhantes cintilavam lá dentro: joias e moedas de prata. Suspiros e murmúrios apreciativos vindos dos cortesãos preencheram o espaço. Saffi havia explicado que aquela era uma parte da pilhagem dos piratas, uma espécie de imposto que era guardado para momentos como aquele, onde precisavam parar em águas amigáveis e reabastecer. Tesouros em troca de comida e descanso.

– Levante-se, pirata. – A voz da Rainha Runisha vibrou fundo pelo salão. Era um som agradável, um tanto grave. O cantarolar de uma mãe. – Não vemos visitantes por aqui com frequência, especialmente não da sua espécie. Mas as tempestades e a bruma o deixaram passar, como já tinham feito antes.

Sim, a terra se lembra de você, Lorde Ezra, assim como de alguns dos que lhe acompanham. – O olhar da rainha passou por ele e pousou sobre Kintra. – É bom ver que se provou digno outra vez de uma audiência. Agora me diga: embora seus presentes sejam bem-vindos, são suas palavras que desejo validar. Vieram mesmo de forma pacífica?

– Sim, Majestade.

A rainha permaneceu cética.

Mas a atenção de Niya foi desviada da conversa quando um lampejo de vermelho chamou sua atenção.

Princesa Callista estava sentada à esquerda da rainha, silenciosa e obediente, aprendendo. E embora fosse uma bela visão, com a pele marrom e suave envolta em um manto rosa-empoeirado, tinha sido sua coroa que fizera o coração de Niya disparar para a garganta. O salão sumiu, assim como a tripulação, a corte e as palavras trocadas entre Alōs e a rainha. A única coisa que Niya conseguia ver, que podia saborear, era a gema vermelha desancando no meio do diadema da Princesa Callista.

A Pedra Prisma.

A magia de Niya inundou suas veias em uma onda de choque.

Estava ali. Bem ali na frente dela. Na frente de todos. Um oval redondo e puro, límpido e brilhando em vermelho, como sangue recém-derramado, em meio a um envoltório de folhas de ouro na coroa da jovem.

Niya lutou contra cada impulso de agarrar a joia e sair correndo.

É isso, gritou sua mente.

O que causava o desespero de Alōs.

O que Esrom precisava.

O que garantiria a liberdade de Niya.

Está aqui!

Niya se sentiu partida ao meio, sabendo que precisava continuar parada e indiferente entre seus companheiros, mas desejando desesperadamente apontar para a pedra e gritar: *é minha!*

Ela olhou para Alōs lá na frente.

Será que ele viu? Nada em sua postura o denunciava. Mas, de repente, *estava ali*. Na intensidade do olhar do pirata enquanto observava a jovem princesa. Era o olhar de um lobo encontrando a caça.

Callista corou sob a atenção dele.

Niya teve um instante de compaixão pela garota, pois quem poderia saber a qual nível de depravação o lorde-pirata se rebaixaria a fim de recuperar o que sofrera tanto para encontrar.

– Colocarei à prova sua oferta de paz, Lorde Alōs. – A voz de Rainha Runisha fez Niya voltar a escutar a conversa. – E, quando digo "colocar à prova", estou falando sério. Vamos oferecer nossa hospitalidade, mas saiba que meus soldados superam em dez vezes a sua tripulação.

– Então posso lhe assegurar – disse ele, abrindo um sorriso charmoso – que já passei com louvor em qualquer prova que me tenha sido dada.

A Rainha Runisha também sorriu, uma espécie de jogo parecendo estar em andamento.

– Então, grande povo do vale… – Ela voltou seu olhar para os súditos. – Venham e conheçam nossos novos amigos, pois esta noite jantaremos entre os piratas.

O salão explodiu em movimento enquanto os tesouros presenteados eram levados embora e criados saíam das sombras a fim de guiar o grupo de piratas para seus respectivos aposentos no palácio.

A magia de Niya vibrou junto com a pressa enquanto a dançarina se espremia entre os corpos das pessoas, tentando alcançar Kintra. Será que ela tinha visto a Pedra Prisma também? Sua mente fervilhava, criando planos sobre como arrancar a coroa de uma cabeça real sem que a princesa percebesse.

Mas, quando estava a apenas alguns passos da intendente, um toque de magia, forte e familiar, acariciou sua nuca.

Olá, parecia dizer.

Ela girou, as sobrancelhas franzidas enquanto vasculhava o salão cavernoso.

Quem está aí?, pensou Niya.

E então, como se os deuses perdidos sorrissem para ela naquele dia, Niya os viu.

Estavam em meio a uma conversa animada que acontecia entre um grupo de membros da corte, mas prestavam pouca atenção nos companheiros conforme os olhos violeta se agarravam à dançarina, com um sorriso torto nos lábios.

O coração de Niya deu um salto.

Os Achak, seus velhos amigos, estavam ali.

CAPÍTULO VINTE E OITO

Apesar da viagem excruciante até o Vale dos Gigantes, Niya decidiu que gostava bastante daquele reino. Até ali, desde sua chegada, tudo estava seguindo conforme o planejado e ainda mais.

Enquanto se reclinava mais fundo na fonte termal, onde ela e o restante da tripulação feminina se banhava dentro do palácio na montanha, Niya espiou os Achak do outro lado da piscina privativa.

Vapor com aroma de jasmim e mel subia ao redor da pele negra e luminosa da irmã, a cabeça careca brilhando com gotinhas de água.

— Senti falta dos banhos — disse Niya, suspirando, deixando que seus músculos sobrecarregados relaxassem no calor.

— E eles parecem ter sentido muito a sua falta — respondeu a irmã Achak, franzindo o nariz. — Você fedia um bocado, minha querida.

Niya jogou água nos Achak, mas os pingos atingiram uma barreira invisível de magia. A irmã nem precisava mover um dedo para criá-la.

— Exibida — murmurou Niya.

— A inveja é um sinal óbvio de fraqueza.

— É, assim como a mortalidade.

Os Achak arquearam as sobrancelhas.

— Como você se tornou sábia em tão pouco tempo.

— Não descreveria minha estadia a bordo do *Rainha Chorosa* como sendo pouco tempo. — Niya comprimiu os lábios, uma pontada de aborrecimento perfurando seu peito. — Cada ampulheta parece uma vida inteira.

— Então se alegre por isso. Se fosse o contrário, todos os momentos perderiam o sentido.

Niya estudou a figura diante dela.

— Ainda não consigo acreditar que vocês estão aqui.

– Toda criatura merece tirar férias – explicou a irmã Achak, apoiando a cabeça na borda da piscina.

– Férias? De quê?

– Das nossas vidas, criança. Rainha Runisha é uma velha amiga nossa. Além do mais, o povo do vale oferece algumas das melhores festas de Aadilor. Tentamos vir até aqui com certa frequência.

Niya pegou uma barra de sabão oferecida por uma criada que passava, criando espuma na água fumegante.

– Não sabia que a vida era tão estressante assim pra vocês precisarem de férias.

– Nós ajudamos a criar as Bassette, não foi?

Niya bufou.

– Têm certeza de que não foi o contrário?

A irmã Achak sorriu.

– Meu irmão luta pra dizer o que pensa, mas seria impróprio ele aparecer aqui, entre todas essas mulheres nuas.

Niya ouviu risadas ecoando ao redor da casa de banhos de teto alto. Therza havia atirado Bree nas águas de uma piscina próxima, e a garota não perdera tempo em chutar as pernas da colega para que esta também caísse.

– Diga mais alguma coisa que o irrite – insistiu a irmã Achak. – Estou me divertindo muito.

Niya voltou a encarar os Achak. Embora fosse próxima das irmãs, estar tão perto a ponto de compartilhar o corpo e ouvi-las falando constantemente na própria cabeça parecia uma receita rápida para a loucura.

Ainda assim, ela entrou no jogo.

– Acho que está na hora de seu irmão aparar a barba. Está parecendo que tem um urso morando na cara.

O corpo dos Achak se contraiu, mas a irmã tensionou os músculos e permaneceu presente. Ela riu, um riso que parecia uma mistura de vozes.

Niya se acomodou sob aquele som familiar com um suspiro satisfeito. Fazia muito tempo que não via um rosto conhecido.

– Estou feliz que estejam aqui – disse ela com um sorriso, virando-se para esfregar a água com sabão sobre o ombro. – Já faz...

– Criança – interrompeu a irmã Achak com uma carranca, a piscina ondulando conforme ela deslizava para mais perto. – O que aconteceu? – indagou, traçando um dos vergões vermelhos nas costas de Niya.

As bochechas da dançarina queimaram, e não por causa do vapor. Niya se desvencilhou do toque.

– É o que parece. Eu me comportei mal.

O rosto dos Achak assumiu as feições rodopiantes do irmão antes de retornar para a irmã. Uma voz dupla falou:

– E quem devemos enviar pro Ocaso hoje à noite?

– Ninguém. – Niya balançou a cabeça. – Pelo menos não hoje, de qualquer maneira. Alōs ainda tem negócios a resolver.

– Seu capitão fez isso. – Não era uma pergunta.

– Eu desobedeci a uma ordem.

Os Achak a estudaram por um longo momento, os sons de respingos vindo das outras mulheres ao redor preenchendo o silêncio tenso.

– Que tipo de ordem? – perguntou a irmã.

Niya brincou com as bolhas diante dela.

– Evidentemente, uma bem importante – respondeu, sentindo uma vergonha quente preencher o peito ao pensar que aquilo chegaria à sua família.

Eles não precisavam de mais motivos para acreditar que Niya era incapaz de fazer o que lhe era comandado. Que a dançarina não passava de fogo e impulsividade.

– Hum – foi a única resposta dos Achak, e os olhos da irmã permaneceram estreitados enquanto voltava a se acomodar no banho.

– Já passou. – Niya tentou mudar de assunto.

– Assim como muitos dos problemas que ainda afetam seu futuro.

Niya franziu as sobrancelhas.

– Estou tentando melhorar.

– Seus novos ferimentos provam o contrário.

– Eles valeram a pena pela barganha – resmungou ela.

– Mais barganhas? – Os Achak arregalaram os olhos. – Achei que tivesse dito que estava tentando melhorar.

– Eu *estou*. Vou ganhar essa aposta.

Os Achak balançaram a cabeça.

– As famosas últimas palavras de muitos apostadores.

– Podem ser condescendentes o quanto quiserem, mas sei o que estou fazendo.

Niya levantou o braço para exibir a aposta vinculativa, a marca agora apagada pela metade.

Os Achak examinaram as linhas pretas antes de encararem Niya outra vez.

– Suspeitamos que isso tenha algo a ver com o motivo pelo qual o *Rainha Chorosa* veio até o vale. Conte, qual o propósito de vocês aqui?

Niya hesitou, olhando para suas companheiras de navio nas outras piscinas. Embora tivesse prometido a Alōs que não contaria à tripulação sobre a Pedra Prisma, não tinha prometido nada sobre compartilhar o assunto com qualquer um de fora do navio. Além do mais, aqueles eram os Achak, não uma pessoa qualquer. Chegando mais perto da irmã, Niya baixou a voz e revelou tudo o que acontecera desde que passara a navegar com o *Rainha*. Quando terminou, o olhar dos Achak parecia distante conforme contemplavam a casa de banho cavernosa.

– Nós estávamos nos perguntando quando isso aconteceria.

– Isso o quê?

– O problema com a Pedra Prisma.

Niya encarou sua companheira.

– Vocês sabiam disso?

– Nós vagamos por este mundo há mais tempo do que a maioria. Sabemos muitas coisas. A Pedra Prisma roubada não era um segredo pra gente como nós.

A magia da dançarina vibrou em uma sensação de choque compartilhado.

– Então por que nunca nos contaram sobre isso? Sobre Alōs ser da realeza? Sobre Esrom poder subir à superfície dentro de um ano caso a pedra não seja devolvida?

– Uma ladainha de perguntas.

– Todas merecedoras de respostas – disse ela, aborrecida. – Compartilhei meu conhecimento, agora devem compartilhar o seu.

– Você nunca seria capaz de reter tudo o que sabemos, criança.

– *Achak* – reclamou Niya, soltando o ar, seu temperamento inflando como uma chama alimentada depressa.

A criatura ancestral abanou uma mão, indiferente ao tom da dançarina.

– O passado de Alōs pertence a ele pra contar – explicaram os Achak. – Você nunca perguntou sobre a linhagem dele, então não vimos razão para trazer isso à tona. Além do mais, a identidade do capitão, isso sem mencionar a tal pedra, não importava para as Mousai.

– Importava pra mim! – exclamou Niya, atraindo alguns olhares curiosos.

Os Achak a encararam, os olhos de tom violeta parecendo avaliativos.

– Sim, mas, na época, isso teria mudado o resultado de seu relacionamento com o pirata? Se soubesse que Alōs era um Karēk, isso a teria ajudado a resistir à sedução dele? Como bem sabemos, uma vez que fica determinada a tomar uma direção, você segue em frente e que se danem as consequências.

A paixão jovem é como a chuva; cai depressa e não se importa em quem vai atingir no processo.

– Eu *não estava* apaixonada – sibilou Niya.

Mas *é claro* que estivera, ou que pensara estar. Um amor idiota, tolo e ingênuo. Os Achak tinham razão. Nada daquilo teria importado. Se soubesse naquela época que Alōs era um príncipe, quanto mais um príncipe banido, aquilo a teria deixado ainda mais apaixonada. Que imbecil ela era. Talvez ainda fosse.

– Seja lá como prefira chamar – comentaram os Achak –, isso nos trouxe ao momento presente. Nossos caminhos são pavimentados adiante, criança, nunca pra trás. Não há utilidade em questionar o que poderia ter sido.

Niya não respondeu. Ainda não tinha terminado de fazer drama.

– Mas quanto à pedra, a outra metade está aqui, não é? – perguntaram os Achak.

Niya suspirou.

– A princesa está usando a pedra em sua coroa.

– É claro. – A irmã Achak riu enquanto balançava a cabeça. – A vida nunca é tediosa quando uma Bassette está por perto. Isso configura um obstáculo, com certeza. Vamos esperar ansiosos pelo entretenimento que está por vir. Devemos presumir que existe um plano?

Niya correu a mão pela água, observando as ondulações se afastarem dela.

– Eu devo falar com Kintra e Alōs antes do banquete desta noite. Devem estar traçando um plano neste momento.

A dançarina ainda estava irritada por Kintra tê-la ignorado na sala do trono. Ela tentara abordar a mulher sobre o que deveriam fazer em seguida, já que a outra metade da pedra estava a apenas alguns passos de distância.

"O capitão e eu vamos nos reunir de novo, e aí informo você", fora tudo que a intendente dissera antes de ficar para trás com Alōs enquanto este continuava conversando com a família real. O restante da tripulação fora conduzido para se banhar e se preparar para as festividades da noite.

– E não vai ajudar com essa conspiração? – perguntaram os Achak.

– Eu ajudo estando à disposição deles – falou Niya, tentando esconder o aborrecimento na voz.

– Hum, imaginamos que esse acordo faça parte da nova aposta vinculativa?

Niya estava cansada de discutir apostas e ações que ainda estavam por vir. Em vez de responder, ela perguntou:

– O que eu gostaria de saber é por que Alōs roubou o tal item se isso colocava o reino sob risco de vir à tona.

– Talvez ele não soubesse que esse seria o resultado.

– Mas ele foi banido pelo que fez, eliminado da linhagem real.

– Então Alōs deve ter tido um motivo muito bom pra fazer isso.

Apesar do preço, garanti que os dois filhos de Tallōs e Cordelia sobrevivessem.

As palavras de Alōs para o irmão flutuaram até Niya, junto com a imagem das cicatrizes da doença de Ariōn em suas mãos e rosto.

– Vocês conhecem a história completa – provocou Niya. – Por que não a contam pra mim?

Os Achak se levantaram da piscina, com rios de água escorrendo por seu corpo elegante enquanto a irmã recuperava seu manto descartado, que descansava dobrado sobre uma pedra próxima.

– Algumas histórias devem ser contadas por outros. Na hora em que o passado se encaixar melhor com o presente.

Niya bufou, irritada. Pelos anos em que crescera na companhia dos Achak, ela sabia quando estavam determinados a não revelar o que acreditavam ser algo que outra pessoa devia contar.

– Vocês antigos estão sempre cheios de enigmas inúteis.

– Sim, mas pelo menos trazemos presentes.

Niya se animou ao ouvir aquilo.

– Presentes?

– Tivemos um pressentimento de que cruzaríamos caminho com você durante uma de nossas jornadas. Estávamos carregando uma mensagem.

Os Achak puxaram uma pequena pedra cinza do bolso do manto. O centro pulsava com um leve brilho branco.

– Uma pedra de memória? – indagou Niya.

– Das suas irmãs.

A garganta de Niya ficou apertada, e ela pegou a pedra.

– Obrigada.

– Elas estão com saudade.

Elas estão com saudade.

Aquelas quatro palavras que Niya estava faminta por ouvir. Faminta para dizer.

– Também estou com saudade delas – respondeu. – Muita.

– Venha até nós depois que quebrar a pedra. Podemos capturar uma para suas irmãs em troca.

– Eu já mencionei que vocês criaturas ancestrais são as minhas favoritas?

Os Achak sorriram.

– Não o suficiente.

Naquela noite, Niya se vestiu para o banquete que seria realizado no palácio. Nos aposentos que dividia com as outras mulheres da tripulação, haviam recebido um cabideiro cheio de mudas de roupa. Enquanto várias delas resmungavam, acusando as vestimentas de serem "delicadas" demais para ter alguma utilidade, a pele de Niya vibrava de animação ante a perspectiva de se cobrir de roupas tão finamente tecidas. Fazia muito tempo desde que fora paparicada, e sua alma ansiava por cada pedacinho de luxo que pudesse deslizar entre os dedos.

Escolhendo um vestido macio e acinturado, tingido em um degradê de amarelo a vermelho, Niya correu a mão pelo tecido enquanto este abraçava seu corpo. Seus pés foram presos a sandálias de couro macio antes que jovenzinhas viessem para arrumar seu cabelo e pintar sua pele, como era de costume nas celebrações do vale.

Niya se sentou, apreciando o toque dos pincéis sobre suas sobrancelhas e ao longo dos braços, o brilho quente do fogo próximo queimando em piras de latão banhando-a de conforto. O quarto que ocupavam não tinham janelas, mas o teto era alto, evitando a sensação claustrofóbica. E cortinas pendiam dos cantos, criando uma atmosfera de tenda por cima das camas.

– Gostou, senhorita? – perguntou uma das jovenzinhas enquanto estas recuavam.

Niya encarou seu reflexo no espelho.

Sua pele parecia luminosa com a tinta dourada que rodopiava por suas feições, o cabelo penteado em ondas suaves e soltas até a cintura. Niya sorriu, sendo percorrida por um calafrio de prazer. Fazia tempo que não se sentia tão bonita.

– Eu adorei – respondeu. – Obrigada.

As jovens se curvaram antes de recolher suas ferramentas e deixar o recinto.

– Você vem, Vermelhinha? – perguntou Bree, parada junto à porta com Therza.

Parecia que eram as últimas do grupo ainda no quarto.

– Alcanço vocês em breve – respondeu Niya. – Gostaria de acrescentar mais alguns detalhes à minha roupa.

– Você já está coberta de detalhes – retrucou Therza. – Mais um pouco e vai ficar escondida.

– Mesmo assim, vejo vocês lá – disse a dançarina, esperando com paciência até que as companheiras enfim fossem embora.

Quando ficou sozinha, Niya voltou para a penteadeira, onde o robe com o qual fora tomar banho estava dobrado em um dos cantos. Ela vasculhou o bolso, puxando a pedra de memória.

Seu coração deu um salto quando passou o polegar sobre a superfície lisa e brilhante. E então, com um golpe, ela esmagou a pedra sobre a mesa.

Uma nuvem de fumaça subiu por entre as rachaduras, girando para formar uma esfera compacta conforme duas silhuetas entravam em foco, como se capturadas pela névoa.

– Niya – Era Larkyra, o cabelo loiro preso em tranças enquanto se sentava ao lado da figura mais escura de Arabessa na varanda delas em Jabari. – Esperamos que esteja viva pra receber isso.

– Caso contrário, seria uma terrível perda de tempo – acrescentou Arabessa.

As irmãs estavam olhando diretamente para ela, como se estivessem em um portal através do espelho em sua frente. Niya ansiava por responder, por tocar as mãos delas, cruzadas por cima do colo.

– Os Achak acreditam que vão encontrá-la em breve pra entregar a mensagem – explicou Lark.

– E você sabe que, se os Achak acreditam em algo, é porque deve ser verdade mesmo – completou Ara.

– Você nos enfiou em mais problemas? – perguntou Larkyra.

– Meu bem, ela não pode responder, lembra? – advertiu Arabessa – Só podemos falar *para* ela.

– Que conceito inovador – refletiu a caçula, correndo o polegar pelo queixo. – Niya incapaz de retrucar?

– Devemos falar algo que a tire do sério?

Uma centelha travessa se acendeu no olhar de Lark quando disse:

– Espero que não precise que a gente vá salvar sua pele de novo.

– Ou pagar mais alguma das suas dívidas.

Em seguida, as duas ficaram quietas.

– Esperamos que esteja bem. – Larkyra se inclinou para a frente, unindo as sobrancelhas. – E que não tenha chamuscado muito o navio de Alōs com seu fogo.

– Ou não o suficiente.

– Ah, sim – disse Lark. – Gosto mais dessa ideia. Queime tudo e volte pra casa. Aqui está muito quieto sem você.

– O reino não é nem de longe tão perigoso.

– E papai não nos deixa fazer apresentações.

– E ele está certo.

– Está. – Lark assentiu de forma obediente. – Não seria o mesmo sem você.

– Mas assim que estiver em casa... – acrescentou Ara.

– Assim que estiver em casa – ecoou Larkyra.

Niya engoliu em seco, as lágrimas ameaçando escorrer. Ela queria abraçar as irmãs e nunca mais soltar.

– Queridas? – chamou uma voz profunda de fora da imagem.

– Estamos na varanda, papai! – Arabessa se virou, olhando através de uma porta borrada atrás delas.

Niya conseguia distinguir os arbustos bem-cuidados que ladeavam as portas de vidro.

– Minha passarinha, minha melodia. – O pai entrou na cena. – Estava vindo perguntar se vocês, meninas, gostariam de ir comigo até... Ah, Achak. Não sabia que estavam...

– Estamos fazendo uma pedra de memória para os Achak entregarem a Niya – explicou Lark. – Diga oi, papai.

Niya não conseguia mais conter as lágrimas. Elas escorriam pelo rosto sem controle. Sabia que sentia saudades da família, mas não tinha percebido o quanto até vê-los. Podia vê-los, mas não tocar ou abraçar.

Dolion se abaixou entre as meninas, aproximando o rosto de forma protuberante onde os Achak deviam estar sentados, ouvindo em transe.

– Chama do meu coração – disse ele. – Ouvi dizer que se meteu numa bela enrascada com um pirata.

– Pai, não precisa ficar tão perto dos Achak. – Arabessa puxou o homem grande para trás. – Sente-se aqui entre nós, sim, isso. Perfeito.

Os três olharam para Niya, com Dolion espremido entre as irmãs dela. Pareciam felizes. Niya afastou a pontada de ciúme. Estaria com a família em breve.

Aquela era a primeira vez que encarava o pai desde que sua traição fora revelada. Uma onda de vergonha e saudade fluiu por ela. O que Dolion devia pensar da filha descuidada que quebrara a única regra que precisavam seguir?

– Não estou bravo com você, minha chama – falou o pai, como se lesse seus pensamentos. – Sei que qualquer punição ou decepção não seria nada comparado com o que já passou ao longo de todos esses anos. Só queria que tivesse nos procurado antes. Ensinei a vocês, meninas, a cuidarem de si mesmas, mas não significa que precisem fazer tudo sozinhas.

Sozinha. Mas era sempre assim que Niya se sentia. Sozinha em um quarto. Sozinha com seus erros.

– Qual o momento em que a magia de vocês é mais poderosa? – perguntou ele ao grupo.

– Quando trabalhamos juntas – respondeu Niya em uníssono com as irmãs.

– De fato – disse Dolion. – Agora, minha chama, espero que esteja mantendo o juízo. De cabeça erguida. Piratas, especialmente aqueles a bordo do *Rainha Chorosa*, são uma espécie escorregadia. São implacáveis e astutos, e, embora possam se tornar seus amigos, não se esqueça de quem é o capitão deles. Lorde Ezra é dissimulado, com certeza, e tem um histórico muito, *muito* longo de fazer o que for necessário pra conseguir o que quer.

– Eu sei – murmurou Niya, sem conseguir evitar, para o quarto vazio.

– Mas você já sabe disso. – Dolion se inclinou para trás. – Apenas tente se lembrar com frequência.

– Nós te amamos, Niya – falou Larkyra, com um olhar cheio de dor.

– Muito mesmo – acrescentou Arabessa. – Se os Achak cruzarem seu caminho pra entregar a pedra, obrigue-os a gravar outra para nós.

– Ah! E da próxima vez que estivermos juntas – falou Lark –, me lembre de contar a você sobre Ara espiando Zimri e… ai! Papai, você viu que ela me bateu?

– Tinha uma aranha em você – respondeu Arabessa, com a voz neutra.

– Eu *gosto* de aranhas – disse Larkyra, tentando retribuir o tapa em Arabessa.

Dolion as separou.

– Viu o que acontece quando você vai embora, minha chama? – Ele riu, os braços fazendo força para conter as filhas. – Todos sabemos que essas duas só gostam de brigar com você.

Os ecos da confusão sumiram conforme a bola de fumaça se dissipava, indicando o fim da memória.

O quarto ficou em silêncio.

– Niya? – chamou uma voz profunda atrás dela.

Pega de surpresa, a dançarina se levantou. Não estava prestando atenção em nada além das palavras e da imagem de sua família.

Alōs estava na porta, observando-a do outro extremo do cômodo mal iluminado. Seu corpo grande estava envolto em um conjunto azul-marinho de túnica e calças, com bordados azuis e verdes adornando as beiradas. Não se parecia em nada com um lorde-pirata nefasto, mas sim com o príncipe que nascera para ser. Com o rei que deveria se tornar.

– Sim? – perguntou ela, enxugando depressa as lágrimas dos olhos.

– Percebi que tinha ficado pra trás. – Alōs tocou a marca no próprio pulso. – Vim ver se, como sempre, você não estava se metendo em problemas.

– Coleira idiota – murmurou Niya, posicionando as mãos para trás, como se esconder a aposta vinculativa a fizesse deixar de existir por um momento. – Estou indo – acrescentou, dessa vez mais alto, com a voz excessivamente animada. – Apenas precisei de mais tempo com a minha roupa.

Alōs estudou o espaço onde a família dela tinha acabado de estar. Quando seus olhos voltaram para Niya, estavam cheios de perguntas.

– Você está... bem?

Niya piscou. Alōs nunca perguntava tal coisa para ninguém, muito menos para ela.

– Por que não estaria? – questionou.

Alōs franziu as sobrancelhas, o olhar fazendo a dançarina acreditar que ele desejava dizer mais coisas, mas o pirata apenas respondeu:

– Faremos a troca hoje à noite.

Ela sentiu um frio na barriga.

– Espero que o plano seja maior do que essa única frase.

– Ele é. – Alōs olhou por cima do ombro, notando o som de pessoas no corredor. Ele entrou no quarto e fechou a porta com discrição. – No jantar, presentearei a princesa com um diadema que, pelo decoro, esperamos que ela vá usar no lugar da coroa atual pelo resto da noite. Kintra ficou responsável por descobrir para onde levarão a coroa com a Pedra Prisma e nos informar.

Niya observou o pirata se aproximar enquanto explicava o plano. E, embora já tivessem ficado sozinhos antes, agora que a porta estava fechada, o ar parecia denso e perigoso. Ela ficou bastante ciente de que nada além de camas macias e espreguiçadeiras preenchiam o espaço. Da última vez em que haviam estado sozinhos em um quarto tão opulento, a dançarina abrira mão da própria identidade, de sua liberdade. A memória a fez tensionar os músculos, subindo suas muralhas de proteção.

Lute. Sua magia se agitou no coração, insinuante.

– Parece que muita coisa vai depender do decoro – comentou ela, cruzando os braços sobre o peito.

– O diadema que vou apresentar é muito bonito e raro – explicou Alōs. – E o povo do vale valoriza essas duas coisas mais do que tudo. Não tenho dúvidas de que a princesa vai querer exibi-lo.

Niya franziu os lábios, sem saber o que dizer.

– Parece que você e Kintra tem tudo sob controle. Tem certeza de que precisa de mim hoje à noite?

Alōs arqueou uma sobrancelha, parando a alguns passos dela.

– A noite mal começou e você já quer brigar comigo. Preciso lembrá-la de que agora estamos do mesmo lado, Niya?

A dançarina riu.

– O único lado em que você sempre esteve é o seu.

– O mesmo pode ser dito de você – acusou Alōs.

– Só porque alguém me ensinou, muito tempo atrás, sobre as consequências de confiar em outra pessoa.

– Ah, qual é. – Ele sorriu. – Não faz *tanto tempo* assim.

Niya cruzou os braços com mais força. *Queeeeime*, cantou a magia para ela. *Queime-o assim como ele queimou você.*

– Nenhuma resposta engraçadinha? – Alōs se aproximou. – Com certeza tem algo errado.

Desconfiada, ela observou Alōs se aproximar, o poder contido do homem fluindo lentamente, frio ao toque ao longo de sua pele quente. A energia dele parecia diferente naquela noite, lânguida, assim como costumava ser no Reino do Ladrão. Niya quase se esquecera de como era estar daquele lado de seus encantos. Havia se acostumado demais com o lorde-pirata, com o comandante severo. Até preferia aquela versão. Era mais fácil separar o passado do presente quando Alōs não passava de negócios.

– Não estou com humor pros seus jogos – disse ela.

– Niya...

– Pare de dizer meu nome.

– Mas você detesta meus apelidos – apontou Alōs. – Prefere que eu a chame de "ei, você"?

– Por favor, pare.

De repente, Niya se sentiu cansada. Esfregou as têmporas, que haviam começado a pulsar.

– Parar com o quê? – Ele agora estava bem de frente para ela, os olhos azuis e brilhantes encarando-a de cima.

– Com o que quer que seja *isso*. – Ela gesticulou para ele. – Você não está mais me chantageando sobre a minha identidade. Não há motivo pra continuar me provocando e cutucando como faz. Não precisa fingir que me conhece. Sou apenas parte da sua tripulação, e, até que isso tudo acabe, vamos manter as coisas assim.

– Não é fingimento – disse Alōs, sustentando o olhar dela. – Eu *conheço* você, dançarina do fogo. Por mais que odeie isso. Devo conhecê-la mais do que você mesma se conhece.

As palavras dele deslizaram de forma desconfortável pela pele de Niya. Um eco de algo que Alōs uma vez implorara para ela no passado.

Deixe-me conhecer você, dançarina do fogo.

Niya empinou o queixo, estabilizando a magia que continuava a proferir ameaças em seu ventre.

– Duvido muito.

– Sei que odeia espartilhos.

– Toda mulher odeia espartilhos.

– Sei que prefere a noite ao dia – continuou ele, sem se deixar abalar. – E que não consegue recusar uma aposta. Sei do seu vício em comer mel e maçãs depois de uma apresentação. Sei, acima de tudo, que você valoriza sua família e que usa uma máscara de indiferença grande demais pro seu coração caloroso suportar. E essas foram só as coisas que aprendi observando. Devo compartilhar as coisas que aprendi passando a mão em você?

Niya arquejou.

– Seu bastardo.

– Você conheceu minha família – rebateu Alōs, abrindo um sorriso afiado. – Sou muitas coisas, mas, como bem sabe, bastardo não é uma delas.

– Por que você faz isso? – questionou Niya, seu corpo vibrando com um misto crescente de raiva e frustração. – Por que me odeia?

Ele pestanejou, como se a pergunta o tivesse pegado de surpresa.

– Desde o momento em que nos conhecemos – continuou Niya –, você vem tramando pra obter vantagem. E mesmo depois de conseguir o que quer, ainda perde tempo tentando me deixar irritada. Por quê?

Alōs ficou quieto por um longo instante, por tanto tempo que Niya estava prestes a ir embora quando enfim ele respondeu:

– Eu não a odeio.

Ela riu, o som ecoando cruel aos seus ouvidos.

– Claro, se está dizendo... Mas saiba que cansei disso. Cansei de tudo. Do nosso passado e do nosso presente. E se tentar me irritar no futuro, não vou mais reagir. Está me entendendo? Estou aqui pra completar nosso acordo, e é só. Você quebrou seu brinquedinho. Vá procurar um novo.

Niya passou batendo os pés por ele, mas Alōs a agarrou pelo braço, fazendo-a parar.

– Quer fazer isso? – questionou ele, o corpo tão próximo que a dançarina podia sentir seu cheiro de orquídea-da-madrugada e oceano. – Quer expor a verdade sobre o nosso passado? Então vamos. – Os olhos dele cintilaram ao encará-la. – Mas saiba que nunca foi o ódio a motivar minhas ações. Como poderia odiar alguém que eu não conhecia? – Ele soltou seu braço, mas a sensação ainda permanecia na pele. Niya começou a respirar depressa. – Quando a conheci, eu estava procurando uma vantagem. Não tinha mais um lar ou uma família. Tudo eram negócios pra mim, uma transação que me rendesse uma posição melhor na hierarquia. Naquela primeira noite em que cheguei ao palácio, procurei pela coisa mais valiosa e encontrei você, Niya Bassette, dançarina das Mousai. – O olhar dele a percorreu por inteiro, avaliando e apreciando. O frio correu ao longo da pele exposta de Niya, deixando um rastro conforme a magia de Alōs começava a vazar sem controle, formando uma névoa verde. – Busquei o que você escondia com tanto zelo, porque sabia a vantagem que isso me traria. Eu a machuquei no processo. Sei disso. Mas, como vimos, voltei pra exigir essa moeda de troca. Não me arrependo. Faria tudo de novo. Arrependimento é pra gente covarde e fraca demais para fazer as pazes com o presente.

O coração de Niya martelava nos ouvidos, sua própria névoa de poder avermelhado se enredando com a dele. Estavam presos em um casulo criado por eles mesmos.

– Essa é sua tentativa de fazer as pazes? – indagou ela, encarando-o com um olhar cáustico. – Uma explicação pro seu comportamento no lugar de um pedido de desculpas? Porque, posso garantir, não está funcionando.

– Você foi criada no Reino do Ladrão – retrucou Alōs. – Faz parte das Mousai. Não finja que não conhece a crueldade e o pecado.

Niya deu um passo para trás, tentando se livrar da atração que ele exercia. O poder de Alōs que sempre se enrolava de forma deliciosa, mas alarmante, ao redor dela. Parecidos demais. Eram parecidos demais. Fera e monstro batalhando pelo domínio. Pelo controle.

– Nunca aleguei ser inocente sobre tais assuntos – começou ela. – Mas uma coisa é partir o coração de alguém, e outra é continuar irritando a pessoa para que nunca se esqueça. Sim, seu charme funcionou comigo. Sim, nós dividimos uma cama. *Uma vez*. Mas tive muitos amantes desde você, pirata. Então, por favor, me esqueça! Porque eu certamente já o esqueci.

O olhar de Alōs dançou como o núcleo das lamparinas próximas.

– Se não me falha a memória – disse ele –, foi *você* quem ficou *me* procurando desde aquela noite. Não o contrário. Eu me certifiquei de evitá-la a todo custo depois do nosso... encontro, mas eu sempre sabia quando você estava por perto. Sinto sua energia, assim como sente a minha, dançarina do fogo, no instante em que qualquer um de nós pisa num cômodo.

– Procurei você porque estava tentando te matar!

Alōs abriu um sorriso afiado.

– Parece, então, que é você que me odeia.

Niya gemeu de frustração.

– É claro que sim! Você tinha a minha vida nas mãos depois daquela noite. A vida da minha família! Você nos ameaçava todos os dias.

– Um desdobramento dos atos para os quais eu não a forcei. Você sempre teve uma escolha naquela noite. Não me odeie por ter feito a escolha errada.

Niya se sentiu enlouquecida, tonta no meio da cacofonia de emoções. Ela queria gritar, chorar e queimar tudo até virar cinzas porque sabia, no fundo do coração, que Alōs estava certo. Ele podia tê-la feito de idiota, mas ela não fora criada para ser inocente; devia ter mais juízo.

O inimigo que Niya odiara por tanto tempo era ela mesma.

Sua magia queimou como fogo nas veias quando se forçou a perguntar:

– Então por que não foi embora no instante em que viu meu rosto e descobriu meu nome? Por que ficou pra passar a noite?

Eles permaneceram a um mero toque de distância, e Niya observou o olhar de Alōs descer para a sua boca.

– Porque... – A voz dele saiu em um estrondo rouco. – ...você se ofere-ceu. E não era só a sua identidade que eu tinha passado a desejar.

Niya se sentiu traída pelo próprio corpo, que se inclinou para a frente, mais perto da fera cuja magia gelada fazia a dela parecer muito mais quen-te. Memórias daquela noite nadavam por sua consciência feito um sonho proibido.

As mãos de Alōs estavam frias contra suas bochechas conforme ele estudava cada centímetro de seu rosto recém-descoberto.

– Niya. – A voz dele estava áspera ao dizer seu nome pela primeira vez. – Tão linda – sussurrou, antes de inclinar os lábios na direção dos dela.

Niya já tinha sido beijada, algumas poucas carícias roubadas por jovens cavalheiros em Jabari. Mas não daquele jeito. A boca de Alōs era suave, com um formato sólido. Ter um homem com tamanho poder, mas que ainda podia ser tão gentil com ela era inebriante.

Ela passou os braços ao redor dele, deixando escapar um gemido de ganância, de desespero. Sabia que ter se revelado era um risco, mas, após se esconder por tanto tempo naquele palácio, o senso de proibição de tirar a máscara para outra pessoa – e a liberdade rebelde daquele gesto – era uma tentação grande demais. Especialmente diante do desejo tão devotado de Alōs, de sua paixão avassaladora e das palavras perfeitas. Ele nunca dissera que a amava, mas como aquilo podia não ser amor? Niya correu os dedos pelos cabelos grossos do pirata ao se afastar.

– Me leve pra minha cama – sussurrou ela.

Os olhos azuis de Alōs cintilaram ao ouvir aquilo, o aperto sobre ela aumentando enquanto se inclinava outra vez para beijá-la, mas ele não parou de pressioná-la contra a penteadeira dos aposentos privados de Niya sob o palácio do Reino do Ladrão, onde haviam se escondido.

– Alōs. – Niya se esfregou com impaciência contra a coxa do pirata, seus seios comprimidos contra o peito dele. – Quero sentir o quanto me admira. Me leve pra minha cama e mostre.

– Tem certeza? – perguntou Alōs.

Niya desceu a mão até o ponto em que ele estava duro e forte.

Ele gemeu.

– Essa resposta é o suficiente? – questionou ela.

Diante daquilo, Alōs a ergueu com facilidade e percorreu a curta distância que os separava da cama. Naquela noite, a magia deles dançou com puxões e empurrões, com uma luxúria que reduzia cada sensação a um arquejo, um gemido e um arranhar de unhas ao longo das costas, à pele escura de Alōs contrastando lindamente com a compleição pálida da dançarina, e então...

– E pelo que me lembro... – A voz grave de Alōs trouxe Niya de volta ao presente, ao quarto no interior do palácio da montanha. – ...você ficou muito feliz por eu ter ficado.

Niya estava tremendo agora, toda a vergonha, a raiva e o atual desejo confuso sendo coisa demais para lidar.

Ela sustentou o olhar faminto de Alōs, sentiu seu poder opressor. Ele a dominava. Como sempre tinha feito. O pirata era em si mesmo um tipo de aposta, percebeu a dançarina, pois a fazia se sentir mais viva do que qualquer jogo de dados ou cartas. Ele a fazia se sentir como se pudesse queimar tão quente quanto precisasse, e Alōs continuaria ali, absorvendo seu calor. Mas Niya estava cansada de sempre pegar fogo, cansada de forçar apostas altas apenas para se sentir viva. Olhe só para onde tudo aquilo a tinha levado. Ela estava sempre fugindo de credores, e agora estava distante da família e enredada em uma aposta vinculativa associada a outra aposta vinculativa com o homem de quem tentara escapar, mas que perseguia havia anos.

Niya precisava encerrar aquilo. Precisava seguir em frente. Precisava sair daquele quarto.

– Talvez eu tenha ficado – disse Niya. – Mas não sou mais aquela garota.

– Assim como eu não sou mais aquele homem.

– E quem você é agora?

– Alguém muito pior. – Alōs a olhou de cima. – Então pode continuar me odiando se isso lhe traz consolo, mas já lutamos como inimigos por tanto tempo, dançarina do fogo. Talvez seja hora de vermos o que acontece quando trabalhamos como aliados.

– Eu nunca poderia ser sua amiga.

– Não – concordou Alōs, seu olhar ficando mais sombrio, provocando mais daquele calor indesejado no ventre de Niya. – A amizade nunca foi nosso destino. Mas prometeu sua cooperação absoluta. Então talvez seja mais fácil deixar as hostilidades de lado até que as promessas sejam cumpridas.

Niya o estudou por um longo momento.

– Muito bem. Só até que o acordo seja concluído. E depois encerramos tudo.

– E depois encerramos tudo – disse Alōs.

Assim que pisou no salão, Niya começou a respirar mais aliviada.

O último pedaço da Pedra Prisma estava ali. Eles o pegariam, e então aquela aposta horrível teria terminado.

Hoje à noite, pensou Niya. *Só preciso aguentar por hoje à noite.*

Depois disso, ela estaria muito mais perto de casa.

E nunca mais precisaria ver Alōs Ezra de novo.

CAPÍTULO VINTE E NOVE

Niya estava cercada de risos e alegria, mas seu humor era semelhante ao do porco recheado e cozido em cima da mesa diante dela: um tanto irritado por se encontrar ali. O salão de banquetes estava quente e barulhento, um incenso de especiarias se misturando à música e à cacofonia dos convidados. Os piratas do *Rainha Chorosa* confraternizavam tranquilos com o povo do vale. Toda aquela simpatia, sem dúvida, era um ardil para dissipar as suspeitas. Frutas exóticas e vegetais no vapor eram passados depressa de mão em mão sob o nariz de Niya, que estava sentada entre Saffi e os Achak em uma mesa ao fundo.

Ainda assim, e ao contrário de seus dois companheiros, Niya sorvia lentamente o vinho tinto e mal tocava no prato de comida enquanto seu olhar continuava recaindo na mesa onde Alōs se sentava junto à família real, na frente do salão.

A jovem princesa estava à direita dele, parecendo sofrer da mesma aflição que acometera Niya naquela idade.

As bochechas de Callista coravam sempre que Alōs se virava para conversar com ela.

Não havia como negar a beleza de Callista. Sua pele escura resplandecia sob a luz do fogo, as maçãs proeminentes complementando o pescoço longo e gracioso. Seu cabelo estava torcido em uma trança com padrão em zigue-zague, a roupa feita da mais fina seda. E a coroa, certamente o ponto focal de todo o charme de Alōs, brilhava enquanto ela inclinava a cabeça para mais perto da dele, o vermelho da Pedra Prisma criando uma tentação cintilante bem no centro.

Apesar da diferença de idade entre eles, Niya não pôde deixar de admitir que o lorde-pirata e a princesa faziam um belo casal. A pureza de Callista equilibrava o encanto perverso de Alōs.

Ambos nascidos para governar.

De repente, Niya se sentiu ainda pior, e não tinha certeza sobre o motivo.

Talvez ver alguém tão inocente ao lado do pirata a tenha feito se lembrar de sua própria versão mais jovem.

Sabia muito bem o quanto era inebriante atrair o olhar de um homem tão poderoso, ter a atenção exclusiva de Alōs em um salão repleto de esplendor. Era como uma droga. Uma vez que experimentava o toque gentil dos olhos dele, a curvatura calorosa do sorriso e o formigamento de sua magia fria, a pessoa começava a precisar daquilo tanto quanto respirar.

Ela observou o olhar de Alōs deslizar para a Pedra Prisma quando a Princesa Callista inclinou a cabeça para trás, rindo de alguma coisa que ele tinha dito. Uma fome desesperada surgiu nos olhos do capitão, um brilho de puro perigo.

Tudo o que ele havia procurado, pelo qual havia sido banido, estava a um mero toque de distância.

O que o capitão estaria sentindo? Quanta força estaria usando para controlar o desejo de arrancar a pedra do encaixe na coroa ali mesmo, naquele exato instante?

Niya quase torceu para que ele fizesse aquilo; a marca em torno de seu pulso formigou com a ideia. Distraída, ela esfregou a tatuagem com o dedo. *Liberdade*, sussurrava a marca. Tão próxima, e ainda tão fora de alcance.

– Kintra! – A voz profunda dos Achak trouxe Niya de volta à mesa, sentada ao lado do irmão. Ele ergueu a mão grande, sinalizando para a intendente enquanto esta passava pelo banco que ocupavam. – Venha se sentar conosco por um momento – disse, apontando para o lugar entre eles e Niya.

Kintra analisou o espaço apertado, ocupado em sua maioria pelo manto ostentoso dos Achak.

– Não quero me intrometer.

– Bobagem! – falou o irmão Achak, as sobrancelhas pintadas de ouro brilhando conforme se mexia. – Esta daqui tem sido uma chatice completa. – Ele apontou para Niya. – Quase não falou uma palavra desde que se sentou. Você estaria salvando a nós e Saffi de morrer de tédio. Abra espaço, criança.

Niya foi forçada a se afastar para o lado enquanto o irmão Achak puxava Kintra para se sentar entre eles.

– E então, meu bem. – Os Achak se viraram para Kintra. – Já encontrou algum amigo desde que chegou?

A intendente franziu a testa.

– Felizmente, não.

– Já faz um tempo desde que pisou aqui, não é? – perguntaram os Achak. – A Rainha Runisha nos disse que já devia estar perto de completar quatro anos.

– Seis. – Kintra agarrou uma taça de vinho que estava sobre a mesa, bebendo um gole generoso.

Niya arqueou as sobrancelhas, confusa.

– Você conhece a rainha?

– Nós conhecemos *uma à outra* – corrigiu Kintra.

– Me desculpe pela suposição – disse Niya –, mas pensei que você fosse de Shanjaree.

– E ela é – comentou Saffi do outro lado dos Achak, espetando uma grande fatia de porco em seu prato.

– Eu *era*. – Kintra olhou de lado para sua companheira de navio. – E pode deixar que conto meu próprio passado, obrigada.

Saffi levantou as mãos, incluindo o garfo cheio de comida.

– Sim, eu era de Shanjaree – continuou Kintra, a postura ficando rígida conforme encarava a bebida. – Mas minha única afinidade agora é com Alōs e o *Rainha Chorosa*.

Niya olhou para os Achak por cima do ombro de Kintra, mas o irmão apenas arqueou as sobrancelhas como se dissesse: *pergunte a ela, não a mim*.

– Então… como conheceu as pessoas do vale? – questionou Niya.

O olhar de Kintra seguiu para o lorde-pirata do outro lado do salão, ainda envolvido em uma conversa com a jovem princesa.

– Não é bem uma história adequada pra hora do jantar.

Saffi bufou antes de falar, com a boca cheia de comida:

– Somos *piratas*. Quando foi que começamos a respeitar o decoro?

– Está tudo bem – começou Niya. – Se não quiser compartilhar…

– Não, é só que… o rei de Shanjaree, Rei Othébus, ele… não era um homem bom, entende? – disse Kintra, brincando com a haste de sua taça. – Ele tomava muitas esposas. Quando foi ficando mais velho, passou a escolher esposas cada vez mais jovens. Minha família fazia parte da corte, ou faziam da última vez que os vi. Ninguém queria levar as filhas pro palácio, mas o rei exigiu conhecer a família de cada um de seus cortesãos. Devo ter chamado a atenção dele, porque fui escolhida para ser a décima esposa. Eu tinha 13 anos.

– Ah, não – arquejou Niya.

– Meus pais tentaram fazer o rei mudar de ideia – continuou Kintra, seu olhar ficando distante. – Disseram que eu não era um bom partido.

Que era muito cabeça dura, com opiniões demais, mas o Rei Othébus não quis escutar. E, porque era o rei, meus pais tiveram que obedecer. Foi quando recebi minhas marcas. – Kintra correu os dedos sobre os cinco vergões escarificados em um dos braços. – Era como o rei se lembrava do número de cada esposa na ordem – explicou ela. – Meu casamento com o rei seria no dia seguinte, que foi quando conheci Alōs.

Kintra prosseguiu:

– Ele deve ter me escutado chorando, porque me encontrou escondida numa rua por trás do palácio, sem querer voltar pra casa. As queimaduras doíam muito, e eu não podia permitir que minha família me visse naquele estado. Alōs perguntou por que eu estava triste, e nunca teria falado mal do rei pra um desconhecido, mas naquela época eu estava tão brava e assustada... Queria que todos soubessem da minha raiva. Foi só depois que tudo já estava dito e feito que descobri as consequências dos meus atos. – Kintra sorriu para si mesma. – O rei foi assassinado mais tarde naquela noite.

O pulso de Niya acelerou enquanto ouvia a história de Kintra, e um arrepio a percorreu diante daquelas últimas palavras.

– Alōs matou o rei?

Kintra assentiu.

– Era evidente que Uréli, o herdeiro primogênito do rei, estava organizando um golpe fazia algum tempo. A aparição de Alōs foi mais do que coincidência: foi algo planejado. Ele não era muito mais velho do que eu na época, mas sua reputação já tinha se espalhado por toda Aadilor, e Príncipe Uréli solicitou que viesse para uma audiência. Nunca tive certeza do quanto minha história persuadiu Alōs a fazer o que fez em seguida, mas, quando se encontrou com o príncipe, concordou em assumir os pecados que Uréli não poderia cometer. Aceitou matar o rei em nome de Uréli, desde que as esposas de Othébus fossem libertadas e o casamento com crianças fosse proibido.

Incapaz de interromper o relato, Kintra continuou:

– Naquela noite, as ruas estavam um caos. Ainda consigo ouvir as trombetas, que pareciam vir de cada copa de árvore enquanto os soldados forçavam disciplina sobre qualquer um que celebrasse o assassinato. Alōs veio me procurar em casa. Entrou pela janela do meu quarto como se fosse a sombra de um deus perdido. Eu não tinha ideia de como ele sabia onde minha família morava, mas lá estava, explicando que era o lorde-pirata de um navio chamado *Rainha Chorosa*. E me ofereceu um lugar na tripulação. Não sei o que meu deu, mas fui com ele naquele exato momento. Deixei apenas um bilhete pra minha família, dizendo que os amava e que não estava morta. Navegamos direto pra cá, para o Vale dos Gigantes, procurando abrigo por um tempo. Ao que parece, havia um tratado de paz secreto entre o povo do vale e Uréli. Acho que as jovens da corte não eram as únicas ameaçadas pelos olhares lascivos do velho rei. Muitas meninas de Shanjaree buscaram refúgio aqui, e, ao que parece... – Os olhos de Kintra encontraram os de uma mulher mais velha sentada do outro lado do salão. – ...muitas delas não foram embora.

O silêncio recaiu sobre o pequeno grupo enquanto, ao redor deles, os sons alegres do jantar continuavam.

– O capitão já lhe contou por que foi procurá-la mais tarde naquela noite? – quis saber Saffi. – Ou por que a convidou pra trabalhar no navio?

Kintra soltou um suspiro.

– Disse que eu o fazia se lembrar de alguém com quem um dia ele se importou.

Ariōn. O nome não fora dito, mas uma imagem do irmão caçula de Alōs surgiu na mente de Niya.

Ela ficou sentada ao lado da intendente, sem palavras, enquanto suas convicções sobre o lorde-pirata se misturavam, confusas.

Protetor, destruidor de corações, mentiroso, salvador, amigo, ladrão, assassino, monstro, companheiro e defensor.

Como Alōs podia ter tantas contradições?

Porque você também as tem, sussurrou uma voz dentro dela.

Niya encarou a silhueta escura de Alōs na frente do salão. Ele era feito de sombras geladas, mas queimava com tanta vida, tão resoluto em sua missão.

Assim como Niya.

O dever que ela tinha com a família, com seu rei, era tudo o que possuía. Tudo no qual acreditava e pelo qual lutaria. O que significava cometer atos monstruosos em nome de um bem maior.

De repente, Niya se sentiu fervendo, a magia se contorcendo no ventre ao presenciar seu lampejo de pânico. Se deu conta, com uma onda de pavor, que teria feito o mesmo que Alōs, fosse com ela ou com qualquer outra pessoa que estivesse no caminho do que procurava, especialmente se isso significasse salvar sua família ou sua casa.

Ela teria quebrado mil corações e traído um reino inteiro a fim de proteger aqueles que amava.

E não havia como negar que Alōs amava o irmão e que ainda estava comprometido com Esrom, apesar de ter sido banido, e que, como ficara evidente com aquelas histórias, se importava com os piratas a bordo de seu navio.

Ele *se importava*.

Diante daquele pensamento, Niya sentiu como se estivesse vendo as coisas de longe, como se tudo naquele salão brilhasse com um novo significado.

Já lutamos demais como inimigos por tanto tempo, dançarina do fogo. As palavras anteriores de Alōs ecoaram em sua mente. *Talvez seja hora de vermos o que acontece quando trabalhamos como aliados.*

Ele realmente estivera tentando fazer as pazes? Uma trégua que talvez desejasse que pudessem ter construído caso tivessem se conhecido em um dia diferente sob circunstâncias diferentes?

Se não me falha a memória – as palavras de Alōs continuavam a perfurar as convicções de Niya –, *foi você quem ficou me procurando desde aquela noite. Não o contrário.*

Procurei você porque estava tentando te matar!

Parece, então, que é você que me odeia.

Você que me odeia.

Algo mudou de lugar em seu peito, algo duro e desconfortável.

Será que ousaria admitir que agora compreendia Alōs? Todos os motivos e intenções que o pirata tivera em relação a ela? O capitão estava em uma missão para destruir qualquer ameaça em seu caminho a fim de se curar de um passado que ainda o assombrava, que ainda deixava seu coração estilhaçado e dolorido. Niya havia sido uma ameaça para ele.

Não era só a sua identidade que eu tinha passado a desejar.

A garganta de Niya ficou apertada, incapaz de engolir o que aquilo significava.

Ela voltou a olhar para Alōs na frente do salão.

Como se o pirata pudesse sentir seu pulso de energia em pânico mesmo daquela distância, ele desviou a atenção da princesa, fixando os olhos azuis e brilhantes nos dela.

O coração de Niya bateu alto e descompassado em seus ouvidos.

Não era só a sua identidade que eu tinha passado a desejar.

Havia um salão cheio de convidados ente ambos, com a música inebriante preenchendo o ar, mas, por alguns grãos de areia caindo, restavam apenas ela e ele, fogo e gelo formando névoa no ar.

– Você pensa em voltar um dia? – A pergunta de Saffi para Kintra soou abafada aos ouvidos de Niya, mas perfurou sua bolha de emoções rodopiantes o suficiente para que a dançarina desviasse os olhos do lorde-pirata.

– Não – respondeu Kintra. – Não vejo sentido.

Saffi encarou o próprio prato.

– Não – ecoou ela. – Não tem sentido.

– O lugar onde nasce define apenas o seu sangue – falaram os Achak, bebendo vinho. – E mesmo isso é facilmente derramado. Seu lar é onde você fica mais feliz, e isso, minhas crianças, pode ser a qualquer hora, em qualquer lugar e com qualquer pessoa.

O som de garfos tilintando contra taças fez o burburinho do salão se aquietar.

– Majestades. – Alōs se levantou, e todos se viraram para vê-lo se curvar diante da família real. – Eu gostaria de agradecer – disse ele –, em meu nome e no de minha tripulação, por esta recepção tão calorosa. Meus marinheiros sabem que ela não poderia ter vindo em melhor hora. Acreditem em mim quando digo que os homens estavam começando a encarar uns aos outros do mesmo jeito com que olhavam esta comida que devoraram com tanta voracidade em seus pratos.

Risadas preencheram o salão, mas Niya continuava se sentindo entorpecida e distante.

– Numa demonstração da nossa profunda gratidão – continuou Alōs –, gostaríamos de presentear sua adorável filha com um presente atrasado de aniversário.

Boman se aproximou da mesa e entregou para Alōs uma caixa de coral ornamentada.

Com um deleite surpreso, a Princesa Callista levou as mãos à boca quando Alōs depositou o presente diante dela, abrindo a tampa da caixa. O arquejo de alegria da jovem ecoou pelo salão.

– É lindo! Mãe, veja como é bonito.

Callista tirou um diadema fiado em prata da caixa. Cinco pontas que espiralavam e se entrelaçavam, cobertas por safiras e diamantes brilhantes.

Os membros da corte cochichavam de admiração enquanto a Rainha Runisha se inclinava a fim de inspecionar a tiara.

– Sim, minha luz – disse a rainha, os olhos inteligentes correndo para Alōs, que se sentara novamente ao lado de sua filha. – É de tirar o fôlego. Que atencioso da sua parte, Lorde Ezra, abrir mão de um tesouro tão raro. Acredito que este tipo de prata de alabastro só pode ser encontrado em Esrom?

A rainha estava mostrando suas cartas. *Eu sei das suas origens*, o olhar dela parecia dizer.

Alōs apenas sorriu.

– Vamos ver como fica?

As damas de companhia da Princesa Callista se aproximaram, substituindo a coroa pelo diadema em cima de sua cabeça.

Niya mal registrou os eventos seguintes, observando a coroa com a Pedra Prisma ser colocada em cima de um travesseiro macio. Dois guardas armados vieram se postar de cada lado da dama de companhia, que segurava a almofada com cuidado, um passo atrás da cadeira da princesa.

– Ah, eu adorei. – O sorriso de Callista era radiante ao olhar para o espelho que uma das camareiras havia trazido, inclinando a cabeça para um lado e para o outro. Os diamantes cintilavam como a juventude da garota. Ela depositou uma mão no braço de Alōs. – Obrigada. Vou usar pelo resto da noite!

Os convidados aplaudiram, e a música foi retomada. Era uma melodia nova, mais rápida, cheia de tambores, com uma agradável mistura de vozes masculinas e femininas.

O rei se levantou, oferecendo uma mão grande para a esposa. Com uma risada que trouxe uma luz mais suave aos olhos da rainha, esta seguiu o marido até o centro do salão.

O lugar se encheu com aplausos extasiados antes que as outras pessoas fossem convidadas a dançar.

Normalmente, Niya teria se juntado a elas, mas, dessa vez, se forçou a prestar atenção na tarefa que tinham adiante, seu foco concentrado em apenas um evento daquela noite.

A dançarina do fogo ficou observando enquanto a coroa era levada embora do salão, com os guardas em seu rastro.

Ela encarou Kintra. As duas trocaram olhares antes que a intendente se levantasse, pedindo licença.

A pulsação de Niya martelava com prontidão, uma paciência inesperada a mantendo sentada e esperando.

Hesitante, se permitiu espiar Alōs. Ele estava mais uma vez conversando com a princesa em seu novo diadema.

O sorriso dele era charmoso, mas ali, bem nas beiradas, estava o riso torto de um chacal.

Os antigos jogos entre os dois podiam ter terminado, mas havia outros apenas começando.

CAPÍTULO TRINTA

Alōs espreitava nas sombras de uma alcova, com uma coluna em espiral separando-o do enorme corredor luxuoso que se estendia de ambos os lados. A ala real estava quieta, exceto pelos guardas patrulhando de um lado para o outro: duplas que passavam a cada quarto de ampulheta.

Ele estava respirando de forma calma, mas sua magia gelada se retorcia depressa pelas veias, junto com a crescente antecipação. Era aquilo. Aquele seria o último ato responsável por encerrar suas responsabilidades com o reino que o banira.

Poderia sonhar outra vez em navegar sem amarras, um homem livre, nas águas abertas.

Porém, diante do pensamento, Alōs estremeceu, sentindo aquela fisgada sem fim bem no centro de seu coração congelado.

Ariōn, sussurrava seu desconforto. *Você nunca conseguiria abandonar Ariōn de verdade.*

Mas ele poderia, não poderia? *Já fiz coisa muito pior*, pensou.

O peso repentino da culpa que se abateu sobre seus ombros foi logo esquecido quando a linha preta da aposta vinculativa em seu pulso se aqueceu. Como sempre acontecia quando ela estava por perto.

Seus dons se agitaram outra vez, uma espécie de prontidão se solidificando conforme um borrão de cabelo ruivo deslizava para dentro da alcova. Alōs inalou o perfume de madressilva enquanto Niya se espremia ao lado dele, compartilhando as sombras à medida que o tecido macio de seu vestido roçava na mão do pirata.

Por um instante, o capitão foi levado de volta para o quarto que a dançarina compartilhava com as outras mulheres, onde haviam ficado sozinhos em um mar de lençóis macios. Ele tinha visto o final da mensagem da família dela, vira o rastro das lágrimas em suas bochechas. Algo pesado e bastante desconfortável se formara em seu peito desde então. Porque com certeza não gostava de nada daquilo.

Apesar do passado tumultuado entre os dois, Alōs nunca tinha presenciado a dançarina do fogo chorar.

Nem mesmo quando ele sabia estar partindo seu coração.

Ou quando viera cobrar os segredos que conhecia sobre ela.

Ou quando tinha sido forçado a chicotear sua pele.

Niya havia permanecido uma estátua de poder contido, uma deusa perdida olhando para ele bem nos olhos, prometendo silenciosamente uma vingança maior do que qualquer dor que ele pudesse ter lhe causado naquele dia.

Era o suficiente para tirar o fôlego de qualquer pessoa.

Para colocar qualquer monstro um pouquinho melhor que ele de joelhos, pedindo perdão.

Mas Alōs não estava buscando ser perdoado, apenas ser esquecido.

– Alguém viu você chegando? – perguntou para Niya, sua atenção retornando para as sombras que ocupavam nas profundezas do palácio da montanha.

– Eu estaria aqui caso alguém tivesse me visto? – rebateu ela, os olhos azuis dançando, vívidos e animados ao encontrar os dele. – Você não é o único capaz de se esconder atrás de uma coluna.

Alōs ignorou a provocação.

– Os guardas parecem estar patrulhando em duplas hoje.

– Uma ordem inteligente – comentou Niya. – Já que há piratas andando por aí.

– Pois é – refletiu Alōs. – Mas a cautela deles nos obriga a usar a nossa. Precisamos ser rápidos e silenciosos. Kintra disse que a coroa foi levada para os aposentos da princesa, que fica no fim do corredor, à esquerda. Dois guardas ficam na porta o tempo inteiro.

Niya assentiu.

– Isso não deve ser um problema.

– Não – concordou ele. – Mas não sabemos onde a coroa está guardada dentro do quarto. Pode ser num cofre ou simplesmente na penteadeira.

– Vamos apostar onde ela vai estar? – O sorriso branco de Niya cintilou mesmo no escuro.

Alōs balançou a cabeça e, apesar do humor sombrio de antes, se viu sorrindo de volta.

– Você é mesmo sua pior inimiga.

– Diz meu verdadeiro inimigo.

Ele a encarou mais uma vez.

– Pensei que tínhamos estabelecido uma trégua, dançarina do fogo.

– É, mas os velhos hábitos custam a morrer.

– Então sou um hábito seu? – Alōs arqueou uma sobrancelha. Ela tornava impossível não flertar.

– Não se iluda – respondeu ela. – Agora, vamos ficar conversando ou terminar logo isso?

– O quão perto precisa estar pra enfeitiçar os guardas do jeito certo?

– Eu posso fazer daqui – respondeu Niya –, mas é melhor se eu puder vê-los primeiro.

Alōs espiou para fora da alcova. O corredor que se estendia até os aposentos da princesa permanecia vazio. Grandes piras flamejantes estavam enfileiradas de ambos os lados, lançando luzes e sombras ao longo dos murais pintados. Não haveria colunas para se esconderem depois dali. Seriam presas correndo em campo aberto.

– Tudo bem – murmurou Alōs. – Vamos chegar mais perto.

Alōs saiu do esconderijo na penumbra e deslizou em silêncio pelo corredor, com Niya andando depressa em seu rastro.

Ele havia abandonado a festa em seu auge, com a dança e a música crescendo depressa, inebriantes. A princesa estava rodopiando com os lordes e damas de sua corte, e o rei e a rainha já tinham se recolhido para dormir fazia tempo. Todos deviam estar distraídos demais para se importar com Alōs e seu paradeiro enquanto este sumia do banquete.

– Espere – sussurrou Niya, parando ao lado dele. – Acho que sinto alguém se aproximando… Um grupo.

Alōs praguejou.

– Quão perto?

– Perto – respondeu Niya, começando a retornar pelo mesmo caminho. – Devem estar vindo dos aposentos da princesa. Não consegui sentir os movimentos até agora. As paredes de pedra são grossas nesse palácio montanhês.

Alōs olhou para o corredor às costas deles. Tinham se afastado demais da alcova.

– Estão quase aqui – disse Niya, o fogo ganhando vida em suas palmas. – Não vamos ter tempo de atravessar de volta. Teremos que lutar.

– Não. Não podemos arriscar disparar nenhum alarme. – Ele os puxou para o lado de uma das piras em chamas. – Você não consegue enfeitiçá-los?

O olhar de Niya perdeu o foco por um momento, a magia escapando dela em uma névoa laranja, testando o ar.

– Consigo – respondeu ela –, mas... acho que alguns possuem dons. Não vou ter tempo de ser sutil. Vão saber que algo aconteceu quando o feitiço terminar.

Naquele momento, Alōs podia ouvir os ecos das vozes se aproximando, e via as silhuetas aparecendo pelo outro lado do corredor. Uma estranha sensação de pânico tomou conta dele ao olhar para Niya.

Pelas estrelas e mares, pensou, *devo ser maluco por tentar isso*. Mas era o jeito mais rápido que conhecia para se esconder à vista de todos.

– Não me machuque – advertiu, conduzindo Niya até que as costas dela batessem contra a parede.

As chamas na pira se refletiram no olhar assustado dela.

– Machucar você? Por que eu iria...?

– Vou beijá-la, está bem?

Niya arregalou os olhos, pressionando a palma das mãos contra o peito de Alōs.

– Você com certeza não vai...

– Não temos escolha – insistiu ele depressa, ouvindo os recém-chegados se aproximando cada vez mais. – Amantes nunca são considerados uma ameaça, enquanto piratas à espreita...

– *Amantes?* Você perdeu o juí... Ei! *Não me toque aí!* – sibilou ela, batendo na mão com que Alōs tentava enlaçar sua cintura.

– Preciso fazer isso. – Ele apoiou a mão esbofeteada contra a parede ao lado da cabeça de Niya, sua grande forma a envolvendo ainda mais. – Como disse, não dá pra enfeitiçar ninguém sem que saibam depois, e não podemos lutar, porque isso levantaria suspeitas. Então, a menos que você consiga pensar em outra maneira de explicar por que dois piratas estariam nos aposentos mais do que proibidos da jovem princesa...

– Vocês aí! – exclamou uma voz enquanto os olhos de Niya sustentavam os dele. O tempo parou enquanto Alōs observava a enxurrada de pensamentos e sensações que se desenrolavam por aquelas profundezas azuis.

Mas o pirata não tinha chegado tão longe e passado por tanta coisa somente para ser pego. Ele não seria impedido naquela noite. Niya precisava entender aquilo. Seu próprio destino também estava em jogo.

– *Por favor* – sussurrou ele. Uma última tentativa.

– Parados! Vocês não deviam...

Mas o restante das palavras do guarda se perdeu quando Niya puxou Alōs até seus lábios.

A boca da dançarina era macia e carnuda, assim como ele se recordava, mas o corpo de Niya estava tenso, o aperto forte em seus braços e as unhas cravadas na pele. Alōs se manteve firme. Eram duas ondas rugindo, lutando pela dominância. Mas, daquela vez, Alōs não queria mais lutar.

Ela devia ter notado, sentindo sua submissão, porque suas mãos afrouxaram e Niya abriu os lábios, enviando uma língua deliciosa para acariciar a dele.

Uma onda de prazer fluiu através de Alōs enquanto ele aceitava o convite, assim como tinha feito quatro anos antes. Ele passou os braços em torno da cintura fina dela, puxou seu corpo flexível para mais perto do peitoral firme e a devorou.

E, embora o beijo fosse uma farsa, nada no jeito como seu corpo reagia a ela era fingimento. Alōs só podia torcer, enquanto reivindicava os lábios da dançarina, sua magia ronronando, para que Niya não percebesse.

CAPÍTULO TRINTA E UM

Niya estava revivendo aquele pesadelo de novo. Porque aquilo parecia tal como nos seus sonhos.

As carícias de Alōs eram requintadas, seus lábios carnudos e habilidosos. As mãos firmes e fortes, segurando-a contra a parede. O pirata tinha um gosto profundo de vinho e experiência.

Arrepios percorreram a pele de Niya.

Uma traição.

No fundo da mente, a dançarina sabia que tudo aquilo estava errado, que era horrível, que ela devia enfiar o joelho depressa na virilha do pirata. Mas os dois estavam encurralados com guardas se aproximando.

Por favor.

A única coisa que a havia convencido. O apelo que destruíra sua determinação. A necessidade de Alōs por ela, e não apenas fisicamente. Não, era sobre ele saber que Niya segurava o futuro dele nas mãos, o que a fez experimentar uma onda inebriante de poder.

Por favor, estou à sua mercê.

E o que a diferenciava de Alōs era que Niya era forte o suficiente para ceder.

Ela se entregara ao que já estava acontecendo, uma parte maluca de si mesma se deleitando com aquilo, desejando. Derretera sua energia firmemente contida, deixando-a escorrer em uma poça a seus pés, e puxara Alōs para um beijo.

Um ronronar grave de aprovação saiu dele enquanto o pirata a prendia com mais força contra a parede fria. Ele era puro músculo e carinhos gentis. O perfume inebriante de mar e orquídea-da-madrugada inundou suas narinas enquanto inspirava, e, de repente, ela estava quatro anos mais nova, sozinha com ele na privacidade de seu camarim no Reino do Ladrão.

A dançarina estava sentada de frente para o espelho, ajustando uma mecha de cabelo que escapara do adereço de cabeça. Estava adornada com um traje de seda cor de ouro, preparando-se para sair rumo a uma das muitas festas que aconteceriam no palácio naquela noite, quando sentiu a energia fria dele como um beijo gelado em sua nuca coberta.

No reflexo do espelho, observou uma pintura no fundo do camarim ser afastada, e um homem alto e imponente sair de lá.

– Você não devia estar aqui – falou Niya, observando sua silhueta escura chegar mais perto.

Alōs permaneceu calado ao se postar por trás dela, seus olhos turquesa e brilhantes admirando a dançarina fantasiada.

O corpo de Niya se encheu de calafrios de antecipação.

Alōs era tão lindo. Tão faminto. Tão autoritário. Tão intocável.

Toda a corte desejava estar perto dele. E ela sabia que muitos o convidavam para a cama.

Porém, noite após noite, o lorde-pirata se esgueirava para os aposentos dela, e de mais ninguém.

A vaidade de Niya cintilava com aquele pensamento, considerando a tentação de ceder à lealdade de Alōs e enfim permitir que a pele dele roçasse a sua, descoberta, nua e exposta.

– Esperava conseguir me ver sem a fantasia? – provocou Niya.

O sorriso de Alōs brilhou à luz das velas.

– Eu sempre estou esperando conseguir ver você, dançarina do fogo.

Refletidos no espelho, os dois formavam uma visão impressionante. Niya, com o adereço cintilante e a máscara cravejada em ouro, a coroa cheia de pérolas. Alōs, em sua beleza devastadora envolta em escuridão, a pele marrom e suave sob a iluminação dos candelabros.

Ele se abaixou, o hálito quente brincando por cima da orelha coberta de Niya.

– Acha que hoje será a noite em que o gelo enfim poderá brincar com o fogo? – ponderou ele.

– Ei! Pombinhos! – Um grito interrompeu as memórias de Niya, o calor e a névoa se dissipando. – Vocês não podem ficar aqui.

Alōs soltou Niya, a boca suave deixando a dela em um redemoinho refrescante, enquanto ele olhava para os intrusos.

– Pois não? – perguntou o lorde-pirata, a voz calma sem combinar em nada com a batida forte que Niya sentia no próprio peito.

Ela apoiou uma mão firme contra a parede conforme os olhares de um guarda e dois criados analisavam o lugar onde ela e Alōs continuavam parcialmente abraçados.

– Vocês precisam sair – disse o guarda, estreitando os olhos. – Esta é a ala da família real e daqueles que os servem no... – O homem se interrompeu, arregalando os olhos ao observar com mais atenção e reconhecer Alōs. – Senhor. – O homem fez uma mesura rápida. – Perdoe-me. Não o reconheci, mas temo que os senhores ainda não tenham permissão pra frequentar esta parte do palácio.

– Ah, é? – Alōs se endireitou, trazendo Niya junto enquanto passava o braço ao redor dela, que pestanejou, afastando seu nervosismo momentâneo a fim de entrar no jogo. Ela se aconchegou contra Alōs. – Peço desculpas – disse. – Não sei nem onde estamos exatamente.

– Esta é a ala privada da Princesa Callista – explicou o guarda. – Não é permitido que nenhum convidado desacompanhado ande por aqui.

– É claro, é claro. – Alōs assentiu. – Não estávamos prestando atenção no caminho. Só estava procurando algum lugar tranquilo pra... bem, você viu. – Ele abriu um sorriso conspiratório para o guarda.

Um dos criados riu, engolindo o som logo em seguida após uma carranca severa por parte do soldado.

– Sem problemas, Lorde Ezra – falou o homem.

– Eles podem tentar na biblioteca – sugeriu o outro criado.

– *Barneth* – advertiu o guarda.

– O que foi? – Barneth deu de ombros. – Todo mundo sabe que lá está sempre vazio, e não são só os hóspedes que costumam desfrutar do... isolamento.

– Parece perfeito – disse Alōs. – Onde podemos encontrar essa biblioteca?

O guarda ainda parecia incerto, como se fosse contra seus deveres indicar para alguém onde era possível se atracar com outra pessoa.

– Eu imploro – falou Alōs. – Seria uma tragédia terminar minha noite com essa aqui tão cedo.

Niya cravou as unhas nas costas de Alōs enquanto a mão dele descia até seus quadris.

Alōs apenas sorriu com mais força.

O guarda avaliou Niya, demorando o olhar em suas partes mais amplas.

Continue olhando assim e vamos ver como ficam as suas vistas amanhã, pensou ela.

– Acho que não faria mal – falou o homem, devagar. – Mas não podem danificar nenhum livro.

. 281 .

Alōs levou a mão ao peito.

– Não chegaremos nem perto dos livros.

O guarda assentiu, aparentemente apaziguado.

– Podemos mostrar onde fica a biblioteca.

– Ah, nós odiaríamos tomar mais do seu tempo – falou Alōs. – Apenas indique a direção correta e iremos pra lá agora mesmo.

O grupo percorreu o longo caminho de volta, passando pela alcova onde haviam se escondido e parando no ponto em que o corredor se dividia em muitas passagens.

– Peguem as escadas ali no final. – O guarda apontou para uma porta que levava a um conjunto de escadas descendo. – A biblioteca fica embaixo à direita, nas portas duplas no fim do corredor.

– Vou ficar devendo essa – falou Alōs. – Viu, meu amor? – Ele puxou Niya para mais perto. – Vou poder terminar o que estava me implorando pra começar.

Niya queria serrar cada um dos dedos dele.

– Divirtam-se – sussurrou o criado, Barneth, enquanto eles passavam.

Niya e Alōs ficaram olhando o grupo ir embora, fingindo se virar na direção da biblioteca antes de darem meia-volta assim que o guarda e os servos sumiram de vista.

Niya empurrou Alōs para longe quando começaram a andar na direção dos aposentos da princesa, bem mais apressados dessa vez.

– Se tentar algo assim de novo – sibilou ela –, vou derreter a pele do seu corpo.

– Você devia me agradecer pela ideia – falou Alōs. – Estávamos prestes a ser pegos no flagra.

– Vou agradecer se encontrar uma alternativa melhor da próxima vez.

– Pelo que me lembro, você não ofereceu nenhuma opção viável que não levantasse suspeitas. Mas fico lisonjeado que meu beijo pareça tê-la afetado tanto assim. – O sorriso de Alōs pingava presunção.

– A única coisa que me afetou foi meu jantar ameaçando ser vomitado.

Eles ficaram em silêncio quando se aproximaram do final do corredor. Niya deu uma espiada rápida na esquina.

Dois guardas estavam parados no meio do corredor, protegendo as grandes portas duplas dos aposentos de Callista.

– Eles não possuem dons – falou Niya, voltando a pressionar as costas contra a parede.

– Não – concordou Alōs. – Lembre-se de que precisamos deles maleáveis, não nocauteados.

Niya assentiu antes de respirar fundo. Agitando os dedos de forma rítmica, ela enviou tentáculos de magia pelo chão. Eles viajaram como serpentes silenciosas, caçando.

Com um giro rápido da mão, seus poderes envolveram cada um dos guardas.

A consciência deles ofereceu um puxão suave de resistência antes de suspirar e dormir.

– Eles são meus – falou ela, seu pulso acelerando.

Os soldados não se mexeram quando se aproximaram, apenas continuaram parados, olhando para a frente.

– O que você fez com eles? – perguntou Alōs.

– Deixei a mente deles vazia.

– Quanto tempo vai durar?

– Depois que eu remover a conexão com a minha magia? Cerca de meia ampulheta.

Alōs assentiu, disparando sua própria magia esverdeada pela fechadura da porta.

Um clique suave ecoou, e eles se esgueiraram depressa para dentro.

Niya analisou os aposentos cavernosos de Princesa Callista. Estavam em um enorme hall de entrada com detalhes em rosa empoeirado e laranja. Cinco outras antessalas pareciam se espalhar a partir de onde estavam. Com um aceno, ela e Alōs se separaram para procurar.

O tempo parecia correr rápido demais enquanto Niya tateava as paredes ásperas e pintadas, buscando alguma trava oculta, afastando livros e tapeçarias penduradas, esperando que algo revelasse uma outra câmara escondida ou um cofre, qualquer coisa camuflada que pudesse armazenar objetos de valor.

O medo de que mais criados ou guardas entrassem deixava seus nervos à flor da pele, especialmente quando as paredes eram tão grossas naquele palácio, obstruindo sua percepção de movimento para além do que estivesse próximo. Ela se sentia pela metade sem aquele aspecto de seus poderes, e estava odiando aquilo.

Era como ser capaz de respirar apenas pela metade, em vez de puxar o ar em uma inspiração grande e satisfatória.

– Aqui – chamou Alōs baixinho, vindo do quarto de Callista.

Niya o encontrou no fundo do enorme guarda-roupa da princesa, onde fileiras e fileiras de roupas bonitas estavam dobradas e penduradas de cada lado. Alōs estava diante de uma pesada porta dourada, embutida no painel traseiro do móvel.

A magia de Niya pulsou com um suspiro de alívio.

– Você encontrou – falou ela, se aproximando.

– Não necessariamente. Mas seja lá o que tenha aqui, deve ser de valor. Só espero que isso inclua a Pedra Prisma.

Niya olhou para a fechadura redonda ao lado da maçaneta. Esta brilhava com marcações intrincadas – uma fechadura enfeitiçada. Dedos cruzados se entrelaçavam, dando a entender que cada um deles precisava ser aberto individualmente antes de liberar a trava.

– Isso vai ser um problema? – perguntou a dançarina.

– Felizmente, não. – Alōs se agachou diante da porta, tirando uma sacolinha de couro do bolso e abrindo-a no chão áspero para exibir uma série de finas palhetas de metal.

Ele ignorou o ancinho curvado, o gancho longo e outros dispositivos básicos de arrombamento de fechaduras que Niya conhecia, preferindo pegar uma haste fina e reta que pulsava em branco na ponta.

– Isso é um ancinho mágico? – quis saber Niya.

– Exato. – Alōs sorriu ao posicionar o instrumento ao lado da tranca. – É uma chave-espelho, é esse o nome. Ela consegue passar pela maioria das fechaduras.

– Onde conseguiu uma coisa dessas?

Olhos turquesa a encararam, com um brilho travesso nadando em suas profundezas.

– Sou um pirata, Niya. E sou capitão do navio mais notório e bem-sucedido dos...

– Ah, pelo amor dos deuses perdidos. – Ela suspirou, exasperada. – Deixe ara lá. Só ande logo com isso, por favor. – Ela gesticulou com impaciência.

Uma risada baixa saiu de Alōs enquanto ele se voltava para a porta. O pirata voltou a se concentrar, aproximando a ponta brilhante das trancas entrelaçadas.

Niya não ousou nem respirar enquanto observava Alōs inclinando a ponta sobre a primeira trava, as mãos hábeis torcendo e cutucando para passar a haste pela segunda e pela terceira tranca, descendo pela fileira de dedos entrelaçados.

Seus nervos estavam em frangalhos, e tinha certeza de que alguém entraria no quarto da princesa a qualquer momento, veria os guardas enfeitiçados e soaria o alarme.

Tudo o que haviam feito, o beijo que dera em Alōs, teria sido tudo em vão. Eles nunca recuperariam a pedra, e...

Clique, clique, clique.

As fechaduras individuais se abriram uma por uma. Alōs se levantou de um pulo ao lado de Niya e abriu a porta.

Toda a tensão desapareceu dos ombros dela, como folhas caindo no outono, quando um deslumbramento absoluto substituiu a preocupação.

– Pelos deuses perdidos – murmurou Niya, entrando em uma pequena sala iluminada por um lustre suspenso.

Cada centímetro das prateleiras e ganchos brilhava com tesouros. Colares de diamantes. Máscaras folheadas a ouro incrustadas com safiras. Niya passou a mão pelas fileiras e mais fileiras de pulseiras com pedras preciosas, por xales em couro tão macios que escorriam por seus dedos como água, por brincos feitos de prata na finura de uma teia de aranha. Niya salivou. A parte ladra de si mesma estava se coçando para colocar alguns daqueles itens no bolso.

Niya deu as costas para sua prateleira de tesouros chiques e percebeu Alōs andando para o outro extremo, sua atenção fixa a uma coroa repousando em um travesseiro branco de pelúcia. Mesmo à distância, a dançarina podia ver o cintilar vermelho do que havia incrustado no centro.

Seu coração deu um salto animado quando foi até o lado dele, ambos encarando a brilhante Pedra Prisma. Era como uma sereia vermelha sedutora no centro da coroa com ponteiras de ouro.

Ali estava!

Niya abriu um sorriso enorme, cada parte dela querendo gritar, rodopiar e bailar em completo júbilo.

Sua liberdade estava a um toque de distância.

Sua casa, suas irmãs, sua família – estava tudo envolto naquela joia cintilante diante deles.

E ninguém estava por perto para impedi-los de pegá-la.

– É nosso – sussurrou Niya, olhando para Alōs.

O pirata não tinha se mexido ou emitido qualquer som já fazia algum tempo. O pirata estava rígido, tenso, como se… não, por que ele estaria com medo? Tinha enfim encontrado o que caçava havia tanto tempo. A peça final da Pedra Prisma.

– Alōs… – começou ela, franzindo as sobrancelhas.

– Temos que ser rápidos – falou Alōs, afastando quaisquer fantasmas que estivesse se agarrando a ele.

Com dedos ágeis, tirou uma nova sacola do bolso, revelando a gema vermelha falsa que o irmão lhe dera. Embora estivesse bruta, era tão verme- lha e rica em brilho quanto Niya se lembrava ao vê-la pela primeira vez na cabine do capitão. Mas, agora com a verdadeira joia na frente deles, Niya podia perceber, bem no centro, que a réplica não tinha uma fração sequer do poder e história da Pedra Prisma verdadeira.

Ela ficou observando enquanto Alōs estudava a gema na coroa antes de segurar a falsa. Ele disparou um jato de magia verde-gelo da ponta do dedo, esculpindo a rocha com habilidade até transformá-la em uma cópia exata.

– Segure isso – instruiu ao terminar, entregando a réplica para Niya.

A dançarina girou a pedra entre os dedos. Continuava tão bruta quanto antes, só que mais oval. Um propósito mais suave para seu formato.

Usando uma lâmina fina, Alōs se inclinou para a frente e arrancou com cuidado a Pedra Prisma, e, espalhando um pouco de uma pasta pegajosa no soquete vazio, pegou a réplica da mão dela e posicionou na coroa. Ele deu um passo para trás, admirando seu trabalho.

Se Niya não houvesse testemunhado a troca, não notaria que acontecera. Ela se inclinou para perto de Alōs conforme estudavam o prêmio na palma da mão dele. A dançarina sentia uma vontade forte de abraçá-lo naquele momento, não por camaradagem, mas porque estava terminado! Haviam conseguido! Sua magia disparou pelas veias em uma marola quente de triunfo.

Mas Alōs permaneceu quieto, pensativo, revirando a pedra de novo e de novo.

– O que tem de errado? – perguntou ela.

– Não é a pedra inteira.

As palavras dele foram um banho de água gelada em sua alegria.

Não não, pensou ela depressa, *ele está se esquecendo*.

– É claro que não é a pedra inteira. A gema do seu anel se encaixa nesta parte aqui. – Ela apontou para o pequeno sulco na lateral.

– Não. – Ele balançou a cabeça, franzindo as sobrancelhas. – Há outro corte… aqui atrás. Está vendo?

Niya se aproximou. Havia um pedaço considerável faltando do outro lado. Seu estômago se revirou, a pequena quantidade de comida que consumira no jantar ameaçando voltar.

– Certo… e o que isso significa? – ousou perguntar.

O olhar duro de Alōs encontrou o dela.

– Que essa não é a última peça da Pedra Prisma.

CAPÍTULO TRINTA E DOIS

Niya se sentiu como um fantasma enquanto acompanhava Alōs de volta aos aposentos privados dele – insensível, um espectro de movimento conforme se esgueiravam depressa para longe do quarto da princesa.

Kintra já estava esperando por eles junto à lareira bem iluminada. Ela se levantou quando entraram, com uma pergunta nos olhos enquanto Alōs seguia direto até uma garrafa de vinho, virando uma taça de uma só vez. Ele voltou a encher o copo.

– Vocês não conseguiram? – quis saber Kintra.

– Conseguimos – respondeu Niya.

– Então por que está parecendo um funeral aqui?

Niya encarou Alōs, esperando que ele explicasse, que tirasse a Pedra Prisma do bolso e mostrasse para a intendente a parte que estava faltando, mas o pirata continuou em silêncio, com os olhos fixos nas chamas bruxuleantes da lareira.

Com uma carranca, Niya revelou o que havia acontecido. A cada palavra, sua pele pinicava com mais fúria e frustração. Pois, quando terminou, a pergunta que pairava silenciosa no ar, que ninguém queria fazer ou mencionar, era se a parte faltante era realmente *uma coisa só*. O pedaço cortado da parte de trás tinha um tamanho considerável, quase tão grande quanto uma moeda de prata. Se alguém estivesse disposto a cortá-lo, então talvez tivesse dividido a pedra em mais uma dúzia. E aquilo seria obra de Cebba ou do povo do vale? As possibilidades infinitas eram paralisantes.

– O que você quer fazer, capitão? – Kintra se virou para Alōs, a preocupação ficando mais evidente no rosto conforme o pirata se mantinha calado.

Niya nunca o tinha visto daquele jeito. Reservado. Quase... derrotado. Aquilo a deixava nervosa.

Ele podia ao menos ficar bravo como ela, pois a raiva continha uma energia capaz de ser moldada em algo útil. Ser complacente era muito próximo de ser inútil.

Niya não tinha tempo para ficar parada. E Alōs também não. Seu lar estava em jogo, pelo amor do mar de Obasi! Ela não podia ficar ali sem fazer nada enquanto uma nação inteira se desestabilizava!

Os pensamentos de Niya congelaram.

Quando foi que passei a me importar com os problemas dele?

Ela engoliu em seco o desconforto. *É só por causa das pessoas que vivem em Esrom*, raciocinou em silêncio. Se Esrom emergisse, uma guerra contra o tesouro escondido seria iminente. Muitas lendas cercavam a cidade, muitos rumores sobre como seu povo se achava melhor que o restante de Aadilor. Outras nações tentariam reivindicar o lugar. E então havia Ariōn. Jovem demais para suas responsabilidades como rei. Sozinho naquele palácio. Ele não já tinha passado por dificuldades suficientes com sua doença antes de perder o irmão e depois os pais? O rapaz não merecia uma tragédia como aquela para encerrar seu curto reinado.

Além do mais, Niya não era uma víbora sem coração. As Bassette podiam ser ladras, e as irmãs podiam fazer parte das Mousai, mas nunca roubavam dos menos afortunados ou puniam os inocentes. Elas atacavam e ajudavam onde sentiam que eram mais necessárias.

E Niya era necessária ali.

– Vamos descobrir o que aconteceu com o resto da pedra – falou Niya para Kintra. – Vamos descobrir onde está e pegar de volta.

Alōs bufou de descrença, ainda perto do fogo.

A dançarina se virou para ele.

– Você tem algo a acrescentar?

– Não, você já mente muito bem por nós dois.

– Não é uma mentira. É um plano, algo de que precisamos, *capitão*. Ou já se esqueceu do que você ainda é?

Alōs a encarou, uma centelha de seu antigo eu bruxuleando nas profundezas de seus olhos antes de desaparecer. O pirata voltou a olhar para a maldita lareira.

Fale alguma coisa!, queria gritar Niya. Mas ela não gritou. Aparentemente, Alōs ainda precisava de tempo. Só esperava que ele não demorasse mais do que uma ampulheta, porque até mesmo isso era tempo demais para desperdiçar no momento.

Niya olhou para Kintra.

– Devemos descansar o máximo que pudermos antes do desjejum de amanhã. Faça com que ele durma. – Ela apontou para Alōs. – E se isso significa deixá-lo bêbado, que seja. Vou resolver as coisas.

– Como? – As sobrancelhas de Kintra se juntaram.

– Não sei ainda – admitiu Niya. – Mas… eu vou.

Com isso, Niya voltou para seu quarto compartilhado e se arrastou para a cama.

Ficou acordada por muito tempo, os roncos bêbados e retumbantes das companheiras de navio servindo como pano de fundo para seus pensamentos.

Aquilo tudo estava se tornando uma maldita bagunça.

Suas novas convicções sobre cuidar de Esrom e dos piratas que dormiam ao redor dela, sua nova trégua com Alōs e o beijo recente. As coisas estavam mudando. Ela estava mudando.

Mas é para melhor?, perguntou-se em silêncio, correndo um dedo pela marca em seu pulso.

Tudo o que sabia no momento era que Alōs precisava sair daquele estado. Se continuasse como estivera no quarto, lambendo as feridas feito um cachorro derrotado, seria inútil.

Onde estava a energia fria como gelo que ele sempre carregava? Onde estava a fera impertinente e teimosa que encarava qualquer desafio com um sorriso zombeteiro? Ela precisava que Alōs voltasse a lutar. Que voltasse a ser implacável.

A dançarina saiu da cama. Podia dormir quando tudo acabasse. Por hora, ela precisava pensar em um plano.

Foi só quando os criados vieram acordá-las que Niya enfim sentiu uma ideia se formando.

⊱ ⊰

A manhã lançava uma luz em tom de mel amarelado sobre o grande terraço onde o desjejum do dia seguinte estava acontecendo. Niya saiu para a sacada, observando os edifícios de arenito do vale, que se erguiam como orgulhosos dedos de gigante à distância. O aroma agradável de pãezinhos com açúcar recém-assados e frutas delicadamente fatiadas flutuava até a partir de uma mesa próxima, mas ela ignorou o ronco em seu estômago que lhe implorava para encher um prato. Estava em uma missão naquela manhã, rezando aos deuses perdidos para que tivesse sucesso. A comida podia esperar.

A comoção animada da noite anterior havia sido reduzida a movimentos de lesma conforme transitava por entre os convidados, olhando para os companheiros de navio que enfrentavam a ressaca em sofás baixos postos à sombra das oliveiras. Saffi ainda estava usando a túnica e as calças de seda da noite anterior, os olhos tapados com uma toalha úmida enquanto Boman roubava garfadas de seu prato. O velho parecia ágil em comparação ao restante do grupo, sem dúvida imune a ressacas naquela altura da vida. Sua espessa barba grisalha se moveu para cima quando sorriu para ela.

Niya assentiu em resposta, mas não parou para conversar.

Ela se aproximou de uma seção reservada da varanda, que ficava junto a uma parede tomada por jasmineiros, a fragrância doce envolvendo a área em uma névoa suave. Foi ali que Niya encontrou o Rei Anup, sentado ao lado dos Achak e de uma mulher idosa que mais parecia um guardanapo amarrotado.

Os guardas que os protegiam revistaram Niya antes de permitir que ela entrasse.

– Criança – cumprimentaram os Achak. A irmã estava descansando em um dos sofás baixos. – É bom ver que sobreviveu à devassidão da noite passada. – Ela se virou para o rei e para a mulher idosa. – Vossas Majestades, permitam que eu lhes apresente Niya Bassette, segunda filha do Conde Dolion Bassette da segunda casa de Jabari. Meu irmão e eu somos velhos amigos da família dela. Niya, você já conhece o Rei Anup, é claro, e esta é a rainha-mãe, Murilia.

Niya fez uma reverência.

– Majestades, em nome do *Rainha Chorosa*, quero expressar nossa gratidão por sua generosidade nos últimos dois dias. Os deuses perdidos sabem que precisávamos descansar depois de navegar por aquelas tempestades.

As sobrancelhas do rei se arquearam.

– Devo admitir que nunca ouvi falar numa dama navegando junto com piratas. Por favor, junte-se a nós pra comer alguma coisa e nos conte como isso aconteceu.

Niya se curvou mais uma vez antes que um prato de tâmaras com um pãozinho quente fosse entregue para ela por um criado que esperava. Agradecendo, a dançarina se sentou ao lado da velha rainha, que apenas mantinha os olhos fixos à frente, as mãos murchas dobradas como pedaços frágeis de papel sobre o colo.

– Tenho certeza de que minha história é como qualquer outra a bordo do *Rainha Chorosa*, Majestade – respondeu Niya para o rei. – Eu estava no lugar certo na hora errada.

– E não estamos todos? – Ele sorriu. – Agora, conte mais sobre nossas tempestades ocidentais. Elas realmente ficaram tão ruins quanto dizem? Já faz tempo desde que naveguei por elas para saber.

– Foi minha primeira experiência, Majestade, então não tenho um histórico pra comparar. Mas posso dizer que as ondas tinham a mesma altura dos seus cânions, e que, não fosse pela habilidade de nosso capitão e da tripulação, o navio estaria despedaçado no fundo do mar. A porta do Ocaso estaria agora bastante movimentada com um bando carrancudo de piratas descontentes.

O rei deu risada, o som como um estrondo suave de pedras rolando. Ao contrário da esposa, o Rei Anup parecia ter uma energia mais aberta e amigável. O que deu confiança para que Niya continuasse com seus objetivos.

– Isso é *mesmo* assustador de ouvir – disse ele. – Preciso ir até o rio e ver quais danos ainda persistem em seu navio. Embora minha esposa tenha dito que a maioria dos destroços já foi reparada com a ajuda de nosso povo.

– Vossas Majestades têm todo o nosso agradecimento.

– Não seja tão grata – repreendeu o Rei Anup. – Seu capitão pagou de forma generosa por toda essa assistência.

A velha rainha estendeu a mão ao lado dela e roubou uma tâmara embrulhada do prato de Niya.

– Mamãe – advertiu o rei. – Me desculpe, lady Niya. Temo que minha mãe goste bastante dessa iguaria em particular. Ela comeu até a última do meu prato também.

– Estou sendo alimentada nas terras da sua mãe – falou Niya. – A comida é sempre dela pra pegar.

– Sua bajulação é desperdiçada com ela, criança – explicaram os Achak, vendo que Niya segurava o prato para que a idosa pudesse comer mais algumas tâmaras. – Rainha Murilia não escuta nada faz pelo menos uma década.

– Mas ainda consigo ler seus lábios, criatura ancestral – resmungou Murilia, estreitando os olhos.

– E ainda nos passa a perna – falou o rei com uma risada, dando tapinhas no ombro da mãe.

– Vossa Majestade tem uma família abençoada – comentou Niya. – Sua filha será uma grande líder com essa herança no sangue.

– Vai – A expressão do rei se tornou calorosa ao ouvir a menção à filha. – Callista é mais esperta do que nós em muitas ocasiões. Tenho certeza de que minha esposa se verá entregando a coroa em breve, e sem nem perceber o que está fazendo.

Os nervos de Niya vibraram ao identificar uma abertura.

– Devo dizer que, em todos os meus anos admirando o esplendor de Aadilor, nunca vi coroas tão lindas quanto as usadas por sua família. As peças foram forjadas aqui?

Ela podia sentir o olhar questionador dos Achak em sua nuca, mas Niya manteve sua atenção sobre o rei, as feições relaxadas.

– Foram – disse ele. – Temos alguns dos melhores joalheiros do oeste. Cada coroa é feita pela família Dergun há décadas.

– Que incrível. Nós Bassette não somos da realeza, mas sei que meu pai ficaria lisonjeado se eu trouxesse pra casa um presente feito por mãos tão habilidosas. Os serviços dos Dergun são reservados apenas pra família real?

– Eles aceitam encomendas de quem puder pagar. Na verdade... – O rei olhou para além do espaço em que estavam. – Acho que a esposa e o filho estão aqui agora mesmo. Posso apresentá-los mais tarde, se quiser.

Niya controlou sua onda de alegria ao descobrir aquela informação, exibindo um mero sorriso.

– Eu ficaria eternamente grata.

O rei assentiu.

– Sem problemas.

– Mas eu adoraria entender mais desse tipo de serviço – continuou Niya, após um momento, ousando insistir. – A joalheria é uma forma de arte, com certeza. É de cair o queixo como os Dergun conseguem manipular um metal tão forte até este ficar enrolado com tanta delicadeza em torno de uma pedra preciosa. Eu não conseguia parar de admirar a coroa da princesa. E aquela joia vermelha dentro. – Niya balançou a cabeça com deslumbramento. – Nunca vi nada igual em cor ou tamanho.

Ela estava cruzando uma linha perigosa, e sabia disso, a magia despertando em seu ventre com uma onda de adrenalina. Mas o rei parecia gostar de um falatório, e Niya não tinha tempo para fazer um jogo mais sutil. Se houvesse mais respostas a obter, a dançarina precisava consegui-las depressa.

– E não importa quantos outros reinos visite, não encontrará outra igual – comentou o Rei Anup com orgulho. – Uma pedra dessas é uma beleza rara, assim como nossa Callista. E minha mãe, é claro.

– Sua mãe? – Niya apertou os dedos em torno do prato. – Ela também tem uma coroa? – Ela olhou para a idosa, mas nenhuma joia brilhante estava sobre sua cabeça.

– Um pingente – explicou o rei, antes de tomar um gole de sua taça. – Minha mãe e minha filha compartilham o mesmo mês de nascimento. Mandamos dividir a pedra e fazer um presente para cada uma.

Um zumbido preencheu os ouvidos de Niya, toda a sua atenção se concentrando na velha rainha mais uma vez, vasculhando através de suas muitas camadas de roupas roxas e alaranjadas. O cabelo de Rainha Murilia combinava com o do filho: longas tranças grisalhas que caíam sobre os ombros, acumuladas no colo. Mas Niya não conseguiu encontrar em lugar nenhum um colar com a Pedra Prisma. Estaria no quarto dela, assim como a coroa estava no de Callista? Será que estava mesmo ali? A esperança começou a borbulhar em seu peito. *Por favor, pelos deuses perdidos, que a coisa que estou buscando venha com mais facilidade.*

– E, é claro, ela perdeu o pingente em menos de quinze dias. – O rei suspirou.

Niya pestanejou para ele, sentindo a cor sumir de seu rosto. Ela lutou para manter a respiração sob controle.

– Perdeu? – indagou, forçando o tom mais casual que conseguiu reunir, quando, na verdade, o que queria fazer era gritar e chacoalhar a maldita velha. *Como você pôde ter perdido o colar?*

– Ela não se lembra onde o deixou – explicou o rei. – É por isso que, como pode notar, mamãe não está usando nenhuma joia agora, pois a perderia no instante em que saísse por aí. – O rei pôs a mão na frente da boca para esconder suas palavras. – A audição dela não é a única coisa que se foi. A memória também já não é mais a mesma.

Niya assentiu de forma vaga, sem mais escutar, enquanto seus pensamentos explodiam em uma cacofonia de pânico, desesperança e pavor.

Perdida. A pedra foi perdida. Ela a perdeu.

Então era assim que tudo terminaria?

Com um grande fracasso?

Esrom entregue aos lobos. Niya acorrentada ao *Rainha Chorosa* por mais um ano, à mercê de um pirata que, sem dúvida, a culparia por tudo. A frágil paz entre eles destruída na mesma hora.

– Eu sou esquecida às vezes. – A voz da irmã Achak rompeu a espiral descendente de Niya. – É o único motivo pelo qual gosto de ter meu irmão por perto. Ele sempre consegue recuperar minhas memórias *perdidas*.

Niya encarou a criatura ancestral com intensidade.

– Memórias perdidas são inevitáveis quando a fonte da juventude seca – continuou a irmã. – E, embora ainda seja jovem, Niya, não deve tomar sua *fonte* da juventude como algo garantido.

– Pois é – falou Niya devagarinho, enquanto as palavras certas começavam a fazer sentido.

Fonte... memórias...

Uma calma se instalou na dançarina enquanto sustentava o olhar arroxeado dos Achak, com um novo plano despertando.

– Tudo isso dito por uma criatura que nunca envelhece – comentou o rei. – Não que seriam menos magníficos caso envelhecessem.

Os Achak sorriram.

– Querido Anup, desde que era menino, sempre foi um galanteador incorrigível.

– Como acham que convenci minha esposa a se casar comigo?

– Presumimos que tinha sido por causa do seu dote generoso.

O rei deu uma grande gargalhada.

– Bom, sim, isso com certeza a ajudou a manter a mente aberta para um rufião como eu.

Conforme a conversa prosseguia, ninguém percebeu a mão de Niya deslizando para trás das costas da velha rainha. Seu coração parecia bater na garganta, os sentidos em alerta máximo enquanto girava o dedo uma, duas, três vezes, antes que uma chama tremeluzisse na ponta.

A pulsação era uma fera descontrolada em suas veias enquanto Niya sorria e assentia para a história dos Achak, que prendiam a atenção do rei, a irmã dando lugar ao irmão.

E, bem, ninguém conseguia desviar os olhos quando os gêmeos saíam para brincar.

Com um golpe rápido, a dançarina do fogo chamuscou um pequeno pedaço da trança da velha rainha. A mecha caiu em sua palma, e, com um único movimento fluido, ela a guardou em segurança no bolso.

Seis olhos dispararam pela varanda, observando se alguém poderia ter percebido seu pequeno ato, mas o espaço continuava ocioso e tranquilo. A jovem se permitiu um suspiro de alívio.

Niya permaneceu com o grupo por mais meia ampulheta antes de pedir licença e se levantar para sair. Antes de ir embora, fez questão de dar um beijo rápido de agradecimento na bochecha dos Achak.

– Boa viagem – disseram os Achak, agora na forma da irmã, seus olhos violeta cintilando.

Niya voltou pela varanda, ignorando os chamados de Bree para que se juntasse a ela e Ervilha e dispensando o pedido de Therza para que trouxesse mais comida. A dançarina se sentia como um cão em uma caça à raposa: havia apenas uma pessoa que desejava encontrar.

E de fato encontrou. Alōs estava do outro lado da varanda, ao lado de Kintra. Eles conversavam com a rainha e a princesa. Callista ainda usava a tiara que Alōs lhe dera de presente. E ainda sorria para ele como se o pirata fosse o mais raro dos tesouros.

Alōs, no entanto, parecia ter se esquecido de seus encantos naquela manhã. Embora parecesse envolvido na conversa do grupo, sua postura era rígida, tensa. O olhar distante.

Ainda deprimido, pensou Niya. *Cabisbaixo enquanto eu faço todo o trabalho.*

Passando por eles, a dançarina fez questão de encontrar o olhar do capitão e inclinar a cabeça de leve.

Precisamos conversar.

Niya andava de um lado para o outro junto à lareira apagada dos aposentos de Alōs, sua magia agitada com a energia impaciente em suas veias. *Mexa-se*, o poder gritava. *Faça alguma coisa!*

Ela olhou para ampulheta sobre a cornija. Por que Alōs ainda não estava ali? Será que não sabia que o tempo estava correndo contra eles? Será que não sabia que...?

A porta do quarto se abriu e fechou.

— A velha rainha tinha um colar com a outra parte da Pedra Prisma — vomitou ela de uma vez, caminhando na direção de Alōs.

Ele parou, a mão ainda na maçaneta, uma série de emoções percorrendo o rosto.

— Como assim *tinha*?

— Ela perdeu. Não sabe onde colocou. Mas... eu sei como descobrir onde a pedra pode estar.

— Como?

Niya enfiou a mão no bolso e tirou o pedaço de trança da rainha.

Alōs franziu o nariz.

— Isso é... cabelo?

— Sim – respondeu Niya. – Mas você não entende? Podemos usar isso... – Ela sacudiu a mecha. – ...pra encontrar a resposta nas Fontes das Memórias Perdidas.

— Nas Fontes da... – As sobrancelhas de Alōs se juntaram. – No Reino do Ladrão?

Niya assentiu, um sorriso se formando nos lábios.

— No Reino do Ladrão.

CAPÍTULO TRINTA E TRÊS

O tempo não era mais medido por dias ou grãos correndo em uma ampulheta, mas sim por pontos de chegada.

Após viajar de volta pela Bruma Zombeteira e sobreviver outra vez às tempestades ocidentais, o *Rainha Chorosa* navegava sobre as águas abertas. E Niya sabia que os piratas estavam bastante mal-humorados.

Cada dia trazia um clima novo, de chuva gelada e sol ameno a tempestades de granizo que deixavam marcas no convés do tamanho de caroços de pêssego. Estando no mar por tanto tempo, o senso de realidade de Niya fora reduzido a sensações. Fome, sede, fadiga e tédio.

Uma combinação mortal para um grupo que não tinha lá uma ética muito forte.

O único pensamento que a mantinha sã era a promessa do que estaria esperando por eles no final da jornada. O Reino do Ladrão. Embora aquilo não fizesse nada para impedir sua impaciência em chegar logo, sua magia formando uma agitação contínua de ansiedade que se espalhava pelas veias.

Casa, entoava a magia. *Travessuras*, implorava.

Minhas irmãs, acrescentava Niya.

Ainda que não tivesse conseguido encontrar os Achak antes que a tripulação oficialmente partisse do Vale dos Gigantes, ela só podia rezar para que os gêmeos dessem um jeito de avisar sua família sobre o próximo destino do *Rainha Chorosa*.

O peito da dançarina se enchia de saudade e animação incontida ao pensar que Larkyra e Arabessa poderiam estar lá quando chegasse.

Conforme a terra se erguia no horizonte distante, parecia que Niya não era a única alma desesperada desejando aquele reino ou terra firme, pois uma dúzia de piratas correram para estibordo, agarrando-se à amurada a fim de apreciar a vista.

Havia algumas maneiras de entrar no Reino do Ladrão, mas Niya nunca havia navegado por uma das marinas.

Uma pequena faixa de praia jazia no meio do oceano. Nem uma única palmeira maculava o horizonte. A única coisa que se esguia em uma estranheza gritante era uma cachoeira independente que cortava a terra ao meio. Caindo de alguma fonte invisível no céu.

Niya olhou para cima conforme o navio passava deslizando, o rugido alto da água da cachoeira se abrindo como uma cortina, sem molhar ninguém a bordo. E então o *Rainha Chorosa* saiu do mar aberto para a caverna escura do Reino do Ladrão.

A energia de Niya cantou enquanto apreciava aquele espetacular mundo oculto. Uma névoa gelada subia das águas, revelando lentamente as luzes cintilantes na orla escura da cidade. Baforadas de fumaça colorida saíam das chaminés e se enrolavam nas enormes estalactites e estalagmites, e vaga-lumes dependurados cobriam o teto da caverna, formando as estrelas daquele universo.

À distância, o imponente castelo de ônix pairava como um guardião no centro da caverna. Suas torres pontiagudas brilhavam como tinta líquida na noite, enquanto jatos de fogo escapavam pelas pontas, como faróis chamando os vadios para brincar.

Niya respirou fundo, saboreando o ar úmido, ainda que doce, uma cacofonia de familiaridade.

Se fosse do tipo que chora fácil, estaria aos prantos.

Ela estava em casa.

Em casa.

Apesar do que ainda tinham pela frente, Niya sentiu um enorme peso deixar seus ombros. Em algum lugar dentro daquela cidade poderiam estar suas irmãs, e, dentro do castelo, sentado acima de um rio de lava, estaria seu pai. A magia da dançarina pinicou através da pele, desesperada por aquele reencontro.

– Ei, Vermelhinha – chamou Saffi. – Se importa de ajudar a gente?

Niya abandonou os pensamentos com um sobressalto, dando as costas para a vista a fim de se juntar à tripulação enquanto estes corriam, preparando o navio para aportar. Depois de se acomodar em um espaço apertado entre outras embarcações, eles ancoraram e baixaram as velas antes de seguirem para o convés inferior e vestirem seus disfarces.

Parando junto à sua rede, Niya pescou uma máscara de couro que Kintra havia lhe dado. Era usada, tinha manchas em partes esquisitas e não se comparava em nada com as fantasias que costumava usar ali. Mas daria para o gasto.

– Você vem? – perguntou Bree, esperando ao lado das escadas.

Sua jovem companheira de beliche usava uma máscara vermelha com penas que era um pouco grande demais para seu rosto.

– Vou – respondeu Niya, colocando o disfarce.

Embora a máscara não lhe pertencesse, ainda assim se acomodou em sua pele como um abraço familiar. Estava de volta ao reino onde qualquer um podia ser qualquer coisa. Com um sorriso largo, ela subiu as escadas, ficando para trás enquanto os outros tripulantes passavam, carregando sacos pesados nos ombros – o lucro obtido nos ataques passados e que seria depositado no Banco do Tesouro.

Apesar da jornada exaustiva, o humor dos piratas havia melhorado de forma instantânea ao entrar no Reino do Ladrão, e Niya entendia o motivo. Havia muitas promessas para eles ao longo das noites seguintes: bebedeira, jogos de azar e reencontros com amantes. As responsabilidades com o navio poderiam ser esquecidas enquanto se perdiam na devassidão prometida por aquele mundo cavernoso.

Se ao menos Niya tivesse a mesma sorte. Sim, estava de volta, mas uma parte dela sabia que continuaria ligada a Alōs, comprometida com o dever de sua aposta vinculativa. Mesmo assim, permanecia bem-humorada, já que esperava poder se entreter durante algumas quedas de ampulheta na companhia das irmãs, bem longe dele.

Encontrando Alōs e Kintra junto à prancha, onde trocavam palavras breves com vários dos piratas que deixavam o navio, Niya se postou ao lado dos dois. Como de costume, Alōs não usava máscara. Sua beleza obscura e devastadora estava totalmente exposta. Agora, Niya entendia que o único lugar onde ele de fato temia ser visto era em Esrom. Era onde se escondia, andando por trilhas sombreadas e passagens desertas. No resto de Aadilor, Alōs se mantinha visível, desejando ser reconhecido como o infame lorde-pirata. Quanto mais cidades e reinos o conhecessem pelo papel atual – ladrão, canalha e assassino –, melhor. Era mais fácil esconder os rastros do passado quando se tinha tantos vestígios levando em outra direção.

– Presumo que vamos direto pra lá? – perguntou Niya para Alōs enquanto o último dos piratas descia para as docas logo abaixo.

– Presumiu certo – respondeu ele, removendo a prancha pessoalmente, com a dançarina em seus calcanhares. – Kintra vai nos encontrar assim que o resto do navio estiver em segurança.

– Podemos comer alguma coisa antes? – quis saber Niya. – As filas para as fontes são sempre terríveis, e posso garantir que sou muito mais cooperativa quando não estou morta de fome.

– Você deve viver morta de fome, então – retrucou ele, antes de se virar para uma conversa rápida com o mestre do porto, que esperava na beirada do cais.

Niya bufou de impaciência enquanto ia esperar no calçadão até que ele terminasse.

Encostada contra um poste de luz, observou o fluxo de cidadãos passeando. As docas estavam repletas da doce fragrância de tortas de mel e café vindo de um vendedor próximo. O estômago de Niya roncou alto.

– Isso é enlouquecedor – murmurou ela, marchando direto até o mercador mascarado que estava mais perto. – Vou levar três tortas, e nem se incomode de embrulhar uma delas.

Ela pagou com a pouca prata que havia adquirido como parte da tripulação do *Rainha Chorosa* e mal respirou enquanto devorava a iguaria quebradiça.

– Pelos deuses perdidos – gemeu, os sabores explodindo em sua língua.

Niya estava prestes a abrir o pacote para pegar outra torta quando o formigamento de energias familiares pinicou sua pele.

Girando, Niya vasculhou a multidão, o coração saindo em disparada.

O mundo pareceu parar quando as viu. Duas figuras caminhavam em sua direção. Uma usava um conjunto imaculado de três peças roxas, com capa preta e cartola, enquanto a outra estava envolta em um vestido verde-claro que se ganhava volume de forma dramática na cintura, com um véu combinando cobrindo o cabelo. Ambas usavam uma máscara de mármore preto e, juntas, de braços dados, pareciam um casal simpático saindo para um passeio.

Porém, apesar do disfarce, Niya as reconheceria em qualquer lugar, pois a energia delas era a mesma que a sua.

A dançarina correu para elas, deixando a comida esquecida na rua enquanto as três colidiam com gritinhos de alegria. Bem, Ara não guinchou tanto quanto Lark e Niya.

– Os Achak avisaram vocês? – Niya as abraçou com força, inalando cada um dos perfumes. Lavanda e rosas.

Casa.

Ela estava em casa.

As irmãs eram sua casa.

– Os Achak avisaram – confirmou Larkyra, se afastando para examinar Niya. Seus olhos azuis cintilavam por trás da máscara. – E nós temos patrulhado as docas todos os dias desde então, esperando o *Rainha Chorosa* chegar ao porto. Ah, minha irmã, olhe o quão pirata você se tornou! Está praticamente coberta de sardas.

O coração de Niya transbordava, quase de forma dolorosa, por enfim estar reunida com as irmãs. Ela mal sabia o que dizer ou fazer.

– Sapatos novos? – improvisou, baixando os olhos para as botas de salto prateado de Larkyra.

– Um presente do duque. – Lark apontou com um pé para a frente. – Você gosta?

– Ele mima você.

– Como bem deveria.

– Sinto falta de sapatos novos. – Niya suspirou. – E de ser mimada.

– Fico feliz que sua vaidade tenha sobrevivido ao castigo – comentou Arabessa.

Niya abriu um sorriso para a irmã mais velha.

– Todos os meus brilhantes atributos pessoais ainda estão bem vivos. São só os meus atributos físicos que eu temo terem sido ameaçados.

– Sim. – Lark cobriu o nariz por debaixo da máscara. – Você está... com um cheiro bem forte agora.

– E meu cabelo parece um ninho de rato.

– Bem, ele sempre foi assim de manhã.

– E minhas mãos estão secas e cheias de calos.

– Pelo menos agora combinam com seus pés.

Niya deu um tapa no braço da caçula, mas, apesar dos insultos, estava rindo. A sensação era libertadora, pois explodia em seus pulmões. Fazia muito tempo que ela não ria assim.

– Acho que a verdadeira diferença está na sua energia – refletiu Ara, os olhos azuis avaliando a irmã por baixo da máscara. – Agora você parece...

– Cansada? – sugeriu Niya.

– Mais madura – concluiu Arabessa. – Você viu muita coisa nesses poucos meses.

Niya desconsiderou a seriedade na voz da irmã. Não queria tocar naquele assunto ainda.

– Poucos meses? Foram pelo menos trezentos anos desde a última vez que a vi – corrigiu a dançarina. – Quero dizer, olha. – Niya apontou para as mechas pretas e encaracoladas de Arabessa. – E esse grisalho que está começando a brotar nas suas têmporas?

– Bela tentativa – disse a primogênita, altiva, alisando os cabelos escuros perfeitamente presos. – Seja lá o que tenha acontecido – continuou –, fico feliz que suas viagens a trouxeram até aqui, minha querida. Tínhamos certeza de que levaria um ano inteiro até que a víssemos de novo.

— Do jeito que vão as coisas, podiam ter sido dois — admitiu Niya.

— Dois? — O olhar de Lark se arregalou por trás do disfarce. — Você precisa nos contar tudo. Os Achak foram bem vagos ao dar informações.

— Lorde Ezra — anunciou Arabessa, e o grupo se virou para observar o pirata se aproximando.

— Senhoras. — Alōs inclinou a cabeça. — É bom ver vocês duas tão bem.

— E é bom encontrar nossa irmã ainda inteira.

— Com ela a bordo, temo que é com minha tripulação que deveria estar mais preocupada.

— De fato — concordou Ara, avaliando o pirata. — Mal posso acreditar que seu barco não apresenta um único chamuscado.

— Parece que em vez disso sua irmã escolheu deixar sua marca me livrando do peso de alguns membros da tripulação.

— Verdade? — Arabessa olhou para Niya. — Acho que ela sempre se considerou tão valiosa quanto três ou quatro homens juntos. Provavelmente não os via como uma grande perda.

— Pois é — disse Alōs, sorrindo. — Nisso podemos concordar. Ela se tem em muita alta conta, não é?

— Achei que estivéssemos com pressa. — Niya alternou o olhar entre a irmã mais velha e o pirata. — Ou prefere ficar o dia inteiro compartilhando mais das minhas falhas?

— Se essa for mesmo uma opção... — Lark sorriu.

O som da risada rouca de Alōs não fez nada para melhorar o súbito humor decadente de Niya. Uma coisa era cada parte provocá-la de forma separada em seu canto. Outra bem diferente era se deparar com aquela dupla improvável trocando comiserações.

— Vou deixá-los a sós então. — Niya deu as costas, subindo a rua de paralelepípedos para a cidade.

Alōs a alcançou em duas longas passadas.

— Achei que ficasse mais cooperativa quando tinha comida. Ou ainda precisa comer as outras tortas que comprou? Embora eu tema que não fiquem tão boas depois de caírem no chão.

Ela arriscou um olhar de lado, flagrando o sorriso divertido do pirata.

O que só a fez franzir mais a testa.

— E eu pensando que iríamos até as fontes *de imediato*.

– Vamos acompanhar vocês até lá também – falou Arabessa, enquanto Larkyra e ela os alcançavam. – E não vai discutir, Lorde Ezra. – Ela ergueu uma mão, interrompendo os protestos dele. – É o mínimo que pode fazer depois de sequestrar nossa querida irmã.

– Por mais que deseje argumentar contra isso – começou ele –, foi uma viagem muito longa, e não quero forjar este dia com mais dificuldades.

– Um homem sábio. – Ara assentiu. – Agora vamos depressa. Já é meio-dia, o que significa que deve haver uma fila se formando.

As Fontes das Memórias Perdidas ficavam no centro do Distrito da Contemplação, onde uma série de templos bonitos se alinhavam pelas ruas. No entanto, as fontes eram as mais ornamentadas, formando um pavilhão de mármore exposto com dezenas de colunas sustentando uma cúpula de vitral. Dizia-se que as cenas representadas lá em cima eram as memórias de infância do arquiteto – uma mistura de céus azuis e serenos com flores desabrochando e silhuetas escuras e alongadas pairando sobre os campos, como se fossem cobrir tudo de sombras em pouco tempo. Uma miríade de piscinas cintilantes estava alinhada em uma rotunda, onde, de fato, quatro filas serpenteavam ao redor do espaço. Guardiões controlavam o acesso de cada piscina, atendendo os clientes um por um.

Foi preciso uma queda completa de ampulheta para que enfim alcançassem um Guardião da Fonte. O deles era uma figura redonda cuja identidade se escondia sob cortinas de túnicas brancas, as mãos envoltas em gaze. Eles se sentaram em uma almofada acolchoada diante de uma pequena bacia de água brilhante. Alōs se adiantou e pôs e duas moedas de prata no jarro aos pés do Guardião, que já transbordava com os pagamentos anteriores.

– Quem vai beber? – perguntou uma voz rouca.

– Eu vou – respondeu Alōs.

– Você tem pele, osso, unha ou cabelo?

– Cabelo. – Niya puxou o fragmento de trança grisalha de Rainha Murilia, entregando-o para Alōs.

O Guardião mergulhou uma concha na água azul cintilante, criando marolas na superfície, e despejou o líquido em um grande cálice que jazia em uma mesinha lateral. Depois pegou a trança das mãos de Alōs, colocou fogo e derramou as cinzas na bebida, girando o cálice.

– Beba. – O Guardião estendeu a taça para Alōs. – Beba tudo – insistiu, vendo que o pirata hesitava, se engasgando com o sabor.

Niya já tinha visitado as fontes uma vez, quando ela e as irmãs haviam ganhado do pai uma mecha do cabelo da mãe como presente de aniversário.

A experiência de viver algumas das memórias da mãe tinha sido incrível, mas a bebida fora nojenta.

– Sente-se ali – instruiu o Guardião, apontando para um banco de pedra esculpida onde outras pessoas estavam largadas, com os olhos fechados por trás dos disfarces. Algumas estremeciam e gemiam. Todas ainda no transe das memórias.

Alōs obedeceu, acomodando-se no pequeno espaço enquanto Niya e as irmãs se aglomeravam ao redor dele.

A dançarina se perguntou se o pirata sabia o que o aguardava. Se sabia como as memórias podiam ser uma experiência extremamente avassaladora.

Niya franziu as sobrancelhas, sentindo de novo aquela cosquinha de desconforto por qualquer parte de si estar começando a se importar com qualquer parte dele. Sua principal preocupação deveria ser com aquela missão: caso contrário, estaria sem opções. Seu próximo ano a bordo do navio já estaria quase certo.

– Deveria acontecer alguma coisa? – perguntou Alōs depois de um instante.

O Guardião não respondeu, apenas ficou observando de seu poleiro enquanto o pirata se engasgava de repente, revirando os olhos para exibir a parte branca. Ele desabou contra o banco.

– Vocês podem esperar ali – disse o Guardião para Niya e suas irmãs. – A depender do que ele procura, isso pode levar algum tempo.

As jovens deram um passo para o lado, onde outros clientes esperavam que os companheiros despertassem de suas jornadas pelas memórias perdidas.

– Então, conte pra nós – disse Larkyra, se aproximando de Niya. – Por que estamos aqui? O que Alōs está procurando nas memórias de outra pessoa?

Niya espiou o pirata inconsciente do outro lado. Ele parecia tão vulnerável daquele jeito, percebeu ela. Em transe, incapaz de acordar até ser libertado pelos pensamentos nos quais nadava.

Algo parecido com culpa apertou seu peito diante da ideia de contar os segredos de Alōs para as irmãs enquanto o pirata estava desacordado.

É claro, Niya não tinha obrigação de *não contar* sobre a Pedra Prisma para elas, mas...

– Está procurando um item que foi perdido – explicou de forma vaga a dançarina.

Larkyra bufou com uma risada.

– Bom, é claro que está, não é pra isso que todos vêm em busca de memórias esquecidas, para procurar coisas perdidas?

– O que estou querendo dizer... – Niya se virou para encarar as irmãs – ...é que ele está procurando uma joia específica que desapareceu.

– Um pirata em busca de um tesouro? – questionou Ara. – Que tédio.

Niya sorriu com aquela reação, pois ela mesma havia dito algo seme-lhante ao saber da Pedra Prisma.

– É, um tédio – ecoou a dançarina.

A irmã mais velha a espiou por baixo da máscara.

– Tenho a sensação de que essa não é toda a verdade – acusou.

Niya se remexeu, sua determinação vacilando. *Não devo nenhuma leal-dade a Alōs*, lembrou-se, *temos apenas uma trégua momentânea*. E estaria se enganando se julgasse que conseguiria manter tal segredo longe da família. Não depois de ter escondido que Alōs sabia sobre elas por tanto tempo. Para começo de conversa, fora aquela omissão que a deixara em maus lençóis. E, embora odiasse pedir ajuda, decidiu que, daquela vez, só para variar, tentaria buscar o apoio de outras pessoas.

– Não posso entrar em detalhes aqui – começou ela, sussurrando, for-çando as irmãs a chegarem mais perto. – Mas é uma joia muito importante, muito poderosa – acrescentou. – Pertence a Esrom e está perdida já faz algum tempo. Se não for achada depressa, a magia que mantém o reino nas profundezas do mar vai ceder, e as terras vão emergir.

Lark e Ara ficaram em silêncio por um momento, parecendo absorver aquelas palavras.

– O que quer dizer com... emergir? – perguntou Arabessa. – Tipo...?

– Esrom ficará à mercê de Aadilor após séculos se escondendo como um santuário.

As irmãs recuaram.

– Pelas estrelas e mares – arquejou Larkyra.

– Mas por que Alōs a está procurando? – quis saber Arabessa. – Para pedir um resgate ao antigo reino dele?

Em um choque indesejado, a acusação contra o pirata deixou Niya ofendida.

Embora não conhecesse os detalhes exatos sobre os motivos iniciais de Alōs para roubar a pedra do reino, sabia que a coisa estava conectada a Ariōn, e sabia que o roubo havia ajudado o jovem rei na época, que havia ajudado os pais de Alōs. Ele roubara a pedra em função da família, e estava tentando devolvê-las para eles também. Claro, suas irmãs não teriam como saber de nada disso, enxergando-o apenas como o nefasto pirata que Alōs queria que todos vissem. O homem sem coração que Niya ainda se esforçava para acreditar que ele era.

Mas, apesar de suas convicções passadas, algo na dançarina estava mu-dando, forçando-a a abrir os olhos para os verdadeiros motivos por trás de todos os pecados de Alōs. Sua animosidade em relação ao homem estava diminuindo, e queria que as irmãs entendessem o que ela estava começando a perceber.

– Alōs… – começou ela, falando devagar. – Ele não é realmente o que parece.

– Como assim? – questionou Larkyra.

– É difícil explicar, mas as intenções dos atos dele são muito mais parecidas com as da nossa família do que se poderia dizer à primeira vista.

Niya observou Arabessa e Larkyra trocando olhares.

– Acho que tem muito mais coisa pra nos contar, querida irmã – falou Arabessa.

– Tenho. – Niya assentiu. – Muito mais, porém…

Um arquejo irrompeu atrás delas, e Niya girou o corpo para ver Alōs voltando a se sentar com um sobressalto.

Ele se inclinou, ofegando a fim de recuperar o fôlego, olhando ao redor com uma expressão frenética, como se não tivesse certeza sobre quando ou onde estava.

Niya correu para o lado dele.

– Respire pelo nariz – aconselhou.

– Niya? – sussurrou Alōs, o olhar desfocado pousando nela.

– Sou eu. – Ela depositou uma mão gentil em seu ombro, o ventre se aquecendo ao ouvir a vulnerabilidade na voz dele. – E você é Alōs Ezra, lembra? O infame lorde-pirata. No comando do *Rainha Chorosa*. Você está no Reino do Ladrão. E também está me devendo seis pratas.

Ele se aprumou com um grunhido, a clareza retornando às suas feições.

– Boa tentativa.

– Cada palavra é verdade – assegurou a dançarina, escondendo um sorriso. – É um efeito colateral da bebida. Perda de memória recente. Vai se lembrar das seis pratas em breve.

Ele a encarou, a expressão ficando estranhamente suave, achando graça.

Algo no ventre de Niya se revirou conforme se olhavam, e ela deu um passo para trás.

– Você descobriu alguma coisa?

– Descobri. – Alōs se levantou, passando a mão pelo cabelo.

A pulsação de Niya disparou de esperança.

– *E daí?*

– E daí que sei onde está a última parte.

– Isso é ótimo!

– É e não é.

Ela o analisou com cuidado.

– Não me diga que está lá no Vale dos Gigantes. Prefiro penhorar todas as minhas joias em Jabari pra comprar uma chave de portal do que navegar de novo por aquelas tempestades.

– Não está no vale – assegurou ele.

– Tudo bem, então, o que pode ser pior que isso?

Alōs soltou um suspiro cansado.

– Ilha Sacrossanta.

– A terra dos canibais? – perguntou Lark, falando de sua posição por trás de Niya.

– Dos canibais *gigantes* – esclareceu Arabessa do outro lado.

Os ombros de Niya caíram.

– Que maravilha – resmungou.

Ela devia ter pensado duas vezes antes de perguntar.

CAPÍTULO TRINTA E QUATRO

Alōs precisava de uma bebida, e depressa. O sabor amargo da memória esquecida grudava em sua língua como os espinhos de um arbusto de amoreira. Apenas um uísque forte seria capaz de limpar seu paladar, assim como sua mente enevoada. Parando em uma esquina iluminada por um único poste de luz, aproveitou um instante para respirar o ar frio e cavernoso. Ele sentia Niya e suas irmãs a seu lado, sentindo o olhar inquisitivo da dançarina do fogo enquanto o esperava elaborar o que tinha visto. Mas Alōs ainda precisava de um momento para se recompor.

Estar dentro das memórias da velha rainha não fora agradável. Os pensamentos da mulher eram erráticos, distraídos e lentos em comparação aos dele. Parecera levar uma eternidade até que se concentrasse no que viera procurar. Um colar de presente. A velha rainha, ele descobriu, já tinha ganhado muitos.

Memória após memória se alternava. Alōs a viu recebendo uma infinidade de joias finas de outros reis e rainhas, de súditos e de canalhas como ele. Não saberia dizer quanto tempo se passou até que chegassem à pedra vermelha que brilhava feito sangue fresco, pendurada em uma longa corrente. Alōs se agarrou ao fio daquela memória até que esta os levou viajando através de uma chave de portal, indo parar no topo de uma colina na Ilha Sacrossanta. A velha rainha estava lá para ajudar os alquimistas do vale a coletar ervas raras. Quando se abaixou para colher bagas de lavanda em sua cesta, o fecho da corrente se abriu, e o colar escorregou no matagal.

Se Alōs não estivesse procurando o momento em que o colar fora perdido, teria deixado passar batido. Principalmente porque, logo depois, o rugido abafado de uma fera distante fez a velha rainha erguer os olhos, seu pulso acelerando. A mão do guarda pousou em seu ombro.

– Hora de ir, Majestade – disse ele.

Com tanta rapidez e silêncio quanto tinha chegado pela chave de portal, eles atravessaram de volta. Mas, antes que a passagem se fechasse, a velha rainha olhou para o topo da colina da Ilha Sacrossanta e viu um gigante, a pele verde esculpida em músculos, se abaixar e pegar a pedra vermelha e brilhante na grama. O cintilar forte da gema distraiu o monstro de perceber o grupo desaparecendo com um estalo pela chave de portal, se retirando em segurança para o Vale dos Gigantes.

O som estridente das buzinas dos riquixás soando nas proximidades, com os motoristas ziguezagueando de forma precária pelas ruas congestionadas, trouxe o pirata de volta para o Reino do Ladrão. O Distrito da Contemplação era agora um emaranhado de estruturas a quarteirões de distância.

Os olhos dele encontraram os de Niya por baixo da máscara marrom.

E então?, parecia perguntar a dançarina.

Mas Alōs não iria divulgar aqueles detalhes com Larkyra e Arabessa por perto. Encontrar todos os pedaços da Pedra Prisma estava ficando cada vez mais impossível, e não precisava do restante das Mousai competindo pela recompensa. Podia até imaginar: a dupla correndo de volta para seu rei, oferecendo um plano claro de vingança contra Alōs por ter chantageado o monarca e seus preciosos bichinhos de estimação.

– Talvez suas queridas irmãs possam nos dar um momento a sós? – Ele arqueou uma sobrancelha.

Niya trocou um olhar com as outras duas, cada uma franzindo os lábios de desgosto antes de recuar para o canto mais distante da calçada a fim de esperar.

– E então, o que vamos fazer? – quis saber Niya.

É uma ótima pergunta, pensou Alōs, coçando o queixo. Ele sentiu a barba por fazer, que estivera preocupado demais para raspar durante a viagem até o Reino do Ladrão.

– Não tenho certeza ainda – admitiu o pirata. – Não vejo como evitar de ir até a Ilha Sacrossanta e procurar a pedra.

– Vamos ter que procurar na ilha *inteira*? Parece uma tarefa impossível. Especialmente com gigantes canibais andando para cima e para baixo.

– Espero que não chegue a tanto. Nas memórias da velha rainha, ela via um guarda encontrando o colar. Se não estou enganado em meus conhecimentos da espécie, os gigantes são extremamente leais a seu chefe, que é um colecionador de artefatos raros e belos. O guarda teria levado a joia pra ele.

– Então vamos nos infiltrar na casa de outra família real?

Alōs franziu a testa.

– Essa é a parte difícil. Quase ninguém que aporta na Ilha Sacrossanta volta vivo para contar a história. Ao longo dos anos, os gigantes deixaram bem claro que não gostam de visitas ou de serem incomodados.

Niya cruzou os braços por cima do peito.

– Então o que, pelas estrelas e mares, Rainha Murilia estava fazendo lá?

– Dizem que a ilha é repleta de ervas medicinais raras, mas potentes – explicou Alōs. – Parece que o povo do vale foi até lá numa missão de coleta.

– Ainda assim, me parece um lugar estúpido pra ir coletar frutinhas – comentou Niya. – Se eu tivesse uma avó, nunca a deixaria pisar numa ilha como essa.

– Se ela fosse parecida com você – se viu dizendo Alōs –, teria pouco a opinar sobre o paradeiro dela.

– Para começo de conversa, se fosse parecida comigo – acrescentou Niya, empinando o queixo –, ela teria notado o momento em que uma joia tão preciosa caiu de seu pescoço. E aí nenhum de nós estaria nessa situação.

Alōs sorriu para a dançarina do fogo antes de perceber o olhar avaliativo de Arabessa e Larkyra, que se aproximavam devagar. Elas já estavam a poucos passos de distância.

E não confiavam nele.

Nem deveriam.

O próprio Alōs estava começando a duvidar de si mesmo.

Especialmente quando estava perto de Niya.

Ele sempre gostara da companhia dela, é claro, mesmo quando ela desprezava de maneira óbvia qualquer ar que pudessem ter compartilhado, mas, desde o vale... desde aquele beijo e da determinação ardente de Niya em continuar procurando a pedra, algo tinha se aberto no peito de Alōs.

Algo que ele fizera questão de afogar no mar.

Compaixão.

A palavra se enrolou com desgosto em sua mente.

Mas não podia negar que o sentimento estava sendo ressuscitado, embora ainda não estivesse disposto a encarar o possível significado daquilo.

– Parece que suas irmãs se cansaram de esperar. – Alōs indicou as Bassette com o queixo. – Podemos discutir o que deve ser feito sobre a outra parte da pedra mais tarde. Pode chamá-las de volta se quiser.

Enquanto observava as três mulheres se reagruparem, conversando com animação sobre o que acontecia em Jabari e sobre uma viagem recente que Lark fizera com o marido, Alōs viu uma centelha retornar aos olhos de Niya, algo que, ele percebeu, andara diminuindo naqueles últimos meses.

Pensamentos sobre o irmão caçula preencheram sua mente. Ele e Ariōn não haviam recebido o presente de terem crescido juntos. O tempo dos dois fora roubado cedo pela injustiça inevitável do mundo. Mas ele conhecia o poder que existia por trás da chance de, um dia, remediar seu passado. Construir o tipo de relacionamento que deveria acontecer entre irmãos. A ideia quase o deixou sem fôlego, uma ânsia afiada e dolorida como uma faca em seu peito.

Em seguida, percebeu o quanto Niya estava feliz por se ver entre as irmãs, e o quanto devia ser infeliz a bordo do navio. O verdadeiro peso de estar acorrentada a ele, de todas as barganhas que estava lutando para vencer. Embora a dançarina se mantivesse firme, Alōs percebia os sinais de cansaço em suas roupas gastas, manchadas e amassadas em comparação aos disfarces bem-costurados de suas irmãs. Ela até tinha um pouco de sujeira na bochecha, aparecendo por baixo da máscara.

A tripulação inteira estava tendo uma noite de folga. Ela merecia uma também.

– Talvez seja uma pergunta idiota – falou Alōs, agindo antes de pensar de verdade nas consequências de dizer aquilo. – Mas quais as chances de as Mousai se apresentarem hoje à noite?

Três pares de olhos surpresos se viraram para ele.

– Como é? – questionou Niya.

– Sei que esses eventos são planejados com antecedência – continuou ele. – Mas, dado o tempo que este reino está sem o prazer de testemunhar o talento das Mousai, tenho certeza de que o rei poderia providenciar algo assim.

– Você quer… ver as Mousai se apresentando? – Niya o encarou com suspeita.

– Não me passou despercebido o quão rápido a tripulação escapou do navio – explicou ele, desejando esclarecer suas intenções. – E, dado o nível pesado de navegação que teremos pela frente, sei que os marujos ficariam menos desgostosos depois de uma noite como essa, alimentada pela loucura das Mousai. Mas se não acreditam que seja possível…

– Qualquer coisa é possível – interrompeu Ara. – Vai depender apenas do preço.

– Tenho bastante prata pra ajudar a pagar pelo…

– Eu me refiro ao preço que uma certa dançarina teria de pagar por escapulir aos deveres que tem com você, mesmo que só por uma noite.

– Não peço nada – disse Alōs. – Acho que todos merecemos um pouco de diversão nesta noite.

As jovens pareceram estudá-lo por um instante, sendo o olhar de Niya o mais curioso, o mais questionador.

Que nova artimanha é essa?, parecia perguntar o silêncio dela.

Alōs afastou o desconforto de se fazer a mesma pergunta.

– Bem... – Lark se balançou nos calcanhares da bota. – Cavalo dado não se olha os dentes e coisa e tal. Temos que providenciar a reunião das Mousai.

E, com aquilo, as três partiram de imediato, deixando Alōs para lidar com algumas outras questões, como por exemplo adquirir um mapa da Ilha Sacrossanta.

Embora tivesse muitas tarefas a cumprir durante as próximas viradas de ampulheta, Alōs acabou se demorando na esquina da rua, observando as silhuetas do grupo indo embora, seus olhos sempre parecendo recair sobre a mulher ruiva no centro.

Desconfortável, o pirata percebeu que estava começando a sentir uma estranha afinidade pela dançarina do fogo. Algo que existia para além da atração ou de seus objetivos, vinda do entendimento que tinham um do outro quanto às amarras a um dever que lhes fora imposto no nascimento, em vez de escolhido. Um dever para com a família que, embora muitas vezes pesasse em seus ombros, não poderiam e nem desejariam colocar de lado. E mesmo acreditando que aquilo era uma fraqueza dentro de si, Alōs descobriu que admirava a característica em Niya. Ela não mentia sobre as coisas que lhe importavam, queimando forte e abertamente por suas convicções. Aquilo devia ser libertador.

Algo se revirou nas entranhas de Alōs. *Cuidado*, dizia a coisa, e sua magia se agitava em concordância.

Cuidado.

O que Alōs não tinha certeza, no entanto, era se o aviso poderia ter chegado tarde demais.

CAPÍTULO TRINTA E CINCO

Alōs deslizou pelos corredores do palácio escuro, os sentidos em alerta máximo ao andar em um espaço onde sabia muito bem que ainda não era bem-vindo. Seu banimento podia ter sido suspenso, mas sua presença na corte estava longe de ser restabelecida. Ele só tivera permissão de entrar naquela noite mediante um convite pessoal das Mousai. Com o foco travado à frente, ignorou o olhar dos guardiões de pedra que estavam de sentinela enquanto estes viravam a cabeça, seguindo cada um de seus passos.

O palácio estava movimentado naquela noite. Membros da corte se enfileiravam no espaço de pé direito alto, apertados entre as pontas salientes de ônix que se erguiam do chão ou balançavam perigosamente lá em cima. Os disfarces exalavam a costumeira extravagância. Casacas forradas com peles exóticas, trajes de escamas, renda de seda trançada por cima de vestidos com plumas macias ocupando todos os cantos.

E ainda assim, apesar do quão opulentos os cortesãos pudessem parecer, todos os olhares estavam voltados para Alōs naquela noite enquanto o pirata caminhava pela multidão.

Ali andava o homem que tinha sido caçado pelo Rei Ladrão e sobrevivera.

— Capitão Ezra. — Um sujeito robusto usando uma máscara cravejada em prata se esgueirou para seu lado, aumentando o ritmo para acompanhar as passadas largas de Alōs. — Não pensamos que o senhor iria agraciar esses salões outra vez.

— E por que pensaram isso? — questionou ele, sem se deter para não dar ao homem, ou a qualquer outra pessoa, sua atenção completa.

— Por causa da recompensa por sua cabeça, é claro. Veio até aqui pra falar com nosso rei?

Alōs conteve um suspiro longo e sofrido. Não tinha desejo de se pavonear naquela noite.

– Isso depende – começou. – O senhor está disposto a ouvir a resposta em troca da própria língua?

O homem riu, como se Alōs tivesse acabado de contar uma excelente piada.

– Como sempre, meu lorde, você supera sua enorme reputação.

– E, como sempre – rebateu Alōs –, o senhor não tem reputação nenhuma de que eu possa me lembrar.

Alōs deixou o homem carrancudo para trás, olhando feio para qualquer outro tolo corajoso que ousasse se aproximar.

A caverna onde as Mousai costumavam se apresentar ficava nas entranhas inferiores do palácio, e Alōs podia ouvir o burburinho dos convidados antes mesmo de cruzar as portas.

O espaço já estava em um estado avançado de devassidão inebriante. Corpos perfumados em excesso se movendo como um cardume de peixes, alternando de forma rítmica das mesas de comida fumegante para as cadeiras e espreguiçadeiras, apalpando uns aos outros enquanto as bebidas se derramavam através dos buracos das máscaras. As sacadas circulares transbordavam com cenas semelhantes.

Parecia que o rumor das Mousai se apresentando após tanto tempo havia se espalhado depressa, sendo recebido com voracidade.

Alōs reconheceu os disfarces da maior parte de seus marujos em meio à multidão, já meio bêbados. Eles se empanturravam com pratos de guloseimas decadentes, esparramados por cima da mobília enquanto acompanhantes de todas as formas e tamanhos se esfregavam ao lado deles.

De relance, Alōs viu os Achak em uma sacada lá em cima. Os gêmeos estavam cercados por uma plateia embevecida. Um jovem levou uma taça aos lábios deles antes de lamber um pouco do vinho que se derramou no canto da boca.

Alōs abriu caminho pela multidão até alcançar sua intendente, escondida em um canto. Kintra usava uma máscara com olhos de contas laranja e uma túnica de mangas compridas, que cobria suas marcas, mas o pirata reconheceria a amiga em qualquer lugar.

– Me dê uma notícia boa – falou Kintra para Alōs quando este parou a seu lado. Ela agarrou para ele uma taça de um criado que passava.

– A velha perdeu a joia na Ilha Sacrossanta.

Kintra ficou quieta por um instante.

– Suponho que isso seja uma notícia boa.

– Canibais gigantes são uma notícia boa agora?

– Você poderia ter me dito que não achou nada na memória da velha.

Alōs tomou um gole da bebida, saboreando a doçura contra a língua.

– Nunca pensei que fosse uma otimista.

– Um traço que nossa amiga ruiva parece ter passado pra mim. A dedicação que aquela ali demonstrou no vale foi bem reconfortante. Posso estar até começando a confiar na garota.

– Uma ideia perigosa – murmurou Alōs, mais para si mesmo do que para a intendente.

– Sério? E eu aqui pensando que ficaria feliz em ouvir isso. Afinal, parece confiar um bocado nela. Aliás, onde ela está? Presumi que teria vindo pra cá com você.

Antes que Alōs pudesse responder, as luzes diminuíram, e um holofote iluminou o centro do salão. Os convidados começaram a abrir espaço.

– Minha deixa pra ir embora. – Kintra esvaziou sua bebida antes de deixar o copo de lado. – Vejo você mais tarde no *Rainha Chorosa*?

– Não vejo por que não.

Kintra o deixou entre aqueles que possuíam dons e foi se juntar aos desprovidos, que estavam se amarrando às paredes.

Alōs entregou sua taça a um criado conforme a magia despertava em suas veias. Ele já tinha ido a muitas apresentações das Mousai, mas até ele estava com dificuldade para conter os arrepios de antecipação.

O trio sempre tinha um espetáculo diferente para apresentar, disfarces para surpreender. Aquilo deixava muitos espectadores famintos para saborear o próximo deleite avassalador que as Mousai reservariam para a multidão.

A atenção do pirata se fixou no centro do salão, agora quase vazio, enquanto o burburinho baixo de vozes masculinas preenchia o espaço cavernoso.

Os convidados se moveram ao lado dele, inclinando a cabeça para conseguir enxergar melhor enquanto um grupo de grandes criaturas vestidas com peles empurravam um palco para baixo dos holofotes, entoando um cântico.

No meio do estrado estavam três silhuetas, vestidas de cima a baixo com trajes franjados. Enfeites de cabeça com presas bestiais haviam sido colocados como coroas acima de suas máscaras douradas. Eram selvagens mesmo na quietude, com um círculo de tambores em torno da figura mais alta.

O cântico ficou mais alto, e as feras peludas bateram os pés até parar de repente.

A caverna ecoou com um silêncio de antecipação enquanto os assistentes se esgueiravam para as sombras, deixando apenas as Mousai sob a luz.

Alōs ficou olhando, vibrando com a mesma energia tensa que emanava da multidão conforme a Mousai mais alta erguia uma mão, inclinando-se para os tambores à frente.

Tum. Tum.

Ela impôs uma batida.

Tum. Tum.

A cor do holofote mudou de branco para laranja.

Tum. Tum.

De laranja para vermelho.

Tum. Tum. Tum. Tum. Tum. Tum.

Os braços dela flutuaram pelo ar, movendo-se sob o manto de peles esticado, pulsando em transe.

Devagar, uma voz se somou ao ritmo, contralto e soprano ao mesmo tempo. Larkyra teceu um refrão nas batidas da irmã.

E então, enfim, como se todos estivessem prendendo a respiração para ver a última das Mousai, Niya começou a dançar.

Seus movimentos começaram suaves, uma batida de pés e uma rápida torção de quadril para captar a batida inebriante. As franjas que forravam seu traje saltaram e se retorceram, sua magia se espalhando como uma névoa sangrenta no ar a fim de se misturar com a das irmãs e cobrir a multidão. Alōs se manteve imóvel enquanto sentia o feitiço do trio se abater sobre ele, sua própria barreira gelada de magia nadando para a superfície da pele, protegendo-o e gemendo de prazer.

É lindo, sussurraram seus dons.

Venha brincar conosco, cantava a magia das Mousai.

Aguente firme, comandou Alōs.

O salão estava sendo capturado. Corpos se balançavam ao lado do pirata, e vozes se elevavam às costas dele, tentando igualar o nível de euforia que açoitava o espaço.

Naquela noite, o trio lançara um feitiço tão potente que Alōs não ousava respirar.

O ritmo era como entrar em transe. A música, uma overdose. A dança, pura carnalidade.

As Mousai se apresentavam sem amarras, tentando conquistar todos os presentes como seus prisioneiros.

A única cura era ceder.

Alōs fechou as mãos em punhos, incapaz de desviar os olhos enquanto Niya corria os dedos pela própria silhueta, girando na batida.

O coração do pirata martelou forte em seus ouvidos ao vê-la saindo do palco. Com um terror crescente e uma fome traiçoeira, ele a observou se aproximar.

Com cuidado, os convidados foram andando para trás enquanto ainda tentavam tocar a dançarina do fogo, assustados e desesperados ao mesmo tempo.

Alōs compreendia tamanha tentação.

Niya deslizava e se contorcia, abrindo espaço conforme se movia.

E, bem quando acreditava ainda estar sob controle, sob a máscara dela, chamas azuis encontraram as dele através da multidão, seus olhares colidindo.

Alōs precisou de toda a sua força para não dar um passo atrás.

Niya estava presa a ele, se aproximando como o pavio aceso de uma bomba.

Ela rolou os quadris, girando e girando, separando a massa de convidados bajuladores e frenéticos com uma ondulação poderosa de magia, até ficar a apenas um grão de areia de distância.

Ondas de calor lamberam as roupas do pirata, criando rachaduras ao longo de seu escudo congelado para enfim penetrarem na pele. Alōs engoliu um gemido. Sentia como se estivesse sendo desembrulhado, mergulhado nu em uma piscina fumegante.

Seu poder respondeu ao poder dela com um ronronar.

Sim, sua magia cantarolava, traidora. *Mais*, implorava, curvando-se à vontade da dançarina.

Alōs se agarrou com desespero aos fios frágeis de sua lucidez, cerrando o maxilar enquanto os olhos percorriam as curvas de Niya, assistindo enquanto os dons dela continuavam a pulsar, exuberantes, formando ondulações avermelhadas como as de um lago a partir de seu corpo.

Ela era magnífica.

Era voraz.

E estava o testando. Provocando. Empurrando-o até onde ousava tentar.

Ali estava a criatura que Alōs havia capturado e levado para seu navio.

Ela recebera uma noite de liberdade e agora estava se preparando para voar.

Alōs não podia culpá-la. Depois de meses acorrentada a ele no barco, é claro que brilharia ao máximo quando chegasse em casa. E ele havia desejado aquilo. Dar a Niya uma noite de liberdade. E agora percebia que seu aviso para si mesmo tinha chegado tarde demais. Pois Alōs não tinha certeza se sobreviveria até o dia seguinte com Niya cobrindo-o de magia. O feitiço abrasador da dançarina contra sua tundra gelada de força. Uma parede de fumaça. De desafios.

Ela não estava dançando para a multidão naquela noite. Niya dançava para ele.

Naquele momento, Alōs era o único responsável por recuperar o próprio juízo.

Então ele fez isso da única maneira que sabia.

Alōs se virou e se obrigou a ir embora.

CAPÍTULO TRINTA E SEIS

Niya lutou para se manter parada conforme as criadas cegas afrouxavam e desabotoavam a fantasia. Sua pele continuava vibrando com a performance, uma névoa avermelhada de magia a circundando como abelhas famintas em um campo de flores. Ela queria continuar se mexendo, continuar dançando. Ah, como se sentia viva!

Fazia muito tempo que não se movia com tanta liberdade, capturando um salão inteiro de almas e fazendo a mente de todos girar. A dançaria do fogo havia permitido que suas preocupações sobre o futuro da Pedra Prisma desaparecessem. Tinha desejado apenas dançar sem amarras, e as irmãs se portaram à altura. As Mousai de fato haviam se superado naquela noite. O reino falaria daquilo durante meses.

Niya sorriu enquanto agradecia e dispensava as criadas antes de se enfiar no banho quente que haviam lhe preparado.

Com um suspiro, deixou a água morna massagear seus músculos cansados. O perfume de madressilva preencheu o ar conforme ela ensaboava o corpo e corria os dedos pelo couro cabeludo. Pela primeira em muito tempo, se sentiu confortável e relaxada.

Ela nunca mais queria sair dos seus aposentos.

Seu camarim particular estava coberto de almofadas de pelúcia e tapeçarias florais penduradas. Candelabros queimavam nos cantos, criando bolsões cintilantes de calor. No fundo, sua grande cama circular a chamava. Assim que terminasse o banho, Niya planejava se enrolar sob os lençóis e aproveitar a maciez.

Ela e as irmãs teriam uma audiência com o rei mais tarde, mas a jovem ainda tinha tempo o suficiente para desfrutar um pouco mais daqueles mimos ociosos.

Eu mereço, disse a si mesma, *especialmente depois de passar meses a bordo de um navio pirata.*

Niya não queria pensar sobre como estaria navegando para longe em breve. Não queria pensar sobre a marca preta em seu pulso ou as responsabilidades atreladas a ela. Não queria pensar em nada.

Afundando na água, ela relaxou o corpo inteiro. Sua magia voltou a descansar nas veias, como folhas assentando no fundo de um lago.

Segurou o fôlego o máximo que pôde, aproveitando o silêncio que preenchia sua cabeça.

Quando emergiu com um arquejo, arrepios correram por seus braços nus – havia frio no recinto.

Niya não estava mais sozinha.

A banheira respingou quando ela afundou mais o corpo.

– Sei que você está aqui – disse para um canto escuro do quarto.

Ele deu um passo à frente, saindo da escuridão como se a carregasse consigo.

O olhar cor de safira de Alōs cintilava contra a pele marrom, as feições angulares fortemente marcadas.

Ele caminhou até os pés da banheira, parando diante dela como um eclipse.

O corpo inteiro de Niya formigou conforme o olhar do pirata deslizava para o que ela escondia sob a espuma.

Quando seus olhos voltaram a se encontrar, a expressão dele era inflexível.

– A passagem dos criados para os seus aposentos continua pouco vigiada.

O tom dele era casual, quase amigável quando comparado à sua energia reprimida.

Niya arqueou uma sobrancelha.

– Estou percebendo.

Silêncio.

– Há algo que eu possa fazer por você? – perguntou a dançarina.

Os olhos de Alōs correram pelo topo dos seios dela, aparecendo na superfície da água do banho.

Niya sentiu uma onda quente de pânico quando o pirata removeu a casaca, mas ele apenas deixou a peça sobre uma cadeira próxima e se sentou.

– Vim parabenizá-la pela apresentação – elogiou ele, cruzando o tornozelo por cima do joelho.

– Que gentil da sua parte – respondeu ela devagar, ainda o encarando, cada parte de seu corpo ciente de cada parte do corpo dele, pronta para agir antes que ele o fizesse.

Mas Alōs apenas se recostou em seu assento, como se estivessem juntos para tomar chá em vez estarem com Niya pelada dentro de uma banheira.

Ela o detestava por forçar tamanha vantagem.

Mas Niya também sabia que o havia pressionado naquela noite. Fora a coisa mais satisfatória ver o desejo inundando os olhos de Alōs, um desejo que ela colocara ali.

Ele estivera à beira de ser controlado.

Por ela.

E então tinha ido embora.

O lorde-pirata não era capaz de lidar com ela, e saber disso enchera Niya de um prazer carnal.

Ela não era alguém com quem se lidasse.

– Embora elogios sejam sempre bem-vindos – continuou a dançarina –, não vejo por que não possam esperar até outro... momento mais apropriado.

– Nunca reclamou quando eu lhe fazia visitas assim no passado. – Ele arqueou uma sobrancelha. – Estou a deixando desconfortável?

Alōs a estava provocando, assim como ela fizera com ele. Assim como sempre pareciam inclinados a provocar um ao outro.

– Talvez devesse ficar pelado enquanto me visto pra ver se tal reversão o deixaria tão desconfortável quanto eu.

Dentes brancos cintilaram no sorriso do pirata.

– A única coisa ruim que eu veria nessa cena seria o fato de não estarmos ambos pelados.

Niya franziu os lábios, a irritação familiar que Alōs despertava nela subindo à superfície. Mas estava começando a entender aquele jogo.

– Por que está aqui, Alōs?

Ele a observou por um longo tempo, o som suave das velas bruxuleando no recinto formando o único pano de fundo do instante entre eles.

– A próxima parte da nossa jornada pode ser a mais difícil até agora – acabou admitindo Alōs. – E, embora tenha provado sua dedicação em me ajudar com os pedaços da Pedra Prisma, acho que, quando membros da minha tripulação não confiam uns nos outros em momentos importantes, as coisas dão errado. Quando chegarmos à Ilha Sacrossanta, seremos apenas você e eu procurando a pedra. Kintra não virá conosco.

– E seu ponto é...?

– Você não confia em mim.

Niya riu pelo nariz.

– É claro que não.

– Eu gostaria de remediar isso.

– E como, pelos deuses perdidos, pretende fazer tal coisa? Você é uma pessoa horrível.

Mesmo enquanto as palavras lhe escapavam, Niya sabia que aquilo não era mais totalmente verdade. Mas agira por reflexo, de acordo com o modo como eles sempre tratavam um ao outro. Provocantes, cáusticos e inimigos.

Niya ainda não tinha certeza de como navegar sendo aliada de Alōs, apesar de estar começando a se importar em completar aquela missão por razões bem diferentes do que apenas garantir sua liberdade. Ela não podia permitir que o povo de Esrom sofresse tal destino e não podia permitir que Ariōn ficasse à mercê das criaturas nefastas que infestavam as partes superiores de Aadilor. A própria Niya poderia ser incluída nesse grupo, assim como Alōs.

Todo tipo de mundo merecia um santuário. O que Aadilor se tornaria sem o seu?

– Não vou rebater esse ponto – falou Alōs, o tom endurecendo. – Sim, cometi atos terríveis, e ainda vou cometer outros. Mas há... motivos pelos quais minha vida enveredou por esse caminho, um caminho que aceitei.

– Então me conte, por favor, que motivos foram esses?

– Ariōn.

Calafrios dançaram pelos braços dela ao ouvi-lo falar o nome do irmão. Ele enfim iria compartilhar o que ela estava se perguntando desde Esrom? Niya esperou, quieta, apesar de sentir as bolhas de seu banho diminuindo.

– Ariōn nasceu na primavera, durante uma lua cheia – revelou Alōs, seu olhar ficando nublado de memórias conforme encarava um canto do quarto. – Um dia profetizado como um momento abençoado para trazer uma nova vida ao reino. Mas meu irmão nasceu fraco e magro, e nossos curandeiros falaram que ele carregava uma doença. No entanto, estava vivo, respirando no colo de minha mãe. Assim que o vi, eu o amei com toda a força. Era meu irmão caçula, e eu soube, naquele momento, que meu papel mais importante, mais até do que o de rei que eu deveria me tornar, seria protegê-lo. Ariōn era...

Um sorriso melancólico brotou nos lábios de Alōs. Um sorriso que Niya já vira em suas feições antes.

– Bem, se julga que *eu* sou teimoso, saiba que Ariōn é dez vezes mais. Me surpreende nossos curandeiros não terem notado que, quando diziam pra Ariōn não fazer alguma coisa, era isso o que ele fazia. Ariōn amava nadar, e me arrastava pra nossa praia particular quase todo dia para flutuar nas ondas. Na época, ele também era muito curioso sobre Aadilor. Nós olhávamos o céu, sabendo que, apesar das nuvens, havia um oceano inteiro entre nós e o resto do mundo. Ele adorava perguntar o que eu achava que existia lá em cima. O que podia ser tão assustador e ruim a ponto de Esrom se manter escondido e com medo em sua bolha. Eu admitia que não sabia, mas nossos pais e a Alta Cúria eram sábios e tinham suas razões. Mal sabia eu quantas ameaças de fato espreitavam na superfície. Ou que um dia eu me tornaria uma delas.

Alōs ficou quieto, e Niya o observou esfregar a área do mindinho onde o anel costumava ficar. O coração dela ficou apertado com aquela história, sabendo mais ou menos o que viria a seguir.

– Ele tinha 11 anos quando descobrimos essa doença sanguínea rara – continuou Alōs, a voz áspera. – *Pulxa* era o nome. Quando os sintomas reais surgem, já é tarde demais, ou pelo menos foi o que explicaram à minha família. *Nada pode ser feito, sentimos muito.* Era tudo o que os médicos diziam. Um bando de inúteis – retrucou Alōs com uma carranca. – Mas eu não conseguia aceitar aquilo. Ariōn era tão bom, tão cheio de compaixão e alegria pela vida. Como poderia estar destinado ao Ocaso e eu não?

Ele olhou para Niya, a expressão ardente implorando para que a dançarina respondesse uma pergunta que parecia assombrá-lo durante anos. Uma onda de desânimo a percorreu.

– No fim, foi Ixõ quem me apresentou um caminho para talvez salvar meu irmão – retomou Alōs. – Algo que permitiria que os dois ficassem vivos. Eu precisaria cometer uma traição tão grande que seria erradicado da história de Esrom, destituído da linhagem real como o próximo rei. Isso forçaria a Alta Cúria a invocar a magia antiga e proibida pra salvar meu irmão. Pausar a morte de modo a torná-lo rei, salvando a linhagem Karēk e todos os feitiços conectados a Esrom através dos séculos de governo de nossa família. Mal precisei pesar as opções. Naquela mesma noite, roubei um dos itens mais importantes de Esrom. Peguei o coração do reino e fui embora. Foi somente anos depois, após a Pedra Prisma ter sido separada e vendida, que eu descobri o preço de enganar o Ocaso roubando uma alma que ele desejava.

– A magia de Esrom estava minguando – sussurrou Niya.

Ele a encarou a assentiu.

– Isso, e agora não é apenas a vida do meu irmão que está ameaçada, mas a de todo o nosso povo e daqueles que buscam abrigo em nossas praias. Então, veja bem, embora não negue o monstro que me tornei, nenhum de nós entra nesse mundo desejando ser ruim.

Niya sustentou o olhar do pirata, absorvendo o que ele acabara de compartilhar. A água em seu banho havia esfriado, mas ela mal percebia, a mente girando enquanto o coração batia forte.

Apesar de ter lutado muito contra aquilo, ela *sentia pena* de Alōs.

Ele mal tinha sido um rapaz quando decidira roubar a pedra e salvar o irmão. E tudo que viera em seguida tinha sido por sobrevivência. Sobreviver para que o irmão tivesse uma vida. Pecar para que sua terra natal pudesse ser salva. Roubar para que não ficasse sem nada, de novo.

Aquelas eram convicções que Niya entendia, ações que teria tomado caso a vida de qualquer uma das suas irmãs estivesse em perigo, comportamentos que provavelmente já havia imitado em uma ocasião ou outra por sua família, por seu rei. Pois era raro que o amor e a lealdade pudessem ser separados. Pelo menos, não para ela.

Mas, mesmo enquanto deixava todos aqueles pensamentos se instalarem com profundidade nas lacunas do que sabia sobre Alōs, um zumbido de frustração e advertência veio à tona.

Ele já contou mentiras tão bonitas, disse uma voz sombria no fundo de sua mente. *E a enganou para que confiasse nele, assim como está fazendo agora. Confie nele, e o pirata terá mais vantagem sobre você. Confie nele, e o pirata vai pegar aquilo de que precisa e deixá-la nua e exposta. Veja como se aproximou de você em seu camarim, justamente quando estaria mais vulnerável. Truques*, sibilou a voz. *São truques.*

Sim, pensou ela, a respiração acelerando diante da raiva repentina. Mesmo sabendo que a história dele era verdade, de que aquilo importava? Alōs queria que ela confiasse nele, mas para quê? Niya já havia concordado em ajudar. De que serviria a confiança, a não ser para permitir que a traísse mais uma vez? Ela iria para a Ilha Sacrossanta e o ajudaria a encontrar o último pedaço da pedra, apenas para que o pirata a deixasse à mercê dos canibais quando menos esperasse? Tudo para se deleitar por estar sempre em vantagem. Truques, truques e mais truques. Niya não era mais aquela garota ingênua. Não era mais influenciada por uma história triste. Já testemunhara sua cota de ladrões empregando os mendigos da rua, atraindo inocentes a fim de roubar mais prata. *Olhe pra cá, assim você não me vê atacando pelas costas.*

Não!, gritou ela em silêncio. Ela estava indo muito bem como estava, mantendo a tripulação do *Rainha Chorosa* bem afastada, especialmente o capitão. Apenas tolos repetiam os erros do passado.

Truques. Artimaaaanhas.

– Vá se danar – falou ela, incapaz de conter os pensamentos. – Não vou deixar que me manipule. De novo não.

Alōs pestanejou, como se aquela fosse a última resposta que ele esperava.

– Não estou tentando manipul…

– É claro que está, e a pior parte é que nem nota. Você vem até aqui, pronto para me intimidar no meu estado mais vulnerável, e aí despeja suas boas ações pra que eu confie em você o suficiente, me importe o bastante pra arriscar a vida pelos seus objetivos. Vou te ajudar a encontrar a peça final da Pedra Prisma, Alōs, mas saiba que é *só* pra me ver livre disso. – Ela levantou o pulso da água, revelando a marca da aposta vinculativa. – Para me ver livre de você e de todo mundo do *Rainha*. Eu vou cooperar porque esse foi o nosso acordo, e nada mais.

Um semblante estranho estampou o rosto de Alōs, e, se Niya não o conhecesse bem, teria achado que era tristeza.

– Eu realmente traumatizei você.

A raiva de Niya queimou com mais força.

– Não se tenha em tão alta conta – zombou ela. – Sou o que sou porque conheço o que este mundo é. Você foi apenas minha primeira lição.

– Então não tem mesmo nada que eu possa fazer para remediar o passado?

Ela riu, fria e implacável.

– Por que tentar? Como você disse, nós nunca poderíamos ser amigos. Vamos permanecer do jeito que nossos destinos se apresentaram: inimigos que são colegas.

Ele a observou por um longo momento.

– Que extraordinário.

– O quê?

– Você está com medo.

Niya empinou o queixo.

– Não estou nada!

– Está, sim. Você tem medo do que uma aliança de verdade entre nós criaria.

– Eu posso ter meus medos, Alōs, mas eles não envolvem mais a sua pessoa.

Niya se levantou da banheira. Ela não seria mais encurralada daquele jeito.

Seus mamilos endureceram no ar frio, regatos de água correndo por sua pele enquanto ela saía da banheira.

Alōs congelou, o olhar fixo na nudez da dançarina conforme Niya se aproximava dele. Houve um assovio de vapor quando ela se abaixou, os poderes dos dois se chocando, os seios dela roçando de leve no peito dele. Ela respirou o hálito do pirata.

– Quem está com medo agora? – cantarolou Niya, puxando seu robe que estava pendurado na ponta da cadeira.

Ela começou a se vestir, mas Alōs agarrou seu pulso, impedindo-a de fechar o cordão. Seu olhar queimava. Engolia ela inteira.

– Você – quase rosnou ele – é boa demais brincando com fogo.

Antes que seus sentidos registrassem o que estava acontecendo, Niya estava no colo de Alōs, os lábios dele por cima dos seus.

Niya gostaria de acreditar que tinha resistido, que torcera o braço do pirata para trás a fim de se libertar. Ela poderia ter feito isso com facilidade.

Mas não o fez.

Enquanto suas convicções gritavam para ela se afastar, para interromper aquela loucura, seu corpo, o bastardo traidor, chegava mais perto. Apesar de todas as palavras de ódio, apesar de sua desconfiança, Niya o queria. Sua magia desejava a dele. Como dois opostos destinados a colidir.

Era uma completa insanidade!

Mas, enquanto a boca de Alōs trabalhava contra a dela, Niya se viu cedendo, abrindo os lábios de boa vontade.

Com um gemido frustrado, passou os braços em torno do pescoço dele e se içou para mais perto.

Era como se acomodar no olho calmo de uma tempestade, um momento de alívio exausto.

Alōs tinha gosto de mar e madrugada, a pele fria em contato com a quentura dela, o que lhe enviava calafrios traiçoeiros pela coluna.

Niya podia não confiar no pirata, mas não podia mais negar o modo como ele a fazia se sentir.

Viva. Elevada. Incessável.

E ali estava, beijando o homem de novo, deixando-o beijá-la – e não porque era atuação, uma maneira de escapar da suspeita dos guardas, mas porque ela queria.

Ela queria *demais*, e teria o que desejava.

Nem que fosse por uma noite.

Com tal resolução se estabelecendo em meio às sensações cambaleantes, Niya fez o que gostava de fazer em tais momentos. Ela se entregou ao caos.

Pressionando os seios contra o peitoral rígido de Alōs, a dançarina continuou a reivindicar a boca do pirata enquanto ele reclamava a sua. Eram como duas ondas quebrando, enfim livres para afogar suas vítimas, para fazê-las girar em sua maré.

As mãos deles estavam por toda parte, nos cabelos, nos braços e nos ombros. Alōs correu a palma ao longo de sua coxa exposta, deliciosamente perto de onde o robe se dividia.

Ela queria mais. Desejava tudo.

Se contorcendo no colo de Alōs, Niya montou sobre ele, os dedos subindo pelos braços fortes e se enfiando em seus cabelos.

Um rosnado carnal escapou da garganta do pirata conforme a dançarina se esfregava contra ele. A parte mais sensível dela encontrando a parte mais dura dele por baixo das calças.

Ele a apertou com mais força, as mãos segurando os quadris de Niya, seguindo o ritmo de seus movimentos.

Niya não era mais capaz de pensar. Ela consistia apenas de sensações, reações e desejos.

Mas, dessa vez, não tinha ilusões quanto às expectativas do depois. Ela o teria, mas agora o pirata não arrancaria nenhum pedaço dela.

Não de novo.

Ela entregaria seu corpo, mas não seu coração.

Os dedos de Alōs afastaram o tecido do robe a fim de expor seu torso.

– Pelas estrelas e mares. – A voz dele era como um estrondo reverente. – Como eu sonhei em tocá-los de novo.

Ele correu um dedo gentil sob a curva de seus seios doloridos, pesados e desejosos. Alōs a encarava enquanto enfiava um dos mamilos na boca, mordiscando de leve.

Niya soltou um gemido sussurrado.

Seu corpo era o centro do sol, e Alōs se jogava na direção das chamas ardentes sem nem pensar.

Ele continuou olhando para ela enquanto chupava, brincava e acariciava, sua magia controlada sob rédea curta.

Niya pretendia estilhaçar aquele controle.

Ela se inclinou sobre ele, embriagada pelas atenções habilidosas do pirata.

Um braço forte apoiou a parte inferior de suas costas, e o outro subiu até o pescoço para segurá-la pela bochecha enquanto Alōs voltava a beijá-la. Era um gesto gentil, mas possessivo – um rei cuidadoso com seu tesouro.

– Você é uma deusa perdida – falou ele entre um beijo e outro. – Sou seu, dançarina do fogo.

Ele inclinou a cabeça dela para trás a fim de olhá-la outra vez.

Niya não queria aquilo. Não queria olhar.

Mas Alōs a forçava.

O pirata a forçava a ver o que ela tinha feito com ele, o que estava fazendo com ele. Alōs era um monstro de joelhos. Uma espiral de desejo e desespero, esperando por uma ordem.

– Entendeu, Niya? – continuou ele. – Você pode ter o que quiser de mim. *Você pode ter o que quiser de mim.*

As palavras perfuraram o coração da dançarina, uma flecha bem mirada. Ele estava se entregando. Dando os poderes para ela naquela noite.

Aquilo era diferente do que acontecera quatro anos antes. Tudo no jeito como ele a olhava, como a tocava ou *não* tocava, fazia diferença.

– Niya – declarou ele, e sua voz era a parte mais profunda do mar. – Estou sob seu comando.

Foi quando Niya percebeu que era muito perigoso enfim conseguir algo que se desejava tanto, porque muitas vezes você acabava querendo mais.

CAPÍTULO TRINTA E SETE

Alōs estava se afogando em loucura. Pois tudo o que tinha dito para Niya era verdade.

Fora seu próprio mestre durante tanto tempo, lutando contra qualquer um que ousasse atrapalhar seu poder, sua independência e sua segurança por trás dos muros, que havia se esquecido de como era sentir outra pessoa. Tocar outra pessoa. Ele estava cansado de ser uma ilha congelada.

Apesar das boas ou más intenções de Niya, a dançaria do fogo era a única que já ameaçara derreter o verniz frio de Alōs. A única com calor suficiente para desfazer as camadas de gelo em suas veias.

Mas o que levara Alōs a aceitar o desmoronamento das barreiras entre ambos foi enfim aceitar que a parceria dos dois era mais poderosa quando eles estavam unidos.

Juntos, eles eram irrefreáveis.

Juntos, eram perfeitos.

Assim como tinham feito no navio, lutando lado a lado contra a tempestade.

E no Vale dos Gigantes, trabalhando em conjunto.

Assim como ela parecia perfeita em seus braços naquele momento.

Niya o havia consumido desde o momento em que a vira, quatro anos antes. Ele sabia que ela era mais do que equivalente: era superior. E por isso mesmo uma ameaça. Uma inimiga. Alōs já tinha perdido muita coisa depois de Esrom. Naquela época, não podia permitir nenhuma outra distração ou fraqueza em sua vida. Niya, ele soubera no mesmo instante, poderia destruí-lo.

Motivo pelo qual se esforçara em destruí-la primeiro.

Mas agora...

Agora ele queria seu perdão e sua confiança mais do que tudo. Aquilo queimava em sua pele como o mais profundo dos desejos.

Alōs queria que ela sempre olhasse para ele como estava fazendo agora, com desejo e intensidade. Queria que risse com ele, tão despreocupada quanto era com as irmãs, com a tripulação.

Ele queria... Niya.

Puxando-a para mais perto, saboreando a madressilva do banho que grudava na pele da dançarina, ele enfim se atirou de cabeça nas chamas.

Ele não merecia parte alguma de Niya, mas aceitaria qualquer uma que ela estivesse disposta a ceder.

Enquanto corria as mãos pela maciez da dançarina, ele se lembrou dela nas Fontes das Memórias Perdidas, o toque gentil em seu ombro conforme ele lutava por clareza após mergulhar nas lembranças da velha rainha. A perseverança de Niya para encontrar a pedra no Vale dos Gigantes enquanto ele se mantinha derrotado. O quanto ela lutara para salvar o navio da tempestade.

Depois de tudo que a fizera passar, Niya tinha todo o direito de manter seu desdém por ele até o túmulo. E ainda assim, ali estava ela, ajudando. Com aposta vinculativa ou não, Alōs sabia que ela teria agido assim de qualquer maneira. Porque Niya era desse jeito. Podia ser uma ladra e uma mercenária, mas, no fundo, era uma boa pessoa.

Ainda mais em comparação a ele, que era podre.

E Alōs estava determinado a endireitar as coisas entre os dois.

Resolveu que faria aquilo do único jeito que sabia.

Ele a venerou.

Inclinando o queixo de Niya, Alōs depositou beijos ao longo do pescoço. Correu os dentes pelo ombro da dançarina, arrancando um gemido tentador dos lábios dela.

Mas não era o suficiente.

Alōs a queria ofegante, vibrando, tão livre quanto fazia os outros se sentirem quando dançava. Queria dar para ela a mesma euforia enlouquecida que Niya oferecia ao público – que oferecia para ele.

O balanço contínuo da dançarina contra seu pau o deixou ainda mais maluco, seu controle se perdendo. Erguendo Niya nos braços, ele os levou até a cama.

A dançarina se esparramou sobre os lençóis macios enquanto Alōs subia por cima dela, o robe aberto exibindo a pele pálida e a plenitude dos seios. Ele baixou os olhos para os pelos ruivos que ela tinha entre as pernas, todo o seu corpo se iluminando ao pensar nas coisas que desejava fazer com ela.

O olhar de Niya estava vidrado ao encará-lo, ansiando, querendo.

No entanto, daquela vez, ele não se sentia como o caçador, mas como uma presa voluntária.

Ele não a tocaria outra vez, a menos que ela ordenasse.

Uma centelha brilhou nos olhos de Niya, como se entendesse aquilo, pois enfim exigiu:

– Quero que você me toque.

– Onde? – A voz dele saiu como um sussurro rouco.

Alōs ficou assistindo enquanto as mãos ousadas e magníficas de Niya corriam até seu ponto mais sagrado, por baixo dos cachos vermelhos.

– Aqui.

Alōs se ajoelhou no mesmo instante.

Deslizou os dedos pela parte interna das coxas dela, saboreando a maciez da pele antes de separá-las. Depois parou por um instante doloroso, os olhos encontrando os da dançarina por cima das colinas de seus seios.

– Isso – arquejou Niya. – Bem aí.

Ele desceu a boca sobre ela.

– Alōs – gemeu Niya, correndo as mãos pelos cabelos do pirata. Ela o mantinha exatamente onde queria, onde precisava.

Ele estava inebriado pelo gosto dela, pelo calor inundando seu corpo conforme a magia da dançarina preenchia o quarto, embaçando os espelhos. E embora Alōs pudesse, não usou seu poder para lutar contra o dela. Ele se acomodou, deixando-a derreter suas paredes.

Niya se debateu sob seus cuidados, se balançando contra ele.

Alōs se manteve firme, deslizando um dedo para dentro.

Com um grunhido, Niya se arqueou, o corpo tremendo, antes de se acomodar de volta nos lençóis, saciada.

Alōs ficou ajoelhado, incapaz de fazer qualquer outra coisa além de admirar.

Niya estava brilhando, resplandecente em seu estado relaxado. E ele tinha sido o responsável por isso. Ela não estava mais tensa e cheia de defesas por trás do ódio que sentia por ele, e sim esparramada, disponível.

Devagar, ela rolou a cabeça de lado. Seus olhos azuis encontraram os dele.

Estavam repletos de algo que ele não conseguia ler.

– Venha aqui – disse ela, estendendo a mão.

Alōs desabotoou a bainha da espada e chutou depressa as botas para longe antes de se deitar ao lado de Niya. Ela começou a abrir seus botões. Alōs ficou imóvel enquanto ela removia o tecido, passando a mão por seu peito, descendo pelo abdômen antes de deslizar os dedos por baixo de suas calças.

Ele fechou os olhos com um gemido quando ela o agarrou, deslizando a mão para cima e para baixo em seu comprimento. Ainda assim, ele não se moveu.

– Quanto autocontrole – provocou Niya.

Ele olhou para ela, preenchendo as palavras seguintes de verdade:

– Estou sob seu comando.

Um lampejo de algo sombrio varreu as feições da dançarina, depois sumiu.

– Você me deseja? – perguntou ela.

A pergunta o pegou de surpresa, dado que ela estava segurando a prova do quanto ele a queria. Mas então percebeu que o questionamento era um teste. E ficou desconfortável ao perceber o quão desesperadamente desejava passar.

– Eu desejo qualquer coisa que esteja disposta a compartilhar.

Niya o estudou por um longo momento enquanto o acariciava. Alōs sentia suas barreiras rachando. Seu corpo estava fervendo por ela, ansioso para tomar, consumir e possuir. Mas aquilo era o que ela estava esperando, e ele precisava provar que não o faria. Ele nunca mais tiraria nada dela, e especialmente não aquilo.

– Quero que me mostre o quanto me deseja – disse Niya.

Era tudo o que Alōs queria ouvir.

Ele se inclinou para reivindicar a boca da dançarina, e então lambeu seu pescoço, satisfeito com os arrepios que emanavam da pele dela, do suspiro que escapava de seus lábios.

Ela começou a tentar tirar suas calças, quase impaciente, e ele riu, ajudando-a.

Assim que se libertou, deitando nu diante dela, Niya ronronou satisfeita, os olhos famintos examinando o corpo do pirata.

A magia dela o alcançou, gavinhas vermelhas de fumaça acariciando sua pele. *Meu*, parecia sussurrar o poder, e Alōs não pôde deixar de sorrir, pensando o mesmo enquanto contemplava Niya.

Minha.

Acomodando-se por cima dela, Alōs se sentiu inebriado pela sensação da pele da dançarina contra a sua. Ela era um cobertor quente de seda, de tentação, e estava se entregando para ele. Confiando nele. Mesmo que só por uma noite.

O pensamento o fez querer saborear cada grão de areia da ampulheta. Capturar cada momento, som e arranhão na memória.

Ele segurou os seios dela, levando um dos mamilos à boca, sugando enquanto os dois começavam a se esfregar um no outro.

Niya estava molhada e desejosa, e ele ficou maluco em perceber aquilo.

– Sim – sussurrou ela. – Sim.

Alōs sustentou seu olhar enquanto deslizava para dentro. Ambos gememram, encostando a testa uma à outra.

Ele ficou parado por um instante, saboreando o calor e a maneira como ela se encaixava em torno dele.

– Alōs – demandou Niya, inquieta.

– Calma, minha chama. – Ele segurou um dos pulsos dela, prendendo-o ao colchão. – Você me disse para mostrar o quanto a desejo, e vou fazer isso, mas pretendo ser minucioso na demonstração.

Ele beijou seus lábios carnudos, engolindo os gemidos de Niya conforme começava a mover lentamente os quadris, indo tão fundo quanto podia ousar.

– Sim. – Niya inclinou a cabeça em um arquejo. – Sim.

Alōs criou um ritmo que Niya acompanhou depressa, seus corpos dançando, reunindo tensão.

Antes que um deles se perdesse cedo demais, Alōs se levantou, sentando-se sobre os calcanhares. Ele puxou Niya pela cintura até encaixá-la no lugar certo em que ela precisava estar ao redor de seus quadris. Queria vê-la por completo, ficar olhando enquanto deslizava para dentro outra vez.

Os olhos azuis da dançarina eram como as estrelas durante a noite mais escura em alto-mar.

– Pelos deuses perdidos – gemeu ele conforme a preenchia, de novo e de novo, seu corpo tremendo em torno do calor de Niya.

Ela soltou o próprio desejo, a cabeça rolando para o lado.

Seu cabelo era um leque vermelho contra os lençóis, as bochechas exibindo um brilho rosado.

Alōs puxou as mãos dela em sua direção, deixando os seios empinados, cheios e perfeitos enquanto balançavam a cada uma de suas estocadas.

Ele estava perdido nela.

Arruinado por ela.

Embora já tivessem dormido juntos, aquilo não era nada parecido com antes. Não para ele. Na época, Alōs estivera intocável, jovem e cheio de raiva pelas injustiças do mundo. Estivera concentrado em sua tarefa, no que precisava arrancar de Niya – a identidade dela – e no que ganharia com isso: uma vantagem incomensurável. Ele não se permitira estar presente no momento. Ainda que tivesse se certificado de agradá-la, a noite tinha sido para Alōs apenas um monte de intrigas com um bônus.

Mas ali… ali, cada gemido de Niya estilhaçava o invólucro de gelo ao redor de seu coração.

Ele queria dizimar aquela versão jovem do passado.

Conforme Niya se adornava sob seus toques, a névoa avermelhada da magia irradiando de sua pele como uma flor desabrochando, as curvas flexíveis disponíveis para serem estudadas e devoradas, Alōs percebeu que nada sobre a dançarina devia ser desprezado.

Niya se levantou, montando nele de modo que o pirata se deitasse de costas.

Ele foi enfeitiçado enquanto ela o cavalgava.

Os seios se projetavam para a frente, os cachos cor de rubi caíam em cascata por suas costas, os quadris se alargando de um jeito delicioso conforme se movia.

Ela era magnífica.

Era autoritária.

Era uma rainha.

Sua rainha.

O pensamento o atordoou por um instante.

Mas Alōs afogou quaisquer medos que estivessem se infiltrando em sua mente e puxou Niya para um beijo. Ele se perdeu por completo nela. Tonto com todo aquele desejo.

Eram puro pecado naquela noite, a carnalidade enfim cedendo.

Alōs estava mudando a cada grão de areia que caía, *já tinha* mudado, e era tudo graças à mulher em seus braços. Ele queria ser melhor, queria ser o que ela precisava. Queria que uma das criaturas mais poderosas de Aadilor *precisasse* dele, e não porque estava presa a alguma barganha, mas porque o desejo não a deixaria existir de outra forma.

Com aquele novo objetivo ardendo, Alōs se empenhou em levar Niya a novas alturas, despertando cada fio de seu prazer. Ele queria amarrar a euforia dela com tanta força a si mesmo que nenhum outro ser vivo poderia saciá-la.

Conforme a noite avançava, ele a fez cair em onda após onda de alívio.

Foi somente quando ela implorou para que ele alcançasse o próprio prazer que Alōs enfim se libertou e se derramou nos lençóis antes de colapsar, o corpo flagelado por calafrios de satisfação.

Eles respiravam pesado um ao lado do outro, a pele salpicada de suor.

O quarto vibrava em silêncio, tingido de laranja pela magia combinada dos dois.

Alōs se virou para Niya, que estava deitada de bruços. O olhar dela era direto, com a guarda baixa enquanto o encarava. Aquilo provocou um desconforto estranho em seu peito.

Mas então sua atenção recaiu nas marcas ao longo das costas de Niya, já desbotadas, mas ainda presentes, e uma nova dor o cortou forte, engolfando-o na culpa.

– Sinto muito por isso – falou ele, erguendo a mão para traçar com gentileza as cicatrizes restantes.

Niya ficou tensa. Porém, depois de mais algumas carícias, voltou a se acomodar no colchão.

– Não foi culpa sua. Não foi você quem enfeitiçou a tripulação e desobedeceu às ordens abertamente.

– Não. – Ele franziu a testa. – Mas sinto muito mesmo assim.

– Por quê? – A dançarina levantou a cabeça, apoiando-a na palma da mão enquanto se inclinava na cama. – Esse é o nosso mundo, Alōs. As pessoas buscam vingança quando são injustiçadas. É compreensível que seus piratas desejassem meu sangue por fazê-los parecer um bando de fracos. E você precisava me punir na frente deles pra manter o comando do navio. Não tenho ilusões sobre o que foi feito comigo. Você esquece quem é meu rei. Já vi e já fiz coisa muito pior. – Ela brincou com os lençóis. – E você também.

Embora soubesse que Niya dizia a verdade, aquilo não ajudou Alōs a se sentir melhor.

Cada um deles tinha sido marcado pelos papéis que desempenhavam ali, anestesiados pela maldade que vagava em Aadilor. Cada um deles se tornava um monstro quando necessário.

– Mas não vamos pensar nessas coisas agora – continuou Niya. – Não sei você, mas estou bastante contente em flutuar nessa nuvem por mais um tempo.

Quando ela sorriu, um sorriso de verdade, o pirata sorriu de volta.

Parecia estranho, aquele momento – ambos nus um ao lado do outro. Não estavam se tocando, e mesmo assim a coisa parecia mais íntima do que o que haviam acabado de fazer. Conversando de modo aberto e honesto.

O quão depressa tudo aquilo desapareceria quando deixassem o quarto? Em quanto tempo Niya se lembraria de que ainda não confiava nele? Quando retomaria a convicção de que Alōs era o mesmo homem que a traíra e partira seu coração?

Ele forçou os pensamentos sombrios para longe enquanto tomava Niya em seus braços, puxando os lençóis sobre os dois. Conforme ela se acomodava em seu peito, ele a abraçou de modo protetor, como se aquilo pudesse desacelerar as areias do tempo. Só por uma noite. Só para os dois.

O pirata não planejara pegar no sono, mas Niya estava tão quente e tão confortável em seu abraço. Um conforto que não sentia fazia muito tempo. Alōs deixou os olhos se fecharem, afugentando a fadiga do amanhã. No entanto, mesmo dormindo, ele entendia as falsas promessas trazidas pelos sonhos pacíficos. Pois, quando acordou, não ficou surpreso ao descobrir que estava sozinho na cama.

CAPÍTULO TRINTA E OITO

Niya se atrasou para encontrar as irmãs.

A razão pelo qual isso acontecera ainda formigava em seu corpo, queimando sua magia enquanto se apressava pelos corredores escuros do palácio.

Estou sob seu comando.

As palavras de Alōs acariciavam sua memória como açúcar derretido, uma doce tentação. A imagem do lorde-pirata, submisso e desejoso, forte e impulsivo, enviou uma onda de calor através de seu ventre.

Ela tinha dormido com Alōs.

De novo.

Deixara que ele a tocasse, por toda parte.

De novo.

Mas, daquela vez, Niya tinha acordado sem se arrepender de um único grão de areia. Algo havia trocado de lugar naquela noite, uma mudança de poder.

Niya enfim se sentia no comando.

E não apenas de si mesma.

De uma forma inebriante e avassaladora, ela acreditava ter controlado Alōs.

Estou sob seu comando.

Que perigosas eram aquelas palavras para ela.

Que tentadoras.

Se não tomasse cuidado, acabaria pensando que era possível confiar nele.

— Aí está você. — A voz de Arabessa interrompeu suas confabulações, redirecionando a atenção dela para o fim do corredor. — Estávamos prestes a entrar sem você.

As irmãs estavam esperando do lado de fora dos aposentos privados do Rei Ladrão. Seus disfarces combinavam com o de Niya: túnica preta com capuz e a máscara dourada das Mousai. Quando colocara aquela máscara familiar, sentindo-a abraçar sua pele como uma velha amiga, a sensação fora a de afrouxar os cordões de um espartilho.

– Desculpe – falou Niya. – Caí no sono e me esqueci de pedir pra que uma criada me acordasse.

– Aconteceu alguma coisa? – Larkyra inclinou a cabeça sob o disfarce. – A sua energia… parece…

– Não vamos deixar nosso rei esperando. – Niya abanou a mão ao passar por elas, lutando para controlar seus dons, que saltavam junto com seus nervos.

A última coisa de que precisava era que suas irmãs suspeitassem do que acabara de acontecer entre ela e o lorde-pirata. Ainda mais porque ela mesma ainda estava digerindo seus sentimentos quanto ao assunto.

As Mousai cruzaram a soleira dos aposentos do Rei Ladrão, e a porta atrás delas se fechou com um clique, uma dúzia de fechaduras girando e voltando ao lugar. Um véu de magia impenetrável.

A identidade do Rei Ladrão era o segredo mais sagrado em qualquer reino, em qualquer lugar, na verdade. Por isso os aposentos dele ficavam enterrados bem no centro do palácio, por trás de muros de guardas e portas encantadas. Mesmo Niya e as irmãs, as próprias filhas do homem, estavam sob um Selador de Segredos com relação à identidade do pai. O marido de Lark, Darius, não fazia ideia de qual outro papel seu sogro desempenhava.

No entanto, embora fosse o Rei Ladrão, os aposentos privados de Dolion eram bastante modestos, especialmente em comparação com a sala do trono. O saguão de entrada era pequeno, seguido por um longo corredor que conduzia a uma sala de estar, um espaço que compensava com conforto a falta de pompa. Uma mobília resistente para suportar um homem robusto e tapetes macios e gastos para aliviar os pés que suportavam o peso de uma responsabilidade sem fim. Uma grande lareira e conjuntos de candelabros de chão iluminavam o cômodo com seu calor.

– Vocês três estão atrasadas. – Zimri estava sob um arco que levava à sala de jantar.

O peito de Niya ficou apertado ao vê-lo, um sorriso se formando.

– Que jeito agradável de receber uma irmã que não vê faz meses – disse ela ao se aproximar, removendo a máscara antes de lhe plantar um beijo na bochecha.

Zimri sempre fora a definição do impecável, do cabelo penteado para trás até o brilho em seus sapatos de crocodilo cor de ônix. A única coisa que destoava naquela noite era o pouco de barba por fazer em queixo costumeiramente limpo.

– Zimri *não é* nosso irmão – rebateu Ara por trás dele, indo se aninhar em uma poltrona junto à lareira, tirando a própria máscara com um floreio.

– E graças aos deuses perdidos por isso – falou Zimri, seguindo Niya para se sentar entre as irmãs. – Já tenho responsabilidade o bastante com vocês. O peso de ser o irmão mais velho me deixaria maluco.

– Você e Ara têm a mesma idade – argumentou Lark, depositando seu disfarce em uma mesinha baixa que estava entre eles. – Então seria um irmão mais velho apenas pra Niya e eu. Isso pode aliviar sua insanidade.

– Pelo contrário – disse Zimri, arqueando as sobrancelhas. – Sou dois meses mais velho que Arabessa. O que é uma bênção. Eu não poderia dar ordens pra ela com tanta facilidade sem a vantagem da idade.

– Não há vantagem no mundo que o permita mandar em mim – respondeu Ara, observando as próprias unhas com uma expressão de tédio.

– Eu poderia pensar em pelo menos uma. – O sorriso de Zimri era provocador.

Arabessa o fulminou com o olhar, as sobrancelhas se juntando.

– E eu poderia pensar numa que arrancaria esse sorriso do seu rosto para sempre.

– Ah, por favor, não faça isso – pediu Larkyra. – Gosto muito dos sorrisos de Zimri.

– Eu também – acrescentou Niya. – Estaria privando o mundo de uma de suas belezas.

Arabessa cruzou os braços com força.

– Se esse sorriso insuportável é considerado bonito, então tenho uma definição muito diferente sobre o tipo de coisa que agrada os olhos.

– É mesmo? – Zimri se recostou no assento, as mãos unidas sobre o peito. – Então devo perguntar. Você se considera bonita?

– Como é? – Ela franziu a testa.

– Quando se olha no espelho, acha que é bonita? Não, Niya e Lark, não quero saber a opinião de vocês sobre o assunto. – Ele ergueu uma mão para impedi-las de interromper. – Estou perguntando pra Ara. Você se considera bonita?

– Que pergunta idiota.

– Uma que parece estar com medo de responder.

– Eu nunca fico com medo. – Ela estreitou o olhar para ele. – É só que, se eu responder de um jeito, vou ficar parecendo uma coitada, o que não sou. E, se responder do outro, vou soar vaidosa, o que, mais uma vez, eu não sou.

– Você não é vaidosa? – Niya arqueou as sobrancelhas.

– *Não*, não sou. – Arabessa a olhou de lado. – Mas estou ficando cansada desse interrogatório. Não vejo qual é o sentido disso.

– O sentido – respondeu Zimri –, é que eu vejo beleza. Quando olho pra você.

Niya observou a irmã pestanejar para ele, um silêncio tenso preenchendo a sala conforme os dois se encaravam.

Niya flagrou o olhar cintilante de Lark, suprimindo um sorriso quando esta começou a mexer as sobrancelhas para cima e para baixo.

– E daí? – perguntou enfim Arabessa, o aborrecimento em sua voz vacilando.

– E daí que – continuou Zimri –, se você também vê, então nossa definição sobre o que agrada os olhos não é tão diferente assim. O que significaria que acha meu sorriso lindo, porque eu também acho meu sorriso muito bonito.

Niya conteve uma risada enquanto observava a irmã mais velha lutando para responder. Mas, fosse lá o que aquela Arabessa de rosto corado estivesse prestes a dizer – ou fazer –, ela foi interrompida logo em seguida pela entrada do pai.

Todos se levantaram.

Bem, com exceção de Niya. Ela correu direto para os braços do homem.

Embora o pai ainda estivesse se livrando do uniforme ornamentado cor de alabastro do Rei Ladrão, ainda permeado pela magia ancestral que imbuía ao papel que desempenhava no trono, Niya não foi capaz de manter o decoro naquele momento. Dolion estava sem a máscara, os olhos azuis brilhando com força sob a maquiagem preta.

– Pai. – Ela passou os braços em torno dele, saboreando seu aroma de fumaça e grama ao sol. A barba trançada fez cócegas em suas bochechas quando descansou a cabeça em seu peito. – Me desculpe.

Dolion não respondeu de imediato, apenas a abraçou com mais força.

– Eu sei, minha chama. Agora venha. – Ele a soltou. – Vamos nos sentar e ouvir o que aconteceu.

Niya se sentia como se enfim pudesse respirar. Ali, na privacidade dos aposentos restritos do pai, com a família por toda parte, ela despejou tudo: a visita à Baía do Escambo, a jornada pela Bruma Zombeteira e as tempestades que protegiam as terras do extremo oeste e a beleza do Vale dos Gigantes. Por fim, compartilhou o propósito das viagens do *Rainha Chorosa*, e falou do item que Alōs procurava: a Pedra Prisma. Explicou por que ele a roubara no passado: para salvar a vida do irmão caçula. Niya compartilhou tudo, na esperança de que a família pudesse auxiliar de alguma forma. Uma lição aprendida depois que falhara em pedir ajuda no passado.

– Uau, que história – arquejou Lark assim que Niya terminou. – Eu não sabia que Alōs tinha um irmão. Quem diria que eu seria capaz de sentir pena do pirata?

– Podemos ter certeza de que isso tudo é verdade? – questionou Ara, as sobrancelhas franzidas com desconfiança.

– Tinha minhas dúvidas no começo – admitiu Niya. – Mas todas as peças parecem se encaixar. Alōs com certeza nasceu pra ser o rei de Esrom. E escutei sem querer a ordem sagrada deles falando sobre a pedra e sobre a magia deixando o reino. Quanto a Rei Ariōn, vi as marcas da doença com meus próprios olhos, e o observei junto de Alōs. Não há como negar a afeição entre os dois. Alōs ainda sente que é sua obrigação ajudar Esrom.

– Mesmo assim – começou Arabessa. – Eu...

– O que Niya diz é verdade.

Todos os olhos se voltaram para Dolion. Ele estava sentado perto do fogo em sua poltrona de couro de espaldar alto, o disfarce branco do Rei Ladrão agora pendurado a seu lado, deixando-o apenas em um conjunto simples de calça e túnica, embora ainda preenchesse o espaço como uma figura de comando.

– Você *sabia*? – Niya pestanejou, sendo percorrida por uma onda de choque.

– O Rei Ladrão conhece a história de todos que se tornam parte da corte – Zimri respondeu no lugar do pai.

– Você *também* sabia? – Ela se virou para encarar os olhos castanhos do rapaz.

– Quem você acha que reúne essas informações pra ele?

– Mas... por quê? – balbuciou a dançarina.

– Por que não lhe contamos? – sugeriu Dolion. – Porque, minha filha, a identidade e o passado dos membros da corte são pra servir ao rei, e não praqueles que o servem.

– E mesmo assim Zimri sabia. – O olhar de Arabessa era uma lâmina de gelo.

– Eu estava preso a um Selador de Segredos, só podia discutir os detalhes do caso com o Rei Ladrão – rebateu Zimri.

Dolion confirmou com um aceno de cabeça.

– Saber quem Alōs Ezra foi um dia não tinha nenhuma importância em nossas vidas. No que me dizia respeito, qualquer interação com o homem se apresentava da forma que ele é agora, o lorde-pirata do *Rainha Chorosa*. Eu não tinha percebido que havia uma... conexão íntima, não até você ser sequestrada, Niya.

A dançarina sentiu as bochechas queimarem, a vergonha familiar por ter revelado a identidade do trio brotando outra vez.

– Agora, em relação à Pedra Prisma – continuou Dolion. – Esse é um novo desdobramento pra mim. Embora estivesse ciente de que Alōs a roubou, eu não sabia o quanto a pedra era importante, muito menos que se importaria o bastante com o reino que o baniu pra ir até lá recuperá-la. – O pai encarou Niya. – E parece que ele se importa muito.

– Sim. – Ela assentiu. – É tudo com o que Alōs se importa, na verdade.

– Um bom motivo pra que continue a ter cuidado com ele – falou Dolion. – Apesar do altruísmo de Alōs no passado, todos nós conhecemos o homem que se tornou. Há um motivo para ele ter adquirido o título de notório lorde-pirata. E, conforme as ampulhetas forem passando, ele vai ficar cada vez mais desesperado pra encontrar a pedra. E homens desesperados são perigosos.

Niya engoliu em seco. As palavras do pai a acertavam como golpes, ainda que fossem os mesmos conselhos que havia lembrado a si mesma mais cedo naquela madrugada. Mais cedo, antes de dormir com Alōs de novo. Antes de vê-lo se submeter a ela, de vê-lo idolatrá-la. Antes de se deitar nos braços dele e ouvir sua respiração enquanto o pirata adormecia.

Naquela noite, ele tinha sido diferente. *Ela* tinha se sentido diferente. Poderosa. No controle.

Seria possível acreditar naqueles novos sentimentos?

Os pensamentos de Niya foram distraídos por um momento a partir de um reflexo na camisa do pai. Ali estava o broche em formato de bússola de sua mãe.

Ela dizia que tocar a peça a ajudava a ficar calma. Dizia que a ajudava a encontrar seu caminho.

Niya engoliu em seco. *Preciso encontrar meu caminho*, pensou, encarando o ouro entrelaçado para formar quatro pontos distintos. Quatro direções diferentes para tomar, mas, no centro, repousava um sol brilhante. Seu foco.

Um bom motivo pra que continue a ter cuidado com ele. As palavras do pai ecoaram em sua mente. *Homens desesperados são perigosos.*

Sentindo um aperto no peito, Niya soube que o pai estava certo, que ainda não podia confiar em Alōs.

Não até que tudo estivesse terminado. O verdadeiro teste seria a forma como Alōs agiria depois de conquistar o que desejava. Se as palavras que falara para ela naquela noite permaneceriam firmes. Niya se entristeceu ao perceber aquilo, mas decidiu que devia mantê-lo afastado até lá. Manter suas barreiras erguidas.

– Sim, papai. – A dançarina desviou o olhar da bússola e encarou o rei. – Eu compreendo.

A expressão de Dolion se suavizou, como se tivesse notado onde a atenção da filha tinha estado: no alfinete preso acima de seu coração.

– Sim, tenho certeza de que agora você compreende. Ainda assim…

– O quê?

– Me explique, como é que a marca da sua aposta vinculativa já está pela metade se o seu tempo no *Rainha Chorosa* não chegou nem perto da metade?

Niya baixou os olhos, percebendo que havia removido as longas luvas pretas e que agora as torcia por cima do colo. A marca em seu pulso estava exposta.

– Fiz um novo acordo com o lorde-pirata.

– E lá vamos nós de novo… – gemeu Arabessa.

– É uma *nova* barganha pra obter minha liberdade *mais depressa*. – Niya lançou um olhar ferino para a irmã.

– E qual é esse novo acordo? – perguntou Zimri, inclinando-se para a frente.

– Assim que ajudar a encontrar a última parte da Pedra Prisma e ela for devolvida em segurança para Esrom, estarei livre pra voltar para casa.

– Mas isso pode levar mais tempo do que a sua sentença de um ano – apontou Larkyra.

– Não pode.

– Pode.

– *Não pode.*

– E por que não?

– Porque Esrom não tem tanto tempo.

Silêncio.

– Tudo bem – disse Arabessa, falando devagar –, e o que acontece caso não devolva a pedra a tempo? Digo, o que acontece com você?

– Por que precisa ser tão pessimista? – Niya franziu a testa.

– Eu sou realista.

– Uma real pessimista.

– *Niya* – interrompeu Zimri. – O que isso significaria pro seu caso?

Ela estava hesitante em encarar qualquer um deles.

– Outro ano a bordo do *Rainha* – respondeu.

– Outro ano! – exclamaram as irmãs.

– Mas isso não vai acontecer – acrescentou Niya depressa. – Sabemos onde está a última peça. Vocês mesmas ouviram Alōs dizer. – Ela se virou para Lark e Ara. – Está na Ilha Sacrossanta. Ele acha que o chefe de lá deve estar com a pedra.

– Pelos deuses perdidos. – Zimri voltou a afundar na poltrona. – Tem certeza?

– Bastante – declarou Niya, olhando para as expressões preocupadas que preenchiam o cômodo. – Sei que são gigantes, mas não podem ser tão ruins assim… podem?

– O que você sabe sobre gigantes? – questionou Zimri.

– Que eles são lentos e burros.

– Isso é história pra boi dormir – respondeu o pai. – São gigantes. Um passo deles equivale a dez dos nossos.

– Mas pelo menos são burros? – ousou perguntar Niya.

– São tão inteligentes quanto parecem, especialmente quando se trata de comida. São como gatos ao ver um rato. Gostam de brincar antes de comer.

– Que maravilha. – Ela cruzou os braços sobre o peito. – Deixe-me adivinhar. Eles também possuem dons.

– Não, gigantes não têm magia – respondeu o pai.

A dançarina foi coberta por uma onda de alívio.

– Mas isso não tem muita importância quando nem mesmo os seus poderes servirão contra eles.

– Como isso é possível? – Niya uniu as sobrancelhas. – Eu faço parte das Mousai.

– Sim, e eles são *gigantes*, meu amor – respondeu Dolion. – Quanto maior a criatura, mais poder é necessário para controlá-la. E eles são mesmo *muito* grandes. Seria preciso um punhado de almas talentosas para enfeitiçar um só indivíduo. Caso contrário, seria como uma mosca tentando derrubar um humano com o vento de suas asas. Uma inutilidade.

Um medo gelado se instalou no peito da dançarina.

– Ô, droga.

– Zimri, pode ir buscar um dos nossos mapas da Ilha Sacrossanta? – Dolion se aprumou na cadeira, abrindo espaço na mesinha de centro entre eles. – Se vai mesmo entrar num covil de gigantes…

– De gigantes *canibais* – corrigiu Lark de imediato.

– De gigantes canibais inteligentes, rápidos e imunes a magia – acrescentou Arabessa.

– É, muito obrigada – resmungou Niya.

– É melhor se preparar como puder – continuou Dolion. – Acho que um dos nossos mapas mostra a localização da vila deles.

Zimri abriu um mapa do mar de Obasi. Uma pequena ilha repousava no centro. Pequenas anotações marcavam o pedaço de terra.

– Sim, aqui. – O pai apontou para um aglomerado de construções bem no meio da ilha. – Agora… – Ele respirou fundo. – Vamos descobrir a melhor maneira de você entrar e sair sem ser devorada.

CAPÍTULO TRINTA E NOVE

Alōs estava na amurada do tombadilho, olhando através da luneta para a Ilha Sacrossanta – uma massa espessa e emaranhada de verde no horizonte. Nuvens de fumaça saíam de um vulcão em seu centro. Aquela fera imprevisível era o que tornava aquele pedaço de terra tão precioso. O solo da Ilha Sacrossanta fora tornado rico após séculos de erupções, produzindo uma abundância avassaladora de folhagens raras. Dizia-se que as plantas encontradas ali tinham poder curativo ou de matar com uma só pétala. Uma combinação que transformava muitos tolos em corajosos, pois roubar até mesmo um pequeno ramo do espécime certo rendia muito dinheiro nos mercados ilegais de qualquer reino.

O fato criava a desculpa perfeita para navegar por aquelas águas. Alōs esperara que dar à tripulação uma tarefa que prometia riquezas a faria cooperar sem questionamentos. Sabia que vinha pressionando os homens ultimamente, mas não existia alternativa.

O tempo estava passando rápido demais, e ele estava ficando desesperado para dar cabo daquilo.

Alōs fechou a luneta com um estalo e a bateu contra a palma da mão, pensativo.

Tinha ordenado que o *Rainha Chorosa* ancorasse bem longe da Ilha Sacrossanta, de modo que o navio não parecesse maior do que um pontinho para alguém que olhasse a partir da margem. Embora gigantes não fossem conhecidos por ter uma visão aguçada, o sol estava alto, e Alōs não arriscaria ser visto. Precisavam invadir a ilha com segurança e em silêncio. Alōs planejara a aproximação para depois do anoitecer.

– Instruí a tripulação sobre o que vai acontecer quando o sol se por. – Kintra apareceu ao lado dele, os brincos de ouro cintilando no dia claro.

– O quanto eles espernearam?

– Não muito, o que foi surpreendente. Mas talvez a reputação dos habitantes da ilha sirva pra calar a boca de qualquer um achando ruim ficar no barco. Alguns homens questionaram o quão valiosas as plantas são de verdade, ou o motivo de navegarmos sem parar nas últimas duas semanas. Principalmente já que nenhum de nós está sem dinheiro.

– Não nos tornamos o navio pirata mais lucrativo de todos sendo preguiçosos – comentou Alōs com uma carranca. – Agora estão reclamando por sermos bem-sucedidos demais?

Kintra apoiou o quadril na amurada ao lado dele.

– Acho que os homens estão cansados. E, sinceramente, eu nem ia dizer nada agora, mas...

Uma pontada incômoda o atingiu no peito.

– O que foi?

– Alguns estão desconfiando da nossa escolha aleatória de destinos nos últimos meses – explicou Kintra. – Mesmo você precisa admitir que nosso ritmo usual de viagem nunca é assim.

Ótimo, pensou Alōs, *é exatamente do que preciso agora, de um navio cheio de piratas fazendo perguntas.*

– É, mas não costumamos caçar um objeto que continua a escorregar por entre os nossos dedos – retrucou ele, uma tensão nova se instalando em seus ombros.

– Normalmente *você* não está – corrigiu Kintra.

Ele encarou os olhos castanhos da intendente.

– E o que sugere então? Não é como se eu pudesse mudar o lugar em que uma velha dama perdeu seu pingente, Kintra.

– Não – concordou ela. – Mas talvez seja hora de contar pra tripulação.

Alōs fechou a cara, as palavras da mulher ameaçando empurrá-lo um passo para trás.

– Ficou *maluca*? – sibilou ele, espiando por cima do ombro de Kintra para ter certeza de que não havia outro pirata por perto.

– Não precisa ser com todos os detalhes – respondeu ela. – Fale apenas que precisamos encontrar um item perdido que é importante pro seu antigo reino. Diferente do que pensa, muitos piratas a bordo deste navio se importam com você assim como se importa conosco. Acredito de verdade que ajudariam o capitão numa tarefa que é importante pra ele. Afinal de contas, você já ajudou a maioria de nós num momento ou outro. Ou já se esqueceu disso?

É claro que Alōs não tinha se esquecido. Muitas daquelas ações haviam sido responsáveis por tornar os piratas parte da tripulação do *Rainha Chorosa*.

Mas ainda assim... o que Kintra sugeria era loucura. Não era? Ele observou a ilha no horizonte. Já existiam muitas variáveis desconhecidas à frente. Seria possível acrescentar a imprevisibilidade dos piratas ao descobrirem o que seu capitão estava procurando? Um item de que precisava mais do que o próprio navio ou das pessoas acima dele?

Embora a tripulação soubesse de sua antiga posição em Esrom, aquele segredo em particular era algo que Alōs mantivera oculto por tanto tempo que nem saberia por onde começar.

– É arriscado demais – se viu dizendo.

– Mais arriscado do que uma tripulação que não acredita mais no capitão? A magia gelou ao longo da pele ao ouvir as palavras dela.

– Não é isso que está acontecendo.

– Ainda não – respondeu Kintra, antes de levantar as mãos em um sinal de rendição diante do olhar afiado de Alōs. – Só peço pra que pense no assunto.

Alōs suspirou, a raiva repentina fluindo dele como as ondas que quebravam na lateral do navio.

– Não tenho energia pra essa discussão hoje.

– Eu sei. – A intendente chegou mais perto, do jeito que fazem os amigos para confortar um ao outro, apenas se fazendo presente.

– Saffi disse que vocês queriam me ver? – A voz de Niya soou às costas deles, e Alōs e Kintra se afastaram, girando para ver a dançarina chegar pelo convés principal.

Seu cabelo estava preso na trança costumeira, tingido como ferrugem ao ar livre, e ela usava outra vez a roupa desgastada, com as lâminas presas às bainhas nas laterais do quadril. Era novamente uma guerreira do mar.

Alōs e Niya haviam interagido pouco desde a visita ao Reino do Ladrão, e as palavras que trocavam não mencionavam o que tinha ocorrido por lá.

Ainda assim... Alōs sabia que nenhum dos dois esquecera. Captava a centelha da lembrança nos olhos dela sempre que a atenção da dançarina encontrava a dele no convés, o modo como era atraída para ele e vice-versa. Suas energias opostas também não se batiam mais uma contra a outra, preferindo rondar em círculos, o esgueirar morno de duas feras apreensivas que agora tinham familiaridade entre si. Mas seriam amigos ou ainda inimigos?

Alōs já sabia sua resposta, mas estava pacientemente esperando que Niya revelasse a dela.

– Sim, queríamos. – Alōs olhou por cima do ombro de Niya, captando os olhares furtivos de Therza e Boman enquanto estes passavam. *Alguns estão desconfiando da nossa escolha aleatória de destinos.* As palavras de Kintra ecoaram em sua mente. – Mas vamos pros meus aposentos primeiro – disse ele. – Não estou com paciência para bisbilhoteiros hoje.

Uma vez abaixo do convés, o capitão se recostou na cadeira, deixando os músculos derreterem contra a madeira resistente.

Pelos deuses perdidos, ele estava cansado.

Kintra e Niya ficaram esperando enquanto Alōs corria os olhos pelo mapa aberto em sua mesa.

A dançarina havia retornado para o *Rainha Chorosa* trazendo aquele mapa, junto com uma ladainha de informações envolvendo a ilha. A melhor margem para chegar de bote, o caminho mais rápido até a morada dos gigantes. Ele sabia que ela fora convocada para ver o Rei Ladrão, mas não ficara nada satisfeito ao descobrir que Niya contara para o monarca sobre o que os dois estavam procurando. E menos ainda pelo rei ter resolvido ajudar.

– *Você não tinha o direito de contar pra ele* – rosnou Alōs ao ser presenteado com um mapa da Ilha Sacrossanta.

– *Precisamos de toda a ajuda que estiver disponível* – argumentou Niya.

– *Não a dele. Pelos deuses perdidos, Niya, o que o impede de roubar o pedaço da Pedra Prisma pra si mesmo e o manter como refém?*

– *Ele não vai fazer isso.* – A dançarina negou com a cabeça.

– *Como você sabe?*

– *Sabendo.*

– *Ah, agora estou tranquilo.*

– *Ele é meu rei, Alōs.* – Ela cerrou os punhos ao lado do corpo. – *Se ele me faz uma pergunta, não posso mentir.*

– *E eu sou seu capitão. Você jurou lealdade pra...*

– *Para recuperar todas as peças da Pedra Prisma custe o que custar. O mapa é uma ajuda, então temos que pagar o preço.* – Ela bateu com o papel em cima da mesa, desenrolando-o. – *Não é muita coisa, mas é melhor do que aquele mapa triste e velho que você tem. Deveria se sentir grato.*

Alōs correu os olhos pelas marcações intrincadas no mapa da dançarina, detalhes que com certeza estavam ausentes na versão que ele comprara na cidade durante a visita ao Reino do Ladrão. Seu humor afundou ainda mais.

– *Esse é justamente meu ponto.* – O pirata ergueu os olhos para ela. – *Agora estamos em dívida com ele.*

– *Você é burro se acha que algum dia não esteve.* – Ela deu um passo para trás, encarando-o com os olhos semicerrados. – *Ele lhe fez um favor ao remover a recompensa pela sua cabeça em troca da minha identidade. Aqueles que chantageiam o Rei Ladrão acabam gritando nas masmorras antes de implorar pela morte. Sei disso. Já coloquei muita gente lá dentro. Nós dois estamos em dívida com ele. Mas se não quer usar esse pedaço estúpido de pergaminho...*

– Deixe o mapa aqui – disse ele, impedindo-a de enrolá-lo novamente.

Niya o encarou por um longo tempo, um gesto que só terminou quando os lábios dela se curvaram em um sorriso satisfeito.

– Sim senhor, capitão – falou a dançarina, antes de sair marchando dos aposentos dele.

Agora aquele mesmo mapa estava aberto entre eles, a única tábua de salvação de verdade que possuíam. Niya estivera certa.

O mapa os ajudava a planejar de qual lado da ilha ancorar o navio e quais plantas a tripulação poderia se ocupar coletando enquanto ele e Niya se esgueiravam pelo caminho mais rápido até a morada dos gigantes.

Fosse lá o que o Rei Ladrão pudesse querer em troca, Alōs decidiu que se preocuparia com aquilo mais tarde. No momento, os deuses perdidos eram testemunha de que já estava com as mãos cheias.

Entrelaçando os dedos, Alōs olhou para Niya e Kintra diante dele.

– Cada uma de vocês sabe o que temos pela frente – começou o pirata. – E sabe também das ameaças. Mas eu gostaria que repassássemos o plano uma última vez. Niya, quer começar?

– Contanto que não me interrompa como da última vez... – respondeu ela, sorrindo com um pouco demais de doçura.

– Não vou precisar interromper caso se lembre de todos os detalhes.

O sorriso da dançarina se desfez antes que ela se adiantasse e apontasse para o mapa sobre a mesa.

– Depois do anoitecer, você e eu, junto com Kintra e outro pequeno bote com membros da tripulação, vamos cruzar até a praia na costa oeste. Supostamente, há torres de vigília nos quatro cantos da ilha, de modo que precisamos ter certeza de que o barco permaneça fora de vista. Enquanto Kintra e a tripulação colhem a folhagem que cresce bem aqui... – Niya correu o dedo para uma área densa rodeada de anotações e nomes de plantas – ...você e eu vamos escapar até a trilha que teoricamente nos leva pela floresta. – Ela indicou uma linha fina cheia de curvas que conduzia até o centro da ilha. – Assim que chegarmos na morada dos gigantes, vamos começar a busca pela casa do chefe. – Ela bateu com o dedo em uma das maiores construções assinaladas. – E então rezamos aos deuses perdidos pra encontrar a Pedra Prisma assim que entrarmos, de modo que todos possam voltar pro navio e viver felizes para sempre.

Ela deu um passo para trás, apoiando a mão no quadril com um sorriso satisfeito.

– Muito simpático – falou Alōs, sem humor.

– Mas ela tem razão – comentou Kintra. – A última parte do plano é meio... vaga.

– Acho que a palavra que está procurando é "inexistente" – sugeriu Niya.

– A última parte do plano – insistiu Alōs – foi feita pra ser adaptável. Se não encontrarmos nada na casa do chefe, vamos reavaliar a situação.

– Reavaliar o que exatamente? – perguntou Niya. – Se vamos vasculhar todas as casas de gigantes da ilha? Se vamos tentar rastrear o local em que *achamos* que a velha rainha estava quando perdeu o colar?

Alōs soltou um suspiro frustrado.

– Eu não sei ainda. Eu só...

– Hum, estamos prestes a ganhar companhia – interrompeu Niya, encarando a porta fechada. – Muita companhia, ao que parece.

Uma batida soou.

O que pode ser agora?, pensou Alōs, irritado.

– Entre – ordenou.

– Capitão – cumprimentou Boman ao entrar, seguido por Saffi, Bree, Emanté, Ervilha, Therza e... Pelo Ocaso, quem ainda estava no convés conduzindo seu navio? – Não queremos atrapalhar... – continuou o timoneiro conforme o grupo enchia a cabine.

– Mas parece que vão atrapalhar mesmo assim – falou Alōs, mal-humorado. – Do que se trata?

– Bom, senhor, veja... A tripulação... Nós temos, hum...

Alōs encarou Boman. Nunca tinha visto o homem medindo palavras, o que entregava seu estado de nervos. Mas estava nervoso com o quê?

– Fale de uma vez, criatura – disse Alōs, ficando irritado. – Ou ponha um dos seus colegas pra falar, já que com certeza estão todos aqui pela mesma razão.

– Sabemos que não estamos aqui por causa de porcaria de planta nenhuma – declarou Therza ao lado de Boman, antes de acrescentar depressa ao notar o olhar furioso do capitão: – Senhor.

Alōs se recostou na cadeira, invocando a compostura forçada que com frequência demonstrava para sua tripulação.

– E daí? – perguntou.

Therza trocou um olhar rápido com Boman, que lhe deu um aceno encorajador.

– *E daí* – falou ela – que achamos que temos o direito de saber o verdadeiro motivo pelo qual navegamos feito um bando de possuídos até esta ilha. Todos nós ouvimos rumores sobre os gigantes que moram aqui, usando costelas humanas pra palitar os dentes.

– Ouvi dizer que gostam de comer a pessoa crua – acrescentou Ervilha, amontoado entre dois outros membros da tripulação. – Eles nos arrancam do chão feito tomates maduros e nos atiram na boca. Mastigando ossos, crânios e tripas, engolindo tudo.

Murmúrios nervosos de concordância se espalharam pelo grupo de piratas.

– Então ficamos nos perguntando – continuou Therza. – Por que nosso capitão navegaria para um lugar assim? E ainda mais como se tivesse uma tempestade em seu rastro? Sabemos que aconteceu alguma coisa no vale. Nem todo mundo estava bêbado durante a visita. E somos piratas, piratas do *Rainha Chorosa*. Conseguimos sentir o cheiro de intrigas com mais força do que sentimos os peidos de Mika. Costumamos deixar o senhor em paz com esses assuntos, capitão, sabe disso. Mas aí começamos a pensar... por que a Vermelhinha está nisso e nós não? – A mulher robusta apontou um dedo para Niya, que continuava ao lado de Kintra. – Ainda mais sendo ela a novata?

O olhar de Niya buscou Alōs, uma onda de desconforto no ar.

– E quanto a mim? – perguntou Kintra, cruzando os braços para fingir estar ofendida. – Vocês não se importam que eu esteja a par do que está acontecendo?

– *Pfff.* – Therza a dispensou com um gesto da mão. – Todo mundo sabe que você e o capitão são unha e carne. Não tem novidade nisso. Já a Vermelhinha... – A mulher franziu os lábios, avaliando a dançarina. – As coisas estão mudando desde que você pisou a bordo, garota.

– Espero mesmo que estejam – retrucou Niya com frieza. – A maioria de vocês não sabia como usar um sabão direito antes de eu chegar.

Apesar do teor da conversa, Therza respondeu com uma risada.

– Não fazemos muitas perguntas ao senhor, capitão – começou Boman, parecendo ter enfim encontrado as palavras certas. – O senhor nunca errou conosco para que precisássemos perguntar. E confiamos de que existe um motivo pra estarmos aqui, um motivo importante. Mais importante do que um punhado de ervas daninhas prateadas. Queremos que saiba que pode nos contar que motivo é esse, e que podemos ajudar.

O silêncio preencheu o cômodo conforme Alōs alternava o olhar pelos membros de sua tripulação, cada um deles esperando sua resposta.

Alguns torciam a boina entre os dedos, outros encaravam o chão, e algumas poucas almas corajosas o encaravam de forma direta.

Fora preciso coragem para que os piratas viessem até ali, e uma parte do capitão estava muito orgulhosa por eles. Alōs não empregava marujos covardes. Mas, no momento, podia ter passado sem aquela bravura.

Ainda assim, a raiva costumeira que esperava sentir diante de tamanha insubordinação não veio.

Em vez disso, ele apenas se sentiu mais exausto.

Mais confuso.

Diferente do que você pensa – as palavras de Kintra, ditas um pouco antes, ressurgiram alto em sua mente –, *muitos piratas a bordo deste navio se importam com você.*

Alōs percorreu mais uma vez a tripulação com os olhos, uma sensação estranha deslizando por seu peito conforme observava os homens e mulheres com quem vivera por tantos anos. Ele conhecia a maior parte daquelas cicatrizes, verrugas e dentes faltando, conhecia o cheiro de cada um deles melhor do que qualquer outra pessoa do reino que uma vez chamara de lar.

Aqueles piratas eram sua família agora.

O pensamento o perturbou. A despeito do tanto de tempo que já devia saber disso. Em silêncio, dentro de seu coração frio e morto, pois caso contrário haveria apenas mais deveres, mais vulnerabilidades.

Podia arriscar e deixar aqueles piratas chegarem mais perto?

Apesar do que dissera Kintra, era possível que pessoas como ele pudessem deixar a ambição de lado e se importar com mais alguém?

A ralé. Os abandonados e exilados. Os imorais e egoístas.

Os monstros.

Alōs olhou para Niya, um calor familiar florescendo em seu peito.

Sim, sussurrou uma voz em sua mente. *Aí está a prova de que alguém como você é capaz de se importar com as outras pessoas.*

Uma lembrança sobre Ariōn nadou até ele, e depois outra sobre seu reino.

Alōs tinha visto todas aquelas peças como fraquezas, mas, pela primeira vez, entendia que eram sua força. Eram motivos para brilhar mais forte, com mais poder, assim como a dançarina do fogo fazia por sua família – pelas pessoas ao lado de quem ela lutava. Um propósito para viver.

Queremos que saiba que pode nos contar que motivo é esse, e que podemos ajudar.

Seus piratas também estavam procurando um propósito? Uma família para proteger, uma razão além de tesouros para seguir navegando pelo mar sem fim? Ou será que já tinham encontrado, e Alōs fora o último da tripulação a enxergar com clareza?

Era coisa demais para considerar, anos de calos para amolecer a partir das consequências fatídicas do destino que recebera, mas, mesmo assim, Alōs se viu encarando os piratas que aguardavam. E, fosse a partir daquela nova percepção ou porque estava mesmo no limite de suas forças, o capitão trocou seu planejamento cuidadoso pelo que parecia ser o correto naquele momento.

Uma versão da verdade.

– Querem mesmo saber o que nos trouxe até essas águas? – perguntou ele, se inclinando para a frente. – Certo, vou contar, mas *não posso* revelar tudo. E não quero ouvir nenhum choramingo sobre isso. – Ele encarou cada pirata nos olhos, recebendo acenos breves de concordância. – E quando eu terminar de contar o que considero suficiente, não quero mais ouvir perguntas. Talvez com o tempo, a depender de como as coisas ocorram, eu conte, mas, por enquanto, não é hora de historinhas. Vocês me ouviram?

A cabine se encheu de *"Sim, capitão"*.

Alōs se levantou, e, ao fazer isso, enviou uma onda de magia gelada para percorrer o espaço. Uma mordida de frio, de intimidação. *Lembrem quem está no poder aqui*, dizia o gesto em silêncio.

Ele se virou para olhar pela janela, para a extensão de azul iluminada pelo sol da manhã. A água brilhava de forma intensa, uma dança alegre de luzes que cintilava em total contradição com seus pensamentos sombrios.

– Estou procurando um item que é importante para Esrom – começou ele. – Que é importante pra evitar uma morte que não posso deixar acontecer. Posso não morar mais lá, mas ainda tenho o dever de consertar atrocidades muito maiores do que as que já cometi em Aadilor. – Ele voltou a encarar os piratas. – E vocês sabem as coisas de que sou capaz.

Ele viu Bree e Ervilha trocarem um olhar, desconfortáveis.

– No entanto, meu tempo está se esgotando. – Alōs gesticulou para a ampulheta prateada em sua mesa, indicando os intermináveis grãos que caíam para contabilizar seu fracasso. – É por isso que, como disse Therza, foi preciso navegar como se tivéssemos uma tempestade em nosso rastro. – Ele olhou para mulher, que ouvia com atenção. – Dizem que o item está aqui nesta ilha, e, já que não estamos mais fingindo, é claro que não vou pedir a nenhum de vocês pra desembarcar na costa. Mas eu preciso ir, e irei. Sozinho. Bom, sozinho com exceção de Niya.

Todos os olhares se voltaram para a dançarina, que os recebeu de peito aberto. Uma guerreira.

Se Alōs estivesse em um estado de espírito diferente, teria sorrido.

– Como sabem, Niya é abençoada com dons dos deuses perdidos, sendo tão poderosa quanto eu.

A dançarina arqueou as sobrancelhas ao olhar para ele.

– Eu diria que sou *mais* poderosa ainda.

– Ah, sim, é claro que diria – respondeu Alōs, sabendo que o próprio rosto traía uma diversão silenciosa antes de se voltar outra vez para a tripulação. – De modo que ela tem as habilidades necessárias pra conseguir o que eu procuro. Ela foi trazida a bordo pra ajudar – explicou ele –, de maneiras que, infelizmente, nenhum de vocês é capaz de fazer. Esse fardo é meu pra consertar, entendem? Bom, assim que isso terminar, não vou impedi-los caso queiram abandonar o navio. Mas saibam que tudo o que falei é verdade, e que, no momento, é tudo o que posso compartilhar.

A sala se encheu de silêncio e, em seguida, com a vibração tensa de olhos piscando e respirações controladas.

Ali estava – o máximo que Alōs já ousara confiar à tripulação, o máximo que já havia colocado as cartas na mesa diante deles.

Seu coração batia forte de incerteza conforme o tempo passava e tudo continuava em silêncio. Mas estava acostumado a recomeçar, se fosse isso o que suas ações causassem, se os piratas tivessem que navegar por toda Aadilor para corresponder às necessidades do capitão e apenas dele. Que assim fosse.

Para encontrar o resto da Pedra Prisma e salvar Esrom de emergir, para salvar seu irmão do que aquele mundo cruel havia reservado para ele, Alōs recomeçaria quantas vezes fosse necessário.

– Qual é mesmo o valor dessas plantas? – perguntou Boman, o primeiro a falar.

Alōs encarou os olhos escuros do timoneiro, vendo uma sugestão de sorriso no rosto do velho, de compreensão.

Aquele olhar desencadeou nele uma onda chocada de alívio.

– Um único talo já valeria uma boa sacola de prata – respondeu Kintra. Therza assoviou.

– Ora, ora, talvez valha a pena dar um pulinho na praia, mesmo com os gigantes famintos à espreita.

– Sim – disse Emanté, parado mais ao fundo do grupo, sua silhueta enorme e descamisada ocupando a largura de dois homens. – Nunca me importei com o que existe entre mim e uma moeda. Fico feliz em ajudar com qualquer coisa que vá aumentar meus investimentos.

Mais alguns membros da tripulação assentiram e murmuraram em concordância.

Alōs absorvia tudo em silêncio, surpreso.

Talvez ousaria dizer que estava grato?

Kintra tinha razão.

Eles se importavam.

Assim como você se importa, respondeu uma voz dentro de si.

Alōs franziu as sobrancelhas. Ele estava mudando bastante.

– Agradecemos a oportunidade, capitão. – Boman trouxe a atenção dele de volta para o grupo. – Vou me certificar de preparar os botes pra quem quiser arrancar umas ervas daninhas hoje à noite. E vou entender caso o senhor e a Vermelhinha queiram entrar mais fundo pra procurar as plantas raras. – Os olhos dele brilharam com palavras não ditas. *Nós ainda estamos do seu lado.*

Alōs encarou o timoneiro. Ele, que ajudara a guiar seu navio através de tantas tempestades, estava fazendo a mesma coisa agora.

– Parece ótimo, meu velho – disse Alōs com um aceno. – E lembre aqueles a bordo que não esperamos por ninguém. Se não estiverem prontos quando partirmos, vão perder a chance de coletar recompensas.

– Sim senhor, capitão. – Boman bateu os calcanhares antes começar a enxotar os outros para fora.

Quando a porta se fechou atrás deles, Alōs ficou imóvel por um instante, mal digerindo o que acabara de acontecer.

– Bem... – Niya suspirou, afastando-se da parede e vindo a passos largos para mais perto. – Isso foi inesperado.

Alōs balançou a cabeça.

– Está mais pra irritante.

– Acho que a coisa se desenrolou exatamente como eu esperava.

Alōs se virou para Kintra, uma sensação inquietante percorrendo seu corpo.

– *Você* fez a cabeça deles pra virem até aqui?

– Eu não fiz a cabeça de ninguém. – A intendente ergueu as mãos. – Não é minha culpa se acataram minha resposta rude sobre pararem de fofocar entre si e levaram qualquer questionamento para o responsável direto.

– Pelo Ocaso, Kintra! – rosnou Alōs.

– E pelo que vi – continuou ela, inabalável diante do mau humor do capitão –, agora nós podemos seguir os planos e parar de andar na ponta dos pés. Este navio é uma família, goste você disso ou não.

Uma família.

Alōs correu a mão cansada pelos cabelos, soltando um suspiro enquanto voltava a afundar da cadeira.

Ele mal havia sobrevivido à primeira família que tivera. A segunda certamente o destruiria.

Ainda assim, estaria mentindo caso dissesse que uma parte dele não estava feliz com a reviravolta de acontecimentos. Cautelosa, mas feliz.

– Falando em planos – comentou Niya, apontando para o mapa na mesa. – Nosso planejamento pra hoje à noite é bem fajuto.

Alōs espiou os papéis espalhados, o pensamento sobre o que ainda estava por vir ressurgindo junto com a pulsação em suas têmporas.

– Sim – concordou ele. – Mas é o único que temos.

CAPÍTULO QUARENTA

A lua era um crescente prateado no céu noturno, espionando os piratas que deslizavam em silêncio pelas águas escuras mais abaixo. Os remos seguiam cronometrados com o ritmo das ondas quebrando na costa distante, e as respirações eram tão baixas quanto os sussurros da brisa do mar.

Sentado na proa de um dos botes, Alōs estudou o brilho de uma fogueira vindo do penhasco mais a oeste. Havia um brilho gêmeo no extremo norte. Torres de vigília.

Uma ilha com olhos.

Ainda assim, ele e a tripulação, enchendo três botes, passaram direto pelo ponto cego.

Naquela noite, invadiriam uma terra de onde poucos haviam voltado.

Estavam todos calados ao iniciar o serviço. Seus olhos brilhavam conforme arrancavam as flores na orla da floresta. Eram como crianças diante da promessa inebriante de obter guloseimas doces assim que terminassem suas tarefas.

Ninguém havia comentado sobre o que fora compartilhado nos aposentos do capitão. Os piratas apenas se moviam como os ladrões habilidosos que eram, focados na missão que tinham pela frente.

Alōs encontrou Kintra do outro lado de uma das dunas de areia, tomando conta dos piratas que colhiam plantas como uma mãe que vigia os filhos. O olhar sombrio da intendente encontrou o dele, o cintilar de um dos brincos de ouro aparecendo sob o luar tênue. O coração do capitão bateu mais forte enquanto cada um dos dois assentia, e ele e a dançarina se separavam do grupo, abrindo caminho para o norte.

— Acho que é aqui que devemos entrar. — Niya apontou para um emaranhado de árvores escuras amontoadas entre penhascos austeros. —

Podemos chegar mais depressa no acampamento deles através dessa trilha, mas vamos ter que cruzar dois rios. – Ela baixou os olhos para o mapa que tinha aberto. As marcações mal eram visíveis durante a noite, mas Alōs tinha estudado o caminho o suficiente para saber que estava certa.

– Cruzar rios não vai ser um problema – disse ele, avançando.

Niya veio atrás, enfiando o mapa por dentro do colete.

– Diz o homem que anda sobre as águas. Mas e quanto a mim?

Ele a olhou de lado.

– Você sabe nadar?

– É claro...

– Então vamos por aqui.

Um rosnado úmido ecoou de dentro da selva conforme se aproximavam. Niya fez uma pausa, estudando a escuridão desconhecida.

– Rios podem não ser um problema – começou ela –, mas as coisas que não estão desenhadas nos mapas podem ser.

– *Com certeza* existirão coisas não desenhadas – assegurou Alōs. – Mas precisamos chegar ao acampamento enquanto ainda é noite. Não sei você, mas preferia não dormir aqui a menos que fosse obrigado.

Alōs seguiu andando e, ao adentrar sob o dossel escuro, permitiu que a visão se ajustasse. Quase nenhum luar penetrava no chão da floresta, mas, felizmente, quanto mais se aprofundavam na mata, mais bolsões de insetos de fogo e cogumelos iridescentes surgiam para iluminar o caminho.

Alōs afastou as videiras grossas que pendiam dos galhos. Elas se enrolavam umas nas outras como as veias da ilha. O ar ficou úmido e pesado, e a magia de Alōs ronronou contente diante da bruma, alimentando-se das gotas de orvalho que se acumulavam no pescoço exposto do pirata.

– Isso é lindo – sussurrou Niya, estendendo a mão para um botão roxo e cintilante. A flor se abriu ao toque.

– E mortal – acrescentou Alōs.

Ela franziu a testa para ele.

– Como assim?

– "Se comes a planta com brilho, para o Ocaso vais, meu filho".

Niya retirou a mão, limpando os dedos na calça.

– Melhor deixa essa pra uma próxima vez.

Eles escalaram troncos caídos, usaram facas para cortar a folhagem espessa e evitaram com cuidado as urtigas dependuradas.

– Esse lugar... – disse Niya conforme adentravam um prado brilhante e vívido de insetos. – ...me faz lembrar de...

– De quê?

– Esrom.

– É – concordou ele, afastando a dor repentina causada por aquela percepção. – Tem coisas parecidas.

– Você sente falta?

As sobrancelhas de Alōs se juntaram.

– De Esrom?

– Isso. Sente falta de ter o reino como seu lar?

O pirata ficou em silêncio por um longo instante, tendo apenas o zumbir das criaturas noturnas se misturando aos pensamentos.

– No começo, era como tentar viver sem poder respirar. Mas agora…

– Agora?

– É uma dor com a qual me acostumei tanto que virou uma companheira esquisita.

Niya ficou quieta por um tempo, o som suave de seus passos marcando o ritmo da caminhada. No fim, ela acabou dizendo:

– Acho que algumas memórias valem a dor que trazem. Elas nos fazem lembrar de que tudo o que um dia tivemos foi real. E saber que foi real, lembrar de tudo isso… bem, às vezes pode ser um consolo, mesmo em meio a tanta dor.

Os olhos da dançarina eram duas piscinas cor de safira na noite cintilante quando Alōs a encarou. Ela estava receptiva, assim como estivera tantos dias atrás, deitada nos braços dele. Uma nova pressão comprimiu seu peito, uma que não tinha nada a ver com as memórias do antigo lar.

– Niya… – começou ele.

Ela apontou para a frente.

– Chegamos ao primeiro rio.

A copa das árvores se abriu para revelar uma correnteza rápida dançando como mercúrio sob o reflexo da lua.

Niya caminhou até a margem, deixando Alōs sozinho naquele momento compartilhado como se fosse uma criança soltando uma lanterna para voar na noite.

– Você acha que é fundo? – perguntou a dançarina.

Alōs foi para o lado dela, observando a correnteza do rio.

– Só há um jeito de descobrir.

– Não consegue usar sua magia pra que nós dois possamos andar sobre as águas?

– Se me deixar carregá-la, então sim.

Aquilo pareceu fazer Niya hesitar. Ela se inclinou a fim de testar a água.

– Pelo Ocaso – sibilou ela, sacudindo a mão. – Está um gelo.

– Nos vemos do outro lado?

Alōs lançou seu feitiço, reunindo a magia em nuvens esverdeadas sob os pés antes de pisar logo acima da superfície do rio. Ele podia sentir o poder da água abaixo das botas, uma onda de energia que alimentava seus dons de modo a mantê-lo flutuando.

– Espere – chamou Niya.

Ele se virou para encará-la na margem.

– Pois não?

– Pode me carregar.

– Dá pra repetir? – pediu ele. – O rio é bem barulhento.

– Você me ouviu muito bem. – Niya pôs as mãos nos quadris.

– Juro que não escutei – disse Alōs, fingindo inocência. – Foi algo sobre não me descabelar, é isso?

– *Pode. Me. Carregar.*

Ele arqueou uma sobrancelha.

– Isso foi uma ordem? Porque, dadas as circunstâncias, acredito que a situação justifique um pedido mais grato e humilde. Não acha?

Niya o fulminou com os olhos, sem saber que tal expressão apenas alimentava as provocações dele. Alōs reprimiu um sorriso.

– Pode me carregar, *por favor*?

Que doce satisfação, pensou o pirata.

– Ora, é claro, minha dama.

Ele voltou para a margem antes de erguê-la depressa nos braços.

– Espere. Não. Eu posso ir montada nas suas costas. – A dançarina se debateu contra ele.

– Como se eu fosse uma mula de carga qualquer? Não mesmo. Agora pare de espernear, ou posso perder o equilíbrio e deixá-la cair neste rio muito, *muito* gelado.

Niya ficou imóvel, parecendo constrangida enquanto Alōs a carregava nos braços. O rio seguia correndo abaixo deles conforme os dois lentamente faziam a travessia.

– Pode colocar no meu pescoço – sugeriu ele.

– O quê?

– Suas mãos. Para se segurar com mais firmeza.

– Estou bem firme assim.

– Deixe de besteira. – Alōs a apertou com mais força, e a mão da dançarina espalmou seu peito.

Ela afastou os dedos de imediato.

– Que interessante – murmurou ele, a mente seguindo depressa para a última vez em que Niya o tocara ali. Quanto eram ambos pele contra pele. Apesar do cenário em que se encontravam, uma onda quente de desejo tomou conta do pirata.

– O que é interessante?

– Bom, não estava assim tão reticente em colocar as mãos em mim naquela outra noite. Sim, estou trazendo o assunto à tona – disse ele, em resposta aos olhos arregalados de Niya. – Que chocante. Os deuses perdidos são testemunha de que nós dois não paramos de pensar nisso.

– Fale por você.

– Tudo bem. Falando por mim, eu gostaria de fazer de novo. Muitas vezes, para ser sincero.

Alōs sabia que estava soando grosseiro, mas, pelo Ocaso, era a verdade.

Niya surpreendeu a ambos com uma risada, um som quente que vibrou pelo corpo dele.

– Está achando isso engraçado? – perguntou Alōs, encarando a dançarina.

– Bastante.

– E por quê?

– Quem *não ia querer* dormir comigo de novo? – Ela gesticulou para os próprios seios fartos e curvas tortuosas.

– Ora, ora – resmungou Alōs enquanto se aproximava da margem oposta do rio. – Como a arrogância lhe cai bem, dançarina do fogo.

– É, acho que sim – respondeu ela, cheia de presunção.

Apesar de tudo, Alōs também acabou rindo, uma gargalhada profunda que foi recebida por um olhar curioso de Niya.

– O que foi? – perguntou ele.

– Acho que é a primeira vez que ouço você rir.

– Bobagem. Eu rio o tempo todo.

– Não desse jeito.

Alōs ajustou o corpo dela nos braços, sendo atravessado por uma onda de desconforto.

– Desse jeito como?

– Como se estivesse feliz de verdade por pelo menos uma queda de grão de areia.

As palavras o atingiram como golpes. Mas, em vez de dor, apenas aumentaram a resolução calorosa de Alōs em relação à dançarina do fogo.

– Bom, é... – Ele a encarou. – Parece que ando encontrando mais momentos pra ser feliz.

Ele observou as bochechas dela ficando rosadas, uma rara ocorrência de timidez da qual Alōs descobriu gostar bastante.

Quando colocou Niya no chão do outro lado do rio, percebeu que, em algum momento da travessia, os braços dela tinham ido *mesmo* parar ao redor de seu pescoço.

Por um instante, os dois permaneceram imóveis. Um formigamento de conexão disparou entre os dois antes que Niya se afastasse, deixando uma onda de brisa gelada substituir o calor de seu toque.

– Se quer saber – disse ela, enfim, enquanto se dirigiam para o próximo trecho de selva escura e úmida. – Sim, é claro que eu me diverti naquela noite. Mas isso não muda nada.

– O que isso significa?

– Que só porque encontramos prazer um no outro, só porque temos essa...

– Tensão sexual avassaladora? – sugeriu Alōs. – Uma energia indomável quando estamos juntos?

– Essa *coisa* entre nós.

– Prefiro minha descrição.

– Não significa que eu tenha esquecido nosso passado – continuou ela.

Alōs conteve um gemido frustrado.

– Niya, quantas vezes preciso me explicar?

A dançarina tensionou o maxilar com teimosia.

– Muitas vezes, ao que parece.

Ele balançou a cabeça. O cansaço familiar o estava dominando, assim como acontecera quando a segurara em seus braços naquela noite. Não importava o que dissesse, Niya nunca o perdoaria. Nunca lhe daria uma chance de provar que não era mais o mesmo homem, ou o mesmo pirata, mesmo tendo visto como se abrira para a tripulação mais cedo no navio. Um ato que Alōs *nunca* teria feito caso ela não tivesse pisado a bordo, caso o fogo ardente da dançarina não tivesse aberto caminho em seu coração, impedindo-o de congelar outra vez.

– Sei que o que fiz com foi cruel, mas você, dentre todas as pessoas, devia enxergar *por que* fiz aquilo, e devia compreender. Nós vivemos num mundo cruel.

– É claro que conheço o mundo em que vivemos – respondeu ela, soltando o ar pelo nariz. – E posso até ser solidária com o seu passado, sim, mas...

– Mas nada. Se fosse julgar seu caráter inteiro por uma única ação da sua vida, como por exemplo as almas que enviou dançando para o Ocaso no meio de uma apresentação teatral, eu diria que você é um monstro vaidoso e sem coração.

Niya se encolheu como se tivesse levado um golpe.

– Aqueles prisioneiros eram *assassinos*! Traidores do...

– Mas eu *não julgo*, Niya – disse ele, interrompendo-a. – Porque somos todos uma tapeçaria complicada, um emaranhado de ações e decisões. Já testemunhei seu lado bom e seu lado ruim. Sei que deixa algumas pessoas entrarem enquanto afasta outras. Já passamos por experiências suficientes juntos pra eu esperar que você encontrasse nuances semelhantes em mim.

Os sons da floresta zumbiam ao redor deles. Os lábios de Niya se estreitaram em uma linha firme.

– O que exatamente você quer, Alōs?

– Não está óbvio? – perguntou ele. – Quero você.

Niya pestanejou.

– Você pode nunca se esquecer nosso passado – continuou o pirata –, mas vamos superá-lo. Sempre encontraremos motivos pra brigar, você e eu, mas não precisa ser como inimigos.

– Alōs...

– Por que fica resistindo? – Ele deu um passo na direção dela, sentindo a magia da dançarina deslizar confusa para fora do corpo, formando uma vibração avermelhada. Uma parede. – Por que resiste ao que sabe que é possível entre nós dois?

– Porque.... – respondeu Niya. – Só porque parece bom, não significa que seja.

– Você ainda não confia em mim.

– Como eu poderia? Você é *você*.

Era como se ela o tivesse apunhalado no peito.

Ali estava. Niya não conseguia enxergar nada além do pirata implacável. Do homem egoísta. E o pior de tudo era que dificilmente poderia culpá-la. Alōs tinha se certificado de que a reputação o precedesse.

– Entendi – assentiu ele com a voz fria, sentindo o antigo verniz gelado voltar a cobrir seus ossos, travando os músculos com firmeza. A armadura que usava apesar do coração recém-descongelado. – Então a corajosa dançarina do fogo vai negar o que queima entre nós porque teme repetir o passado?

– Parece que sim. – Ela ergueu o queixo. – Porque mesmo eu sei que as chamas mais quentes são as que se apagam mais rápido.

Eles percorreram o resto da distância em silêncio. Niya decidiu nadar pelo segundo rio em vez de ser carregada, usando o calor de sua magia para se secar depressa assim que voltou à terra. Alōs ficou feliz pela escolha. Não precisava senti-la contra ele ou segurá-la tão perto sabendo que nunca poderia tocar o que havia lá dentro.

Ela não confiava nele, nem o perdoava, e Alōs acreditava mesmo que aquilo nunca mudaria. A missão de sua vida parecia ser apenas buscar clemência pelos gestos do passado. E estava cansado. Assim que tudo aquilo acabasse, ele iria levar seus piratas para novas rotas e testaria novas águas. Assim que tudo aquilo acabasse, ele e Niya poderiam enfim seguir por cursos separados. Ele não forçaria a dançarina do fogo a permanecer em sua companhia por mais tempo do que já tinha feito por causa da aposta vinculativa.

– Pelas estrelas e mares – arquejou Niya, as palavras trazendo Alōs de volta para o presente.

Ela espiava por cima de um emaranhado espesso de arbustos.

Ele empurrou um galho para longe e observou a porção desmatada da floresta.

A área se espalhava infinitamente, descendo por um desfiladeiro.

E lá embaixo, espalhando-se a partir do centro, estava o lar dos gigantes.

Construções enormes com telhados de palha lindamente entrelaçados e ruas limpas de tijolos.

– É tudo tão… grande – sussurrou Niya.

– É – disse Alōs, sua determinação retornando ao motivo que os trouxera até ali, ao que rezava para que estivesse dentro daquelas entranhas. Com avidez, ele examinou a cidade, seu olhar pousando na maior das casas bem ao fundo, uma enorme morada de quatro andares. – E estamos prestes a ser os ratinhos. Agora… – Ele se virou para Niya. – Vamos lá roubar o queijo.

CAPÍTULO QUARENTA E UM

A primeira coisa que Niya notou enquanto serpenteava com Alōs pelas ruas adormecidas, pressionados contra os prédios altos como baratas em fuga, foi a beleza.

Ela seria a primeira a admitir que, em sua imaginação, as habitações de canibais gigantes estariam repletas de pilhas de ossos revirados, com cheiro de suor misturado ao fedor das fezes. Suas casas seriam arcaicas. Uma caverna úmida e gotejante seria suficiente, onde os gigantes dormiriam encolhidos como lobos. Porém, o que testemunhava ali era uma dura lição contra seu próprio preconceito.

A alvenaria era intrincada e simétrica, construída por mãos experientes. As portas eram decoradas com entalhes complexos, e tochas enormes flanqueavam as laterais, iluminando as ruas de modo caloroso. Do ponto de vista deles, era como se tudo fosse quatro vezes maior, os edifícios agigantados parecendo continuar para sempre.

A segunda coisa que Niya absorveu foi o cheiro. A cidade estava envolta em uma fragrância floral. Olhando para os peitoris das janelas, ela entendeu o porquê. Canteiros transbordavam com botões esparramados de jasmim-branco ou asterídeas rosadas, cultivadas para serem colhidas por mãos muito maiores do que a dela.

Apesar das circunstâncias, sua empolgação aumentou ao contemplar o que tão poucas pessoas já tinham visto.

Puxa, esperava que encontrassem um gigante em breve!

Podia senti-los dormindo dentro das casas, ouvindo seus roncos vibrando através das paredes.

Devem ser muito grandes mesmo, pensou a dançarina, pois, embora mal se movessem, a energia deles era como um saco de tijolos contra sua pele.

Era completamente fascinante.

O quanto as irmãs ficariam com inveja quando contasse a história de como roubara dos gigantes e saíra de lá viva.

Essa última parte era a mais importante de virar realidade, claro.

Quanto mais os dois vagavam, mais Niya cedia à única coisa que tiraria qualquer Bassette do rumo certo: a curiosidade.

– Fique perto – sibilou Alōs, vendo que Niya começara a andar pelo meio da rua.

Ela apontou para uma grade enorme colocada sobre o chão de paralelepípedos.

– Isso é um ralo de esgoto.

– Sim, eu percebi.

– Significa que eles têm saneamento básico por aqui, Alōs. *Saneamento básico.*

– Sua capacidade dedutiva é impressionante. Agora volte aqui – implorou ele, parado contra a lateral de uma construção.

– Nós nem temos isso no Reino do Ladrão ainda.

Alōs fez sinal para que ela calasse a boca conforme se esgueiravam por mais casas antes de fazer a curva em uma praça ampla. As fachadas das lojas haviam sido cobertas com tapumes para a noite, e a faixa de luar logo acima lançava um brilho fraco sobre o espaço silencioso. Havia algo cintilando bem no centro.

– Aquilo é um relógio solar!

– Pelos deuses perdidos. – Alōs puxou Niya de volta contra a parede. – Vai ser assim o caminho inteiro?

– Como é que não está tão fascinado quanto eu? Ninguém nunca falou das coisas que estamos vendo aqui.

– É porque há um motivo – recordou ele. – Essas pessoas estão todas mortas. Pode se concentrar agora? Temos que chegar à casa do chefe antes que um dos seus discursos sobre arquitetura gigante acabe acordando alguém.

– Eles parecem dormir bem profundo – refletiu ela, observando as portas fechadas ao redor deles.

– E agradeça aos deuses perdidos por isso. Agora vamos – disse Alōs. – Acho que aquela construção ali deve ser a dele.

Alōs apontou para uma habitação distante que pairava sobre a cidade, sua fachada brilhosa formada por pedras mais chiques do que o restante das casas.

– Bem – refletiu Niya enquanto eles avançavam. – Isso não é um bom presságio pro restante da nossa jornada.

– Por que está dizendo isso?

– Aprendi que, sempre que a primeira parte de uma tarefa é fácil, a segunda parte é quase impossível.

– É melhor do que ser impossível o tempo todo.

– Mas não tão bom quanto ser fácil do início ao fim.

O olhar cintilante de Alōs pareceu consumi-la quando o pirata olhou para trás.

– Nada que valha a pena é fácil do início ao fim.

As entranhas dela se reviraram, as palavras de mais cedo ressurgindo na memória.

Então a corajosa dançarina do fogo vai negar o que arde entre nós porque teme repetir o passado?

Niya ficou observando enquanto Alōs se afastava, deixando-a sozinha.

Ela não estava com medo. Estava apavorada.

Porque sabia que, caso confiasse outra vez em Alōs e ele quebrasse aquela confiança, não seria o pirata quem ela nunca perdoaria. Seria a si mesma.

E aquela era uma aposta na qual nunca poderia colocar seus dados.

Afastando os pensamentos, Niya correu para alcançar o homem, que agora estava a um quarteirão inteiro de distância. Uma ampulheta inteira escorreu enquanto avançavam pelas esquinas e paravam para ouvir, esperando para ver se o som dos gigantes dormindo mudaria para o estrondo de alguém se levantando, batendo pés pesados contra a pedra. Mas a cidade estava adormecida, e a presença enorme dos gigantes permanecia imóvel dentro das casas. Estava óbvio que aquelas criaturas não temiam visitantes indesejados, pois quem seria tolo o suficiente para procurar seres tão maiores e que, diziam os rumores, poderiam comê-los no café da manhã?

Niya e Alōs, ao que parecia.

Com a respiração acelerada, os dois enfim se aproximaram da casa imponente que Niya esperava pertencer ao chefe. Seu olhar viajou pelas escadarias enormes, cada degrau tão alto quanto ela, até uma grande porta de madeira bem no topo. Grandes piras de fogo flanqueavam as laterais da entrada, e entalhes de flores e folhas decoravam o exterior de pedra.

Agora que estavam mais perto, ela podia captar o eco das batidas de uma música lá dentro.

A magia de Niya se agitou, seus nervos despertando.

– Parece que nem todos estão dormindo – disse ela.

– É – concordou Alōs, o olhar estudando a estrutura diante deles. – E pelo que parece, não vão dormir por um bom tempo. Isso não muda nada, no entanto. Ainda vamos precisar entrar.

Ele começou a escalar um dos degraus.

– Espere – resmungou Niya, indo atrás dele, seus braços doendo pelo esforço da subida. *Pelo Ocaso, deve haver mais de uma dúzia de degraus.* – Você não pode estar pensando a sério em passar direto pela porta da frente.

– É claro que não – sussurrou Alōs, alcançando o último patamar.

Niya se inclinou sobre os joelhos, ofegando baixinho.

– Então qual é... o objetivo... disso?

– Vamos passar direto *por baixo* da porta da frente. – Ele apontou para uma fissura junto à dobradiça da porta. – Uma vantagem do nosso tamanho.

Ele abriu um sorriso antes de avançar.

– *Alōs* – sibilou a dançarina, puxando-o pela casaca. – Podemos esperar um momento? Qual é o plano pra depois de entrar?

O pirata se virou, os olhos brilhantes encontrando os dela.

– O plano é improvisar um plano. Mas não temos como saber de mais nada ficando aqui fora.

– Consigo senti-los aí dentro, Alōs – falou Niya, o pulso acelerando enquanto tentava segui-lo para dentro da fenda. – E temo que sejam muitos.

Ele não respondeu nada conforme se esgueiravam pela abertura. Niya mal conseguia distinguir o brilho da luz para além da silhueta grande de Alōs. Ela não gostava de ser espremida daquele jeito. Na verdade, sua respiração começou a acelerar de pânico junto com a magia, que espiralava. *Deuses perdidos, e se alguém tentar abrir a porta conosco aqui dentro?* A ideia a fez andar mais rápido, até trombar com Alōs no ponto em que este havia estacado, bem diante da entrada.

A música delicada de uma harpa misturada ao bater de tambores a atingiu, assim como as conversas e risadas barulhentas junto com sombras passageiras de contornos gigantescos. Mas, acima de tudo, havia onda após onda enorme de movimento. Aquilo quase fez Niya recuar.

– O que você está vendo? – perguntou ela, se esticando por cima do ombro do pirata a fim de enxergar melhor.

– Está acontecendo uma festa – sussurrou Alōs. – Mas há uma floreira bem perto da porta, onde podemos nos esconder. Pronta?

– Sim.

Como se fossem ratos, eles correram e se atiraram no canteiro de plantas. Niya se agarrou a um caule, abaixada sob as pétalas. Eles pareciam estar em uma floreira cavada no chão de pedra, que seguia por todo o saguão. Niya espiou para a esquerda e depois para a direita, mas não conseguia divisar onde terminava a folhagem em que estavam escondidos. Uma floresta de caules se estendia pelo infinito.

O chão tremeu sob os pés dela enquanto as batidas de passos pelo saguão a atingiam.

Ainda assim, o coração da dançarina saltou com uma mistura de ansiedade e alívio por não terem sido vistos. *Conseguimos entrar!* E havia gigantes por toda parte.

Com o pulso acelerado, Niya afastou a pétala branca logo acima de sua cabeça e contemplou a cena. Seus olhos se arregalaram.

Enquanto o exterior do prédio era todo feito em pedra, o interior era uma selva verde. As videiras escalavam as paredes como um papel de parede vivo, e insetos de fogo pairavam em potes transparentes, iluminando a extensão do salão elevado. E lá, preenchendo toda a atmosfera, estavam os gigantes. Criaturas massivas de pele verde e azul com músculos grossos que se projetavam de mantas sem manga e túnicas minimalistas. Confraternizavam entre si, jogando conversa fora e bebendo em taças tão grandes quanto cavalos.

Agora que estava entre eles, e não mais separada por paredes grossas, a energia do movimento dos gigantes parecia ainda mais pesada. Era como ser esmagada por uma sala cheia de areia. Uma atmosfera densa. Opressiva. Paralisante.

Ela estava ficando sem fôlego.

Agora entendia por que o pai havia dito que sua magia não teria muito efeito contra as criaturas. Os dons de Niya eram poderosos, claro, assim como os de Alōs, mas com tantos gigantes presentes… seria como uma gota d'água tentando apagar o sol.

Ela voltou a se abaixar, os pensamentos disparando enquanto um novo pânico a dominava.

Localizar a Pedra Prisma não seria a única dificuldade que estariam enfrentando naquela noite. Não, realmente subestimara o que encontrariam ali. Paredes de pedra impenetráveis na forma de gigantes canibais.

— Você está bem? — Alōs chegou mais perto.

— A movimentação deles é como segurar uma cidade nas costas. — Niya encarou o pirata, encontrando preocupação nos olhos dele. — Alōs, nossa magia não vai nos salvar aqui. Não contra isso.

O vinco entre as sobrancelhas de Alōs se aprofundou.

— Não, talvez não *contra* os gigantes, mas nossos dons são chamados de dádivas por um motivo, dançarina do fogo. Sempre há um benefício a ser encontrado. Agora, vamos sair desse saguão. Ainda não sei por que, mas algo está me dizendo para seguir pelo canteiro e ver o que nos aguarda por ali. — Ele apontou para a direita. Para a floresta de flores sem fim.

Controlando os nervos, Niya se forçou a avançar, seguindo Alōs adiante e tomando cuidado para não mexer nenhum talo enquanto eles permaneciam agachados sob as folhas e pétalas.

– Estou vendo o fim chegando – falou Alōs depois de terem caminhado por algum tempo, a festa e o movimento dos gigantes ao redor servindo como música de fundo para que continuassem andando.

No final do canteiro, os dois espiaram por cima da borda e se depararam com uma câmara abobadada. O chão era composto por um mosaico de pedra que formava uma espiral a partir do centro, e o teto era uma obra-prima curva de vitrais, exibindo mais representações de plantas. No entanto, apesar do tamanho do espaço, que Niya consideraria perfeito para receber os gigantes que confraternizavam, o lugar estava vazio. Com exceção de um gigante.

Embora não fosse tão alto a ponto de alcançar a copa das árvores, ele ainda tinha o tamanho de cinco ou seis homens. O cabelo preto estava preso em um rabo de cavalo apertado, revelando uma fisionomia roliça e pesada, como se uma abelha o tivesse picado na testa, no nariz e nos lábios. Estava encostado a uma parede do outro lado da sala, mexendo nas unhas com um palito.

Um palito que se parecia terrivelmente com um osso.

Niya engoliu em seco.

– Acha que ele é um guarda ou um convidado? – sussurrou ela.

– Acho que todos os convidados são guardas aqui.

– O que vamos fazer?

Alōs não respondeu, as sobrancelhas franzidas enquanto encarava a abertura que ficava do outro lado da câmara abobadada.

– O que foi? – perguntou Niya, se aproximando, tentando entender o que ele estava vendo.

– Eu posso sentir alguma coisa.

– Sim, eu também. São os gigantes pisando no chão.

Alōs negou com a cabeça.

– Não. É algo parecido com o que senti quando estava perto…

– Perto *do quê*? – insistiu Niya, impaciente.

– Das outras partes da Pedra Prisma.

O coração de Niya pulou uma batida, e ela apertou a borda do canteiro com mais força.

– Você está sentindo isso aqui? Tem certeza?

– Não totalmente, mas… – Alōs a encarou, os olhos exibindo uma centelha de luz, de esperança. Era um olhar suficiente para fazer o otimismo da própria dançarina aumentar. – Eu teria mais certeza se pudéssemos procurar depois daquele corredor ali.

Niya voltou a olhar para a porta aberta do outro lado da câmara. O corredor parecia semelhante ao que se estendia por trás dele, exceto por estar em silêncio. Ela sentia pouco movimento dentro da passagem. Porém, não estava mais tão confiante assim em seus sentidos naquela casa. As ondas de movimento vindas dos gigantes a deixavam desorientada.

– A distância não é grande – falou ela. – Mas não há onde se esconder até chegar lá.

O canteiro comprido de flores terminava no ponto em que estavam agachados, e só havia o chão de pedra pela frente. Nem mesmo um vaso ou estátua onde pudessem se ocultar.

– Então vamos ter que ser ladrões de verdade esta noite – explicou Alōs. – Se ficarmos em silêncio e nos movermos devagar, podemos conseguir passar sem que ele perceba.

Niya franziu a testa. Não era o melhor dos planos, mas o que tinham até o momento? E que outras opções restavam? A magia deles era inútil contra tal criatura. A dançarina quase podia imaginar o quanto ficaria esgotada, e bem depressa, tentando penetrar com um feitiço uma pele tão grossa de músculos tão grandes.

Ao lado dela, Alōs começou a coletar punhados de terra a seus pés, espalhando-os sobre o rosto e a casaca.

– É para esconder nosso cheiro – explicou ele, percebendo o olhar preocupado de Niya. – Só pra garantir.

– Isso está ficando cada vez melhor – resmungou ela, abaixando-se para fazer o mesmo.

Uma vez devidamente sujos, eles saíram do canteiro, parando com as costas apoiadas contra a parede curva à direita.

O coração de Niya parecia subir pela garganta, cada um de seus sentidos se aguçando enquanto ela esperava. *Lute*, sibilava a magia, sem entender por que a dançarina a mantinha contida, suprimida. Niya seguiu ignorando seus apelos conforme observava o gigante não perceber os dois ratinhos encurralados do outro lado da sala. Ele apenas havia parado de mexer nas unhas e, em vez disso, agora palitava os dentes.

Alōs olhou para ela e sorriu antes de avançar, um passo lento por vez.

O pirata parecia estranhamente charmoso coberto de terra, pensou a dançarina, o estado impecável de sempre perdido sob as manchas e borrões.

O olhar dela oscilava de forma errática entre o cômodo novo do qual se aproximavam e o gigante do outro lado da sala. *Não somos nada. Não somos ninguém. Somos insetos minúsculos que nem valem a pena ser esmagados.*

Eles estavam a apenas noventa passos de distância.

Setenta.

Cinquenta passos.

O gigante olhou na direção deles. Niya prendeu o fôlego e congelou, com Alōs agora imóvel ao lado dela.

A criatura farejou o ar, e Niya pressionou o corpo ainda mais contra a parede, como se o esforço pudesse fazer a pedra engoli-la de vez.

Ela se sentia como um alvo fácil. O gigante estava olhando *diretamente para eles.*

O que estavam pensando ao entrar naquela sala? Era loucura!

Tudo dentro de Niya estava gritando para que se movesse, para que saísse correndo ou lançasse um feitiço que ao menos garantisse um tempo para fugir.

Mas ela continuou parada. Assim como Alōs. E assim como a magia deles, que a dançarina podia sentir tentando saltar da pele do pirata tanto quanto da sua, uma vibração contida a seu lado.

Por algum milagre, o gigante voltou aos seus afazeres.

Ela e Alōs avançaram outra vez, mas foi só depois de terem dobrado a esquina com sucesso para o corredor seguinte que Niya se permitiu soltar um suspiro aliviado.

— Pelo Ocaso — sussurrou ela. — Isso me custou anos de vida, tenho certeza.

— Melhor abrir mão de alguns anos do que ser vista pelo gigante e perder todos eles.

Niya conteve um arrepio.

— Para onde vamos agora?

Alōs franziu as sobrancelhas, concentrado, examinando o corredor comprido. O lugar não tinha janelas, mas luminárias brilhantes entrelaçadas às videiras iluminavam a extensão do caminho. Havia seis portas abertas, três de cada lado.

— Parece mais forte aqui — disse ele. — Mas é melhor vasculharmos cômodo por cômodo antes de seguir em frente.

Eles se apressaram, entrando em salas que brilhavam com a luz capturada das estrelas ou eram forradas pelo mais macio e cintilante dos musgos. Sempre que Niya sentia os gigantes chegando perto, sendo seus passos difíceis de não ouvir, eles se abaixavam entre as vinhas grossas que cobriam as paredes. Após meia ampulheta de exploração, ela notou a crescente frustração de Alōs e começou a temer que o que estava sentindo fosse apenas o fantasma de uma esperança. O lugar era enorme, com muitos itens espetaculares esperando por ambos em cada cômodo.

Principalmente quando se viram diante de dois orbes verdes e brilhantes, não maiores que uma maçã, que circulavam ao redor um do outro. Os objetos flutuavam acima de um travesseiro de pelúcia, os dois únicos itens a ocupar uma das salas.

– O que são – perguntou a dançarina, assistindo às bolas girarem de novo e novo, como se atraídas uma pela outra, mas incapazes de se tocar.

Com certeza havia magia contida ali. *Será que era isso que Alōs estava sentindo?*, perguntou-se, desanimada.

– Pedras de conexão – respondeu Alōs, o brilho verde mais adiante iluminando seu rosto. – Eu só tinha visto pedras assim em Esrom.

Niya franziu a testa, voltando a examinar os orbes. Nunca ouvira falar naquilo.

– O que elas fazem?

– A magia das pedras pode unir dois seres. Quando separadas, cada peça é capaz de invocar a outra. Ouvi dizer que recusar o chamado pode ser bem doloroso. Como se a pessoa tivesse farpas no sangue até se reencontrar com quem detém a outra metade. As pedras de conexão não gostam de ficar separadas por muito tempo.

– Parece horrível. Quem se uniria desse jeito?

Alōs não respondeu, apenas encarou os orbes giratórios, seu olhar ficando distante.

– Alōs? – Niya se aproximou, mas ele deu as costas, saindo da sala.

A dançarina espiou outra vez as pedras de conexão, intrigada com o que ele poderia ter visto e ela não, antes de ir atrás do pirata.

Os dois seguiram com a busca em um silêncio tenso, sentindo que o tempo se esvaía, até que Alōs apressou o passo pelo corredor de repente.

Os nervos de Niya zumbiam enquanto tentava alcançá-lo.

– O que foi? – perguntou, vendo-o derrapar até parar junto à última porta aberta.

– Aqui – disse ele. – Posso sentir algo…

Mas as palavras morreram em sua língua assim que ambos olharam para a câmara.

– Pelo Ocaso… – sussurrou Niya.

Estavam diante de uma sala de horrores.

Prateleiras se enfileiravam pelas paredes, exibindo pessoas de toda Aadilor, taxidermizadas e congeladas. Um grupo de homens das terras de Hultez, ao nordeste, tinha sido posicionado de joelhos, com uma expressão de terror no rosto enquanto erguiam os escudos. Duas mulheres de Shanjaree estavam abraçados, seus traços contraídos em uma tristeza de partir o coração. Mesmo crianças eram exibidas nas prateleiras, mas haviam sido postas para sorrir.

O sangue de Niya gelou.

– Você acha que...?

– Acho – respondeu Alōs, entrando na sala. – Esses são todos os que morreram aqui. Parece que encontramos a sala de troféus do chefe.

Como se enfeitiçada por todo aquele horror, Niya caminhou entre as prateleiras, seus ouvidos zumbindo. Criaturas das mais variadas enchiam as molduras, e não apenas humanos. Em algumas, ela começou a notar que havia diferenças nas plaquinhas de identificação.

– O que acha que esses símbolos significam? – Niya apontou para um conjunto de estrelas estampadas nas placas de metal.

Em comparação com os outros, aqueles troféus empalhados estavam sempre na frente, como se fossem as joias da coleção.

Alōs veio para perto dela, estudando os olhos fundos de uma mulher cujos braços estavam erguidos, como se estivesse lançando algo.

– Eu acho que significam que a pessoa tinha dons.

Niya piscou.

– O quê? Dotados de magia?

O pirata assentiu.

– Parece que são a iguaria favorita dos gigantes.

Niya recuou, sentindo um nó se formar na garganta.

– Precisamos dar o fora daqui.

Mas, quando se virou para a próxima fila de prateleiras, um rosnado estrondoso fez a pedra sob seus pés vibrar.

Niya congelou.

Se não fosse pelo rabo balançando de leve, Niya teria pensado se tratar de outro troféu empalhado.

Um grande felino estava encolhido junto de uma lareira acesa a poucos passos de distância. A cabeça descansava por cima das patas enormes, e os olhos castanhos e estreitos olhavam diretamente para eles.

Niya foi inundada por pânico ao mesmo tempo em que seu nariz começava a coçar. *Gatos*. Ela odiava gatos. Ainda mais os que eram anormalmente grandes.

O felino levantou a cabeça e deu um bocejo sonolento. Dentes afiados do comprimento do antebraço de Niya brilhavam como punhais de marfim à luz do fogo.

O coração de Niya disparou, mas não por causa das adagas em forma de presa, mas porque bem ali, pendurada na coleira do gato, no centro do metal retorcido, cintilava uma joia vermelha.

– Alōs...

– Se vai fazer uma piada sobre eu ter dito que éramos ratinhos hoje mais cedo – disse ele, ainda imóvel em sua posição por trás dela –, pode me poupar dessa.

– Não, *olhe*. – Ela indicou o animal com o queixo. – Na coleira.

– A Pedra Prisma – arquejou Alōs, antes que sua voz assumisse um tom irritado. – Enfeitando *um gato?*

Apesar da tensão correndo pelo corpo, a dançarina se viu revirando os olhos.

– Acho que está focando no detalhe errado aqui, pirata. Nós *encontramos*.

– Em uma fera que pode ser pior do que um gigante.

A magia de Niya colidiu contra a pele, marolas de antecipação conforme estudava a criatura, que os estudava de volta.

– Nem é tão grande.

– Ainda assim, basta um miado para fazer todos os convidados virem pra cá correndo.

– Não se estiver cansado demais para fazer barulho – sugeriu a dançarina, sentindo o começo de um plano se formar. – E o pobrezinho parece terrivelmente cansado.

Aproximando-se devagar, Niya ignorou o sibilar de aviso de Alōs enquanto começava a balançar os quadris.

O gato virou as orelhas para trás enquanto a observava chegar mais perto, as costas arqueando em prontidão antes que Niya atirasse sua magia em uma nuvem de névoa avermelhada. *Relaxe.* Niya enviou suas intenções pelo ar, cobrindo o felino como um cobertor morno.

O bicho fechou os olhos.

Durma, instruiu ela, movendo a mão como se estivesse acariciando a fera com os próprios dedos em vez de usando ondas de magia.

Lentamente, o gato voltou a baixar a cabeça por cima das patas. Um ronronar vibrante preencheu a sala.

A dançarina olhou para Alōs com um sorriso, a satisfação irradiando em seu rosto.

– Viu? Cansado. Agora seja um ladrão de verdade e roube a joia enquanto mantenho esse menino sonolento.

Alōs deu um passo adiante, encarando o gato com desconfiança.

– Como sabe que é macho?

Niya deu de ombros.

– Ele me parece preguiçoso.

Alōs lhe lançou um olhar seco.

– Ah, legal.

Voltando a focar no gato, o pirata soltou um suspiro profundo, endireitando os ombros. O medalhão na coleira do felino estava agora meio enterrado sob a cabeça. Alōs precisaria cavar sob o queixo do bicho para soltá-lo.

Embora Niya se sentisse uma pilha de nervos, ela continuou girando os pulsos em um ritmo suave. Podia sentir a força da fera sob a ponta dos dedos, embora aquela criatura já parecesse um tanto domesticada. Mesmo assim, até o mais gentil dos gatos podia arranhar do nada. Outro motivo pelo qual Niya os detestava. Criaturas pouco confiáveis.

A dançarina ficou olhando Alōs subir em uma das patas, batendo em um fio do bigode. Niya prendeu o fôlego quando o gato se moveu, virando de barriga para cima, levando Alōs junto.

Ele agora estava montado no bicho, com o medalhão bem na sua frente. O pirata permaneceu parado.

Niya forçou seu coração acelerado a se comportar.

Calma, sussurrou ela em pensamento. *Quietinho.*

O ronronar sonolento emanou pela sala mais uma vez.

Ela suspirou aliviada.

A expressão de Alōs endureceu, seus olhos treinados fixos na gema vermelha cintilante bem ao alcance.

Ele desembainhou uma das adagas, a prata brilhando contra a luz do fogo.

Com um estalo quase inaudível, o pirata levantou a pedra vermelha. Esta brilhou enquanto ele a revirava nas mãos, até que Alōs a encarou com um olhar incandescente, um sorriso de triunfo brotando.

– Está aqui – disse ele. – Está inteira.

Uma onda de alívio e alegria ameaçou derrubar Niya de joelhos.

Nós conseguimos! Pelas estrelas e mares, nós conseguimos!

A última peça da Pedra Prisma.

Esrom seria salvo.

Ela estaria livre.

Alōs deslizou para baixo, voltando para perto dela, e, naquele caos de adrenalina, a dançarina o abraçou.

O pirata a segurou com força entre os braços fortes, seus olhares azuis colidindo conforme se afastavam.

O momento parecia estranhamente perfeito.

Ele afundou os olhos na boca de Niya, provocando novas reviravoltas em seu estômago.

Niya ficou imóvel enquanto Alōs se inclinava, sabendo e querendo o que estava prestes a acontecer.

Mas então ela espirrou.

CAPÍTULO QUARENTA E DOIS

Niya agora podia atestar que ser perseguida por um gato gigante era uma experiência superestimada.

Ela e Alōs fizeram a curva na sala de troféus e voltaram pelo corredor no instante em que o rugido da fera os alcançava por trás.

A respiração dela forçava seus pulmões conforme os movimentos pesados do animal lutavam contra os de Niya, que lançou outro golpe de magia na direção do felino.

Um cintilar vermelho surgiu no canto de sua visão — Alōs enfiara a Pedra Prisma no bolso antes de se virar, lançando os pulsos esverdeados do próprio poder.

Mas o maldito gato era ágil. Afinal, era *um gato*, e continuava desviando de cada feitiço.

Niya ficou imaginando se os animais também possuíam Vidência ou se apenas conseguiam sentir a magia, assim como podiam sentir outras tantas esquisitices invisíveis aos humanos.

Mas as reflexões dela logo foram interrompidas quando o chão de pedra começou a soar com um novo significado.

— Gigantes! — exclamou, enquanto ela e Alōs se viraram para ver cinco deles surgindo pelo corredor atrás do gato que os perseguia.

Normalmente, a dançarina conseguia reunir e usar o movimento ao seu redor, mas aquilo era demais. A energia que avançava para eles só fazia Niya sentir como se estivesse se afogando em seus dons em vez de controlá-los.

Alōs xingou.

— Pare de usar sua magia — falou depressa, enquanto os dois continuavam fugindo de volta para a sala abobadada.

— Mas por quê? — gritou ela.

Mesmo que não pudesse fazer muita coisa contra os gigantes, com sorte aquilo poderia comprar um pouco mais de tempo para eles.

– Porque nós vimos como eles tratam os dotados de magia – respondeu Alōs com pressa. – Isso só vai garantir a nossa morte.

As palavras dele afundaram dentro dela, aumentando o peso que já a empurrava para baixo. Eles não escapariam.

Pois seu pai estava certo – em alguns passos rápidos, os gigantes já estavam sobre eles, com outros integrantes chegando pelo outro lado.

Estavam cercados.

Niya correu junto com Alōs para as paredes da sala, tentando se enterrar sob as videiras, mas mãos grandes desceram sobre eles, arrancando as plantas em puxões violentos.

Ela foi derrubada, a energia espessa de tanto movimento deixando-a ainda mais desnorteada. Em algum lugar a seu lado, ouviu Alōs chamar seu nome, mas sua cabeça girou, e, no momento seguinte, ela sentiu a força de um pedregulho arrancá-la da parede. A dançarina foi jogada em um grande pote de vidro.

Ela bateu contra a superfície dura, esbarrando em Alōs conforme ele se virava e se contorcia até se endireitar. Niya desabou no fundo de madeira, com o pirata a seu lado, enquanto o pote era erguido até o nível dos olhos diante de um círculo de gigantes sorridentes e dentuços.

Um miado distante podia ser ouvido lá de baixo.

– Visitantes – rugiu um deles, a respiração embaçando o vidro.

– E a essa hora da noite – reclamou outro.

– Nosso chefe não ficará satisfeito – comentou uma giganta. – Mas depois que forem cozidos com um pouco do seu tempero favorito, ele vai ficar feliz.

– Então vocês *são* canibais – declarou Niya, incapaz de se conter, agachada dentro do pote.

O gigante que os segurava girou o vidro, fazendo com que ela e Alōs caíssem para trás.

– Como vocês pequeninos são odiosos – disse ele. – Canibalismo significaria que comemos nossa própria espécie. Vocês com certeza não são da nossa espécie.

Os companheiros riram e começaram a andar, exibindo Niya e Alōs para os outros gigantes. Eles formaram uma longa procissão que seguiu para o salão do trono.

Um dossel cintilante os saudou, com mais insetos de fogo pendurados em potes, enquanto árvores grossas se erguiam como colunas levando a um estrado almofadado. Em ambos os lados, Niya vislumbrou mais criaturas se reunindo sob a luz fraca, a pele verde e azul se misturando ao ambiente.

Enquanto tambores soavam, o gigante que os carregava parou a alguns passos do trono. O coração de Niya batia forte, acompanhando o ritmo, o medo formigando em sua pele. Alōs chegou mais perto. Um dedo roçou contra o seu. *Estou aqui*, parecia dizer o toque. Porém, embora ficasse grata pelo consolo, a dançarina já havia estado em muitos salões do trono antes, enfrentando o olhar opressivo do Rei Ladrão. E, por causa disso, aprendera a enterrar o medo bem fundo e se manter firme diante de todos.

Niya podia ser pequena em comparação aos ocupantes da câmara, seus dons esmagados sob o peso deles, mas sua coragem correspondia à deles em tamanho.

Com um olhar afiado, ela cerrou os punhos e concentrou seu foco no novo gigante que entrava. Ele caminhava encurvado, como uma montanha cansada, uma espessa camada de colares pesando no pescoço sob a barba prateada.

Ele se acomodou na pilha de travesseiros em cima do estrado e esfregou os olhos caídos.

– Diga-me, Dthum, o que pode ser tão importante pra me tirar da cama e atrapalhar aqueles de nós que ainda estavam se divertindo?

– Senhor, capturei algumas minhocas. – Dthum depositou o pote no chão aos pés enormes do chefe. – Eles haviam conseguido entrar na mansão.

A multidão vibrou com as notícias enquanto o velho gigante pestanejava para limpar os olhos, inclinando-se a fim de espiá-los por trás do vidro.

– Já faz tempo desde que recebemos pequeninos aqui – disse ele, a curiosidade iluminando suas feições. – Muito tempo mesmo. Por quais ervas vieram arriscar a vida aqui?

Alōs tomou a dianteira.

– Não roubamos planta alguma, senhor.

– É claro que não – respondeu o chefe, dispensando-o com um gesto da mão. – Roubar significaria que foram bem-sucedidos em fugir com os itens. Vocês não foram bem-sucedidos em nada. Mas estão aqui. Na *minha* mansão. O que significa que arriscaram a vida por um motivo. Então vou perguntar de novo. Por quais ervas vocês vieram? Musgo-místico? Ficus-do-faz-voar? Podemos não ter dons, mas colecionamos muitos itens mágicos e sabemos como colher alguns dos poderes que os deuses perdidos levaram com eles. E mantemos apenas os mais raros na mansão.

– Não ligamos pra sua botânica.

O chefe inclinou a cabeça para trás, soltando uma risada estrondosa que foi ecoada por seus súditos.

– É claro que ligam – garantiu ele. – Vocês pequeninos são todos iguais. Sempre tomando, nunca oferecendo. Consegue imaginar o que é ser constantemente roubado durante séculos? No entanto, encontramos maneiras de afastar os navios da nossa costa. Ilhas com monstros são muito mais pacíficas do que se poderia imaginar. – O chefe exibiu uma fileira de dentes pontiagudos.

– Meu companheiro está dizendo a verdade. – Niya deu um passo à frente. – Somos meros exploradores que ouviram falar dos seres que viviam na Ilha Sacrossanta. Não viemos aqui pegar nada, apenas observar. Olhe pra nós e veja a verdade. Somos apenas dois e não carregamos nenhuma bolsa ou sacola para roubar, apenas as roupas do corpo. Viemos apenas descobrir por nós mesmos se os rumores envolvendo gigantes canibais eram precisos. Agora entendemos como as pessoas de Aadilor foram injustas com a sua espécie. Vocês são muito mais do que isso. São grandes criaturas, com mentes inteligentes e belas habilidades de horticultura. – Ela gesticulou para o salão frondoso e verdejante. – Deixe-nos ir embora, e poderemos espalhar histórias sobre a inteligência e a arquitetura deste reino. Podemos ajudar a trazer comerciantes pra cá em vez de ladrões.

O velho gigante estudou Niya lá de cima, uma centelha divertida brotando em seus olhos escuros.

– Belas palavras, pequena fêmea. Se as tivesse proferido em outros tempos, podiam ter me comovido. Mas, veja, nós estamos confortáveis em nosso isolamento. Na verdade, prosperamos nele. Suas intenções podem até ser boas, mas conhecemos as histórias sobre a guerra e a ganância da sua espécie. A paz nunca dura muito. Temo que sua viagem para cá termine da mesma forma que todas as outras. A única pergunta que resta é qual dos dois gostaria de ser devorado primeiro.

Uma pontada de medo real atingiu o peito de Niya, e ela olhou para Alōs. Então era isso?

Eles ficariam tão perto da linha de chegada só para ver tudo acabar?

A ideia de sua própria morte sempre fora uma visão distante. Inevitável, é claro, mas nunca próxima. E com certeza não ali, devorada por gigantes.

Um calafrio percorreu seu corpo. Sendo sua magia inútil ou não, ela não cairia sem lutar. Os poderes espiralavam em seu âmago, preparados, formando uma bola de fogo crescente. Se não era capaz de queimar aqueles gigantes de pele grossa, com certeza seria capaz de queimar as plantas que os cercavam.

Ela esperou que Alōs dissesse alguma palavra, um aceno, algum sinal para que ambos começassem sua última dança.

Mas o pirata parecia impassível diante das palavras do chefe, tirando os grãos de sujeira da casaca e da camisa.

– Essa monotonia toda não deixa o senhor entediado? – perguntou Alōs.

O chefe arqueou as sobrancelhas.

– Comer carne exótica e bem temperada é algo que deixaria *você* entediado?

Aquilo arrancou novas risadas dos súditos.

– Claro que não – respondeu Alōs. – Mas o que quis dizer foi... a maneira como sempre mata nossa espécie não o aborrece, assim como nossa espécie sempre o aborrece roubando? Parece uma existência tediosa. Acho que criaturas inteligentes como vocês gostariam de tirar mais entretenimento da comida. Especialmente se o senhor deseja nos exibir como troféus depois.

Um sorriso perigoso surgiu nos lábios do velho gigante ao ouvir aquilo.

– Vejo que perambulou bastante pela mansão, pequenino. Então me diga, que tipo de entretenimento vai adicionar mais valor à sua pele na minha coleção?

– Vamos jogar, valendo nossa liberdade ou virar sua comida.

– Um jogo? – refletiu o gigante.

– Sim – assentiu o pirata. – Um pouco de diversão antes do seu possível jantar.

Os olhos do chefe brilharam com uma curiosidade encantada.

– E que tipo de jogo você propõe?

– Uma caçada – disse Alōs. – Solte-nos com um quarto de ampulheta de vantagem. Se chegarmos à praia antes de sermos pegos pelos seus súditos, então podemos ir embora. Se falharmos, enchemos sua barriga.

Um burburinho animado fluiu pelo salão.

– Está maluco? – sibilou Niya, sentindo o estômago embrulhar. Precisaríamos de *no mínimo* meia ampulheta de vantagem para superar os passos deles.

O pirata não lhe deu atenção, apenas manteve o olhar sobre o chefe, esperando.

– Uma caçada? – refletiu o velho gigante. – Entre nós e sua espécie minúscula? É uma perspectiva divertida. Mas posso pensar numa alternativa muito mais empolgante.

Niya engoliu em seco. *O que poderia ser mais empolgante para ele do que uma caçada?*

– Vocês lutam um contra o outro pela liberdade.

– Um contra o outro? – repetiu Niya, franzindo a testa.

– Sim, minha pequena. Nenhuma arma além de mãos e punhos, eu acho. É um jeito de amaciar a carne para nós.

O salão riu.

– Quem derrubar o outro primeiro é libertado e pode contar a história que quiser sobre nossa ilha. Mas não se esqueçam de compartilhar o que houve com o coleguinha que perdeu... – O chefe deu um tapinha na barriga.

Niya cruzou os braços sobre o peito.

– Esse é um péssimo jogo.

– Pior do que vocês dois serem comidos? – indagou o chefe.

Niya não respondeu, pois percebeu, com uma onda fria de pavor, que realmente não sabia a resposta.

– Temos sua palavra quanto a essa barganha? – quis saber Alōs.

Niya se virou para o pirata.

– Você não pode estar pensando nisso a sério.

Mas, de novo, ele não lhe deu atenção.

– Alōs – exigiu ela, literalmente batendo o pé.

– Temos sua palavra? – perguntou o pirata outra vez para o gigante.

– Tem – assegurou o chefe. – Juro como governante do meu povo. O vencedor poderá deixar a ilha em segurança.

– Então vocês terão uma luta – declarou Alōs.

O salão explodiu em barulho e movimento, fazendo a cabeça de Niya girar por um momento diante das enormes ondas de energia.

Eles foram retirados do pote e então separados.

– Alōs! – Ela olhou de forma incrédula para o pirata, o corpo inteiro vibrando de dúvida. – O que você fez?

O olhar azul do homem se fixou ao dela, frio e determinado.

– Eu salvei um de nós.

– Não vou lutar com você.

– Precisa lutar, pequenina – falou o chefe de cima de seu trono acolchoado. – Temos um acordo. Um acordo generoso da minha parte. Eu poderia comer os dois, agora mesmo, mas seu companheiro me prometeu diversão, então diversão é o que vão me proporcionar.

Uma parede de gigantes os cercava. Olhos piscando com uma alegria cruel. Ela viu lascas de madeira saindo de mãos para bolsos. Apostas. Com a garganta apertada, a dançarina percebeu que aquela podia ser a primeira aposta que não tinha a menor vontade de fazer.

Ela voltou a olhar para Alōs, em pé, alto e imponente na frente dela. Em algum lugar nas dobras da roupa dele estava o último pedaço da Pedra Prisma. A vitória deles tinha sido passageira.

– Alōs – falou ela de novo, dessa vez como um apelo.

Aquela não poderia ser a única opção deles. Toda situação ruim tinha muitas saídas. Arabessa lhe ensinara isso. Pensar nas irmãs foi como torcer outra lâmina de incerteza através dela. Niya não podia morrer ali. Não podia! Mas também não podia deixar que Alōs morresse.

Ele tinha que salvar Esrom. Tinha um irmão para auxiliar. Um navio de piratas para comandar.

Niya não sabia o que fazer. Estava presa, encurralada. O pensando fez uma onda feroz de raiva surgir dentro dela. Detestava ser forçada a qualquer coisa. De algum jeito, precisava recuperar o controle.

– Vamos lá, dançarina do fogo, você sempre fala demais. Por que não me mostra o que ameaçou fazer comigo durante tanto tempo? – As palavras frias de Alōs trouxeram sua atenção de volta para ele. O pirata começou a circular em torno dela. – Ou será que, quando chega a hora, você não tem pulso para terminar o que começou?

Uma irritação gelada pinicou sua pele.

– Do que está falando?

– Você me disse várias vezes o quanto me odeia. Agora é sua chance de mostrar.

Alōs abriu os braços.

– Pare com isso. – Niya franziu a testa. – Sei o que está tentando fazer.

– Provar que é a mais fraca das três? – As feições de Alōs permaneciam neutras como um lago congelado. – Aquela menos confiável? Diga-me, suas irmãs já colocaram a família em risco que nem você?

As palavras desciam como chicotadas em seu coração. Mas ela não morderia a isca. Ele estava tentando irritá-la para que Niya desse o primeiro golpe. Mas não iria fazer isso. *Eles não iriam fazer isso*. Tinha de existir outra maneira de escapar.

– Pare. – Ela balançou a cabeça. – Seja lá o que você…

– Sabia que, quando deixei seu quarto quatro anos atrás, depois de você ter me dado tantas, *tantas* peças preciosas de si mesma – falou Alōs, se aproximando, o hálito de sua respiração colidindo com a orelha de Niya –, fui logo procurar a cama de outra mulher?

Uma raiva aguda e feroz irrompeu pelo corpo da dançarina. Suas mãos em punho começaram a esquentar.

Mas ela não podia revelar sua magia. Não naquele momento. Não ainda. Mesmo assim, Alōs estava se aproximando demais de cruzar os limites. *Mentiras*, pensou ela. *São mentiras.* Mas a dúvida ainda se infiltrava em seu coração, enrolada como arame farpado, entrando fundo.

– Sabe – continuou ele, quase ronronando –, apesar de você ser uma delícia, minha querida, há alguns prazeres que as virgens não podem saciar em um homem.

O salão desapareceu conforme um rugido se libertava de Niya, seu punho acertando um maxilar.

Alōs cambaleou para trás, a cabeça virada de lado enquanto uma plateia distante aplaudia, extasiada.

Niya arquejou de raiva enquanto Alōs esfregava o queixo, seus olhos turquesa brilhando e consumindo tudo por trás de uma máscara gelada conforme olhava para ela.

– Chama isso de soco? – zombou ele. – Não é de se admirar que você dependa tanto de... – Ele a olhou dos pés à cabeça. – ...outros atributos.

– Pare! – Niya se adiantou, empurrando-o. – Não faça assim. Se quer uma briga. – Ela o empurrou de novo. – Então revide!

– Mas aí eu venceria rápido demais – cantarolou Alōs. – Parece que tenho uma característica em comum com nosso público. Eu gosto de brincar com a comida.

A risada do chefe ecoou na direção eles.

– Quem diria que nossos convidados indesejados poderiam ser tão divertidos!

Os súditos bradaram em concordância.

Niya chacoalhou a cabeça, tentando afastar seu desejo crescente de entrar em combustão. A vontade rodopiava, calorosa, queimando fundo em seu ventre. Um fogo reacionário. *Deixe-nos sair*, cantou a magia. *Vamos cozinhá-lo, incinerá-lo e comer a carne dele até o osso.*

– Eu me pergunto se alguém da tripulação vai notar sua ausência – provocou Alōs. – Afinal, muitos pensam que você é inútil.

– *Mentira* – resmungou a dançarina, os dentes cerrados. – Você está cheio de mentiras esta noite!

– E você, de covardia – cuspiu o pirata de volta. – Diga-me com honestidade, já conheceu alguma outra pessoa que a enchesse de tanto sentimento quanto eu? Ou que a tenha *preenchido* tanto?

O eco de zombarias deselegantes irrompeu por todo lado quando Niya enfim cedeu. Ela desferiu um novo golpe, depois outro e mais outro.

Bochecha esquerda, direita e maxilar superior. Alōs não tentou bloquear nenhum deles.

– Bata em mim! – gritou Niya, acertando o peito de Alōs, a pele de seus dedos esfolada e ardendo. – Quem é o covarde agora? Bata em mim!

– Estou batendo, meu bem. – Ele a olhou com desprezo. – Estou te batendo com a verdade. A verdade sobre o quanto é inconsequente.

– Mais mentiras! – Niya girou, chutando-o na lateral do corpo.

Alōs tropeçou.

O salão prendeu o fôlego junto com Niya.

O primeiro a cair.

– Não! – Niya agarrou o pirata pelo braço, mantendo-o firme. – Levante-se e comece a revidar! Por que não está lutando?

– Porque – disse Alōs, exibindo os dentes cobertos de vermelho em um sorriso perverso – você dificilmente é uma oponente digna. Quantas vezes eu já a superei? – Ele agarrou o pulso da dançarina com força, erguendo a marca da aposta vinculativa entre eles. – Estou começando a perder a conta.

Niya rosnou de frustração, empurrando-o para longe.

– Conte pra mim, chefe. – Alōs se virou para o velho gigante. – Que tempero o senhor vai usar na fêmea quando for cozinhá-la?

O chefe sorriu de orelha a orelha.

– Ah, ela parece que vai ficar boa com pimenta.

– O senhor está certo – concordou Alōs. – Mas, escute, eu já a provei, e posso atestar que ela também é doce.

Todos os pensamentos foram drenados de Niya, seu olhar tingindo-se de vermelho conforme ela atacava, girando e chutando Alōs no rosto.

A cabeça dele pendeu para trás, mas seu sorriso voltou de forma enlouquecedora enquanto limpava o sangue que pingava no canto da boca, apenas para lambê-lo do dedo.

– E sugiro que o senhor guarde as partes mais carnudas pro final – continuou o pirata, olhando diretamente para ela. – Eu poderia ter saboreado os peitos dessa aí durante várias quedas de ampulheta.

– Seu canalha!

A visão de Niya ficou distorcida, e ela reuniu seu poder. Este convergiu para seu pé calçado pela bota no instante em que acertava o peito do homem.

Alōs saiu voando, aterrissou de costas e permaneceu lá.

O salão explodiu em palmas enquanto o som fraco da voz do chefe preenchia sua cabeça zonza, declarando-a vencedora.

Niya pestanejou, a raiva cedendo depressa conforme a realidade da situação a atingia como pedregulhos rolando do topo de uma montanha.

– Alōs! – Ela correu para ele.

O rosto do pirata estava cortado e sangrando, um olho já inchado e fechando enquanto Niya depositava a cabeça dele em seu colo. Ela havia feito aquilo. Garras de culpa apertaram sua garganta, ameaçando estrangulá-la.

– Por quê? – demandou Niya, a voz embargada. – Por que não revidou?

O único olho bom de Alōs se fixou nos dela, o núcleo de uma chama que ainda queimava.

– Porque, dançarina do fogo, como se pode lutar contra alguém que não é mais sua inimiga?

Ela como se alguém estivesse segurando o coração de Niya para que este não pudesse mais bater.

– Mas fomos obrigados. – Niya o sacudiu, frustrada. – Você nos forçou a isso.

As feições doloridas de Alōs relaxaram.

– Sim, e era muito mais importante que você vencesse.

Vitória.

A palavra parecia nauseante e pesada. Aquilo não era vitória. Tudo na situação estava gritando sobre perda.

– Você é mais valiosa neste plano do que eu, dançarina do fogo. – Alōs tocou sua bochecha, e ela se inclinou para aquela carícia suave, tão diferente dos golpes que aplicara no pirata. – Suas irmãs precisam de você. O Rei Ladrão precisa de você. Eu não podia permitir que as Mousai acabassem esta noite.

– Seu idiota! – exclamou ela. Era como se Niya estivesse se afogando no próprio ar ao redor. – Isso não é hora de se tornar um mártir. E quanto ao *Rainha Chorosa*? E Esrom? Podemos fugir. Lutar. Podemos...

– Não. – Alōs segurou as mãos trêmulas da dançarina, que haviam começado a brilhar. Ele espiou os gigantes que se moviam ao redor deles. – Você deve manter o controle. Se descobrirem que tem dons, com certeza não vão deixá-la sair. Com ou sem acordo.

– Eu não me importo!

– Escute, Niya – disse Alōs, interrompendo. – Se há uma coisa que eu peço a você, é que encerre essa história. Leve os pedaços de volta para Esrom e encerre as coisas.

Tudo dentro dela estava rachando e desmoronando.

– Alōs, pare...

– Kintra sabe o que fazer quando você voltar. Ela será a nova capitã. Entendeu? Sei que ainda não me perdoa pelo que lhe fiz, e vou levar isso comigo para o Ocaso, mas, por favor, me diga que fará isso por mim.

A vista de Niya ficou borrada, mas se recusou a deixar cair uma lágrima sequer.

– *Eu perdoo você*, Alōs. Perdoo. Mas vamos nós dois levar a pedra para Esrom.

– Teimosa até o fim. – Ele sorriu antes de se encolher de dor.

O coração de Niya ficou apertado conforme afastava os fios de cabelo do rosto dele.

– Eu me recuso a deixar as coisas terminarem assim.

– Então vamos lembrar de um jeito diferente.

Alōs puxou Niya para um beijo, sua outra mão apertando seu quadril. Ele tinha gosto de ferro, mas ela não se importava com o sangue, porque também sabia que Alōs tinha o mesmo gosto do primeiro vislumbre fresco das estrelas à noite, da penetrante poeira branca das infinitas possibilidades.

Em um terrível desespero, ela percebeu que um mundo sem Alōs Ezra seria um mundo pavoroso. Um mundo tedioso. E se havia uma coisa que Niya desprezava, era o tédio.

Mãos grandes e ásperas os separaram. Niya foi enfiada em um pote.

– Obrigado por nos visitar na Ilha Sacrossanta – falou o chefe enquanto ela era carregada pelos gigantes. – Foi muito divertido.

Niya se jogou contra o vidro, olhando para Alōs sangrando no chão de pedra lá embaixo.

– Acabe com tudo! – gritou ele para ela. – Acabe e seja livre.

E então tudo o que Niya podia ver eram as costas dos gigantes conforme era levada para longe, e sua realidade deixou de ter significado.

Niya foi depositada na margem da floresta.

Ela nem sabia se estava na parte certa da ilha.

Nem se importava.

Seu corpo inteiro estava tomado pela raiva. Pelo desespero. Pela angústia. Sua magia era uma piscina sombria. *Volte*, coagiram seus poderes. *Vamos ver quão saborosa é a carne deles. Deve queimar muito fácil. Deve fazer um fogo bonito.*

Já chega!, comandou a dançarina em silêncio.

A única coisa que a impedia de obedecer era o caroço em seu bolso. Ela sentira Alōs colocá-lo lá enquanto se beijavam, o último toque do pirata contra seus quadris.

Tropeçando pelo mato, ela entrou na praia e se deixou cair na areia fria, puxando a joia.

O último pedaço da Pedra Prisma parecia pequeno e insignificante em sua palma. O vermelho escuro combinava com o sangue seco que manchava a manga de sua camisa. O sangue de Alōs.

Ela olhou para o amanhecer que se esgueirava no horizonte, vendo a mancha quase imperceptível de um navio à distância.

Acabe com tudo.

As últimas palavras de Alōs pareciam ecoar nas ondas quebrando na costa e no bote que havia sido deixado lá.

Acabe com tudo.

E seja livre.

Niya faria isso.

Só que ainda não.

CAPÍTULO QUARENTA E TRÊS

As mãos de Niya doíam ao subir a escada lateral do *Rainha Chorosa*, tendo deixado o barco a remo amarrado e lutando contra as ondas que batiam no casco.

— Eles voltaram! — gritou Bree para o restante da tripulação enquanto Niya chegava ao convés dianteiro.

— Onde está o capitão? — perguntou Boman.

— Vocês viram algum gigante? — quis saber Therza.

— Conseguiram pegar o que o capitão precisava? — questionou Ervilha.

Niya não respondeu nenhum deles, o olhar encontrando por um momento o de Kintra, acima do tombadilho, antes de a dançarina passar pelo grupo rumo aos aposentos do capitão.

— Fiquem aí, ratos — instruiu Kintra por trás de Niya. — Vou trazer as fofocas pra satisfazer essa fome de vocês.

Niya empurrou a porta no final do corredor escuro, parando apenas quando a sensação residual da magia de Alōs a envolveu. As gavinhas de frio dançavam sobre seu corpo. Cobriam tudo na sala. Um sussurro gelado de poder. *Minha*.

A dançarina odiava o quanto aquele sussurrar parecia reconfortante agora. O quanto trazia arrepios bem-vindos à sua pele, seguidos por um favor agudo.

Niya se forçou a seguir em frente, contornando a escrivaninha de Alōs. O nascer do sol brilhava através do vidro às suas costas, pintando a madeira com um verniz dourado.

— Onde ele está? — Kintra apareceu na porta, olhando enquanto Niya se atrapalhava para abrir as gavetas trancadas. — O que aconteceu?

— Fomos pegos. Ele está pra ser devorado.

— Quê? — Kintra fechou a porta.

– Sei que você tem as chaves das gavetas. – Frustrada, Niya chutou a mesa pesada. Sua magia não conseguia fazer nada além de afrouxar uma dobradiça.

– Niya, pare – disse Kintra, se aproximando.

– Você não entende! – Seu olhar se voltou para a intendente. – Não temos muito tempo. Preciso chamar ajuda.

– Chamar ajuda? – Kintra franziu a testa. – Olhe em volta. Nós somos a ajuda.

– Piratas não vão ter serventia aqui. Precisamos de magia. *Muita* magia.

Niya foi até a estante, puxando lombadas, procurando por trás dos livros.

– Pelas estrelas e mares, *quer fazer o favor de ficar quieta?*

Foi só porque nunca tinha ouvido Kintra levantando a voz que Niya obedeceu.

– Obrigada – bufou a intendente. – Agora, me diga o que está procurando.

Niya passou a mão pelo cabelo, uma bagunça emaranhada que escapava da trança.

– Uma chave de portal. Sei que Alōs deve ter alguma no tesouro pessoal que mantém nesta cabine, certo?

Kintra a examinou com desconfiança.

– Talvez.

– E você tem a chave, já que é a segunda em comando e em quem ele confia.

Kintra não respondeu.

– E então? – Niya estendeu a palma da mão. – Não fique aí parada feito uma estátua. Me dê a chave.

– Deve estar mesmo biruta se acha que vou entregar o tesouro de Alōs assim sem nenhuma explicação.

– Você não me ouviu? Ele vai ser devorado!

– Pelos gigantes?

– E quem mais conseguiria digerir uma alma tão amarga? Sim, pelos *gigantes*. Encontramos a última peça. – Niya tateou pelo bolso, os dedos tremendo com magia mal contida enquanto revelava o pequeno fragmento da Pedra Prisma. – E então fomos capturados.

Kintra encarou a gema, o vermelho refletindo em seus olhos escuros.

– Vocês encontraram.

– Sim, encontramos.

– Acabou.

– Ainda não. Kintra, *por favor*, onde ele guarda o tesouro?

– Mas você escapou? E Alōs não conseguiu?

– É complicado.

Niya sentiu o movimento rápido de Kintra. A lâmina cantou ao sair da bainha da intendente.

– O que você está fazendo? – Niya deu a volta, colocando a escrivaninha entre elas.

– Acha que sou idiota? – O olhar de Kintra era uma flecha prestes a disparar conforme segurava a faca em posição. – Você quer uma chave de portal pra escapar depois de entregar o capitão pros gigantes.

Niya franziu as sobrancelhas.

– Não. Isso não é…

– Você não pode matar aquele que detém sua aposta vinculativa, mas achou uma maneira de contornar isso. E pensar que eu estava começando a acreditar que você era uma de nós.

– Kintra, ouça o que está dizendo – falou Niya, soltando um suspiro exasperado. – Se eu estivesse planejando fugir agora, por que teria contado sobre a Pedra Prisma? Por que teria voltado ao navio?

– Porque é a única forma de ir embora.

– Não temos tempo pra isso! – Niya ergueu as mãos, a frustração fervendo. – Alōs pode estar sendo feito em picadinhos agora mesmo!

Kintra encarou o pulso de Niya, bem no ponto onde a aposta estava tatuada.

– Não. Infelizmente pra você, meu capitão ainda está vivo.

Niya não havia pensado que sua marca desapareceria como um sinal da morte de Alōs. Com uma nova onda de pânico, seus poderes vibraram pelas veias. Outra ampulheta desconhecida fora virada.

– Kintra, não quero usar meus dons em você, mas farei isso caso não cale a boca e se renda.

Kintra atacou, mas Niya afastou a mão que segurava a adaga. Girando, ela saltou sobre a escrivaninha e prendeu a intendente contra o tampo.

Mas Kintra era uma pirata do *Rainha Chorosa*, escapando com facilidade de suas garras.

Ela atacou Niya outra vez.

– Estou… dando… uma última… chance… pra parar – avisou Niya, bloqueando golpe após golpe, fazendo questão de não revidar nenhuma investida. Ela já havia causado dor demais naquele dia.

A memória do rosto machucado e sangrando de Alōs preencheu sua visão.

O desespero de Niya aumentou.

– Sabe de uma coisa? – disse Kintra, tentando acertar um gancho. – Ele também estava começando a confiar em você.

– E sabe de *outra coisa*? – perguntou Niya, depois de se esquivar. – Isso está me cansando.

Girando como um redemoinho de vento, ela disparou uma onda avermelhada de magia. O poder relampejou contra Kintra, atirando-a sobre uma estante.

Livros pesados caíram – *puf, puf, puf* – sobre a cabeça da intendente enquanto esta deslizava para o chão, inconsciente.

– Sinto muito. – Niya se agachou ao lado dela, apalpando suas roupas. – Mas eu avisei.

Ela puxou uma corrente do pescoço de Kintra, de onde pendia um molho de chaves pequenas.

– Uma dessas deve servir.

Niya as soltou.

Dando a volta na escrivaninha de Alōs, Niya começou a destrancar gavetas, vasculhando seu conteúdo conforme o desespero aumentava. Mas então seus dedos pararam, o coração dando um salto, ao encontrar um fundo falso. Deslizando-o de lado, ela revelou um pesado baú de ônix.

A dançarina soltou um suspiro trêmulo de esperança. Quando agarrou o baú, porém, um frio voraz queimou seus dedos.

Niya sibilou, deixando o baú cair.

Um feitiço de proteção.

– Você é esperto, pirata – falou Niya antes de despertar suas chamas ao longo das palmas, criando uma espécie de luvas protetoras antes de tocar a caixa de novo.

Dessa vez, ela conseguiu segurar, produzindo um vapor que subia crepitando pelo ar conforme as magias conflitantes colidiam. Fogo combatendo gelo.

Ela depositou o baú sobre a mesa com um baque pesado, testando cada chave outra vez na fechadura. Enfim, a trava soltou um clique quando a tampa se abriu.

– Pelos deuses perdidos – arquejou ela.

Em cima da escrivaninha de Alōs, uma série de pedras preciosas e moedas de ouro e prata cintilavam feito tentações. Niya abriu uma bolsinha de feltro que estava no topo, encontrando as outras peças da Pedra Prisma.

Engolindo em seco o nó crescente de angústia na garganta, Niya encaixou a última peça. Elas brilharam forte por um instante, um suspiro sussurrante de alívio por estarem outra vez reunidas, antes de voltarem a escurecer.

Estava feito. As peças tinham sido coletadas. Mas o senso de realização de Niya era zero. Ainda havia muito o que fazer.

Afastando a bolsinha, Niya vasculhou o resto do tesouro, procurando a única coisa de que precisava mais do que qualquer uma das riquezas diante dela.

– Por favor, esteja aqui, por favor, esteja aqui, por favor, esteja... Ahá! – Agarrando a chave de portal que se destacava em preto no centro, a dançarina a beijou. – Que bálsamo pros meus olhos.

Puxando uma das adagas do quadril, Niya furou o dedo. Depois, segurando a chave manchada de sangue, ela sussurrou um segredo, um que apenas recentemente percebera estar carregando, e jogou a moeda para o ar.

Antes de a chave atingir o chão, uma passagem de portal se abriu.

E Niya correu por ela.

CAPÍTULO QUARENTA E QUATRO

Em uma parte remota na porção sul do mar, uma ampulheta chiava a passagem do tempo enquanto uma pilha de tesouros cintilava, vulnerável, em cima da mesa de um capitão. Uma passagem de portal brilhava aberta no centro da sala enquanto uma pirata estava caída e inconsciente no canto. Seria de fato uma cena estranha para qualquer membro da tripulação do *Rainha Chorosa* ter visto, isso se ousassem entrar. Para a sorte de Niya, os piratas quase nunca desejavam chegar perto do covil de seu capitão quando eram convocados, e menos ainda quando estavam estritamente proibidos.

De modo que a cabine permaneceu em silêncio, uma espectadora impassível enquanto o sol subia devagar pelo lado de fora das janelas envidraçadas, seus raios de luz se estendendo ao longo do chão e das paredes.

Uma comoção interrompeu a calmaria quando três figuras usando roupas pretas com capuz e máscaras douradas atravessaram o portal.

– Darius não vai gostar que eu perca outro jantar – resmungou Larkyra.

– Vai estar de volta antes que ele perceba sua ausência – assegurou Niya, pegando a chave de portal.

A porta para o Reino do Ladrão desapareceu com um estalo, e Niya se virou para as irmãs, vestidas como as Mousai.

Reunir as duas havia demorado mais tempo do que gostaria, e o nervosismo continuava a zumbir de forma caótica por suas veias.

Vá. Corra. Você está sem tempo.

– Acho que vai ser difícil não notar que a esposa não está na cama quando ele acordar – argumentou Lark, semicerrando os olhos por trás da máscara.

– Então talvez devesse ter se despedido dele antes de sair – sugeriu Arabessa, ajustando seus trajes.

– Deixei um bilhete. Não queria acordá-lo depois da noite passada.

– O que aconteceu noite passada?

– Digamos apenas que fiz uma performance muito completa de...

– Esquece. – Ara ergueu a mão, interrompendo-a. – Acabei de tomar meu café da manhã.

Larkyra estudou o corpo de Kintra sob a estante.

– Niya. Quem é essa?

A dançarina olhou para a mulher, aliviada por encontrá-la ainda desacordada.

– Nossa intendente.

– Está morta?

– Não, mas me ajude a amarrá-la antes que ela desperte.

Sem questionar, as irmãs a auxiliaram a prender Kintra ao gancho de metal que ficava no chão.

Niya não deixou de captar a ironia: já estivera acorrentada naquele mesmo lugar, ajoelhada, machucada e sangrando, e agora prendia outra pessoa a fim de salvar alguém que também havia sido deixado machucado e sangrando.

– Muito bem. – Niya se levantou. – Agora vamos cuidar do restante dos piratas.

A dançarina abriu a porta da cabine de Alōs, se esgueirando pelo corredor com as irmãs a reboque.

Assim que pisaram no convés, o som ecoante do metal cantando e de espadas saindo da bainha indicou que tinham sido vistas.

Um navio cheio de piratas armados as cercava, com outros pendurados mais acima nos cordames ou agarrados ao mastro. Todos com fogo nos olhos e prontos para a briga. Saffi era quem estava mais próxima, sua magia cinzenta formando uma névoa ao redor da mulher enquanto esta mantinha a atenção fixa em Niya.

– Não sabia que tínhamos o prazer de receber visitantes a bordo – falou a mestre de artilharia. – Principalmente visitas tão estimadas quanto vocês três.

Embora as palavras fossem cordiais, o tom da pirata era tudo menos isso.

– Como quer lidar com a situação? – perguntou Arabessa por trás de Niya.

A dançarina podia sentir a vibração dos poderes do trio se juntando.

Mas a última coisa que Niya queria ou precisava era perder ainda mais tempo com uma luta.

– Nós viemos resgatar seu capitão – declarou Niya, tornando a voz um pouco mais grave. Aqueles marujos haviam convivido o suficiente com ela para reconhecer seu tom. – Fomos avisadas de que ele precisa de ajuda. Não estamos aqui pra machucar ninguém, mas, se tentarem lutar, nós o faremos. Agora, afastem-se e nos deixem passar.

O som do mar batendo ao longo do casco e o grito das gaivotas foram as únicas respostas durante um momento.

– Nosso capitão mandou chamá-las? – perguntou Saffi com desconfiança. – Onde está Niya? E Kintra?

A frustração tomou conta da dançarina. Ela não tinha tempo para explicações! Aquilo poderia ser resolvido mais tarde.

– Não temos tempo pra isso, pirata – falou Niya. – Vão nos deixar passar o não? Queremos apenas chegar à ilha.

Saffi olhou para a tripulação, e Niya observou cada um deles agarrar suas armas, sorrisos se espalhando.

– Se nosso capitão estiver precisando de ajuda – disse Saffi, voltando a olhar para Niya e suas irmãs –, então somos nós que vamos socorrê-lo.

Criaturas estúpidas e orgulhosas, praguejou Niya em silêncio.

– Como quiser – falou a dançarina. – Mas saibam que foram vocês que pediram por isso, não nós.

A mestre de artilharia franziu a testa.

– Pedimos pelo q…?

Mas ela foi interrompida no instante em que Niya girou, lançando sua magia para atirar Saffi pelos ares.

– Derrubem todos! – gritou a dançarina para as irmãs. – Mas tentem não machucar ninguém.

– É impossível não machucar uma pessoa se vai tentar derrubá-la – explicou Lark, se abaixando e girando para escapar do ataque de Boman e Emanté.

– Então não os machuque *muito* – esclareceu Niya, bufando enquanto enviava outra onda de magia para cima de Ervilha e Bree.

Ela odiava atacar os amigos daquele jeito, vendo a cabeça de cada um bater contra caixotes de madeira antes de os piratas caírem inconscientes, mas precisava ser feito.

Depois eles acordam, pensou ela.

Larkyra começou a cantar uma melodia marítima por trás dela, uma canção de ninar que falava de ondas balançando e bebês dormindo. As gavinhas amarelas de seus dons circundavam os marujos, que acabavam fechando os olhos.

Arabessa arrancou a rabeca das mãos de Felix, capturou o arco no ar e deu início a uma melodia para acompanhar a canção.

. 397 .

Mika a atacou pelo flanco, mas Niya viu a irmã se esquivar girando, sem perder uma nota sequer enquanto seguia tocando a música.

O restante da escaramuça acabou depressa depois disso, com o navio sendo encharcado pela serenata conjunta das Mousai, seus poderes brilhando em um espesso manto vermelho, amarelo e violeta para fazer os piratas dormirem.

Niya se reagrupou com as irmãs a bombordo assim que a apresentação chegou ao fim. Ela ficou junto à amurada, com a respiração acelerada sob as vestes pretas, observando a cena de corpos caídos por todo o convés.

– Bem, isso foi divertido – declarou Lark. – Nunca tínhamos derrubado um navio inteiro de piratas antes.

– Foi mesmo – concordou Ara. – E olha que esta rabeca está uma bagunça de tão desafinada.

Uma pontada de culpa assaltou Niya diante das palavras da irmã, pois já havia feito exatamente aquilo com aquela mesma tripulação. Uma tripulação que tinha voltado a tratá-la com gentileza fazia *pouco tempo*.

Eles não sabem que sou eu, refletiu Niya.

Além do mais, quando os piratas acordassem e vissem seu capitão de volta, tudo poderia ser resolvido. Naquele momento, no entanto, Niya não podia permitir que nenhum integrante da tripulação tentasse segui-la e acabasse atrapalhando.

Eles com certeza acabariam virando comida de gigante.

– Tudo bem. – Ela se virou, afastando a pontada de remorso e passando pelas irmãs. Agarrando a amurada, olhou lá para baixo, em direção ao barco a remo ainda preso ao casco. – Quem quer ajudar a remar até a costa?

***

Niya se agachou nas sombras de um arbusto espesso no topo de uma colina, com as irmãs bem ao lado. Agora sem as máscaras douradas, elas olhavam para a enorme cidade de gigantes no centro do desfiladeiro, três víboras enroladas planejando um ataque. Como era de manhã, no entanto, a cena é bem diferente do que Niya havia testemunhado na última coisa. A cidade estava repleta de criaturas verdes e azuis. O estrondo de cada um de seus passos ecoava contra as paredes do vale, as vozes profundas sendo carregadas para longe pelo vento.

– Este lugar é extraordinário – sussurrou Arabessa.

– Espere até ver o interior da casa do chefe – disse Niya, incapaz de discordar. – A coisa toda é um jardim imaculado.

– Que fascinante.

– Sim, é fascinante… – Larkyra abafou um bocejo.

– Ah, me desculpe – retrucou Niya. – Invadir uma cidade de gigantes canibais é algo tedioso pra você?

– Eu já falei – respondeu Lark com uma careta. – Fiquei acordada até tarde. Não é minha culpa não ter previsto que me arrancaria da cama poucas ampulhetas depois disso.

– Ainda não entendo por que estamos aqui – acrescentou Ara, soltando o galho que estava segurando. As folhas cobriram a vista da cidade dos gigantes com um silvo. – Não é uma coisa boa que Alōs morra? A sua aposta vinculativa terminaria de imediato, assim como toda a nossa dor de cabeça envolvendo esse homem insuportável.

Niya mordeu o lábio inferior, nervosa.

– As coisas mudaram – admitiu.

Arabessa estreitou os olhos.

– Mudaram como?

– Só… mudaram.

– Não. Isso não é uma resposta. – Ara cruzou os braços, sentando-se sobre os calcanhares. – Você nos arrastou até aqui, e devo apontar que não resistimos nem fizemos perguntas. Entendemos a necessidade de encontrar a última peça da Pedra Prisma, mas por que devemos salvar Alōs no processo?

Um calafrio nervoso percorreu a coluna de Niya.

– Hum, na verdade, tem algo que me esqueci de mencionar sobre a Pedra Prisma. Nós… bem, nós encontramos.

– Isso é ótimo! – exclamou Lark, agarrando o braço de Niya.

– É sim – concordou a dançarina.

– Por que sinto que há um *"mas"* a caminho? – perguntou Arabessa.

– *Mas* – começou Niya – está lá no navio, com o resto das pedras. Deixei lá antes de ir buscar vocês duas.

As irmãs piscaram, um silêncio tenso se estendendo antes que a irmã mais velha se levantasse de forma abrupta, refazendo seus passos de volta para a floresta.

– Espere! – sibilou Niya, indo atrás dela, com a caçula em seus calcanhares. – Ainda precisamos salvar Alōs.

– Não, não precisamos. – Ara se enfiou sob uma videira. – Sua missão está concluída. Assim que devolver os pedaços pra Esrom, seu juramento ao pirata estará completo. A cidade será salva.

– E como você sugere viajar até Esrom? – argumentou Niya. – Ninguém a bordo do *Rainha Chorosa* veio de lá pra nos dar acesso ao reino.

Alōs tinha dito a ela que Kintra conhecia os meios necessários para levar o navio a Esrom caso ele não retornasse, mas Niya não se sentia pronta para admitir aquilo para as irmãs. Ainda não.

Arabessa a dispensou com um gesto da mão.

– Nosso pai deve conhecer alguém.

– Ara, *por favor*. – Niya puxou o manto da irmã, forçando-a a parar. – Não posso deixar Alōs morrer!

O pedido ecoou pelas copas das árvores, fazendo os passarinhos saírem voando.

Arabessa a encarou com as sobrancelhas arqueadas.

– Pelo Ocaso – arquejou ela. – Você se apaixonou por ele.

Niya deu um passo atrás, suas defesas se erguendo.

– Não, nada disso.

– Não minta pra nós. Somos suas irmãs. *Sabemos* quando está mentindo.

– Niya… – falou Lark com gentileza, chegando a seu lado. – Isso é verdade? Você… desenvolveu sentimentos por Alōs?

A dançarina se sentia como um animal acuado quando alternava o olhar entre as duas irmãs. Ela queria rosnar e distribuir arranhões até se ver livre daqueles rostos confusos. O pânico girava ao seu redor, a magia espiralando de terror. Mas, em vez de atacar, Niya fez algo que nem mesmo ela estava esperando.

Ela cobriu o rosto e chorou.

E não foi um choro delicado. Não, Niya derramou lágrimas feias e soluçantes que sacudiam seu corpo inteiro conforme todas as emoções contra as quais lutara nos últimos meses brotavam dela.

Niya arquejou quando, de repente, braços surgiram para envolvê-la com firmeza.

As irmãs a abraçavam, o que só pareceu desencadear ainda mais lágrimas.

Mas, pelas estrelas e mares, era tão bom.

Mesmo que doesse para Niya ser vulnerável, aquela parecia a primeira vez que ela respirava em muito tempo.

Arabessa penteou seus cabelos.

– Ponha pra fora.

– Sim, conte tudo. – Larkyra a abraçou com mais força. – Arabessa não se importa de ficar com as roupas sujas de ranho, não é, Ara?

Niya enxugou o rosto, dando um passo para trás.

– Me desculpem. Não sei o que me deu.

– Você passou por muita coisa esse ano – disse Ara. – E parece que mais coisa ainda aconteceu entre você e o pirata desde que subiu a bordo do

Rainha Chorosa, mais do que tínhamos imaginado no começo. Começamos a suspeitar depois que vimos os dois no Reino do Ladrão, mas não tínhamos muita certeza sobre o que fazer com essa informação.

— Nem eu — admitiu Niya.

— Quero dizer, depois de tudo o que ele fez você passar, depois de ameaçar nossa família — falou Lark. — Não achamos possível que você... Mas agora, é claro, entendendo o passado dele e a doença do irmão... Ainda assim...

— Ele salvou minha vida.

As sobrancelhas da caçula se arquearam.

— Como é?

— Com os gigantes — explicou Niya. — Lembram que falei que fomos forçados a lutar pela liberdade?

As irmãs assentiram.

— Alōs não levantou um dedo pra me machucar. Ele só ficou parado, me deixando bater. De novo e de novo. — Os punhos da dançarina doíam com a memória fantasma de sentir o maxilar do pirata. — Ele se sacrificou pra que eu pudesse fugir.

Lark pestanejou.

— Ele... fez isso?

— Tem certeza? — questionou Arabessa.

— Bastante.

— Bom, então... — sussurrou Larkyra.

— Isso complica bem as coisas — admitiu Arabessa.

— Pois é — disse Niya. — Mas ao mesmo tempo não complica. Ele e eu... — Aquela dor familiar atingiu seu peito outra vez. — Para além do que nos conecta com a aposta vinculativa, nossos deveres futuros não seguem o mesmo caminho. — Ela balançou a cabeça. — Então não importa se as coisas mudaram ou não. Só o que importa é encontrar Alōs, de preferência *ainda vivo*, para que ele possa salvar Esrom como deve ser.

As irmãs a encararam por um longo tempo, sem dúvida, se perguntando se aquele discurso tinha como objetivo convencer a elas ou à própria dançarina.

— Então qual é o plano? — quis saber Ara.

Uma onda de alívio se abateu sobre Niya.

— Precisamos descobrir onde ele está sendo mantido prisioneiro.

— E como sugere que façamos isso? — perguntou Larkyra. — A cidade é enorme, com cidadãos enormes andando por aí.

— Pois é — concordou Niya. — Mas tenho um bom palpite de que ele vai permanecer na mansão do chefe, que fica nos limites da cidade. Só precisamos...

As palavras de Niya morreram quando um arrepio gelado acariciou sua nuca.

Ela se virou, examinando o emaranhado de árvores.

Mas a selva permanecia quieta. Feixes solares penetravam pelo dossel, destacando o pólen dançante e as trepadeiras.

– O que foi? – questionou Ara.

O toque gelado percorreu o pescoço de Niya outra vez.

– Aquele desgraçado – murmurou ela, marchando para a floresta.

– Aonde você vai? – indagou Arabessa, tentando seguir Niya com Larkyra em seu rastro.

– Estou indo matar uma pessoa – rosnou a dançarina.

– Isso parece meio contraintuitivo – disse uma voz sedosa flutuando pela floresta. – Já que veio até aqui pra salvar minha vida.

Alōs saiu de trás de uma pedra coberta de musgo, sua silhueta grande nem um pouco diminuída pelos arredores. Apesar do rosto machucado, ele ainda se movia como o príncipe que era, bonito e perigoso e totalmente seguro de sua posição.

Com certeza nada preocupado quanto ao fato de que deveria estar enjaulado dentro da cidade dos gigantes a apenas alguns passos de distância.

O corpo de Niya teve de lutar contra uma cacofonia de emoções ao vê-lo ali, vivo.

– Lorde Ezra. – Arabessa foi a primeira a falar. – Fomos levadas a crer que estava prestes a ser o prato principal no churrasco de um gigante.

O olhar de Alōs se desprendeu de Niya para encarar a irmã Bassette mais velha.

– Eu era o prato principal. Até não ser mais.

– Devemos nos preparar pra correr, então? – sugeriu Lark.

– Não, a menos que desejem se exercitar. Eu saí de lá como um homem livre.

Um pássaro cantou à distância, preenchendo o silêncio cheio de dúvida conforme as palavras do pirata chegavam até Niya.

– Você saiu de lá como um homem livre? – repetiu ela, incrédula.

– Saí. E com uma despedida bastante calorosa, na verdade.

– Não. – Niya balançou a cabeça, girando em confusão. – Não.

– Acho que é verdade – disse Larkyra. – Ele está aqui, afinal de contas, e nenhum gigante parece estar vindo em perseguição.

– Não acredito – insistiu Niya.

– Por que não acredita no que está vendo? – quis saber Arabessa.

– Porque não! – gritou Niya. – Fomos forçados a lutar pela liberdade. Eu machuquei a sua cara! Você seria comido. Então como os gigantes iam apenas deixar você ir?

– Talvez tenham percebido que o gosto dele seria ruim? – sugeriu Lark.

– Que idiotice! – Niya levou as mãos à cabeça, a irritação aumentando junto com sua magia. *Truques*, sussurrava o poder. *São truques.* – Você está me dizendo que fiz de Kintra minha inimiga, convoquei minhas irmãs dos confins de Aadilor, lutei contra toda a tripulação até deixar os piratas inconscientes e depois me esgueirei de volta pra esta ilha terrivelmente úmida e infestada de gigantes numa tentativa de salvar a sua pele... só pra você sair andando como um homem livre?

Uma expressão suave se instalou no rosto de Alōs enquanto ele sustentava o olhar de Niya.

– Fico lisonjeado que tenha ido tão longe por minha causa, dançarina do fogo. Mas, sim, parece que foi isso que aconteceu.

Niya soltou um rosnado de frustração.

Mas, em vez de empurrá-lo para longe com seus tentáculos de poder, Niya se viu atirando os braços ao redor dele.

Alōs ficou rígido por um momento, sem dúvida, pego de surpresa, mas então o pirata deslizou as mãos pelas costas dela, abraçando-a com força.

– Oi – disse ele baixinho.

Niya inspirou o aroma dele, saboreando a brisa fresca do mar em Alōs, escondida sob a camada de sujeira. Seus dons giravam ao redor dos dele, quente e frio reunidos.

Ele estava ali.

Não estava morto.

Ele estava...

Um pigarro trouxe Niya de volta ao presente.

Ela deu um passo rápido para trás. Suas bochechas, sem dúvida, estariam coradas como rubis.

– Bem – começou Ara. – Agora que passamos por esse... reencontro, podemos retornar ao navio? Prefiro não perder tempo enquanto gigantes famintos vagam atrás de nós.

Conforme caminhavam na direção da praia, Alōs acompanhava o passo de Niya, inundando-a com sua presença gelada. A dançarina fez o possível para ignorar os olhares das irmãs. Olhares que sentia com facilidade pinicando suas costas enquanto Lark e Ara se mantinham um pouco mais atrás.

Você se apaixonou por ele.

As palavras de Arabessa se retorciam em seu coração.

Você é mais valiosa neste plano do que eu, dançarina do fogo.

O jeito dolorido com que Alōs a olhara enquanto acariciava sua bochecha, sangrando em seus braços, segurando-a com força.

Ela *se apaixonara* por ele. E como seria diferente? Ele tinha provado o quanto mudara em relação ao jovem que um dia a traíra. Colocara a vida dela acima da sua própria. Confiara nela para completar a última parte do plano de salvar sua casa, seu irmão, sem ele. Dera tudo para ela enquanto jazia caído no salão do trono do gigante, abrira o coração enquanto abraçava Niya no quarto dela no palácio do Rei Ladrão.

E ainda assim, o que mudava?

Alōs ainda era um lorde-pirata, destinado ao mar e a saquear tesouros, assim como ela tinha um dever com sua família, com as Mousai e com seu rei.

As emoções que estava sentindo – alívio misturado com raiva, alegria misturada com confusão – confundiam ainda mais seus pensamentos. Tudo o que sabia era que algo havia mudado dentro dela, abrindo caminho, mas Niya não fazia ideia do que fazer com aquilo. Do que *poderia* ser feito com aquilo.

Ela ergueu os olhos e flagrou Alōs a observando.

O pirata sorriu, uma expressão gentil que fez o calor crepitar ao longo da pele da dançarina.

– Sabe – começou ela, desejando tomar distância daquelas emoções confusas –, você ainda não explicou como conseguiu sair de lá andando.

– Sim, sobre isso... Bom, eu demonstrei meus poderes.

Niya franziu a testa para ele.

– Mas você insistiu pra que não fizéssemos isso.

– Sim. – Ele assentiu. – E ainda acho que foi melhor assim.

Niya soltou um suspiro cansado.

– Por favor, Alōs, já gastei minha paciência hoje. Explique direito o que aconteceu.

– Claro. Peço desculpas. – A diversão brilhou nos olhos dele. – Depois que você foi levada embora, fui colocado na cozinha. E, devo lhe dizer, aquele lugar fez a sala de troféus parecer uma casa de banho relaxante. Enquanto estava lá olhando o cozinheiro afiar as facas e misturar temperos, decidi uma coisa: se fosse pra morrer nas mãos deles, seria apenas depois da maior luta da minha vida. Então, quando o cozinheiro deu as costas, congelei meu pote de vidro até estilhaçar. Como deve imaginar, o cozinheiro veio correndo. No entanto, eu o derrubei. São os olhos – explicou Alōs, parecendo notar a expressão descrente de Niya. – Eles não têm uma pele tão resistente em torno dos olhos. O difícil, claro, é chegar até lá. Mas, sim, consegui deixar o cozinheiro de joelhos, uivando de dor, apenas pra mais dois gigantes aparecerem, depois três. A cozinha inteira foi tomada pelos seres enormes enquanto eu tentava evitá-los, tentando chegar a alguma rachadura ou abertura pra escapar.

Alōs ergueu uma videira para que Niya passasse por baixo. Depois continuou:

– No fim, a cozinha inteira estava coberta de gelo. Eu estava exausto, mal conseguia ficar em pé depois de drenar tanta energia. Estava preparado pra ser esmagado por aquelas mãos enormes como o inseto que sem dúvida achavam que eu era. Mas aí... nada aconteceu. A cozinha ficou em silêncio, e foi quando percebi que os gigantes estavam imóveis. Eles nunca tinham visto gelo antes, entende? Nunca tinham sentido o ar tão frio quanto deixei. Como você sabe, esta é uma ilha tropical, formada por erupções no outono e verões úmidos. O frio é uma novidade pra eles. Foi quando percebi minha deixa. Fui levado até o chefe e expliquei depressa sobre meus dons e sobre os benefícios do gelo: como ele ajuda a comida a não estragar, como é refrescante contra a pele... Mas o que vendeu a ideia foi ter esfriado sua caneca de cerveja. Nunca vi um sorriso tão grande e brilhante. Ele ficou maravilhado. Então fizemos um acordo: meus serviços em troca da minha liberdade.

– Por que não o manter prisioneiro pra fornecer gelo para sempre? – questionou Niya.

– O chefe teve uma ideia parecida. Mas eu mostrei bem depressa quanto tempo eu duraria como prisioneiro.

Niya estudou o corte vermelho que Alōs exibia ao longo do pescoço.

– Você estava preparado pra tirar a própria vida.

O silêncio dele foi resposta suficiente, e Niya franziu a testa enquanto uma pontada de angústia a percorria, pensando no pirata em uma situação tão desesperadora.

– Foi uma aposta arriscada.

– Eu não tinha nada a perder.

– Eu tinha.

As palavras deixaram a boca da dançarina antes que ela pudesse sequer pensar em dizê-las.

Olhos cor de safira encontraram os seus.

E se mantiveram lá.

A tensão do desejo os preencheu.

Niya sabia que, se estivessem sozinhos, Alōs teria estendido a mão para tocá-la. Uma vibração percorreu seu ventre – ela queria que ele a tocasse.

– Que barganha você fez, Lorde Ezra? – A voz de Larkyra ecoou às costas deles. – Para saciar gigantes tão gananciosos.

Alōs enfiou a mão no bolso, revelando um orbe verde e brilhante.

– Uma pedra de conexão? – Niya pestanejou para ele. – Mas você disse...

– Duas vezes por ano devo voltar e reabastecer o suprimento de gelo deles ou ser convocado caso eu não apareça – interrompeu Alōs. – Tal dor parece uma ninharia, na verdade. – Ele deu de ombros. – Em comparação com a minha liberdade.

Liberdade.

Mas seria mesmo liberdade se ele agora estava preso à ilha por tempo indefinido? Pelo menos, com a aposta vinculativa, a barganha sumia depois de paga. Já aquilo... bem, aquilo era para sempre. Um fardo que ele teria de cumprir mesmo quando estivesse velho e incapaz de navegar por aquelas águas. E aí o que aconteceria?

Niya olhou para Alōs, desejando perguntar, mas algo no olhar endurecido do pirata indicou que ele não queria falar sobre o assunto.

Talvez porque já tivesse chegado às mesmas conclusões.

Sacrifícios. Aquelas eram coisas que Alōs conhecia. Que continuava a fazer.

Seus sentimentos por ele aumentaram, florescendo como orquídeas-da-madrugada sob a lua cheia. Alōs considerava a vida dela mais valiosa do que a dele. Para um pirata tão notório, ele era muito mais altruísta do que qualquer um poderia pensar.

Mas *ela* sabia.

E ter noção disso fez o homem caminhando a seu lado penetrar ainda mais fundo em seu coração.

Uma sensação perigosa, pois, no fim, ambos tinham responsabilidades que os levariam a outro lugar.

Quando o grupo deixou a sombra da floresta e alcançou a praia, o sol opressivo fez Niya proteger os olhos. A brisa morna era uma chicote bem-vindo contra a pele suada. À distância, o *Rainha Chorosa* jazia como uma mancha preta no mar azul imaculado.

Alōs veio para perto dela, e, juntos, os dois olharam para a embarcação que os levaria ao fim da jornada.

– Eu poderia ter partido sem você – admitiu Niya após um momento.

– É – respondeu Alōs. – Poderia.

Mas não parti, foi sua resposta não dita, que parecia preencher o silêncio.

Mas não parti.

Ainda assim, Niya sabia que, no final, teria de ir embora.

CAPÍTULO QUARENTA E CINCO

A dagas e facas faiscaram junto com rosnados afiados no navio cheio de piratas prontos para atacar.
A cena divertiu Alōs por um momento enquanto ele deslizava da amurada para o convés de madeira.

— Que recepção adorável é essa – disse ele.

— Capitão! – Kintra avançou. – Você está vivo.

— Desculpe por desapontá-la.

— Estávamos indo salvar sua cabeça.

— Me salvar? – Alōs arqueou as sobrancelhas. – Que absurdo. Piratas não estão no ramo de salvar ninguém.

— Mas Niya falou que você seria devorado pelos gigantes, e aí a tripulação disse que as Mousai apareceram e...

As palavras da intendente sumiram quando as criaturas mencionadas pularam pela amurada atrás dele. Túnicas pretas rodopiavam a seus pés, capuzes levantados e rostos ocultos por máscaras douradas.

Quando elas se puseram ao lado do capitão, os piratas apertaram suas armas com mais força.

Boman cuspiu no chão do convés entre eles.

— Como ousam retornar a este navio, suas cretinas!

A resposta fria de Arabessa foi ouvida através do disfarce:

— Podemos garantir que estamos tão felizes em voltar quanto vocês estão de nos ver.

— Então por que não pulam de volta pro mar? – sugeriu Emanté. – Ou quem sabe podemos jogá-las em vez disso.

— Estou sentindo um pouco de tensão aqui – comentou Alōs.

— Essas lacaias do Rei Ladrão nos nocautearam – resmungou Boman.

— Elas não podem fazer isso, capitão! – choramingou Bree.

– E ainda assim foi o que fizemos – provocou Lark.

Embora estivesse mascarada, Alōs podia ouvir o sorriso na voz da Bassette mais jovem.

– Ninguém invade o *Rainha Chorosa* sem consequências! – gritou Saffi.

Os piratas rugiram em concordância.

– Então não percam tempo. – Alōs deu um passo para o lado, abrindo caminho para as Mousai. – Busquem sua vingança, mas saibam que Niya as chamou pra ajudar com intenções semelhantes às de todos vocês.

– Foi o que *tentamos explicar* – falou Arabessa. – Mas temo que o senhor empregue almas bem estúpidas aqui, Lorde Ezra. Eles nos forçaram a lutar.

– Nós não forçamos ninguém a...

Alōs levantou as mãos em um gesto apaziguador, interrompendo Saffi. Ele estava cansado demais para aquilo.

– Por favor, por mais que eu esteja lisonjeado por tantos de vocês se importarem o bastante pra me salvar, como se vê, eu não precisava de ajuda. Eu mesmo me salvei. – Alōs arqueou uma sobrancelha. – Aliás, vocês estão mesmo surpresos de que eu tenha conseguido?

– De forma alguma, capitão – disse Saffi. – Mas... isso significa... – Ela se virou para Kintra, que estava a seu lado. – Niya estava falando a verdade. Ela foi mesmo buscar ajuda como disse que faria. Eu *avisei* que ela era uma de nós.

Kintra não respondeu, apenas estreitou os olhos treinados de forma desconfiada na direção do trio de roupa preta.

– Onde está essa garota, afinal? – perguntou Alōs, quebrando a tensão ao fingir examinar o convés ao redor.

– Não sabemos, capitão – respondeu Bree.

– Procuramos em toda parte – disse Therza.

– Ela não estava no barco quando eu acordei – explicou Kintra.

– Acordou? – Alōs encarou sua intendente. – Minha cara Kintra, você não deve ter ficado tão preocupada assim se foi capaz de tirar um cochilo antes do meu resgate.

– *Senhor*, não foi isso que aconteceu.

– Não? Então foi esse galo horrível na sua testa que aconteceu?

– O galo faz parte – respondeu Kintra, rangendo os dentes. – Sim.

– Bem, por que não me explica tudo depois que zarparmos?

– Zarpar? – perguntou Boman. – Isso significa que o senhor encontrou o que estava procurando, capitão?

– Encontrei, o que significa que devemos preparar o navio para Esrom.

Alōs caminhou em meio ao grupo, que se separou na mesma hora conforme ele seguia para os aposentos do capitão. Ele precisava lavar o rosto, trocar de roupa e se servir de uma bebida. Não, de uma garrafa inteira.

– Senhor.

Boman colocou a mão no braço de Alōs, fazendo-o parar.

O capitão baixou os olhos com surpresa – sua tripulação nunca o tocava – antes de encarar o timoneiro.

– Estou feliz pelo senhor ter encontrado o que queria – falou ele, a seriedade na voz do velho se acomodando de forma desconfortável no peito de Alōs.

Ele ainda não sabia como se portar diante dos piratas demonstrando empatia por sua história. Parecia uma contradição com... bem, com a pirataria.

Felizmente, Boman deu as costas para o capitão, livrando-o da necessidade de responder.

Kintra veio até ele em seguida.

– Vamos esperar por Niya antes de partir? – perguntou ela. – E quanto a essas três? – Ela acenou para as Mousai, que seguiam paradas, observando a tripulação ocupada com olhares curiosos.

Nenhum pirata ousava chegar muito perto. O trio era como estátuas esculpidas para assustar os pombos. E Niya, bem ali no meio.

Alōs admirou sua forma mais baixa. E, como se sentisse seu olhar por baixo da máscara dourada, os olhos azuis da dançarina colidiram com os dele.

Era como voltar para casa.

Ela havia retornado para ele. Tinha chamado as irmãs para ajudar. Pensar naquilo fez algo afiado e quente cortar seu coração. Será que ousaria esperar que aquilo significasse que Niya agora confiava nele? Que se importava com ele? Assim como se importava com ela. Cada músculo em seu corpo estava tenso para permanecer no controle, quando tudo o que desejava fazer de verdade era arrastá-la até sua cabine e descobrir a resposta. Interrogá-la com a boca e com carícias até que a dançarina estivesse tão inebriada de desejo que não teria outra opção além de ser sincera.

No momento, porém, ele não podia fazer nenhuma daquelas coisas.

De modo que afastou o desejo da mente, voltando a se virar para Kintra.

– Chaves de portal são úteis para fazer trocas – explicou ele. – Tenho a impressão de que Niya será devolvida assim que essas três forem embora.

– Foi generoso da parte do rei conceder tal ajuda depois de tudo. – A intendente sustentou seu olhar. – Ele vai querer algo em troca.

– Vai – concordou Alōs. – Suspeito que terá muitas tarefas pra mim depois que tudo estiver terminado.

– E tudo vai estar terminado? – perguntou ela. – A última peça... Niya me mostrou...

O capitão assentiu.

– Vai estar terminado.

A tensão sempre presente nos ombros de Kintra pareceu se aliviar. Um poço de emoção encheu seus olhos cor de âmbar.

Eles estavam juntos naquela jornada por muito tempo.

E, mesmo assim, notou Alōs, ele não sentia alívio com a promessa do fim. Pois aquilo significaria o encerramento de outra coisa.

CAPÍTULO QUARENTA E SEIS

A passagem do portal brilhava com força, mostrando a imagem da cabine do capitão do outro lado, enquanto Niya se encontrava fora do alcance no Reino do Ladrão. A cidade escura cintilava de modo tentador abaixo dela e das irmãs, reunidas em uma saliência que ladeava o reino cavernoso. O ar frio entrava em seus pulmões conforme a dançarina respirava aliviada pela primeira vez.

— Realmente não sou capaz de agradecer o bastante – disse Niya, entregando seu disfarce de Mousai com máscara e túnica preta para Larkyra.

Por baixo, havia mantido o uniforme de pirata, que continuava gasto e manchado de sujeira após a visita à Ilha Sacrossanta. Ela sabia que estava fedendo, mas agora já tinha se acostumado com as peculiaridades de viver a bordo de um navio de canalhas. Aquilo não a incomodava mais. Não muito.

— Chegará o momento em que poderá retribuir, tenho certeza. – Lark sorriu, colocando os trajes de Niya debaixo do braço.

— Por ora, no entanto – começou Arabessa, que estava ao lado da caçula, ainda mascarada –, termine sua jornada de forma rápida e em segurança. Você está quase no fim, irmã. – Ela se aproximou para apertar as mãos de Niya. – Esperamos vê-la outra vez em Jabari em breve.

Niya assentiu, ainda que o pensamento de voltar para casa fosse agora um desejo abstrato. A dor aguda que costumava acompanhar a ideia não era mais tão grande. Mas ela mandou para longe o que aquilo poderia significar ao responder:

— Voltarei assim que puder. E digam a Charlotte que é melhor ela me esperar com uma cesta cheia de rolinhos açucarados.

Ara engoliu uma risada.

— Tenho certeza de que ela e o cozinheiro estarão com todas as suas coisas favoritas empilhadas na cozinha.

– Ótimo. Vou levar um mês inteiro pra purificar meu corpo da gororoba que tive de suportar naquele navio pirata.

– Também vou ficar em Jabari até você voltar – revelou Larkyra. – Eu não seria uma irmã de verdade caso perdesse sua festa de boas-vindas.

O peito de Niya ficou apertado, as lágrimas ameaçando escapar outra vez. Ela estava se tornando uma bagunça emocionada ultimamente.

– Obrigada – falou ela, abraçando cada uma das irmãs.

– Uma última coisa – disse Arabessa ao se afastar, espiando o portal que aguardava. – Com relação ao seu pirata.

– Ele não é nada meu – corrigiu Niya, enfática.

– Não seja idiota. Vocês se gostam, e não seria preciso nenhuma sensividente pra perceber isso – explicou Arabessa. – Só tome cuidado, está bem? Antes de mergulhar muito fundo, é melhor saber quais são as intenções de Alōs depois que tudo isso estiver terminado. E também saber do que está disposta a abrir mão. Nossas vidas em Jabari são flexíveis, mas, é importante lembrar, nossos deveres aqui não são.

Aquela pontada forte em seu coração outra vez.

– Sim, eu sei.

– Ele é diferente do marido de Lark. Este último pode se estabelecer num único lugar, enquanto a vida de um pirata...

– Pelos deuses perdidos, Ara – arquejou Niya, horrorizada. – Não vou me casar com ninguém. Agora preciso ir, antes que você continue me ofendendo.

– Eu só...

– Não! – Niya tampou os ouvidos enquanto recuava na direção do portal. – Você arruinou esta despedida. Espero que me compense no futuro. Agora, adeus!

A dançarina se virou, deslizando do Reino do Ladrão de volta para a cabine aquecida a bordo do *Rainha Chorosa*. Pegando a chave de portal do chão, ela bateu a porta da passagem atrás dela.

Dois pares de olhos e o som abafado das ondas batendo a receberam.

– Bem-vinda de volta – disse Alōs de seu assento atrás da mesa, um copo âmbar na mão. Através da vidraça das janelas, o mar jazia escuro, a luz formando apenas um crescente de luz.

Kintra ocupava uma das duas cadeiras de frente para ele, com o tornozelo apoiado no joelho, compartilhando uma bebida semelhante.

Ela encarava a dançarina com desconfiança.

Alōs serviu uma dose da garrafa em sua mesa e deslizou o copo para Niya.

– Venha se sentar conosco.

. 412 .

Ela aceitou, se afundando em uma cadeira.

Alōs acabara de se banhar, o cabelo escuro varrendo os ombros, a camisa preta e imaculada com as mangas enroladas, apertada contra o peito largo.

A parte em branco da aposta vinculativa entre os dois agora se reduzia a um mero quadrado no topo do pulso do pirata. Niya se forçou a não olhar para a própria tatuagem, sem querer ver a última marca que a prendia àquele homem.

Livre.

Logo, ela estaria livre.

A palavra não parecia mais ter um apelo tão doce.

– Estamos fazendo um brinde comemorativo – contou Alōs. – E também uma espécie de oferta de paz, pois parece que existe um pouco de... hostilidade reprimida entre as duas.

Niya arqueou as sobrancelhas, olhando para Kintra.

– Se existe raiva no ar, não está vindo de mim.

– Você usou magia em mim, *de novo* – falou a intendente, fulminando-a com os olhos castanhos.

– Sim, mas foi porque você estava tentando me espetar com uma faca. Falei a verdade sobre querer ajudar Alōs. Não é culpa *minha* que não tenha acreditado. Na verdade, sou *eu* quem deveria estar brava com você.

A intendente bufou de incredulidade antes de virar o resto da bebida e bater com o copo vazio na escrivaninha. Ela ficou em pé.

– Acho que isso é uma perda de tempo, capitão. Podemos só concordar que ela e eu não vamos virar unha e carne do nada? Além do mais, Niya está indo embora. Não faz sentido.

Não faz sentido.

As palavras a atingiram, emaranhando-se em suas próprias incertezas sobre a situação entre ela e Alōs.

Eu vou embora. Não faz sentido.

Um aperto no coração.

– Escute, está bem claro que a minha presença a ofende – falou ela para Kintra. – Mas talvez tenha menos a ver comigo e mais a ver com você e o capitão.

Kintra a encarou.

– E o que isso quer dizer?

– Bem, é óbvio que vocês... – A dançarina fez um gesto para englobar os dois. – Compartilham uma história. E eu vou partir em breve, como bem lembrou, então não é minha intenção ficar no caminho de antigos amantes.

Um silêncio pesado preencheu a cabine. O gotejar da ampulheta sobre a mesa de Alōs era o único lembrete do tempo passando.

Mas então a calmaria foi interrompida por gargalhadas, tanto de Alōs quanto de Kintra.

– *Amantes?* – Kintra colocou a mão no quadril enquanto pronunciava a palavra, ofegante. – Pelas estrelas e mares, consegue imaginar uma coisa dessas? – perguntou ela para Alōs.

Ele se recostou na cadeira, olhando para Niya com uma expressão divertida e uma centelha estranha de prazer.

– O que foi? – quis saber ela, a irritação aumentando.

– Niya – começou Alōs. – O que, em toda Aadilor, lhe deu a impressão de que Kintra e eu fomos amantes algum dia?

– Bom… – A dançarina alternou o olhar entre ambos. – Você disse… Disse que Kintra era a exceção. E é óbvio que são próximos. Mais do que com qualquer outro membro da tripulação.

– Porque ela é minha segunda em comando – respondeu ele. – Kintra foi uma das primeiras a se tornar pirata a bordo do meu navio. Nossa história é longa.

Niya franziu a testa, sendo dominada por uma faísca indesejada de ciúme, já que aqueles fatos apenas alimentavam sua teoria.

– E daí?

– E daí que eu gosto de mulher, Vermelhinha.

Niya piscou para a intendente.

– E daí? – repetiu. – Eu também gosto de mulher.

Alōs inclinou a cabeça.

– Você gosta?

– Claro. Já tive tanto mulheres quanto homens aquecendo minha cama.

– Bom – começou Kintra –, existem muitas coisas que eu não gosto nos homens. Tantas que eu só levo mulheres pra *minha* cama.

Niya esperou aquela afirmação se assentar.

– Ah.

Kintra arqueou a sobrancelha.

– Pois é, ah. Tenho muito carinho pelo capitão, mas não do jeito que, bem, você parece gostar. – Ela sustentou o olhar de Niya. *Sim, eu sei mais do que você pensa*, a expressão da intendente parecia dizer. – Então, não, minha antipatia por você não tem nada a ver com a minha *amizade* com Alōs.

– E tem a ver com o quê?

– Talvez você não seja assim tão carismática – desafiou a outra.

. 414 .

Niya bufou de descrença.

– Impossível. Todo mundo gosta de mim.

Kintra sorriu ao ouvir aquilo.

– Bem, eu não sou todo mundo. E você subiu neste navio com seus próprios objetivos, que eram muito diferentes dos nossos. Eu não estaria cumprindo com meu dever caso ficasse encantada por você feito o restante da tripulação.

– A tripulação está encantada por mim? – Niya se animou.

Kintra revirou os olhos.

– O que estou dizendo é que sou a mão direita do capitão. É meu papel desconfiar dos outros pra garantir o que é melhor para ele. Você não parecia estar focada no que era melhor pra ele.

– Eu? – Niya empinou o queixo. – Acho que está se esquecendo de que foram *vocês* que me sequestraram e começaram toda essa bagunça de jornada, não o contrário.

– Certo – concordou Kintra. – Mas o tempo tem um jeito engraçado de mudar as intenções das pessoas. E os planos.

– Cuidado – alertou Alōs.

A intendente encarou o olhar severo do capitão, uma conversa que Niya não conseguia entender se passando entre os dois.

– Mas vou deixar vocês resolverem essa parte – falou ela, voltando a olhar para Niya. – Se me der licença, capitão, posso informar à tripulação que vamos partir em breve pra Esrom?

Alōs assentiu, os olhos fixos na intendente enquanto ela deixava seus aposentos.

Uma nova tensão preencheu a sala conforme Niya se via sentada sozinha com o lorde-pirata.

Seus olhares se cruzaram, o poder de Alōs, contido por trás da escrivaninha, se tornando palpável enquanto o pirata a observava.

– Como você se sente? – perguntou ele. – Agora que a aposta vinculativa está quase paga?

O questionamento provocou uma mistura de respostas. Feliz. Atormentada. Orgulhosa. *Confusa*.

Niya pensou em tudo aquilo, mas respondeu apenas:

– Tenho certeza de que é parecido com o que você sente, estando tão perto de devolver a pedra.

Ele a observou por um longo instante.

– Sim – acabou dizendo. – De fato.

– Você conseguiu, Alōs. – Niya lhe ofereceu um pequeno sorriso. – Você salvou Esrom.

– De uma ameaça que eu mesmo criei.

A resposta rápida fez a dançarina franzir a testa. O homem não se daria um desconto nas responsabilidades? Na culpa?

– Você não criou a doença de seu irmão – disse ela.

Alōs não respondeu, apenas ficou encarando o copo agora vazio em suas mãos.

– O que vai fazer depois que a Pedra Prisma for devolvida?

Ele deu de ombros.

– O que meus piratas quiserem, acho. Devo muito a eles por terem me seguido nessa bagunça de viagem.

– Suas ações podem parecer em benefício próprio, mas são sempre pensando em outras pessoas. Você não é tão egoísta quanto deseja que os outros acreditem, sabia?

Os olhos turquesa dele encontraram os dela.

– E no que você acredita?

Que me importo mais com você do que gostaria.

– Acredito que posso mesmo confiar num pirata agora. – Ela sorriu. – Apesar dos problemas que isso pode me causar mais tarde.

A risada que ele deu em resposta aqueceu seu coração.

– E eu só precisei quase morrer pra enfim convencê-la.

Niya arqueou a sobrancelha.

– Não sou um prêmio concedido a favores simples.

– Não. – Ele ficou sério. – E mesmo assim, você não é uma chama destinada a ficar presa na lareira de ninguém além da sua.

Se Niya não estivesse sentada, as palavras de Alōs a teriam feito recuar um passo.

Perigoso, sussurrou sua magia.

Aquele homem era perigoso demais.

Ela não confiava em si mesma para ficar sozinha com ele por mais tempo. Depois de tudo que havia feito naquele dia, tudo a que sobrevivera, Niya precisava de um instante sozinha. Precisava se recompor longe da presença avassaladora daquele pirata. Precisava descobrir o que queria. E, talvez o mais importante, ela precisava descobrir o quanto podia se dar ao luxo de querer.

– Eu devia ir me lavar – falou ela, levantando-se de repente. – E tenho certeza de que você precisa ajudar Kintra a nos levar até Esrom.

Alōs a observou recuar até a porta.

– Niya...

– Vejo você lá em cima – interrompeu ela, os nervos gritando para que corresse, para que fugisse antes que ele dissesse algo que tornasse aquela separação ainda mais dolorosa.

Mas, conforme Niya deixava a cabine e seguia pelo corredor escuro do navio, ela sabia que aquele homem já tinha o poder de partir seu coração outra vez.

A diferença era que agora ela também tinha o poder de partir o dele.

CAPÍTULO QUARENTA E SETE

Alōs se ajoelhou diante de seu irmão no Salão da Luz Estelar. Guardas o cercavam, as lanças azuis e brilhantes mirando para matar. Havia sido a primeira vez que o *Rainha Chorosa* atracara no porto principal de Esrom. A primeira vez em seus anos que Alōs atravessara a capital, a Cidade Prata, a fim de entrar no palácio. Os cidadãos o tinham olhado com incredulidade; os membros da corte lhe haviam lançado insultos, muitos cuspindo aos seus pés. Alōs era o Príncipe da Traição. O filho desleal que roubara a preciosa Pedra Prisma — uma relíquia sagrada ofertada pelos deuses perdidos no momento da despedida. Se as pessoas soubessem o verdadeiro poder que a pedra possuía, se soubessem que mantinha Esrom segura em sua bolha no fundo do mar, sem dúvida Alōs teria sido enforcado assim que sua bota pisasse no chão. Felizmente, aquele segredo em particular tinha sido guardado a sete chaves dentro dos muros do palácio.

E agora o príncipe banido estava ali, curvando-se diante do novo rei em uma tentativa de reverter o tempo.

A magia se agitava de antecipação, um verniz frio ao redor de seu coração fornecendo uma última tentativa de conter a espiral de esperança que ousara se permitir sentir. A esperança de que tudo o que sofrera chegaria ao fim naquele dia.

— Você criou uma grande comoção aparecendo desse jeito após tantos anos — falou Ariōn, sentado em seu trono de coral branco. Estava rodeado pelos seis membros da Alta Cúria. Alōs percebeu com satisfação que Ixō era o mais próximo. — Além disso, trouxe piratas pra nossa costa. Um gesto ousado para o homem mais procurado deste reino.

— Minha tripulação sabe que não deve invadir esta terra, Majestade. Embora eu não possa me responsabilizar pelas ações deles caso seus guardas ataquem primeiro.

– Meus guardas são treinados para a paz – respondeu rei Ariōn. – Um conceito novo pra sua gente, acredito. Agora me diga de uma vez o que veio fazer aqui. A Alta Cúria informa que você retornou na esperança de ser perdoado por sua traição.

– Vim apenas atrás de um instante do seu tempo, Majestade. Se minha sentença ainda estiver valendo depois disso, que assim seja. Não voltarei para estas terras outra vez.

– Se sua sentença ainda estiver valendo, pirata, você será preso e executado.

Alōs encarou os olhos nebulosos de Ariōn. Embora o caçula fosse cego, ele podia sentir o olhar de compreensão e agitação do jovem rei, por baixo das ameaças, ao enfim se deparar com o irmão mais velho ajoelhado bem ali.

Nosso passado logo ficará para trás, e poderemos recomeçar.

Sim, pensou Alōs, com uma pontada de saudade. *Vamos ter esperanças.*

Embora as marcas prateadas da doença do irmão se destacassem de forma proeminente contra a pele marrom, Ariōn ocupava bem o trono, com os ombros para trás e o queixo erguido em uma elegância régia. Uma centelha de orgulho invadiu Alōs ao analisar o caçula. Ariōn daria um grande rei.

– Sim, Majestade – respondeu Alōs, curvando a cabeça mais uma vez. – Eu compreendo.

– Foi arriscado vir até aqui, sabendo de seu possível destino.

– Foi suicídio – acrescentou a Curiã Dhruva, seu olhar implacável preso ao rosto de Alōs.

– O que me leva à pergunta – continuou Ariōn. – O que poderia conceder um perdão tão magnânimo?

– Eu vim devolver a Pedra Prisma.

Quando Alōs enfiou a mão no alforje, os guardas que o cercavam chegaram mais perto, as lanças pinicando suas costas.

Ariōn ergueu a mão.

– Para trás. Vamos ver se está falando a verdade antes de enchê-lo de buracos.

Com delicadeza, Alōs depositou cada fragmento da gema vermelha no chão de ladrilhos.

As peças cintilaram forte contra o mármore branco, um sussurro do antigo poder agitando-se em cada núcleo.

– Por favor, pirata – zombou Dhruva. – Acha que somos tolos por acreditar em suas mentiras, em seus truques. Meu rei, ele não trouxe a Pedra Prisma. Ele coloca a seus pés apenas cacos inúteis de…

– Silêncio – ordenou Arĩon. – Esta é a segunda vez que você fala sem ser convidada, Alta Curiã Dhruva. Sugiro fortemente que seja a última.

A mulher mais velha baixou a cabeça em penitência.

– Peço desculpas, Majestade. Só queria garantir que o senhor visse que...

– Eu enxergo mais do que qualquer um de vocês.

O salão foi varrido por um vento gelado conforme o jovem rei invocava todo o poder que conseguia.

Alõs franziu as sobrancelhas. Sabia que tal demonstração drenaria as forças do caçula bem depressa.

– Sim, Majestade. – Dhruva se curvou de novo, os lábios franzidos. – É claro.

Arĩon fixou os olhos enevoados outra vez em Alõs.

– Entregue as pedras pra mim.

O salão do trono mergulhou em tensão conforme Alõs se aproximava do rei. Eram um estudo de contrastes. Alõs vestia sombras, a silhueta grande e imponente. Já o corpo esbelto de Arĩon estava envolto em um delicado tecido branco e bordado.

Enquanto colocava os pedaços na mão delicada do irmão, o olhar de Alõs encontrou o de Ixõ, um brilho de alívio transparecendo no rosto do curião.

Arĩon fechou os olhos enquanto tateava os fragmentos.

E então um pequeno sorriso brotou em seus lábios.

– Você nos devolveu mesmo a Pedra Prisma – disse o rei. – Posso sentir os sussurros dos deuses perdidos aqui dentro, mas a pedra voltará a cumprir seu papel mesmo quebrada?

Alõs sustentou o olhar do jovem monarca.

– Vamos juntar os pedaços e descobrir.

<hr />

Eles estavam no Salão dos Poços, uma câmara cavernosa bem no subsolo central do palácio. Alõs permanecia ladeado por guardas, mas prestava pouca atenção às lanças às suas costas. Seus pensamentos corriam para o passado, para a última vez em que estivera ali, naquele salão antigo onde centenas de cachoeiras jorravam das paredes rochosas. Na época, Alõs tinha sido um rapaz, talvez até ainda um menino, rastejando na passarela estreita que flutuava acima de um abismo líquido. Seus olhos haviam se fixado no estrado ao fim do caminho, onde a Pedra Prisma flutuava como um sol vermelho sob a mais fina das cachoeiras – a Queda das Lágrimas. Ela cascateava a partir de uma abertura no teto. O epicentro daquela bolha protetora sob o mar de Obasi. Quando a água atingia a pedra, ela se refratava em arco-íris, a magia poderosa enchendo os poços bem abaixo, as veias que se espalhavam por Esrom. Quando pequeno, Alōs fora ensinado que o Salão dos Poços era o coração pulsante do reino, onde o ar resplandecia com uma névoa úmida e curativa. Onde a energia pura dos deuses perdidos ainda podia ser sentida.

Na época, o lugar havia roubado o fôlego de Alōs.

Agora, ele prendia a respiração.

A Queda das Lágrimas caía de forma inútil sobre um estrado vazio. Não havia brilho ou cores sendo refratadas no ar.

Alōs só conseguia sentir um véu fino de magia se agarrando com desespero ao poder minguante. Uma alma moribunda.

— Mesmo que isso funcione, pirata — sussurrou Dhruva ao lado dele —, seus pecados contra esta terra nunca serão esquecidos.

— Se isso funcionar, curiã, então ficarei feliz por ter pecado, pois meus atos para salvar meu irmão não terão sido inúteis, enquanto você e sua ordem sagrada não fizeram nada até que eu forçasse sua mão. Eu nunca me esquecerei disso.

Os lábios de Dhruva se crisparam, e ela foi se juntar ao conselho no topo da passarela, junto do rei.

Que desperdício de oxigênio, pensou Alōs, estudando o grupo.

Bem, com exceção de um.

— Ixõ, você pode fazer as honras? — Ariōn acenou para o curião de cabelos brancos, o que estava mais próximo do monarca, ambos parados junto ao estrado redondo.

— É claro, Majestade.

Ixõ se aproximou da plataforma, desvelando os três fragmentos da Pedra Prisma.

— Alōs — chamou Ariōn. — Pode vir ficar ao meu lado?

— Majestade — advertiu um membro da Alta Cúria. — Não acho que seja sensato…

— Se as intenções de meu irmão não fossem honradas, ele não viria até nós de modo tão aberto. Agora, por favor, abram espaço.

Alōs ignorou o olhar mordaz dos curiões enquanto recuavam, permitindo que ele passasse para se juntar a Ariōn e Ixõ.

— Você conseguiu, irmão — falou Ariōn, a voz portando um triunfo silencioso enquanto os dois se postavam lado a lado, de frente para onde Ixõ esperava diante da única cachoeira a se derramar sobre o estrado.

– Vamos ver o que acontece antes de você ficar me dando parabéns – respondeu o pirata.

– Mesmo que não funcione, suas ações em prol de nosso povo foram notadas. Lidaremos com as consequências juntos.

Nosso povo.

Juntos.

Alōs poderia ter lembrado ao irmão que, não, seria apenas o rei de Esrom a suportar o fardo caso o reino viesse à superfície. Que, se aquilo não funcionasse, Ariōn não teria outra escolha a não ser ordenar sua execução. Uma execução muito pública, sem dúvida. Mas Alōs estava cansado de pensar na realidade cruel da vida, então não disse nada. *Que Ariōn tenha seu momento de esperança*, pensou, pois fazia muito tempo que aquilo não lhe era permitido.

Os irmãos Karēk ficaram ombro a ombro enquanto Ixõ lançava seus tentáculos de magia azulada para erguer cada fragmento da Pedra Prisma, fazendo-os flutuar. O curião girou as mãos e flexionou os dedos como se ele mesmo segurasse as pedras, encaixando os três pedaços um no outro diante do jato fino da Queda das Lágrimas.

Alōs prendeu o fôlego, a pulsação ecoando em seus ouvidos conforme o destino de sua vida, do reino e de seu irmão dependia de um punhado de pedras vermelhas se unindo.

Por um grão de areia na ampulheta, nada aconteceu. A Pedra Prisma continuou morta em um vermelho opaco, pairando sobre as mãos do curião. Naquele momento, Alōs percebeu o quanto já tinha sido massacrado pelas decepções da vida, pois uma parte de si mesmo não estava surpresa. Era apenas uma aceitação entorpecida.

Mas em seguida...

– Majestade, olhe! – exclamou Ixõ.

Acima dele, as bordas irregulares das rochas cortadas brilhavam em vermelho-vivo, as fissuras selando outra vez o que estivera quebrado, até que a pedra começou a subir. Ela girou vertiginosamente sem sair do lugar, e Alōs sentiu a pouca magia que restava no cômodo sendo sugada.

O vento açoitou a câmara cavernosa, fazendo alguns dos curiões tropeçarem na passarela estreita atrás deles. Alōs puxou seu irmão para mais perto enquanto o salão tremia, e Ixõ correu depressa para eles, passando os braços ao redor do jovem rei e tornando-se outra camada de proteção para Ariōn.

Pedaços de musgo e pedra despencavam das paredes enquanto a água das cachoeiras era soprada pelo vento, encharcando suas roupas. Alōs ergueu os olhos e viu um braço de água se estender da cachoeira central acima do estrado. Ele agarrou a pedra que girava, brilhando no ar, e a puxou de volta para a Queda das Lágrimas com um estalo.

O salão explodiu em magia e cores.

A Pedra Prisma enfim regressara, e gritava de alívio, disparando fios de energia.

Alōs se agachou ainda mais sobre o irmão enquanto o poder rodopiava quente, frio, áspero e sedoso em sua pele.

E então, tão rápido quanto o caos se instalara, tudo se aquietou, a nota final saindo no formato de um suspiro aliviado.

Alōs sentiu Ixõ relaxar de forma hesitante enquanto se levantava. O próprio Alōs ergueu a cabeça, pestanejando para clarear a visão.

E acabou soltando um arquejo.

O salão brilhava como um diamante. O ar ficou doce ao ser preenchido pela magia nebulosa dos deuses perdidos. A Pedra Prisma estava agora encravada bem acima da Queda das Lágrimas, fora do alcance de quaisquer mãos gananciosas. Arco-íris jorravam de baixo dela, mais uma vez alimentando as águas no chão, enchendo-as de magia. O Salão dos Poços estava restaurado. E, por consequência, Esrom também.

Ariōn ficou ao lado de Alōs por um momento antes de passar por Ixõ, caminhando na direção do estrado.

O pirata queria estender a mão e puxá-lo de volta, protegê-lo de qualquer outro perigo possível que ainda persistisse. Mas Alōs continuou parado enquanto o jovem rei se aproximava do final da passarela. A coroa de prata refletiu a cachoeira multicolorida quando Ariōn parou diante dela, a Pedra Prisma pulsando sua luz logo acima. Ele correu os dedos pela água em cascata e soltou um suspiro diante da sensação.

Quando voltou a se virar para Alōs, seu sorriso era radiante.

– Posso parabenizá-lo agora?

Alōs negou com a cabeça, e, embora o momento fosse de fato um alívio, ele não conseguiu compartilhar o sorriso do irmão.

– Não mereço elogios por ter devolvido algo que roubei.

Ariōn franziu a testa ao ouvir aquilo, voltando para perto do mais velho.

– O fardo do que fez pesava em nós dois. – Ele apoiou a mão em seu ombro. – Mas acabou, Alōs. Você conseguiu. E estou honrado em recebê-lo em casa, irmão.

Há quanto tempo Alōs ansiava por escutar aquelas palavras. Havia viajado aos confins de Aadilor na esperança de um dia ser aceito de volta. E ali estava ele agora, não mais se escondendo nas sombras, abertamente ao lado de Ariōn, ambos tendo a chance de compensar os anos perdidos.

Alōs encarou a Pedra Prisma, brilhando vermelha e forte, e se sentiu muito longe de um momento que com certeza deveria soar triunfante.

O item que havia roubado queimava eufórico por estar de volta ao lugar a que pertencia.

As coisas tinham mesmo terminado?

Poderia enfim parar de correr a fim de remediar o passado?

O pensamento fez o pulso de Alōs começar a queimar. Ele não olhou para baixo, sabendo o que não encontraria: a marca de sua aposta vinculativa.

Feito. Estava tudo feito.

Apesar da liberdade que devia estar sentindo, do alívio, o peito de Alōs permanecia apertado.

Pois havia outra coisa esperando para ser devolvida.

CAPÍTULO QUARENTA E OITO

Era noite, mas ninguém em Esrom dormia.
Dentro do palácio, Niya estava diante da janela aberta do quarto de hóspedes, observando o reino ganhar vida com uma celebração estrondosa lá embaixo. Lanternas iluminavam as ruas como insetos-de-fogo, lançando calor sobre os cidadãos que dançavam enquanto flautas e tambores ecoavam pelo ar.

A notícia sobre o retorno da Pedra Prisma havia se espalhado como uma estrela cadente pelas ilhas, assim como o verdadeiro motivo para o Príncipe Traidor tê-la roubado: para salvar o irmão doente. Agora que as coisas estavam em ordem outra vez, aquele fora um movimento político estratégico por parte do rei e de seu conselho, sem dúvida.

Os cidadãos de Esrom andavam famintos por uma maré de boas notícias após uma sucessão de tristezas envolvendo a família real. Eles tinham sido rápidos em perdoar os pecados do príncipe mais velho.

Ao que parecia, Alōs conseguiria tudo o que desejava.

Abraçando a si mesma, Niya conteve um calafrio causado pelo vento da janela.

Ela ainda estava usando o robe, a roupa para aquela noite intocada em sua cama. A dançarina deveria se vestir e se juntar à festa, pois seus piratas estariam em algum lugar entre as multidões alegres.

Embora, pensou Niya, franzindo a testa, achasse que não devia mais pensar neles como *seus* piratas, não agora que estava livre da aposta vinculativa com o capitão.

Quando ela olhou para o pulso, seu coração ficou pesado.

Vazio.

Em branco.

Nenhum traço da tatuagem que uma vez a prendera firmemente àquele navio, de prisioneira para membro da tripulação.

Ela estava livre.

Então por que não se sentia exultante?

Porque, sussurrou uma voz, *você descobriu outra forma de liberdade a bordo do* Rainha Chorosa.

Com uma cambalhota desconfortável no estômago, Niya deixou o pensamento se assentar, reconhecendo a verdade contida nele. Embora amasse a família e seu papel como parte das Mousai, descobrira ser capaz de testar e explorar novos territórios em seus pontos fortes e fracos junto com aqueles piratas. Ela lutara para navegar por tempestades, trabalhara lado a lado com eles sob incontáveis dias de calor e navegação, sobrevivera à ira de uma tripulação furiosa e ainda resistira à dor e à saudade de casa, coisas que pensou serem insuportáveis. A bordo do navio, eles tinham suas próprias regras, sem depender de rainhas ou reis, irmãs ou irmãos, cidades ou reinos. Regras criadas para mantê-los vivos enquanto singravam rumo ao horizonte no mar infinito. E então havia o capitão, Alōs, que acolhia as explosões de fogo de Niya ao mesmo tempo em que a encarava de frente com seu poder gelado. Alōs, que ela acreditava ser seu pior adversário, mas que acabara se revelando um espelho para as infinitas possibilidades da dançarina.

Mas agora estava tudo acabado.

No dia seguinte, subiriam ao convés, a última etapa a bordo do *Rainha* antes de Niya ser devolvida a Jabari. Onde ela retomaria a antiga vida, os antigos deveres.

Uma batida soou na porta, e, antes mesmo que ela respondesse, uma vibração em seu peito lhe dizia quem era.

– Parece que estou destinado a sempre encontrá-la descomposta – provocou Alōs, parado na soleira e recortado contra a luz que vinha do corredor, sorvendo a silhueta da dançarina no robe.

– Ou talvez nunca exista um bom momento para ficarmos sozinhos.

Niya se virou por completo para ele, um zumbido traiçoeiro de antecipação despertando em suas veias. Ela o evitava desde que tinham chegado em Esrom. Não que tivesse sido difícil. Alōs estava sendo celebrado pelo irmão e seu povo, sempre cercado. Mesmo assim, a dançarina sabia que, por mais que tentasse escapar de suas garras, o pirata a acabaria encontrando. Ele sempre encontrava.

E, talvez por isso, ela decidiu ficar completamente imóvel. Encarar a despedida de frente e suportar as consequências mais tarde. Assim como havia aprendido no passado.

– Teoria interessante – refletiu Alōs. Ele fechou a porta do quarto e veio se aproximando devagar. – Como acha que podemos testá-la?

Niya fechou os olhos por um momento.

– Alōs...

– Pois não?

A voz dele era um desafio. O pirata parou ao lado da fogueira crepitante, sua sombra estendida na direção dela sobre o carpete felpudo. Mesmo a alguma distância, Niya podia sentir seu toque delicado de frieza. *Me conte o que se passa em sua mente, dançarina do fogo*, parecia pedir o olhar dele.

– O que o trouxe até meu quarto? – perguntou ela em vez disso.

Um lampejo de decepção antes da resposta:

– A tripulação ficou se perguntando por que não estava celebrando conosco. Eu vim descobrir o motivo.

– Qualquer um dos seus piratas poderia ter feito isso pra você.

– Sim, com certeza teriam feito. Se eu tivesse pedido.

– E por que não pediu?

Alōs lançou um olhar para ela, como se dissesse: *Você e eu sabemos o porquê.*

– Niya – falou ele, se aproximando, até estar parado diante dela, os olhos turquesa e brilhantes a observando, o rosto um estudo de belos ângulos. O ventre de Niya se contorceu de desejo ao inalar o perfume dele. – Precisamos conversar.

Ela foi invadida pelo medo.

– Conversar é muito superestimado.

Um pequeno sorriso surgiu nos lábios de Alōs.

– Eu tendo a concordar, mas acho que, no momento, temos algo a discutir.

Niya voltou a se virar para a janela, observando a noite iluminada pela celebração.

– O que há pra ser discutido? Acabou – disse. – Esrom está salvo, e paguei minha dívida com você.

A respiração dele era quente contra seu ombro.

– E isso a incomoda?

Niya fechou os olhos com força.

– Não. – *Sim.*

– Então o que está te aborrecendo?

Amanhã, respondeu ela em silêncio, se afastando da silhueta massiva de Alōs, indo até a cama. A dançarina das Mousai correu os dedos pelo vestido de seda que havia sido preparado para ela.

. 427 .

O eco das risadas de um grupo subiu até o quarto vindo das ruas, a batida alegre de uma nova melodia sendo tocada e se espalhando pelo ar.

– Esrom está feliz esta noite – comentou Niya, ainda sem encarar o pirata enquanto mudava de assunto.

– Eles vão comemorar por muitos dias – concordou Alōs. – Meu irmão decretou que hoje é um novo feriado.

Ela sorriu ao ouvir aquilo.

– Fico contente que o rei tenha encontrado a felicidade. Os deuses perdidos são testemunha de que ele teve um começo de vida difícil. Vocês dois tiveram.

Niya podia sentir que Alōs a estudava a partir de sua posição junto à janela. Podia sentir o desejo dele de se aproximar, estender a mão e tocá-la. De novo.

E, pelo Ocaso, como ela queria aquilo também, o que era a razão para estar resistindo tanto. Niya estava aterrorizada pela paixão que sentia por ele. Uma paixão maior do que qualquer outra coisa que conhecera. Algo que superava sua antiga raiva e sua necessidade de vingança. Algo que a arrebatava mais alto e a agarrava mais forte do que qualquer apresentação em que tivesse dançado. Suas irmãs sempre diziam que ela entrava em combustão, e parecia que aquilo também era verdade no amor.

Amor.

Era isso que estava sentindo? Uma onda de pânico tomou conta dela.

– Meu irmão quer conhecer você – falou Alōs, as palavras a trazendo de volta à realidade com um sobressalto. – Oficialmente dessa vez.

– Eu? – Niya se virou para encará-lo. – Por quê?

– Talvez pra se desculpar por tê-la jogado nas masmorras.

– Pelo que me lembro – disse ela –, isso só aconteceu porque *você* me chamou de espiã.

Alōs arqueou uma sobrancelha.

– E você não é?

– Não o tempo todo.

– Você não estava me espionando naquela noite? – Alōs se aproximou com cuidado, como se tentando não afugentar uma criatura selvagem.

– Eu estava seguindo você, não espionando.

– Ah, entendi. Obrigado por esclarecer as coisas.

Niya franziu a testa, vendo-o chegar ainda mais perto.

– Sabe, você consegue ser bem irritante.

Ficando outra vez de frente para ela, o lorde-pirata sorriu como se o insulto fosse um elogio. Hesitante, ele ergueu a mão para afastar os fios soltos do cabelo de Niya para trás da orelha. A dançarina permaneceu imóvel, a carícia gentil fazendo-a sentir arrepios até os dedos dos pés.

– Niya – começou ele, falando baixinho –, meu irmão deseja conhecê--la porque contei pra ele como me ajudou a recuperar os pedaços da Pedra Prisma. Ele quer conhecê-la porque contei o quanto você é importante. Para mim.

As palavras a atingiram em cheio, reiniciando seu coração de modo que não batesse mais do mesmo jeito.

Niya estava sem fôlego.

Quando fora trazida a bordo do *Rainha Chorosa*, sua tarefa parecera muito clara: sobreviver o tempo que levasse para se ver livre outra vez.

Mas então se afeiçoara aos piratas, até mesmo forjando amizades entre eles. Seus olhos foram abertos para um novo tipo de aventura, algo que incluía aquele homem.

Alōs era a maior tolice de Niya. Havia dado ao pirata outra chance de ser o centro de sua vida. E ele se provara digno, escolhendo, em vez disso, ficar ao lado dela. Alōs enchera a mente de Niya com seus discursos sobre a força que tinham juntos, e não quando brigavam. Até mostrara para ela que acreditava que a vida dela era mais importante do que a dele.

E o que Niya ia fazer com tudo aquilo?

Ela nem reconhecia mais os próprios movimentos.

Especialmente quando o único caminho disponível era retornar para casa.

– Fique – pediu Alōs. – Como parte da tripulação do *Rainha*.

Niya pestanejou, as palavras fazendo com que desse um passo para trás.

– O quê?

– Fique comigo, Niya. Não precisamos levá-la de volta pra Jabari amanhã.

Ela balançou a cabeça, franzindo as sobrancelhas.

– Você sabe que isso é impossível.

– Por quê?

– Bom, pra começar, sua tripulação não vai gostar de ver você escolhen-do favoritos. E, se fosse para ficar, te garanto que eu não ia dormir de novo esmagada no porão entre aqueles piratas flatulentos.

– É claro que não. – O olhar dele escureceu. – Você estaria aquecendo minha cama.

– Alōs…

– A tripulação aceitaria de bom grado qualquer coisa que fizesse o capitão deles feliz, Niya.

– Eu... – Niya hesitou. – Eu faço você feliz?

– Você me faz sentir muitas coisas, dançarina do fogo. Feliz é apenas uma delas.

A respiração de Niya ficou presa na garganta devido ao pulso acelerado.

– Sabe por que não posso ficar, Alōs. É o mesmo motivo pelo qual você sempre precisa ir embora. Vidas e responsabilidades diferentes estão nos chamando de volta. Você tem o mar, o navio e seus piratas. Eu tenho meus deveres com o Rei Ladrão e minha família. Nossos caminhos podem cruzar um pelo outro, mas nunca poderão andar lado a lado.

Um vinco se formou entre as sobrancelhas dele, as sombras encobrindo suas feições.

– E não estou falando isso pra ser cruel – continuou Niya, mesmo enquanto a dor se alojava mais fundo em seu peito. – Nós dois sabemos que estou dizendo a verdade.

– Está – respondeu ele após um momento. – Mas eu ainda tinha que perguntar.

Ela ficou com a garganta apertada.

Ali, exposto diante deles, estava o encerramento esperando ser dito. A realidade do amanhã.

– Preciso me vestir.

Niya tentou se virar, mas Alōs a impediu.

– Ou talvez não precise.

Os nervos dela se agitaram ao ver os olhos dele descendo para seus lábios.

– Não preciso?

Alōs balançou a cabeça.

– Você é livre agora, lembra? Pode fazer o que quiser.

– Você também está livre – falou Niya. – Livre do fardo de estar preso a mim.

– Não – respondeu Alōs, consumindo-a com as vistas. – Mesmo quando for embora, dançarina do fogo, nunca estarei livre de você.

Alōs a eclipsou, puxando Niya para suas sombras e a beijando. Ela se deixou cair no abismo de bom grado, um gemido escapando da boca enquanto as mãos dele a traziam para perto, acariciando suas costas e seus quadris.

O pirata reivindicou seus lábios com um desespero que Niya retribuiu. Ela correu os dedos pelos cabelos dele conforme Alōs a levantava no colo e os acomodava na cama. O peso dele era delicioso, endurecendo no ponto em que ela mais precisava. O vestido, espalhado por baixo deles, ficou esquecido enquanto o lorde-pirata corria as mãos poderosas pelas coxas e pela cintura da dançarina antes de abrir o robe. Ele tomou um dos mamilos de Niya na língua, e ela gemeu, arqueando as costas.

Havia sido uma tola em pensar que seria capaz de recusar aquele homem naquela noite. Não poderia, não depois de saber o quão perfeitamente se encaixavam um contra o outro, a magia de cada um formando um turbilhão de sensações opostas que ambos tentavam sorver com fome a cada respiração.

O vale hostil que um dia existira entre os dois havia sido demolido e reconstruído. Com uma fundação nova e poderosa. Tão poderosa quanto cada um deles, o que a tornava quase invencível.

– Niya – rosnou Alōs, deixando uma trilha de beijos em seu pescoço –, nunca vou provar o suficiente de você.

– Esta noite – disse ela. – Temos que nos satisfazer com esta noite.

– Uma tarefa impossível. Minha fome por você não tem fim.

– Então faça o melhor pra me servir.

Alōs abriu um sorriso perverso.

– Com prazer.

O pirata a envolveu nos braços e tomou sua boca de modo que nenhuma outra palavra pudesse ser dita.

Eles comunicaram o que precisavam um ao outro através de puxões e apertos, dedos cravados na pele e gemidos entre cada estocada.

Niya conduziu Alōs para seu mundo de movimentos, de sensações vibrantes que atormentavam o corpo com euforia e depois voltavam chicoteando em outra fome impossível de desejo. A dançarina do fogo o montou, encarando fundo o olhar ardente do lorde-pirata, antes um príncipe e agora um homem que ela amava, e disse para ele as palavras que não podia dizer em voz alta, que não podia compartilhar, temendo que sua lealdade mudasse e ela descobrisse ser impossível deixá-lo.

E mesmo que tivesse trancado as palavras dentro de si, podia sentir que Alōs entendia o que estava reprimindo, pois ele a puxou para baixo e a beijou com um novo senso de urgência.

– Sim, dançarina do fogo. – A voz dele ressoou contra seus lábios em um sussurro rouco. – Eu também.

Alōs girou e a posicionou por baixo dele, abrindo-a bem antes de voltar a entrar.

– Eu também – repetiu ele, penetrando-a de novo, por completo, sem limites.

O senso de realidade de Niya escorregou pelos dedos conforme Alōs se movia para saborear cada curva de seu corpo, para lamber cada trilha e colina. Ele liberou a magia para que se entrelaçasse com a dela, até Niya não saber qual sensação pertencia a quem. Havia apenas os dois, relaxando e contraindo por toda parte.

Naquela noite, a dançarina sabia que o pirata ficaria com ela pelo tempo que pudesse.

Pois, quando amanhecesse, ambos estariam partindo.

CAPÍTULO QUARENTA E NOVE

Niya se inclinou ao longo da amurada na proa do *Rainha*, com a brisa do mar chicoteando sua trança para trás enquanto observava a terra se aproximar no horizonte distante. Haviam emergido do Riacho apenas algumas ampulhetas antes, deixando Esrom sob as ondas, antes de navegar o curto percurso que restava até Jabari.

A determinação de Niya se agitava em uma cascata de emoções, combinando com as ondas que batiam no costado do navio. Animação, desespero, alívio, luto, triunfo – e, sempre ali misturado pelo meio, um coração partido.

Ela franziu a testa para a pulsação constante e dolorosa em seu peito conforme divisava o porto familiar à distância. As velas brancas dos outros barcos, o grito das gaivotas voando alto, o cheiro de peixe no ar e as redes sendo puxadas para o convés. A cidade se erguia orgulhosa acima do mar, subindo pela crista de uma colina até atingir o pico onde se reuniam às ostentosas mansões de mármore. A própria casa de Niya ficava em algum lugar ali em cima, entre a parte rica. Seu pai deveria estar no escritório ou na varanda com suas irmãs, todos reunidos, ela esperava, para esperar por seu retorno oficial. Um sorriso enfim brotou em suas feições. Seria uma distração bem-vinda poder se jogar nos braços deles, pensou Niya. A família sempre fora o melhor bálsamo para qualquer ferida.

– Tem certeza de que não quer continuar sendo pirata? – perguntou Saffi, encostada ao lado dela na amurada com Bree. As tranças grisalhas da mestra de artilharia pareciam brilhar mais brancas sob a luz da manhã. Ela se virou para encarar Niya. – Por mais que me doa admitir, Vermelhinha, você é um membro competente da equipe. Vou ficar triste por vê-la partir.

– Tudo o que eu fazia era limpar os canhões – comentou Niya.

– É, mas eles nunca estiveram tão polidos – falou Saffi com um sorriso.

– É melhor morrer do que se despedir – disse Bree, fazendo beicinho do outro lado de Niya.

A dançarina se virou para ela com as sobrancelhas arqueadas.

– Como assim?

– Pelo menos, quando o Ocaso leva alguém – explicou Bree –, a pessoa não teve outra escolha senão ir embora.

A expressão de Niya ficou suave, observando a garotinha.

– Minha escolha de voltar pra casa não é a mesma coisa que abandonar você.

– Então o que é? – Bree cruzou os braços com força.

Niya olhou para sua companheira de beliche, de quem passara a gostar.

– Você consideraria Saffi uma irmã?

– Quê? – Bree ofereceu um olhar confuso para a mestre de artilharia do outro lado.

– Já navegam a bordo deste navio por um bom tempo, certo? – perguntou Niya.

Bree assentiu.

– E embora eu saiba que vai contra o código pirata chamar um dos seus companheiros de navio de amigo – argumentou Niya –, você com certeza pode pensar neles como uma família. Estou certa?

Bree franziu a testa.

– Acho que sim...

– E embora possam brigar e discordar bastante, vocês ainda se gostam depois que o dia termina, certo?

– Bom, sim – respondeu Bree. – O que tem isso?

– Tem que essa é a descrição de um bocado de famílias. O que faria de Saffi algo como uma irmã pra você.

– Uma irmã mais velha muito mais *sábia*, forte e habilidosa – acrescentou Saffi, sorrindo com malícia.

– Sim, é claro, do jeito que só as irmãs mais velhas são – concordou Niya com um ar angelical antes de se virar para Bree. – Bem, veja, eu também tenho irmãs sentindo minha falta desde que parti. É injusto mantê-las longe da minha presença por mais tempo, assim como seria injusto privar qualquer um dos seus irmãos e irmãs a bordo do *Rainha Chorosa* dos seus encantos por um longo período.

– Eu não chamaria bem de privação caso essa ratinha sumisse de repente – comentou Saffi. – Seria mais como nos dar a bênção do silêncio.

Niya conteve uma risada ao observar Bree fulminar com os olhos a mestre de artilharia.

– Essa deve ser a parte de ter uma família em que você quer jogar a pessoa no mar.

– Ratinha – provocou Saffi. – Se você conseguisse me jogar no mar, eu te daria meus biscoitos durante um mês.

– Vejo que minha lição adquiriu um novo significado – refletiu Niya, vendo a garota atacar Saffi, grunhindo enquanto tentava virar a forma corpulenta da mulher mais velha.

– O que está acontecendo aqui? – perguntou Therza, bamboleando em direção a elas, vindo do convés principal.

– A ratinha aqui está tentando me jogar pela amurada – explicou Saffi, expulsando Bree de cima de seus ombros.

A menina caiu no chão com um "ai".

As sobrancelhas escuras de Therza se arquearam.

– Então ela não está fazendo um bom trabalho, está?

– Acho que não gosto de ter irmãs – bufou Bree aos pés delas.

– Irmãs? – questionou Therza.

Niya revirou os olhos.

– Deixe pra lá. Foi uma explicação fracassada.

– Chegamos ao porto! – gritou Boman do timão.

As quatro se viraram, observando a cena.

Fazia meses que Niya não colocava os olhos em sua cidade natal, e a magia se eriçou enquanto contemplava os familiares edifícios brancos de arenito. Telhados vermelhos se elevavam rumo ao infinito, as habitações construídas com firmeza compondo o anel externo de Jabari. O porto estava movimentado naquele dia, com muitos navios deslizando para ancorar ou descarregar caixas cheias de mercadorias ao longo das docas.

– Hora de trabalhar, meninas – falou Saffi conforme dispersavam a fim de preparar o *Rainha Chorosa* para atracar.

Niya ajudou, pois como poderia não ajudar? Não sabia quando poderia voltar para puxar cordames e velas outra vez. Além disso, aquilo a mantinha distraída do que aconteceria quando o navio parasse e a prancha fosse baixada para conectá-los ao porto de Jabari.

O que, por sinal, aconteceu rápido demais.

Logo Niya se viu a bombordo do navio, com toda a tripulação reunida no entorno.

Seu coração pendia em duas direções.

– Já pegou suas coisas? – perguntou Kintra, postada ao lado de Saffi, com Bree na frente.

Niya deu um tapinha nas lâminas em seus quadris.

– Tudo o que eu tenho está comigo.

Braços pequenos se lançaram ao redor de sua cintura.

– Bree – advertiu Kintra. – É melhor não demonstrar que ficou coração mole.

– Irmãs podem se abraçar ao se despedir – disse ela. – Certo? – Ela olhou para Niya. – Nós não somos irmãs?

Ela sorriu para a garotinha e a abraçou de volta, sentindo o coração doer.

– É claro que somos – respondeu. – E não se preocupe. São almas mais fortes aquelas com coragem de demonstrar seus sentimentos.

Kintra bufou.

– Não deixe o capitão a ouvir falando isso.

O pulso de Niya acelerou à menção do nome de Alōs, e ela ergueu os olhos para procurá-lo entre a tripulação, mas ele não estava lá.

O peito da dançarina ficou apertado.

Ela e Alōs haviam mantido uma distância respeitosa após retornarem ao navio.

Niya sabia que tinha sido melhor assim. Ao contrário de Bree, o notório lorde-pirata não podia arcar com tamanha exibição de sentimentos entre seus piratas. O *Rainha Chorosa*, sem dúvida, tinha lugares para ir e coisas nefastas para atacar, e ela tinha o Reino do Ladrão para manter na linha e seus deveres com a família para onde retornava.

– Foi uma honra navegar com você. – Kintra estendeu a mão. – Apesar de nossas diferenças.

Niya apertou a mão dela.

– As diferenças apenas nos deixam mais fortes.

A intendente riu.

– É, ou fazem a gente cair na porrada.

– O que também apenas nos deixa mais fortes – insistiu Niya.

Kintra sorriu ao ouvir aquilo, um sorriso genuíno que fez aparecer suas fileiras alternadas de dentes de ouro.

– Até a próxima, Vermelhinha.

Dando um passo para trás, Kintra permitiu que o restante da tripulação viesse se despedir de Niya. Mika lhe deu um tapinha nas costas, assim como Emanté, desejando sorte em qualquer que fosse o caminho. Ervilha lhe entregou um pedaço de cordame que ele havia trançado para formar um bracelete, fazendo com que Bree o acotovelasse, chateada por não ter pensado naquilo primeiro. Felix apenas sorriu para ela de um jeito tímido antes que Therza a puxasse para um dos abraços mais longos que Niya já experimentara.

– Se cuide, Vermelhinha – disse ela, se afastando, mas ainda segurando os ombros de Niya. – Sentiremos saudades por aqui, então venha nos visitar quando puder, ou teremos que sequestrá-la de novo. – A mulher gargalhou de alegria enquanto a soltava.

Niya balançou a cabeça com um sorriso melancólico e pisou na prancha que a levaria ao cais lá embaixo.

Olhando uma última vez para os piratas, ela contemplou o mar de desajustados que haviam começado com seus piores inimigos e acabaram se tornando seus amigos mais próximos.

Se tivesse apostado sobre como se sentiria no dia em que ficasse livre daquele bando, teria perdido mais do que a carteira, e certamente teria perdido a cabeça ao ver o quão inesperada aquela jornada havia se tornado. Respirando fundo, ela começou a descer do navio, mas um toque gelado de magia acariciou seu ombro.

Virando-se, o olhar da dançarina colidiu com um par de ardentes olhos azuis.

Alōs estava ao lado de Boman no tombadilho, olhando para ela. Usando a casaca preta, era um borrão de tinta sob o sol brilhante da manhã, os ombros largos levando às mãos fortes que seguravam o corrimão diante dele.

O olhar de Alōs a consumia mesmo à distância.

Tudo no corpo de Niya lhe dizia para ir até ele.

Para correr até lá e abraçá-lo, para que pudesse sentir a força dele entre seus braços uma última vez.

Mas nenhum dos dois se moveu.

Porque nenhum dos dois podia.

Eram um sol e uma lua separados por um céu em infinito movimento.

De modo que Niya fez a única coisa que podia: ela sorriu.

Alōs retribuiu comum aceno.

Não era o último adeus pelo qual Niya ansiava, mas talvez fosse melhor assim.

O gesto curto rompeu o último fio que a prendia ao navio.

Você está livre agora, dizia o olhar dele. *Vá.*

E assim, com a determinação enterrada fundo em seu peito, a dançarina obedeceu.

Niya virou as costas e, sem olhar para trás, abandonou o *Rainha Chorosa*.

Meses depois,
quando corações
permanecem batendo aflitos.

CAPÍTULO CINQUENTA

O porto estava escuro, mas não silencioso. Assim como a maioria dos rincões no Reino do Ladrão. Niya se encostou em um poste, olhando através da máscara preta para o bar escuro e barulhento que fora construído ao longo do atracadouro. Cheirava a peixe, fritura e clientes mais preocupados com a próxima bebida do que com o próximo banho.

Niya havia encontrado o Cão Afogado durante um de seus muitos passeios por aquela parte da cidade.

Aquele covil de espíritos castigados pelo mar aquecia o coração da dançarina de uma forma que ela não conseguia explicar muito bem, exceto dizendo que o bar a fazia se lembrar de outros tempos e outro lugar.

No entanto, Arabessa e Larkyra, que a acompanhavam naquela noite, não compartilhavam da nostalgia.

— Deveríamos estar no Macabris — reclamara Lark no meio do trajeto. — É meio de semana, o que significa que deveríamos estar no Macabris!

— O que vê de tão encantador nesse estabelecimento que precisa visitá-lo com tanta frequência? — questionou Ara. — Ouvi dizer que vendem cerveja diluída e drinques batizados.

Niya havia dito explicitamente que nenhuma das irmãs precisava vir junto.

Mas aquilo só fora recebido com mais bufadas, reclamações e o argumento de que aquela era para ser uma noite de *confraternização*.

Então foi assim que as três irmãs Bassette, vestidas com os melhores disfarces que já haviam pisado naquele bar, se viram entrando no Cão Afogado.

E, apesar dos rumores, descobriram depressa que a cerveja e os drinques com certeza não eram diluídos. Pelo contrário, elas já estavam meio bêbadas.

– Ela pode ter a desenvoltura que for – falou Arabessa ao lado de Niya, ambas observando a irmã caçula se equilibrar nas costas de uma cadeira, o traje perolado cintilando na luz fraca do estabelecimento –, mas temo que todo o equilíbrio tenha se perdido depois daquela quarta dose.

– Não sei – refletiu Niya. – Pelo menos está servindo pra deixá-la mais concentrada.

O bar explodiu em aplausos quando Lark conseguiu pular para o outro pé, permanecendo empoleirada no encosto da cadeira. Ela acenou em triunfo para onde Niya e Ara estavam, nos fundos do bar.

Mas a tarefa extra pareceu coisa demais, pois, no instante seguinte, Larkyra despencou, aterrissando no chão de madeira com um gemido.

Houve um arquejo coletivo ao redor do salão antes que...

– Estou bem! – Larkyra saltou de pé.

Os clientes bateram nas mesas para expressar sua animação, e outros se ofereceram para lhe pagar bebidas.

– Nós devíamos trocar esses copos por água – comentou Arabessa.

– Mas aí como ela vai aprender a trocar sozinha? – rebateu Niya.

– E ainda dizem que eu sou a irmã mais severa – retrucou Ara.

– Não, nós dizemos que você é a mais chata.

Arabessa a empurrou com o cotovelo.

– Se tem alguém chata ultimamente, eu diria que é você e essa sua melancolia.

Niya cerrou o maxilar, sem querer olhar para a irmã.

– Não estou melancólica.

– Não? Então por que anda fazendo a maioria das suas refeições no quarto ao longo das últimas semanas?

– Talvez porque esteja achando a companhia alheia meio cansativa ultimamente.

– *Ou* – sugeriu Arabessa – talvez seja porque deseja a companhia de alguns piratas.

Uma nova tensão se instalou na coluna de Niya.

– Não seja ridícula, Ara.

A irmã mais velha ficou quieta enquanto Lark saltitava na direção delas, segurando três canecas de cerveja nas mãos enluvadas.

– Senhoras – chamou ela, entregando uma bebida para cada. – Se é pra ficar aqui no canto longe da diversão deste estabelecimento, por que foi que viemos mesmo?

– Niya está deprimida – explicou Arabessa.

– Não estou! – respondeu a dançarina, irritada.

– Está assim porque o *Rainha Chorosa* atracou no porto ontem? – perguntou Larkyra.

O coração de Niya disparou.

– O quê?

– Pensei que soubesse. Papai disse que ia ter uma reunião com o lorde-pirata.

Niya franziu a testa. Ela com certeza não tinha ouvido falar sobre nada daquilo.

– Quando foi que ele te contou?

– No café da manhã uns dias atrás – respondeu Lark, dando de ombros.

– Provavelmente enquanto você se escondia no seu quarto – explicou Ara.

A respiração de Niya ficou acelerada, uma nova dor preenchendo seu peito. Ela tinha vergonha de admitir, mas estivera esperando por aquelas notícias fazia semanas, talvez meses. Qualquer rumor de que o famoso navio pirata estivesse de volta ao porto. Ela até se vira vasculhando a multidão durante as apresentações das Mousai, procurando na esperança de encontrar o olhar azul e escaldante do capitão ou seu sorriso perverso capaz de lhe causar arrepios de desejo.

Mas, com o passar dos dias enchendo-a de novo e de novo com esperanças vazias, a dançarina se viu distante de seus arredores. Entorpecida em relação às diversões do palácio, que geralmente lhe proviam distrações agradáveis.

E ela odiava aquilo.

Niya precisava superar fosse lá ao que estivesse se agarrando.

– Papai deve se reunir com Alōs pra falar sobre a missão mais recente dele no leste – declarou Larkyra.

– Ouvi dizer que conseguiram ajudar todas aquelas aldeias – comentou Arabessa. – Devolveram as terras às mulheres que deveriam governá-las.

Niya absorveu as palavras das irmãs, que causaram ainda mais dor em seu peito. Uma dor misturada com orgulho.

Nos últimos meses, os piratas do *Rainha* haviam se tornado notórios por motivos que nada tinham a ver com roubos ou pecados.

A embarcação havia se transformado em um navio de mercenários, navegando para locais distantes – cidades e vilas que, segundo rumores, eram governados por tiranos, ou cujo povo tinha sido forçado à servidão por dívida – a fim de libertar as pessoas. O que começara como um jeito de pagar o que deviam e retornar às boas graças do Rei Ladrão parecia ter virado uma ocupação em tempo integral. E é claro que os piratas eram recompensados com generosidade por tais esforços, mas Niya suspeitava de que, após a experiência ajudando Esrom, a tripulação havia pegado gosto por estar do outro lado do mal. Não que suas ações fossem menos letais. Era preciso brutalidade tanto para matar monstros quanto para se tornar um.

Niya compreendia aquilo, é claro, pois ela e as irmãs também eram aquele tipo de criatura.

— Niya? — chamou Larkyra. — Você ouviu o que eu falei?

Ela pestanejou para a irmã, os pensamentos retornando ao bar barulhento.

— Desculpe, eu me perdi.

— Perguntei se quer jogar palitinho com a gente. Fomos convidadas por aquele grupo ali.

Lark apontou para um bando de homens e mulheres rudes, usando uma variedade de máscaras de retalhos. Eles atiravam machados afiados contra ripas de madeira na parede oposta, os aplausos irrompendo sempre que um deles conseguia partir o material fino ao meio.

— Claro — falou Niya. — Eu me junto a vocês daqui a pouco. Preciso de um pouco de ar fresco primeiro. Essa última caneca de cerveja não desceu direito.

— Ar fresco nesta região do porto? — indagou Ara, as sobrancelhas se arqueando acima da máscara. — Temo que não vá encontrar nenhum.

— Vou tentar mesmo assim — disse ela, acenando para as irmãs.

Deixando a caneca em cima da mesa, Niya deixou o bar.

O mundo cavernoso a recebeu com um abraço gelado e restaurador. Lá em cima, os vaga-lumes pulsavam no teto, as estrelas do reino, enquanto os sons da vida noturna aconteciam. Niya parou na rua lamacenta, olhando para os barcos atracados nas docas estreitas enfileiradas ao longo do porto. Seu olhar se voltou para os mastros que apareciam acima dos prédios à direita, onde ela sabia que ficavam ancoradas as embarcações maiores.

Seus músculos doíam de vontade de andar até lá, para ver se uma criatura em particular estaria flutuando na água escura.

Mas ela permaneceu imóvel, sabendo que aquele caminho apenas levaria à decepção.

Se Alōs quisesse vê-la, já teria aparecido.

Não era como se fosse ela a estar vagando por toda Aadilor nos últimos meses.

Pelas estrelas e mares, pensou Niya, *será que me tornei uma chata?*

Desde quando ficava sentada esperando alguém?

Niya coçou a nuca, percebendo que Arabessa tinha razão. Ela estava deprimida.

Bem, não mais!

Endireitando os ombros, Niya se preparou para voltar ao bar, mas congelou quando um golpe frio de energia acariciou suas costas.

Seu peito apertou.

Não, pensou, fechando os olhos, sem saber se devia confiar na sensação como algo verdadeiro ou apenas um desejo de seu corpo.

Mas a carícia ficou mais forte, assim como uma onda de movimento, e então Niya o ouviu falar. Uma voz profunda e familiar ronronou atrás dela:

— Eu teria perdido um bom dinheiro caso tivesse apostado onde poderia encontrá-la esta noite.

Uma erupção formigou por seu peito enquanto ela sorria. Ainda parada, Niya respondeu:

— Então é uma sorte pra você que eu tenha parado de apostar.

— É mesmo? — Ela podia ouvir a diversão no timbre dele. — Que pena, porque adoro vê-la em dívida comigo.

Niya se virou, sendo inundada pela presença de Alōs.

Sua silhueta ampla fora engolida pela casaca escura, o cabelo preso para trás na base do pescoço, revelando as feições angulares e olhos assustadoramente brilhantes. Olhos que a envolviam em uma maré de memórias e desejo.

— Olá, dançarina do fogo — sussurrou ele.

— Olá, pirata.

Por um instante, os dois ficaram em silêncio, apenas se olhando, estudando o que nenhum deles conseguia esquecer: um ao outro.

Alōs espiou o bar em ruínas bem ao lado.

— Vejo que seu gosto por estabelecimentos mudou desde nosso último encontro.

Ela arqueou uma sobrancelha.

— Já eu ouvi dizer que seus ataques se tornaram honrados.

Um sorriso brotou em seus lábios carnudos.

— Sim, parece que as ações de uma velha conhecida abriram meus olhos pro uso completo de minhas habilidades em Aadilor.

— É mesmo? Nossa, com certeza espero um dia conhecer tal pessoa. Ela parece ser muito sábia.

— Aham. — Ele assentiu. — E também não é ruim de cama.

Niya se conteve para não rir diante daquela declaração rude, embora um arrepio de prazer percorresse seu corpo.

– E então, Lorde Ezra, o que o faz caminhar pela cidade a esta hora da noite?

Ele inclinou a cabeça de lado.

– Pensei que fosse óbvio. Eu vim encontrá-la.

– Eu? – Uma nova forma de antecipação dançou em seu ventre.

– Sim. O rei falou que você poderia ser encontrada por aqui ultimamente.

Niya franziu a testa ao ouvir aquilo. Não sabia muito bem como se sentir sobre seu pai talvez compreender as emoções que a faziam passear repetidas vezes por aquela parte da cidade. Que soubesse que tudo estava conectado àquele homem e à sua tripulação de excluídos. Mas, de novo, ele era seu pai, o Rei Ladrão, e sabia mais do que a maioria.

Ela encarou Alōs por trás da máscara.

– E por que estava me procurando?

– Eu sempre estou procurando por você, dançarina do fogo – respondeu ele. – Em cada porto que atracamos, procuro por cabelos que queimem na cor do seu. – O pirata ergueu a mão para ajeitar um cacho solto. – Em cada cidade por onde andamos, procuro as curvas que memorizei com os dedos e com a boca. – Seu olhar apreciou a silhueta de Niya, fazendo o calor se acumular de forma profunda em seu ventre. – E quando eu durmo, é aí que a procuro com mais vontade, e é onde, na maioria das noites, eu a encontro.

A respiração de Niya acelerou.

– Bem, você me encontrou de novo, mas asseguro que não sou um sonho.

– Tem certeza? – perguntou Alōs, se aproximando, os dons emanando dele em uma névoa esverdeada.

A própria magia da dançarina respondeu com um suspiro. *Nosso*, parecia dizer, escapando de Niya para se misturar no ar com os dons de Alōs.

Eles ficaram imersos em uma nuvem de poder, de união.

– Quanto tempo vai ficar ancorado? – ousou perguntar ela.

– Partimos hoje à noite.

O coração de Niya vacilou, a decepção apertando.

– Tão cedo…

– Nossa próxima viagem vai ser longa. É provável que não retornemos ao reino por pelo menos um mês.

– Entendi.

Ela desviou os olhos, a dor se instalando fundo na colcha de retalhos de seu coração.

Era por coisas assim que os dois não podiam ficar juntos, um sempre estava partindo quando o outro chegava.

– Por isso temo precisar saber logo da sua resposta. Ainda que espere que seja uma decisão fácil pra você... considerando tudo.

– Minha resposta? – Niya ergueu o rosto para ele, confusa.

– Se importaria de ser uma pirata de novo? Pelo menos durante nossa próxima viagem?

– O quê?

– Apelei ao rei pra que você pudesse ajudar com o destino para o qual ele nos enviou agora. Ele concordou que é uma missão perfeita pra você e seus dons. É bem frio ao norte, lá em Muro Branco, uma tundra congelada, com certeza, e é aí que você vai ser útil. – Ele sorriu. – Com todo o seu calor.

– Você... Espere, o Rei Ladrão... – Niya balançou a cabeça, tentando entender o que estava ouvindo. – Ele quer que eu ajude você?

O sorriso de Alōs era malicioso.

– Sim, parece que nossos deveres não nos levam mais a jornadas tão separadas quanto antes. Você pode servir seu rei e ficar comigo.

Um lampejo de esperança percorreu o corpo da dançarina.

– Ficar com você?

– É. – Ele ergueu o queixo de Niya para poder se curvar e roçar os lábios aos dela. Uma provocação sobre o que estava por vir. Os dedos dos pés de Niya se curvaram dentro das botas conforme a magia de Alōs a acariciava. – O *Rainha Chorosa* e as Mousai têm interesses em comum agora: conter o caos pro nosso rei.

Alōs baixou a mão enquanto voltava a se empertigar, e Niya lutou contra o desejo de se inclinar de volta para a atração que o pirata exercia.

– O que acha que fiquei fazendo todos esses meses? – perguntou ele. – Achou que eu ia me contentar com algumas ampulhetas miseráveis na sua companhia de vez em quando? – Alōs negou com a cabeça. – Já lhe disse antes, minha fome por você não tem fim, dançarina do fogo.

Niya pôde apenas ficar encarando o olhar brilhante dele enquanto o significado daquelas palavras a invadia.

O que acha que fiquei fazendo todos esses meses? Já lhe disse antes, minha fome por você não tem fim, dançarina do fogo.

– E então? – perguntou Alōs, a voz rouca. – Qual será sua resposta? E devo lembrá-la de que seu rei deu a bênção, de modo que recusar o convite seria um pouco como minar a autoridade dele. Na verdade, o rei me disse para lhe entregar isso antes de zarparmos. Aviso logo que parece uma bugiganga meio inútil, porque não consegui sentir nenhuma magia vindo dela. Também parece meio velha para os seus gostos tão requintados – provocou ele. – Mas quem sou eu pra questionar o Rei Ladrão e seus motivos para fazer qualquer coisa.

Alōs tirou um alfinete do bolso, suas linhas douradas brilhando sob a luz do poste mais próximo.

O pulso de Niya ecoou com força em seus ouvidos, os nervos e a antecipação aumentando conforme apertava o metal frio do broche de bússola de sua mãe entre os dedos.

Ela dizia que tocar a peça a ajudava a dar uma pausa quando se perdia em emoções ou pensamentos. Dizia que a ajudava a encontrar seu caminho.

Dolion estava dando aquilo para ela? Um item tão querido de ambos seus pais?

Para que eu sempre possa encontrar meu caminho, pensou ela, engolindo em seco contra o aperto crescente em sua garganta, um poço de emoção brotando em seu peito.

O pai estava confiando em Niya para ir embora, para queimar tão forte quanto precisasse, tão quente quanto sabia que a filha era capaz, porque, no fim, ela sempre encontraria seu caminho – para casa.

Niya piscou para conter a ameaça das lágrimas enquanto prendia o broche de bússola em sua túnica, acima do coração.

Seu coração, que também estava ali parado bem diante dela.

– Suspeito que esse enfeite seja mais do que aparenta, dada a sua reação – comentou Alōs, observando-a com um olhar curioso.

– As coisas não são sempre mais do que aparentam? – provocou Niya. *Como você*, pensou ela.

Alōs, o pirata implacável de coração gelado, tinha mudado tanto por sua causa? Transformado o propósito do seu amado *Rainha* para que pudesse estar ao lado dela de novo, com sua tripulação e com suas irmãs, com um objetivo em comum sendo construído entre eles? Agora estavam propriamente do mesmo lado, ambos guardiões contra o mal. Não eram mais inimigos. Eram aliados de fato.

Qual será sua resposta?

Niya abriu um sorriso largo, as chamas dentro dela implorando para que a dançarina jogasse os braços por cima de Alōs e desse a ele sua resposta da melhor forma que sabia: com ações.

E foi exatamente o que fez. Niya o agarrou pela casaca, puxando Alōs para perto, e o beijou com força. Ela o beijou da forma que desejava fazer desde a última vez em que tinham estado sozinhos, afundando em seu cheiro de maresia e orquídea-da-madrugada.

Alōs grunhiu de prazer enquanto passava os braços musculosos ao redor da cintura de Niya, erguendo-a do chão.

Ela deixou escapar uma risada, segurando-se nele.

Quando o pirata a colocou outra vez em pé, seus olhos azuis pareciam mais brilhantes do que um dia de tempo bom no mar.

– Posso então considerar isso como sua disposição para auxiliar o *Rainha Chorosa* durante nossa próxima viagem?

– Pode – respondeu ela, a animação aumentando. – Afinal, ando precisando de um pouco de aventura.

– Ah, dançarina do fogo… – Alōs sorriu para ela. – Será que ainda não aprendeu? Você é a aventura.

NOTA DA AUTORA

Venho de uma linhagem de artistas. Meus avós eram artistas, e meus pais também. Aprendi desde muito cedo a importância de ter a mente aberta, de observar e escutar a inspiração, já que pode vir dos lugares mais improváveis. A série das Mousai não é uma exceção. Ela começou a partir de duas coisas: o eco de uma bengala batendo em um longo corredor enquanto eu estava sentada em um escritório, trabalhando até mais tarde, e uma pintura que meu pai fez, intitulada *Musas*, que foi inspirada em mim e em minhas irmãs, sendo também uma interpretação de *A Primavera*, de Botticelli. Assim como esse emaranhado de sementes inspiradoras que mais tarde germinariam para formar um mundo épico, muitos dos nomes e lugares presentes em meus livros foram influenciados por termos e lugares do nosso mundo. Cada palavra foi escolhida por uma razão: pelo sentimento que evoca, por seu significado ou pelas duas coisas. Na série, o nome de cada personagem e local foi criado ou escolhido com muito cuidado. Esta é a celebração de um mundo diverso. O que você vai ler a seguir é uma espécie de apêndice, no qual contextualizo a etimologia dos nomes escolhidos por mim.

Mousai: neologismo inspirado no plural de "musa", em grego.

Bassette: sobrenome, especificamente, de Dolion Bassette. Inspirado na palavra *bassett*, do francês antigo, que significa "alguém de origem humilde".

Dolion Bassette (Conde de Raveet da segunda casa de Jabari e também o Rei Ladrão): pai de Arabessa, Niya e Larkyra. Marido de Johanna. Rei Ladrão e membro do Conselho de Jabari. Dolion é um neologismo derivado do verbo grego *dolioo*, que significa "fascinar, enganar". Escolhi esse nome em razão das muitas máscaras que tem de usar e dos papéis que tem de desempenhar, de Jabari ao Reino do Ladrão, bem como seu papel mais importante: o de pai.

Raveet foi influenciado pelo nome Ravneet, que tem algumas origens conhecidas, mas foi inspirado por sua origem sânscrita indiana, que significa "moralidade solar".

Johanna Bassette: esposa de Dolion e mãe das Mousai. Dotada de uma magia muito antiga e poderosa. O nome Johanna está ligado a muitas culturas: alemã, sueca, dinamarquesa e hebraica, para mencionar apenas algumas. Dizem que os significados originais das raízes desse nome são "presente de Deus" e "graciosa", semelhantes ao caráter da personagem.

Mousai + filhas Bassette: propositalmente, busquei criar nomes que tivessem ritmo e lirismo, de modo a conectar as personagens aos dons mágicos da canção, da dança e da música.

Arabessa Bassette: a filha mais velha. Arabessa é um neologismo criado a partir do nome Bessa, que, de acordo com algumas citações, tem origem albanesa e significa "lealdade".

Niya Bassette: a filha do meio. Inspirado no nome Nia (de origem celta e suaíli), significando "propósito", "radiância", "brilho" e "beleza".

Larkyra Bassette: a filha mais nova. Larkyra é um neologismo criado com base na palavra inglesa *lark*, que designa uma espécie de pássaro canoro. Também foi inspirado no verbo *lark*, que significa "comportar-se de modo travesso" e "divertir-se".

Zimri D'Enieu: Zimri é um nome hebraico que significa "meu louvor" e "minha música". D'Enieu é um neologismo. Eu o criei inspirada em sobrenomes franceses.

Achak: nome dos nativos da América do Norte, que significa "espírito". Quando descobri esse nome e seu significado, apaixonei-me por ele de imediato e soube que continha tudo o que os Achak eram, de sua história até o fato de seu espírito ter sobrevivido sob muitas formas e em muitos reinos.

Charlotte: dama de companhia e cuidadora leal das irmãs Bassette. Queria escolher um nome com "C" para ela, ligando-a à minha mãe, Cynthia.

Alōs Ezra: se pronuncia *Al-ohs*, é um neologismo, mas sem o acento no ō. Alos é citado em algumas fontes com o significado de "riqueza de Deus", sendo de origem iorubá. Também pode significar "carismático". Ezra é um nome hebraico que significa "ajuda" ou "ajudante". Gosto da ideia de Alōs ser um ajudante carismático em conjunto com todos os seus vários papéis.

Ariōn: se pronuncia *Air-ee-ohn*, mas sem o acento no ō. Inspirado no poeta grego Arion, que foi adotado pelos ilhéus de Lesbos como seu filho.

Arion também é lembrado pelo mito fantástico de ter sido sequestrado por piratas.

Ixõ: se pronuncia *Icks-oh*. É um neologismo inspirado no numeral romano IX, que significa "nove". O número nove está conectado à iluminação espiritual, ao serviço em prol da humanidade e à fé, tudo perfeito para Ixõ e seu papel como parte da ordem sagrada de Esrom e súdito leal de Ariõn.

Kintra: neologismo inspirado na palavra *kin*, que significa "parente". De fato, Kintra atua como um membro substituto da família de Alõs depois que este é banido de Esrom.

Saffi: de origem grega, significa "sabedoria".

Therza: neologismo inspirado no nome Thirza, de origem grega, que significa "agradável". Therza foi muito divertida de escrever e, posso imaginar, foi um membro da tripulação muito encantador de se ter a bordo.

Aadilor: reino onde tudo existe. Aadilor é um neologismo inspirado na palavra *lore*, que entra na formação do termo "folclore" e significa "um conjunto de tradições e conhecimentos passados de uma pessoa a outra pela oralidade".

Mar de Obasi: único mar de Aadilor. A língua de origem da palavra "Obasi" é o igbo, da Nigéria, e significa "em honra do deus supremo" ou "em honra de Deus". Amei esse significado e o modo como Obasi flui como água na língua. Vi esse mar sendo nomeado assim em homenagem aos deuses perdidos, que deram aos seus povos essa beleza na qual podem navegar.

Jabari: capital de Aadilor. O nome suaíli *Jabari* significa "corajoso" e deriva da palavra árabe *jabbār*, que significa "governante".

Esrom: reino-santuário subaquático que só pode ser localizado por quem nasceu lá. O nome remete aos tempos bíblicos e, em alguns casos, há quem diga que significa "dardo de alegria".

AGRADECIMENTOS

Escrever a história de Niya foi um dos desafios de escrita mais difíceis que já enfrentei. Há tanto na personagem que arde para se libertar, para agir por impulso ou explorar sem pensar nas consequências. Como pode imaginar, eu, como a escritora que deveria costurar suas aventuras, considerei um verdadeiro desafio para colocar em foco alguém tão temperamental. Adicionar ainda nosso querido Alōs carrancudo, um navio cheio de piratas, um roubo e uma atração quente e tumultuosa resultou, de fato, em uma receita muito complicada de se preparar. É por isso que esta história não estaria completa sem o auxílio e o suporte das mentes de alguns membros extraordinários da tripulação.

Ao meu marido, Christopher, que sempre compreendeu cada fim de semana, manhã ou tarde da noite em que precisei desaparecer na minha caverna de escrita a fim de fazer esta história: agradeço todo o seu esforço para me manter alimentada, limpa e próxima de funcional durante esse período em que adentrei outro reino. Só fui capaz de escalar montanhas porque sabia que estaria ao meu lado a cada passo do caminho. Meu amor por você vai além de qualquer reino.

À minha agente, Aimee Ashcraft da Brower Literary: você é mais do que uma agente, é uma amiga. Sua dedicação em me ajudar a alcançar cada marco, junto com seu otimismo constante, tem sido o maior farol a me guiar. Obrigada por me impulsionar quando eu quis desistir e por estar sempre a uma mensagem ou ligação compreensiva de distância.

A Lauren Plude, minha editora-gladiadora extraordinária: com cada livro, você me ensinou muito, defendeu essas irmãs com uma paixão que combina com a minha e tem sido uma das maiores arautas em garantir que minhas palavras sejam ouvidas. Sou grata por mais coisas do que é possível escrever nestes agradecimentos, mas saiba que você é uma deusa entre os deuses.

A todos da equipe Montlake que ajudaram esta série a brilhar de forma tão linda e radiante, especialmente Kris Beecroft, Lauren Grange, Jessica Preeg e Elena Stokes: obrigada, obrigada e obrigada. Nossas queridas irmãs Bassette não teriam chegado a tantas mãos sem o cuidado e a devoção de vocês.

A Micaela Alcaino, artista genial por trás das capas da série das Mousai: sua visão e criatividade não têm limites. Sigo admirada por você fazer parte do nosso time.

Aos meus pais e irmãs: é a mais pura verdade que esta série não existiria se não fosse por cada um de vocês. Conforme fui crescendo, me inspiraram e celebraram a imaginação selvagem, e todos os dias desde então vocês ajudaram a concretizar as fantasias de uma garotinha.

Ao meu filho, que nascerá quando este livro for lançado: escrevi a maior parte desta história com você chutando dentro de mim. Foi meu companheiro constante durante cada rodada de reescrita e nas incansáveis noites de edição. Você manteve minha cabeça focada no trabalho, mas também me ajudou a perceber quando eu precisava descansar. Você é meu coração inteiro, e mal posso esperar para um dia escrever uma história para você.

Staci Hart, um nome que é sinônimo de *potência* e *devoção*, você estava aqui antes de sequer existir um "aqui", me ajudando em cada estrada que ousei trilhar. Toda pessoa – todo escritor – deveria ter a sorte de ter uma amiga como você ao seu lado.

Ao meu grupo de leitores, os Mellow Misfits, e a cada influenciador de livros, resenhista e leitor que me apoiou, promoveu e compartilhou seu amor pelos meus livros e por esta série: é com humildade que me curvo a vocês. Eu literalmente não poderia continuar contando essas histórias sem seu apoio e devoção. São as chamas que movem meus dedos pelo teclado e a pulsação que mantém meu coração batendo para escrever.

Este livro foi composto com tipografia Electra Std e impresso em papel Off-White 70 g/m² na Formato Artes Gráficas.